악마는 이렇게 말했다

최인 장편소설

글여울

어느 맑고 화창한 봄날 오후였다. 나는 흰 벚꽃이 하늘을 뒤덮은 자전거 도로를 콧노래를 부르며 라이딩 중이었다. 자전거 도로 양쪽에서는 새들이 노래를 부르듯 아름답게 지저귀었다. 부드러운 봄바람이 뺨을 스쳤고, 오색의 자전거 마스크 자락을 살랑살랑 날렸다.

도로 좌우에는 크고 작은 나무들이 울창했고, 벚꽃 향기는 콧속으로 싱그럽게 파고들었다. 그 어떤 것도 향기로운 공기와 상쾌한 기분과 행복한 마음을 깨뜨릴 것 같지 않았다. 기쁨과 즐거움과 행복에 취해 있는 순간, 오른쪽 숲속에서 커다란 사자가 양발을 벌리고 내 몸과 자전거를 동시에 덮쳤다.

나는 너무나 놀란 나머지 필사적으로 사자의 발톱을 피했고, 사자는 자신의 중량과 속도를 이기지 못한 채, 반대편 쪽 바위에 머리를 부딪치고 쓰러졌다. 그때 뒤따라오던 자전거가 사자의 몸을 깔아뭉개고 재빨리 도망쳤다. 나는 남자를 따라 도망치려다가 '죽어 가는 생명체를 내버려 두고 갈 수 없다.'는 생각에, 숨이 넘어가는 사자의 심폐소생술을 실시했다.

몇 분 후, 사자는 눈을 뜨고 슬그머니 일어섰다. 그리고는 머리에서 붉은 피를 뚝뚝 흘리며 말했다.

작가의 말

"인간의 선은 살리는 것이지만, 악마의 선은 죽이는 거라는 것을 알고 있소?"

내가 말했다.

"그대는 악마가 아니잖소?"

사자가 재빨리 뿔이 달린 악마로 변신하며 말했다.

"악마는 자신에게 선을 베푸는 자에게는 언제나 파멸을 베푸는 법이오."

내가 반문했다.

"나는 죽어 가는 그대를 살린 사람이오."

악마로 변신한 사자가 껄껄 웃었다.

"악마의 인간에 대한 법칙은, 살리는 자는 죽이고, 죽일 자는 더욱 철저히 죽이는 것이외다."

"그럼 내가 그대를 죽게 내버려 둬야 했단 말이오?"

"맞았소. 인간의 선행은 이제 인간에게도 쓸모없는 것이 되었소. 지금 당신이 할 유일한 선행은 그대로 내 밥이 되는 것이오."

악마는 이렇게 말하고 내 목에 크고 날카로운 이빨을 박았다. 그 정체절명의 순간 나는 눈을 번쩍 뜨고 꿈에서 깨어났다.

「악마는 이렇게 말했다」는 처음에 250매 분량의 중편으로 쓰여졌고, 이후 약간 손을 봐서 문예지에 발표한 작품이다. 그러나 2022년 4월 이 같은 꿈을 꾸고 난 다음, 장편으로 확대 개작하기로 마음먹었다. 그로부터 2개월 만인 6월에 초고(2000매)를 끝냈고, 그 후 4개월간 탈고를 거듭해서 완성시켰다. 이 작품은 철저히 악마화 된 인간과 인간을 대신해 죽은 신과, 천사를 타락시키는 악마를 서사시적으로 묘사한 소설이다.

차 례

1 악장(惡章)　　009

2 악장(惡章)　　113

3 악장(惡章)　　255

4 악장(惡章)　　399

1 악장(惡章)

1

선의 이성이여, 악의 이성을 따르라

어둠은 산과 들과 나무와 꽃을 우리의 눈으로부터 감출 수 있다. 그러나 어둠은 영혼 속에서 빛나는 악의 이성까지 감출 수 없다. 인간의 앞길을 비추는 유일한 램프는 악의 이성이며, 생의 어두운 길을 인도하는 지팡이 또한 악의 이성이다. 선의 이성은 더 이상 인간이 나아갈 길을 잘못 인도해서는 안 된다. 선의 이성이여, 남은 시간이 많다고 여유를 부리지 말라. 너에게 주어진 시간은 결코 길지도 않고 멀지도 않다.

이제 선의 이성은 밝음으로서의 존재를 잃고, 악의 이성한테 그 자리를 내주고 말았다. 그리하여 악의 이성이 신과 천사와 인간 위에 서고, 그들을 이끌게 되었다. 선의 이성이여, 헛된 희망은 어둠 속으로 던져 버리고 마지막 정리를 하라. 정말로 너 자신을 위하려면 할 수 있는 동안 변화의 인도에 따르라. 수많은 인간들이 목표도 없이 항해하는 대양 속에서 너는 그릇된 나침반이다. 악의 이성이 인도하는 대로 너를 나아가게 하고, 그 지시에 충실히 따르라. 그것만이 혼돈 속에서 길을 잃은 인간을 구원하는 방법이다.

이제 나는 악의 이성이 이끄는 대로 토굴(土窟) 밖으로 나가려 한다. 토굴은 친절하게도 나를 30년 동안 품어 주었다. 토굴은 짙고 푸른 어둠으로 나의 고독한 영혼을 끌어안았다. 그 고독과 편안함을 벗어 던지고 광기와 혼란으로 얼룩진 세상 속으로 나가려 한다. 그리하여 이기와 탐욕으로 일그러진 세상을 악의 이성으로 평탄케 하려 한다.

2

보라, 마른 샘물가에서 얻은 한 모금의 물을

 그는 오랜 시간 칩거하던 토굴 밖으로 나섰다. 토굴 밖은 눈부시게 밝은 빛으로 채워져 있었다. 그는 너무나 밝은 빛으로 인해 오히려 눈이 어두워졌다. 그는 잠시 눈을 감고 상념에 잠겼다. 인간은 신의 영혼을 믿음으로써 악 속에서 선을, 어둠 속에서 빛을 볼 수 있다. 인간은 악마의 영혼을 믿음으로써 빛 속에서 어둠을, 선 속에서 악을 볼 수 있다. 신은 인간을 파멸시키기 위해 절망과 고통을 보낸 것이 아니다. 신이 그것을 인간에게 보낸 건, 그들에게 새로운 생명을 불러일으키기 위해서다.
 악마가 인간을 즐겁게 하기 위해 희망과 행복을 보낸 것은 아니다. 악마가 그것을 보낸 건, 그들에게 새로운 죽음을 일깨우기 위해서다. 고통스럽다고 신을 저주할 필요는 없으며, 행복하다고 악마를 찬양할 필요도 없다. 영혼이 뜨겁다고 몸부림친다 해서 뜨거운 것이 시원해지지 않는다. 가난하다고 하늘을 향해 울부짖는다 해서 궁핍이 사라지지 않는다. 몸과 영혼이 슬퍼하지 않으면 가난도 생명수를 마신 것처럼 즐겁다. 정신과 육체가 즐겁지 않다면 부귀도 독초를 먹은 것처럼 고통스럽다.
 보라, 머리에는 헌 삿갓을 쓰고, 손에는 썩은 지팡이를 들고, 등에는 짚신이 매달린 괴나리봇짐을 멘 인간을. 보라, 머리는 여인처럼 길게 기르고, 턱수염은 목 아래까지 늘어뜨리고, 때에 전 모시 도포와, 낡은 무명 바지저고리와, 짚으로 엮은 신을 신은 인간을. 보라, 마른 샘물가에서 얻은 한 모금의 물과, 궁핍한 자에게서 얻은 한쪽의 빵과, 별이 반짝이는 하늘을 천정으로 삼은 잠자리외에는, 아무것도 가진 게 없다는 즐거움을. 그는 여기서 생각을 멈추고 도시를 향해 걸음을 떼어 놓았다.

3

달콤하고 달콤한 꿀을 탐하지 말라

그는 붉은 태양 아래 누워 있는 빌딩 사이를 걸어갔다. 지나치게 밝은 어둠 속에서 인간들은 숨 가쁘게 움직였다. 인간들은 자신들이 어둠 속에서 겨우겨우 숨 쉬고 있다는 것을 알지 못했다. 인간들은 하늘과 대지와 바다를 비추는 태양이 영원할 것처럼 믿었다. 인간들은 밤과 어둠과 희망을 밝히는 달이 영구히 지속될 것처럼 믿었다. 불민한 인간들이 의지하는 것은 태양처럼 낮을 밝히는 선이고, 달처럼 어둠을 비추는 진실이었다. 그 선과 진실을 위해 인간들은 무언가를 끊임없이 만들고 추구했다.

그는 넓은 도로를 가득 메운 인간들 속에서 중얼거렸다. 빵에 굶주리고 욕망에 주리고 탐욕에 주린 자들이여. 빵을 배에 가득 채우고도 또 다시 빵을 찾는 인간들이여. 그대들 달콤하고 달콤한 꿀을 탐하지 말라. 그대들 아름답고 아름다운 꽃을 탐하지 말라. 그대들 향기롭고 향기로운 과실을 탐하지 말라. 그대들이 목숨을 걸고 좇는 욕망의 끝은 어디인가? 그대들이 진실과 진리를 버리면서 추구하는 탐욕의 끝은 어디인가?

높은 산꼭대기에 물이 차고, 대해가 말라야 마음이 흡족하겠는가? 지성이 고갈되고 영혼이 악의 소리로 가득 차야 만족하겠는가? 이성이 길을 잃고 뜨거운 사막을 헤매야 정신을 차리겠는가? 죄악이 길과 도시와 산을 삼키고 나서야 행동을 멈추겠는가? 그는 길을 가다 말고 그 자리에 멈춰 섰다. 검붉은 석양을 등지고 한 사내가 걸어오고 있었다.

4

악마의 독사와 신의 참언과 천사의 희소를 들었다

 가면을 쓴 사내가 그의 앞으로 와서 큰소리로 웃었다. 그는 사내의 얼굴을 덮은 죽은 자의 가면을 힐끗 쳐다보았다. 사내는 죽음의 가면을 쓴 걸 자랑스럽게 여기는 눈치였다. 그는 사내가 쓴 죽음의 가면을 한동안 응시했다. 사내가 쓴 가면은 어딘가 낯익고 익숙한 것이었다. 그는 사내가 쓴 가면을 보며 흐릿한 기억을 더듬었다. 아, 그렇다. 다음 순간 그는 자신도 모르게 탄성을 내뱉었다. 바로 그것이었다. 사내의 얼굴을 덮은 가면은 어둠 속에 내던져 있던 자신의 모습이었다.

 그는 30년 동안 은둔해 있던 어둡고 음습한 토굴에서 기어 나왔다. 그는 30년 동안 캄캄한 암흑 속에서 자신의 영혼과 갈등하다가 뛰쳐나왔다. 천재는 자신과 경쟁하면서 시대를 초월하는 법이다. 둔재는 타인과 경쟁하면서 시대의 수레바퀴에 깔리는 법이다. 우둔한 자는 하늘과 경쟁하면서 더욱더 어리석어지는 법이다. 하지만 그가 은둔해 있던 것은 세상에 대한 불만과 신에 대한 투쟁과 인간에 대한 시기 때문이 아니었다.

 그가 은둔한 것은 그릇된 선이 어떤 방법으로 인간을 타락시키는지 밝히기 위함이었다. 그는 토굴에서 신과 인간과 천사와, 모든 생명체가 품고 있는 욕망을 잠재우는 법을 고민했다. 그는 자신을 향하는 죽음의 유혹과 삶의 저주와 절망의 울부짖음을 매순간 들었다. 그는 자신을 향해 외치는 악마의 독사(毒辭)와 신의 참언(譖言)과 천사의 희소(戱笑)를 매순간 들었다. 그는 자신을 향해 달려드는 고독과 외로움과 두려움과 매순간 싸웠다.

그것들은 그를 캄캄한 토굴에서 30년을 고민하고 번민하게 만들었다. 그리고는 번개가 메마른 대지를 내리치듯 일순간 영혼을 일깨웠다. 인간 아닌 인간이여, 토굴 밖으로 나가 신과 천사와 인간을 만나라. 짐승 아닌 짐승이여, 바깥세상에서 진정한 신과 진실된 천사와 참된 인간을 찾아라. 신 아닌 신이여, 밝은 세상으로 진출해 삶과 행복과 죽음의 실체를 맛보라. 그러면 네 자신이 누구인지, 무엇을 할 것인지 알게 될 것이다.

5

어떤 것이 먼저이고, 어떤 것이 후인지 알 수 없다

사내는 그의 얼굴을 일별한 뒤 붉은 석양 아래로 사라졌다. 그는 햇빛 저쪽으로 가는 자신의 뒷모습을 보며 죽음, 하고 중얼거렸다. 그렇다. 그는 분명히 살아 있지만, 순간을 갉아먹듯 죽어 가고 있다. 자신은 엄연히 살아서 숨 쉬고 있되, 죽은 것이나 다름없다. 그것은 바로 이렇다. 그는 자신의 죽은 모습을 매순간 상상하며 과거와 미래를 동시에 살아간다. 그는 자신이 살아 있음을 느끼며 삶과 죽음을 향해 한 발씩 다가간다. 죽음은 그의 앞에도 있고, 삶 또한 그의 뒤에도 있다.

어떤 것이 먼저이고 어떤 것이 후인지는 알 수 없다. 다만 죽음과 삶은 그의 육체와 영혼 속에 동시에 존재한다는 것이다. 방금 전 그에게 웃음을 던지고 간 사내는 분명히 그 자신이었다. 30년 동안 토굴에서 고민과 불안과 허무와 씨름하던 자신의 영혼이었다. 사내는 그의 모습과 행동을 조롱하는 것처럼 히죽 웃고 지나갔다. 사내는 그의 자만심과 자긍심과 용기를 비웃는 것처럼 죽음의 가면을 쓰고 나타났다. 그의 덧없는 고민과 그의 덧없는 인내와 그의 덧없는 갈등이 우습다고 말하는 것처럼.

6

산다는 것은 죽음 위를 걷는 영혼의 그림자이다

죽음은 산들바람을 타고 와서 인간의 영혼 속에 깊숙이 잠입한다. 죽음을 맞이한 인간의 영혼은 이성을 품고 있기 때문에 위험을 느끼고 몸을 떤다. 인간의 불안, 두려움, 공포, 낙담은 죽음을 더욱더 친근하게 만든다. 죽음은 인간의 육체와 정신을 갉아먹으며 어둠 속으로 더욱더 깊이 끌어들인다. 결국 인간은 죽음이 무서워 종교를 만들고, 삶이 무서워 신을 만들었다. 인간은 거짓이 두려워 악을 만들고, 허위가 무서워 죄를 만들었다.

인간은 자신이 만든 신과 종교와 죄와 악 속에서 매순간을 살아간다. 인간은 자신이 만든 희망과 절망과 기쁨과 슬픔 속에서 매순간을 연명한다. 인간은 절망이 무서워 신을 찾고, 고통이 두려워 천사를 찾는다. 인간은 삶이 무서워 사탄을 찾고, 죽음이 두려워 악마를 찾는다. 삶은 죽음에서 비롯된다는 명백한 진리를 인간은 외면한다. 그들은 콩이 싹트기 위해서 씨앗이 죽지 않으면 안 된다는 진리를 외면한다.

인간은 죽음으로 일컬어지는 삶을 살면서도 내면의 죽음을 외면한다. 인간은 죽음이야말로 저 언덕 너머에 있는 것처럼 치부한다. 산다는 것은 곧 죽음 위를 걷는 영혼의 그림자와 같다. 삶은 언제나 죽음을 밟고 서 있으며, 그 위를 걸어갈 수밖에 없다. 죽음은 자신 위를 걸어가는 삶을 아무런 저항 없이 포용한다. 그리하여 죽음은 삶보다 더 한층 위대하게 된다.

7

나는 벌레가 된 신이다

그는 땅 위를 기어가는 남자를 발견하고 걸음을 멈췄다. 남자는 송충이 애벌레처럼 땅바닥을 쓸며 기어갔다. 남자는 왜 두 발로 걷지 않고 땅 위를 기어가는 것인가? 남자는 왜 하늘을 보지 않고 땅을 보며 기어가는 것인가? 그는 그것이 궁금해서 남자의 행동을 주의 깊게 지켜보았다. 남자는 사람들이 보든 말든 벌레처럼 느릿느릿 땅 위를 기었다. 그는 애벌레 형상을 한 남자를 향해 한 마디 던졌다.

"당신은 왜 땅 위를 기어가는 것이오?"

남자가 음울한 목소리로 대답했다.

"인간이 되기 위해서요."

그가 물었다.

"인간?"

남자가 대답했다.

"나는 벌레가 된 신이오."

순간 그는 자신의 머리를 주먹으로 툭 쳤다. 그렇다. 남자는 땅으로 추락하고, 어둠으로 타락한 신이었다. 남자는 자신의 영혼을 잃어버린 전지전능한 신이었다. 남자는 불멸의 존재에서 유한한 존재로 전락해 버린 신 아닌 신이었다. 그는 마음속으로 쾌재를 부르고 남자의 뒤를 따라갔다. 벌레가 된 신은 그 어떤 생명체보다 느리게 움직였다. 그는 남자처럼 행동하고 싶었던 자신을 발견하고 기쁨으로 몸을 떨었다.

그는 30년간 어둡고 음습한 토굴에서 그것을 보고 싶었다. 신성 잃은 신과 사랑을 잃은 천사와 인성을 잃은 인간을. 그렇다. 그는 참된 신과 참된 천사와 참된 인간을 찾기 위해 토굴을 나왔다. 하지만 참된 신과 참된 천사와 참된 인간은 일찌감치 사라졌다. 눈에 보이는 것들은 거짓된 신이요, 거짓된 천사요, 거짓된 인간이었다. 인간을 향해 부르짖는 자들은 거짓된 성자요, 거짓된 목자요, 거짓된 짐승이었다. 그는 한바탕 하늘을 향해 웃고 걸음을 떼어 놓았다.

8

인간은 다 똑같은 인간이다

그는 길을 가다가 엉겨 붙어 싸우는 두 남자를 발견했다. 남자들은 상대의 멱살을 잡고 짐승처럼 으르렁거렸다. 지나가던 행인들이 말렸지만, 두 사람은 몸싸움을 계속했다. 다행히 두 남자는 폭력을 쓰거나 주먹을 휘두르지는 않았다. 그저 상대의 멱살을 움켜잡고 밀치고 당길 뿐이었다. 그는 옥신각신 하는 두 남자를 향해 물었다.

"댁들은 무엇 때문에 싸우는 것이오?"

마른 남자가 열이 오른 소리로 말했다.

"이 작자가 나보고 인간이라고 그랬소."

뚱뚱한 남자가 마른 남자를 쏘아봤다.

"인간을 인간이라고 그랬는데, 그게 잘못인가?"

마른 남자가 말했다.

"문제는 당신이 말에 감정을 실어서 지껄였다는 거야. 이 인간아 하고."

뚱뚱한 남자가 말했다.

"정말 미친 작자군."

그는 마른 남자를 응시하며 씨익 웃었다. 마른 남자가 얼떨떨한 표정을 지었다. 그는 마른 남자를 향해 신이 된 것처럼 말했다.

"나도 지금 인간을 찾고 있소."

마른 남자가 말했다.

"그런 인간 말고, 감정을 가진 인간 말이오."

뚱뚱한 남자가 말했다.

"도대체 어떤 인간이 감정을 가진 인간이란 말이야?"

마른 남자가 말했다.

"바로 당신 같은 인간."

그가 껄껄 웃었다.

"인간은 모두 감정을 가지고 있소."

마른 남자가 뚱뚱한 남자를 가리켰다.

"저 인간은 또 다른 감정을 가진 인간이오."

그가 말했다.

"아하, 탐욕과 이기와 욕망에 가득 찬 인간을 말하는군. 그렇다면 저 양반이 맞는 것 같소."

뚱뚱한 남자가 말했다.

"나는 평범한 인간일 뿐이오. 화가 나면 화를 내고, 즐거우면 기뻐하는."

그가 뚱뚱한 남자에게 말했다.

"맞습니다. 당신은 평범한 인간이 맞소. 하지만 화를 낼 때와 기쁨을 표할 때를 가려서 해야 할 것 같소."

마른 남자가 말했다.

"그것 봐, 이 인간아."

뚱뚱한 남자가 말했다.

"인간은 다 똑같은 인간이야, 이 인간아."

그가 뚱뚱한 남자에게 말했다.

"평범한 인간은… 최소한의 말을 하고, 최소한의 행동을 하고, 최소한의 인격을 갖추고, 최소한의 감정을 노출하는 그런 인간을 말하는 것이오."

마른 남자가 뚱뚱한 남자에게 소리쳤다.

"그것 봐, 이 인간아."

뚱뚱한 남자가 영문을 모르겠다는 표정을 지었다. 그는 뚱뚱한 남자의 어깨를 두드려 주고 걸어갔다.

9

감성과 이성과 오성을 쓰레기통에 버리지 말라

　마음의 가난은 이성과 오성을 파괴하고, 맑디맑은 영혼을 피폐하게 만든다. 마음이 가난한 인간은 주어진 자유를 기피하고, 최소한의 선행도 어둠 속으로 던져 버린다. 이 시대 최대 슬픔의 하나는 이성(理性)이 인간에게 깊은 만족감을 주지 못한다는 점이다. 이 시대 최대 불만의 하나는 오성(悟性)이 인간에게 깊은 충족감을 주지 못한다는 점이다. 이 시대 최대 불행의 하나는 명성(明性)이 인간에게 깊은 행복감을 주지 못한다는 점이다. 이성과 오성은 기본적 인간이 기형적 인간에게 갖추어야 할 올바른 사고이고 능력이다.
　마음 깊은 곳에서 솟아나는 명성은 이성의 아버지요, 오성의 어머니이다. 이러한 명성을 마음이 가난한 자는 감정의 책상 아래 숨겨 놓고, 이기심을 끌어내 지성(知性)이라고 부르짖는다. 이러한 명성을 자만이 넘치는 자는 감정의 책상 위에 올려놓고, 욕망을 끌어내 감성(感性)이라고 부르짖는다. 자신이 옳다는 허영심은 인간으로 하여금 자신이 바보라는 사실을 잊도록 만든다. 자신이 천재라는 자만감은 인간으로 하여금 자신이 짐승이라는 사실을 망각하게 만든다. 감성이 인간을 잉태하고, 지성이 인간을 만들고, 이성이 인간을 성장시키고, 오성이 인간을 각성시키고, 명성이 인간을 완성시킨다.
　감성이 인간을 추락시키고, 이성이 인간을 타락시키고, 오성이 인간을 몰락시킨다. 모든 선과 모든 악에는 감성과 이성과 오성이 쓸개처럼 내재해 있다. 인간들은 악마의 쓸개와 같은 감성과 이성과 오성을 인간이 되게 하는 제일 요건으로 숭배한다. 인간들은 천사의 날개와 같은 감성과 이성과 오성을 인간이 아니게 하는 제일 요건으로 치부한다. 그는 방금 전 감성과 이성과 오성을 던져 버린 두 남자를 돌아보고 소리쳤다.
"그대들 감성과 이성과 오성을 쓰레기통에 버리지 말라."

10

진리는 오래 전에 죽어 버렸다

그는 황소를 타고 가는 노인을 발견하고 걸음을 멈췄다. 노인은 흰색 두루마기에 짚신을 신고, 손에는 횃불을 들고 있었다. 더군다나 노인은 안장도 없이 황소 잔등에 올라탄 상태였다. 늙은 황소는 백발이 성성한 노인을 태우고 묵묵히 차도를 걸었다. 행인들은 희귀한 구경거리라는 듯이 발걸음을 멈추고 지켜보았다. 어떤 사람은 사진을 찍었고, 어떤 사람은 동영상을 촬영했다. 순찰차가 지나가면서 '황소 할아버지 조심하세요.'하고 방송했지만 그뿐이었다. 노인은 자신의 행동에 자부심을 가진 듯 당당히 황소를 몰았다. 그는 이상한 행동을 하는 노인을 향해 조심스럽게 물었다.

"영감님은 어째서 황소를 타고 가는 것입니까?"

노인이 그를 힐끗 쳐다보고 대답했다.

"나는 지금 진리를 찾고 있다네."

그가 말했다.

"진리를 찾는다고요?"

노인이 말했다.

"그렇다네."

그가 의아한 표정을 지었다.

"진리는 이 세상의 먼지처럼 많지 않습니까?"

노인이 먼 곳을 보며 말했다.

"내가 보기엔 하나도 없다네."

그가 고개를 갸웃거렸다.

"그럼 횃불은 왜 들고 있는 겁니까?"

노인이 횃불로 앞쪽을 비추었다.

"진리는 뜨거운 횃불로만 볼 수 있다네."

그는 노인의 말을 듣고 잠시 생각에 잠겼다. 진리는 뜨거운 횃불로만 볼 수 있는 것인가? 진리는 어두운 곳에서만 밝힐 수 있는 것인가? 진리는 밝음 속에서는 볼 수 없는 것인가? 진리의 모습은 어떤 것인가? 진리의 색깔은 무엇인가? 진리에게는 생명이 있는 것인가? 진리에게도 죽음이 존재하는가? 노인은 그의 태도 따위는 관심 없다는 듯이 황소를 몰았다. 그는 문득 떠오르는 생각이 있어 노인에게 질문을 던졌다.

"영감님은 이 세상에 사랑이 있다고 생각하십니까?"

노인이 대답했다.

"사랑은 인간 최후의 진리이며, 인간 최후의 본질이라네."

그가 말했다.

"그렇다면 사랑이 없다는 말이군요."

노인이 말했다.

"사랑은 이제 인간의 오락에 불과하다네. 오래 전에 그것은 수치스런 행위로 전락했어."

그가 말했다.

"그러면 진리는 어디서 찾을 수 있지요?"

노인이 말했다.

"아마 진리는 오래 전에 죽었을 것이네."

그가 말했다.

"영감님께서는 진리를 찾는다고 하지 않았습니까."

노인이 말했다.

"죽은 진리라도 거둬서 장사를 치러 줘야 하지 않겠나."

그는 백발노인에게 정중히 인사를 건네고 돌아섰다.

11

모든 참된 즐거움은 무지와 더불어 있다

그는 어둠이 내려앉는 광장 한가운데로 나아가 부르짖었다. 인간들이여, 그대들 결국 진리를 죽였는가? 뜨거운 가슴과 이글거리는 머리와 도전적인 정신을 가진 인간들이여. 찢어진 입과 벌어진 귀와 튀어나온 코를 가진 인간들이여. 천리를 가는 발과 백리를 보는 눈과 모든 걸 움켜쥐는 손을 가진 인간들이여. 그대들 참말로 진리를 죽였는가? 그리하여 거짓과 위선과 죄악을 그대들의 친구로 삼았는가?

그의 외침을 듣고 행인들이 하나둘 모여들었다. 그는 모여 선 사람들을 보며 계속 소리쳤다. 자칭 지식인이고 현인이고 선지자여. 그대들의 현명한 머리로 세상을 밝히는 진리를 외면해 버렸는가? 그릇된 것을 믿는 자보다는 아무것도 믿지 않는 자가 진리에 더 가깝다. 진리는 반드시 따르는 자가 있고, 지성은 반드시 멀리하는 자가 있다. 나무는 해마다 같은 열매를 매달지만, 그것은 매번 새롭게 달리는 진리의 열매이다.

그대들 봄의 새싹처럼 늘 새롭게 태어나지 않으면 안 된다. 그대들 하늘을 향해 솟아 있는 태산처럼 늘 항구적이지 않으면 안 된다. 그런데 그대들은 열매를 맺지 못하는 나뭇가지에 진리의 열매를 매달고 익혀 보려고 부단히 애쓰고 있다. 자칭 지성인이고 계도자이고 선각자여. 진리를 탐하지 말라. 진리는 탐하는 게 아니라 구하는 것이다. 그대들 진리를 먹지 말라. 진리는 먹는 게 아니라 찾는 것이다.

그대들 진리를 왜곡하지 말라. 진리는 왜곡하는 게 아니라 바로 세우는 것이다. 행인들은 이상한 차림새와 이상한 언어를 쓰는 그를 이상한 눈으로 쳐다보았다. 어떤 사람은 미친 자라고, 어떤 사람은 예언자라고, 어떤 사람은 해탈자라고 수군거렸다. 누군가는 세상을 앞서 가는 천재일지 모른다고 중얼거렸다. 어떤 사람은 조선시대에서 온 선각자일지 모른다고 소곤거렸다. 어떤 이는 신이 되어가는 인간인지 모른다고 수군거렸다. 인간의 모습을 한 신인지 모른다고 말하는 사람도 있었다.

그는 광장 중앙에 설치된 무대 위로 올라가서 부르짖었다. 지성과 오성으로 무장한 인간들이여. 진리는 무지의 자리에 놓일 때만 진정한 모습을 보여준다. 지성과 오성의 문제점은 누구에게든, 어떤 대상이든, 무엇을 하는 자든 가르치려 든다는 것이다. 진리로 가르치고 무지로 창조하지 않는 가르침은 죄악만을 만들게 된다. 그대들의 앞길을 밝혀 주고 인생을 즐겁게 맞이하도록 용기를 주는 진리를 찬양하라. 진리를 위해 죽을 수 있다는 것은 나약한 굴종의 그늘 속에 사는 것보다 한층 고귀한 것이다. 진리의 칼을 쥐고 죽음을 껴안을 수 있는 사람은 끝없는 행복과 더불어 영원하게 된다. 연미복 차림의 사내가 앞으로 한 걸음 나서서 물었다.

"당신은 예언자요? 아니면 선지자요?"

그는 연미복 사내를 한 번 쳐다보고 말을 계속했다. 위대하고 위대한 인간들이여. 삶은 죽음보다 약하고, 죽음 또한 진리보다 약한 까닭에 지혜는 슬프다. 가장 많이 아는 자는 숙명적인 진리를 가장 깊이 한탄하지 않으면 안 되는 슬픈 인간이다. 그대들 무지의 자유를 죽이는 것은 참된 진리를 죽이는 것과 다름없다. 모든 참된 즐거움은 무지와 더불어 있고, 모든 참된 기쁨도 무지와 더불어 존재한다. 진리와 무지가 사라지는 날 행복도 기쁨도 죽은 영혼처럼 그대들 곁을 떠난다.

지성이 언제나 진리를 밝히고, 오성이 언제나 진실을 빛나게 하는 것은 아니다. 오히려 참다운 무지가 진리를 밝히고, 진정한 무지가 오성을 빛나게 만든다. 진리란 고독과 슬픔과 괴로움 속에서 풍성하게 익어가는 열매이다. 인간들이여, 진리가 참다운 무지로 익었을 때만이 아무런 의심 없이 받아들일 수 있다. 그대들이 오류로 들어가는 길은 망망대해처럼 한없이 넓다. 그러나 참된 진리에 이르는 길은 단 하나이다.

 욕망적 인간들이여, 진리를 갈망하지 말라. 진리는 갈망하는 것이 아니라, 이성으로 품는 것이다. 탐욕적 인간들이여, 진리를 쫓아가지 말라. 진리는 쫓아가는 게 아니라, 오성으로 찾는 것이다. 이기적 인간들이여, 진리를 만들지 말라. 진리는 만드는 게 아니라, 명성으로 밝히는 것이다. 그는 이렇게 외치고 입을 다물었다.

12

어둠이 혼돈이라면 밝음은 무엇인가

그가 광장의 무대에서 내려왔을 때 술 취한 남자가 다가왔다. 남자는 무명 바지저고리에 하회탈을 쓰고, 손에는 묵화 합죽선을 들고 있었다. 그는 한복 차림에 하회탈을 쓴 남자를 이상한 눈으로 쳐다보았다. 남자는 합죽선을 펴들고 얼굴을 쓱쓱 부쳤다.
"당신도 나처럼 술을 마셔야 제정신이 나겠군 그래."
그는 남자가 던진 말을 곱씹어 보고 말했다.
"나는 이미 진리의 술에 만취해 있소."
그의 말을 듣고 남자가 이를 드러내며 웃었다.
"진리를 죽이지 말라는 사람이 진리의 술에 만취해 있단 말이오?"
그는 자신이 지나치게 열띤 목소리로 부르짖었다는 걸 깨달았다. 하지만 자세를 가다듬고 말했다.
"맞소. 진리는 이 세상에 남은 단 하나의 절망이자 희망이오. 그걸 인간들이 죽였소."
남자가 하회탈 안에서 웃었다.
"진리는 죽지 않았소. 자, 보시오. 이렇게 멀쩡히 살아 있지 않소."
그는 남자가 가리키는 도시의 화려한 불빛을 바라보았다. 태양이 진 거리는 수많은 불빛과 네온사인과 십자가로 눈이 부셨다. 남자는 건물과 간판과 십자가에서 뿜어지는 불빛을 보며 감동적인 표정이 되었다. 그는 합죽선 너머에서 번쩍이는 불빛을 멍하니 응시했다. 남자의 말은 한 치의 오류도 없이 정확한 것이었다.

그는 눈앞에 펼쳐져 있는 밝디밝은 진리를 향해 한 발짝 다가섰다. 그 순간 그의 뇌리를 스쳐가는 의문이 있었다.

불빛이 진리라면 어둠은 무엇인가? 어둠이 혼돈이라면 밝음은 무엇인가? 진리가 살아 있다면 오류는 죽었는가? 오류가 잠들었다면 이성은 깨었는가? 이성이 깨었다면 신은 살아 있는가? 신이 살아 있다면 악마는 죽었는가? 악마가 죽었다면 어둠은 깨어났는가? 어둠이 깨어났다면 선은 사라졌는가? 선이 사라졌다면 악은 발흥했는가? 남자가 손에 들고 있던 묵화 합죽선을 접었다. 그리고는 오색 불빛이 번뜩이는 도시를 향해 걸어갔다.

"진리는 이 세상의 모든 것이오."

13

인간의 존엄성은 진리의 손에 달려 있다

그는 석양빛에 비치는 자신의 그림자를 보면서 걸었다. 나는 진정으로 뜨거운 진리의 술에 취했는가? 나는 진정으로 지독한 혼돈에서 각성되었는가? 나는 진정으로 캄캄한 어둠 속에서 뛰쳐나왔는가? 진리가 나를 어둠 속에 잠재우고 혼자서 갔는가? 내가 진리를 어둠 속에 잠재우고 혼자서 가는 것인가? 인간들이 잠든 이 시간에 진정 나는 무엇인가? 도시가 어둠에 가라앉은 이 시간에 진정 나는 누구인가? 밤을 즐기는 탐욕스런 인간인가? 낮을 두려워하는 욕망적 짐승인가? 진리를 부르짖는 타락한 신인가?

인간은 깊은 사색보다 더 많은 무의미한 상상을 하면서 살아간다. 생각한 바가 필연적 행동을 유도하고, 그 영향을 미치게 하지 않으면 무의미한 사색이 된다. 인간의 존엄성과 인간의 타락성이 진리의 손에 달려 있다. 오성적 인간이 할 일은 신한테서 부여받은 존엄성을 지키는 데 있다. 명성적 인간이 할 일은 악마한테서 부여받은 타락성을 멀리하는 데 있다. 사고로써 인간을 증명하고, 행동으로써 인간을 발전시킨다. 사색이 부패할 때 인간이 타락하고, 존엄성이 추락할 때 진리는 죽어 간다.

지극히 이성적인 것이 현실적이며, 지극히 현실적인 것이 이성적이다. 이성은 스스로의 원리를 한 손에 들고, 그 원리로 고안해 낸 실험을 다른 손에 들고 외친다. 세계의 파멸과 신의 추락과 인간의 타락을 부추기는 길은 오직 하나밖에 없다. 즉 이성적 인간의 충동과 오성적 인간의 탐욕과 명성적 인간의 타락이다. 인간의 타락은 신의 절망을 불러오고, 짐승의 탐욕은 천사의 몰락을 가져온다. 신의 타락은 진리의 죽음을 불러오고, 천사의 탐욕은 이성의 죽음을 불러온다.

14
이곳이 너희 위대한 인간들의 집인가

그가 잠들어 있을 때 누군가가 어깨를 흔들었다. 그는 달콤한 수면 속에서 깨어나 어깨를 흔든 사람을 쳐다보았다. 그를 잠에서 깨운 사람은 흑인처럼 얼굴이 검은 남자였다. 남자는 얼굴만 검은 게 아니라, 입고 있는 옷도 검은색이었다. 사실 그것은 옷이 검은 게 아니라, 세탁을 하지 않아서 검게 보이는 거였다. 그는 졸린 눈을 손등으로 비비면서 상체를 일으켰다. 남자가 그를 향해 적대감이 배어 있는 눈초리를 던졌다.

"당신 지금 여기서 뭘 하고 있는 거요?"

그는 잠이 덜 깬 목소리로 입을 열었다.

"잠을 자고 있었소."

남자가 그를 밀쳐 내며 씹어뱉었다.

"누구 마음대로 여기서 잠을 자는 거요?"

그는 남자의 날카로운 질책을 듣고 좌우를 둘러보았다. 그가 누워 있던 곳 옆에는 또 다른 남자가 박스를 뒤집어쓰고 있었다. 그 남자 옆에는 또 다른 남자가 있고, 그 남자 옆에는 또 다른 남자가 보였다. 박스를 쓰고 잠든 사람은 한두 명이 아니었다. 수십 명의 사람들이 줄줄이 누워서 잠을 자는 중이었다. 그는 그때서야 자신이 지하도에 쓰러져 잠을 잤다는 사실을 깨달았다. 남자가 얼굴 가운데 뚫린 흰 눈동자를 굴리며 다그쳤다.

"빨리 내 집에서 나가시오."

그는 남자의 말을 듣고 웃음이 터지는 걸 참을 수 없었다.

"집이라, 이곳이 당신 집이란 말이오?"

남자가 얼굴에 핏대를 세웠다.
"그렇소, 여긴 내가 십 년째 지내는 나의 집이오."
그가 이해할 수 없다는 투로 물었다.
"정말 십 년을 이 어두운 터널에서 지냈단 말이오?"
남자가 주위를 둘러보면서 말했다.
"터널은 어둡지 않소. 마음만 밝으면 이곳도 천상이니까."
그가 미소를 띤 채 중얼거렸다.
"아하, 그걸 미처 몰랐군."
남자가 어깨를 으쓱 세웠다.
"이제 이곳이… 내 영혼을 편히 잠들게 하는 나의 집인 걸 알았소?"
그가 고개를 끄덕였다.
"잘 알았소. 나는 인간이 신보다 위대한 존재라고 생각했을 뿐이오."
그는 베고 자던 괴나리봇짐과 삿갓과 지팡이를 들고 일어섰다. 검은 얼굴의 남자가 재빨리 그가 일어선 자리에 주저앉았다. 시멘트 바닥이 그대의 영혼을 편안케 하는 집이다 그거지? 그는 이렇게 중얼거리며 수많은 노숙자 사이를 지나갔다.

15

날개 없는 희망에 집착하지 말라

그는 노숙자로 가득 찬 지하도를 걸어가며 외쳤다. 인간들이여, 혼돈과 무질서를 사랑하지 말라. 그대들 궁핍과 피로를 기뻐하지 말라. 그대들 나태와 게으름을 좋아하지 말라. 그대들 태만과 안일을 즐기지 말라. 분노를 이불로 삼고 감정을 담요로 삼는다면 천사보다 더 즐겁다. 피폐한 영혼에 궁전을 짓고, 이성을 조롱하면 어떤 신보다 더 행복하다.

그대들 마음에 어둠의 집을 짓지 말고, 그대들 영혼에 태양의 궁전을 건설하라. 그대들 영혼에 절망의 집을 짓지 말고, 그대들 육체에 희망의 왕궁을 건축하라. 그의 목소리를 듣고 노숙자들이 눈을 비비며 일어났다. 그는 노숙자들의 태도는 아랑곳 않고 소리쳤다. 그대들 날개 없는 희망에 집착하지 말고, 비늘 달린 절망을 껴안으라. 번뜩이는 이성과 날카로운 오성이 희망을 만드는 게 아니다. 밝음을 짖어대는 개든, 어둠을 노래하는 수탉이든, 태양을 쪼아대는 독수리든, 절망을 노래하는 자가 행복하다.

그대들 영혼의 파괴를 거부하지 않음은, 죽음을 향해 다가가는 어둠의 힘찬 발걸음이다. 그대들 영혼의 죽음을 반갑게 끌어안지 않음은, 어둠을 향해 다가가는 악마의 힘찬 발걸음이다. 그대들 마음의 눈뜸이 없는 집과, 영혼의 외침 없는 음식과, 절망이 깨어 있지 않은 잠과, 탐욕이 불 밝힌 희망에 눈멀지 말라. 그대들 이성의 자각이 없는 육체와, 오성의 깨달음이 없는 정신과, 명성의 단단함을 갖추지 않은 영혼을 그리워하지 말라. 형체 없는 죽음의 그림자가 어둠처럼 찾아들 것이다. 한 노숙자가 그의 말을 막았다.

"개가 뜯어 먹을 소리는 그만하고 빨리 나가시오."

다른 노숙자도 거들었다.

"별 미친놈 다보겠네. 인간이 뭐가 어쨌다는 거야."

또 다른 노숙자는 페트병을 집어던졌다.

"정말 시끄러워서 잠을 못 자겠네."

그는 노숙자들이 누워 있는 지하도 안을 쓱 둘러보았다. 숫자도 헤아릴 수 없을 정도로 많은 사람들이 신문지와 박스와 이불을 뒤집어쓰고 있었다. 그들은 모두 그곳이 천상보다 훌륭한 숙소라고 여기는 것 같았다. 어떤 면에서는 그곳보다 좋은 안식처는 없을 것 같았다. 그는 마르고, 병약하고, 지칠 대로 지친 그들을 향해 부르짖었다.

인간들이여, 검은 대지의 평화와 붉은 희망의 하늘이 항상 너희와 함께 있다는 것을 명심하라. 지금 너희가 살고 있는 곳이 높은 산꼭대기이거나, 깊은 바다 속이거나, 어두운 동굴이라도 상관없다. 인간들이여, 낡디낡은 고성에 사는 것이나, 병든 양 떼와 함께 사는 것이나, 날지 못하는 꿀벌과 함께 사는 것이 다르지 않다.

마음이 가난한 자는 오성으로 벽을 쌓은 집에 있어도 행복하지 않다. 영혼이 피폐한 자는 명성이 높은 울타리를 쳐 주어도 즐겁지 않다. 인간들이여, 고통을 바탕으로 하지 않은 육신은 기초 없이 세운 집과 같다. 그대들 어두운 영혼의 울타리를 벗어나 눈부시게 밝은 육체의 성벽을 오르라. 그의 말을 듣고 있던 한 노숙자가 벌떡 일어났다.

"난 영혼이 피폐해도 행복하기만 한데."

다른 노숙자도 거들었다.

"나도 이 박스 집이 천상보다 좋아. 오라 가라 간섭하는 사람

없지, 먹는 걸 참견하는 사람 없지, 자고 싶으면 얼마든지 잘 수 있지."

그는 자신이 한 말을 돌이켜보고 쓴웃음을 지었다. 노숙자의 말은 한 치의 오류도 없이 사실이었다. 자기 자신이 행복하다면 누가 뭐라고 해도 행복하다. 자기 자신이 즐겁다면 신이 아니라고 해도 즐겁다. 그런데 어두운 지하도 안이라고 해서 불행한 자들만 모여 있다고 판단한 것은 잘못이다. 하지만 그는 그들에게 꼭 이 말을 전하고 싶었다. 인간이 무엇이고, 인간은 무엇을 위해 살고, 인간은 어디를 향해 가는지를.

그는 한 차례 호흡을 가다듬은 다음 목소리를 높여 외쳤다. 인생은 고통과 절망이 흐르는 물속으로 떠내려가는 한 조각의 나뭇잎은 아니다. 고락이 교대하여 흘러가는 동안 희망을 먹고 절망을 버리는 것이 인생의 참모습이다. 인간들이여, 참다운 고뇌란 인생의 굴곡을 겪은 사람이 영혼 속에 혼돈의 집을 세우는 것이다. 혼돈의 집이 크고 작음을 불문하고, 영혼을 구하는 사람에게 공통되는 것은 투쟁이다.

인간들이여, 빈자의 진실한 기도는 푸른 하늘의 축복을 받고, 부자의 불타는 욕심은 거친 황야에서 불행을 파낸다. 인간들이여, 네 몸을 깎아서 옷에 맞출 것이 아니라, 네 옷을 잘라서 그대들 몸에 맞추어야 한다. 그게 지금 어둠을 등지고 누워 있는 그대들이 할 일이다. 이렇게 말한 그는 지하도를 성큼성큼 빠져나갔다.

16

욕망적 인간은 화려함을 좋아한다

　그는 30년 만에 마신 술이 영혼을 흔드는 것을 느끼고 머리를 저었다. 그가 술을 마신 것은 놀란 만큼 변한 도시와 충격적으로 변한 인간과 목적을 망각한 신 때문이었다. 그가 어둠 속에서 선악과 갈등할 때, 신과 천사는 세상의 죽음을 노래했다. 그가 토굴에서 영혼과 투쟁할 때 인간은 탈각과 탈피와 탈아를 거듭했다. 젊은이들의 차림새는 경쾌함을 넘어 차라리 파괴적이었다. 여자들은 큰 엉덩이에 팬티 하나만 걸치고 돌아다녔다. 젊은 남자들은 길거리든 차 안이든 타오르는 욕망을 표출했다.
　나이든 남자들은 세속적 탐욕과 이기심과 자만심을 조금도 감추지 않았다. 그야말로 그들의 충혈된 눈은 야성과 본능과 충동으로 번뜩였다. 그들은 한 순간도 감성적 인간임을 자각하지 않았다. 그들은 조금도 지성적 동물임을 확인하지 않았다. 그들은 한 번도 이성적 존재임을 돌아보지 않았다. 그들은 한시도 오성적 생명체임을 회의하지 않았다. 그들은 한 차례도 명성적 실체임을 자인하지 않았다.
　그는 거리를 메운 욕망적 인간들과 어둠을 채운 탐욕적 동물들로 마음이 무거웠다. 그는 깊이 잠든 신과 환각 속에서 헤매는 천사와 어둠을 짖어대는 사탄으로 인해 혼란스러웠다. 그는 땅 밑을 가로지르는 지하철과 도시를 뒤덮은 높은 빌딩과 세상을 방치한 신의 저주로 정신이 어지러웠다. 그의 혼란스런 마음을 읽었는지 길가에서 술추렴하던 취객이 불러 세웠다. 그는 취객이 건네는 술잔을 받으며 자신만이 변화하지 않았음을 깨달았다. 처음 만난 취객은 그의 마음을 아는 것처럼 연거푸 술잔을 건넸다.

"본래 욕망적 인간은 화려한 것을 좋아하는 법이오."

그는 취객의 말을 듣고 이내 고개를 끄덕였다. 욕망적 인간은 화려함을 좋아하고, 탐욕적 인간은 파괴를 좋아하고. 이기적 인간은 경쟁을 좋아한다. 이는 인간이 존재는 곳이면, 그곳이 어디라도 적용되는 삶의 법칙이다. 이는 짐승이 존재하는 곳이라면, 그곳이 어떤 장소라도 적용되는 생의 법칙이다. 그는 취객이 건네는 술을 모두 받아 마시고 무질서와 파괴와 혼돈으로 가득 찬 도시를 향해 걸어갔다.

17

술 속에는 진리가 있다

그는 알코올이 점령한 머리를 들고 일그러진 세상을 응시했다. 아무리 보아도 세상은 똑바로 서 있지 않고 제멋대로 춤을 추었다. 건물이 기울고 육교가 출렁이고 전봇대가 휘고 지하도가 기형적으로 웃었다. 도시는 각가지 불빛으로 번뜩였고, 수많은 차들이 지옥을 향하듯 전속력으로 달렸다. 그는 이성과 오성과 명성을 마비시키는 알코올을 털어내기 위해 안간힘을 썼다. 그는 비틀비틀 걸어가면서 정신 나간 사람처럼 중얼거렸다.

그렇다. 세상이 이렇게 왜곡돼 보이니까 인간들이 술을 마시는 것이다. 세상이 이토록 기형적으로 보이니까 인간들이 술에 취하는 것이다. 세상이 이토록 이성을 마비시키고 오성을 흔드니까 인간들이 술집을 찾는 것이다. 세상이 이토록 혼란스러우니까 신과 천사가 인간을 방치하는 것이다. 세상이 이토록 무질서하니까 사탄이 인간을 부추기는 것이다. 그는 검은 별이 떠 있는 하늘을 향해 큰소리로 웃어젖혔다. 그리고는 그 하늘 밑에서 살아가는 성자와 신과 천사와 사탄에게 소리쳤다.

성자여, 그대도 범죄의 꿀인 술을 마셔 보라. 신이여, 그대도 불완전한 피조물처럼 알코올에 젖어 보라. 천사여, 그대도 머리가 큰 동물처럼 술에 취해 보라. 사탄이여, 그대도 두 발로 걷는 짐승처럼 알코올에 물들어 보라. 그러면 그대들의 피조물과 범자와 동물이 왜 이성과 오성과 명성을 자살하는지 알 것이다. 그대들의 품속에서 살아가는 인간들은 탐욕으로 오성의 자살한다. 위대한 신의 품에서 연명하는 인간들은 욕망으로 명성을 자살한다.

거룩한 천사의 품에서 살아가는 인간들은 이기심으로 지성을 자살한다.

사악한 악마의 품에서 살아가는 인간들은 죄악으로 이성을 자살한다. 이성의 자살은 인간들을 신성 속에서 놓여나게 만든다. 오성의 자살은 사탄이 쳐놓은 그물을 끌어안는 것이나 마찬가지다. 명성의 자살은 악마를 화려한 왕좌에 올려놓는 것이나 마찬가지다. 지성의 자살은 저승사자가 깔아놓은 양탄자 위를 걸어가는 것이나 마찬가지다. 알코올 속에는 신도 있고 천사도 있고 악마도 있고 사탄도 있다. 욕망 속에는 선지자도 있고 예언자도 있고 탈속자도 있고 철학자도 있다. 그들은 모두 혼돈의 술 속에 살면서 욕망적 인간들에게 소리친다. 술 속에는 희망이 있다. 술 속에는 사랑이 있다. 술 속에는 진리가 있다.

18

너를 검은 천사라고 부를 것이다

그는 무질서한 거리를 걸어가면서 히죽히죽 웃었다. 도시는 똑바로 걷고자 하는 그의 의지를 가만히 내버려 두지 않았다. 걸음을 옮기면 옮길수록 이성과 오성의 마비가 머리끝까지 올라왔다. 몸을 움직이면 움직일수록 지성과 명성이 땅바닥으로 처박혔다. 그는 혼란스런 머리를 흔들면서 미친 사람처럼 소리쳤다. 인간들이여, 한 잔의 술은 투명한 이성의 마비를 위해서 마셔라. 두 잔의 술은 감미로운 환락의 마비를 위해서 마셔라. 세 잔의 술은 나른한 방종의 마비를 위해서 마셔라.

네 잔의 술은 날카로운 광기의 마비를 위해서 마셔라. 다섯 잔의 술은 뜨거운 탐욕의 마비를 위해 마셔라. 여섯 잔의 술은 위대한 신의 망각을 위해 마셔라. 일곱 잔의 술은 아름다운 천사의 망각을 위해 마셔라. 여덟 잔의 술은 거룩한 성자의 망각을 위해 마셔라. 아홉 잔의 술은 잔인한 범죄의 망각을 위해 마셔라. 열 잔의 술은 미쳐가는 세상의 망각을 위해 마셔라. 열한 잔의 술은 광기에 빠진 도시의 망각을 위해 마셔라. 열두 잔의 술은 그대를 버린 신과 천사와 성자와 사탄의 타락을 위해 마셔라.

인간들이여, 성자의 술의 힘, 신의 술의 맛, 천사의 술의 멋, 사탄의 술의 광기, 악마의 술의 저주로 그대들 핏속에 불사의 생명을 불어넣으라. 인간들이여, 성자의 감성, 신의 지성, 천사의 이성, 사탄의 오성, 악마의 명성으로 그대들 가슴에 불멸의 죽음을 불러들이라. 한바탕 소리치자 머리가 조금은 맑아지는 느낌이었다. 하지만 그의 몸과 팔과 다리는 여전히 풀려서 제멋대로 움직였다. 그는 조금 더 이성과 오성과 명성을 되살려야겠다고 마음 먹었다. 그래서 화려한 불빛을 뿜어내는 도시를 향해 외쳤다.

인간의 명성을 마비시키는 도시여. 그대도 술을 마셔 보라. 인간의 오성을 마비시키는 빌딩이여, 그대도 술에 취해 보라. 인간의 이성을 마비시키는 자동차여, 그대도 술을 들이켜 보라. 술은 죽은 나무처럼 바짝 마른 입속을 경쾌하게 만든다. 술은 드넓은 사막처럼 삭막한 마음속을 시원하게 만든다. 술은 북극의 얼음처럼 차가운 뱃속을 뜨겁게 만든다. 술은 끝없는 우주처럼 텅 빈 머릿속을 가득 차게 만든다. 찬란한 도시여, 술은 그대가 품에 안은 인간의 지성을 자살케 한다.

높고 높은 빌딩들이여, 술은 그대가 사랑하는 인간의 이성을 죽음으로 끌어들인다. 어지럽게 뻗은 도로들이여, 술은 그대가 신뢰하는 인간의 오성을 어둠 속으로 유인한다. 도로를 달리는 자동차들이여, 술은 그대가 숭배하는 인간의 명성을 시들게 만든다. 인간들이 계획한 도시여, 진실은 늘 술 속에 있다. 인간들이 건설한 도시여, 진리는 늘 술잔 속에 있다. 인간들을 잠재우는 도시여, 사랑은 늘 술에 취해 있다. 인간들을 타락케 만드는 도시여, 박애와 사랑과 명예로움 또한 술 속에 있다.

도시여, 술 속에 있는 진리의 빛을 찾으라. 술은 인간에게 타락을 주고 자유를 빼앗아 간다. 도시여, 술은 그대를 정복자로 만들고, 각성은 그대를 노예로 만든다. 도시여, 술잔은 그대를 승리자로 만들고, 명성은 그대를 패배자로 만든다. 여기까지 소리친 그는 갈증이 인다는 사실을 깨달았다. 사실 그것은 갈증이 아니라 영혼의 목마름이었다. 그것은 진리에의 목마름, 진실에의 목마름, 선지자로서의 목마름, 사도로서의 목마름이었다.

그는 슈퍼에 들어가 술을 한 병 집어 들고 나왔다. 알코올은 그의 갈증을 아주 짧은 시간 동안 해소해 주었다. 그는 다시 길을 걸으며 중얼거리듯 말했다. 술에 탐닉하는 자는 초라해질 것이요. 사색하기를 즐겨하는 자는 위대해질 것이다. 술은 이성과 오성의 오염수요, 지식과 학문의 끝지점이요, 상상과 사고의 검은 구름이다. 술은 무덤을 사랑하는 자요, 머리를 조각나게 하는 자요, 탐욕을 찬양하게 하는 자이다. 시는 범죄자의 술이고, 소설은 범죄자의 말이고, 음악은 범죄자의 속삭임이다.

  인간들이여, 범법자의 시와 범죄자의 말과 위법자의 속삭임에 귀 기울이지 말라. 그대들 위선자의 연설과 사기꾼의 공연과 배신자의 노래에 귀 기울이지 말라. 이들은 모두 술에 취하고, 술에 빠지고, 술에 점령당한 영혼의 소유자들이다. 술의 영혼이여, 술의 정령이여, 술의 악령이여, 네게 만일 적당한 이름이 없다면, 나는 너를 검은 천사라고 부를 것이다.

19

도시를 너무 사랑해서 그러는 것이다

그는 길을 걷다가 일인 시위를 벌이는 남자 앞에서 멈췄다. 흰색 마스크를 쓴 남자는 피켓을 든 채 먼 곳을 응시하고 있었다. 그는 남자가 들고 있는 피켓을 보다가 고개를 저었다. 남자가 든 피켓에는 아무런 구호도 문자도 적혀 있지 않았다. 피켓에 구호가 없는 것처럼 남자의 표정과 눈빛도 흔들림이 없었다. 그것은 마치 높고 높은 벽을 마주한 채 서 있는 성자의 모습이었다. 그는 피켓을 창처럼 세우고 있는 남자에게 물었다.

"그대는 누구에게 시위를 벌이는 것이오?"

남자가 그를 힐끗 쳐다보더니 대답했다.

"나는 이 도시한테 시위를 벌이고 있소."

그는 남자의 말이 무엇을 뜻하는지 몰라 재차 물었다.

"이 도시 누구에게 시위를 벌이느냐 이 말이오."

남자가 무표정한 얼굴로 로봇처럼 되풀이했다.

"나는 이 화려하고 웅장한 도시에게 시위를 벌이고 있소."

그는 남자가 응시하는 도시 중앙으로 눈길을 던졌다. 남자의 시선이 머문 곳에 환하게 불을 밝힌 고층빌딩들이 서 있었다. 빌딩들은 서로 먼저 하늘로 올라가려고 경쟁하는 것처럼 보였다. 기존 빌딩 옆에서는 새로운 빌딩이 층수를 높이며 빠르게 올라가고 있었다. 하늘로 치솟는 빌딩 사이에 별처럼 많은 십자가들이 보였다. 십자가를 머리에 인 건물들은 서로 말을 하는 것처럼 쉴 새 없이 반짝였다. 십자가를 머리에 꽂은 건물 아래에서는 한창 지하철 공사가 진행 중이었다. 지하철 공사장은 커다란 뱀이 입을 벌리고 누워 있는 형상이었다. 그가 공사 중인 도시를 바라보고 있을 때 한 사내가 다가왔다. 사내는 피켓을 든 남자를 대변하듯 입을 열었다.

"이 양반 이러고 있는 지가 벌써 오년 째요."

그는 말을 내뱉은 사내를 향해 돌아섰다. 사내가 어깨를 한 차례 으쓱하고 덧붙였다.

"그것도 해가 떨어질 때쯤 나와서 해가 뜨면 들어간다오."

그가 사내 쪽으로 한 발짝 다가섰다.

"이 양반이 일인 시위를 벌이는 이유는 무엇입니까?"

사내가 시큰둥한 목소리로 말했다.

"그건 나도 잘 모르겠소. 해만 지면 어김없이 피켓을 들고 나와 밤새 서 있다가 동이 틀 때 돌아간다는 것밖에는."

그가 말했다.

"그래도 무언가 이유는 있을 것 아닙니까?"

남자가 말했다.

"도시를 너무 사랑해서 그러는 것 아니겠소?"

그가 말했다.

"도시를 너무 사랑해서 그런다?"

남자가 말했다.

"그렇소."

그가 중얼거렸다.

"사랑이라…"

그는 남자와 사내와 도시를 훑어보고 발걸음을 옮겼다.

20

묵비권은 범죄자에게 주어진 권리이다

 그는 자신의 앞으로 달려오는 청년을 보고 멈춰 섰다. 머리를 길게 기른 청년의 얼굴에는 예수의 가면이 씌어 있었다. 그는 예수의 가면을 쓴 청년을 피해 길 옆으로 비켜섰다. 청년은 그에게 무엇인가를 재빨리 건네 주고 뛰어갔다. 그는 청년이 던져 주다시피 한 물건을 들여다보았다. 그것은 다름이 아니라 금박을 수놓아 만든 성경이었다. 그는 금박성경을 손에 든 채 골목을 돌아 뛰는 청년을 쳐다보았다.

 청년은 왜 예수의 가면을 썼으며, 금박성경을 던져 주고 뛰어가는가? 청년은 무엇 때문에 예수의 가면을 쓰고 성경을 도둑질하는가? 청년은 왜 그에게 도둑질한 물건을 건네 주고 달아나는가? 그가 고개를 갸우뚱거리고 있을 때, 경관 두 명이 달려왔다. 경관들은 그에게 다가와 다짜고짜 팔목을 움켜잡았다. 그는 반사적으로 경관들의 손길을 뿌리쳤다.

 "이게 무슨 짓이오? 길 가는 사람한테."

 그의 말을 들은 경관이 눈을 부릅떴다.

 "당신을 절도죄 공범으로 체포하겠습니다."

 그가 의아한 표정을 지었다.

 "절도죄 공범?"

 젊은 경관이 말했다.

 "그렇습니다. 방금 지나간 청년과 공범이지 않습니까."

 그가 몸을 비틀며 말했다

 "나는 공범도 아니고 범죄자도 아니오."

고참 경관이 말했다.
"그렇다면 왜 도난당한 금박성경을 들고 있는 겁니까?"
그가 말을 하려다가 멈췄다.
"이건…"
경관들이 그것 보라는 듯 그의 팔을 양쪽에서 움켜잡았다. 그는 골목을 돌아 사라진 청년 쪽으로 눈길을 던졌다. 예수의 가면을 쓴 청년은 이미 자취를 감추고 보이지 않았다. 그 대신 어둑한 골목 안에서 젊은 남녀가 키스를 나누고 있었다. 두 연인은 사람들의 이목 따위는 관심이 없다는 듯이 키스에 열중했다. 그가 머쓱한 표정을 짓자, 경관이 팔을 잡아끌면서 읊었다.
"당신은 지금부터 변호사를 선임할 수 있습니다. 또한 묵비권을 행사할 수 있고, 진술을 거부할 수도 있습니다. 당신은 현재 시간부로 절도죄의 현행범으로 체포합니다."
그는 무언가를 말하려 했으나 입이 떨어지지 않았다. 경관들은 쭈뼛거리는 그를 끌고 고층빌딩이 늘어선 도시 안으로 걸어갔다.

21

법률이란 이 시대 최고의 살인자다

그는 지구대 장의자에 앉아 있다가 벌떡 일어섰다. 그리고는 목소리를 높여 외쳤다. 경찰들이여, 국가는 시민의 하인이 될지언정 시민의 주인이 될 수 없다. 제도는 대중의 하녀가 될지언정 대중의 집정관이 될 수 없다. 그대들 국가의 제복을 입은 집행자로서 밝고 맑은 이성을 가져라. 그대들이 어둠 속으로 들어갈 때, 시민은 절망의 나락으로 떨어진다. 그대들이 억압의 꿀을 빨 때, 벌과 나비는 죽음의 수렁으로 추락한다.

경찰들이여, 억압을 사랑하는 국가가 있는 한 시민의 선량한 자유는 사라진다. 불법을 사랑하는 정부가 있는 한 대중의 선량한 자유는 죽어 간다. 그대들 캄캄한 어둠을 보지 말고, 빛나는 밝음으로 보라. 그대들 바다 속으로 지는 달을 보지 말고, 산 위로 떠오르는 태양을 보라. 그대들의 국가를 영속시키려면 스스로 방종한 자유를 버려라. 그대들의 이성을 밝게 빛내려면 파괴를 보지 말고 창조를 보라.

그의 행동을 저지하기 위해 세 명의 경관이 달려들었다. 그는 이내 손목에 수갑이 채워지고 의자에 앉혀졌다. 지구대 안에 있던 사람들이 이상한 눈초리로 쳐다보았다. 마치 정신병자를 잡아 온 것 아니야, 라는 표정이었다. 경관들은 제 자리로 돌아가 업무를 보기 시작했다. 그 틈을 이용해 그는 다시 입을 열었다. 경찰들이여, 국가는 개인을 위해 존재하고, 개인은 자유를 위해 존재한다는 것을 아는가?

그대들은 자유를 위해 존재하고, 시민은 권리를 위해 존재한다는 걸 아는가? 시민의 권리는 자살에 의하지 않고는 결코 쇠망하거나 어둠 속으로 지지 않는다. 권리와 억압과 지배는 노골적으로 드러나는 악의 검은 그림자이다. 탄압과 구속과 강요는 보이지 않게 드러나는 선의 검은 그림자이다. 국가란 최고의 탄압적 존재이고, 최고의 억압적 단체이고, 최고의 범죄적 조직이다. 제도란 이 시대 최고의 처형자이고, 기관이란 이 시대 최고의 독재자이고, 법률이란 이 시대 최고의 살인자이다.

그대들 아는가? 국가란 시민의 피를 밟음으로써 생명이 유지되고, 과거를 먹어 치움으로써 미래로 성장해 간다. 그대들 아는가? 아둔한 전체주의는 인류를 망치고, 창조를 향한 자유를 죽이는 악성 질병이라는 것을. 그대들 아는가? 어리석은 민주주의는 사회를 병들게 하고, 국가의 희망을 잡아먹는 어둠의 악령이라는 것을. 그대들 아는가? 무모한 자본주의는 국가 질서를 왜곡되게 하고, 신의 창조물을 파괴하는 악의 축이라는 것을.

경찰들이여, 국가의 질병은 그것을 구성하고 있는 모든 시민의 질병이자 모든 질서의 질병이다. 사회의 전염병은 그것을 구성하고 있는 모든 인간의 전염병이자 모든 제도의 전염병이다. 그대들 아는가? 시민은 국가의 근본인 동시에 군왕의 하늘이다. 일반대중은 사회의 기둥인 동시에 지도자의 신이다. 그대들 철인이 국가의 근본이 되고, 이성이 군주의 하늘이 되는 국가를 만들라. 그는 이렇게 소리치고 의자에서 벌떡 일어섰다.

22

신도 아니고 천사도 아니고 인간도 아닌 비존재자이다

젊은 경관이 다가와 서 있는 그를 눌러 앉혔다. 그는 의자에 주저앉으며 입가를 쓱 닦았다. 무언가를 끄적거리고 있던 고참 경관이 중얼거렸다. '어디서 제정신이 아닌 인간을 데려왔구만.' 그는 손목에 채워진 금빛 수갑을 내려다보았다. 수갑은 자신의 존재를 과시하는 것처럼 번쩍이며 빛을 발했다. 그것은 마치 억류와 억압을 자랑스럽게 여기는 신의 웃음과도 같았다. 조사를 맡은 젊은 경관이 백지를 펼쳐 놓고 볼펜을 들었다.
"신분증을 제시하세요."
그가 경관을 향해 빙그레 웃었다.
"나는 신분증이 없소."
젊은 경관이 말했다.
"신분증이 없다고요? 그럼 본인을 증명할 물건을 꺼내 보세요."
그가 고개를 가로저었다.
"나는 아무것도 가지고 다니지 않소. 아니 아무것도 없는 존재요."
젊은 경관이 언성을 높였다.
"이 양반이 지금 장난을 치나?"
고참 경관이 그럴 줄 알았다는 듯이 빈정거렸다.
"저런 인간은 정신병원으로 보내는 게 딱 맞아."
그가 말했다.
"나는 없는 걸 없다고 말할 뿐이오."

젊은 경관이 인상을 찌푸리며 물었다.
"그럼 이름은 뭡니까?"
그가 장의자에 등을 기대고 대답했다.
"이름도 가지고 있지 않소."
젊은 경관이 재차 강조했다.
"좋은 말로 할 때 조사에 응하세요."
그가 껄껄 웃으며 말했다.
"나는 삼십 년 동안 캄캄한 토굴에서 지내다가 엊그제 밖으로 나왔소. 그래서 내가 누구이고 무엇을 하는 존재인지조차 잊었소."
젊은 경관이 한동안 쏘아보다가 물었다.
"그럼 주거지는 어딥니까?"
그가 서슴없이 대답했다.
"그것도 잘 모르오."
다른 경관이 말했다.
"같이 사는 사람은 없습니까?"
그가 또 다시 고개를 저었다.
"같이 사는 사람도 없소."
젊은 경관이 말했다.
"이거 미치겠구만."
그가 의아한 표정을 지어 보였다.
"미칠 것 같은 건 오히려 나요."
다른 경관이 말했다.
"이 양반이 정말…"
그때 고참 경관이 앞으로 나섰다.
"다른 건 놔두고 훔친 이유나 물어 봐."
젊은 경관이 눈살을 찌푸리더니 말했다.

"하여간 좋아요. 그런데 이건 왜 훔친 겁니까?"
고참 경관이 금박성경을 눈앞으로 들어 올렸다. 그가 금박성경을 힐끗 쳐다보고 대답했다.
"그건 훔친 게 아니라, 예수가 주고 간 거요."
젊은 경관이 가소롭다는 듯이 웃었다.
"예수가 주고 갔다고요?"
그가 경관을 따라 웃었다.
"그렇소. 예수가 내버리듯 주고 갔소."
고참 경관이 빈정거리는 투로 말했다.
"내 말대로 정신병원이 딱 맞다니까."
그는 고참 경관의 말을 듣고 큰소리로 웃었다. 고참 경관의 말은 한 치의 오류도 없이 정확한 것이었다. 그는 분명히 제정신을 가진 온전한 존재가 아니었다. 그는 무언가가 빠지고 풀어지고 비틀어진 존재였다. 그는 신도 아니고 천사도 아니고 인간도 아닌 비존재자였다. 그는 신과 천사가 버리고 떠난 이 세상을 구원코자 나선 자칭 사도였다. 그런 사도에게 신의 추종자인 예수가 금박성경을 안겨 주고 사라진 거였다.

23

삶의 기본적 감정은 불안과 공포다

그는 경찰차에 실려 어딘가로 가면서 곰곰이 생각했다. 나는 누구인가? 나는 무엇을 하는 존재인가? 나는 토굴에 처박혀 무엇을 찾고 무엇을 갈등했는가? 나는 토굴에서 무엇을 고민하고, 무엇을 밝히려 발버둥쳤는가? 그리하여 이해하고 얻은 것은 또 무엇인가? 그는 그 모든 것을 이성의 명성(明性)에 대한 불안과 공포 때문이라고 생각했다. 즉 이성의 명성에 대한 불안과 공포는 그를 토굴에 처박히게 하고, 세상과 격리된 채 지내게 만들었다. 그는 차창 밖으로 스쳐가는 도시를 보며 불안, 하고 중얼거렸다.

신이라는 존재의 기본적 감정은 세상에 대한 불안이다. 인간이라는 동물의 생의 기본적 감정도 불안이다. 모든 동식물의 삶의 기본적 감정 역시 불안이다. 모든 생명체의 삶의 기본적 기분은 공포이다. 모든 생명체의 죽음에 대한 기본적 기분 역시 공포이다. 불안과 공포는 명성을 품에 안은 이성을 두려움에 떨게 만든다. 불안, 공포, 낙담은 이성을 어둠 가까이 다가가게 만든다. 불안, 공포, 낙심은 명성을 죽음 가까이 가게 만든다.

이성과 명성을 늙게 만드는 것에는 네 가지가 있다. 바로 불안, 공포 노여움, 증오이다. 이성과 명성을 젊게 만드는 것에는 네 가지가 있다. 바로 사랑, 희망, 즐거움, 기쁨이다. 그는 토굴에서 시시각각 이성을 엄습하는 불안과 공포의 실체와 싸웠다. 그는 어둠 속에서 이성의 기쁨과 오성의 즐거움과 명성의 행복을 그리워했다. 그는 음습한 곳에서 참다운 감성과 참다운 지성과 참다운 각성(覺性)에 대해 고민했다. 그는 하루에 한 끼씩 먹으며, 참다운 종교와 참다운 신과 참다운 인간에 대해 갈등했다. 그는 하루에 세 시간씩 자며, 참다운 선과 참다운 악과 참다운 의지에 대해 고찰했다.

그는 30년 동안 고민하고 갈등하고 고찰한 끝에 한 가지 사실을 터득했다. 그것은 참다운 신과 참다운 천사와 참다운 인간을 찾는 것이었다. 즉 선과 악과 불신의 의지로부터 도망치지 않고, 그들 가까이 다가가는 것이었다. 그의 이성과 오성과 명성을 불안하게 한 것은, 신과 천사와 인간을 부정했기 때문이었다. 그를 토굴에서 고민하게 만든 것은, 선을 이끌어가는 진리와 악을 구분하는 진실과 삶을 증명하는 의지를 거부했기 때문이었다. 그를 토굴에서 갈등하게 만든 것은, 삶을 이끌어가는 즐거움과 죽음을 만들어가는 절망과 존재를 의심하는 사고를 부정했기 때문이었다. 그는 그 깨달음의 소리를 듣는 순간 토굴 밖으로 뛰쳐나왔다.

그는 자신의 내부에서 외치는 신뢰와 진리와 열정의 소리를 들었다. 나약하고 나약한 존재여, 그대 불안과 공포와 두려움 가운데 빛나는 하루하루를 마지막이라고 생각하라. 불안하고 불안한 존재여, 희망과 기쁨과 사랑 가운데 빛나는 순간순간을 마지막이라고 생각하라. 의심하고 의심하는 존재여, 그대 고민과 갈등과 번민 가운데 빛나는 하루하루를 마지막이라고 생각하라. 그러면 어둠 뒤에 숨어 있는 참다운 진리와 참다운 사랑과 참다운 기쁨을 만날 것이다. 고독하고 고독한 존재여, 투지와 의욕과 도전 가운데 빛나는 순간순간을 마지막이라고 생각하라. 그러면 화려함 뒤에 숨어 있는 참다운 선과 참다운 악과 참다운 의지를 보게 될 것이다.

24

드넓은 대지로 절름발이처럼 발을 내디뎌라

그는 순찰차 천정을 올려다보면서 중얼거렸다. 그대 자칭 사도여, 두려운 것은 죽음이나 고난이 아니라, 고난과 죽음에 대한 불안과 공포이다. 그대 자칭 사도여, 그대의 본질은 고뇌이며, 자신의 숙명에 대한 씻을 수 없는 죄의식이다. 그대가 가진 모든 불안, 모든 기쁨, 모든 행복, 모든 죽음의 공포까지도 거기에서 생긴다. 그대 고독은 이 세상에서 가장 무서운 괴로움이자, 이 세상에서 가장 나쁜 감정이다. 그대 아무리 지독한 공포도 견딜만하지만, 고독만은 햇볕에 타는 죽음과 같다.

그대 어둠의 공포에서 일어나 밝은 빛을 향해 북을 쳐라. 그대 불안의 그림자에서 벗어나 눈부신 태양을 향해 춤을 춰라. 그대 고독의 감옥에서 뛰쳐나와 오색 무지개를 향해 달려가라. 희망에는 공포와 불쾌감이 수반하며, 절망에도 기쁨과 만족이 뒤따른다. 불안과 공포는 평화와 질서를 가로막는 형이하학적 장애물이다. 좌절과 절망은 도전과 창조를 가로막는 형이상학적 상상력이다. 두려움은 푸른 하늘을 뒤덮은 검은 먹구름이다. 공포는 자신의 무덤을 파는 창조자의 거친 손이다. 절망은 기쁨에 온몸을 떠는 젊은이의 뜨거운 심장이다. 불안은 무덤 속으로 들어가는 행복한 자의 매서운 눈이다.

두려움은 연인의 사랑을 즐겁게 하는 정령의 애교스런 눈짓이다. 공포는 천진난만한 어린이에게 기쁨을 선사하는 상냥한 웃음이다. 하늘은 견딜 수 없는 슬픔을 인간에게 내려주지 않았다. 대지는 견딜 수 없는 두려움을 인간에게 안겨주지 않았다. 바다는 견딜 수 없는 고독을 인간에게 남겨 주지 않았다. 죽음의 공포는 해결되지 않는 삶의 모순의 작은 의식에 지나지 않는다. 존재자가 아닌 존재인 그대여, 불안을 힘껏 끌어안아라. 형체가 없는 형체인 그대여, 공포를 열렬히 포옹하라. 신 아닌 신인 그대여, 두려움을 가슴 가득이 품어라. 그리하여 드넓은 대지로 절름발이처럼 발을 내디뎌라.

25

진리를 논할 때 눈 먼 짐승을 끼워 주지 말라

그는 찬란하게 떠오르는 태양을 철창 안에서 맞이했다. 작은 창문 사이로 보이는 태양은 생각보다 밝고 강렬하고 눈부셨다. 그는 사각 창문 앞으로 다가가 큰소리로 외쳤다. 어둠을 붉게 물들이는 태양이여. 어둠을 열어젖히는 영혼의 빛이여. 세상을 창조하는 힘의 오성이여. 생명을 일깨우는 맑은 이성이여. 인간의 의지를 밝게 비추는 명성이여, 그대 희망의 공포를 일깨워라. 그대 만물의 영혼을 잠들게 하라. 그대 피를 먹는 흡혈귀처럼, 그대 암흑을 사랑하는 천사처럼, 그대 창조를 두려워하는 신처럼, 그대 희망을 노래하는 살인자처럼, 그대 천지를 갈라놓아라.

스스로 빛나는 태양이여, 그대 위장된 진실을 비추지 말고, 참된 거짓을 일깨우라. 그대 가식적 진리를 밝히지 말고, 참된 위선을 일으켜 세워라. 스스로 타오르는 태양이여, 그대 인간의 머리 위로 떠오르지 말라. 그대 생명을 일깨우는 초목을 비추지 말라. 그대 동물의 아가리에 천사의 입김을 불어넣지 말라. 그대 인간의 항문에 신의 입김을 불어넣지 말라. 그의 외침을 듣고 있던 경관이 다가와 제지했다.

"조용히 좀 못하겠소?"

그는 아랑곳 않고 떠오르는 태양을 향해 눈을 던졌다. 태양은 그에게 검붉은 빛을 통해 말하는 것 같았다. '진리를 논할 때 눈 먼 짐승을 끼워 주지 말라.' 그는 그 소리를 듣고 눈을 지그시 감았다. 그리고는 세상을 비추는 태양을 향해 소리치듯 말했다.

추위에 떨어 본 사람만이 그대의 따스함을 느낀다. 굶주림에 시달린 사람만이 그대의 귀중함을 안다. 인생의 고통을 겪어 본 사람만이 그대의 존귀함을 안다. 죽음의 그림자를 본 사람만이 그대의 위대함을 안다. 범죄자의 이빨이여, 천사의 발톱이여, 신의 단말마적 신음이여, 그대 모든 존재의 창조자여, 그대 모든 존재의 파괴자여, 그대 모든 존재의 심판자여, 그대 모든 존재의 지배자여, 그대 모든 존재의 부활자여, 인간의 가슴에 검은 빛을 비추라. 그대 천사의 심장에 검은 장미꽃을 심으라.

그대 어둠의 대변자여, 그대가 눈을 감으면 곡물의 씨앗은 싹트지 않는다. 그대가 고개를 숙이면 만물은 미소를 짓지 않는다. 그대가 밟고 지나가면 대지는 싸늘하게 얼어붙는다. 그대 어둠의 사도여, 네 자신을 정면으로 바라보라. 너의 거대한 그림자는 너의 밝음에 의해 죽어 가고 있다. 너의 찬란한 이성은 너의 생명을 스스로 죽이고 있다. 그대 만물의 소생자여, 그대 너무 커서 그대의 그림자를 보지 못하리라. 그대 너무 밝아서 그대의 모습을 보지 못하리라. 그대 너무 뜨거워서 그대가 타는 것을 모르리라. 그가 계속 지껄이고 있자 경관이 철창을 발로 찼다.

"이 양반이 그래도…"

그는 열쇠가 채워져 있는 철창 안에서 중얼거리듯 소리쳤다. 사랑하고 사랑받는 것은 불타는 태양을 먹는 것과 같다. 사치 속에서 행복을 구하는 것은 그림 속의 달빛을 기다리는 것과 같다. 절망 속에서 절망하는 것은 검은 태양을 두 번 삼키는 것과 같다. 그대 어둠의 창조자여, 그대의 빛이 꽃을 물들이듯, 그대의 그림자는 죽음을 물들인다. 그대 어둠의 혼이여, 그대의 웃음은 범죄자의 화려한 꽃이다. 그대의 울음은 천사의 고통스런 눈물이다. 그대의 외침은 신의 단말마적 비명이다.

그대 밝음의 대변자여, 그대는 진실로 도덕적이지도, 부도덕적이지도 않다. 그대는 진실로 이성적이지도, 오성적이지도 않다.

그대 밝음의 창조자여, 그대는 진실로 신성하지도, 경외스럽지도 않다. 그대 죽어 가는 그대로 이 세상에 검붉게 존재하라. 그대 어둠으로 물드는 그대로 이 세상에 하얗게 존재하라. 그의 외침을 듣고 누워 있던 사람이 눈을 떴다. 그는 40대 남자를 향해 희미한 웃음을 던졌다. 그 웃음은 남자를 향한 작은 사과의 표시였다. 남자가 다시 몸을 웅크리고 잠을 청했다. 경관은 제풀에 지쳤는지 제자리로 돌아가 앉았다. 그는 조금은 작아진 목소리로 외침을 이어갔다.

그대 밝음을 밝게 하는 자여, 그대는 어둡고 어두운 희망을 정복한다. 그대는 악하고 악한 선을 정복한다. 그대는 나쁘고 나쁜 덕을 정복한다. 그대는 세상의 모든 선과 세상의 모든 악을 정복한다. 그대 어둠을 밝게 태우는 자여, 그대 아무리 빛나도 어둠으로 지기 마련이다. 그대 어둠을 검게 물들이는 자여, 그대 아무리 고귀해도 생명을 다하기 마련이다. 매일 아침, 매일 저녁, 매일 밤 태어나 비참하게 되는 자 있다. 그대 어둠을 어둡게 하는 자여, 매일 아침, 매일 저녁, 매일 밤 태어나 즐거워지는 자 있다.

희망이란, 아침마다 태양빛을 받으며 나갔다가 저녁에 비에 젖어 돌아오는 안개이다. 행복이란, 저녁마다 어둠을 물들이며 들어갔다가 아침에 밝음을 지우며 나오는 달빛이다. 사랑이란, 정오마다 하늘을 수놓으며 태어났다가 다음 날 정오에 대지를 물들이며 솟아나는 물보라다. 그대 자칭 희망이여, 희망을 태워 버려라. 그대 자칭 기쁨이여, 기쁨을 태워 버려라. 그대 자칭 진리여, 진리를 태워 버려라. 그대 자칭 진실이여, 진실을 태워 버려라. 그대 자칭 생명이여, 생명을 태워 버려라. 그대 자칭 죽음이여, 죽음을 태워 버려라. 그대 자칭 존재여, 존재 자체를 태워 버려라.

26

나는 낭만적인 염세주의자일 뿐이다

그는 보호실 한쪽에 누워 있는 사내 곁으로 다가갔다. 사내는 그의 말이 귀에 거슬린다는 듯 눈을 감고 있었다. 그는 태양빛이 대각선으로 내리꽂히는 곳으로 가서 앉았다. 사내가 감고 있던 눈을 뜨고 옆에 앉은 그를 쳐다보았다. 그는 머리를 빡빡 깎은 사내를 향해 조심스럽게 말을 꺼냈다.
"댁은 무엇 때문에 들어온 것이오?"
사내가 한 차례 입맛을 다셨다.
"도둑 혐의를 받았소."
그가 다시 물었다.
"무엇을 훔쳤기에?"
사내가 잠시 침묵하다가 말했다.
"여자의 정조를 훔쳤소이다."
그는 사내의 말을 듣고 고개를 끄덕였다. 잠시 허공을 응시하던 사내가 물었다.
"그럼 당신은 왜 들어온 거요?"
그가 대답했다.
"나도 훔친 혐의를 받았소."
사내가 눈을 반짝였다.
"당신도 여자의 정조를 훔친 것이오?"
그가 말했다.
"난 금박성경을 훔쳤소."
사내가 말했다.

"값도 안 나가는 걸 훔쳤군 그래."

알만한 상황이라는 듯이 사내가 소리 없이 웃었다. 그리고는 반대편에 누워 있는 남자 가리켰다.

"저쪽에 있는 사람은 여자의 마음을 훔쳤소. 출입구 쪽 청년은 여자의 순결을 훔쳤다오."

그가 사내의 민둥머리를 쳐다보았다.

"댁은 스님이오?"

사내가 씨익 웃었다.

"내가 스님처럼 보이오? 그렇다면 보이는 대로 생각하시오."

사내의 애매한 대답은 그에게 의문을 증폭시켰다. 잠시 침묵을 지키던 사내가 질문을 던졌다.

"그럼 댁은 도인이오?"

그는 사내의 말을 듣고 자신의 행색을 훑어보았다. 사내의 말대로 그의 모습은 산속에서 도를 닦다가 오랜만에 나온 사람의 것이었다. 긴 머리는 어깨까지 흘러내렸고, 턱수염은 길고 덥수룩하게 자라 있었다. 창백한 얼굴에다가 깡마른 체구, 낡은 삿갓, 때에 전 도포, 무명 바지저고리 차림은 현실감이 없었다. 게다가 다 해진 짚신을 신고, 사람보다 큰 지팡이를 들고, 괴나리봇짐을 멘 것은 시대를 망각한 사람의 행색이었다. 그는 철창 안으로 비쳐드는 밝은 햇살을 보며 대답했다.

"나는 낭만적 계몽주의자일 뿐이오."

사내가 중얼거리듯 말했다.

"아 계몽주의."

그는 자신의 입에서 흘러나온 말을 되새겨 보았다. 나는 정말로 낭만적인 계몽주의자인가? 나는 진정 세상을 비관적으로 보며 감상적으로 사는 존재인가? 나는 그야말로 세상을 부정적으로 보면서 감상에 도취한 비존재인가? 그는 한숨을 내쉬고 조용히 고개를 저었다. 그는 엄격히 말해 낭만적 계몽주의자도 아니고, 비관적 긍정론자도 아니었다. 그런데 왜 갑자기 낭만적 계몽주의자란 생각이 떠올랐던 것인가? 그것은 바로 그 자신이 만들고 싶지 않았던 처지와 입장의 반어법이었다.

  그는 입맛을 쩍쩍 다시고 마룻바닥에서 일어섰다. 그렇다. 그 자신은 어둠을 먹고, 어둠을 이불삼고, 어둠 속에서 살며, 어둠을 사랑하는 비존재자였다. 그렇다. 그 자신은 어둠을 좋아하고 어둠을 하늘삼고, 어둠 속을 걸어가며, 어둠을 추구하는 반존재자였다.

27

신은 파괴로써 자신을 향상시킨다

　감상적 회의는 인간을 낭만적 생각에 빠져들게 만든다. 감상적 부정은 인간을 추상적 명상에 빠져들게 만든다. 낭만적 고민은 고통스런 인간의 삶을 배부르게 만든다. 낭만적 고통은 피폐한 인간의 삶을 아름답게 변모시킨다. 낭만적 절망은 퇴폐적인 인간의 삶을 희망으로 변화시킨다. 낭만적 긍정의 포기는 퇴폐적 정신의 파산선고이다.
　자기 부정으로 진리를 인식할 수 있다는 확신을 가질 때, 비로소 자기 회의가 시작된다. 세계 부정으로 진리를 인식할 수 없다는 확신을 가질 때, 비로소 자기 긍정이 시작된다. 인간은 세계 부정보다 더 많은 낭만적 갈등을 품에 안고 살아간다. 고민한 바가 행동을 유도하고, 그 영향을 미치게 하지 않으면 무의미한 삶이 된다. 인간의 존재성은 순전히 세계 부정과 자기 긍정과 타인에 대한 회의에 달려 있다. 인간의 존엄성은 온전히 죽음의 부정과 삶의 긍정과 절망에 대한 회의에 달려 있다.
　이성적 인간은 절망 속에서 또 다시 절망함으로써 스스로를 향상시킨다. 이것은 세계가 추락할 때 인간이 발전하는 것이나 마찬가지다. 오성적 인간은 희망 속에서 또 다시 희망함으로써 스스로를 추락시킨다. 이것은 세계가 발전할 때 인간이 추락하는 것이나 마찬가지다. 이제 부정적인 것이 현실적이 되었으며, 긍정적인 것이 비현실적이 되었다. 이제 세상은 부정적인 것이 되었고, 긍정적인 것은 찾아볼 수 없게 되었다.
　이 모든 것의 원인은 세상을 버린 신과 인간을 망각한 천사와 짐승을 칭송하는 사탄으로 인해서다. 이 모든 것의 원인은 악이 선을 지배하고, 위선이 진실 위에 서고, 부정이 긍정을 장악한 결과이다. 오로지 신은 파괴로써 자신을 향상시킬 뿐이다. 오로지 천사는 망각으로써 자신을 향상시킬 뿐이다. 오로지 사탄은 위선으로써 자신을 향상시킬 뿐이다. 오로지 인간은 탐욕으로써 자신을 향상시킬 뿐이다. 그는 보호실 벽을 타고 올라가는 한 줄기의 빛을 보며 미소를 지었다. 그의 마음속은 아직도 세상에 대한 낭만적 긍정으로 가득 차 있었던 것이다.

28

빠르게 달려가는 건 눈 뜬 자들의 욕망이다

그가 경찰서에서 나왔을 때, 도시는 또 다시 밤이 되었다. 그는 어두워진 밤거리를 걸어가며 머리를 흔들었다. 30년 만에 토굴을 나왔는데, 다시 철창 안에 갇히다니. 세상을 부정하며 수많은 세월을 보냈는데, 다시 세상을 혐오하게 되다니. 그는 걸음을 떼어 놓다가 지팡이를 두드리며 걷는 남자를 보았다. 남자는 얼굴에 부처의 가면을 쓰고 있었다. 그는 부처의 가면을 쓴 남자가 다가오기를 기다렸다가 말을 건넸다.
"선생은 앞이 안 보이는 것이오?"
부처의 가면이 걸음을 멈추고 돌아섰다.
"나는 장님이 아니라, 아예 눈이 없다오."
그가 의아한 표정으로 말했다.
"정말로 눈이 없소?"
부처의 가면이 말했다.
"그렇소."
그가 말했다.
"그럼 눈이 없는 상태로 태어났단 말이오?"
부처의 가면이 말했다.
"그렇다오."
그가 혀를 끌끌 찼다.
"안 된 일이군. 신비로운 태양을 보지 못했을 테니."
부처의 가면이 말했다.
"난 이미 수많은 태양을 보았소."

그가 의아한 어조로 물었다.
"태양을 어떻게 보았다는 것이오?"
부처의 가면이 대답했다.
"내 마음 속엔 밝고 신비로운 태양이 떠 있다오. 그래서 밤길을 가도 두렵지 않고, 어둠 속에서도 길을 잃지 않소."
그가 말했다.
"그럼 왜 부처의 가면을 쓴 것이오?"
부처의 가면이 말했다.
"부처도 나처럼 눈이 멀었기 때문이오."
그가 말했다.
"어째서 부처가 눈이 멀었다고 생각하는 것이오?"
부처의 가면이 말했다.
"부처는 지금… 이 혼탁한 세상에 뛰어들어 타락한 중생들과 뒤엉켜 살고 있기 때문이오."
그가 탄식조로 말했다.
"아하, 그렇군."
밤길을 무서워하는 것은 눈을 뜬 사람들의 부정적 마음 때문이다. 눈을 감고 있는 사람은 어두운 밤길이 무서울 리 없다. 밝음과 어둠을 비교할 필요도 없고, 있는 것과 없는 것을 저울질할 필요도 없다. 선과 악 또한 눈이 보이지 않는 사람에게는 아무런 관계가 없다. 보이지 않으니 탐욕도 없고, 보이지 않으니 욕심도 없고, 보이지 않으니 시기심도 없기에 그렇다. 그는 지팡이를 앞세우고 가는 부처의 가면에게 물었다.
"눈이 없어서 불편한 점은 없소?"
부처의 가면이 말했다.
"불편함은 전혀 못 느끼오."
그가 말했다.

"하긴 빠르게 달려가는 건, 눈 뜬 자들의 욕망일 뿐이니까."

그는 방금 전에 던진 질문이 어리석었음을 깨달았다. 남자는 급할 것도 없고, 서둘러 해결할 일도 없었다. 오면 오는 대로, 가면 가는 대로, 느끼면 느끼는 대로, 만져지면 만져지는 대로 살면 그만이었다. 그는 편한 모습으로 걸어가는 부처의 가면에게 목례를 했다.

29

어릿광대는 인간이기를 포기한 동물이다

　그는 오색 불빛이 번쩍이는 유흥가 앞에 이르러 걸음을 멈췄다. 넓은 사거리를 중심으로 술집과 노래방과 모텔이 다닥다닥 붙어 있었다. 그는 석재 화단에 엉덩이를 붙이고 행인들을 지켜보았다. 들뜬 표정으로 오가는 청년들과 허벅지를 내놓고 돌아다니는 여자들. 충동적으로 웃고 떠드는 소녀들과 무언가를 계속 먹어대는 소년들. 노래방에서 나오는 여학생과 술에 취해 비틀거리는 중년남자. 부둥켜안고 걸어가는 수많은 커플과 연인들과 남녀들. 그가 생각에 잠겨 있을 때 어릿광대 복장의 남자가 다가왔다. 어릿광대는 다짜고짜 그의 얼굴에 푸른색 광선봉을 들이댔다.
　"당신 여기서 뭐 하고 있는 거요?"
　그는 어릿광대의 무례한 질문에 당황한 표정을 지었다. 어릿광대가 치렁치렁 늘어진 옷을 추어올린 뒤 다그쳤다.
　"여긴 당신 같은 사람이 올 데가 아니오."
　그는 어릿광대의 말을 듣고 자신의 행색을 돌아보았다. 어릿광대의 말대로 그는 나이트클럽 앞에서 어물거릴 입성이 아니었다. 그는 어릿광대가 무엇을 요구하고, 어떤 것을 원하는지 알고 미소를 지었다.
　"나는 인간들을 구경을 하고 있었을 뿐이오."
　어릿광대가 말했다.
　"사람들을 처음 본다는 말입니까?"
　그가 말했다.

"처음은 아니오."

어릿광대가 말했다.

"그럼 사람을 구경하는 이유가 뭡니까?"

그가 말했다.

"내겐 이 사람들이 신기하게 느껴지기에 그렇소."

어릿광대가 말했다.

"사람들이 신기하다고요?"

그가 말했다.

"그렇소. 사람들이 제각각 탈을 쓰고 있기 때문이오."

어릿광대가 말했다.

"사람들이 탈을 썼다고요?"

그가 말했다.

"보시오. 모두 다른 탈을 썼지 않소?"

어릿광대가 말했다.

"알 수 없는 양반이구만."

그가 말했다.

"알 수 없는 건 오히려 나요."

어릿광대가 위협조로 말했다.

"아무튼 우리 클럽 앞에서 당장 비키시오."

그는 20대로 보이는 어릿광대에게 허리를 숙였다. 어릿광대가 험악한 눈을 부라리며 거리 저쪽을 가리켰다. 그의 눈에 비친 어릿광대는 인간이기를 포기한 동물이었다.

30

겉은 남자지만 몸은 여자이다

그는 유흥가를 지나 쭉 뻗은 대로를 따라 걸었다. 대로에는 승용차와 버스와 트럭들이 불을 켜고 앞 다투어 달려갔다. 그는 인도를 걷다가 빌딩 아래 앉아 있는 남자 쪽으로 다가갔다. 남자는 초여름임에도 불구하고 헐렁한 장옷을 걸치고 있었다. 게다가 남자는 불쑥 튀어나온 배를 두 손으로 감싸 안은 채였다. 그는 자신과 행색이 비슷한 남자를 발견하고 미소를 지었다.

"댁은 왜 장옷을 입고 있는 거요?"

남자가 그를 힐끗 올려다보았다.

"나는 임신한 몸입니다. 그래서 배를 보호해야 합니다."

그는 임신을 했다는 말에 놀라 물었다.

"임신을 하다니?"

남자가 길게 자란 턱수염을 만지면서 말했다.

"나는 여잡니다. 겉보기에는 남자처럼 생겼지만 말이에요."

그는 남자의 말을 듣고 다시 한번 얼굴과 몸매를 훑어보았다. 아무리 눈을 크게 뜨고 봐도 여자처럼 느껴지지 않았다. 그는 머리를 몇 번 갸우뚱거리고 나서 물었다.

"그렇다면 태어날 때부터 수염이 자란 거요?"

남자가 말했다.

"아닙니다. 태어날 때는 완벽한 여자였어요. 그러던 게 점차 남자처럼 변해갔지요. 키도 커지고 근육도 생기고 몸도 울룩불룩해지고 수염도 나고."

그가 말했다.

"그렇다면 임신은 어떻게?"

남자가 말했다.

"겉은 남자지만 몸은 여전히 여자니까요."

그가 말했다.

"그렇다면 댁은 집이 없소?"

남자가 조금도 망설임 없이 대답했다.

"나는 오래 전에 집에서 나왔어요. 집에 있어 봐야 남편이 괴물 대하듯 하니까요."

그가 탄식을 내뱉었다.

"아 하…"

남자가 부끄러운 듯 고개를 숙였다.

"미안합니다. 남자처럼 보여서."

그가 말했다.

"그건… 그대의 잘못이 아니오."

그는 한숨을 내쉬고 남자로 변한 여자에게 목례를 했다.

31

깊고 깊은 바닷물 속에 가라앉아 있다

그는 바쁘게 움직이는 사람들을 따라가며 중얼거렸다. 인간들이여, 그대들은 어둠을 그리워하는 천사와 같다. 그대들은 죽음을 노래하는 성자와 같다. 그대들은 자신의 몸을 뜯어 먹는 괴물과 같다. 그대들은 죽음을 사랑하는 저승사자와 같다. 그대들 굳게 감은 오성의 눈을 뜨고 밝은 세상을 바라보라. 그대들 깊게 덮어둔 이성을 일깨우고 내일을 향해 달려가라. 그대들 멀리 던져버린 감성을 주워 들고 희망을 노래하라.

이 세상에 위대한 사람은 걸인과 목동과 순례자밖에 없다. 이 세상에 선한 사람은 노래하는 자와 축복하는 자와 구걸하는 자밖에 없다. 그대들 아는가? 세상 사람들은 모두 자신의 뛰어난 기억력과 회상력을 개탄한다. 그대들 아는가? 세상 사람들은 모두 자신의 뛰어난 창의력과 창조력을 개탄한다. 그대들 아는가? 이 세상에 위대한 성인은 두 사람밖에 없다. 하나는 죽은 사람이고, 또 하나는 아직 태어나지 않은 사람이다.

이 세상에 위대한 존재는 둘밖에 없다. 하나는 죽은 신이고, 하나는 자살한 천사이다. 이 세상에 절대적 존재는 둘밖에 없다. 하나는 어둠을 칭송하는 사탄이고, 하나는 파멸을 노래하는 악마이다. 그대 스스로 위대한 자들이여. 어떤 신이 이런 말을 한 적이 있다. 저주받을 일을 적게 한 사람은 사랑할 일도 적다. 어떤 선지자가 이런 말을 한 적이 있다. 지탄받는 일을 적게 한 사람은 오래 살 일도 적다.

그대들 이 말의 뜻을 아는가? 잘못한 일이 없다고 말하는 자일

수록 악행을 일삼는다는 말이다. 그대들 이 말의 뜻을 아는가? 사랑한 일이 많다고 말하는 자일수록 선하지 않다는 말이다. 죄 많은 사람은 그 사랑도 바다처럼 깊다. 선이 많은 사람은 그 악행도 태산처럼 높다. 스스로 악한 자들이여. 인간의 위대함은 자신의 비참함과 고독함과 잔인함을 사랑하는 것에 있다. 스스로 위대한 자들이여. 그대들의 진실한 가치를 깨닫는 것은 자신의 증오와 저주와 악행을 아는 것이다. 그대들 흉악하게 변모한 자신의 모습을 돌아보라. 그대들은 참다운 지성을 가진 인간인가?

그대들 탐욕스럽게 변한 자신의 모습을 돌아보라. 그대들은 참다운 이성을 가진 동물인가? 그대들 욕망에 빠진 자신의 모습을 돌아보라. 그대들은 참다운 오성을 가진 벌레인가? 스스로 신이 되고 싶은 자이여, 쾌락에 빠진 자신의 모습을 돌아보아. 그대들은 참다운 명성을 가진 세균인가? 그대들 자신을 숨기지 말고 남김없이 드러내 보라. 그대들은 참다운 신성을 가진 신인가? 그대들의 모습을 한 톨의 가식 없이 돌아보라. 그대들은 참다운 악성을 가진 사탄인가? 그대들은 지금 깊고 깊은 바닷물 속에 가라앉아 있다. 그대들은 지금 어둡고 어두운 암흑 속에 잠들어 있다.

32

잠든 이성의 등불을 밝혀라

그는 길을 걷다가 떨어지는 종잇조각을 보고 걸음을 멈췄다. 하늘에서 눈송이처럼 날리는 것은 다름 아닌 지폐였다. 행인들이 환호성을 지르며 지폐를 주우려 뛰어다녔다. 지폐를 줍기 위해 멈춰 선 것은 도로를 달리던 자동차도 마찬가지였다. 운전자들은 모두 차를 세우고 지폐를 줍기 위해 달려들었다. 그도 엉겁결에 지폐 몇 개를 주워 괴나리봇짐에 넣었다. 하지만 그런 행동도 잠시뿐이었다. 그는 지폐를 줍는 사람들을 보며 망연히 서 있었다. 그때 한 남자가 지폐를 한 움큼 들고 그 쪽으로 다가왔다.

"댁은 왜 돈을 줍지 않는 거요?"

그는 자신에게 말을 붙인 남자를 멀거니 쳐다보았다. 남자는 이런 횡재는 마다할 수 없다는 표정이었다.

"이런 건 빨리 주워 가지는 게 상책이오.

그는 남자의 말에 동요되어 지폐 몇 장을 더 주워 들었다. 그때 정복 차림의 경관들이 호루라기를 불며 달려왔다. 사람들은 경관의 호루라기 소리 따위는 안중에도 없었다. 그들은 미친 사람처럼 푸른색 지폐를 줍고 챙기고 감추었다. 경관은 지폐를 줍는 사람들을 바라보다가 덩달아 달려들었다. 지폐가 날아 떨어지는 현장은 금방 아수라장이 되었다. 어떤 사람은 가방 가득 지폐를 넣었고, 어떤 이는 주머니가 불룩하도록 채웠다. 그 옆에서 열심히 지폐를 줍던 남자가 빙글빙글 웃으며 말했다.

"돈이란 좋은 거요. 없는 것도 만들 수 있고, 불가능한 것도 이루게 하는 놈이지요."

그는 남자의 말을 곱씹으며 지폐가 떨어지는 하늘을 올려보았다. 지폐가 떨어지는 곳은 20층 빌딩의 옥상이었다. 그곳에서 머리에 뿔이 솟은 남자가 지폐를 뿌리고 있었다. 뿔난 남자의 얼굴에는 환희와 절망과 회한이 어지럽게 교차했다. 그는 남자의 얼굴을 보다가 주운 돈을 들고 거리 한복판으로 나갔다. 그리고 이렇게 외쳤다.

"인간들이여, 잠든 이성의 등불을 밝히시오."

33

돈의 노예보다 돈의 주인이 돼라

그의 외침을 듣고도 사람들은 지폐 줍는 행위를 멈추지 않았다. 오히려 그를 향해 비난과 야유와 조소를 퍼부었다. 사람들은 그야말로 눈처럼 떨어지는 지폐를 줍는 일에 미쳐 있었다. 그는 들고 있던 한 움큼의 지폐를 허공에 뿌리며 소리쳤다. 인간들이여, 돈은 아름다운 선행을 가리는 지나치게 크고 두터운 외투이다. 돈은 추악한 죄를 덮는 지나치게 크고 화려한 담요이다. 그대들 이것을 아는가? 돈은 짜디짠 바닷물과 같다. 그것을 마시면 마실수록 목이 말라온다. 돈은 좋은 친구지만, 때에 따라서는 나쁜 적이 된다. 돈은 좋은 삶이지만, 때에 따라서는 비참한 죽음이 된다.

그대들 돈에는 악취가 나는 천사의 속삭임이 들어 있다. 그대들 돈에는 달콤하기 이를 데 없는 신의 저주가 들어 있다. 그대들 돈에는 새소리처럼 정겨운 사탄의 노래가 들어 있다. 그대들 돈은 전갈의 독을 품은 아름다운 꽃과 같다. 그대들 돈은 뱀의 독을 간직한 화려한 버섯과 같다. 그대들 천박한 돈 때문에 고귀한 이성을 버리지 말라. 돈은 이 세상에서 가장 쉽게 가질 수 있는 비천한 것이다. 그대들 사악한 돈 때문에 고귀한 오성을 잃지 말라. 돈은 이 세상에서 가장 더러운 오물과 같은 것이다. 그가 소리칠 때도 지폐는 눈처럼 떨어져 내렸다. 지폐를 줍던 남자가 그의 옆구리를 툭 쳤다.

"눈에 보일 때 챙기시오. 돈이란 놈은 금방 자취를 감춘단 말이오."

이번에는 중년여가가 그의 곁으로 다가왔다. 그의 주변에 아직도 지폐가 널려 있었다. 중년여자가 허둥지둥 돈을 주워 들며 말했다.

"돈은 줍지 않고 뭘 그렇게 떠들어대는 거예요. 바보 같이…"

그는 바보 같다는 말에 약간은 의기소침해졌다. 정말 자신은 바보 같은 존재인가? 진실로 자신은 멍청한 존재인가? 토굴 속에서 30년을 보내는 동안 현실감을 잊은 것인가? 그는 이내 고개를 저었다. 자신은 바보도 아니고, 멍청한 사람 또한 아니었다. 자신은 칠흑 같은 어둠 속에서 밝음과 희망을 찾던 참존재였다. 자신은 만 갈래로 찢어진 영혼 속에서 진리를 찾던 실존재였다. 그는 토굴 속에서 30년 동안 들어앉아 있었던 것을 후회하지 않았다. 그것은 그의 마음속에서 솟구치는 정의와 불의에의 의지 때문이었다. 그는 지폐를 줍고 있는 수많은 사람들을 향해 외쳤다.

돈은 어둡고 깊고 혼탁한 물속과 같다. 이성도 오성도 진리도 모두 그 속에 빠지고 만다. 돈이 소리 높여 외칠 때 진리는 침묵을 지킨다. 돈이 세상을 뛰어다닐 때 진실은 암흑 속으로 스며든다. 돈을 줍는 자들이여. 돈을 저주하지 않는 자를 나는 경멸한다. 분명히 그들은 위진자(僞眞者)이거나 사악한 자이다. 돈을 추종하는 자를 나는 혐오한다. 분명히 그들은 불민자(不敏者)이거나 간악한 자이다. 돈을 욕망하는 자들이여. 돈은 인생이라는 바다의 모래밭이며, 폭풍이 거칠게 이는 바다이다. 지혜롭지 못한 사람은 그 사이로 작은 배를 저어 간다. 돈에 취한 자들이여, 없다는 것은 안으로 발산하는 위대한 빛이다. 그대들 어둠을 좇지 말고 밝은 빛을 끌어안으라.

그가 외치고 있을 때 빌딩 위에서 무언가가 쿵, 떨어졌다. 그는 깜짝 놀라서 몇 발짝 뒤로 물러섰다. 돈을 줍던 사람들도 떨어진 물건을 보고 놀란 표정을 지었다. 사실 하늘에서 떨어진 것은 물건이 아니라 사람의 몸뚱이였다. 그는 온몸에 피를 흘리며 쓰러져 있는 남자를 바라보았다. 지폐를 줍던 사람들은 비명을 지르며 현장에서 도망쳤다. 같이 지폐를 줍던 경관들도 놀란 모습으로 서 있었다. 어느새 그 많던 사람들은 사라지고 보이지 않았다. 그는 죽어 가는 뿔 가면을 보며 나직하게 중얼거렸다.

"인간이여, 그대 돈의 노예보다 돈의 주인이 돼라."

34

나는 거지(巨知)로소이다

    그는 괴나리봇짐에 감추어 둔 지폐를 꺼내 소년에게 주고 걸음을 옮겼다. 한 사람의 죽음이 떨어지는 지폐와 함께 지상에서 사라져 버렸다. 죽음의 어두운 그림자가 한 사람의 이성(理性)과 오성(悟性)과 명성(明性)을 집어삼켰다. 몸이 차가워지는 동시에 선성(善性)과 악성(惡性)과 제성(際性)은 암흑 속으로 스러지고 만다. 몸이 굳어지는 동시에 감성(感性)과 지성(知性)과 예성(藝性)은 어둠 속으로 스며들고 만다. 그는 어지러이 흩어진 지폐와 한 명의 주검을 두고 자리를 떴다.

    어느새 밤은 깊어져 있었고, 도시는 천천히 어둠의 장막을 드리우는 중이었다. 그는 시가지의 중심을 이루는 대로를 걷다가 지하도 안으로 들어갔다. 지하도에는 수많은 노숙자들이 자리를 펴고 누워 있었다. 그는 줄줄이 누워 있는 노숙자들을 지나 으슥한 곳으로 들어갔다. 그가 막 시멘트 바닥에 자리를 잡고 앉았을 때, 한 남자가 말을 걸었다.

"처음 보는 사람인데 댁도 노숙자요?"

그가 천천히 입을 열었다.

"나는 거지요."

남자가 머리를 갸우뚱거렸다.

"행색이 거지 같지 않은데…"

그가 씨익 웃었다.

"거지(巨知)… 즉 크게 아는 사람이란 뜻이오."

남자가 눈을 동그랗게 떴다.

"크게 아는 사람?"
그가 고개를 끄덕였다.
"그렇소. 너무 크게 알아서 아무것도 모른 다는 뜻이오."
남자가 말했다.
"대체 무슨 소리를 하는 건지 모르겠군."
그가 말했다.
"여기서 하룻밤 눈을 붙이고 가도 되겠소?"
남자가 말했다.
"좋도록 하시오."
그가 말했다.
"고맙소."
남자가 말했다.
"아침에 좀 추운 걸 빼면 부족한 건 없을 거요."
그는 도포와 저고리 깃을 여미고 바닥에 등을 붙였다. 토굴에서 나온 지 꼬박 이틀 만에 눈을 붙이는 셈이었다.

35

집은 인간이 가야할 최후의 묘지이다

그는 자신의 집이 된 지하도를 둘러보고 눈을 감았다. 인간의 주거는 거룩한 신의 몸을 대신하는 것이다. 신의 몸은 아마도 영원히 인간이 동경하는 최초의 집이다. 인간은 육신을 깎아서 정신의 집에 맞추어서는 안 된다. 인간은 오히려 정신의 집을 삭여서 벌거벗은 육신에 맞추어야 한다. 인간은 어둠의 증오가 항상 자신과 함께 있다는 걸 명심해야 한다. 인간은 불행의 노래가 항상 자신과 같이 산다는 걸 기억해야 한다.

현재 자신이 살고 있는 곳이 어디인가는 별 의미가 없다. 자신의 집이 산꼭대기이거나 바닷가이거나 사막이거나 그것에는 별 차이가 없다. 어디서든 집은 인간의 육신과 정신과 영혼을 깎아먹는다. 어디서든 집은 인간의 이성과 오성과 명성을 축나게 만든다. 어둠의 궁전 속을 고통 속에서 거닌 자만이 참다운 안식의 집을 얻을 수 있다. 황량한 사막을 한 방울의 물도 없이 헤맨 자만이 참다운 휴식을 취할 수 있다.

반드시 안락한 집이 인간의 이성과 오성과 명성을 성숙시키는 것은 아니다. 오히려 거친 바다와 삭막한 황야가 인간의 감성과 지성과 예성에 불사의 생명력을 불어넣는다. 오히려 거친 삶과 고난 속에서 인간의 선성과 악성과 제성이 자신의 힘을 발휘한다. 안락한 집에서 행복해지는 것은 가능성과 희망과 도전을 버리는 것이다. 아름다운 집에서 편히 쉬는 것은 하늘과 땅과 창조자에 대한 배반이다. 그야말로 안락한 집은 고고한 영혼에 대한 참다운 저주이다. 그대들 집을 짓지 말라. 그대들 집을 만들지 말

라. 그대들 집을 찾지 말라. 집이 그대들을 찾아올 것이다.

일찍이 아담은 집을 떠나 황야로 나아가 진정한 행복을 맛보았다. 일찍이 석가는 궁전을 버리고 들판으로 나아가 진정한 꿈을 찾았다 일찍이 무함마드는 집을 버리고 사막으로 나아가 진정한 삶을 누렸다. 일찍이 공자는 안락한 집을 떠나 세상을 방랑하며 진정한 학문의 길을 찾았다. 집은 인간들이 죽어야 할 때 비로소 찾아가는 마지막 장소이다. 집은 인간들이 영혼의 안식을 필요로 할 때 찾아드는 최후의 장소이다.

집은 위대한 인간의 안목을 시들게 하고, 천재의 가능성을 좀먹는 곳이다. 집은 인간의 창조성을 훼손하고, 위대한 인간의 영혼을 더럽히는 곳이다. 집은 큰 자가 작아지고, 빛나는 자가 어둠에 휩싸이고, 위대한 자가 도전을 꺾는 곳이다. 집은 인간이 날개를 접고 아름다운 꿈을 꾸는 곳이 아니다. 집은 인간의 두 다리를 뻗고 편안히 휴식하는 장소가 아니다. 집은 인간이 가야할 최초의 죽음이고, 집은 인간이 가야할 최후의 묘지이다. 그는 이렇게 중얼거리고 잠속으로 빠져들었다.

36

신의 저주와 분노가 분주함을 징계하리라

그는 사람들의 요란한 발소리에 놀라 잠에서 깨어났다. 어두컴컴하고 음습했던 지하도 안은 출근하는 사람들로 넘쳐났다. 지난밤 그가 보았던 지하도는 온데간데없고, 밝은 빛이 긴 터널을 뒤덮었다. 그는 쓰고 있던 박스를 걷어 내고 엉거주춤 일어섰다. 행인들은 그의 존재 자체를 잊은 것처럼 그냥 지나쳤다. 그는 옷에 묻은 먼지를 털고 자신의 모습을 훑어보았다. 때 절은 도포에 누런 바지저고리에 닳아빠진 짚신을 신은 모습은 영락없는 걸인이었다. 그는 헛기침을 한 차례 하고는 괴나리봇짐을 둘러멨다. 그는 몸의 일부인 삿갓을 쓰고 출근하는 사람들을 따라 걸음을 옮겼다.

분명히 산다는 것은 호흡하는 것만이 아니라, 무언가를 추진하고 결과를 도출해 내는 것이다. 분명히 산다는 것은 숨을 쉬는 것만이 아니라, 무언가를 성취하고 결과를 이끌어 내는 것이다. 문제는 인간들이 일의 성취를 위해서가 아니라, 일의 노예가 될 때 생긴다는 점이다. 인간은 처음에는 일을 끌고 가지만, 나중에는 일이 인간을 끌고 가게 된다. 인간을 끌고 가던 일은 마침내 인간을 노예로 삼아 부리게 된다. 일의 노예가 된 인간은 자신을 부리는 일을 주인으로 삼고 철저히 복종하게 된다. 그는 바쁜 표정과 분주한 움직임의 인간들을 따라 걸으며 중얼거렸다.

백 년을 살 것같이 일하고, 내일 죽을 것같이 뛰어다니는 인간들이여. 그대들이 밟고 지나가는 발밑을 보라. 그대들의 발밑에는 천 길의 검은 구렁이 입을 벌리고 있다. 그대들이 달려가는 앞쪽을 보라. 그대들의 앞쪽에는 천 길의 낭떠러지가 기다리고 있다. 그대들은 오직 일하고 행동하고 추진하기 위해서 창조된 존재가 아니다. 그대들은 명상하고 느끼고 꿈꾸기 위해서 만들어진 존재도 아니다. 그대들은 절망하고 좌절하고 포기하기 위해서 만들어졌다. 그대들은 고통스럽고 슬프고 고독하기 위해서 창조되었다. 그대들은 오로지 죽음을 향해 전속력으로 달리도록 내려진 존재이다.

그는 말을 멈추고 일의 노예가 된 것 같은 인간들을 바라보았다. 출근하는 인간들은 하나 같이 무표정한 얼굴로 걷고 뛰고 달리고 밀려갔다. 오는 사람이 있는가 하면, 가는 사람이 있고, 건너오는 사람이 있는가 하면, 건너가는 사람도 있었다. 사람들은 자신이 누구이고, 자신이 무엇이며, 자신이 어디로 간다는 생각도 없이 걷고 또 걸었다. 그는 바쁘게 움직이는 사람들과 긴 행렬을 이룬 자동차를 보며 생각에 잠겼다.

신이 인간을 만든 것은 그들의 즐거움과 행복을 위해서가 아니다. 신이 인간을 자신의 형상대로 창조한 것은 신의 진리를 시험하기 위해서다. 그대들 필요 이상으로 일하고 노력하고 창조하려 들지 말라. 그대들을 시험 삼아 만들고 주조한 신이 저주를 퍼부을 것이다. 신은 그대들이 무기력하고 헛되이 휴식을 취하거나, 깊은 수면에 빠지기를 바란다. 신은 그대들이 절망과 좌절을 사랑하고, 패배와 추락을 동경할 수 있기를 바란다. 그대들에게 생기를 부여해 주는 것은 신이 베푼 은총이 아니다. 신은 그대들이 잘 살아가는 것보다 수많은 사람들 사이에서 갈등하기를 바란다.

그대들의 빠른 발걸음과 번뜩이는 창의성과 뛰어난 사고력은 신에 대한 부정이다. 그대들의 분주한 움직임과 참신한 발견과 눈부신 도약은 신에 대한 거부이다. 그대들 어둠의 심연을 향해 거침없이 돌진하는 자기 자신을 돌아보라. 그대들은 신의 모습을 닮으려고 발버둥치는 자기 자신을 발견할 것이다. 씨 뿌리고 수확하고 창조하는 것은 그대들 몫이 아니라 신의 몫이다. 그대들 수확의 기쁨과 위대한 발견과 놀라운 창조성을 신으로부터 빼앗지 말라. 신의 저주와 분노가 그대들의 분주함을 징계하리라.

37

인간들의 나태함과 사악함을 꾸짖지 말라

그가 지하도를 빠져나왔을 때 눈부신 태양이 도시를 비추고 있었다. 그는 따스한 태양빛을 받으며 대로를 따라 걸어갔다. 도시는 바야흐로 생명을 움트게 하는 아침을 맞이하고 있었다. 그는 대지를 내리쬐는 붉은 태양을 올려다보며 부르짖었다.

30년 동안 기다리고 고대하고 그리워하던 존재여. 어둠 속에서조차 잊을 수 없었던 고고한 모습이여. 매일처럼 솟아오르는 창조의 눈동자여. 그대의 필요성과 불필요성과 불가피성을 인간들은 알지 못한다. 매일처럼 내리쬐는 그대의 괴로움과 고통과 인내를 인간들은 느끼지 못한다. 그저 그대의 모습이 하늘을 수놓으며 동에서 서로 간다는 사실만 인식할 뿐이다. 그대로 인해 만물이 소생하고, 그대로 인해 만물이 죽어 가고, 그대로 인해 천지가 운행된다는 걸 인간들은 간과한다. 그가 소리치고 있을 때 신부복장의 남자가 다가왔다. 남자는 그에게 담배를 한 가치 건네며 물었다.

"선생은 뭐 하는 사람입니까?"

그가 남자를 힐끗 쳐다보았다.

"나는 토굴에서 막 나온 수행자요."

남자가 비릿한 미소를 지었다.

"그래서 이렇게 길거리에서 외치는 겁니까?"

그가 성냥으로 담배에 불을 붙였다.

"단지 외치는 것에 불과한 건 아니오. 내 속에서 들끓는 고독과 절망감 때문에 발광하는 것이오."

남자가 싱끗 웃었다.
"발광도 좋은 스트레스 해소법이지요."
그가 담배연기를 길게 내뿜었다.
"단순히 스트레스 때문이라면 외치지 않소."
남자가 담배연기를 바라보았다.
"그럼 무엇 때문에 외치는 것입니까?"
그가 말했다.
"신의 부재 때문이오."
남자가 말했다.
"신의 부재?"
그가 말했다.
"그렇소."
남자가 말했다.
"어째서 신이 부재한다고 생각하는 겁니까?"
그가 말했다.
"세상에서 진실과 진리가 사라졌기 때문이오."
남자가 말했다.
"진실과 진리가 사라졌다는 건 어떻게 증명할 수 있습니까?"
그가 담배를 한 모금 빨고 하늘을 올려다봤다.
"그건 느리게 움직이는 태양과 어둠 속으로 사라지는 달과 하늘로 솟구치는 도시를 봐도 알 수 있소."

신부 복장의 남자는 알만하다는 표정을 짓고 돌아섰다. 그는 멀어져 가는 신부 복장의 남자를 보다가 퍼뜩 정신을 차렸다. 눈이 부시도록 밝은 태양빛이 눈동자를 찔렀던 것이다. 그는 어둠에서 깨어나는 화려하고 웅장한 도시를 향해 소리쳤다.

만물의 근원인 태양이여. 인간들의 우매함과 무지함과 탐욕스러움을 나무라지 말라. 잉태의 어머니인 태양이여, 인간들의 부부도덕함과 나태함과 사악함을 꾸짖지 말라. 삶과 죽음의 심판자여, 인간들의 탐욕과 이기심과 자만심을 용서하라. 그대 용서의 마음으로 밝게 빛남으로써 이 세상의 주인이 된다. 그대 창조의 마음으로 하늘을 가로지름으로써 생명을 탄생시킨다. 그대 밝은 빛을 잃을 때 인간들도 분주한 발걸음을 멈추리라. 그대 움직임을 멈출 때 대지는 암흑 속으로 빠지리라.

위대하고 위대한 존재여. 캄캄한 어둠 속에서 길을 잃어 본 사람만이 그대의 필요성을 느낄 수 있다. 거대하고 거대한 존재여, 생명의 허망함을 느껴 본 사람만이 그대의 존재 이유를 알 수 있다. 그대 생명의 근원이며 죽음의 사자이며 우주의 조정자여. 그대 꽃을 화려하게 물들이는 참존재여. 그대 초목에 숨결을 불어넣는 지배자여. 그대 삭막한 대지를 살아 숨 쉬게 하는 창조자여. 참된 진리를 구하는 내게 현자의 눈을 뜨게 하라. 참된 인간을 찾는 내게 용사의 지혜를 주라. 참된 세상을 원하는 내게 악마의 뜨거운 심장을 주라. 찬란하고 찬란한 태양이여.

38

탐욕의 길을 찾지 말라, 죽음이 찾아올 것이다

"너 죽으려고 환장했어?"
 그는 욕설을 퍼붓는 소리를 듣고 걸음을 멈췄다. 그에게 욕지거리를 내뱉은 사람은 덤프트럭 운전기사였다. 남자는 8차선 도로 한가운데 서 있는 그를 쏘아보았다. 그는 따가운 눈총을 받고서야 자신의 행동이 무모했다는 사실을 깨달았다. 그는 수많은 차들이 내달리는 8차선 도로를 횡단하고 있었던 것이다. 다시 한 번 덤프트럭 운전기사가 눈을 부릅뜨고 소리쳤다.
 "빨리 안 나가고 뭐 하고 있는 거야?"
 모든 차의 운전기사들이 험악한 표정으로 그를 노려보았다. 그는 퍼뜩 정신을 차리고 8차선 도로를 건넜다. 그와 동시에 긴 행렬을 이루고 있던 차들이 물결처럼 빠져나갔다. 그는 스쳐가는 승용차와 트럭과 버스를 보며 생각에 잠겼다. 도로는 과연 무엇을 위해 뚫렸고, 누구를 위해 대지 위에 존재하는가? 길은 과연 누구를 위해 도시를 가로지르며, 무엇을 위해 곧게 뻗어 있는가? 태초에 땅에는 길이 없었다. 태초에 하늘과 바다에도 길이 없었다.
 태초에 동물들은 길을 만들지 않았다. 태초에 인간들은 길을 만들지 않았다. 길을 만든 것은 동물에서 인간이 된 두발짐승이었다. 두발짐승은 동물과 차별하기 위해 자신의 길을 만들었다. 두발짐승은 이성과 지성을 가짐으로써 더 큰 길을 만들었다. 그들은 지식이 쌓여 갈수록 더욱더 큰 길을 만들고 뚫었다. 두발짐승은 더 커다란 목적을 가졌고, 드디어 욕망적 존재가 되었다. 욕망이 많아짐으로써 땅에는 더 넓고 큰 길이 생겼다. 문제는 참다운 길은 곧게 벋어 있지 않다는 사실이었다.

 인간이 걸어 다닌 길은 모두 굽었으며, 곧게 뚫린 길은 욕망의 상징일 뿐이다. 길은 본래 좁고 휘어져 있었고, 넓고 곧게 뚫린 것은 탐욕의 산물일 뿐이다. 인간이 뚫어 놓은 길을 가 보면 본래부터 먼 곳은 없었다. 인간들은 길을 힘들게 가려 하지 않고 쉽고 편하게 가려고 한다. 그래서 좁은 길을 넓히고, 굽은 길은 똑바로 펴고, 높은 길은 깎아낸다. 넓고 곧게 편 길은 이제 인간을 타락으로 이끄는 지름길이 되었다.

 땅에서 달로 가는 지름길은 없다. 달에서 태양으로 가는 지름길은 없다. 태양에서 지구로 오는 지름길은 없다. 허위(虛僞)에서 진리(眞理)로 가는 지름길은 없다. 위실(僞實)에서 진실(眞實)로 가는 지름길은 없다. 진악(眞惡)에서 진선(眞善)으로 가는 지름길은 없다. 무아(無我)에서 유아(唯我)로 가는 지름길은 없다. 아아(我我)에서 여여(汝汝)로 가는 지름길은 없다. 사어(詐語)에서 정어(正語)로 가는 지름길은 없다. 이 세상의 모든 길은 인간의 마음속에 뚫려 있다. 이 세상의 모든 길은 대지 위에 뚫려 있다. 이 세상의 모든 길은 산과 들과 벌판 위에 뚫려 있다.

 이 세상의 모든 길은 사람이 만든 것이며, 그 길은 인간이 죽음으로 가는 지름길이 되었다. 이 세상의 모든 길은 신이 만든 것이며, 그 길은 인간을 파멸로 이끄는 지름길이 되었다. 인간에게는 참다운 길을 가는 올바른 길이 있다. 그것은 길을 가지 않는 것이다. 인간에게는 참다운 길을 찾는 올바른 길이 있다. 그것은 길을 찾지 않는 것이다. 인간에게는 참다운 길을 만드는 올바른 길이 있다. 그것은 길을 만들지 않는 것이다. 그대들 욕망의 길을 찾지 말라. 절망이 그대를 찾아올 것이다. 그대들 쾌락의 길을 찾지 말

라. 고통이 그대를 찾아올 것이다. 그대들 탐욕의 길을 찾지 말라. 죽음이 그대를 찾아올 것이다.

39

나는 화려함을 좋아한다, 그래서 이 세상이 좋다

그가 8차선 도로를 건넜을 때 건장한 남자가 다가왔다. 남자는 그를 향해 다짜고짜 언성을 높였다.
"선생은 조선시대에서 뛰쳐나온 양반이오? 산속에서 도를 닦던 기인이오? 그도 아니면 시대에 반항하는 선지자요?"
그는 자신에게 시비조로 말을 붙인 남자를 흘낏 쳐다보았다. 그에게 말을 건 사람은 천사의 날개를 어깨에 단 교통 보조원이었다. 그는 자신의 앞을 막아선 천사의 날개를 향해 입을 열었다.
"나는 오랫동안 토굴에서 은거하다 세상으로 나온 후지자(後知者)요."
천사의 날개가 그의 말을 듣고 큰소리로 웃었다.
"토굴에서 은거하던 후지자?"
그가 짧게 대답했다.
"그렇소."
천사의 날개가 말했다.
"후지자란 게 무슨 뜻이오?"
그는 헛기침을 하고 말을 꺼냈다.
"선지자는 남보다 먼저 깨달아 무엇이든 잘 아는 사람이오. 반면 후지자는 남보다 늦게 깨달아 무엇이든 덜 아는 사람이오. 예수나 불타가 나타날 것을 예언하는 것이 선지자라면, 후지자는 예수나 불타가 사라진 후 그들의 업적을 전파하는 자라 할 수 있소."
천사의 날개가 말했다.

"신들의 업적을 전파하는 사람?"

그가 말했다.

"그렇소."

천사의 날개가 말했다.

"후지자라면 대로를 무단 횡단해도 되는 거요?"

그는 양 어깨에 천사의 날개를 달고 있는 남자를 빤히 쳐다보았다. 문득 천사가 남지일지 모른다는 생각이 머리를 스쳤던 것이다. 하지만 그는 이내 고개를 가로저었다. 천사는 남자도 아니고 여자도 아니고 짐승도 아니다. 천사는 태양빛도 아니고 달빛도 아니고 별빛도 아니다. 하지만 천사는 누구도 될 수 있고, 누구도 될 수 없는 존재이다. 남자는 방금 전 그가 건너온 도로를 턱으로 가리켰다. 8차선 도로에는 생각보다 많은 차들이 빠르게 달리고 있었다. 남자의 턱짓은 자신이 교통을 통제하는 사람이라는 걸 강조하는 제스처였다. 그는 자신을 째려보는 남자에게 부드러운 미소를 던졌다.

"태양빛을 쫓아가다가 나도 모르게 길을 건넜을 뿐이오."

천사의 날개가 말했다.

"태양빛을 쫓아간다?"

그가 말했다.

"그렇소."

천사의 날개가 태양을 보고 눈이 부신 듯 손으로 가렸다. 그가 눈을 뜨지 못하는 천사의 날개에게 속삭이듯 말했다.

"보시오. 태양이 거대한 도시와 수많은 자동차와 바글거리는 인간들을 비추고 있지 않소. 자신의 존재를 잊지 말라고 강조하는 것처럼 말이오. 저 태양의 밝은 빛이 나를 길 한가운데로 인도한 것이오."

그의 말을 들은 천사의 날개가 입맛을 쩍 다셨다. 남자의 태도로 보아 그를 정신병자 정도로 여기는 것 같았다. 아니면 자신의 세계에 빠진 삼류 도인쯤으로 생각하던가. 그는 천사의 날개에게 정중히 목례를 하고 돌아섰다. 천사의 날개는 다시 도로 한가운데로 나가 호각을 불었다. 이제 태양은 대지를 삼키고, 거리를 삼키고, 인간들마저 삼키는 중이었다. 그야말로 태양은 인간들이 세운 도시를 통째로 물들이고 있었다. 그는 화려한 것을 더욱 화려하게 만드는 태양을 보며 소리쳤다.

"나는 화려한 것을 좋아한다, 그래서 이 세상이 좋다."

40

존재하지만 존재하지 않는 존재이다

그는 빌딩이 밀집한 도심 쪽으로 발걸음을 옮겼다. 그 도시 안에서 무슨 일이 벌어지고 무엇이 어떻게 존재하는지 궁금했던 것이다. 그가 유흥가 골목으로 접어들었을 때 젊은 아가씨가 다가왔다. 눈은 아이라인을 발라 시커멓고, 뺨은 흰 분말이 뒤덮여 창백했고, 입술은 쥐를 잡아먹은 것처럼 붉었다. 다만 짙은 화장과 다르게 말과 행동에서는 풋풋함이 흘렀다. 아가씨는 다짜고짜 괴나리봇짐을 멘 그의 팔을 껴안았다.

"조선시대 아저씨, 여기서 무얼 찾고 있어요?"

그가 놀란 표정으로 팔을 뺐다.

"난 그저 도시를 구경하고 있을 뿐이오."

여자가 다시 팔을 껴안았다.

"그럼 왜 도심으로 가지 않고, 유흥가 뒷골목을 기웃거리고 있죠?"

그가 더듬더듬 말했다.

"그냥… 습관이오. 여기가… 생경한 곳이기도 하고."

여자가 애교스런 목소리로 말했다.

"어디 멀리서 온 건가요? 조선?"

그가 괴나리봇짐을 추어올렸다.

"오랜만에 산을 나와 도시를 떠도는 중이오."

여자가 말했다.

"무엇을 찾아서 떠도는 거죠?"

그가 말했다.

"내가 누구인지 알기 위해서요."
여자가 머리를 툭 쳤다.
"아, 기억을 상실했군요."
그가 말했다.
"그럴 수도 있소. 나는 존재하지만 존재하지 않는 존재일 수도 있으니 말이오."
여자가 말했다.
"그랬군요. 실은 나도 존재 아닌 존재자거든요."
그가 말했다.
"댁도 존재 아닌 존재자요? 그림자 없는?"
여자가 말했다.
"그림자? 그럴지도 모르죠. 화장 안에 숨었으니까요."
그가 말했다.
"화장 안에 숨겨진 게 정말 있기는 있소?"
여자가 말했다.
"당연히 있어요. 화장은 내 실체를 감추는 허상일 뿐이에요."
그가 말했다.
"그럼 아가씨의 실체는 무엇이오?"
여자가 말했다.
"그건 지금 말할 수 없어요. 나를 따라오면 가르쳐 줄게요."
그가 말했다.
"어디를 가자는 것이오?"
여자가 말했다.
"내가 사는 곳."
그가 눈을 크게 떴다.
"아가씨가 사는 곳?"
여자가 깔깔 웃었다.

"네, 그래요."

그는 싱그럽게 웃는 여자를 멀거니 쳐다보았다. 그의 눈에는 여자가 천사처럼 아름다웠던 것이다. 아무리 화장을 짙게 하고, 거리의 여자처럼 굴어도 그건 마찬가지였다. 더구나 여자의 몸매는 신도 반할 정도로 균형이 잡혀 있었다. 여자가 머뭇거리는 그의 팔을 잡아끌었다.

"아무 말 말고 따라오세요. 재미있는 걸 보여 드릴 테니까요."

그가 말했다.

"지금 재미있는 것이라고 했소?"

여자가 말했다.

"네, 그래요. 재미있는 것."

그가 말했다.

"좋소. 재미있는 것이라면…"

그는 신비스런 목소리와 매력적인 몸매에 이끌려 여자를 따라나섰다. 어차피 화려하게 변한 도시를 체험하려면 그 무엇도 피해서는 안 되었다. 그가 토굴을 나온 이유도 인간이 무슨 일을 하며, 어떻게 살아가고, 무엇을 추구하는지 궁금해서였다. 아니 그보다 더 중요한 것은, 신이 살아 있는지 죽어 버렸는지 알아보기 위해서였다. 진정으로 천사가 타락했는지, 악마를 대신하고 있는지, 인간을 죄악으로 유도하는지 확인하기 위해서였다.

그는 천사처럼 아름다운 여자를 보면서 생각에 잠겼다. 화장품으로 자신의 실체를 가린 이 여자가 그가 찾는 존재 아닌 존재자인가? 일부러 천박하게 말하는 이 여자가 그가 그토록 만나고 싶었던 실체자 아닌 실체자인가? 그도 아니면 이 여자가 탐욕과 이기에 절은 인간을 배신한 신인가? 그도 아니면 죄악과 사랑에 빠진 천사 아닌 천사인가? 그는 정체가 모호한 아가씨를 따라 천천히 발걸음을 옮겼다.

41

죽은 신을 살려 내는 것도 반배신과 반신뢰의 힘이다

신이 인간을 배신한 것은 신이 알지 못하는 고통을 인간이 찬양했기 때문이다. 인간이 신을 배반한 것은 인간이 알지 못하는 고독을 신이 칭송했기 때문이다. 천사가 인간을 버린 것은 천사가 알지 못하는 고민을 인간이 조롱했기 때문이다. 서로가 서로를 배신하고 배반하고 버린 것은 밝은 눈으로 상대를 꿰뚫어보지 못한 탓이다.

누군가가 천상의 말을 할지라도 진실이 없으면 소리 없는 징일 뿐이다. 누군가가 천사의 말을 할지라도 진리에 위배되면 끈 없는 연일 뿐이다. 인간에게 예지능력이 있어 모든 비밀을 알더라도 실천하지 않으면 그림 속의 떡일 뿐이다. 인간을 구제하고, 세상을 구제하고, 죽은 신을 살려 내는 것도 반배신과 반신뢰의 힘이다. 여기까지 생각했을 때 팔목을 끌던 아가씨가 빤히 쳐다보았다.

"무얼 그렇게 깊이 생각하세요?"

그가 퍼뜩 정신을 차리고 말했다.

"나 자신을 생각했소. 나는 누구이고 무엇을 하고 어디로 가는 건지."

여자가 말했다.

"저하고 같이 가고 있잖아요."

그가 말했다.

"아가씨하고?"

여자가 말했다.

"그래요."

그가 탄성을 발했다.

"아, 그렇군요."

여자가 미소를 지었다.

"제가 혹시 천사로 보이지 않나요?"

그는 여자의 입에서 천사라는 말이 튀어나오자 깜짝 놀랐다. 그는 막 여자를 향해 물어보려 했던 것이다. 당신이 죽은 신을 대신해서 세상을 지키는 최후의 천사가 아니냐고. 그대가 타락의 길로 들어선 인간들을 구제하기 위해 파견된 마지막 천사가 아니냐고. 그는 천사라는 말을 입 밖에 낸 여자를 다시 한번 쳐다보았다. 스스로 천사라고 말해서 그런지 정말 천사처럼 보였다. 그는 눈을 몇 차례 껌벅이고 나서 물었다.

"정말로 그대는 천사요?"

여자가 깔깔 웃었다. "그냥 농담으로 한 말이에요."

그는 싱그럽게 웃는 여자를 물끄러미 쳐다보았다. 이토록 싱싱하고 우아한 여자가 천사가 아니라면 누가 천사란 말인가. 이토록 아름답고 매력적인 여자가 천사가 아니라면 누가 천사란 말인가? 어떤 대상에 대한 치우친 관념이나 습관은 나쁜 행동에 대한 우리들의 감각을 둔하게 만드는 괴물이다. 한쪽으로 치우친 선입견은 무모한 짓거리에도 아름답게 옷을 입혀 몸에 딱 맞게 해 주는 사탄이다. 유혹은 지옥처럼 검고, 의심은 연옥처럼 뜨겁고, 긍정은 천상처럼 깨끗하고, 믿음은 사랑처럼 달콤하다.

선지자는 신도 두려워하고, 천사도 무서워하고, 성자도 꺼리는 곳에 서슴없이 뛰어든다. 그는 이성적 판단 하나만을 믿고 천사라는 여자를 따라갔다. 그는 오성적 믿음 하나만을 가지고 천사 같은 여자를 쫓아갔다. 이것은 유혹과 의심과 부정과 믿음이 서로 작용하고 충돌한 결과였다. 이것은 토굴을 나온 순간부터 그가 고대하고 기다리던 상황이었다. 천사 같은 여자가 그를 데려간 곳은 고층빌딩 지하실이었다. 지하실은 어두웠으나, 붉은 조명등으로 인해 핏빛이었다. 계단에는 푸른 카펫이 깔려 있고, 벽에는 반라의 여자들이 미소를 짓고 있었다. 그는 궁금증을 참지 못하고 천사 같은 여자에게 물었다.

"이곳은 지옥으로 가는 입구요?"

여자가 재미있다는 듯이 웃었다.

"맞아요. 여긴 지옥이에요. 하지만 잡아먹지는 않을 테니 걱정 마세요."

그는 침을 꿀꺽 삼키고 지옥이라는 곳으로 내려갔다.

42

천사야말로 죄악의 화신이다

그의 예상대로 지옥은 붉고 푸르고 컴컴하고 음침했다. 가는 곳마다 반라의 여자들이 넘쳤고, 그녀들은 남자를 끼고 어디론가 사라졌다. 알아들을 수 없는 음악이 귀청을 후벼 팠고, 코를 찌르는 향이 코앞을 막았다. 벽은 오색 전등이 밝혀져 있고, 벽과 벽 사이에는 푸른 방이 이어졌다. 넓은 홀 한가운데서 뿜어지는 물은 붉은 조명을 받아 핏빛으로 보였다.

한 무리의 남녀들이 입에 무언가를 물고 가스를 내뿜었다. 그들의 눈동자는 흐릿했고, 표정은 황홀감으로 뒤덮였으며, 몸은 중심을 잡지 못하고 비틀거렸다. 홀 한쪽 소파에서는 벌거벗은 남녀가 뒤엉켜 헐떡거렸다. 두 남녀 앞으로 가이포크스 가면을 쓴 남자가 지나갔다. 가이포크스 가면 뒤로 툰드라 울프 가면을 쓴 반라의 여자가 뒤따랐다. 툰드라 울프 가면 뒤에는 블루 스핑크스 가면을 쓴 근육맨이 쫓아갔다.

블루 스핑크스 가면 뒤에는 콜롬비나 가면을 쓴 완라의 여자가 뒤따랐다. 각종 가면들은 붉은 천이 드리운 방으로 들어가 음악을 틀고 몸을 흔들었다. 그들의 방에서 울려 나오는 음악은 리듬도, 음률도, 박자도 없는 것이었다. 그저 귀를 따갑게 때리고, 머리를 혼몽하게 만들고, 정신을 흔들어 댈 뿐이었다. 그는 천사를 닮은 아가씨에게 속삭이듯 물었다.

"저들은 지금 무얼 하는 것이오?"

여자가 대답했다.

"저 사람들 인간적인 행위를 하고 있어요."

그가 말했다.
"인간적인 행위?"
여자가 말했다.
"네, 우리도 곧 저들처럼 인간이 될 거예요."
그가 말했다.
"저들처럼 해야 인간이 된단 말이오?"
여자가 말했다.
"그럼요, 인간이 되기 위해선 반드시 치러야 하는 의식이죠."
그가 중얼거렸다.
"인간이 되는 의식이라…"
그는 주위를 둘러보고 천사가 안내하는 방으로 들어섰다. 방안에는 고급 호텔 못지않은 시설이 갖추어져 있었다. 크고 화려한 침대와 대형 소파와 서양식 테이블과 투명한 욕실이 보였다. 벽은 엷은 분홍색이고, 천정은 연한 푸른색이고, 바닥은 옅은 노란색이었다. 모든 가구와 집기와 테이블과 침대는 맑은 흰색이었다. 오색 조명등은 벽과 천정과 바닥에 보석처럼 박혀 불을 밝혔다. 욕실 안에서는 안개 같은 것이 피어올라 환상적인 분위기를 만들었다. 천사가 걸치고 있던 외출용 가운을 벗으며 말했다.
"아저씨가 먼저 씻고 오세요."
그가 당황한 표정을 지었다.
"이 옷을 벗으란 말이오?"
천사가 아무렇지 않다는 얼굴로 끄덕였다. 그는 어쩔 수 없는 일이라고 생각했다. 인간이 되려면 옷을 모두 벗고 알몸이 되어야 한다. 인간이 되려면 묶은 때를 벗기고 깨끗해져야 한다. 인간이 되려면 동물적인 행위를 부끄럼 없이 해야 한다. 그는 참된 인간이 되기 위해 30년을 어두운 토굴에서 칩거하지 않았던가. 그야말로 그는 비존재자의 껍질을 벗고 참존재자로 거듭나기 위해 고행하지 않았던가.

천사가 걸치고 있던 옷을 하나씩 벗었다. 셔츠를 벗고, 치마를 벗고, 브래지어를 벗고, 팬티까지 벗었다. 천사의 몸은 아름다움과 황홀함과 신비로움의 극치였다. 이런 여자 때문에 인간들이 높은 건물을 짓고, 타인의 것을 빼앗고, 사람을 죽이는 것인가? 이런 여자 때문에 인간들이 자신을 속이고, 친구를 속이고, 가족을 속이는 것인가? 이런 여자 때문에 인간들이 신을 배신하고, 천사를 배반하고, 악마를 속이는가? 그는 천사의 벗은 몸을 보고 치를 떨었다. 천사의 몸이야말로 그가 생각하던 죄악의 화신이었다.

"빨리 샤워 하세요."

천사가 우두커니 서 있는 그에게 애교 넘치는 목소리로 말했다. 그는 등에 메고 있던 괴나리봇짐을 풀어 바닥에 내려놓았다. 그런 다음 걸치고 있는 옷을 한 꺼풀씩 벗었다. 그가 옷을 벗기 시작하자 천사가 얼굴의 화장을 지웠다. 화장을 지우는 순간 여자의 실체가 불빛에 드러났다. 여자의 얼굴은 아름답고 선하고 신비스러움 그 자체였다. 아니 여자의 얼굴은 천상의 빛을 내려받은 것처럼 눈이 부셨다.

그가 눈을 껌벅거리고 서 있자 여자가 조명등을 껐다. 방안은 금방 부드러우면서도 연한 핏빛으로 물들었다. 핑크색 아래 서 있는 천사가 너무나 섹시하게 보였다. 그는 어두운 토굴에서 뛰쳐나온 것을 잘한 일이라고 생각했다. 이런 곳에서 천사를 만나 인간이 되는 의식을 치르게 되었으니 말이다. 이런 곳에서 비존재자의 껍질을 벗고 참존재자로 거듭나게 되었으니 말이다. 그는 부끄러움을 타는 여인처럼 중얼거렸다.

"돌아서시오. 내 알몸을 본 사람은 아직 한 명도 없으니까."

그의 말에 천사가 웃음을 터뜨렸다.

"그럼 아저씨가 악마라도 된다는 거예요?"
그가 말했다.
"그렇다면 어쩌겠소?"
천사가 깔깔거리며 웃었다.
"아저씨가 악마라면, 나는 천사예요."

43

인간적인 행위로 인해 천사는 죽었다

그는 천사의 알몸을 더듬고 문지르고 쓰다듬었다. 아무리 만지고 누르고 쓸어내려도 감미로운 피부였다. 천사 또한 그의 몸을 더듬고 깨물고 핥고 빨아 댔다. 그는 천사의 알몸을 애무하면서 생각했다. 이런 것이 인간이 되는 의식이라면 하루에도 몇 번씩 치룰 수 있다. 이런 것이 존재자에서 참존재자로 가는 길이라면 일 년 내내 해도 상관이 없다. 이런 것이 악신에서 선신으로 가는 행위라면 목숨을 걸어도 괜찮다. 어느새 천사의 입에서 달콤한 신음소리가 터져 나왔다. 그의 손이 천사의 젖무덤을 움켜쥐어서가 아니었다. 그의 다리 사이에 솟은 말뚝 같은 물건 때문이었다. 천사가 가쁜 숨을 헐떡이면서 물었다.

"악마의 성기는 본래 이렇게 큰 거예요?"

그가 거친 숨소리를 내며 대답했다.

"내 것은 그래도 작은 편이오. 사타나스는 더 큰 걸 가지고 있소."

천사가 말했다.

"아저씨 것도 작지는 않아요. 아니 너무 커서 잘 될 지 의문이에요."

천사는 커다란 성기를 만난 것에 감동이 된 표정이었다. 그는 점점 더 커지는 성기를 숨기느라고 엉덩이를 뒤로 뺐다. 천사가 그의 허벅지를 바짝 끌어당기며 말했다.

"왜 빼고 그래요. 다 알면서."

그가 말했다.

"무얼 안다는 것이오?"
천사가 말했다.
"우린 지금 인간적인 행위를 하는 거잖아요."
그가 중얼거리듯 말했다.
"아, 인간적인 행위…"
그는 천사의 눈부시도록 하얀 피부를 혀로 핥았다. 천사가 또다시 아름답기 그지없는 신음소리를 내뱉었다. 그 소리는 그가 들었던 세상의 어떤 소리보다도 신비로운 것이었다. 그는 그 소리를 듣기 위해서라도 움직임을 멈출 수가 없었다. 천사도 엉덩이를 높이 들어 올려 그의 움직임을 도왔다. 그는 점점 더 커지는 성기를 억제하기 위해 이를 악물었다. 그가 참으려고 하면 할수록 천사의 성기는 그의 성기를 빨아들였다. 그는 천사의 몸속으로 깊숙이 들어간 성기를 세차게 움직였다. 이제 천사의 아름다운 목소리는 비명으로 바뀌어 갔다. 천사가 끊어지는 목소리로 입을 열었다.

"내가… 대상을 잘… 고른 것 같아요."
그가 말했다.
"대상을 잘 고르다니?"
천사가 말했다.
"이렇게… 나를… 흥분시키잖아요. 생전… 처음이에요. 이런… 느낌."
그가 말했다.
"내가 정말 악마라고 해도 상관없겠소?"
천사가 말했다.
"악마면… 어때요. 나만… 만족시키면 됐지."
그가 말했다.
"악마는 죽는 순간까지 행위를 멈추는 법이 없소."

천사가 말했다.

"죽을… 정도로… 환상적이라면… 그것도 괜찮아요."

그가 강조하듯 말했다.

"정말로 죽을 수도 있소."

천사가 숨을 헐떡거렸다.

"천사도… 상대가… 죽을 때까지… 한다는 거 알아요?"

그가 허벅지에 힘을 주었다.

"그럼 되었소. 누구 하나가 죽으면 끝나니까."

천사가 콧소리를 냈다.

"아저씨가… 죽을지도… 몰라요."

그가 말했다.

"악마는 죽는 존재가 아니오."

천사가 말했다.

"천사도… 죽지… 않아요."

그는 아름답게 타락한 천사를 만족시켜 주기로 했다. 아니 신이 되고 싶은 천사를 어둠의 나락으로 떨어뜨리기로 했다. 그는 말뚝처럼 발기된 성기 끝으로 온몸의 피를 흘려보냈다. 피가 성기 끝으로 모이자 천사의 신음소리는 절정으로 치달았다. 그는 천사가 정신을 잃을 때까지 성기의 마찰을 멈추지 않았다. 이제 천사의 숨소리는 끊어질 듯 이어질 듯 간헐적으로 들렸다.

"아… 지금… 이에요."

격렬한 신음소리를 내뱉던 천사가 힘을 모아 소리쳤다. 순간 그는 천사의 몸속에 정액을 쏟아 부었다. 정액과 함께 그의 영혼 속에서 들끓던 세상에 대한 저주와 욕망도 같이 흘려보냈다. 이윽고 천사의 입에서 단말마적 비명소리가 들렸다. 그의 입에서도 짐승 같은 헐떡거림이 튀어나왔다. 사정은 한두 번으로 끝나지 않았다. 그는 천사가 정신을 잃을 때까지 사정을 계속했다. 그와 천사는 한몸이 되어 짐승처럼 뒹굴고 또 뒹굴었다.
 시간이 얼마나 흘렀는지도 알 수 없었다. 아니 시간이 흐르는 것 따위는 관심조차 없었다. 그와 천사는 시간을 초월해서 정사를 나누고 또 나누었다. 둘이 하나가 되어 오르가슴에 이를수록 천사의 몸은 점점 더 작아졌다. 그의 정액이 분사될수록 천사의 육체는 점점 더 녹아내렸다. 이윽고 액체가 된 천사의 몸이 그의 성기를 통해 몸 안으로 들어왔다. 그는 액체가 된 천사의 몸을 한 방울도 남김없이 빨아들였다. 이제 천사는 그의 몸 일부가 되었고, 그는 완전한 참존재자가 되었다.
 그는 고통과 어둠과 절망의 토굴에서 나온 목적을 이루었다. 그는 죽은 신을 대신하려던 천사를 사도의 말뚝으로 빨아들였다. 이 세상을 선과 사랑으로 장식하려던 천사를 인간적인 행위로 녹여 버렸다. 이제 천사는 참존재자에서 비존재자로 추락해 버렸다. 천사를 빨아들인 그는 솟구쳐 오르는 힘으로 인해 몸을 떨었다. 이제 이 세상은 주인 없는 집이 되었다. 그야말로 이 세상은 영혼 없는 곳이 되었다. 그는 살아 있는 물건처럼 벌떡거리는 성기를 내려다보았다. 성기는 자신의 할 일을 마친 것처럼 이내 수그러들었다. 그는 바지저고리를 주워 입고, 전복을 걸치고, 괴나리봇짐을 등에 멨다.
 "천사는 죽었다. 인간적인 행위로 인해 천사는 죽었다."
 그는 이렇게 중얼거리고 천사의 방을 나섰다.

2 악장(惡章)

44

하나의 죽음이 하나의 삶을 만든다

그는 아침이 밝아오는 거리를 걸어갔다. 공기는 지난밤의 욕망적인 행위를 잊은 듯 맑고 싱그러웠다. 그는 밝아오는 하늘을 올려보며 외쳤다. 천사는 선하기 때문에 구하는 것이 아니라, 구하기 때문에 선한 것이다. 악마는 악이기 때문에 파괴하는 것이 아니라, 파괴하기 때문에 악한 것이다. 세상을 일깨우는 여명이여, 참다운 구함 없는 천사가 없듯이, 참다운 파괴 없는 악마 또한 없다. 천사여, 구함이 작으면 작을수록 그대 삶은 행복하다. 천사여, 구함이 크면 클수록 그대 희망은 슬픔이 된다.

천사여, 이 말은 낡았지만 결코 모든 이가 안다고 할 수 없는 진리이다. 욕망을 적게 가지면 가질수록 그만큼 행복해진다는 말은 천상에서 내려오고 있으나, 그것은 어긋난 진리이다. 인간의 욕망은 항상 천사의 소유 욕구에 비례해서 증가한다. 인간의 탐욕은 항상 신의 세상에 대한 저주 욕구에 비례해서 증가한다. 그는 삿갓을 들고 떠오르는 태양을 정면으로 보았다. 그리고 작은 소리로 중얼거렸다. 세상을 어지럽히고자 했던 욕망을 버리고 나서야, 나는 비로소 행복과 평온과 마음의 풍요를 느꼈다.

이 완전함 깨달음을 통해, 나는 한 부분을 포기하면 그만큼 얻는 게 많다는 것을 알았다. 천사여, 그대 인간적인 행위로 인해 죽었지만, 세상에 희망의 불씨만은 살려 놓았다. 신이여, 그대는 죽음을 선택함으로써 세상에 밝은 빛을 뿌려 놓았다. 그대들의 죽음은 오히려 세상을 밝고 투명하게 만들었다. 그대들 스스로 어둠을 찬양하라. 그대들 스스로 죽음을 찬양하라. 그대들이 사라져간 춥고 고독한 세상을 노래하라. 그대들 하나의 죽음이 하나의 삶을 만든다는 사실을 잊지 말라.

그대들 하나의 포기가 하나의 희망을 만든다는 사실을 잊지 말라. 그대들 이 세상을 영원히 그대의 것으로 삼으려 하지 말라. 그대들 인간을 영원히 그대의 종으로 부리려 하지 말라. 아름다운 죽음, 아름다운 포기, 아름다운 절망이 추한 것은 아니다. 즐거운 고독, 즐거운 고통, 즐거운 갈등이 추한 것은 아니다. 그대들 어둠 속에서 노래하라. 죽음, 포기, 절망이 참다운 희망이라는 것을. 그대들 밝음 속에서 소리쳐라. 기쁨, 즐거움, 쾌락이 참다운 절망이라는 것을. 그 앞을 지나가던 한 남자가 이죽거렸다.

"웬 미친 작자가 아침부터 김을 빼는군."

45

파멸의 끝까지 가 보라. 그곳에 진리가 있다

그는 미친 작자라고 말한 남자를 힐끗 쳐다보았다. 남자는 출근하는 회사원처럼 검은색 정장에 밤색 서류가방을 들고 있었다. 좀 이상한 것은 신사복 차림인데도 넥타이를 매지 않고, 헐렁한 운동화를 신었다는 점이었다. 게다가 손에 든 서류가방을 보물단지처럼 소중히 다루고 있었다. 그는 투덜거린 남자를 향해 빙그레 미소 지었다.

"내가 정말 미친 사람 같소?"
남자가 말했다.
"그럼 미친 사람이 아니고 무엇이오? 새벽부터 천사 타령이나 하고 다니는데."
그가 말했다.
"천사 타령?"
남자가 말했다.
"그렇소. 천사 타령."
그가 말했다.
"하긴 천사 타령이 헛소리이기는 하지. 보통 사람들이 하는 소리는 아니니까. 그래 당신은 새벽부터 어디를 가는 길이오?"
남자가 말했다.
"난 경마장에 가는 중이오."
그가 말했다.
"아하, 그 욕망의 파티장 말이군."

남자가 말했다.

"욕망의 파티장?"

그가 말했다.

"그렇소. 온갖 인간들이 욕망을 걸고 말 달리기를 즐기지 않소,"

남자가 가방을 껴안고 휘적휘적 걸어갔다.

"하긴 욕망의 파티장인지도 모르지. 모든 인간들이 눈을 새빨갛게 뜨고 소리를 질러대니까. 하지만 당신처럼 미친 소리는 지껄이지 않소."

그는 태양 반대편으로 가는 남자를 향해 외쳤다. 인간의 욕망에는 한도가 없다. 천사의 욕망에도 한도가 없다. 신의 욕망에도 한도가 없다. 악마의 욕망에도 한도가 없다. 돈이 인간의 욕망을 채워 주는 데는 한도가 있다. 영혼이 천사와 신의 욕망을 채워 주는 데는 한도가 있다. 정신이 악마와 사탄의 욕망을 채워 주는 데는 한도가 있다. 인간이여, 지나친 욕망은 가끔 무서운 저주와 증오를 일으킨다. 천사여, 욕망의 지나친 만족은 모두의 탐욕을 격화시킨다. 신이여, 한없는 욕망의 추구는 오히려 종말을 촉진시킨다.

인간이여, 천사여, 신이여, 지금까지 욕망을 추구하면서 쏟은 노력의 반이라도 좋으니, 그것을 버리도록 힘써 보라. 그대들 밝음을 더 밝게 만들고자 했던 마음을 털어 버리고, 달의 뒤쪽을 보라. 그곳에 아무도 관심 갖지 않는 희망의 땅이 펼쳐져 있다. 욕망자들이여, 참다운 세상의 이면을 보라. 그대 전능하고 또 전능한 자들이여, 어두운 세상의 내면을 보라. 그곳에 참다운 희망의 씨앗이 자라고 있다.

진정한 희망의 씨앗은 깊은 바다 속에 잠들어 있다. 진정한 평화의 싹은 갈라진 대지 깊은 곳에서 움트고 있다. 그대들 풍요의 대지를 탐욕과 저주의 장소로 만들지 말라. 그대들 풍요로운 바다를 파괴와 혼돈의 장소로 만들지 마라. 칠흑 같은 어둠을 사랑하고, 절망의 밑바닥으로 내려가고, 슬픔의 끝까지 스며들어 보라. 그곳에서 참된 희망과 참된 기쁨과 참된 즐거움을 만날 것이다. 인간이여, 천사여, 신이여, 어둠과 절망과 슬픔을 껴안아 보라. 그대들 고통과 좌절과 저주를 사랑해 보라. 그러면 보다 더 많은 평화와 행복을 얻게 될 것이다. 그는 자신을 향해 주먹질하는 남자의 등에 대고 소리쳤다.

"돈의 노예가 된 인간이여, 짙고 짙은 어둠 속을 보라. 그곳에 참다운 진리가 있다. 욕망에 찌든 사람이여, 어둡고 어두운 창궁을 보라. 그곳에 참다운 사랑이 있다. 탐욕을 사랑하는 짐승이여, 푸르고 푸른 바다 속을 보라. 그곳에 참다운 진실이 있다."

남자는 다시 한번 더 주먹질을 하고 건물 사이로 사라졌다. 그는 거대한 도시로 스며든 남자를 행해 외쳤다. 인간 중에서 가장 게으른 사람은 언제나 욕망이 적은 자이다. 천사 중에서 가장 게으른 천사는 언제나 자기 부정을 하는 자이다. 신 중에서 가장 게으른 신은 언제나 절망을 전파하는 자이다. 인간이여, 천사여, 신이여, 게으르고 게으르고 또 게을러 보라. 거기에서 참진리와 참진실과 참희망을 발견할 것이다.

그대들 욕망이 들끓는 마음을 그대로 두면 한이 없다. 끝없는 욕망의 분출은 차라리 욕망하지 않는 것만 못하다. 그대들 욕망을 방치한다는 것은 갈등을 불러들이는 것이나 다름없다. 그대들 탐욕을 방치한다는 것은 죽음을 끌어안는 것이나 다름없다. 그대들 희망을 추구하기보다 차라리 절망의 끝까지 내려가 보라. 그곳에 참다운 기쁨이 있다. 그대들 행복을 추구하기보다는 차라리 불행의 끝까지 가 보라. 그곳에 참다운 즐거움이 있다. 그대들 성공을 고대하기보다는 차라리 파멸의 끝까지 가 보라. 그곳에 참다운 진리가 있다. 말을 마친 그는 떠오르는 태양을 향해 성큼성큼 걸어갔다.

46

가장 많이 비운 자만이 가장 신에 가깝다

그가 중심가로 들어섰을 때, 사람들이 개미 떼처럼 몰려나와 걸었다. 사람들은 마치 먹이를 쟁취하기 위해 달려가는 하이에나 떼처럼 보였다. 어떤 사람은 눈을 부릅뜨고, 어떤 사람은 인상을 찌푸리고, 어떤 사람은 몸을 숙이고, 어떤 사람은 두 팔을 휘젓고, 어떤 사람은 다리를 절뚝이며 걸었다. 그들의 눈에는 세상의 모든 것이 먹이처럼 보이는 게 틀림없었다. 그는 제각기 걷고 뛰고 달리는 사람들을 보며 부르짖었다.

잠을 잊은 자들이여, 그대들은 어디를 향해 그토록 걷고 뛰고 달리는가? 새벽을 잊은 자들이여, 그대들은 무엇을 위해 그토록 걷고 뛰고 달리는가? 삿갓을 쓰고, 도포를 입고, 괴나리봇짐을 메고, 짚신을 신고, 지팡이를 든 나를 보라. 인간의 욕심과 천사의 욕망과 신의 과욕을 버린 나를 보라. 아무것도 가지지 않고, 아무것도 추구하지 않고, 아무것도 탐하지 않는 나를 보라. 진정한 인간과 진실된 천사와 참다운 신의 모습은 바로 이것이다. 지나가던 50대 남자가 힐끗 쳐다보더니 물었다.

"어디서 사극영화를 찍고 있습니까?"

그가 되물었다.

"사극영화라니요?

남자가 말했다.

"그대 복장이 그걸 말하고 있지 않습니까."

그가 탄식을 발했다.

"아하, 내 복장 때문에 그러는군요. 나는 영화 따위는 찍지 않소. 영화 속 인물이라면 몰라도."

남자가 말했다.

"그게 무슨 말입니까? 영화 속 인물이라니?"

그가 말했다.

"그러니까 욕심이 없는 그림자 같은 사람이란 말이오."

남자가 말했다.

"욕심이 없는 그림자 같은 사람?"

그가 말했다.

"그렇소. 나는 스크린의 입자 같은 사람이오."

남자가 말했다.

"별 이상한 양반 다보겠네."

그가 말했다.

"난 이상한 양반이 아니오."

남자가 투덜거렸다.

"이른 아침에 조선시대 복장을 하고, 괴상한 소리를 지껄이는 사람이 이상하지 않다면 무엇이란 말입니까."

그가 웃으며 말했다.

"난 욕심을 버린 후지자요."

남자가 툭 씹어뱉고 가버렸다.

"말이 전혀 안 통하는 사람이군."

그는 넓은 길을 가득 메운 사람들에게 소리쳤다. 창조자의 모습을 한 인간들이여, 가장 욕심이 적은 사람만이 가장 행복한 사람이다. 신의 모습을 한 인간들이여, 가장 많이 비운 사람만이 가장 신에 가깝다. 천사의 모습을 한 인간들이여, 가장 선한 사람만이 가장 천사에 가깝다. 악마의 모습을 한 인간들이여, 가장 사악한 사람만이 가장 악마에 가깝다. 짐승의 모습을 한 인간들이여, 가장 본능적인 사람만이 가장 짐승에 가깝다.

괴물의 모습을 한 인간들이여, 가장 난폭한 사람만이 가장 괴물에 가깝다. 그대들 아는가? 가장 적은 욕심을 가지고 있기 때문에 나는 신에 가까운 것이다. 가장 적은 탐심을 가지고 있기 때문에 나는 천사에 가까운 것이다. 가장 적은 이기심을 가지고 있기 때문에 나는 성자에 가까운 것이다. 가장 적은 물욕을 가지고 있기 때문에 나는 창조자에 가까운 것이다. 인간들이여, 지나친 욕심은 죄를 낳고, 죄가 장성하면 사망을 낳는다. 인간들이여, 지나친 선은 가식을 낳고, 가식이 성장하면 죄악을 낳는다.

그대들 일에 두 다리를 걸치고 있는 것은 금물이다. 만일 그대가 전자를 욕심낸다면 반드시 후자를 놓칠 것이다. 그대가 둘 다 욕심낸다면 그대는 어느 것도 갖지 못할 것이다. 그대들 욕심이 작으면 작을수록 인생은 봄날이 된다. 그대들 유한한 목숨으로 어찌 무한대한 욕심을 따르려 하는가? 그대들 짧은 생을 가지고 어찌 유한대한 죽음을 좇는가? 그는 지팡이로 떠오르는 태양을 가리켰다. 보라, 붉은 태양을. 보라, 어둠을 깨우는 여명을. 보라, 빌딩 사이로 스며드는 태양빛을.

욕심이 많은 자는 돈을 주어도 돈보다 귀한 보석을 주지 않았다고 불평한다. 이러한 사람은 보석을 주면 그 수효가 적다고 또다시 불평한다. 자족할 줄 모르는 사람에게는 무엇을 주나 늘 부족하다고 탓한다. 이것은 그 마음이 거지나 다름없다는 뜻이다. 거지는 무엇을 주나 좀 더 얻고 싶어 한다. 마음이 풍요로우면 누더기를 걸치고도 따뜻하게 생각하고, 차디찬 반찬으로 밥을 먹어도 맛있다고 흥얼거린다.

인생을 즐기고 여유롭게 사는 점에서 나는 왕후나 귀족보다 풍족한 사람이다. 탐욕은 일체를 얻고자 하는 욕심이고, 그 욕심은 도리어 모든 것을 잃어버리게 만든다. 그는 빠르게 지나가는 사람들을 향해 두 팔을 활짝 벌렸다. 인간들이여, 진정으로 부자가 되고 싶다면 부를 늘이기에 힘쓸 것이 아니라, 욕심을 줄이기에 힘쓰라.

　사람이란 들끓는 욕심을 억제치 못하면 언제까지라도 불만과 불평과 불행을 면할 수 없다. 그대들 도망치듯 뛰지 말고 천천히 걸어 보라. 그대들 내리쬐는 신선한 아침의 태양빛을 쬐어 보라. 그대들 가슴에 꽉 찬 욕망과 탐욕이 눈 녹듯 녹아내리리라. 인간들이여, 그대들이 태양빛처럼 밝게 살려고 해도 욕심 때문에 마음이 어두워진다. 그대들이 달빛처럼 맑게 살려고 해도 탐욕 때문에 정신이 혼란스러워진다.

　그대들 가슴을 활짝 펴고 태양빛을 가슴 가득 받아 보라. 그대들 마음을 활짝 열고 달빛을 온몸 가득 받아 보라. 그대들의 욕심과 욕망과 탐욕이 씻은 듯이 사라지리라. 그대들 삿갓을 쓰고 전복을 입고 괴나리봇짐을 멘 나를 보라. 탐욕과 이기와 경쟁을 버린 나를 보라. 오직 성인만이 외부작용을 배제하고 자기 본성으로 돌아갈 수 있다. 오직 탈속자만이 자기 자신을 극복하고 신의 경지에 이를 수 있다.

47

화려함과 가식은 풍요 속의 빈곤이다

그는 해장국집을 찾다가 춤을 추며 가는 여자를 만났다. 40대 초반의 여자는 색동저고리와 붉은 치마를 입고 춤을 추었다. 사람들이 이상하다는 눈으로 흘끔거렸지만, 여자는 개의치 않았다. 오히려 춤을 추는 것이 자랑스럽다는 듯 덩실덩실 추었다. 춤추는 여자를 보기 위해 지나가던 자동차들이 속력을 늦추었다. 8차선 대로는 금방 주차장으로 변해 버렸다. 멀리서 경관이 호루라기를 불었으나, 여자는 춤추는 것을 멈추지 않았다. 그는 한동안 여자를 지켜보다가 조심스럽게 물었다.

"그대는 왜 춤을 추고 다니는 겁니까?"

여자가 춤을 멈추지 않고 대답했다.

"거짓된 세상을 조롱하기 위해서예요."

그가 알 수 없다는 표정을 지었다.

"거짓된 세상을 조롱하기 위해서?"

여자가 자동차와 빌딩과 십자가를 가리켰다.

"보세요. 아저씨 눈에도 세상이 거짓돼 보이지 않나요?"

그가 말했다.

"그렇게 보이기는 하지만, 거리에서 춤을 추면 무엇이 달라집니까?"

여자가 말했다.

"아저씨가 조선시대 복장을 하고, 도시 한복판을 당당히 걸어가는 것이나 같아요."

그가 말했다.

"나하고 같다?"

여자가 말했다.

"그래요."

그가 고개를 갸웃거렸다.

"그럼 내 생각이 무엇인지 안다는 말이오?"

여자가 당연하다는 듯이 웃었다.

"알지요. 아저씨는 세상이 혐오스럽고 역겨워서 그런 복장을 하고 다니는 거 아니에요?"

그가 작은 소리로 중얼거렸다.

"하긴 그럴지도 모르지."

여자가 두 팔을 들고 춤을 추면서 외쳤다. 모든 거짓 중에서 가장 나쁜 거짓은 자기 자신을 속이는 일입니다. 모든 위선 중에서 가장 나쁜 위선은 세상을 속이는 것입니다. 죄악 중에서 가장 나쁜 죄악은 전 인류를 위험에 빠뜨리는 것입니다. 언제나 거짓은 거짓으로, 위선은 위선으로, 죄악은 죄악으로 보답됩니다. 상대방의 성심을 바라거든 이쪽에서 먼저 성심을 표하세요. 상대가 진실을 바라거든 이쪽에서 먼저 진실을 보이세요. 조선시대 아저씨 알아요? 거짓은 노예와 군주의 종교예요. 위선은 신과 악마의 놀음이에요. 죄악은 인간과 천사의 싸움이에요.

조선시대 아저씨 알아요? 진실은 자유로운 인간의 신인 것을요. 진리는 자유로운 인간의 종교인 것을요. 악함은 자유로운 인간의 방종인 것을요. 그는 여자의 외침을 듣고 삿갓을 고쳐 썼다. 그리고는 낮고 부드러운 소리로 입을 열었다. 여인이여, 화려함과 가식을 두려워하지 말라. 화려함과 가식은 풍요 속의 빈곤일 뿐이다. 그대 허위와 거짓을 두려워하지 말라. 허위와 거짓은 빈곤 속의 화려함일 뿐이다. 그대 혼돈과 슬픔에서 깨어나라. 진실과 진리가 그대 앞에서 춤을 출 것이다.

그대 절망과 두려움에서 벗어나라. 꿈과 희망이 그대 앞에서 노래할 것이다. 그대 위선과 죄악에서 벗어나라. 신과 악마가 그대 앞에서 미소 지을 것이다. 여인이여 아는가? 거짓이란 세상이 만든 게 아니고, 계급으로 나뉜 자신으로부터 생겨 난 것이다. 위선이란 사회가 만든 게 아니고, 빈부로 나뉜 인간으로부터 태어난 것이다. 여인이여, 우리는 하나의 거짓을 관철하기 위해 또 다른 거짓말을 발견해야 한다. 우리는 하나의 진실을 밝히기 위해 또 다른 진실을 만들어 내야 한다. 여자가 그의 말을 받아 외쳤다.

"삿갓쟁이 아저씨, 거짓말에는 999가지가 있어요. 그중에서도 단호히 금지되어야 할 것은 세상에 거짓 증거를 하지 말라는 거예요."

그가 점잖게 말했다.

"거짓이란 무엇인가? 그것은 곧 변장된 진실에 지나지 않는 것이오."

여자가 머리를 저었다.

"진실은 밝은 빛과 같이 눈을 어둡게 하죠. 반면 거짓은 아름다운 저녁노을처럼 모든 걸 멋지게 보이도록 만들어요."

그가 말했다.

"거짓말은 그 자체가 죄일 뿐만 아니라, 고결한 정신을 더럽히는 악의 축이오."

여자가 말했다.

"맞아요. 거짓말은 눈사람 같아서 오래 굴리면 굴릴수록 더욱더 커지죠. 그래서 거짓말을 하지 말라는 거예요. 영혼이 더럽혀지고, 마음이 부정직해지고, 세상이 어두워지기 때문이에요."

그가 말했다.

"우리 자신에게 하는 거짓말이 남에게 하는 거짓말보다 우리 마음을 더욱 무겁게 짓누르는 법입니다. 하지만 때와 장소에 따라서 유해한 거짓말이 진실보다 좋을 때가 있어요."

여자가 말했다.

"다른 사람에게 거짓말을 하다 보면, 자신에게도 거짓말을 하게 된다는 것쯤은 아시죠?"

그가 삿갓을 벗어 들고 말했다.

"물론이지요. 다른 사람에게 하는 거짓말은 나쁜 말 중에서도 가장 나쁜 말입니다. 하지만 자기 자신에게 하는 거짓말은 나쁜 행위 중에서도 가장 나쁜 행위입니다. 왜냐하면 다른 사람에게 하는 거짓말은, 그 사람이 거짓말을 만천하에 폭로해 주지만, 자기에 대한 거짓말은 폭로해 주는 사람이 하나도 없기 때문이에요."

여자가 춤을 추면서 말했다.

"우리는 일시적 편의와 순간적 기쁨, 가벼운 즐거움을 위해서 사실이 아닌 것을 사실인 체 말하는 때가 있죠. 이것이 이른바 진실된 거짓말이에요."

그가 말했다.

"분개하고 격노하고 흥분한 사람만큼 거짓말을 잘하는 인간은 없습니다. 또 많이 알고 있는 사람으로서 거짓말을 하지 않고 살기엔 너무나 힘든 세상이 됐어요."

여자가 말했다.

"사실 이 세상에 거짓말이 없다면, 인간은 절망과 지루함으로 자살하고 말 거예요."

그가 말했다.

"인간이 거짓말을 왜 하는지 압니까? 자기가 저지른 잘못을 숨겨, 자신의 부귀와 명예와 권리를 지키기 위해서지요. 그러나 알고 보면 거짓말로는 이런 것들을 결코 숨기거나 지킬 수가 없어요. 도금이 벗겨지면 언젠가는 때운 자리가 드러나는 것처럼 말입니다."

여자가 말했다.

"가장 혐오스런 거짓말은 가장 진실에 가까운 허언이죠."

그가 말했다.

"거짓말은 불행을 몰고 오는 여신의 기수이기도 합니다."

여자가 말했다.

"결국 거짓말이란, 가면을 쓴 진실에 불과한 거예요."

그는 거리에서 춤을 추는 여자의 말에 공감했다. 여자야말로 거짓된 세상에서 거짓되고 싶지 않은 인간이었다. 그야말로 여자는 거짓말의 정체를 세상에 알리기 위해서 춤을 추는 것이었다. 그는 춤을 추는 여자를 향해 정중히 목례했다. 여자도 그를 향해 깊숙이 허리를 숙였다. 그는 춤을 추는 여자를 보며 거짓의 참다운 모습이 무엇인지 생각했다. 과연 거짓은 무엇인가? 거짓은 진실 위에 설 수 있는가? 진실은 거짓의 가면을 벗길 수 있는가? 진리는 거짓을 증명할 수 있는가? 거짓은 진리를 지배할 수 있는가? 진실과 거짓은 공생할 수 있는가? 그는 고개를 숙이고 중얼거렸다.

거짓이여, 그대만큼 비열하고 가련하고 경멸스러운 것은 없다. 한 번 거짓을 말하면 두 번 세 번 하게 되고, 결국은 버릇이 되기 때문이다. 거짓말은 그 자체가 죄일 뿐만 아니라, 영혼까지 더럽히는 오예물(汚穢物)이다. 죄악에는 허다한 도구가 많지만, 그 모든 것에 공통으로 적용되는 것은 거짓말이다. 거짓이여 아는가? 한 번 거짓으로 인식되면 아무리 옳은 말을 해도 믿지 않는다. 거짓이여 아는가? 거짓말쟁이가 받는 가장 큰 형벌은, 그가 다른 사람의 신임을 받지 못한다는 것보다, 그 자신이 아무도 믿지 못하는 슬픔에 빠지는 데 있다. 그는 이렇게 말하고 걸음을 떼어 놓았다.

48

힘은 일체의 것을 정복지만, 그 승리는 단명한다

그는 대로를 따라가다가 거꾸로 걷는 남자를 만났다. 50대로 보이는 남자는 두 팔을 땅에 짚고 성큼성큼 나아갔다. 아이들과 학생들이 신기하다는 표정을 지으며 남자를 따라갔다. 여자들 몇 명은 박수까지 치면서 남자의 행동에 격려를 보냈다. 남자는 사람들의 관심이 즐거운 듯 더욱 힘차게 두 팔을 움직였다. 한 청년이 남자를 따라 거꾸로 걷다가 쿵, 하고 쓰러졌다. 그는 한동안 지켜보다가 남자 곁으로 다가가서 물었다.

"댁은 왜 거꾸로 서서 가는 겁니까?"

남자가 힐끗 올려보더니 대꾸했다.

"세상이 온통 뒤집혀 있어서 바로 보기 위함입니다."

그가 의아한 표정으로 말했다.

"세상이 뒤집혀 있다니요?"

남자가 거꾸로 선 채 말했다.

"보십시오, 이 세상이 온전히 서 있는 것 같습니까?"

그가 눈을 껌뻑이며 말했다.

"내가 보기엔 모두 정상인 것 같은데…"

남자가 답답하다는 듯이 말했다.

"잘 보세요. 세상이 온통 뒤집혀지고, 기울어지고, 일그러져 있습니다. 그래도 세상이 온전히 서 있다고 말하는 겁니까?"

그가 지팡이로 이마를 툭 쳤다.

"아하, 그런 의미였군요. 그런 뜻이라면 알만하겠소."

남자가 그의 말을 듣고 다시 거꾸로 걷기 시작했다. 그는 물구

나무를 선 남자를 따라 걸었다. 남자가 몇 미터 가서는 뒤를 돌아보았다.

"댁은 내가 지금 무척 힘들다고 생각하고 있지요?"

그가 말했다.

"그렇소. 힘든 건 사실 아니오?"

남자가 말했다.

"생각해 보십시오. 자신이 옳다고 여기는 일을 하는 사람 중, 힘들다고 말하는 자가 있는지."

그가 고개를 끄덕였다.

"그건 그렇군요. 자신의 일이 옳다고 절대적으로 맹신한다면야."

남자가 미소를 지었다.

"나는 지금 하나도 힘들지 않습니다. 오히려 힘이 넘치고 있어요. 보십시오. 내 몸이 온통 근육덩어리지 않습니까?"

그가 말했다.

"그렇지 않아도 운동을 했느냐고 물으려던 참이었소."

남자가 말했다.

"나는 운동이라곤 해 본 일이 없어요. 오직 거꾸로 걸어 다니기만 했을 뿐."

그가 말했다.

"그래. 얼마나 그렇게 다닌 거요?"

남자가 말했다.

"대략 십 년은 넘은 것 같습니다."

그가 말했다.

"그 정도면 두 다리로 걷는 것보다 나을지도 모르겠군."

남자가 말했다.

"맞아요. 나는 이렇게 걷는 것이 제일 편합니다. 또 그래야 세상을 똑바로 볼 수도 있고요."

그가 고개를 주억거렸다.

"하긴 거꾸로 된 세상을 제대로 보려면 거꾸로 서는 게 맞지."

남자가 몇 걸음 나아갔다.

"이제야 내가 거꾸로 다니는 이유를 알겠습니까?"

그가 감탄조로 말했다.

"알만하오. 사실은 나도 거꾸로 된 세상에 염증을 느끼는 사람 중 하나요."

남자가 비긋이 웃었다.

"그럴 줄 알았습니다. 이 소비와 경쟁시대에 조선시대 사람처럼 전복 차림에 삿갓을 쓰고, 괴나리봇짐을 메고, 짚신까지 신었으니… 댁도 어지간히 이 세상에 염증을 느끼고 있는 것 같습니다."

그가 가볍게 목례를 했다.

"세상을 향해 반항적으로 사는 댁도 보통은 아닌 것 같소. 좀 더 힘을 내서 세상을 꾸짖어 보시오."

남자가 그의 말에 힘을 얻은 듯 성큼성큼 가기 시작했다. 그는 두 팔로 서서 가는 남자를 배웅하고 행인들을 향해 부르짖었다. 그대들이 가진 내면의 힘을 최대한 끌어내 보라. 내면으로 힘을 내면 약한 것이 강해지고, 약한 마음이 강한 의지로 변한다. 보라, 거꾸로 걷는 참다운 인간의 모습을. 보라, 신이 되고자 하는 진정한 인간의 모습을.

힘은 샘물과 같이 안에서 밖으로 솟구치는 것이다. 의지는 폭포수 같아서 안에서 밖으로 떨어지는 것이다. 참다운 힘을 얻으려면 자신의 내부에 깊은 샘을 파야만 한다. 참다운 진실을 얻으려면 마음속에 맑은 우물을 가져야만 한다. 그대들 거꾸로 걸으며 스스로 강해지는 인간을 보라. 그대들 거꾸로 선 채 거꾸로 된 세상을 꾸짖는 사람을 보라.

밖에서 힘을 구할수록 그대들은 점점 더 나약해질 뿐이다. 밖에서 의지를 구할수록 그대들은 더욱더 허약해질 뿐이다. 그대들 스스로 힘을 만들어 거꾸로 된 세상을 똑바로 세워 보라. 그대들 스스로 의지를 만들어 거짓된 세상을 올바르게 만들어 보라. 그대들이 의지할 것은 남이 아니라, 자신이 가진 내면의 힘이다. 그대들이 믿을 것은 타인의 의지가 아니라. 자신이 지닌 참된 용기이다. 지나가던 청년이 그와 남자를 힐끗 보더니 투덜거렸다.

"세상이 어지러우니까 정신 나간 사람들이 날뛰는구만."

그는 멀어져 가는 20대 청년을 응시하면서 소리쳤다. 돈의 힘은 눈앞의 만족을 얻게 하지만, 이상의 힘은 머나먼 내일의 희망을 갖게 만든다. 그대 세상으로부터 힘을 얻으려 하지 말고, 자기 스스로 힘을 만들어 보라. 그리하면 거꾸로 된 세상도 똑바로 서고, 비뚤어진 인간도 바로 서게 되리라. 인생에는 쉬운 해결법 같은 것은 존재하지 않는다. 삶에는 일정한 대가 없이 얻어지는 결과란 존재하지 않는다.

그대 스스로 내면의 힘을 만들어 외부를 통제해야 한다. 외부를 통제할 힘만 갖추게 되면, 삶의 해결법 따위는 저절로 터득하게 된다. 그는 고층빌딩 사이로 사라진 청년의 모습을 찾으며 외쳤다. 그대 진정하게 교류하고 사귈 인간을 만나라. 그대 참되게 교제하고 신뢰할 인간을 사귀어라. 그대 진실되게 몸과 마음을 나눌 수 있는 인간을 찾아라. 몸과 마음을 나눌 수 있는 대상만이 역경을 헤쳐 나갈 내면의 힘을 제공한다.

그대 스스로 일어서려면 참된 인간을 사귀고 사랑하라. 그대 스스로 강해지려면 진실한 인간을 만나고 사랑으로 교류하라. 사랑은 의지를 가지는 사람에게 있고, 용기는 의지에서 우러나오는 것이다. 그대 스스로 어지럽고 혼탁한 세상의 노예가 되지 말라.

그대 스스로 이기적이고 탐욕스런 세상의 도구가 되지 말라. 그대 거꾸로 걷는 사람처럼 거꾸로 된 세상을 거꾸로 보려고 노력하라. 그리하면 거꾸로 된 세상이 똑바로 서게 되리라. 그대 이것을 아는가? 외부로부터 만들어진 힘은 일체의 것을 정복한다. 그러나 그 승리는 반드시 단명한다.

49

스스로 슬퍼하지 않으면 가난도 즐겁다

그가 외치고 있을 때, 행색이 남루한 남자가 다가왔다. 남자는 다 해진 양복에 땟물이 흐르는 이불을 껴안고 있었다. 또한 어깨에는 커다란 배낭을 메었고, 머리에는 찢어진 등산모를 쓴 상태였다. 첫눈에도 남자는 거로자(居路者) 아니면 방려자(倣旅者)가 분명했다. 낡은 옷을 입을 것도 그랬고, 몸에서 풍기는 고약한 냄새도 마찬가지였다. 여자들이 코를 움켜쥐고 남자 곁을 빠르게 지나쳐 갔다. 산책 나온 강아지도 남자를 피해 멀리 돌아갔다. 그는 남자의 모습과 차림새를 일별한 후 조심스럽게 물었다.

"댁은 길거리의 자유인이오?"

남자가 대답했다.

"맞소. 나는 길거리의 자유인이오. 하지만 지금은 자유보다 배고픔이 먼저인 것 같소."

그가 말했다.

"그러면 빵가게로 갈 것이지 왜 내게로 온 것이오?"

남자가 말했다.

"당신도 나처럼 길거리의 자유인처럼 보였기 때문이외다."

그가 말했다.

"아하, 그렇군. 실은 나도 당장 구걸해서 먹어야 할 판이오."

남자가 말했다.

"우리 같이 구걸해 보지 않겠소? 하나보단 둘이 더 나을 것 같기는 한데."

그가 말했다.

"댁은 땅바닥에 앉으시오. 나는 서서 구걸을 해 볼 테니까."
　그의 말에 따라 남자는 배낭을 벗고 보도 가장자리에 앉았다. 그는 스님처럼 꼿꼿하게 서서 염불하듯 중얼거렸다. 인간들이여, 현실이 고통스럽다고 푸념하고 괴로워하지 말라. 자신이 가난하다고 슬퍼하고 비통해 하지 말라. 오늘이 힘들다고 피하고 도망치지 말라. 괴로워하는 마음을 없애면 저절로 선풍이 분다. 고통스런 마음을 통제하면 저절로 기쁨이 찾아온다.
　그대들 가난하다고 슬퍼해도 가난은 없어지지 않는다. 그대들 돈이 없다고 탄식해도 빈곤은 사라지지 않는다. 그대들 스스로 슬퍼하지 않으면 가난한 것도 즐겁다. 보라, 신이 만든 태양으로부터 얻은 한 조각의 빛과, 자유로운 영혼으로부터 얻은 한 뼘의 사랑과, 푸른 하늘을 수놓은 눈부신 빛과, 맑고 투명한 공기를 아침식사로 삼은 이 자리 외에 아무것도 가진 게 없다는 즐거움을. 그의 말을 들은 남자가 작은 소리로 외쳤다.
　"가난이라는 고통을 없애는 방법은 오로지 두 가지뿐이오. 자기 재산을 산처럼 늘리는 것과, 자신의 산 같은 욕망을 줄이는 게 바로 그것이오. 앞에 것은 우리의 노력과 힘으로 해결되지 않지만, 뒤에 것은 언제나 우리의 마음가짐만으로 가능하다오."
　그는 남자의 말에 공감하고 고개를 끄덕였다. 남자는 뒤에 말한 것을 실천하고 있는 인간이 분명했다. 그는 남자의 의지에 경의를 표하고 행인들을 향해 작게 소리쳤다. 가난한 자 열 명은 한 개의 돗자리서 평화롭게 잠들지만, 아무리 넓은 제국도 두 명의 군주에게는 너무나 좁다. 그대들 마음이 가난하지 않겠다고 결심하라. 그대들 영혼이 빈곤하지 않겠다고 다짐하라. 그대들 희망이 빈한하지 않겠다고 맹세하라.
　그대들 무엇을 가졌든 더 적게 쓰라. 그대들 무엇을 가졌든 더 적게 탐하라. 그대들 무엇을 가졌든 더 적게 구하라. 탐욕은 자유를 파괴하고, 선을 실천할 수 없게 하고, 쉬운 일을 어렵게 만든다. 그대들 가난을 한탄하지 말라. 가난한 자도 때가 오면 언젠가는 부자가 될 수 있다. 그러나 마음 나쁜 자에게는 좋은 변화란 있을 수 없다. 그들은 마음이 가난하고, 영혼이 가난하고, 육신이 가난한 수생(獸生)일 뿐이다. 그의 말을 받아서 남자가 외쳤다.

"가난하면서 세상을 원망하지 않기 어렵고, 부자이면서 스스로 교만하지 않기 또한 쉬운 일이 아니다. 보라, 우리가 찬양하는 것은 가난이 아니라, 가난해도 천해지지 않고 굴복하지 않는 참된 인간이다."

그는 남자의 등을 툭툭 두드려 주었다. 남자는 신이 나서 외쳐댔다. 인간들이여 자각하라. 육체적 노동은 정신적 고통을 해방시킨다. 그러므로 가난한 사람은 오히려 행복해진다. 보라, 길거리에 선 우리 두 사람을. 보라, 영원을 바라보는 우리 두 초각(超覺)을. 그대들 우리 두 사람이 불행해 보이는가? 그대들 우리 두 사람이 초라해 보이는가? 오히려 우리는 가장 행복한 사람이고, 가장 참다운 인간이고, 가장 신다운 자이다.

인간들이여, 스스로 가난하다고 믿어 보라. 그러면 참다운 자유와 참다운 행복과 참다운 기쁨을 느끼게 될 것이다. 그대들 가난이란 그리 고생스러운 게 아니라는 것을 알라. 가난, 그것의 진정한 모습을 보았을 때 비로소 자신의 부를 마음껏 즐길 수 있다. 남자는 말을 마치고 흡족한 표정으로 그를 쳐다보았다. 그는 또 한 명의 선지자가 태어난 것을 축하하며 자리를 떴다. 이제 남자에게는 그가 필요 없었던 것이다.

50

행복에서 불행의 거리는 한 발짝이다

그는 남자가 수많은 인파에 섞여드는 것을 보고 중얼거렸다. 가난한 자여, 스스로 행복하다고 말하라. 빈곤한 자여, 스스로 기쁘다고 외쳐라, 배고픈 자여, 스스로 배부르다고 소리쳐라. 행복과 불행은 마음속에 있는 것이고, 마음 밖에 있는 것이 아니다. 배고픈 자여, 거리의 행복과 불행은 크기가 정해져 있는 게 아니다. 다만 그것을 받아들이는 사람의 마음에 따라서 작은 것도 커지고, 큰 것도 작아질 수 있다. 빈곤한 자여, 가장 현명한 사람은 큰 불행도 작게 처리한다. 가난한 자여, 어리석은 사람은 조그마한 불행도 확대해서 큰 고민에 빠진다. 지나가던 여자가 그의 행색을 보고 말했다.

"사극배우 지원자인가 봐."

친구인 듯한 여자가 말했다.

"산에서 도를 닦다가 내려온 사람 같은데."

다른 친구가 말했다.

"조선시대 사람 같다 얘."

그는 자신을 보며 떠드는 여자들에게 말했다. 그대 꿀과 우물을 가진 인간이여, 누가 가장 행복한 사람인가? 누가 가장 기쁜 사람인가? 누가 가장 즐거운 사람인가? 그는 남의 장점을 존중해 주고, 남의 기쁨을 자기 것처럼 즐거워하는 자라고 할 수 있다. 그대 꿀과 우물을 가진 인간이여, 행복은 그대들 앞길을 가로막고 서 있는 악어이다.

대부분의 사람은 입을 벌리고 엎드려 있는 악어를 보고 재빨리 돌아선다. 그리하여 행복과는 아무 관련 없는 시시한 것으로 삶을 만족해 버린다. 그대 꿈과 우물을 가진 인간이여, 행복에서 불행의 거리는 고작 한 발짝밖에 안 된다. 하지만 불행에서 행복의 거리는 까마득히 멀다. 그의 말을 듣고 머리를 어깨까지 늘어뜨린 여자가 말했다.

"미친 사람인가 봐."

단발머리 여자가 말을 받았다.

"미친 사람 같지는 않고, 연극배우 같아."

화장기 짙은 여자가 결론을 내렸다.

"둘 다 아니고, 도 닦는 사람이 확실해."

지나가던 남자가 슬쩍 끼어들었다.

"노숙자 아니면 거지가 분명해요. 시대의 거지…"

그는 자신에게 거지라고 말한 남자를 향해 외쳤다. 그대 뿔과 주낭(注囊)을 가진 인간이여, 어떤 불행 속에도 행복은 숨어 있는 법이다. 또한 어떠한 슬픔 속에도 기쁨은 살아 있는 법이다. 그대 뿔과 주낭을 가진 인간이여, 행복은 그것이 찾아 올 때는 전혀 우연히 온다. 그러나 행복을 추구하려면 기러기를 쫓는 것 같아서 결코 손 안에 넣을 수 없다.

그대 뿔과 주낭을 가진 인간이여, 인간이 행복한 것은 육체에 의해서도 아니며, 금전에 의해서도 아니고, 외모에 의해서도 아니다. 인간의 행복은 마음의 바름과 올곧은 태도와 지혜의 풍부함에 의한 것이다. 이것을 아는가? 뿔과 주낭을 가진 인간이여, 사치한 생활 속에서 행복을 구하는 것은, 그림 속의 태양에서 빛을 기다리는 것과 같다. 이것을 아는가? 뿔과 우물을 가진 인간이여. 희망과 행복은 영구히 인간의 가슴속에서 솟아난다. 절망과 고통은 영구히 인간의 머릿속에서 일어난다.

인간은 언제나 행복할 수 없으며, 앞으로 행복해져 가는 것이다. 인간은 언제나 즐거울 수 없으며, 앞으로 즐거워져 가는 것이다. 그의 외침을 듣고 남자와 여자들은 도망치듯 떠났다. 그는 멀어지는 사람들의 등 뒤에 대고 소리쳤다. 불과 우물을 가진 인간이여, 그대들이 오늘 해야 할 것을 하라. 그대들이 이 시간에 해야 할 것을 하라. 그대들이 이 순간에 해야 할 것을 하라. 자신의 행복을 위해서, 타인의 행복을 위해서, 모두의 행복을 위해서.

　우물을 가진 인간이여, 기도는 하늘의 축복을 받고, 노동은 땅에서 축복을 파낸다. 기도는 하늘에 차고, 노동은 땅에 차니, 이 둘이 당신 집에 행복을 실어다 줄 것이다. 불을 가진 인간이여, 크고 작고 간에 고통을 수반하지 않는 행복이란 존재하지 않는다. 작고 크고 간에 절망을 딛고 일어나지 않는 행복이란 실재하지 않는다. 행복은 부드럽고 사랑스러운 입맞춤과 같다. 행복은 따듯하고 감미로운 포옹과 같다.

　그대들이 행복을 얻기 위해서는 누군가에게 행복을 주어야만 한다. 그대들이 만족을 얻기 위해서는 누군가에게 만족을 주어야만 한다. 그대들 아는가? 누군가가 행복을 가져다 주는 것보다, 타인에게 행복을 느끼게 하는 일이 훨씬 유익하다는 걸. 아량 있는 사람들은 이런 순간에 최상의 행복감을 맛보게 된다. 꿀과 불을 가진 인간이여, 그 어떤 외부적 힘에 의해서도 결코 행복해지지 않는다. 인간은 오로지 내부적 의지에 의해서만이 행복해질 수 있다. 그는 이렇게 소리치고 대로를 따라 걸어갔다.

51

가르치는 방법엔 다섯 가지가 있다

그는 전철역 광장을 지나다가 조선시대 복식을 한 남자를 발견했다. 남자는 60대로 보였으며, 상투를 틀고, 갓을 쓰고, 모시 한복을 반듯하게 입고 있었다. 또한 남자는 가슴까지 내려오는 턱수염과 얼굴을 가로지르는 콧수염을 기른 상태였다. 게다가 남자 앞에는 양피지로 엮은 고서적 몇 권이 놓여 있었다. 좀 특이한 것은 남자의 반듯하면서도 기개 넘치는 모습이었다. 남자는 광장 한쪽에 돗자리를 펴고 앉아서 미동도 하지 않았다. 그는 가부좌를 틀고 있는 남자 쪽으로 다가가 말을 붙였다.

"댁은 지금 여기서 무얼 하고 있는 겁니까?"

남자가 힐끗 쳐다보더니 대답했다.

"사람들을 상대로 관상과 사주를 봐 주고 있소."

그가 감탄 비슷하게 내뱉었다.

"아 관상, 사주…"

남자가 목을 곧추세웠다.

"그렇소."

그가 남자 앞에 앉았다.

"그렇다면 내 관상도 봐 줄 수 있겠소?"

남자가 손을 내밀었다.

"선금 만원이오."

그가 되물었다.

"만원?"

남자가 말했다.

"그것도 장사가 안 돼서 반으로 깎아 주는 거요."
그가 괴나리봇짐을 풀고 엽전을 꺼냈다.
"내가 가진 것은 이뿐이오. 이것으로도 되겠소?"
남자가 뜬금없다는 표정을 지었다.
"그건 조선시대 돈이잖소?"
그가 말했다.
"맞소."
남자가 말했다.
"당신 대체 뭐 하는 사람이오? 차림새를 보아하니 막 조선시대에서 뛰쳐나온 사람 같은데."
그가 말했다.
"삼십 년 간 토굴에서 은둔하다가 엊그제 나온 사람이외다."
남자가 엽전을 받아 챙겼다.
"그렇다면 특별 손님으로 취급해 드리겠소. 삼십 년간 토굴에서 도를 닦았다고 하니."
그가 얼굴을 앞으로 내밀었다.
"그래 내 관상은 어떻소?"
남자가 삿갓을 가리켰다.
"먼저 그것을 벗어 보시오."
그가 머리에 얹고 있던 삿갓을 벗었다. 순간 남자가 감탄 반 신음 반의 소리를 냈다.
"당신의 관상은 보통 사람의 것이 아니오."
그가 긴장된 표정으로 말했다.
"그럼 어떤…?"
남자가 심각한 목소리로 말했다.
"전체적으로는 후덕해 보이나, 자세히 뜯어보면 증오가 서려 있기도 하오. 또 증오 뒤에는 어둠의 그림자, 즉 악기도 어려 있소."

그가 탄성을 발했다.

"호, 그래요?"

남자가 정색하고 말을 이었다.

"문제는 그 뒤에 보이는 것들이오. 그 어둠의 그림자, 즉 악기 뒤에는 공포스런 살기가 보이고, 그 살기 뒤에는 끝이 보이지 않는 저주가 똬리를 틀고 있소. 그 똬리 뒤에는 독을 품은 뱀보다 더 사악한 기운이 감돌고, 그 저주 뒤에는 탈을 쓴 천사, 즉 타락한 천사가 보이고, 타락한 천사 뒤에는 죽어 버린 신의 그림자가 보이오. 그리고…"

그가 재빨리 말했다.

"그리고…?"

남자가 떠듬떠듬 말했다.

"그 죽어 버린 신의 모습 뒤에는 사탄이 보이고, 그 사탄의 모습 뒤에는 신을 가장한 악마가 보이고 있소."

그가 껄껄 웃었다.

"무슨 관상이 그렇소. 좋으면 좋고 나쁘면 나쁜 거지."

남자가 말했다.

"내 눈에는 그렇게 보이는 걸 어떡하겠소."

그가 말했다.

"이런 방식으로 몇 명의 관상을 봐 준 거요?"

남자가 말했다.

"이 자리에서 이십 년은 넘었소. 하지만 당신 같은 관상은 처음이오. 관상을 보는 내 심장이 놀라서 멈출 지경이외다."

그가 자리에서 일어섰다.

"어쨌거나 좋은 가르침을 받은 것 같소. 악마의 관상이면 어떻고, 천사의 관상이면 또 어떻소. 어차피 어지럽고 혼란스런 세상을 살아가는 한 명의 무지자(無知者)일 뿐인데."

 남자가 얼결에 자리에서 일어나 허리를 굽실했다. 남자의 표정은 굳어 있었고, 백짓장처럼 창백해 보였다. 그는 선비 차림의 관상쟁이에게 목례를 하고 돌아섰다. 어느새 그 주변에는 10여 명의 사람들이 모여 있었다. 그는 모여선 사람들을 향해 외쳤다.

 지식에 목마른 자들이여, 배운다는 것은 사치 중에서 사치이다. 그러나 배움의 사치가 가르침의 사치와 비교될 수는 없다. 지혜에 목마른 자들이여, 한번 가르치는 것은 두 번 배우는 것이다. 두 번 가르치는 것은 네 번 배우는 것이다. 네 번 가르치는 것은 여덟 번 배우는 것이다. 지적 욕심에 목마른 자들이여, 마음을 다하고 정성을 다하고 신뢰로 사람을 가르쳐라. 그렇지 않으면 가까운 사람도 멀어지고, 사랑하는 사람도 잃어버리게 된다.

 그대들 선비 차림의 관상쟁이를 보라. 그는 이십 년 동안 같은 자리에서 남들을 가르쳐 왔다. 그럼에도 자신에게는 전혀 가르침을 주지 않았다. 그대들 조선시대 복장을 한 관상쟁이를 보라. 대중에게 어설픈 가르침을 줌으로써, 지혜와 지식과 통찰을 잃어버린 자를. 그대들이여 보라. 어줍지 않은 교언(巧言)과 망설(妄說)과 참조(讒詔)로 세상을 어지럽히는 자를. 주변에 모여 있던 사람들이 그를 가리키며 웅성거렸다.

 "선지자인가 봐."
 "도인일지도 모르지."
 "아마, 신선일 거야."
 "차림새를 보라구. 십칠 세기 선비지."

 그는 둘러선 사람들을 한바탕 둘러보고 계속 외쳤다. 그대들 이것을 아는가? 누군가를 가르친다는 허영심은 때로 자신이 바보라는 사실을 잊게 만든다. 누군가를 지도한다는 우월감은 때로 자신이 어리석다는 사실을 망각하게 만든다. 누군가를 판단한다는 오만함은 때로 자신이 무지하다는 사실을 착각하게 만든다. 그대들 남에게 가르치는 것을 너무 높게 평가하거나, 스스로를 너무 관대하게 생각지 말라.

그대들 남이 가진 단점을 너무 엄하게 지적하지 말라. 그대들 남의 인생을 너무 쉽게 재단하지 말라. 상대가 그 말을 감당할 수 있는가를 생각하지 않으면 안 된다. 선각이 사람을 가르치는 방법엔 다섯 가지가 있다. 첫째는 비가 초목을 저절로 자라게 하는 방법이 있다. 둘째는 인간 스스로 인격을 쌓아가게 하는 방법이 있다. 셋째는 자기 스스로 재능을 발견하게 하는 방법이 있다. 넷째는 의문에 대해서 성실히 대답해 주는 방법이 있다. 다섯째는 지혜와 지식을 잘 닦아 나가도록 유도해 주는 방법이 있다.

이 다섯 가지가 인간을 인간답게 만드는 선지자의 오인법(五人法)이다. 또한 이 다섯 가지가 짐승을 짐승답게 만드는 선각자의 오행법(五行法)이다. 계도자라고 자칭하는 자들이여, 수행자라고 자칭하는 자들이여. 예언자라고 자칭하는 자들이여. 세상에는 세 가지 가르침이 있다. 하나는 돈 잘 버는 법을 가르치는 것이고, 다른 하나는 잘 사는 법을 가르치는 것이고, 마지막 하나는 지혜롭게 사는 법을 가르치는 것이다. 앞의 것이 악마의 가르침이고, 뒤에 것이 천사의 가르침이고, 마지막 것이 신의 가르침이다.

52

진실된 죽음은 아무것도 남기지 않는다

그는 마네킹처럼 서 있는 사람을 발견하고 멈춰 섰다. 40대 남자는 땅바닥에 들러붙은 조각상처럼 움직이지 않았다. 지나가던 꼬마들이 말을 걸었지만, 전혀 반응하지 않았다. 어떤 여자는 남자의 몸을 손가락으로 꾹 찔러 보았다. 그러나 남자는 눈빛 하나 깜빡 않고 서 있었다. 그는 남자 옆으로 다가가 작게 중얼거렸다. '자신의 가치를 증명하기 위해서라면 더 좋은 방법이 있소.' 순간 남자의 고정된 눈빛이 미세하게 흔들렸다. 남자는 그의 차림새와 행색과 말투에 놀란 눈치였다. 그는 목소리에 조금 더 힘을 주어 말했다.

"가치를 증명하는 데는 움직임이 더 좋은 것이라오."

남자가 두 번 눈을 껌뻑였다. 그는 비긋이 웃고 다시 말을 꺼냈다.

"부동하는 건 스스로를 고통 속으로 빠져들게 할 뿐이오. 자신의 존재를 세상에 알리고 싶다면, 이십일 세기에 걸맞게 말하고 움직이고 행동하시오."

남자가 부동자세를 유지한 채 말했다.

"어떤 움직임을 말하는 겁니까?"

그가 속삭이듯 말했다.

"살아 있는 졸병이 죽은 황제보다 더 가치가 있다는 걸 아시오? 움직이지 않는 건 곧 죽음 속으로 들어가는 것이나 마찬가지요."

남자가 몸은 고정한 채 입으로만 말했다.

"단 한 사람의 고귀한 친구조차 갖지 못한 사람은 살 가치가 없는 사람이라는 말이 있습니다. 나는 영악한 사람보다 무위, 즉 침묵과 공간과 시간을 친구로 삼고 있는 중입니다."

그가 약간 톤을 높여 말했다.

"단지 자신만을 위해서, 자신 속으로 깊이 빠져들어, 자신의 생활에 집착하는 자는 사회적 가치가 없는 사람이오. 인간 틈에서 살고, 세상과 부딪치면서, 혼잡 속에서 자신을 찾는 게 더 나은 삶의 방법이외다."

남자가 입으로만 말했다.

"오늘날 모든 사람들이 모든 사물의 가치를, 예외 없이 모두 깨우치고 있지만, 삶의 진정한 가치를 아는 사람은 유감스럽게 아무도 없습니다. 나는 세상 사람들한테 그들 자신의 가치를 일깨우기 위해서 말하지 않고 움직이지 않고 행동하지 않는 것입니다. 물론 나 스스로에 대한 가치도 일깨우기 위한 방편이기도 하고요."

그가 약간 더 크게 말했다.

"한 인간의 최소한의 가치는, 그 사람이 세상과 주고받는 사랑과 믿음의 다소에 따라서 결정되는 것이오. 다시 말해 한 인간의 가치는 세상으로부터 얼마나 사랑과 믿음을 받느냐보다, 세상에 얼마만큼 사랑과 믿음을 주느냐에 달려 있다는 거지요. 단지 길거리에서 조각상처럼 서 있는, 수동적인 방식만으로는 부족합니다."

남자가 입으로만 말했다.

"어떤 것이든 역경이라는 것은 인간에게 있어선 빛나는 가치가 아닙니까?"

그가 조금 더 큰소리로 말했다.

"가치 있는 적이 될 사람은, 잘 화해하면 더 가치 있는 친구가 되고, 가치 없는 친구가 될 사람은 잘못 교류하면 더욱 가치가 높은 적이 되는 법이오. 진정으로 자신의 가치를 증명하고 싶다면 세상을 만나고, 인간과 교류하고, 자신을 위해 행동해 보시오. 무위보다는 유위가 자신의 가치를 증명하는데 훨씬 도움이 될 거요."

그는 말을 마치고 마네킹처럼 서 있는 남자를 흘깃 쳐다보았다. 남자의 눈빛은 확고한 의지를 증명하고 싶은 것처럼 움직이지 않았다. 그는 제자리를 찾은 남자를 지나치며 중얼거리듯 외쳤다.

행동을 포기한 자여, 행복한 사람이란 가치 있는 것을 능동적으로 생산하는 사람을 의미한다. 행동하지 않고 얻는 것은, 곧 잠을 자지 않고 내일을 맞이하는 것과 같다. 움직임을 포기한 자여, 소심한 사람이란 가치 있는 것을 생산하지 않는 우유부단한 자를 의미한다. 자신의 소심함을 남에게 보이는 것은, 곧 자신의 절망을 만천하에 드러내는 것과 같다. 또한 그대 마음속에 소심함이 내재해 있다면, 그것은 게으름에 사로잡혀 있는 자라는 뜻이다.

사람은 소심함을 가지면 새로운 안락을 찾거나, 아니면 영구한 휴가를 즐기기를 바란다. 그것보다 잘못된 선택이나 그릇된 목표는 없다. 왜냐하면 소심한 자에게 당장 필요한 것은 일하는 것, 혹은 생산하는 것이기 때문이다. 그대들 이것을 아는가? 정신과 의사들은 소심한 사람에게 휴식이 유일한 처방이라고 진단한다. 그러나 그들에게는 휴식이 처방이 아니라, 일이 처방이라는 사실을 알아야 한다. 그대들 이것을 아는가? 수고와 노동 없이 구해지는 것 치고, 진정한 가치를 가진 것은 없다. 소극적이고 우유부단한 사람 치고, 창의적이고 진취적인 인간은 존재하지 않는다.

만약 그대들이 돈의 가치를 알고 싶다면 시장에 나가서 돈을 빌려 보라. 만약 그대들이 자신의 가치를 알고 싶으면 거리로 나가서 외쳐 보라. 만약 그대들이 행복의 가치를 알고 싶다면 자신 속으로 깊숙이 들어가 보라. 거기에 답이 있다. 그대들 천금의 구슬은 반드시 깊은 여울 속에 있다는 것을 알라. 그대들 진정한 사랑은 아무것도 조건하지 않는 곳에 있다는 것을 알라. 그대들 참다운 삶은 아무것도 탐하지 않는 것에 있다는 것을 알라. 그대들 진실된 죽음은 이 세상에 아무것도 남기지 않는 것에 있다는 것을 알라.

　보통 인간은 관 뚜껑을 닫은 다음에야 그 사람의 진정한 가치를 알 수 있다. 참된 인간은 썩어서 흙이 된 다음에야 그 사람의 참된 의지를 평가할 수 있다. 위대한 인간은 역사가 흐른 다음에야 그 사람의 참된 진면목을 밝힐 수 있다. 그럼에도 그대들은 모든 가치를 물질과 물욕에서 찾고 있다. 그럼에도 그대들은 모든 의지를 허명과 허욕에서 찾고 있다. 그럼에도 그대들은 모든 성공을 탐닉과 탐욕에서 찾고 있다. 그대들이여, 올바른 가치와 의지와 진면목은 인간의 마음속 깊은 곳에 있다는 것을 알라.

53

머리에 희망의 뿌리를 내려라

그는 길을 가다가 등으로 기어가는 남자를 발견하고 따라갔다. 50대 남자는 엔지니어 복장을 한 채 등만으로 가고 있었다. 그 모습은 마치 뱀처럼 보였으며, 행인들은 무시하거나 비켜났다. 순찰을 돌던 경찰이 남자를 발견하고 따라가다가 이내 발길을 돌렸다. 빌딩 경비원이 놀란 표정으로 뛰쳐나와 남자의 진로를 변경해 주었다. 남자는 빌딩 경비원이 유도해 주는 대로 방향을 바꾸어 기어갔다. 어린 소년이 남자의 흉내를 내면서 따라가다가 이내 일어서서 뛰어갔다. 술에 취한 사내도 남자의 흉내를 내 보았으나, 금방 투덜거리며 일어섰다. 남자는 사람들이 어떤 반응을 보이든, 어떤 행동을 취하든 개의치 않았다. 그는 남자의 행동을 지켜보다가 조심스럽게 물었다.

"댁은 왜 등으로 기어가는 것이오?"

남자가 누운 상태로 대답했다.

"세상에 희망을 주기 위해섭니다."

그가 의아한 얼굴로 되물었다.

"세상에 희망을 주기 위해서다?"

남자가 호흡을 가다듬고 말했다.

"불구자나 장애인이나 절망한 사람들한테 희망을 준다는 것은, 많은 돈이나 재물을 주는 것보다 더 커다란 은혜입니다. 즉 집에 누워 있다가 죽음을 맞이하는 것보다는, 길거리를 힘들게 돌아다니다가 죽는 게 더 낫다는 메시지를 그들에게 전하는 겁니다."

그가 말했다.

"당신은 불구자가 아니잖소?"

남자가 말했다.

"물론 나는 불구자는 아닙니다. 그래서 더욱 이렇게 등으로 기어가는 거예요. 희망만 있으면 행복의 싹은 강인한 의지 아래서 힘차게 움트니까요."

그가 말했다.

"하긴 희망은 갈망하고 추구하는 사람을 결코 외면하지 않는 법이니까."

남자가 침착한 어조로 덧붙였다.

"희망은 한 치 앞을 헤아릴 수 없는 상황이 아니면, 결코 그 화려한 금빛 날개를 펼치지 않습니다. 미래가 불투명한 상황에서, 절망의 밑바닥에서, 고통의 가혹한 끝자락에서 희망은 더욱더 빛을 발하게 되죠. 앞을 예측할 수 없는 극한 상황에 직면했을 때는, 누구든 더욱 희망을 갈구하고 갈망하게 됩니다. 그런 의미에서 나를 위해서가 아닌, 타인을 위해서 희망을 전파하는 자가 진정한 구도자 아닐까요?"

그가 깊은 탄식을 내뱉었다.

"당신이 진정한 구도자 같구려. 내가 부끄러워집니다."

남자가 말했다.

"선생님도 세상을 구하려고 노력하는 구도자 같아 보입니다."

그가 말했다.

"내가 그렇게 보입니까? 오히려 나는 세상을 절망에 빠뜨리려고 노력하는 반구도자예요."

남자가 등으로 움직이며 말했다.

"젊음은 시들고, 사람은 스러지며, 사랑은 끝을 맺고, 우정의 나뭇잎은 떨어져도 희망은 살아남습니다. 희망이라는 것은, 우리가 쉽게 다가가거나 만들어 낼 수 있는 것은 아니에요. 하지만 희망은 인생의 종착역까지 갈 수 있게 해 주는 참된 용기인 것은 분명합니다."

그가 남자를 따라가면서 말했다.

"옳은 말입니다. 이 거대한 세상을 움직이는 역동적인 힘은 오로지 희망뿐이에요. 수확할 희망이 없다면 농부는 씨를 뿌리지 않지요. 이익을 얻을 희망이 없다면 상인은 장사를 하지 않고요. 좋은 희망을 품는 것은 바로 그것들을 이룰 수 있는 지름길입니다. 당신이 등으로 기어가면서 세상에 보이지 않는 희망을 심는 것처럼 말이에요."

남자가 말했다.

"문제는 희망이라는 무형 무위 무감의 존잽니다. 희망은 가냘픈 풀잎에 맺힌 아침 이슬이거나, 위태로운 길목에서 빛나는 거미줄 같아서 한 순간에 사라지고 말거든요.

그가 말했다.

"절박한 희망은 나약한 인간을 그 누구보다 강인한 인간으로 만들어 줍니다. 즉 무슨 일에든지 희망을 거는 것은, 절망하는 것보다 낫다는 말이에요. 보잘것없는 재산보다 훌륭한 희망을 가지는 것이 더더욱 소망스럽다는 거지요.

남자가 거친 숨을 내뱉었다.

"이렇게 등으로 기어 다닌 지가 십 년이 다 되었는데, 선생님 같은 분은 처음입니다. 나하고 말이 통하는 사람도 처음이고요. 정말 좋은 분 같군요."

그가 머리를 가로저었다.

"아까도 말했지만, 나는 결코 좋은 사람이 아니에요. 그저 수십 년 간 어둠 속에서 은둔하다가 이제 막 세상 밖으로 뛰쳐나온, 아둔하기 이를 데 없는 불각자(不覺者)일 뿐입니다."

남자가 안면 가득 미소를 지었다.

"선생님 같은 사람이 한 명만 더 있어도 세상은 밝고 밝은 희망으로 가득 차겠군요. 대화 감사했습니다."

그는 등으로 기어가는 남자를 향해 삿갓을 벗었다. 그리고는 뒤로 돌아서 성큼성큼 걷기 시작했다. 행인들은 그와 남자를 정신이 나간 인간쯤으로 여기는 것 같았다. 그는 지팡이를 머리 위로 치켜들고 사람들을 향해 소리쳤다. 행복한 자란 희망을 가지는 자를 일컫는 말이다. 축복받은 자란 밝은 내일을 여는 자를 가리키는 말이다. 건강한 자는 모든 희망을 안고, 희망을 가진 자는 모든 꿈을 이룬다.

그대들 가슴에 희망의 씨앗을 뿌려 보라. 그대들 머리에 희망의 뿌리를 내려 보라. 희망은 강한 용기이며, 새롭게 샘솟는 뜨거운 의지이다. 어떤 사람의 희망은 예술에 있고, 어떤 사람의 희망은 명예에 있고, 어떤 사람의 희망은 황금에 있다. 그 중에서 제일 큰 희망은 사람에 있다. 인간들이여, 그대들은 희망 그 자체이다. 그대들은 행복 그 자체이다. 그대들은 사랑 그 자체이다. 그대들은 존재 그 자체이다.

희망이란 영구히 가슴속에서 사라지지 않는 불멸의 빛이다. 그러므로 당장 행복하지 않아도 언젠가는 행복해질 수 있다. 그대들 아는가? 긴 희망은 짧은 경탄보다 더 감미롭다. 긴 기쁨은 짧은 탄성보다 더 감미롭다. 긴 감동은 짧은 즐거움보다 더 감미롭다. 그가 아무리 소리쳐도 듣는 사람은 없었다. 그들은 모두 절체절명의 일이 벌어진 것처럼 어디론가 가고 있을 뿐이었다. 그는 바쁘게 걷고, 뛰고, 달리는 사람들을 향해 외쳤다.

인간들이여, 행복의 원칙은 바로 이것이다. 첫째 남을 위해 일할 것, 둘째 어떤 사람을 사랑할 것, 셋째 어떤 일에 희망을 가질 것이다. 그대들 곤궁한 사람에게 마시게 할 약은 오직 희망뿐이다. 그대들 부유한 사람에게 마시게 할 약은 오직 근검뿐이다. 그대들 탐욕스런 사람에게 마시게 할 약은 오직 절제뿐이다. 그대들 이기적인 사람에게 마시게 할 약은 오직 헌신뿐이다. 비장의 무기는 아직 그대들의 손 안에 들어 있다. 그것은 바로 희망이다. 그것은 바로 사랑이다. 그것은 바로 헌신이다.

  그대들 이것을 알라. 희망은 넓은 바다 위가 아니면 결코 날개를 펼치지 않는다. 사랑은 높고 푸른 하늘이 아니면 결코 날개를 접지 않는다. 헌신은 무성한 숲이 아니면 결코 날개를 퍼덕이지 않는다. 그대들 희망의 날개를 접지 말라. 그대들 사랑의 날개를 접지 말라. 그대들 헌신의 날개를 접지 말라. 희망과 사랑과 헌신이 없는 인생이란, 도대체 무엇이란 말인가?

54

스스로 행복한 거지가 되어라

그는 길을 걷다가 지난밤부터 아무것도 먹지 않았다는 사실을 깨달았다. 뱃속에선 연신 꼬르륵 소리가 들렸지만 허기는 느껴지지 않았다. 그는 길가에 설치된 경계석에 주저앉았다. 그리고는 들고 있던 삿갓을 옆에 펼쳐 놓았다. 잠시 후 지나가던 여자가 지폐 한 장을 삿갓에 넣었다. 젊은 여자를 기점으로 남자와 청년, 노인 할 것 없이 지폐와 동전을 놓고 갔다. 그의 삿갓에는 금방 돈이 수북하게 쌓였다. 어림잡아 몇 만원은 족히 되어 보였다.

그는 흐트러진 머리를 말아 올려 상투를 틀고 끈으로 동여맸다. 행인들 눈에는 그가 걸인처럼 보이는 게 틀림없었다. 그는 헛웃음을 한바탕 껄껄 웃고 하늘을 올려다보았다. 고층 건물 위로 태양이 불길처럼 솟아오르고 있었다. 그는 눈부시게 붉은 태양을 바라보며 소리쳤다. 남자들이여, 그대들 스스로 행복한 거지가 되어라. 젊은이들이여, 그대들 스스로 행복한 걸인이 되어라. 여인들이여, 그대들 스스로 행복한 빈자가 되어라. 노인들이여, 스스로 행복한 무욕자(無慾者)가 되어라.

행복이란 타인의 불행을 바라봄으로써 생기는 이기적 쾌감이다. 슬픔이란 타인의 행복을 바라봄으로써 생기는 이기적 불쾌감이다. 그대들 아는가? 행복한 사람이 되기 위해서는 맑은 정신과 눈을, 순수한 어린이의 마음을, 소년처럼 싱싱한 감성을 갖는 것이 중요하다. 그대들 아는가? 행복한 사람이 되기 위해서는 빈곤 속에서 편안함을 찾는 정신을, 갓난아이의 해맑은 마음을, 소녀처럼 청순한 영혼을 갖는 것이 중요하다.

그대들 아는가? 행복이란 대체로 지금과 현재와 순간과 관련되어 있다. 목적지에 닿아야 비로소 행복해지는 것이 아니라, 여행하는 과정에서 행복을 느끼는 것이다. 그대들 아는가? 사람은 행복을 찾아 세상을 헤매지만, 정작 행복은 손에 잡힐 만한 곳에 있다. 그대들이 마음속에 만족을 얻지 못하면, 행복은 영원히 찾을 수도 얻을 수도 없다. 그대들 아는가? 행복을 즐겨야 할 시간은 바로 지금이다. 행복을 느껴야 할 장소는 바로 여기이다. 행복을 누려야 할 순간은 바로 지금이고 그곳이다.

그대들 행복을 찾아 어두운 밤거리를 헤매고 다니지 말라. 그대들 행복을 찾아 산을 넘고 물을 건너지 말라. 그대들 행복을 찾아 시기하고 싸우고 투쟁하지 말라. 행복은 찾으면 찾을수록 그 모습을 감추는 신기루와 같은 것이다. 행복은 쫓아가면 쫓아갈수록 멀어지는 무지개와 같은 것이다. 그의 외침을 듣고 라면박스를 뒤집어쓴 남자가 다가왔다. 남자는 라면박스에 뚫린 작은 구멍을 통해 말했다.

"댁은 행복한 사람입니까? 불행한 사람입니까?"

그가 라면박스 구멍을 보면서 대답했다.

"나는 행복한 사람도 아니고, 불행한 사람도 아니오."

남자가 라면박스 구멍 안에서 물었다.

"그럼 왜 길거리에서 행복을 부르짖고 있습니까?"

그가 도로를 가득 메운 사람들을 가리켰다.

"인간들에게 깨달음을 주기 위해서요."

남자가 라면박스 구멍을 통해 말했다.

"그렇다면 진정한 행복이 무엇인지 알고 있습니까?"

그가 무심한 표정으로 말했다.

"진정한 행복은 포기해야 할 것을 과감히 포기하는 것에 있소."

남자가 진지한 어조로 말했다.

"그러면 진정한 불행은 무엇입니까?"

그가 말했다.

"자기가 소유하고 있는 것을 가장 적게 여기는 자는, 비록 이 세상의 주인일지라도 불행한 사람이오. 즉 진정한 불행은 끊임없이 추구하는 탐욕과 욕망, 이기심 바로 그것이오."

남자가 말했다.

"그럼 가장 큰 불행은 무엇입니까?"

그가 말했다.

"그것은 남의 것을 빼앗으려고 하는 악의 마음이오."

남자가 작은 구멍을 통해서 말했다.

"그럼 행복해지려면 어떻게 해야 되는 것입니까?"

그가 작은 구멍을 보면서 말했다.

"행복이란 자신의 마음속에서 자신도 모르게 성장하는 것이오. 그것은 남의 것을 빼앗거나 훔쳐 와서 되는 것이 아니외다."

남자가 검은 구멍 안에서 말했다.

"그럼 나는 행복한 인간입니까? 아니면 불행한 인간입니까?"

그가 입맛을 쩍쩍 다시고 말했다.

"라면박스를 머리에 뒤집어쓰고 다니는 것은 행복도 아니고, 성공도 아니고, 희망도 아니오. 그것은 어둠 속으로 도망치는 치졸한 피회자(避回者)의 모습일 뿐이오."

남자가 검은 구멍을 통해 말했다.

"그럼 당장 이걸 벗으란 말입니까? 이 박스를 벗는 순간 세상이 나를 버릴 텐데."

그가 말했다.

"세상한테 버림받는 것이 세상을 버리는 것보단 낫소."

남자가 말했다.

"이 박스를 벗으면 나도 행복해진다는 말입니까?"

그가 말했다.

"당장 행복해진다고 단언할 수는 없소. 하지만 행복이란 결심이고, 결정이고, 행동이니 점차 나아질 것이오."

남자가 말했다.

"행복 가운데는 두려운 행복도 있지 않습니까?"

그가 말했다.

"행복의 가장 큰 장애물은 과대한 행복을 기대하는 것이오. 기대를 조금만 낮춘다면 두려울 것도 없소."

남자가 말했다.

"나는 무엇이 행복을 가져다 주는지 찾을 수가 없었습니다. 재물도 명예도 권력도, 기쁨도 즐거움도 희망도 나한테 행복을 주지는 못했어요."

그가 말했다.

"희망은 인간의 가슴속에서 자연스럽게 솟아나는 맑고 맑은 샘물과 같은 것이오. 그것은 찾아 헤맨다고 해서 찾아지는 물건 같은 게 아니오. 행복도 마찬가지라고 할 수 있소. 행복이란 진실하고 순수한 마음으로 순간순간을 살아가면서, 진정으로 자신을 희생하고, 타인에게 헌신하고, 세상에 사랑을 베푸는 데 있다는 걸 알아 두시오. 그럼 희망과 행복이라는 오색의 그림자는 자연스럽게 그대 마음속으로 찾아들게요."

그는 말을 마치고 라면박스 남자에게 웃어 보였다. 남자는 여전히 풀리지 않는 문제 앞에 선 사람처럼 머뭇거렸다. 그는 우스꽝스런 모습으로 서 있는 남자에게 말했다.

"건투를 빕니다."

남자가 검은 구멍 안에서 말했다.

"댁도 건투하십시오."

그는 라면박스 남자와 헤어지고 식당을 찾아 발걸음을 옮겼다.

뱃속은 여전히 꾸르륵거렸고, 갈증이 심하게 일었다. 그는 갈증이 이는 것을 참으며 중얼거렸다. 행복을 두 손 안에 꽉 잡고 있을 때는 그것이 작아 보이지만, 그것을 풀어 준 후에는 행복이 얼마나 크고 귀중한 것인지 알 수 있다. 라면박스를 뒤집어쓴 자여, 행복의 한쪽 문이 닫히면, 자연스럽게 다른 쪽 문이 열리는 법이다. 인간은 닫혀진 문을 오랫동안 돌아보기 때문에 자신을 향해 열려 있는 문을 보지 못하게 된다.

라면박스를 뒤집어쓴 자여, 박스 안에서 행복을 찾지 말고, 박스 밖에서 행복을 찾아보라. 그대가 발견하지 못한 곳에서 행복의 문이 활짝 열린 채 기다리고 있을 것이다. 행복의 비밀은 자신이 좋아하는 일을 하는 것이 아니라, 자신이 하는 일을 좋아하는 것이다. 행복의 열쇠는 자신이 원하는 것을 취하는 게 아니라, 남이 원하는 것을 채워 주는 것이다. 라면박스를 뒤집어쓴 자여 이것을 알라. 행복을 찾아감에는 두 갈래의 길이 있다. 욕망을 적게 하거나 재산을 많게 하거나 하는 것이다.

전자가 진정한 행복의 길이고, 후자가 가식적 행복의 길이다. 그대 이것을 알라. 행복이란 높은 정신력이 낮은 정신력에 의해 괴롭힘을 받는 일이 없는 경지이고, 안일이란 낮은 정신력이 높은 정신력에 의해 괴롭힘을 받는 일이 없는 경지를 말한다. 그대 행복하기를 원한다면, 자신을 감추기보다 남을 즐겁게 하는 일을 먼저 배우라. 그대 행복하기를 바란다면, 어둠 속으로 스며들기보다 밝음 속으로 나가는 것을 배우라.

55

조선시대 태양과 이십일 세기 태양은 다르다

그는 뒷골목에 위치한 허름한 해장국집으로 들어갔다. 주로 술국을 파는 가게였는데, 80대 노파가 운영하고 있었다. 둥근 식탁 5개가 놓여 있는 홀에는 그 외엔 아무도 없었다. 다만 식탁 위에 널브러진 신문지와 빈 술병 서너 개가 그를 반길 뿐이었다. 그는 구석 쪽에 자리를 잡고 옛날술국이라는 메뉴를 가리켰다. 노파가 물컵을 가져다 놓고 주방 쪽으로 걸어갔다. 그는 삿갓을 벗어 의자 등받이에 걸치면서 말했다.

"술도 한 병 주시오."

노파가 냉장고 앞에서 물었다.

"술은 어떤 걸로 하겠소?"

그가 물을 한 모금 마시고 대답했다.

"아무거나 주시오."

노파가 오래 된 냉장고를 열었다.

"그럼 백화주 어떻소?"

그가 눈을 크게 뜨고 소리쳤다.

"백화주라니, 정말 오랜만에 들어 보는 술 이름이군요."

노파가 백화주 한 병을 꺼냈다.

"오랜만에 들어 보다니요?"

그가 옷깃을 단정히 여몄다.

"왕이나 정승들이 마시던 술 아닙니까. 백화주라는 게."

노파가 술병을 식탁에 올려놓았다.

"조선시대를 말하는 게요?"

그가 조심스럽게 병마개를 땄다.

"그렇습니다. 조선시대에서 막 걸어 나온 사람 같지 않습니까? 내 모습이."

노파가 시큰둥하게 말했다.

"그런 생각을 하지 않은 건 아니오."

그가 기쁜 표정으로 잔에 술을 채웠다.

"하여간 백화주를 여기서 만나다니 반갑기 이를 데 없습니다."

그는 이슬처럼 맑은 백화주를 단숨에 들이켰다. 달콤하고 향기로운 술이 위장을 따라 아래로 내려갔다. 술이 들어가자마자 짜릿한 전율이 일며 몸이 따뜻해졌다. 그는 안주도 없이 백화주 한 병을 단숨에 비웠다. 술 한 병은 울적한 상태였던 그의 기분을 한순간에 바꿔 버렸다. 그는 백화주를 한 병을 더 시키고 중얼거렸다.

향기로운 백화주여, 그대는 평화와 질서의 적이요, 이성과 지성을 마비시키는 악당이요, 귀부인과 요조숙녀의 공포로다. 달콤한 백화주여, 그대는 절망을 연주하는 악기요, 무덤을 파는 노동자의 손이요, 죽음을 노래하는 악령이로다. 상큼한 백화주여, 그대는 어머니의 머리를 세게 하고, 아내의 사랑을 실망케 하고, 가족의 행복을 멈추게 하는 자로다. 감미로운 백화주여, 그대는 가정에서 음악을 없애고, 가정의 화목함을 방해하고, 가정을 슬픔으로 가득 차게 만드는 자로다. 그의 흥얼거림을 듣고 노파가 말했다.

"술은 기지를 날카롭게 하고, 타고난 힘을 증진시켜 주고, 대화에 향기를 풍기게 하는 것이오."

그가 말했다.

"술잔은 비록 작고 보잘 것 없으나, 술잔에 빠져 죽은 이가 물에 빠져 죽는 자보다 많다는 사실을 압니까?"

노파가 말했다.

"알지요. 하지만 첫째 잔은 갈증을 낫게 만들고, 둘째 잔은 영양이 되게 하고, 셋째 잔은 유쾌한 기분을 만들어 주니, 어찌 생명수라 아니할 수 있겠소."

그가 말했다.

"하지만 넷째 잔에 가서는 사람을 미치광이로 만드는 힘이 있는 것도 바로 술이란 놈입니다."

노파가 술국을 가져다 놓았다.

"오랜만에 말이 통하는 사람을 만나니 기분이 좋구려. 나이도 엇비슷한 것 같고."

그가 술국을 떠 입에 넣었다.

"내가 육십 대로 보이지만, 그보다는 훨씬 더 먹었습니다."

노파가 재빨리 말했다.

"그럼 정말로 조선시대 사람이란 말이오?"

그가 싱끗 웃었다.

"그럴 수도 있지요."

노파가 눈을 크게 떴다.

"조선시대 사람이 어찌 자본주의 세상에 나타난 것이오?"

그가 술을 한 잔 마셨다.

"세상 사람들한테 태양빛의 숭고함을 깨닫게 하기 위해섭니다."

노파가 중얼거렸다.

"태양빛의 숭고함…?"

그가 안주를 씹으면서 말했다.

"그렇습니다. 조선시대 태양과 이십일 세기 태양은 다르거든요."

56

돈에 취한 사람은 영원히 깨어나지 못한다

 그는 선술집에서 나와 해가 중천에 뜬 거리를 걸었다. 출근 시간이 지났음에도 거리는 여전히 많은 인파로 붐볐다. 그는 취기가 오른 눈으로 빌딩숲과 태양과 자동차와 사람들을 보았다. 빌딩과 태양과 자동차와 사람들은 춤을 추는 것처럼 일렁거렸다. 아니 그것은 일렁거리는 것이 아니라 요동을 치는 것이었다. 그는 서로 뒤섞여 돌아가는 빌딩과 태양과 자동차와 사람들을 향해 외쳤다. 세상이여 보라. 술은 비와 같다. 비가 흙에 내리면 더럽게 되나, 옥토에 내리면 그 위에 꽃을 피우게 한다.
 인간들이여 보라. 태양은 비 온 뒤에 뜨는 무지개와 같다. 타락한 인간을 비추면 추악함을 드러내고, 선한 인간을 비추면 아름다움을 만들어 낸다. 그대들 보라. 술에 취하고 탐식하는 자는 가난해질 것이요. 게으르고 잠자기를 즐기는 자는 해어진 옷을 입을 것이다. 그대들 보라. 체면 있는 선비로 술집에 들어갔다가, 타락한 자의 모습으로 술집에서 나온 나를. 그대들 보라. 올곧은 정신으로 술집에 들어갔다가, 영혼까지 취해서 술집에서 나온 나를. 그대들 보라. 백화주를 마시고 생각해 낼 수 있는 것은 아무것도 없다. 오직 떠들고 지껄이고 소리치는 것밖에는.
 그대들 아는가? 나는 일곱 가지 이유로 술을 마신다. 첫째는 악마의 화려한 축제를 위해서, 둘째는 천사의 절망적인 기도를 위해서, 셋째는 사람이기를 거부하는 인간을 위해서, 넷째는 멸종을 위해 달려가는 짐승을 위해서, 다섯째는 미래를 거부하는 선지자를 위해서, 여섯째는 흑역사를 칭송하는 사학자를 위해서,

일곱째는 죽어 버린 이데올로기를 끌어안고 통곡하는 정치가를 위해서다. 그의 외침을 듣고 술 취한 50대 남자가 멈춰 섰다. 남자는 길을 가는 그를 향해 씨부렁거렸다.

"술에 취하지 않고 어떻게 이 세상을 버텨 낸단 말입니까?"

그가 남자의 행색을 훑어보고 말했다.

"술이 앞문으로 들어가면 지혜는 뒷문으로 나가는 법이오. 즉 술은 선을 취하게 하고 악을 깨우는 힘을 가지고 있소."

남자가 비틀거리며 말했다.

"술이 좋은 점도 있지 않습니까?"

그가 점잖게 고개를 저었다.

"술이 백약 중에 으뜸이라고 하지만, 만병 또한 술로부터 일어나는 것이오."

남자가 붉어진 얼굴로 말했다.

"술에 취해서 얻은 그 즐거움, 그 행복감, 그 도전, 그 자유로움은 술을 마시지 않는 사람은 모릅니다."

그가 정색을 하고 말했다.

"술은 이성을 반사하는 거울이고, 술꾼은 인격을 반사하는 거울이고, 술주정뱅이는 지성을 반사하는 거울인 걸 모르시오?"

남자가 말했다.

"압니다. 하지만 참된 술은 우리한테 자유를 주고, 진정한 술은 우리를 왕자로 만들고, 진실된 술은 우리에게 우정을 선사하지요."

그가 말했다.

"전쟁, 흉년, 전염병, 살인, 이 네 가지를 합한 것이, 술을 먹음으로써 얻는 손해보다 작은 것이오."

남자가 말했다.

"술은 우리를 즐겁게 만들지만, 맨 정신은 우리를 고통스럽게 만듭니다. 그러니 술을 마실 수밖에요."

남자는 말을 마치고 거리 저쪽으로 비척비척 걸어갔다. 그는 술에 취한 남자를 향해 중얼거렸다. 술을 사랑하는 자여, 술망나니는 바보의 혀와 거지의 심장과 병자의 머리를 가지고 있다는 것을 아는가? 술을 좋아하는 자여, 칼로 물을 베면 다시 흘러가고, 잔을 들어 술을 마시면 근심이 더욱 깊어진다는 것을 아는가? 술을 연인으로 삼은 자여, 동은 형체의 거울이고, 술은 마음의 거울이라는 것을 아는가? 술독을 집으로 삼은 자여, 술잔과 입술 사이에는 많은 실수가 있다는 것을 아는가?

그대는 아는가? 남자가 술을 마시면 집이 절반 불타고, 여자가 술을 마시면 온 집안이 불탄다는 사실을. 그대는 아는가? 낡아짐으로써 점점 더 값어치가 오르는 것은 술과 사랑을 하는 사나이라는 것을. 그대는 아는가? 새로워짐으로써 점점 더 값어치가 떨어지는 것은 우정과 설익은 술이라는 것을. 그대는 아는가? 술을 먹으면 먹을수록 죽음에 가까워지고, 술잔을 비우면 비울수록 저승에 가까워진다는 것을.

그대 이것을 알라. 우리가 숨길 수 없는 두 가지 사실은, 술에 취한 것과 사랑에 빠져 있다는 것이다. 우리가 숨길 수 없는 두 가지 사실은, 신을 사랑하는 것과 악마를 추종하는 것이다. 우리가 숨길 수 없는 두 가지 사실은, 돈에 대한 욕심과 권력에 대한 욕망이다. 그대 이것을 알라. 술에 취한 사람은 언젠가는 깨어난다. 그러나 돈에 취한 사람은 영원히 깨어나지 못한다. 그대 이것을 알라. 사랑에 취한 사람은 언젠가 깨어난다. 그러나 욕망에 취한 사람은 영원히 깨어나지 못한다. 그대는 다행히도 술에 취해 있을 뿐이다. 그는 이렇게 소리치고 남자를 따라 걸어갔다.

57

편안함을 누리지 말고 괴로움을 즐겨라

그는 길을 가다가 도심 속 공원을 발견하고 들어갔다. 오후의 공원은 한산했으며, 각가지 나무들이 싱그러운 공기를 내뿜고 있었다. 그는 커다란 느티나무 아래로 걸어가 벤치에 앉았다. 벤치에 앉자마자 맑고 청량하고 공기가 콧속으로 날아들었다. 그는 한 차례 심호흡을 해 술기운을 뱉어 냈다. 하지만 그의 머리와 가슴속은 여전히 알코올로 가득했다. 그는 삿갓과 괴나리봇짐을 벗고 벤치에 누웠다. 바로 그때 남루한 행색의 사내가 시비조로 말을 걸었다.

"당신, 지금 남의 집에서 무얼 하는 거요?"

그는 목소리가 들려온 쪽으로 고개를 들었다. 술에 취한 50대 사내가 코앞에 서 있었다. 그는 술기운이 가시지 않은 목소리로 물었다.

"여기가 당신 집이란 말이오?"

사내가 눈을 부릅떴다.

"그렇소. 여기가 바로 내 집이오."

그가 일어나 앉았다.

"여긴 공원 벤치잖소?"

사내가 목을 세웠다.

"공원 벤치라도 집주인이 있다는 걸 몰랐소?"

그가 좌우를 둘러봤다.

"당신이 집주인이라는 증거라도 있단 말이오?"

사내가 벤치를 손으로 두드렸다.

"사람은 왕궁에서뿐만 아니라 벤치에서도 사는 법이오. 여기서 오 년을 살았으니 내 집 아니겠소?"

그가 입맛을 다셨다.

"하긴 오 년을 등 붙이고 있었으면 자기 집이라고 우길만하지."

사내가 눈을 부릅떴다.

"당장 집을 비워 주시오."

그가 사정조로 말했다.

"딱 십 분만 쉬었다 가면 안 되겠소?"

사내가 약간 누그러진 표정을 지었다.

"십 분이라면 좋소. 당신도 나처럼 길거리를 배회하는 초려자(燋旅者) 같으니까."

그가 중얼거리듯 말했다.

"사실 화려한 궁전 속을 유유히 거닐어도, 누추하지만 내 집만 한 곳은 없는 것이외다."

사내가 말했다.

"누추하지만 등을 붙일 수 있는 자기 집에서 자신의 세계를 가지고 있는 사람보다 더 행복한 자는 없지요."

그가 말했다.

"맞소. 노상에 살면서도 미소 지을 수 있는 자가, 왕궁에 살면서 눈물 흘리는 자보다 나은 법이오."

사내가 말했다.

"큰 집 천 칸이 있다 해도 밤에 눕는 곳은 여덟 자뿐이요, 좋은 논밭이 만경이나 돼도 하루 먹는 것은 두 되뿐이지요."

그가 벤치에서 일어섰다.

"여기가 당신 집이 맞는 것 같구려. 실례했소이다."

사내가 재빨리 벤치에 올라앉았다.

"더 안쪽으로 들어가면 빈 벤치가 많을 거요. 그리로 가 보시오. 멋진 집을 장만할지도 모르니까."

그가 괴나리봇짐을 메고 삿갓을 썼다.

"짧은 시간이지만 잘 쉬었소."

사내가 벤치에 길게 드러누웠다.

"벤치와 나무와 태양과 공기… 이 넷이 당신 가슴에 행복의 집을 지어 줄 것이오."

그는 벤치의 사내를 등지고 걸어가면서 중얼거렸다. 반(半) 걸인이여, 진정한 부자가 되기 위해서는 그대가 가진 것을 모두 다 버려 보라. 반 자연인이여, 진정한 자유인이 되기 위해서는 그대 자신에게 철저히 속박되어 보라. 반 탈속자여, 진정한 철학자가 되기 위해서는 그대 자신의 내면을 자세히 들여다보라. 반 사회인이여, 진정한 사회적 인간이 되기 위해서는 그대 자신의 행복을 포기해 보라. 반 고독자여, 대리석이 박힌 방바닥과 금을 수놓은 벽과 은으로 조각된 기둥이 행복을 만드는 것은 아니다.

반 행려자여, 사람은 고독할 때 행복에 좀 더 가까워지고, 즐거울 때 행복에서 좀 더 멀어지는 법이다. 반 노숙자여, 자신의 참모습 찾지 못한 자는 집에 있어도 행복하지 않고, 자신의 참모습 찾은 자는 길거리에 있어도 행복하다. 반 지성인이여, 술로 밥을 삼고 술독을 거처로 삼는 자는 달이 떠도 즐겁지 않고, 태양이 불타도 행복하지 않다. 반 지식인이여, 그대 절망 속에서 행복을 찾지 말고, 고통 속에서 즐거움을 찾고, 그대 패배 속에서 성공을 찾지 말고, 기쁨 속에서 불편함을 찾아라.

번 명성인이여, 그대 좋아할 친구를 찾지 말고 갈등할 적을 찾고, 그대 멀리할 친구를 찾지 말고 대화할 적을 찾아라. 반 선성인이여, 그대 불안 속에서 평온을 구하지 말고, 안락함 속에서 불편을 구하고, 그대 고통 속에서 즐거움을 누리지 말고, 괴로움 속에서 편안함을 즐겨라. 반 악성인이여, 그대 진정한 자아와 자유와 해방을 찾으려면 벤치에서 벗어나 번잡한 도시 속으로 과감히 뛰어들라. 거기에서 참된 진리와 참된 진실과 참된 기쁨을 느끼리라. 그는 이렇게 말하고 공원 안쪽으로 걸음을 옮겼다.

58

진실한 자만이 흙 속의 양심을 찾을 수 있다

그가 벤치에서 자고 일어났을 때는 해가 진 뒤였다. 잠은 그의 몸과 마음과 영혼을 취하게 했던 알코올을 깨끗이 씻어 냈다. 그는 삿갓과 괴나리봇짐을 둘러메고 어둠에 잠기는 공원을 벗어났다. 태양이 진 거리는 가로등과 간판 광고와 자동차 불빛으로 어지러웠다. 수많은 사람과 자동차는 여전히 도로를 메웠고, 어딘가로 끊임없이 흘러갔다. 건물 꼭대기에선 십자가들이 경쟁하듯 붉은 빛을 내뿜으며 반짝였다. 그는 대로를 따라 걷다가 땅바닥을 엉금엉금 기어가는 노파를 만났다. 노파는 백발을 바닥까지 늘어뜨리고 열심히 땅을 기었다. 그는 동물처럼 기어가는 노파에게 다가가 말을 붙였다.

"댁은 왜 네 발로 기어가는 것입니까?"

노파가 옆으로 고개를 돌렸다.

"양심을 찾으려고 이러는 것이오."

그가 의아한 표정을 지었다.

"양심을 찾으려고 하다니요?"

노파가 목소리를 높였다.

"땅에 떨어져 뒹구는 양심을 찾는 중이란 말이오."

그가 재빨리 되물었다.

"양심은 인간의 마음속에 있는 것이 아닙니까?"

노파가 타박조로 말했다.

"양심이 인간의 마음속에 있다면 얼마나 좋겠소. 그건 이미 땅바닥에 떨어져 진흙투성이가 되었소."

그가 삿갓을 벗었다.
"양심은 맑고 투명한 아침 햇살 같은 것입니다. 진실과 진리도 모두 그 속에서 살아 숨 쉬는데, 진흙투성이라니요?"
노파가 굽힌 허리를 폈다.
"아침 햇살 같이 투명한 양심이 오물과 뒤섞여 있으니 황망한 일 아니겠소?"
그가 말했다.
"그래서 땅바닥에서 양심을 찾고 있다고요?"
노파가 말했다.
"그렇소."
그가 말했다.
"그래 땅에 떨어진 양심은 좀 찾았습니까?"
노파가 말했다.
"아직 한 개도 못 찾았소."
그가 말했다.
"얼마나 찾아다녔는데요?"
노파가 말했다.
"십 년은 찾아다닌 것 같소."
그가 놀란 얼굴을 했다.
"십 년씩이나요? 댁은 양심자 중에서도 양심자인 것 같군요."
노파가 백발을 쓸어 올렸다.
"나는 최소한의 양심자일 뿐이오."
그가 존경스럽다는 표정을 지었다.
"양심은 죄의 고발자라고 할 수 있지요. 그런 의미에서 댁은 최선의 양심자가 분명합니다."
노파가 말했다.
"내가 양심자라면, 조선시대 사람 같은 그대는 무엇이오?"

그가 말했다.

"나는 양심을 팔아먹고 사는 부도덕한 인간입니다."

노파가 말했다.

"내가 보기에 그대는 양심을 팔아먹고 사는 부도덕한 인간 같지는 않소. 내 생각이 틀리지 않는다면, 그대는 양심을 찾아다니는 과거의 구도자이거나 역사 속 선지자일 것이오. 만약 내 생각이 틀렸다면, 그대는 악의 축일을 찾아다니는 미래의 파괴자이거나 현재의 악인이 분명하오."

그가 말했다.

"맞습니다. 나는 세상의 파괴자이자 악의 추종자이면서, 타락한 양심주의자예요. 어떤 말을 하든, 어떤 행동을 하든, 어떤 모습을 보이든 일그러진 양심을 감출 수는 없거든요."

노파가 말했다.

"당신도 나처럼 기어가 보시오. 그럼 진흙 속에서 뒹구는 그대의 양심을 찾을 수 있을지 모르니."

그가 말했다.

"진실한 자만이 흙 속의 양심을 찾을 수 있겠지요. 타락한 자는 양심이 눈앞에 널려 있어도 찾을 수가 없습니다."

노파가 땅바닥을 짚고 기어가기 시작했다.

"하긴 양심이야말로 우리가 가진 것 중에서 유일하게 매수가 안 되는 것이지요."

그는 백발의 노파를 향해 정중히 허리를 굽혔다. 그리고는 화려한 도심 속으로 걸어갔다.

59

벌거벗은 양심은 푸른 하늘이다

그는 두발로 걸어 다니는 인간들을 향해 소리쳤다. 양심이여, 양심이여, 신성한 본능이여, 영혼의 울림이여, 절망을 깨우는 소리여, 무지한 인간의 안내자여. 탐욕과 이기에 물든 인간의 스승이여, 사람을 창조자와 닮게 하며, 선과 악의 과오를 범함이 없게 하는 심판자여. 인간의 본성을 탁월케 하며, 인간의 이성을 맑게 하고, 인간의 행위를 투명케 하는 것은 바로 너이다. 인간들이여, 그대들 양심에 따라 사고하고 말하고 행동하라. 인간들이여, 그대들 양심에 따라 먹고 마시고 누려라.

운명은 화강암보다 견고하지만, 인간의 양심은 운명보다도 더 견고하다. 사랑은 타오르는 불보다 뜨겁지만, 인간의 양심은 사랑보다도 더 강렬하다. 그대들 아는가? 양심이야말로 부끄럽지 않다는 자각을 갑옷 삼아 아무것도 두렵게 하지 않는 좋은 친구이다. 그대들 아는가? 양심이야말로 푸른 하늘 아래서 오로지 한 올의 터럭도 걸치지 않은 알몸이다. 생각할수록 더욱 그 감탄이 새로워지고, 경건한 마음을 일으키게 하는 것이 있다. 하나는 어두운 밤하늘에 뜬 별이고, 다른 하나는 그대들 가슴속에 핀 양심이다.

그대들 땅바닥을 기어 다니며 양심을 찾는 노파를 보라. 그대들 스스로 벌거벗은 채 자신을 찾는 인간을 보라. 그대들 아는가? 세상의 눈치를 보지 않고 용감히 행동하는 자는 항상 양심을 가지고 있다. 그대들 아는가? 주위를 관찰하지 않고 불길 속으로 뛰어드는 자는 항상 양심을 지니고 있다. 그런 사람의 양심은 뜨겁고 뜨겁고 뜨겁다 못해 스스로 타 버리고 만다. 보라, 눈을 빛 삼아 땅 위에서 진실을 찾는 노파를. 보라 어둠을 빛 삼아 보도 위에서 진리를 찾는 노파를. 그가 소리치고 있을 때 60대 남자가 다가왔다. 남자는 그의 차림새를 쓱 훑어보더니 말을 걸었다.

"당신도 거리의 연기자요?"

그가 의아한 표정을 지었다.

"거리의 연기자?"

남자가 말했다.

"요즘은 배우 지망생이 하도 많아서."

그가 말했다.

"아하 그것 말이군. 맞소. 나도 배우 지망생 중 하나요."

남자가 말했다.

"사극을 좋아하시오?"

그가 말했다.

"그렇소. 나는 사극 전문이오."

남자가 웃으며 말했다.

"열심히 하다 보면 성공할 날이 있을 거요."

그도 같이 웃었다.

"그렇겠지요. 하늘도 양심이 있으니까."

남자가 말했다.

"하늘의 양심은 믿지 마시오. 하늘은 이미 오래 전에 인간들을 버렸소."

그가 말했다.

"하늘이 오래 전에 인간들을 버렸다?"

남자가 말했다.

"그렇다오. 그래서 이렇게 번다하고 바쁜 인간들만 득실거리고 있지 않소."

그가 말했다.
"그렇다면 저 사람들 마음속엔 양심이 없다는 말이오?"
남자가 말했다.
"그렇소. 저들 가슴속엔 타락한 욕망과 추악한 탐욕만 가득 차 있을 뿐이오."
그가 놀란 표정을 지었다.
"세상이 그토록 타락했단 말입니까?"
남자가 머리를 흔들었다.
"타락할 정도가 아니오. 저들은 모두 사탄의 마음을 가지고 있는 악마의 분신이오."
그가 남자를 빤히 쳐다보았다.
"댁은 무얼 하는 사람입니까?"
남자가 지체 없이 대답했다.
"나는 옷을 벗은 신부요."
그가 탄식조로 말했다.
"아, 그렇군요. 실은 나도 머리를 기른 수도잡니다."
남자가 말했다.
"당신도 양심 때문이 머리를 길게 기른 거겠군."
그가 말했다.
"맞습니다. 양심이 자꾸 울부짖어서 견딜 수가 없었소이다."
남자가 말했다.
"잘 생각했소. 수도자보다는 중을 연기하는 배우가 더 나을 거요."

그는 멀어져 가는 남자를 한동안 바라보다가 소리쳤다. 그대 신의 선교자여, 맑은 양심은 영원한 축일이다. 그대 신의 전파자여, 투명한 양심은 영원한 진리이다. 그대 신의 추종자여, 깨끗한 양심은 영원한 진실이다. 그대 신의 집행자여, 견고한 양심은 영원한 보석이다.

  그대 신의 대변자여, 화려한 양심은 영원한 크리스마스이다. 그대 신의 축복자여, 부동한 양심은 영원한 석탄일이다. 그대 신의 순례자여, 강인한 양심은 영원한 순례길이다. 그대 신의 참회자여, 벌거벗은 양심은 푸른 하늘이다. 신부의 가면을 벗은 성직자여, 너의 양심은 무엇을 말하고 있는가? 본래의 너 자신이 돼라.

60

이 세상에서 가장 하기 힘든 일은
아무 일도 안하는 것이다

그는 길을 가다가 차를 밀고 가는 사내를 만났다. 사내는 40대 후반으로, 키는 2미터가 넘었고, 팔과 다리는 근육 덩어리였다. 첫눈에도 사내는 헬스 트레이너나 격투기 선수처럼 보였다. 지나던 사람들이 멈춰 서서 사내의 이상한 행동을 지켜보았다. 하지만 사내는 커다란 자긍심을 가진 것처럼 승용차를 밀었다. 몇 명의 아이들이 차를 밀기 위해 달려들었지만, 사내의 제지로 밀려났다. 레커차가 달려와 신호를 보냈으나, 사내는 관심도 보이지 않았다. 그는 땀을 뻘뻘 흘리며 차를 미는 사내에게 말을 걸었다.

"승용차를 타지 않고 밀고 가는 이유는 뭡니까?"

사내가 차를 밀다가 멈춰 섰다.

"참된 행복은 보상에 있지 않고, 노력하는 힘 속에서 찾아지기 때문입니다."

그가 의아하다는 표정을 지었다.

"그럼 승용차를 밀고 가는 게 참된 행복 찾기란 말이오?"

사내가 단호한 어조로 대답했다.

"그렇습니다. 행복을 간절히 원한다면 자신이 가지고 있는 힘을 모두 써야 합니다. 행복이 스스로 찾아오기를 기다린다면, 들어오는 건 슬픔과 좌절과 절망뿐이니까요."

그가 조심스럽게 말했다.

"내 생각엔 행불행은 정신학적 현상이지, 생물학적 현상이 아니라고 여겨집니다만… 즉 행복한 사람이란 최소의 힘을 들여 최대의 긴장을 풀 수 있는 사람을 말합니다."

사내가 고개를 저었다.

"댁은 그렇게 생각할 수도 있겠죠. 하지만 내 행복관은 최대의 힘을 써서 최소의 긴장을 푸는 데 있습니다."

그가 승용차 내부를 가리켰다.

"그 차는 시동이 걸립니까?"

사내가 말했다.

"그건 나도 모릅니다. 시동을 걸어 본 지가 오 년은 넘었으니까요."

그가 말했다.

"그럼 그 차를 오 년 동안이나 밀고 다녔다는 말이오?"

사내가 말했다.

"그렇습니다. 앞으로 십 년 이상은 더 밀어야 할 겁니다. 펑크가 나면 때우고, 바퀴가 빠지면 교체하고, 차가 망가지면 고치면서요."

그가 말했다.

"정말 그렇게 하면 참된 행복이 찾아오는 것이오?"

사내가 어깨를 으쓱했다.

"참다운 종교는 생명의 소금이자 삶의 영혼의 힘입니다. 자동차를 미는 것은 내겐 유일한 종교이자 신념이고, 힘을 쓰는 것은 내겐 최고의 목적이자 가치예요. 그 신념과 가치는 행복으로 가는 지름길이고요."

그가 입맛을 쩍쩍 다셨다.

"하긴 종교의 힘은 태산보다도 높고, 대해보다도 넓고, 우주보다도 광대하지요. 또한 그 힘은 집채만한 황금일지라도 무너뜨리지 못하는, 꺼지지 않는 정신의 불꽃이긴 합니다."

사내가 자랑스럽게 말했다.

"참다운 종교란 인간의 공상을 불타오르게 하고, 동시에 인간의 괴로움을 덜어주는 영적인 힘을 가지고 있습니다. 그래서 인간에겐 신념과 종교가 필요한 거예요."

그가 말했다.

"맞는 말입니다. 진실된 종교는 불가능한 것을 극복케 하는 불가사의한 힘을 가지고 있지요. 그 신념에 따라 힘든 일을 완벽하게 이루어 냈을 때의 만족감과 행복감은 더욱 큰 것이고요."

사내가 말했다.

"종교를 한 마음 한 뜻으로, 최선을 다해 믿는 것처럼… 최상의 행복은 하나의 목표를 골라 그리로 모든 힘을 집중시키는 것에서 생겨납니다."

그가 말했다.

"고신극기(苦身克己)처럼 말입니까?"

사내가 말했다.

"고신극기라니요?"

그가 말했다.

"자기 자신을 극한 상황에 밀어 넣고, 그 극한 상황을 스스로 극복해 내는 것이 고신극기라는 고행입니다."

사내가 말했다.

"그런 의미라면 맞는 것 같습니다."

그가 말했다.

"그대가 가지고 있는 신념과 의지가 부럽군요."

사내가 말했다.

"선생님도 신념을 가지고 한 가지 일에 몰두해 보십시오. 이 세상에 불가능한 일은 없을 겁니다."

그가 말했다.

"이 세상에서 가장 힘든 것은… 곧은 신념을 가지고 올바르게 사는 일입니다. 그대는 지금 가장 옳은 일을 가장 바르게 하고 있는 것 같군요."

사내는 그가 던진 마지막 말에 감동한 눈치였다. 그는 힘겹게 승용차를 미는 사내를 지나치며 중얼거렸다. 그대가 행복을 찾기 위해 승용차를 미는 것은 힘을 낭비하기 위함이 아니라, 굳게 닫힌 세상의 문을 열기 위함이다. 그대가 힘을 기르는 것은 남을 업신여기기 위해서가 아니라, 타인에게 희망과 용기를 주기 위함이다.

사람은 행동하고 도전하고 성취함으로써 행복해질 수 있는 동물이다. 아무리 보잘 것 없는 사람이라도 행동하겠다고 생각하면 무한한 힘이 솟는다. 아무리 나약한 사람이라도 도전하겠다고 마음먹으면 태산도 옮겨 놓을 수 있다. 아무리 불행한 사람이라도 이루겠다는 신념만 가지면 행복에 다가갈 수 있다. 그대 행동하라. 그대 도전하라. 그대 성취하라. 이 세상에서 가장 하기 힘든 일은 아무 일도 안하는 것이다.

61

죽음은 산 자의 허식이다

그는 온몸을 수의로 감싼 남자를 발견하고 발길을 멈췄다. 남자는 60대 후반 정도였으며, 키가 작고 마른 편이었다. 몸을 수의로 감싼 남자의 모습은 마치 움직이는 사체 같았다. 남자는 사람들이 보거나 말거나 대로를 당당하게 걸어갔다. 대부분의 사람들은 남자를 발견하고 재빨리 피하거나 외면했다. 그는 남자의 모습과 행동이 괴이해서 한동안 지켜보았다. 그가 관심을 보인다는 걸 눈치챘는지 남자가 먼저 말을 꺼냈다.

"내가 수의를 입고 다니는 게 이상해서 그러시오?"

그가 한 발짝 다가서며 말했다.

"맞습니다. 어째서 수의를 입고 다니는 겁니까?"

남자가 수의 끈을 조이면서 말했다.

"나는 지금 죽을 곳을 찾아다니는 중이오."

그가 놀란 표정을 지었다.

"죽을 곳을?"

남자가 당당하게 말했다.

"어떻게 사는가보다 어떻게 죽는가가 더 중요하지 않소. 그러니 죽을 곳을 미리 찾아 둬야지요."

그가 의문조로 말했다.

"그건 그렇지만, 보통 사람들은 어떻게 죽느냐가 아니라, 어떻게 사느냐가 문제라고 하지 않습니까?"

남자가 큰소리로 말했다.

"그건 살아 있다는 습관이 몸에 배어 있기 때문에 죽음을 싫어하는 것뿐이오. 그들은 죽음이 모든 고민을 해소시켜 주는 걸 모르고 있어요."

그가 말했다.

"그대는 죽음이 마지막 잠이라고 생각합니까? 그건 아닐 것이오. 죽음은 최후 최종적으로 깨는 일일 것입니다."

남자가 말했다.

"나는 죽음이 마지막 잠이라고는 생각하지 않소. 그러나 패배자로서 영광 없이 사는 것, 그것은 매일 죽는 것이나 다름없어요."

그가 말했다.

"고결하게 죽는 것이 치욕스럽게 목숨을 건지는 것보단 낫겠지요. 하지만 죽을 곳을 미리 찾아다닐 필요까지는 없지 않을까요?"

남자가 말했다.

"나는 지금 내 창조주를 만날 준비가 되어 있소. 다만 내 창조주께서 나를 만나야 하는 시련에 준비가 되어 있는지는 모르겠지만 말이오."

그가 말했다.

"인간한테 가장 힘든 일은 옳게 사는 게 아니라, 가장 신답게 죽는 일일 것입니다."

남자가 말했다.

"내가 죽을 곳을 찾아다니는 건 신다운 것이오? 아니면 인간다운 것이오?"

그가 말했다.

"그대는 지금 가장 짐승다운 죽음을 구걸하고 있는 것입니다."

남자가 말했다.

"그렇다면 가장 신답게 죽는 건 어떤 것이오?"

그가 말했다.

"가장 신다운 죽음은… 죽음을 찾아다니는 것이 아니라, 죽음을 기다리는 것입니다. 아니 죽음을 기다리지도 않는 것이오."

남자가 중얼거리듯 말했다.

"죽음을 기다리지도 않는다?"

그가 단호한 어조로 말했다.

"죽음은 산자의 그림자이면서, 죽은 자의 빛이라고 할 수 있습니다. 즉 죽음과 삶은 하나라는 거지요. 그런데 구태여 죽음을 찾아다닐 필요가 있겠소?"

남자가 눈을 감고 있다가 말했다.

"그렇다면 이 수의도 걸치고 다닐 필요가 없겠군. 나는 이미 죽은 자의 몸이나 영혼이니까."

그가 혀를 끌끌 차고 돌아섰다.

"죽음은 산 자의 허식일 뿐입니다."

62

죽음을 찾지 말라. 죽음이 당신을 찾을 것이다

그는 수의를 걸친 사람과 헤어져 길을 가면서 중얼거렸다. 아직 오늘도 잘 모르는데 내일을 어찌 알 수 있을 것인가? 아직 삶도 잘 모르는데 죽음을 어찌 알 수 있을 것인가? 아직 인생도 잘 모르는데 저승을 어찌 알 수 있을 것인가? 그대는 형식과 그 형식에 매달려 있는 것을 혼동해서는 안 된다. 죽음을 사랑하는 자여, 완전히 죽기 전까지는 자신이 특별한 인간이라고 생각하지 말라. 그대 완전히 소멸되기 전까지는 자신이 살아 있다고 자신하지 말라. 삶과 죽음은 본래 그대의 것이 아니라, 창조자의 것이다.

그대 흘러가는 시간을 포착하라. 그대 다가오는 시간을 붙잡아라. 그대 촌철의 순간을 놓치지 말라. 그대 지나간 시간을 아까워 말라. 그대 영겁의 시간을 회억(回憶)하지 말라. 죽음을 찾아다니는 자여, 인생은 짧은 여름과 같은 것으로, 인간은 연약한 꽃이다. 인생은 짧은 겨울과 같은 것으로, 인간은 희디흰 눈송이이다. 꽃과 눈송이처럼 그대도 언젠가는 인생이라는 무대에서 스러지게 마련이다. 헌데 어찌 수의를 걸친 채 죽음을 찾아다니고 있는가? 헌데 어찌 베옷을 껴입은 채 죽을 곳을 찾고 있는가?

그대는 아는가? 자연의 의무를 다한 자에게는 죽음은 달콤한 수면처럼 자연스럽다는 것을. 그대는 아는가? 생명의 법칙을 모두 지킨 자에게는 죽음은 감미로운 꿈처럼 자연스럽다는 것을. 그대 억지스럽고 부자연스런 죽음을 사랑하지 말라. 그대 어떻게 죽을 것인가를 선택하지 말라. 그대 언제 죽을 것인가도 생각하지 말라. 인간은 지금 이 순간 어떻게 살 것인가를 결정할 수 있을 따름이다. 어떤 인간이든, 어디에 있는 인간이든, 무엇을 하는 인간이든, 인간은 모두 죽음을 피할 수 없다.

그대 이것을 알라. 죽는다는 것을 알면서 죽음을 찾아다니는 자는 어리석은 인간이라는 것을. 그대 이것을 알라. 인간은 죽지만 반항하면서 죽어야 하는 존재인 것을. 그대 이것을 알라. 인간은 죽지만 선한 동물인 것을 증명해야 하는 존재인 것을. 어느 누구도 죽음이 무엇인지, 죽음이 어디에 있는 것인지, 죽음이 어디로 가는 것인지 모른다. 죽음이 가장 위대한 것인지, 가장 비참한 것인지, 가장 행복한 것인지도 알 수 없다. 죽음이 가장 최선의 것인지, 가장 최악의 것인지, 가장 적당한 것인지도 알 수 없다.

죽음, 그것을 알고 결정짓는 것은 오로지 창조자의 몫이다. 죽음, 그것을 알고 결정짓는 것은 오로지 대자연의 몫이다. 인간들은 말한다. 죽음을 망각한 생활과 죽음이 의식하는 생활과는 전혀 다른 상태라고. 신들은 말한다. 전자는 동물의 상태에 가깝고 후자는 신의 상태에 가깝다고. 천사들은 말한다. 삶과 죽음은 하나지만, 최종적으로 하나가 아니라고. 악마들은 말한다. 탄생은 인간 최초의 변화이고, 죽음은 인간 최후의 변화라고.

창조자는 말한다. 생명은 죽음의 시초이고, 죽음은 생명의 시초라고. 절대자는 말한다. 죽음은 분리된 것이면서 동시에 긴밀한 자기 결합이라고. 초월자는 말한다. 죽음은 신의 법칙이면서 동시에 자연의 법칙이라고. 그대 죽음을 찾지 말라. 죽음이 당신을 찾을 것이다. 그대 삶을 찾지 말라. 삶이 당신을 찾을 것이다. 그대 내일을 찾지 말라, 내일이 그대를 찾을 것이다. 그대 오히려 죽음을 아름답게 완성시키는 현재를 찾으라.

63

신은 죽고 사탄이 그 자리를 대신하고 있다

그는 수많은 인파에 떠밀려 지하철 입구로 들어섰다. 에스컬레이터를 타고, 계단을 올라가고, 긴 터널을 따라 걸었다. 그렇게 한참 동안 사람들 틈에 섞여서 밀려갔다. 인파는 끊임없이 나타나고 사라지고 또 다시 나타났다가 사라졌다. 그들 속에서 그는 갈 길을 잃고 이리저리 휩쓸렸다. 그가 정신을 차렸을 때는 지하철 객실 안이었다. 그는 앉을 곳을 찾아다녔으나 빈자리는 보이지 않았다. 경로석도 이미 중년의 남녀들이 차지하고 있었다. 그는 지하철 출입문 쪽에 서서 혼잣말로 중얼거렸다.

그대들 이토록 바쁘게 어디로 가는 것인가? 집인가? 직장인가? 술집인가? 모임인가? 파티장인가? 그대들은 짧은 인생을 부여받은 것이 아니다. 그대들 스스로 인생을 짧게 만들고 있다. 보라, 분주하기 이를 데 없는 자신의 발걸음을. 보라, 정신없이 뛰어다니는 자신의 모습을. 인간은 자기가 행복하다는 것을 알지 못하기 때문에 불행에 빠진다. 인간은 자기가 만족하다는 것을 알지 못하기 때문에 불만에 빠진다.

인간이 스스로 만족하지 못한다는 것 이상의 큰 불행은 없다. 인간의 타오르는 욕망과 같이 크나큰 죄악은 이 세상에 없다. 인간의 탐욕과 같이 거대한 죄악은 이 세상에 없다. 그대들이 추구해야 할 것은 돈과 명예와 탐욕이 아니다. 그대들이 추구해야 할 것은 바로 스스로 인정하는 참인간이다. 그의 말을 들은 한 취객이 어눌한 어조로 물었다.

"댁은 참다운 인간입니까?"

그가 짧게 대답했다.

"인간은 맞소만, 참다운지는 알 수 없소."

취객이 다시 물었다.

"그럼 댁은 어떤 인간입니까?"

그가 잠시 생각한 뒤 말했다.

"나는 한 사람의 평범한 인간에 불과하오. 그렇더라도 나는 어디까지나 인간이오. 나는 모든 것을 다 할 수는 없소. 그렇더라도 나는 어떤 것은 할 수 있소. 그리고 모든 것을 다 할 수 없다고 해서… 내가 할 수 있는 것까지 포기하지 않는 인간이오."

취객이 말했다.

"완전히 모순이 없는 인간은 죽은 자 뿐이지 않습니까?"

그가 말했다.

"맞소. 스스로 창의적이고 진취적 인간임을 내세우는 것은 곧 싸우고 투쟁하는 자란 것을 의미하오."

취객이 말했다.

"그럼 어떻게 행동하는 게 진정한 인간이 되는 길입니까?"

그가 목소리를 가다듬고 말했다.

"진정한 인간의 가치는 다이아몬드가 가지고 있는 절대적 가치와 같소. 그 크기, 순수성, 완벽성이 일정 범위 안에 있을 때만 값이 고정되는 것이오. 하지만 그 범위를 조금만 넘어서도 값을 정할 수 없을뿐더러, 구매할 사람이 나서지 않소. 즉 개조해야 할 것은 사회나 법, 질서가 아니라 인간 자신의 피폐해진 육체와 영혼이오. 그 새로운 인간, 참된 정신, 진정한 영혼은 어디서 어떻게 나타날 것 같소? 그것은 결코 외부로부터, 타인으로부터, 세상으로부터 오지 않소. 그것은 자신 속에서 발견되고, 자기 내부에서 만들어지고, 자아 속에서 성장해 가는 것이오."

취객이 말했다.

"인간은 목표를 추구하도록 만들진 존재라고 하지 않습니까?"

그가 엄숙한 표정으로 말했다.

"인간은 자기 인생이 곧 끝나리라는 것을 알고 있는 유일한 존재요. 그럼에도 인간들은 그것을 알지 못하는 것처럼 뛰어다니고 있지요. 목적이나 목표를 쟁취하지 못하면 곧 죽어 버릴 것처럼 말이오. 그것이 인간이 가진 가장 큰 모순이자 죄악이오."

취객이 말했다.

"목표가 없는 삶은 무의미하지 않습니까?"

그가 말했다.

"아름다움이나 추함은 인간의 탐욕적 감정에서 우러나오는 것이오. 아무것도 추구하지 않는 대자연은 추함이 없소."

취객이 말했다.

"맞는 말인 것 같습니다만, 자동차는 여전히 대량으로 쏟아져 나오고, 지하철은 여전히 땅 속을 달리고, 비행기는 여전히 하늘을 날고 있습니다."

그가 고개를 저으며 말했다.

"그건 신이 죽고 사탄이 그 자리를 대신하고 있기 때문이오."

64

인간들은 사색하고 생각하는 것보다
더 많이 행동하고 있다

그는 지하철에서 내려 다시 수많은 인파 속으로 휩쓸렸다. 자신이 어디로 가고 있는지, 자신이 위치한 장소가 어디인지조차 알 수 없었다. 뱀의 몸뚱이 같은 지하철은 사람들을 한 무더기씩 토해 놓고 사라졌다. 사람들은 모두 말이 없었으며, 무표정한 얼굴로 걸음을 재촉할 뿐이었다. 그는 지하역에 씌어 있는 수많은 숫자를 보면서 중얼거렸다. 그대들은 사색하고 생각하는 것보다 더 많이 행동하고 있다.

생각한 바가 행동을 유도하고 이성이 반영되지 않는다면, 사색과 생각은 무의미한 것이 된다. 인간의 존엄성은 오로지 그대들 마음과 의지와 행동에 달려 있다. 그대들이 이 순간 해야 할 일은 인간의 존엄성을 찾고 오성을 지키는 데 있다. 인간은 사색한 뒤 행동함으로써 스스로를 향상시키는 자기 성찰적 존재이다. 그대들 개개인이 추락하고 타락할 때 인류 전체가 멸종으로 향한다는 것을 명심하라.

자기 스스로 커다란 존재라고 생각하는 사람은 거만하다. 자신의 가치를 실제보다 작게 생각하는 사람은 비굴하다. 자기를 평범하다고 스스로 포기하는 사람은 무능하다. 그대들은 태어나면서부터 허영심이 강하고, 타인의 성공을 질투하며, 무한한 탐욕을 지닌 존재이다. 만족한 돼지보다 불만을 가진 인간이 되는 편이 낫다고 말하는 자가 있다. 만족한 바보보다 불만을 가진 소크라테스가 되는 편이 낫다고 말하는 자가 있다.

그대들 그런 말에 현혹되지 말라. 그 말은 현자라고 참칭하는 자들이 신의 경지에 발을 들여 놓으려고 하는 지껄임이다. 그런 말은 성자라고 자칭하는 자들이 신을 흉내 내려고 하는 부르짖음이다. 그대들 중용의 덕을 사랑하라. 그대들 중용의 선을 실행하라. 그대들 중용의 악을 실천하라. 그것만이 그대들을 인간답게 만드는 길이다. 그의 말을 듣고 승복 차림의 비구니가 다가왔다. 비구니는 누덕누덕 기운 승복을 입었고, 40대 초반으로 보였다. 그가 괴나리봇짐을 고쳐 메자 비구니가 합장을 했다.

"선사께 부처님의 은덕이 가득하기를 빕니다."

그가 마주 합장을 했다.

"감사합니다. 길을 잃어서 이러고 있는 겁니다."

비구니가 놀란 표정을 지었다.

"길을 잃었다고요?"

그가 주위를 두리번거렸다.

"보다시피 그렇습니다."

비구니가 손을 들어 가리켰다.

"지하철 밖으로 나가면 되는데."

그가 머리를 흔들었다.

"나는 여기가 어디인지, 또 어디로 가야 하는 건지도 모릅니다."

비구니가 탄식조로 말했다.

"정말 길을 잃은 것 같군요."

그가 말했다.

"이 도시가 처음입니다."

비구니가 말했다.

"그럼 거처도 없고, 갈 곳도 없겠네요."

그가 말했다.

"솔직히 말하자면 그렇습니다."
비구니가 말했다.
"그럼 저를 따라오십시오. 제가 안내해 드리겠습니다."
그가 말했다.
"저는 여비도 없고, 신분증도 없습니다."
비구니가 말했다.
"어차피 인생이 아무것도 없는 것 아니겠습니까?"

65

인간은 모두 걷는 동물일 뿐이다

그가 비구니를 따라 들어간 곳은 고급 모텔이었다. 모텔에 들어오기 전 그들은 밥을 먹고 술까지 걸쳤다. 술을 마시는 동안 그와 비구니는 같은 생각과 가치관을 가지고 있다는 사실을 알았다. 그는 오랜만에 말과 행동이 일치하는 사람을 만나 즐거웠다. 그의 생각을 아는 것처럼 비구니도 밝고 쾌활한 모습이었다. 비구니가 사 가지고 온 술과 안주를 테이블에 펼쳐 놓았다.

그는 삿갓과 괴나리봇짐을 풀어 한쪽 구석으로 던졌다. 비구니가 종이컵에 술을 가득 따라 건네 주었다. 그는 술잔을 받으며 비구니의 얼굴을 똑바로 쳐다보았다. 비구니는 낡은 승복과는 반대로 참신한 모습이었다. 이목구비도 반듯했고, 무엇보다 얼굴 윤곽이 빼어나게 아름다웠다. 게다가 술을 마셔서 붉어진 볼과 눈동자는 색기마저 풍기고 있었다. 그는 술을 한 잔 시원스럽게 들이켜고 말을 꺼냈다.

"그대는 남자가 두렵지 않습니까?"

비구니가 자신의 잔에 술을 따랐다.

"남자가 두려운 존재라면, 왜 이 세상의 반을 수컷으로 채웠을까요?"

그가 껄껄 웃었다.

"하긴 여자도 이 세상의 반이나 되니까요."

비구니가 술을 들이켰다.

"무서운 것은 남자가 아니라, 마음 아닌가요?"

그가 고개를 끄덕였다.

"맞소, 인간의 마음이 무서운 거지. 육체는 별 것 아니지요."
비구니가 정색을 했다.
"선사께서는 제가 무섭습니까?"
그가 마주 쳐다보았다.
"그건 내가 한 말이 아니오?"
비구니가 말했다.
"저는 선사를 무서움의 대상으로 보지 않습니다."
그가 말했다.
"그럼 어떤 대상으로 보는 거요?"
비구니가 말했다.
"세상을 비웃는 한 명의 사탄쯤으로 보인다고 할까요."
그가 중얼거렸다.
"세상을 비웃는 사탄?"
비구니가 미소를 지었다.
"농담이고요. 실은 세상을 구하고 싶어서 안달이 난 도인 같습니다."
그가 술을 마시고 말했다.
"그 비슷하지만, 나는 도인이 아니오."
비구니가 눈을 크게 떴다.
"그럼 어떤 존재지요?"
그가 소리 내어 웃었다.
"오랜만에 여인의 체취를 맡고 싶은 한 명의 사내일 뿐이오."
비구니가 물었다.
"그럼 저는 어떤 인간으로 보이나요?"
그가 대답했다.
"비구니의 틀에서 벗어나고 싶은 한 명의 여인 같아 보입니다."
비구니가 말했다.

"정확한 말이에요. 난 지금 이 무거운 승복을 벗어 버리고 싶은 마음뿐이에요."

그가 말했다.

"나도 실은 오랜만에 도포를 벗어 던지고 싶소."

비구니가 제안했다.

"우리 가식적인 것은 모두 벗고, 인간으로 돌아가 보는 게 어떨까요?"

그가 맞장구를 쳤다.

"좋소. 우리를 얽어매고 있는 이것들을 모두 벗어 버립시다."

비구니가 말했다.

"참다운 인간의 모습, 그것은 곧 동물일 테죠?"

그가 말했다.

"실은 인간도 걷는 동물일 뿐이오."

그의 말이 떨어지기 무섭게 비구니는 승복을 벗어 던졌다. 그도 비구니에 뒤질세라 때에 전 도포와 바지저고리와 속옷을 벗었다. 옷을 모두 벗고 알몸이 되자 몸이 날아갈 듯 가뿐해졌다. 비구니도 두터운 갑옷을 벗은 것처럼 시원스런 얼굴이었다. 이제 두 사람 사이를 가로막고 있던 천과 선과 막은 사라졌다. 천과 선과 막이 제거되자 몸과 마음 또한 활짝 열렸다. 그는 알몸이 된 비구니에게 연거푸 술을 권했다. 비구니는 언제 그랬느냐는 듯이 술을 들이켰다. 그 또한 컵을 통째로 들고 입 안에 쏟아 부었다.

66

죽어 가던 사람도 살리는 물이다

얼핏 욕실에 들어가 샤워를 한 것 같기도 했다. 욕실에서 먹은 걸 토한 것 같기도 했다. 여자가 그의 알몸을 씻어 준 것 같기도 했다. 그가 여자의 알몸을 씻어 준 것 같기도 했다. 그가 여자의 알몸에 비누칠을 한 것 같기도 했다. 여자가 그의 알몸에 비누칠을 한 것 같기도 했다. 비누칠을 한 그와 여자가 끌어안고 뒹군 것 같기도 했다.

둘이서 샤워를 하다가 욕실 바닥에 쓰러진 것 같기도 했다. 여자가 깔깔 웃으며 그를 일으켜 세운 것 같기도 했다. 그가 아픈 부위를 만지고 있을 때, 여자가 성기를 빤 것 같기도 했다. 그가 여자의 성기를 애무한 것 같기도 했다. 여자의 희디흰 알몸이 눈을 부시게 한 것 같기도 했다. 그 알 수 없는 눈부심 뒤 깜빡 정신을 잃은 것 같았다.

그가 다시 눈을 떴을 때는 캄캄한 어둠뿐이었다. 몸을 돌리자 여자의 백옥처럼 하얀 육체가 보였다. 이곳이 어디인지 무엇을 하는 곳인지도 생각나지 않았다. 또한 여자가 누구인지 무엇을 하는 인간인지도 떠오르지 않았다. 머리는 혼란스럽고 어지럽고 통증마저 일었다. 머리맡을 더듬어 물을 찾는데, 여자의 움직임이 느껴졌다.

그는 자신이 알몸이고, 온몸이 물어뜯긴 상태라는 걸 알았다. 서로를 물어뜯다가 삽입을 시도했는데 잘 되지 않았다. 그가 부스럭거리자 여자가 그의 성기를 잡아 입으로 가져갔다. 그의 성기는 작아질 대로 작아져서 다시는 일어설 것 같지 않았다. 잠시 성기를 빨아 대던 여자가 몸을 일으켜 무언가를 찾았다. 그리고는 찾은 것을 물컵에 넣고 나서 말했다.

"여자하고 잔 게 너무 오래 돼서 잊어버린 거죠?"

그가 당황한 목소리로 말했다.

"그런 것 같소. 인간 자체를 잊고 살았으니."

여자가 쿡쿡 웃었다.

"이걸 쭉 들이키세요. 그럼 잘 할 수 있을 거예요."

그가 말했다.

"그 물이 생명수라도 되는 것이오?"

여자가 말했다.

"죽어 가던 사람도 살리는 물이에요."

그가 말했다.

"그런 생명수라면 얼마라도 좋소."

여자가 물컵을 몇 차례 흔들고 건네 주었다. 그는 여자가 건넨 물을 단숨에 털어 넣었다. 여자가 짙은 어둠 속에서 요염하게 웃었다. 그는 눈을 크게 뜨고 싱그러운 여자의 알몸을 바라보았다. 여자는 분명히 천상에서 내려온 선녀 같았다. 그렇지 않다면 이토록 신비스러울 수가 없었다. 그는 심장부에서 온몸 구석구석으로 퍼지는 힘을 느끼며 여자의 육체를 음미했다. 여자의 나신을 음미할수록 힘은 점점 더 커져서 주체할 수 없을 정도가 되었다. 그는 눈앞에 있는 여자의 허리를 잡아당겼다.

67

참진리에 다가가는 어둠의 힘이다

그는 말뚝처럼 발기된 성기를 여자의 질구에 삽입했다. 그 순간 여자가 비명 같은 신음을 내뱉었다. 나 열반시키려고 그래? 처음 만난 비구니의 입에서 튀어나온 말 치고는 의외였다. 그는 잠시 당황했지만, 아랑곳 않고 깊숙이 밀고 들어갔다. 여자가 머리와 다리와 엉덩이를 비틀며 발버둥쳤다. 그 요란한 몸부림이 무엇을 의미하는지는 알 수 없었다. 한 가지 분명한 사실은 커질 대로 커진 성기가 여자를 무아지경으로 끌고 간다는 거였다.

그는 조금 전까지 느끼던 좌절감을 회복하듯 더욱 힘차게 움직였다. 여자의 질구가 푸걱푸걱, 하며 거친 숨을 내뱉었다. 그는 잠시 힘을 조절하기 위해 성기를 뽑았다. 순간 여자의 질구에서 푸르르 소리가 들렸다. 여자도 그 소리를 들었는지 히익, 하고 웃었다. 그는 다시 벌떡이는 성기를 여자의 질구에 꽂아 넣었다. 이번에는 처음보다 더 한층 깊고 강하게 삽입했다. 여자의 입에서 신음소리 같은 염불이 터졌다.

'아미타불! 아미타불!'

그는 여자의 염불을 집어삼키듯 힘 있게 펌프질을 했다. 여자는 계속 아미타불을 외쳤다. 그는 더욱더 강력하게 허리와 다리와 엉덩이를 움직였다. 이제 여자의 입에서는 끅끅끅, 하는 괴성만 터질 뿐이었다. 더 이상 말도, 경고도, 주문도, 염불도 내뱉지 않았다. 그는 환락 속으로 빠져든 비구니의 얼굴을 보며 허벅지에 힘을 주었다. 이대로 비구니가 죽는다고 해도 상관이 없을 것 같았다. 기쁨과 환락의 끝을 맛볼 수 있다면 그곳이 어디인들 어떠랴. 즐거움과 쾌락의 절정을 맞볼 수 있다면 상대가 누구인들 어떠랴.

이제 여자는 온몸을 떨고 흔들면서 발버둥치고 있었다. 눈은 질끈 감았고, 콧구멍은 넓게 벌어졌고, 귀는 쫑긋해졌으며, 입은 크게 빌린 채, 거친 숨을 몰아쉬었다. 참하고 눈이 부실 정도로 아름답던 비구니의 모습은 씻은 듯이 사라졌다. 지금 여자의 모습은 세상 끝으로 간다고 해도 거부하지 않을 것 같았다. 그는 여자에게 진정한 환락을 끝을 맛보여야 한다고 마음먹었다. 아니 여자가 지금껏 경험해 보지 못한 죽음 같은 쾌락을 맛보여야 한다고 생각했다.

그 죽음 같은 쾌락을 느끼게 하려면, 그걸 제공하는 자도 죽음 같은 고통을 맛보아야 되었다. 그것은 그 자신이 죽음 가까이 다가가야 한다는 것이나 다름없었다. 그는 움직일수록 커지는 성기의 끝에 힘을 모았다. 그리고는 여자의 자궁이 뚫어져도 좋다는 심경으로 힘을 주었다. 여자는 이제 숨조차 제대로 쉬지 못하고 있었다. 여자의 얼굴도 환락의 절정에서 고통의 극치로 빠져드는 것처럼 일그러졌다.

그는 상체를 들고 두 팔을 쭉 뻗은 상태로 교접의 강도를 높였다. 엉덩이도 최대한 위로 들었다가 내리치듯 쑤셔 박았다. 예상대로 여자의 얼굴은 고통을 지나 죽음 속으로 다가가고 있었다. 여자가 그토록 고대하고 염원하던 열반 속으로 들어가는 중이었다. 그는 땀을 비 오듯 흘리는 비구니의 얼굴을 보면서 마지막 힘을 주었다. 그것은 그가 토굴 속에서 30년을 참아 오던 염원의 힘이고, 참진리에 다가가는 어둠의 힘이었다.

68

인간은 공과 락과 통과 희로 인해 움직인다

모텔에 비구니를 남겨 두고 나온 것은 새벽 5시쯤이었다. 알몸의 비구니는 죽었는지 살았는지 미동도 하지 않았다. 비구니가 죽었다 해도 태양은 또 다시 떠오를 것이고, 인간들은 또 다시 거리를 메울 것이다. 비구니가 살았다 해도 밤은 또 다시 올 것이고, 인간들은 또 다시 쾌락을 불태울 것이다. 비구니와 밤새도록 뒹굴었지만, 변한 것은 아무것도 없었다. 그 자신도 매일 벌어지는 환락과 육락의 고리 속으로 잠시 들어갔다가 나왔을 뿐이다.

그는 어둠에 잠긴 모텔 골목을 뒤도 돌아보지 않고 빠져나갔다. 쾌락은 유일한 악(惡)이고, 이성은 유일한 등(燈)이고, 정의는 유일한 숭(崇)이고, 인도는 유일한 정(正)이고, 희생은 유일한 선(善)이고, 사랑은 유일한 희(喜)이고, 종교는 유일한 종(從)이다. 비구니가 성교의 쾌락으로 몸을 떤다 해도 도(道)를 벗어난 것은 아니다. 여승이 처음 만난 남자와 음사(婬邪)한다 해도 계(戒)를 파(破)한 것은 아니다.

그와 비구니가 뒤엉켜서 낙열(樂悅)에 빠져든 것은 영혼의 등비(騰飛)를 위한 몸부림이다. 인간은 공(恐)과 락(樂)과 통(痛)과 희(希)로 인해서 움직인다. 신은 창(創)과 계(戒)와 포(包)와 영(營)으로 인해서 움직인다. 천사는 선(善)과 예(禮)와 신(信)과 서(恕)로 인해서 움직인다. 악마는 파(破)와 암(暗)과 사(邪)와 저(詛)로 인해서 움직인다. 그는 어둠을 헤치며 밝아오는 여명을 보며 큰소리로 외쳤다.

인간들이여, 자신의 가치관만 내세우고, 다른 이의 가치관을 무시하거나 나무라서는 안 된다. 그대들 자신의 행동만 옳다 여기고, 다른 이의 행동을 비난하거나 외면해서는 안 된다. 그대들 자신이 추종하는 종교만 숭상하고, 다른 종교를 차별하거나 폄훼해서는 안 된다. 그대들 다른 종교의 교의나 가르침에도 아침 이슬처럼 귀를 기울여라. 그대들 다른 종교의 교리나 신앙심에도 보름달 달빛처럼 귀를 기울여라.

사람은 타락이 무서워 종교를 만들고, 삶이 무서워 사랑을 만들었다. 사람은 사랑이 무서워 쾌락을 만들고, 절망이 무서워 희망을 만들었다. 사람은 희망이 무서워 탐욕을 만들고, 고통이 무서워 기쁨을 만들었다. 사람은 기쁨이 무서워 악마를 만들고, 죽음이 무서워 신을 만들었다. 신이든 천사든 악마든 성인이든 쾌락을 외면하는 자 없다. 다만 그들은 쾌락을 인간만이 누리는 비천한 것으로 치부했을 뿐이다.

69

참된 쾌락은 쾌락 자체를 즐기는 데 있다

그는 어둠이 가시는 길을 걸으며 생각에 잠겼다. 과연 인간에게 쾌락은 무엇인가? 과연 신에게, 천사에게, 악마에게 쾌락은 무엇인가? 성자에게 쾌락은 무엇인가? 불자에게 쾌락은 무엇인가? 인간에게 쾌락은 눈 뜬 자의 몸부림이다. 자신이 눈멀어 가는지도 모른 채 환락 속으로 뛰어들기 때문이다. 성자에게 쾌락은 불나방의 마지막 몸부림이다. 자신의 영혼과 육체가 타는지도 모른 채 불 속으로 뛰어들기 때문이다.

악마에게 쾌락은 돌고래의 힘찬 다이빙이다. 쾌락 속으로 뛰어들수록 즐거워지기 때문이다. 천사에게 쾌락은 가시넝쿨에 몸을 던지는 행위이다. 자신의 정신과 육체가 가시에 찔리며 울부짖기 때문이다. 불자에게 쾌락은 손가락을 태우는 육신공양이다. 자신을 태우면서 정신이 깨달음을 얻기 때문이다. 신에게 쾌락은 죽음으로 가는 길이다. 신 자신이 쾌락을 만들어서 그 쾌락으로 인해 죽어 가기 때문이다.

그는 자신이 내린 쾌락의 정의가 무언가 부족한 것을 느꼈다. 잠시 그 자리에 서 있던 그는 커다란 동상 앞으로 걸어갔다. 동상은 다름 아닌 십자가를 손에 들고 있는 젊은 여인의 모습이었다. 그는 성스러운 얼굴과 신비스런 모습과 엄숙한 자태를 지닌 동상 앞에서 부르짖었다. 인간들이여, 쾌락을 숭상하라. 쾌락은 너희 앞에 있고, 언제나 큰 입을 벌리고 있다. 인간들이여, 신이나 천사나 성자의 쾌락을 동경치 말라. 그들은 언제나 인간의 쾌락을 경멸하고 저주하고 방해하고 있다.

참된 쾌락은 쾌락 그 자체를 즐기는 데 있다. 그대들 쾌락을 두려워하지 말라. 그대들 쾌락을 무서워하지 말라. 그대들 쾌락을 저주하지 말라. 그대들 쾌락을 경멸하지 말라. 그대들은 이와 손톱으로 쾌락을 붙들지 않으면 안 된다. 그런데도 이성과 오성은 우리들로부터 쾌락을 하나하나 빼앗아 간다. 그대들 주저하지 말라. 쾌락은 주저하는 순간 도망쳐 버린다. 그대들 경외하지 말라. 쾌락은 경외하는 순간 모습을 감춘다.

보라, 폭도나 부친 시해자, 폭군들은 얼마나 많은 쾌락을 누렸는가. 그들은 죽임을 주저하지 않았기에 쾌락을 누릴 수 있었다. 그들은 파괴를 망설이지 않았기에 쾌락의 끝을 볼 수 있었다. 천사는 늘 이렇게 외친다. 아름다운 육체를 사용하기 위해서는 쾌락이 존재해야 한다. 그러나 아름다운 영혼을 위해 존재하는 고뇌만큼 가치 있는 것은 없다. 성자는 늘 이렇게 설교한다. 결혼이란 경건하고 신성한 두 남녀의 결합이다. 그러므로 거기에서 얻어지는 쾌락은 억제되고 조심스럽고 양심적이어야 한다.

구도자는 늘 이렇게 전파한다. 쾌락도, 지혜도, 학문도, 미덕도, 진리가 없으면 그 빛을 잃게 된다. 신은 늘 이렇게 계도한다. 쾌락은 육체 속에서 느끼는 한 조각의 행복에 지나지 않는다. 천사는 늘 이렇게 타이른다. 참다운 행복, 유일한 기쁨, 완전한 쾌락은 맑은 정신 속에 깃든다. 악마는 늘 이렇게 속삭인다. 쾌락과 즐거움과 기쁨은 절망으로 가는 지름길이다. 그가 외치는 사이 많은 사람들이 거리를 메우고 있었다.

70

먹을 걸 찾지 않는 사람은 최소한의 인간이다

 그는 빠르게 움직이는 사람들을 보면서 소리쳤다. 그대들 자신이 누구이고, 무엇이고, 어떤 존재인지 아는가? 그대들은 보람 없이 애쓰고, 헛되이 싸우고, 부질없이 안간힘 쓰는 눈 먼 짐승이다. 그대들은 모든 것을 요구하지만, 아무 것도 받을 자격이 없는 먼지 같은 존재이다. 그대들이 애쓰고, 싸우고, 안간힘 쓴 결과 얻는 것은 자그마한 무덤과 한 줌의 흙뿐이다. 그대들 스스로를 제대로 이해하는 방법은 한 가지밖에 없다. 그것은 그대들 자신을 판단하는데 결코 서둘지 말아야 한다는 점이다.
 눈 먼 짐승이여, 그대들이 아는 것은 모르는 것보다 아주 적으며, 사는 시간은 살지 않는 시간에 비교가 안 될 만큼 짧다. 이 지극히 작은 존재가 지극히 큰 범위의 것을 알려 하기 때문에, 혼란에 빠져 자신을 자각하지 못하게 된다. 그가 외치자 어린아이 몇 명이 모여들었다. 아이들은 조선시대 옷차림을 한 그를 신기한 눈으로 쳐다보았다. 그는 천진난만한 눈빛의 어린아이들을 보며 힘을 내서 소리쳤다.
 눈 먼 짐승이여, 그대들 모두 사람으로 불리는 자들을 사랑하라. 아무리 나약한 사람이나 초라하고 비천한 사람일지라도 사랑하라. 그대들 나약하고 초라하고, 비천하더라도 그들을 심판하지 말라. 그들은 심판할 대상이 아니라, 신뢰하고 포용하고 교류할 대상이다. 인간은 어느 누구든 심판하고 비하할 대상이 아니라, 우러르고 경외해야 할 대상이다. 그대들 모두 다른 사람의 마음 속으로 깊숙이 들어가 보라. 그리고 다른 사람으로 하여금 당신의 속마음으로 들어오도록 노력해 보라.

　가장 훌륭한 인간은 모든 대상을 이해하고 껴안고 사랑하는 자이다. 가장 위대한 인간은 좋고 나쁨을 가리지 않고, 모든 사람에게 선(善)과 덕(德)과 인(仁)을 베푸는 자이다. 그대들은 타인을 이해하고, 이웃을 끌어안고, 세상을 측은히 여기는 생활 속에서 행복해진다. 그대들은 신을 사랑하고, 천사을 사랑하고, 악마를 존중하는 생활 속에서 즐거워진다. 그대들에게 고난이 있을 때마다, 그것이 참된 인간이 되는 과정임을 기억해야 한다. 그대들에게 심판이 있을 때마다, 그것이 참된 짐승이 되는 과정임을 알아야 한다. 그가 외치고 있자 한 아이가 다가와 질문을 던졌다.

　"어린아이도 인간에 속하나요?"
　그가 대답했다.
　"진정한 인간은 바로 너희들이다."
　아이가 말했다.
　"그럼 어른들은 인간이 아닌가요?"
　그가 말했다.
　"어른들은 모두 짐승이다."
　아이가 말했다.
　"무슨 짐승이죠?"
　그가 말했다.
　"쇠사슬에 꽁꽁 묶인 멧돼지다."
　아이가 알 수 없다는 표정을 지었다.
　"왜 멧돼지죠? 양도 있고, 사슴도 있고, 노루도 있고, 토끼도 있는데요?"
　그가 바쁘게 오가는 사람들을 가리켰다.
　"오로지 먹을 것을 찾기 위해 뛰어다니기 때문이다."
　아이가 말했다.

"그럼 먹을 걸 찾지 않는 사람은 인간인가요?"

그가 말했다.

"먹을 걸 찾지 않는 사람은 최소한의 인간이다."

아이가 말했다.

"그 최소한의 인간은 뭐죠?"

그가 말했다.

"타인을 위해 자신을 희생하고 헌신하는… 욕심 없는 사람이 최소한의 인간이다."

아이가 말했다.

"그래서 우리보고 진정한 인간이라고 말한 거예요?"

그가 웃으며 말했다.

"그렇다. 너희가 진정한 인간이다."

71

망각이야말로 신에서 악마에로 가는 지름길이다

그는 광장을 벗어나 인파로 메워진 거리를 걸었다. 사람들이 움직이는 대로 휩쓸렸고, 자신이 어디로 가는지도 몰랐다. 이윽고 그는 한 무리의 버스들이 서 있는 정류장에 멈췄다. 그는 다른 사람들이 하는 대로 버스에 올라탔다. 버스 안은 승객들로 꽉 찼고, 앉을 자리도 없었다. 그는 삿갓을 벗어 가슴에 껴안고 중얼거렸다. 본성을 잃은 자들이여, 그대들은 태어났을 때는 자유로웠으나, 거대한 사회 속에서 무수한 쇠사슬에 얽혀 있다. 그대들은 태어났을 때는 순수했으나, 사회적 인간이 되면서 타락해 갔다.

이성을 잃은 자들이여, 그대들은 자신이 사랑하는 자에 의해서 너무나 손쉽게 속는다. 오성을 잃은 자들이여, 그대들은 자신이 믿는 이웃에 의해서 너무나 손쉽게 속는다. 명성을 잃은 자들이여, 그대들은 자신이 속한 조직에 의해서 너무나 손쉽게 속는다. 지성을 잃은 자들이여, 그대들은 자신이 맹종하는 신앙에 의해서 너무나 손쉽게 속는다. 선성을 잃은 자들이여, 그대들은 자신이 속한 국가에 의해서 너무나 손쉽게 속는다.

오늘을 잃은 자들이여, 그대들은 자신이 몸에 두른 제복대로 계급적 인간이 된다. 미래를 잃은 자들이여, 그대들은 자신이 몸에 익힌 습관대로 사회적 인간이 된다. 꿈을 잃은 자들이여, 그대들은 자신이 몸에 지닌 물품대로 욕망적 인간이 된다. 현재를 잃은 자들이여, 그대들이 짐승과 다른 점은, 자신이 비참하다는 것을 안다는 것에 있다. 과거를 잃은 자들이여, 그대들이 동물과 다른 점은, 자신이 죽어 간다는 것을 안다는 것에 있다. 그대들 비참과 슬픔과 고통을 망각한 자는 위대한 천사의 적이다. 그대들 죄악과 참회와, 반성을 망각한 자는 위대한 신의 적이다.

그대들 이것을 아는가? 인간 속에는 악마와 같은 무엇이 있는가 하면, 신과 닮은 신성한 무엇이 존재한다. 동물 속에는 사탄과 같은 무엇이 있는가 하면, 천사와 닮은 무엇이 존재한다. 탐욕에 눈 먼 자들이여, 신의 거짓과 천사의 위선과 악마의 악함을 잊지 말라. 욕망에 눈 먼 자들이여, 신의 죽음과 천사의 타락과 성자의 몰락을 잊지 말라. 망각이야말로 신에서 악마에로 가는 지름길이다. 망각이야말로 인간에서 짐승에로 가는 지름길이다. 그의 앞쪽에 앉아 있던 여자가 투덜거렸다.

"별 이상한 사람 다보겠네."

그가 여자에게 말했다.

"인간은 반항하는 존재예요."

여자가 이죽거렸다.

"미친 영감이 분명하군."

그가 말했다.

"인간은 본성은 선도 악도 아니오."

여자가 악을 썼다.

"입 닥치지 않으면 희롱죄로 신고하겠어요."

그가 말했다.

"인간의 최고 의무는 타인을 사랑하는 데 있소."

여자가 말했다.

"그래서 당신을 사랑이라도 하라는 거예요?"

그가 말했다.

"누구면 어떻습니까? 사랑하는 마음 자체가 중요한 거지요."

여자가 말했다.

"사랑도 대상 나름이지."

그가 말했다.
"걸인도 사랑 받을 자격이 있습니다."
여자가 소리쳤다.
"이 양반이 정말!"
그가 조용히 말했다.
"평화의 종교를 지닌 인간한테 최고의 가치는 사랑입니다. 반면 전쟁의 종교를 지닌 인간한테는 최고의 가치는 투쟁이에요."
여자가 핸드폰을 꺼내 번호를 꾹꾹 눌렀다.

72

나는 이름 같은 것이 없는 존재이다

그가 파출소 안으로 들어서자 소장인 듯한 남자가 말했다.
"이거 조선시대 사람을 데려왔구만."
그를 연행해 온 젊은 경관이 말했다.
"말이 전혀 안 통하는 사람입니다."
같이 출동했던 여경이 거들었다.
"무슨 말을 하는지 통 알 수가 없어요."
파출소장이 혀를 끌끌 찼다.
"현장에서 훈방할 것이지 왜 데려온 거야?"
젊은 경관이 말했다.
"글쎄, 이 양반이 신분증이 없다는 겁니다."
같이 출동한 여경이 덧붙였다.
"자기 나이도 모른다고 잡아떼는데, 어쩔 수가 없었습니다."
파출소장이 말했다.
"자기 나이까지 모른다고?"
젊은 경관이 말했다.
"그렇습니다."
같이 출동한 여경이 투덜거렸다.
"알 수 없는 게 한두 가지가 아니에요."
파출소장이 앉아 있는 그에게 물었다.
"정말로 나이를 모릅니까? 내가 보기엔 육십 대로 보이는데."
그가 자리에서 일어서며 말했다.
"태어난 지 하도 오래 돼서 나도 잘 모릅니다."

파출소장이 말했다.

"언제 태어났는데요?"

그가 말했다.

"천팔백팔십 년대에 태어났다고 들었소. 임오군란인가 갑신정변이 일어난 해일 거요. 아마."

파출소장이 놀란 눈으로 물었다.

"임오군란이나 갑신정변?"

그가 말했다.

"정확히는 모르지만 그때가 맞을 거요."

파출소장이 말했다.

"그때 태어났다는 걸 누구한테 들은 겁니까?"

그가 말했다.

"을미사변 때 부친이 돌아가셨는데, 그때 들은 것 같소."

파출소장이 경관들을 돌아보며 물었다.

"을미사변이 몇 년도에 일어난 거지?"

여경이 재빨리 휴대폰으로 검색했다.

"천팔백구십오 년 팔월 이십일입니다. 음력으로."

젊은 경관이 고개를 흔들었다.

"저 양반이 저렇다니까요."

여경이 재빨리 거들었다.

"현장에서 적당히 훈방하려고 했는데, 성명과 주거가 분명치 않으니 데려올 수밖에 없었습니다."

파출소장이 그를 향해 물었다.

"그럼 이름은 뭡니까?"

그가 말했다.

"난 이름 같은 것이 없소."

여경이 말했다.

"무언가 자신을… 증명할 거라도 있을 거 아니에요."
그가 말했다.
"본래부터 증명 같은 건 없었소."
파출소장이 말했다.
"조선시대 사람이라면 호패 같은 거라도 있을 것 아닙니까?"
그가 괴나리봇짐을 풀고 나뭇조각을 꺼냈다.
"이게 날 증명하는 거라면 한 번 보시오."
파출소장이 호패를 받아들고 들여다보았다.
"갑신년 시월 십칠일 생, 구세인이라고 쓰여 있구만."
여경이 놀란 목소리로 소리쳤다.
"갑신년 시월 십칠일은 갑신정변이 일어난 날이에요."
젊은 경관이 끼어들었다.
"정말, 이 양반이 갑신정변 때 태어났단 말이야?"
파출소장이 그에게 물었다.
"이 호패 댁 것이 맞습니까?"
그가 장의자에 앉으며 대답했다.
"아마 맞을 거요. 어릴 때부터 쭉 가지고 다녔으니까."
파출소장이 재차 물었다.
"이름도 구세인이 맞습니까? 구할 구(求), 세상 세(世), 사람 인(人)."
그가 대답했다.
"호패에 그렇게 써 있으니 맞겠지요."
여경이 재빨리 컴퓨터 자판을 두드렸다.
"전산망에는 뜨지 않습니다. 구세인이라는 사람도 없고요."
파출소장이 중얼거렸다.
"이거 골치 아픈 사건이 들어왔구만."
젊은 경관이 말했다.

"어쩌죠? 신고는 버스 안에서 소란을 피운 걸로 돼 있는데."
파출소장이 말했다.
"어떻게 소란을 피운 거지?"
여경이 말했다.
"혼자서 인간이 어쩌고저쩌고 지껄였다는 겁니다."
파출소장이 말했다.
"혼자서 인간을 지껄였다고?"
젊은 경관이 말했다.
"그렇습니다."
파출소장이 말했다.
"다른 피해는?"
여경이 말했다
"없습니다."
파출소장이 말했다.
"그럼 스티커 한 장 발부해서 보내는 게 낫겠군."
젊은 경관이 말했다.
"그게 좋을 것 같습니다."
여경도 동참했다.
"생년월일하고 이름이 밝혀졌으니 그게 좋을 듯합니다."
파출소장이 말했다.
"좋아, 그렇게 하자구."

73

인간 이상의 존재이거나 인간 이하의 존재이다

젊은 경관이 구세인(求世人)의 이름으로 스티커를 발부했다. 그는 5만 원짜리 스티커를 머리 위로 치켜들었다. 파출소장과 경관들이 의아한 눈으로 쳐다보았다. 그는 자신을 응시하는 경관들 앞에서 외쳤다. 민중의 지팡이여, 역사는 인간을 현명하게 만들고, 시는 인간을 감성적으로 만든다. 수학은 인간을 고상하게 만들고, 철학은 인간을 깊이 있게 만든다. 도덕은 인간을 무겁게 만들고, 논리학은 인간을 논쟁꾼으로 만든다. 법은 인간을 경직되게 만들며, 자연은 인간을 유연하게 만든다.

민중의 손발이여, 억압은 인간을 무지하게 만들며, 자유는 인간은 지혜롭게 만든다. 그대들 아는가? 인간은 동물과 초인과의 사이에 걸쳐 있는 하나의 위태로운 밧줄이다. 인간은 까마득한 절벽 사이에 걸쳐 있는 하나의 가느다란 밧줄이다. 건너가는 것도 위험하고, 도상에 있는 것도 위험하고, 몸부림치는 것도 위험하고, 서 있는 것도 위험하다. 민중의 파수꾼이여, 그대들이 노하거나 슬퍼하는 것은, 그대들을 노하게 만들고 슬프게 만드는 것보다 더 큰 해악을 가져온다는 것을 아는가?

민중의 심부름꾼이여, 인간은 자기 자신이 존재하는 이유를 너무나 잘 알고 있다. 인간은 자기 자신을 의식하고, 자기 세계를 탈주할 계획을 세웠다가는 곧 변경한다. 인간은 자아를 인식하고, 자의식 세계를 벗어날 계획을 세웠다가 곧 바꿔 버린다. 민중의 계도자여 아는가? 인간이야말로 가장 흥미로운 존재이며, 가장 예측 불가능한 존재라는 것을. 민중의 대변자여 아는가? 인간만이 가장 악마에게 갈등을 유발케 하고, 신에게 가장 반항적인 존재라는 것을. 그의 외침을 듣고 있던 파출소장이 말했다.
"저 소리를 버스 안에서 했다는 말이군."
젊은 경관이 말했다.
"그렇습니다. 그 비슷한 소리를 떠들었다는 거예요."
파출소장이 말했다.
"나쁜 말은 아닌 것 같군."
여경이 말했다.
"나쁜 말은 아니고, 나쁜 소리일 뿐입니다."
파출소장이 말했다.
"아, 소리… 그렇구만."
그가 말했다.
"인간은 말을 하는 동물이오."
젊은 경관이 말했다.
"인간은 생각도 하는 동물이지요."
여경이 말했다.
"인간은 사회적 동물이기도 해요."
파출소장이 말했다.
"인간은 도구를 만들어 사용하는 동물이지."
그가 말했다.
"인간은 본래 정치적이면서 권력적이고 창조적이면서 파괴적인 동물입니다. 그러므로 국가 없이도 살 수 있는 자는 인간 이상의 존재이거나, 인간 이하의 존재일 뿐이지요."
파출소장이 말했다.
"그럼 댁은 인간 이하의 존재요? 아니면 인간 이상의 존재요?"
그가 말했다.

"나는 인간 이상도 아니고, 이하도 아닌 존재일 뿐이오."
경관들은 모두 알 수 없다는 표정을 지었다.

74

국가가 있는 한 국민의 온전한 자유는 없다

그는 경관이 발부한 스티커를 들고 파출소를 나섰다. 거리는 태양빛으로 가득했고, 사람들은 여전히 바쁘게 움직였다. 그는 푸른색 스티커를 치켜들고 흔들면서 소리쳤다. 국가의 불의는 국가를 몰락으로 이끄는 가장 빠르고 정확한 길이다. 국가의 타락은 국가를 파멸로 이끄는 가장 빠르고 명확한 길이다. 국가의 부도덕은 국가를 병들게 만드는 가장 빠르고 명백한 길이다. 국가여, 국민이 가는 길을 묻지 말라.

국가여, 국민의 자유를 속박하지 말라. 국가여, 국민이 추구하는 이상을 묻지 말라. 국가여, 국민의 도덕성을 시험하지 말라. 국가여, 국민이 국가에게 무엇을 할 것인가를 묻지 말고, 국가가 국민에게 무엇을 해 줄 것인가를 고민하라. 그리하면 국민은 자연스럽게 국가의 충성스런 시민이 될 것이다. 국가여 이것을 알라. 국가가 국민을 위해 만들어졌지, 국민이 국가를 위해 만들어지지 않았다는 것을.

국가여 이것을 알라. 국가는 국민의 하인이지 결코 국민의 주인이 아니라는 것을. 국가여, 그대의 배를 채우기 위해서 선량한 국민을 잡아먹지 말라. 선량한 국민은 사냥의 대상이 아니다. 국가여, 그대의 탐욕을 채우기 위해서 착한 국민을 이용하지 말라. 착한 국민은 이용과 탐욕의 대상이 아니다. 그 외침을 듣고 중년 남자가 가던 길을 멈추었다. 남자는 등산복 차림에 배낭을 메고 있었다. 그가 벌금 스티커를 흔들자 남자가 말했다.

"댁은 국가가 만든 규칙을 어겼군요."

그가 정색을 하고 말했다.
"규칙을 어긴 건 국가요."
남자가 스티커를 가리켰다.
"벌금 스티커를 받았지 않습니까?"
그가 불만스런 얼굴로 말했다.
"버스 안에서 좀 떠들었을 뿐이오. 그런데 파출소에 연행되고, 스티커를 발부 받았소."
남자가 배낭을 벗으며 말했다.
"나는 풀 한 포기 뽑고 벌금형을 받았습니다."
그가 눈을 크게 떴다.
"무슨 풀을 뽑았기에?"
남자가 배낭에서 풀을 꺼냈다.
"잡초라면 잡초고, 약초라면 약초지요."
그가 인상을 찌푸렸다.
"지나치게 엄격한 규칙은 국가가 위법하다는 증겁니다."
남자가 입을 씰룩거렸다.
"불법도 법이라고 하지 않습니까?"
그가 단적으로 말했다.
"지나친 법은 지나친 사상과도 같소. 사상이 타락하면 법도 같이 타락한다오."
남자가 말했다.
"법이 타락하면 국가도 타락하겠군요."
그가 말했다.
"국가가 그 권위에 대한 비판을 어느 정도 수용하는지 여부가, 그 국가가 사회의 충성심을 어느 정도까지 쥐고 있는가에 대한 가장 정확한 지표가 되는 것이오."
남자가 말했다.

"참된 국가는 최고의 도덕적 존재가 되어야 하는 것 아닙니까?"

그가 말했다.

"국가라는 것은 내일을 위한 계획을 가지고 있다는 사실로 형성되고 생명이 유지되는 조직이오. 그러니 도덕적 존재가 되어야 한다는 건 순진한 국민들의 순수한 바람일 뿐이오."

남자가 말했다.

"그럼 진정한 국가는 어떤 것입니까?"

그가 말했다.

"국가가 존재하는 한 국민의 온전한 자유는 있을 수 없소. 즉 국민에게 온전히 자유가 주어지면 진정한 국가가 존립할 수 없게 되는 것이오. 그러니 진정한 국가란 본래부터 존재하지 않소."

남자가 풀을 배낭 안에 넣었다.

"그럼 모든 국가는 탄압자일 뿐이군요."

그가 삿갓을 고쳐 쓰며 말했다.

"국민들 각자가 직접 국가를 통치한다고 생각하게 하면 되오. 그러면 국민들 스스로 기꺼이 통치 받을 뿐더러, 참된 국민으로서 진정한 국가를 만들기 위해 온몸을 바칠 것이오."

남자가 배낭을 메고 돌아섰다.

75

돈이 아무리 많아도 마음은 가난하다

그는 거리를 걷다가 줄을 선 일단의 사람들을 발견했다. 줄 선 사람들은 대부분 노인이거나 남루한 옷을 걸친 자들이었다. 그들의 얼굴은 모두 어두웠으며, 생명력이라고는 찾아볼 수 없었다. 한 마디로 말해 그들은 사회에서 버림받거나 낙오된 사람들이 분명했다. 그는 사람들이 밥을 타는 것을 목격하고 기쁜 마음으로 달려갔다. 그리고는 희망과 즐거움이 사라진 얼굴들 뒤에 섰다. 사람들은 차례로 밥과 국을 타가지고 긴 식탁에 앉아서 먹었다. 그의 뒤에 서 있던 70대 남자가 속삭이듯 말했다.

"오늘은 소고깃국을 준다는 거요."

그가 뒤를 힐끗 돌아보았다.

"고깃국을 가끔씩만 주는 겁니까?"

남자가 줄 선 사람들을 가리켰다.

"소고깃국을 매일 줄 순 없지 않소. 이 많은 사람들한테."

그가 의아한 얼굴로 물었다.

"그럼 이 사람들이 매일처럼 여기서 밥을 타 먹는다는 말입니까?"

남자가 어깨를 으쓱했다.

"매일이 뭐요? 어떤 때는 맛있는 간식도 준다오."

그가 눈을 동그랗게 떴다.

"누가 무슨 돈으로 밥을 지어 주는 겁니까?"

남자가 속삭이듯 말했다.

"성직자가 운영하는 단체에서 제공하는 것 같소."

그가 중얼거렸다.

"아, 성직자…"

남자가 히죽 웃었다.

"나는 오 년째 여기서 밥을 얻어먹고 있소."

그가 놀란 표정을 지었다.

"오 년씩이나요?"

남자가 태연스럽게 말했다.

"어떤 사람은 십 년을 얻어먹은 사람도 있다오."

그가 사람들을 쓱 둘러봤다.

"이들은 모두 무얼 하는 사람들입니까?"

남자가 말했다.

"노숙을 하는 사람들이 주류지만, 멀쩡한 노인들도 꽤 많이 있소."

그가 말했다.

"멀쩡한 노인들이라니요?"

남자가 말했다.

"돈이나 재산이 있어도 밥을 얻어먹는 사람들 말이오."

그가 말했다.

"그런 사람들한테 왜 밥을 주는 겁니까?"

남자가 말했다.

"아무리 돈이 많아도 마음은 가난하니까요."

그가 탄식을 뱉었다.

"아, 마음이 가난한 사람들…"

남자가 말했다.

"나도 사실 반은 마음이 가난한 사람이오."

그가 말했다.

"왜 마음이 가난하다고 생각하는 겁니까?"

남자가 말했다.

"번듯한 집이 있고, 어엿한 자식이 있어도… 아무도 신경을 안 쓰니 가난한 사람이지요."

그가 말했다.

"자식들하고 같이 살지 않습니까?"

남자가 말했다.

"나 혼자 산 지 십 년이 넘었소."

그가 말했다.

"하긴 나도 혼자서 삼십 년을 살았소이다. 그것도 벌레가 기어다니는 어두컴컴한 토굴 속에서."

남자가 의문스럽다는 듯이 눈을 껌벅였다. 그 사이 그들의 차례가 왔고, 그와 남자는 식판을 집어 들었다.

76

빈곤은 삶의 재앙이 아니라 삶의 불합리이다

그는 식탁에 앉아서 밥을 먹는 사람들에게 외쳤다. 그대들 안일 속에서 잠들고 꿈꾸고 몽상하기를 좋아하지 말라. 그대들 가난과 빈궁에 빠져서 영원히 헤어나지 못할까 두렵다. 그대들 마음의 눈을 크게 뜨고 세상을 똑바로 보라. 그대들 굳게 닫혀 있는 영혼의 눈을 뜨고 세상을 힘껏 껴안아라. 빈곤은 가진 것이 없다는 것이 아니라, 마음이 가난하다는 뜻이다. 부자는 소유한 물질이 많다는 것이 아니라, 정신이 부자라는 뜻이다.

그대들 많이 가지고 있다고 생각할 때 스스로 가난해진다. 반대로 적게 가지고 있지 않다고 생각할 때 스스로 부자가 된다. 그대들 구두쇠는 항상 가난하고 언제나 가난하다는 것을 아는가? 그대들 부자는 항상 빈곤하고 언제나 빈곤하다는 것을 아는가? 그대들 많이 가진 자가 더 많이 가난하다는 것을 아는가? 그대들 적게 가진 자가 더 많이 부자라는 것을 아는가? 많이 가지고 있지 않다는 것은 정신이 자유롭다는 뜻이다. 많이 가지고 있다는 것은 영혼이 자유롭지 못하다는 뜻이다.

그대들 자유로운 정신과 자유롭지 않은 영혼 중 무엇을 선택할 것인가? 그대들 탐욕스런 마음과 탐욕스럽지 않은 몸 중 어떤 것을 선택할 것인가? 그대들 아는가? 빈곤은 삶의 재앙이 아니라, 삶의 불합리일 뿐이다. 가난은 삶의 죄악이 아니라, 삶의 불편일 뿐이다. 재산이 없는 것은 삶의 잘못이 아니라, 삶의 부족일 뿐이다. 그대들 정신을 살찌우고 영혼을 살찌우고 희망을 살찌워라. 그러면 진정한 기쁨과 즐거움과 행복을 얻으리라. 그의 말을 듣고 있던 한 남자가 질문을 던졌다.
"부자들이 즐기는 쾌락은 가난한 자가 흘린 눈물로 얻어지는 것 아닙니까?"
그가 당연하다는 투로 대답했다.
"맞소. 가난한자의 희생으로 부자가 쾌락을 누리는 것이오."
남자가 재차 물었다.
"그러면 진정한 재산은 어떤 것이죠?"
그가 거침없이 대답했다.
"인간의 진정한 재산은… 그가 이 세상에서 행하는 덕행과 선행뿐이오."
남자가 또 다시 물었다.
"가난한 사람은 덕행으로, 부자는 선행으로 이름을 떨쳐야겠지요?"
그가 즉시 대답했다.
"그렇소. 수전노가 할 수 있는 유일한 선행은 빨리 죽는 일 뿐이오."
남자가 중얼거리듯 말했다.
"하긴 빈곤에 견디는 사람은 많지만, 부귀에 견디는 사람은 많지 않은 것 같습디다."
그가 결론적으로 말했다.
"풍요 속의 빈곤에 빠지면 아무도 구제할 수가 없소."
남자가 정색을 했다.
"댁은 부자요? 빈자요?"
그가 말했다.
"나는 빈곤한 부자에 속하오."
남자가 말했다.
"그럼 나는 어떤 부류가 되는 겁니까?"

그가 말했다.
"가진 것이 얼마나 되오?"
남자가 말했다.
"허름한 빌딩을 하나 가지고 있습니다."
그가 말했다.
"빌딩의 소유주라면 부자가 맞소."
남자가 말했다.
"그런데 여기서 밥을 얻어먹는 게 무엇보다 행복하니 어쩌겠습니까."
그가 말했다.
"당신은 가진 게 많으면서 빈자 노릇을 하고 있으니 패덕자(悖德者)가 분명하오."
남자가 말했다.
"패덕자라…"
그는 남은 밥 한 숟가락을 퍼서 입에 넣고 일어섰다. 밥을 먹고 있는 사이 비바람이 도포의 섶을 헤치고 있었다.

77

인생이란 불만과 만족 사이를 오가는 시계추이다

그는 삿갓 위로 떨어지는 빗방울을 느끼며 외쳤다. 가장 부유한 사람은 마음을 모두 비운자이고, 가장 가난한 사람은 마음을 욕심으로 가득 채운 자이다. 부자가 되는 가장 가까운 방법은 욕심을 모두 비우는 데 있고, 부자가 되는 가장 가까운 방법은 스스로 부자라고 생각하는 데 있다. 그러나 부자이면서 욕심을 버리기 어렵고, 빈자이면서 스스로 채우기 어렵다. 그대들 사랑하며 가난한 것이, 사랑 없는 부유함보다 낫다는 걸 아는가? 그대들 희망 없는 부유함보다 희망으로 가득 찬 가난함이 낫다는 걸 아는가?

보라, 절망 없는 행복이 없는 것처럼, 행복 없는 절망 또한 없다. 그대들 아는가? 자기의 소유 이상으로 바라지 않는 자가 진정한 부자이다. 그대들 아는가? 자기가 가진 것 이상 욕심하지 않는 자가 진정으로 행복한 자이다. 그대들 아는가? 자기가 바라는 것 이상 원하지 않는 자는 모든 것을 가진 자이다. 탐욕에 빠진 자들이여, 빈자의 큰 행복은 타인을 긍휼히 여기는 마음에 있고, 부자의 큰 불행은 타인을 업신여기는 마음에 있다. 욕망에 빠진 자들이여, 거지의 큰 기쁨은 아무것도 가진 게 없다는 마음에 있고, 부자의 큰 고통은 아무도 신뢰할 수 없다는 마음에 있다.

빗방울이 굵어지자 밥을 먹던 사람들이 순식간에 사라졌다. 그는 모두가 떠난 빈 식탁을 보며 소리쳤다. 부자의 가장 큰 불행은 부가 사라지면 사람들도 떠난다는 것이다. 보라, 비를 만난 개미 떼처럼 사라져 버린 인간들을. 재물은 생활을 위한 방편일 뿐, 그 자체가 목적이 될 수 없다. 재산은 편리함의 매개일 뿐, 그 자체가 행복이 될 수 없다. 그대들 아는가? 과도한 재산을 소유했을 때보다 더 시련을 당하는 일은 없다. 그대들 아는가? 분에 넘치는 사치를 누릴 때보다 더 자만에 빠지는 일은 없다. 자만과 오만과 욕망은 인간의 적일 뿐, 희망과 행복과 기쁨을 가져다 주지 않는다.

그대들 재물은 바닷물과 같아서 마시면 마실수록 목이 마른다. 그대들 비움은 생명수와 같아서 먹으면 먹을수록 몸과 마음이 살찐다. 그대들 인생이란 불만과 만족 사이를 오가는 시계추이다. 소유도, 욕망도, 사치도 다 허상에 불과하다. 그대들 허상에 쏟을 정력을 영원한 행복과 기쁨에 투자하라. 눈앞의 즐거움과 쾌락은 모두 거울에 비친 허상이다. 그가 빗속에서 외치고 있을 때 한 남자가 다가왔다. 남자는 좀 전에 밥을 타서 먹던 중년의 사내였다. 그가 말을 마치자 중년의 사내가 말했다.

"그럼 나는 빈자요, 부자요?"

그가 말했다.

"가진 게 많으시오?"

사내가 말했다.

"가진 것은 많으나, 마음은 언제나 텅 비어 있소."

그가 말했다.

"그래서 여기서 밥을 얻어먹고 있는 것이오?"

사내가 말했다.

"얻어먹지 않으면 무언가 빼앗기는 것 같아서 그렇소."

그가 말했다.

"그대는 불행하기 이를 데 없는 탐욕주의자요."

사내가 말했다.

"결국 나는 부자란 얘기지요?"

그가 자리를 뜨며 말했다.

"그대는 더 크고 튼튼한 위를 가져야겠소. 이 세상의 모든 것을 먹어야 할 테니."

78

행복은 무엇을 소유하느냐가 아니라 무엇을 바라느냐이다

그는 비가 내리는 거리를 걸어가며 부르짖었다. 인간들이여, 스스로 일어서라. 스스로 행동하라. 스스로 깨우쳐라. 스스로 기뻐하라. 스스로 축복하라. 스스로 사랑하라. 스스로 행복하라. 어떤 인간은 자기가 늘 불행하다고 자탄한다. 이것은 자신이 행복한 자임을 깨닫지 못했기 때문이다. 어떤 인간은 자기가 늘 고통스럽다고 한탄한다. 이것은 자신이 즐거운 자임을 깨닫지 못했기 때문이다. 어떤 인간은 자기가 늘 어리석다고 불평한다. 이것은 자신이 축복받은 자임을 깨닫지 못했기 때문이다.

그대들 아는가? 행복이란 누가 주는 것이 아니라, 스스로 찾는 것이다. 그대들 즐거움은 누가 주는 것이 아니라, 스스로 만드는 것이다. 그대들 축복이란 누가 주는 것이 아니라, 스스로 받는 것이다. 그대들 참다운 행복, 그것은 우리들이 어떻게 끝맺느냐 하는 게 아니라, 어떻게 시작하느냐 하는 문제이다. 그대들 진정한 행복, 그것은 우리들이 무엇을 소유하느냐가 아니라, 무엇을 바라느냐의 문제이다.

그대들은 참다운 행복이 값비싼 보석을 많이 소유해야 얻을 수 있는 것으로 안다. 그러나 우리가 무엇을 바라며, 무엇을 추구하고, 무엇을 위해 헌신하느냐에 따라 참다운 행복은 결정된다. 그대들 진정한 행복, 참다운 행복, 진실된 행복의 실체를 똑바로 응시하라. 행복은 무언가를 바랄 때 사라지고, 무언가를 비울 때 찾아온다. 행복은 어떤 것을 원할 때 떠나가고, 어떤 것을 버릴 때 돌아온다. 그대들 자신을 철저히 낮추고 비우고 버려 보라. 참다운 행복이 스스로 찾아올 것이다.

그대들 자신의 욕망을 버리고 탐욕을 내려놓아 보라. 진정한 행복이 제 발로 걸어올 것이다. 그대들 자신을 철저히 반성하고 돌아보라. 진실된 자신의 모습을 발견하게 될 것이다. 그가 여기까지 외쳤을 때, 건물의 벽과 벽 사이에서 남자가 기어 나왔다. 남자는 포장용 박스로 만든 집에서 살고 있는 50대 노숙자였다. 좁은 벽 사이에 만들어진 박스 집은 쏟아지는 비로 인해 금방이라도 무너질 기세였다. 그가 안타까운 마음으로 쳐다보자 남자가 큰소리로 말했다.

"이걸 보고도 행복이 어쩌고, 보석이 저쩌고 하는 거요?"

그가 하늘을 올려다보며 중얼거렸다.

"비는 곧 그칠 것이고, 그대의 행복은 금방 돌아올 겁니다."

남자가 쓰러져 가는 박스 집을 가리켰다.

"댁도 여기서 살아 보시오. 그런 말이 나오나."

그가 담담한 어조로 말했다.

"나는 박스로 만든 집조차 없는 사람이외다."

남자가 따지듯이 물었다.

"그럼 어디서 산다는 거요?"

그가 점잖게 대답했다.

"나는 토굴에서 기거하는 사람이오."

남자가 말했다.

"아, 토굴… 거기는 비가 들이치지는 않지."

그가 말했다.

"비대신 온갖 벌레가 기어 다니고 있소."

남자가 말했다.

"비보단 벌레가 훨씬 낫지."

그가 말했다.

"그렇다면 댁도 동굴을 찾아가 보시오. 여기보다 행복할지 모르니."

남자가 손을 저었다.

"나는 도시인이오. 산속은 내 체질이 아니라서…"

그가 강조하듯 말했다.

"아무튼 그대는 행복한 사람 중 하나임이 분명하오."

남자가 고층 건물을 가리켰다.

"내가 행복한 사람이라면… 저기서 사는 자들은 모두 불행하단 말이오?"

그가 남자를 빌딩 아래로 끌고 갔다.

"이 세상에서 가장 행복한 사람은 아주 작은 것으로도 만족하는 사람입니다. 당신처럼 말이에요."

남자가 비에 젖은 머리를 털었다.

"내가 행복한 사람이라는 말은 생전 처음 듣는 얘기요."

그가 손수건을 꺼내 건네 주었다.

"그대는 이것을 알아야 합니다. 자본주의 사회에서 위대한 사람이라든가 명예로운 사람이라든가 야심 많은 사람이라는 것은, 이 점에서 가장 불쌍하고 가장 불행한 사람일 수밖에 없습니다. 왜냐하면 그들이 명예로워지고 부귀해지고 위대해지기 위해선, 다른 사람의 명예와 부귀와 위대함을 무자비하게 빼앗고 쟁취해야 하기 때문이지요."

남자가 입을 삐죽 내밀었다.

"빼앗아서 가질 수 있다면, 얼마든지 불행을 선택하겠소."

그가 다 무너진 박스 집을 바라보았다.

"그대 자신이 누리는 작은 행복을 비난하거나 저주하지 마시오. 그대가 저들처럼 행복이라는 화려함에 갇혔을 때, 진정한 삶,

참된 인생을 잃어버렸다는 걸 깨닫고 후회하게 될 것이오."
 남자가 알 수 없다는 표정을 지었다.

79

보지 말고 믿어 보라, 그러면 행복해질 것이다

그는 박스 집에서 사는 남자와 헤어져 거리를 걸어갔다. 비는 어느새 그쳤고, 도시는 다시 사람들로 북적였다. 그는 버스 정류장 앞에 멈춰 서서 외쳤다. 인간들이여, 아무것도 바라지 않을 때가 최고로 행복한 순간이다. 극히 작은 것 밖에 바라지 않을 때가 그 다음가는 행복이다. 분에 넘치지 않게 바라지 않을 때가 그 다음가는 행복이다. 먹고 살 수 있는 최소한의 삶을 유지할 때가 그 다음가는 행복이다.

그대들 최고의 행복을 완성하기 위해서, 최대의 악을 행하는 우려를 범해서는 안 된다. 만약 그대들이 최대의 악을 행했다면, 그것은 이미 행복으로 가는 길을 잃어버린 것이다. 만약 그대들이 최소의 악을 행했다면, 그것은 이미 행복으로 가는 방법을 잃어버린 것이다. 만약 그대들이 최고의 선을 행했다면, 그것은 이미 행복으로 가는 길에 들어선 것이나 다름없다. 그대들 이것을 알라. 참다운 선, 참다운 행복은 남에게서 받는 것이 아니라, 내가 남에게 주는 것이다. 그것이 물질적인 것이든, 정신적인 것이든, 행위적인 것이든, 이 세상에서 가장 아름다운 모습이기 때문이다.

행복한 사람은 불행한 사람이 무거운 짐을 지고 있기 때문에 행복을 즐기는 것이다. 삶의 기쁨을 누리는 사람은 고통을 받는 사람이 힘겨운 일을 하고 있기 때문에 기쁨을 즐기는 것이다. 불행한 사람의 천근같은 침묵과, 고통스런 사람의 힘겨운 인내와, 절망에 빠진 사람의 뼈저린 참회가 없으면 행복 따위가 존재할

리 만무하다. 그대들 참다운 행복은 아주 싸고 싼데도, 그대들은 행복의 모조품에 너무 많은 대가를 지불하고 있다.

그대들 진실한 행복은 가볍고 가벼운 것에 있는데도, 무겁고 값비싼 것에만 집착하고 있다. 그대들 아는가? 진정한 행복은 강제나 억지나 힘으로 만들어지는 것이 아니다. 그것은 비우고 주고 나눌 때 비로소 찾아오는 귀하고 귀중한 손님이다. 그가 여기까지 외쳤을 때 자나가던 여자가 말을 걸었다. 여자는 여우 형태의 반가면(半假面)을 얼굴에 쓰고 있었다. 그가 의외라는 표정을 짓자 여자가 반가면 속에서 말했다.

"나는 나 자신을 감추고 있을 때 제일 행복한데, 이건 진정한 행복이 아닌가요?"

그가 고개를 좌우로 저었다.

"자신을 감추는 행위는 행복에 속하지 않소."

여자가 반가면을 눌러 썼다.

"행복은 인간을 가끔 이기주의자로 만들지 않나요?"

그가 삿갓을 벗어 손에 들었다.

"행복의 계단은 미끄러지기가 쉽고, 그대는 그 계단에서 미끄러지고 있는 중이오."

여자가 빌딩숲을 바라보았다.

"행복은 그 길이가 부족하다면, 그것을 높이로 메울 수도 있겠죠?"

그가 여자의 가면을 응시했다.

"참된 행복은 정직한 것 속에서만 발견할 수 있소. 그것은 감추거나 늘이거나 높이는 게 아니오."

여자가 눈을 깜빡이며 말했다.

"참으로 행복한 생활은 총명한 타협에 있지 않나요?"

그가 진지한 어조로 말했다.

"행복으로 가는 길을 열어 주는 열쇠는 그 어디에도 없고, 행복을 향해 올라가는 가파른 사다리만 있을 뿐이오. 즉 어떤 타협이나 절충으로도 결코 행복을 취할 수 없다는 뜻이오."

여자가 쓰고 있던 반가면을 벗었다. 얼굴은 의외로 예쁘고 선해 보였다. 여자가 반가면을 손가락에 걸었다.

"이렇게 하면 행복으로 가는 계단을 올라갈 수 있나요?"

그가 목청을 가다듬고 말했다.

"행복은 그대의 눈앞을 가로막은 높고 거대한 절벽의 그림자라고 할 수 있소. 대부분의 사람은 그림자의 위용에 눌려 재빨리 돌아서거나 도망치고 맙니다. 그리하여 행복과는 얼토당토않은, 어떤 시시한 것으로 삶을 만족해 버리지요. 당신처럼 말입니다."

여자가 말했다.

"그럼 어떻게 해야 행복해진다는 말인가요?"

그가 말했다.

"행복은 무엇을 요구하거니, 추구하거나, 욕망하는 것이 아니오. 현재 가진 것에 만족하면서 꾸미지 않고, 가꾸지 않고, 있는 그대로 사는 겁니다."

여자가 중얼거렸다.

"도대체 무얼 어떻게 하라는 것인지?"

그가 껄껄 웃었다.

"보지 말고 믿어 보세요. 그러면 행복해질 겁니다."

80

신이 되고 싶으나, 괴물이 되어 가는 인간이다

이슬비가 어느새 소나기로 바뀌었고, 엉겁결에 그는 버스에 올라탔다. 버스가 어디를 향해 가는 것인지, 시내버스인지 시외버스인지도 알 수 없었다. 20여 명의 승객은 제각기 휴대폰을 보거나, 음악을 듣거나, 창밖을 응시하고 있었다. 그는 버스 맨 앞쪽에 있는 의자에 앉았다. 운전기사는 비가 오는 날임에도 선글라스를 썼고, 운전은 난폭하면서도 거칠었다. 그는 억수 같이 쏟아지는 비를 바라보면서 생각에 잠겼다.

과연 진정한 행복이란 무엇인가? 과연 진정으로 행복한 자는 누구인가? 진정한 행복은 과연 존재하는가? 일반적 행복은 무엇이고, 특수한 행복은 무엇인가? 상대적 행복은 무엇이고, 이기적 행복은 무엇인가? 행복하게 보이는 게 진정한 행복인가? 스스로 행복하다고 느끼는 게 진정한 행복인가? 사람은 대부분 자기가 행복하기를 원하는 것보다, 남에게 행복하게 보이기 위해서 더 애쓴다. 남에게 행복하게 보이려고 애쓰지 않는다면, 스스로 만족하기란 그리 어려운 일도 아니다. 사람은 남에게 자신이 행복하다는 걸 보이고 싶은 허영심 때문에 자기 앞에 있는 진짜 행복을 놓치고 만다.

돈 많은 사람과 내면적 사색이 충실한 사람 중 누가 더 행복한가? 개인의 생활면을 보더라도 사색력이 충실한 쪽이 행복에 더 가까이 있다. 반면 자신의 일을 끝까지 완수했을 때 행복을 느끼는 사람이 있다. 자신의 노동에 열중해 끝까지 최선을 다했을 때 행복을 느끼는 부류가 그들이다. 물론 자기 스스로 행복하다고 착각에 빠진 채 살아가는 사람도 있다. 그와 반대로 자기 자신은 행복한데, 불행에 빠져 있다고 생각하는 사람도 있다. 그가 여기까지 생각했을 때, 버스가 급브레이크 소리를 내며 멈췄다. 놀란 승객들이 일어나서 버스 앞과 뒤를 살폈다. 들고 있던 휴대폰을 떨어뜨린 사람도 있었다. 그때 버스기사가 차창 밖을 향해 욕지거리를 퍼부었다.

"눈 똑바로 뜨고 다니지 못해?"

그는 재빨리 버스기사 소리친 곳을 바라보았다. 거기에 알몸이 다시피 한 남자가 히죽히죽 웃으며 손을 들고 있었다. 버스를 타겠다는 것인지, 버스 앞을 지나가겠다는 것인지도 알 수 없었다. 남자는 마치 처형 직전의 예수처럼 흰 천으로 몸의 중요 부분만 가린 상태였다. 게다가 남자가 두른 천은 비에 젖은 채 몸에 달라붙어 보기에도 민망할 지경이었다. 버스기사가 다시 한 번 창밖을 향해 악을 쓰듯 소리쳤다.

"탈 거면 빨리 타든가?"

그는 그때서야 비로소 기사가 여자라는 사실을 알아차렸다. 입고 있는 복장으로만 본다면 틀림없는 남자였다. 그러나 기사의 입에서 튀어나온 억양은 분명히 여자의 것이었다. 어떤 면에서 기사의 목소리는 요염하면서도 섹시하게까지 들렸다. 기사가 문을 열었고, 기이한 행색의 남자가 버스에 올라탔다. 남자는 빗물이 흐르는 몸으로 그의 건너편 좌석에 앉았다. 멈춰 섰던 버스가 다시 움직이기 시작했다. 버스기사는 불만이 겹친 듯 더욱 거칠고 난폭하게 차를 몰았다. 남자가 그에게 히죽 웃으며 말을 걸었다.

"도인 아니면, 연기자?"

그가 덤덤하게 대답했다.

"도인도 아니고, 연기자도 아니오."

남자가 재차 물었다.
"그럼 황학동 거사?"
그가 고개를 저었다.
"황학동 거사도 아니오."
"이도 아니고, 저도 아니면, 과거에서 온 사람이오?"
그가 말했다.
"사람은 누구든 과거에서 현재로 오는 것이오."
남자가 말했다.
"아하 그렇지. 현재에서 미래로 가는 신객이군."
그가 말했다.
"신객? 신의 손님 말이오?"
남자가 말했다.
"그렇소."
그가 말했다.
"그렇지 않다고는 할 수 없군. 그러면 댁도 신객이오?"
남자가 말했다.
"보다시피 드러내 놓고 신을 파는 인간이오."
그가 중얼거리듯 말했다.
"신이 되고 싶으나, 오히려 괴물이 되어 가는 인간이군."
남자가 씨익 웃으며 말했다.
"정확히 맞췄소."

81

현재로부터 일탈이야말로 정신의 마지막 해방이다

그와 남자가 대화를 나누는 사이 승객들은 모두 내렸다. 버스 안에는 여자기사와 그와 남자뿐이고, 비는 억수 같이 퍼부었다. 그 장대 같은 빗속을 버스는 굉음을 내며 달렸다. 그 소리는 마치 저승으로 내리꽂히는 열차의 비명소리와도 같았다. 남자가 분위기가 심상치 않다는 걸 눈치챘는지 입을 다물었다. 그때 여자기사가 가속 페달을 밟으며 말을 꺼냈다.

"두 분… 일상적 해방이 뭔지 아십니까?"

남자가 말을 받았다.

"현재로부터 일탈하는 거 아니요?"

여자기사가 말했다.

"그럼 삿갓은 어떻게 생각하죠?"

그가 대답했다.

"자기 자신을 홀가분하게 잊는 것이오."

여자기사가 말했다.

"그럼 참다운 해방은 뭐죠?"

남자가 말했다.

"참다운 해방은 욕망을 버리는 것일 게요."

여자기사가 말했다.

"삿갓은 어떻게 생각하죠?"

그가 말했다.

"생각 자체를 버리는 것이오."

여자기사가 말했다.

"망각하고는 어떤 차이가 있죠?"

남자가 말했다.

"망각은 어떤 것을 단순히 잊는 것이고, 생각 자체를 버리는 것은… 무념무상의 개념일 겁니다. 그렇지 않습니까?"

그가 말했다.

"내가 말한 생각 자체를 버리는 것은… 아무 생각도 안 하는 게 아니라, 온전히 자기 자신을 잊는 방식을 말하는 거요."

여자기사가 말했다.

"가령…?"

남자가 말했다.

"가령 눈앞에 엄청난 보물이 있다고 치고, 그 보물의 존재조차 잊고자 하는 무욕한 마음일 겁니다."

그가 길게 설명했다.

"그것도 틀린 말은 아니지만, 그보다는 보고 듣고 느끼는 나 자신의 실체, 즉 자아를 잊는 겁니다. 즉 내가 지금 빗속을 달리는 버스 안에 있고, 정체를 알 수 없는 벌거벗다시피 한 남자와, 승객이 다 내린 버스를 몰고 어딘가로 달려가는 여자. 이 둘의 정체는 무엇이고, 이들은 무슨 생각을 하고 있으며, 이 순간 이후 이들과 나는 어떤 행동을 보일까? 자기 자신을 집어던진 듯한 이들과 나는 어떤 관계를 유지할 것인가? 나는 이들과 함께 무엇을 하고, 앞으로 무엇을 어떻게 할 것인가? 그런 생각 자체를 하지 않는 겁니다. 다시 말해 과거의 우리와 현재의 우리, 내일의 우리… 즉 세 사람의 관계와, 이들 속의 내 존재를 생각하지 않는 거지요."

여자기사가 말했다.

"그럴 듯한 말이지만, 어딘가 확 풀리지 않는군요."

남자가 끼어들었다.

"그럼 이건 어떨까요? 현재 우리의 위치나 관계를 모두 잊고,

완벽히 타인이 되어 보는 겁니다. 어제의 연속선상에 있는 내가 아닌 오늘의 나. 내일을 계산하지 않는 현재의 나. 너와 나를 견주거나 비교하지 않는 객관적인 나. 그래서 완전한 자유를 얻은 나. 그리고 우리…"

여자기사가 속도를 올렸다.

"그럴 듯한 말이군요."

그가 말했다.

"그걸 한 마디로 요약한 게 나 자신을 잊는 겁니다."

여자기사가 말했다.

"죽음이 인간에게 있어서 고통으로부터의 해방일까요?"

남자가 말했다.

"죽음은 해방이 아니라, 현실로부터의 도망이오."

여자기사가 말했다.

"그럼 감당할 수 없는 육체적 노동이 정신적 고통을 해방시키는 것일까요?"

그가 말했다.

"그것도 일시적인 도피일 뿐이오."

여자기사가 말했다

"그럼 어떻게 해야 나 자신을 해방시킬 수 있을까요?"

남자가 말했다.

"한 마디로 말해… 빗속을 전속력으로 달리는 이 버스처럼 어딘가로 가는 것일 게요."

그가 말했다.

"단순히 현재로부터의 해방을 원한다면… 그것도 틀린 말은 아니오."

여자기사가 말했다.

"그럼 우리 모두 현재로부터 해방되어 볼까요?"

남자가 말했다.

"보다시피 나는 이미 해방되어 있는 몸이오."

여자기사가 말했다.

"해방 때문에 벌거벗다시피 하고 다니는 겁니까?"

남자가 말했다.

"그렇지 않다고는 할 수 없지요."

여자기사가 말했다.

"나도 사실 현재로부터 해방되고 싶어서 노선을 이탈해 달리고 있는 겁니다. 단 몇 분도 어김없이 뱅뱅 돌아야 되는 죽음의 노선에서 말이에요."

남자가 부드러운 톤으로 말했다.

"걱정해도 소용없는 걱정으로부터 자기를 해방시켜라. 그것이 마음의 평화를 얻는 가장 가까운 길이다."

여자기사가 핸들을 두 번 쳤다.

"멋있는 말이네요."

남자가 일어나 여자의 귀에 대고 속삭였다.

"현재로부터 과감한 일탈이야말로 정신의 마지막 해방자다. 이 적극적 일탈만이 우리를 최후의 해방에 이르게 해 준다."

여자기사가 엄지손가락을 퉁겼다.

"땡큐!"

그들이 대화를 나누는 사이 버스는 시골길로 접어들었다. 사위는 캄캄했으며, 빗소리만이 버스 천정을 요란하게 두드리고 있었다.

82

과거와 현재, 미래로부터 모두 일탈하라

그와 남자와 여자는 깊은 밤, 시골 면소재지에 도착했다. 비는 여전히 억수 같이 쏟아졌고, 오래 된 여관 하나가 붉을 밝히고 있었다. 여자는 여관 앞마당에 몰고 온 버스를 주차시켰다. 그리고 슈퍼에서 술과 안주를 한 아름 사들고 여관으로 들어갔다. 여관 주인은 제일 큰 방으로 안내했고, 이내 술판이 벌어졌다. 여자가 방바닥에 신문지를 깔고 술과 안주를 벌여 놓았다. 남자가 젖은 몸 그대로 방바닥에 앉으며 말했다.

"해방과 자유의 차이가 뭔지 압니까?"

그는 삿갓을 벗고 괴나리봇짐을 풀어 놓았다. 의외로 남자의 말에 먼저 대답한 건 여자였다.

"자유는 현재로부터의 일탈이고, 해방은 과거로부터의 일탈 아닐까요?"

남자가 종이컵에 맥주를 따랐다.

"그럴 듯한 말이군요."

그가 맥주를 한 컵 마셨다.

"자유는 현재로부터 결박당한 끈을 푼 상태고, 해방은 과거와 미래로부터 결박당한 끈을 푼 상태라고 할 수 있소."

여자가 엄지손가락을 탁 퉁겼다.

"그게 더 그럴 듯한 말이네요."

남자가 소맥을 섞어서 마셨다.

"이건 어떻습니까? 해방은 삶으로부터의 이탈이고, 자유는 정신으로부터의 이탈이다."

여자가 맥주를 소리 나게 들이켰다.
"해방과 자유 중 하나를 선택하라면 무얼 할 거죠?"
남자가 말했다.
"난 자유를 선택하겠소."
그가 말했다.
"난 해방을 선택하겠소."
여자가 오징어다리를 뜯었다.
"왜 해방이죠?"
남자가 땅콩을 입에 넣었다.
"현실로부터 일탈하고 싶으니까 그런 거 아니겠소?"
그가 말했다.
"과거와 현재, 미래로부터 모두 일탈하고 싶어서요."
여자가 말했다.
"미래로부터 일탈이라니요?"
남자가 말했다.
"인간 자체가 싫다는 말 아닙니까?"
여자가 그를 쳐다봤다.
"그 말이 맞나요?"
그가 고개를 저었다.
"인간 자체가 싫은 게 아니라, 인간의 삶 자체가 싫은 거요."
여자가 남자를 보며 물었다.
"댁은 왜 자유를 선택한 거죠?"
남자가 대답했다.
"자유가 서식하는 곳… 그곳이 나의 고향이이기 때문이오."
여자가 멋있는 말이라는 듯 손뼉을 쳤다.
"그래서 그렇게 벌거벗고 다니는군요."
남자가 어깨를 으쓱했다.

"내가 벌거벗은 건… 우리를 묶은 법과 상식의 사슬로부터 조금이라도 자유로워지기 위해서요."

여자가 말했다.

"완전한 자유는 필연적으로 퇴폐를 뜻하는 것 아닌가요?"

남자가 말했다.

"제한 없이 자유롭다는 것은 그리 좋은 게 아닙니다. 모든 필요한 물건을 다 가진다는 것도 좋은 일이 아니고요. 다만 자유를 사랑하는 건 타인을 사랑한다는 것이고, 권력을 사랑하는 건 제 자신을 사랑한다는 것이기 때문에 제한된 자유가 중요한 겁니다."

그가 말했다.

"자유는 책임을 뜻하지요. 이 때문에 대부분의 사람들이 자유를 두려워합니다."

여자가 말했다.

"자유에는 의무라는 보증인이 필요한 것 아닌가요? 그게 없으면 단순한 방종에 불과하니까요."

남자가 말했다.

"진정으로 자유로운 사람이란, 죽음보다 인생에 대해 더 많은 것을 생각하는 사람입니다. 그래서 방종 같은 것은 얼씬거리지도 못하는 거죠."

그가 말했다.

"올바른 자유를 얻어 하루 또는 한 시간을 자유롭게 지내는 것은, 자신이라는 감옥에서 벗어나 들판을 뛰어다니는 것과 같소. 즉 우리 세 사람이 잠시나마 이곳에서 자유롭게 자유를 얘기하는 것도 올바른 자유를 획득한 것이나 다를 바 없다는 얘기지요."

여자가 컵에 맥주를 가득 따랐다.

"정말로 우리가 진정한 자유를 획득한 건가요?"

남자가 따라 놓은 맥주를 마셨다.

"자유를 누릴 줄 모르는 인간은 생명이 없는 인간입니다. 자유를 찾지 않는 인간은 이미 죽어서 썩어 가는 인간이고요."

여자가 말했다.

"이런 말이 있어요. 자유여, 네 이름으로서 그 얼마나 많은 범죄가 저질러졌는가?"

남자가 말했다.

"자유 아닌 것을 자유라고 생각하는 사람만큼 바보 같은 인간은 없습니다. 모든 사람의 자유에 대한 범죄는 이런 착각 때문에 일어나는 거예요."

그가 말했다.

"자신의 자유를 잃은 인간은 자기의 본성을 배반한 것인 동시에, 신의 명령에도 거역한 인간이 되는 겁니다."

여자가 말했다.

"육체의 노예가 된 인간은 영원히 자유를 찾을 수 없겠죠?"

남자가 말했다.

"인간은 태어났을 때는 육체적으로 자유였어요. 그 후 도처에서 쇠사슬과 족쇄로 묶여졌지만 말입니다."

그가 술을 시원스럽게 들이켰다.

"물리적 자유는… 우리들 마음이 자유가 아닐 때는, 우리에게 절대로 자유를 주지 않습니다."

여자는 박수를 쳤고, 남자는 고개를 갸웃거렸다.

83

쾌락이 유일한 선이고, 이성이 유일한 악이다

남자가 술에 취했는지 비틀거리며 욕실로 들어갔다. 잠시 후 옷 벗는 기척이 나고, 물 쏟아지는 소리가 들렸다. 그는 종이컵에 소주를 가득 따라 한 입에 털어 넣었다. 여자도 뒤질세라 컵에 술을 넘치게 따라 단숨에 들이켰다. 두 사람은 잠시 술 먹기 경쟁을 하듯 마시고 또 마셨다. 순식간에 사 가지고 온 술의 반 정도가 사라졌다. 그들의 무모한 행동을 일깨운 건 샤워를 하던 남자였다. 남자가 잠시 샤워를 멈추고 큰소리로 말했다.
"진정한 자유는 완전히 발가벗는 것이겠죠?"
여자가 남자의 말을 받아 소리쳤다.
"진정한 자유는 쾌락을 동반하는 거예요."
남자가 샤워실 안에서 말을 받았다.
"쾌락에 동반하는 자유는 억압일지도 모릅니다."
여자가 술을 한 컵 마시고 대꾸했다.
"억압에 동반하는 자유가 진정한 쾌락일 수도 있죠."
남자가 여자의 말에 동조하듯 말했다.
"쾌락 속에서 자유를 찾을 수 있다면 무엇이라도 좋소."
여자가 걸치고 있던 옷을 벗으며 외쳤다.
"난 지금 진정한 자유와 진정한 쾌락을 맛보고 싶어요."
남자가 다시 샤워를 하면서 말했다.
"현재로선 쾌락이 유일한 선이고, 이성이 유일한 악일지도 모릅니다."
여자가 푸른색 벨트를 끌러서 던졌다.

"우리 유일한 악으로 진정한 쾌락을 만들어 보죠."
남자가 쏟아지는 물소리 속에서 외쳤다.
"우리 쾌락의 밑바닥, 그 바닥의 끝까지 내려가 봅시다."
여자가 옷을 모두 벗고 욕실로 들어갔다.
"쾌락의 끝에는 또 다른 쾌락이 존재하는지도 모르죠."
 그는 두 사람이 주고받는 소리를 들으며 술을 들이켰다. 진정한 자유와 진정한 쾌락은 서로 충돌하는가? 아니면 서로 호응하며 진정한 열락을 만들어 내는가? 자유와 쾌락은 어쩌면 떨어질 수 없는 두 개의 고리인도 모른다. 최고의 쾌락이 방종한 자유와 손을 맞잡고 있기에 그렇다. 욕실 안의 두 사람은 어느새 쾌락 속으로 빠져들고 있었다.
 쾌락에 더 빠르고 깊숙이 빠져드는 건 남자보다 여자였다. 그것은 여자의 가슴에서 타지는 신음소리만 들어 봐도 알 수 있었다. 시내버스를 끌고 어딘지도 모르는 곳으로 두 남자와 함께 달려온 여자. 세상의 억압으로부터 벗어나기 위해 온몸을 드러내놓고 다니는 남자. 그 두 사람의 내면 속에서 잠자고 있던 욕망이 때를 만난 것처럼 분출하고 있었다. 그는 두 남녀의 신음소리를 들으며 깊은 상념에 잠겼다.
 한 인간이 행복하게 되는 비결은, 쾌락을 얻으려고 노력하는 행위에 있는 것이 아니라, 쾌락 속에서 기쁨을 찾아내는 행위 속에 있다. 한 인간이 자유를 얻게 되는 비결은, 해방을 얻으려고 노력하는 행위에 있는 것이 아니라, 해방 속에서 자유를 찾아내는 행위 속에 있다. 한 인간이 사랑을 얻게 되는 비결은, 애정을 얻으려고 노력하는 행위에 있는 것이 아니라, 사랑 속에서 애정을 찾아내는 행위 속에 있다.
 한 인간이 평화를 얻게 되는 비결은, 선을 얻으려고 노력하는 행위에 있는 것이 아니라, 선 속에서 평화를 찾아내는 행위 속에 있다. 한 인간이 참다운 인간이 되는 비결은, 인성을 얻으려고 노력하는 행위에 있는 것이 아니라, 인성 속에서 참다운 인간을 찾아내는 행위 속에 있다. 한 인간이 열정적 쾌락을 찾아내는 비결은, 본능을 얻으려고 노력하는 행위 속에 있는 것이 아니라, 쾌락 속에서 본능을 찾아내는 행위 속에 있다.

 그가 상념에 잠긴 사이 여자의 신음은 울음으로 바뀌었다. 남자 또한 사납고 격렬한 숨소리를 내뿜었다. 두 남녀의 몸과 마음은 어느새 인간에서 짐승으로 바뀌었다. 그는 여관방을 달아오르게 하는 두 남녀의 격정에 잠시 생각을 멈추었다. 남자와 여자가 몸을 섞는 장면을 목격한 바도 없었고, 그 소리를 들은 적도 없었다. 그런데 코앞에서 두 남녀가 뜨거운 정사를 벌이고 있었다. 그는 흔들리는 마음을 다잡기 위해 다시 상념 속으로 빠져들었다. 하지만 아무리 노력해도 생각은 제멋대로 뛰어다녔다.

 고통을 주지 않는 것은 쾌락도 주지 않는다. 슬픔을 만들지 않는 것은 기쁨도 만들지 않는다. 절망을 느끼지 못할 때는 희망도 느낄 수 없다. 인간은 누구나 자유를 갖지 않으면 평화로울 수 없다. 그러므로 자유와 평화는 둘로 나눌 수가 없다. 사람이란 자기가 생각하는 만큼 행복하지도 불행하지도 않다. 인간의 상태는 모든 인간의 모든 인간에 대한 모든 인간의 투쟁 상태이다. 선지자란 시련에 응전함으로써 역사를 창조하는 자이다. 소시민이란 시련에 굴복함으로써 시대에 짓눌리는 자이다.

 천재란 마음이 내키지 않는 고생스런 일을 피하는 특수한 능력을 말한다. 둔재란 장애물이 산처럼 쌓여 있는 언덕을 무모하게 오르는 특이한 무능력을 말한다. 걱정해도 소용없는 걱정으로부터 자기를 해방시켜라. 그것이 마음의 평화를 얻는 가장 가까운 길이다. 정사란 자신이라는 고독한 지옥에서 탈출해야겠다는 욕망의 억제가 불가능한 욕구이다. 정욕에 빠진 인간은, 쾌락과 교환하여 불행을 손에 넣는다.
　그가 날뛰는 생각 속에서 헤매고 있을 때 남자가 욕실에서 나왔다. 그는 눈을 감고 있다가 번쩍 떴다. 남자는 알몸에 수건을 비스듬히 걸쳤고, 얼굴은 만족감으로 가득 차 있었다. 그는 가부좌를 튼 상태로 남자의 모습을 올려다봤다. 남자가 욕실 쪽을 턱으로 가리키며 말했다.
　"이번에는 그대 차렙니다."

84

행복과 불행은 같은 지붕 아래에 살고 있다

그가 눈을 떴을 때, 밤새 정사를 나눈 여자는 사라지고 없었다. 그 대신 황금색 골든 리트리버 한 마리가 침대 위에 비스듬히 앉아 있었다. 그는 골든 리트리버 곁으로 다가가 목걸이를 살펴보았다. 푸른색 띠가 아름답게 수놓아진 목걸이에는 '시로'라고 써 있었다. 밤새 뒹굴며 섹스를 나눈 게 골든 리트리버였다는 말인가? 그의 생각을 대변하는 것처럼 골든 리트리버의 눈은 만족과 자유로움으로 충만했다.

그는 애써 부정하면서 바지저고리와 도포와 삿갓을 찾아 썼다. 그런 다음 섹시한 모습으로 앉아 있는 골든 리트리버를 한 번 돌아보고 여관방을 나섰다. 밖은 눈부신 태양빛으로 가득했고, 거리는 보석처럼 반짝이며 빛났다. 그는 대지를 내리쬐는 태양을 올려보며 외쳤다. 눈부신 태양이여, 고통은 인간의 위대한 교사이고, 고통의 숨결 속에서만이 영혼이 발육된다는 것을 아는가? 불타는 태양이여, 쾌락이 남기고 간 것을 맛보아라. 쾌락도 시간이 지나고 나면 쓰디쓴 후회에 불과하다.

찬란한 태양이여, 육체의 고통은 정식적 고뇌를 해방시킨다. 이것이 몸과 마음이 가난한 사람들을 행복하게 만들어 준다. 빛나는 태양이여. 고통 뒤의 즐거움은 무엇보다 달콤하다는 것을 아는가? 뜨거운 태양이여, 괴로움 뒤의 기쁨은 무엇보다 사랑스럽다는 것을 아는가? 타오르는 태양이여, 일탈 뒤의 만족감은 무엇보다 황홀하다는 것을 아는가? 폭발하는 태양이여, 방종한 자유 뒤의 엄숙은 무엇보다 짜릿하다는 것을 아는가? 붉고 붉은 태양이여, 그대 비 온 뒤의 맑은 날은 생명의 기쁨인 것을 아는가?
 그가 소리치고 있을 때, 염소 여섯 마리가 끄는 수레가 다가왔다. 수레를 몰고 있는 건 80대 촌부였고, 손에 든 건 글자가 쓰인 피켓이었다. 피켓에는 '부귀를 원하는 자 아무것도 먹지 말라.'고 쓰여 있었다. 그가 의아스럽다는 눈빛으로 보자 촌부가 말했다.
 "부, 그것은 욕망의 구토물이기 때문이오."
 그가 말했다.
 "부라는 것은, 분뇨하고 같아서 그것이 축적되면 악취를 풍기고, 산포되면 땅을 비옥하게 만드는 것 아닙니까?"
 촌부가 말했다.
 "부란 짜디짠 바닷물과 비슷하오. 마시면 마실수록 목구멍에 갈증이 오는 법이외다."
 그가 말했다.
 "하긴 부자들이 즐기는 쾌락은 가난한 자의 고통과 슬픔으로 얻어지는 법이니까요."
 촌부가 말했다.
 "물질적 부하고 정신적 부는 반드시 병행하는 게 아니오. 부유하면서도 가난한 사람이 있고, 가난하면서도 부유한 사람이 있다오."
 그가 말했다.
 "부를 멸시하는 사람은 매우 많습니다. 그러나 부를 나누어 줄 줄 아는 사람은 거의 없지요."
 촌부가 말했다.
 "댁은 어디서 온 누구요? 처음 보는 사람인데."
 그가 말했다.
 "토굴 속에서 삶을 고뇌하고 있다가 나온 수행자입니다."
 촌부가 말했다.

"수행자? 행색이 과거라도 보러 가는 선비 같구려."

그가 말했다.

"시험 보는 것은 오래 전에 포기했고, 시험을 내러 다니는 중입니다."

촌부가 말했다.

"시험을 낸다? 그러면 미래를 내다보는 선지자요?"

그가 말했다.

"선지자보다는 후지자라고 할 수 있습니다."

촌부가 중얼거렸다.

"후지자라."

그가 대꾸했다.

"그렇습니다."

촌부가 그의 행색을 쓱 훑어보았다.

"지금 어디를 가는 길이오? 방향이 같다면 태워 줄 수 있소."

그가 허리를 굽실하고 말했다.

"그렇지 않아도 태워달라고 하려던 참이었습니다."

촌부가 수레에 오르기를 기다려 말했다.

"당신이 생각하는 부란 무엇이오?"

그가 수레 한쪽에 좌정한 뒤 말했다.

"부는 쾌락을 멍들게 하고, 근심과 걱정의 근원이 되는 것이라고 생각합니다."

촌부가 가벼운 표정으로 물었다.

"그럼 가난은 무엇이오?"

그가 진지한 얼굴로 대답했다.

"가난은 신에 접근하는 길이라고 생각합니다. 신에 접근할 때 인간은 그 마음이 비워지고 겸허해지기 때문이지요."

촌부가 또 다시 물었다.

"그럼 행복과 불행은 무엇이고, 어떤 것이오?"

그가 잠시 생각한 뒤 대답했다.

"행복과 불행은 같은 지붕 아래 살고 있는 촌수 없는 이웃입니다. 번영 바로 옆방에 퇴보가 살고, 성공 바로 옆방에 실패가 살고, 슬픔 바로 옆방에 기쁨이 살고, 창조 바로 옆방에 파괴가 살고, 희망 바로 옆방에 절망이 살고, 쾌락 바로 옆방에 파멸이 살고 있지요. 그런 의미에서 행복과 불행은 떨어질 수 없는 한몸과 같은 것입니다."

촌부가 말했다.

"내가 십오 년 동안 수레를 끌고 다니며 사람을 만났지만, 오늘 비로소 인간을 찾은 것 같소."

그가 말했다.

"제가 인간이라면, 이 세상 사람들은 신일지도 모릅니다."

촌부가 말했다.

"그대는 과연 인간 중에 인간이오."

3 악장(惡章)

85

사랑은 인간이 추구하는 최고의 목적이다

그는 촌부와 헤어져 길을 가다가 꽃을 따는 여자를 발견했다. 여자는 50대로 보였으며, 바구니에 꽃을 따서 담고 있었다. 꽃장식과 손잡이가 달린 사각 바구니는 이미 각종 꽃들로 가득했다. 이상한 것은 여자가 가끔씩 꽃잎을 떼어 내 먹는다는 사실이었다. 즉 어떤 꽃은 바구니에 담았고, 어떤 꽃은 입에 넣고 맛있게 먹었다. 여자의 그런 모습은 사슴이나 노루, 양의 행동과 다름이 없었다. 그는 꽃을 따는 여자에게 다가가 말을 걸었다.

"그대는 어째서 꽃을 따서 먹는 것입니까?"

여자가 그를 힐끗 보고 대답했다.

"나는 꽃을 먹는 게 아니라, 사랑을 먹고 있는 거예요."

그가 의아한 얼굴로 물었다.

"사랑을 먹는다?"

여자가 태연하게 대답했다.

"사랑은 그 무엇보다 달콤한 꽃이기 때문이에요. 하지만 사랑의 꽃을 따기 위해선 벼랑 끝까지 갈 용기가 있어야 하죠."

그가 머리를 흔들었다.

"내가 알기엔 사랑은 두 개로 쪼개진, 심장을 내려치는 번갯불인 것 같은데요."

여자가 재빨리 말을 받았다.

"맞아요. 하지만 그것을 새로운 하나로 만들고, 불꽃 속에서 깨끗이 순화시키는 것이 바로 사랑이죠."

그가 말했다.

"하긴 사랑은 모든 시간을 재구성하고, 모든 헌 것을 새롭게 만드는 요술지팡이이기도 하죠."

여자가 말했다.

"이 꽃잎처럼 사랑은 한 부분이에요. 그리고 이 꽃송이처럼 사랑은 전체이기도 하고요."

그가 말했다.

"사랑은 잘 차려 입은 예복이고, 사랑은 빛이 나는 관포이고, 사랑은 심장과 머리와 영혼의 지배자지요. 그리고 사랑은 모든 것의 주인이면서 동시에 모든 것의 노예이기도 합니다."

여자가 꽃잎을 따서 주었다.

"이 꽃을 한 번 먹어볼래요?"

그가 꽃잎을 받아 입에 넣었다.

"씁쓸하고 텁텁한 맛이 나는군요."

여자가 미소를 지었다.

"자꾸만 먹다 보면 달콤한 맛이 느껴질 거예요."

그가 정색을 했다.

"사랑을 찾기 위해서 꽃을 먹는 것인가요? 아니면 사랑을 잊기 위해서 꽃을 먹는 것인가요?"

여자가 꽃에 시선을 박았다.

"둘 다일 수도 있어요. 사랑은 아지랑이처럼 잡을 수도 없고, 무지개처럼 가까이 갈 수도 없는 것이기 때문이죠."

그가 여자를 똑바로 응시했다.

"가령 어떤 여인이 꽃을 목숨처럼 아끼고 사랑하면서도 물 주는 것을 잊어버리면 어떻게 될까요? 또 어떤 여인이 꽃을 자신의 생명처럼 존중하면서도 따 먹는 것을 즐긴다면 어떻게 될까요? 그녀가 정말로 꽃을 사랑하고 존중하는 것일까요?"

여자가 꽃을 따서 손에 들었다.

"사랑은 정적인 상태가 아니라, 끊임없이 움직이고 변화하고 서로를 하나이게 만드는 동적인 감정이에요. 즉 사랑은 나 자신의 내적 결합을 확고히 하면서, 나와 주변 세계, 그리고 나와 모든 이와의 위대한 결합을 이루게 하죠. 이 꽃들과 나처럼 한몸이 되면서요."

그가 꽃송이를 어루만졌다.

"만약 그대가 맛있게 먹으면서 그토록 사랑하는 꽃이, 그대를 거부하고 있다면 어떡할 거죠?"

여자가 꽃을 가만히 들여다보았다.

"사랑이 성숙하지 않았을 때는 '네가 필요하기 때문에 널 사랑해.'라고 말하지만, 사랑이 성숙했을 때는 '널 사랑하기 때문에 네가 필요해.'라고 말하지요. 곧 이 말은 내가 이 꽃들에게 하는 고백이에요."

그가 중얼거렸다.

"하긴 사랑이라는 것 자체가, 상대에게 격렬한 호감을 받으려고 하는 저항할 수 없는 소망이긴 하죠."

여자가 결론처럼 말했다.

"우리는 사랑 때문에 죽기도 하고, 사랑의 부재 때문에 죽기도 해요. 또 사랑 때문에 살기도 하고, 사랑 때문에 방황하기도 하고, 사랑 때문에 아픔을 겪기도 하죠. 그리고 사랑 때문에 도시가 건립되고, 사랑 때문에 나라가 망하고, 사랑 때문에 아름다운 시나 노래도 작곡되죠. 그런 의미에서 사랑은 가장 위대한 감정이라고 할 수 있어요."

그가 말했다.

"그럼 그대는 인간은 사랑하지 않나요? 인간과 인간의 사랑…"

여자가 말했다.

"인간과 인간 사이의 사랑은 수레처럼 그 자체에는 아무런 문제가 없어요. 다만 문제가 되는 것은 운전자이며 승객이며 도로일 뿐이죠."

그가 말했다.

"그럼 사랑은 해 본 적이 있습니까?"

여자가 말했다.

"사랑은 그 어떤 것도 미리 만들지 않아요. 사랑, 그것은 생생한 진리의 빛을 순간적으로 발산해 내는 거예요. 즉 진정한 사랑은 기본적 열망이 전혀 의식하지 못하는 상황에서, 뜨거운 마음이 활화산처럼 솟구쳐 오름을 의미해요. 그런 상대를 아직 만나지 못했을 뿐이에요."

그가 말했다.

"사랑을 알기 전까지는 여자도 아직 여자가 아니고, 남자도 아직 남자가 아니라는 말이 있습니다. 따라서 사랑은 남녀 모두가 성숙하기 위해서 반드시 필요한 것 아닐까요?"

여자가 말했다.

"사랑의 고뇌처럼 달콤한 것은 없고, 사랑의 슬픔처럼 즐거운 것은 없으며, 사랑의 괴로움처럼 기쁜 것은 없고, 사랑에 죽는 것처럼 행복한 일은 없어요. 하지만 사랑을 주고 사랑을 받는 것은 태양을 양쪽에서 쪼이는 것과 같아요. 어느 한쪽은 반드시 상처를 입게 마련이죠."

그가 말했다.

"그래서 인간에 대한 사랑을 포기하고 꽃을 사랑한다?"

여자가 말했다.

"만일 내가 사랑을 하게 된다면, 모든 사람을 사랑하고, 세계를 사랑하고, 인생을 사랑할 거예요."

그가 깊은 탄식을 내뱉었다.

"사랑은 인간이 추구하는 최고의 목적인 것을."

86

나는 내 운명의 주인이고, 나는 내 마음의 선장이다

그는 꽃을 먹는 여자와 헤어져 길을 가면서 중얼거렸다. 꽃을 먹는 여자여, 그대가 사랑을 거부한다면, 그대도 사랑으로부터 거부당하게 된다. 그대가 삶을 거부한다면, 그대도 삶으로부터 거부당하게 된다. 우리가 사랑을 추구하는 것은, 사랑이야말로 유일하게 진정한 모험이자 참다운 기쁨이기 때문이다. 우리가 삶을 추구하는 것은, 삶이야말로 유일하게 창조적 경험이자 위대한 도전이기 때문이다.

꽃을 따는 여자여, 사랑은 오로지 사랑을 선물할 뿐이다. 사랑은 오로지 사랑을 헌신할 뿐이다. 그대 이것을 아는가? 사랑은 삶에 있어서 가장 소중한 것이다. 할 수 있는 한 크고 넓고 깊이 사랑하라. 사랑을 주는 것에, 사랑을 받는 것에, 사랑을 시작하는 것에. 그대 이것을 아는가? 사랑은 인간이 추구하는 최고의 목적이고 최선의 가치이다. 노동, 소득, 재산, 명예는 사랑을 성취하는 수단에 불과하다.

꽃을 사랑하는 여자여, 그대는 진실한 사랑을 외면하고 있다. 그대는 진정한 사랑을 두려워하고 있다. 그대 이것을 아는가? 사랑은 죽는 순간까지 사용할 수 있는 영혼의 도장과도 같다. 사랑은 생명이 다하는 순간까지 맑게 타오르는 촛불과도 같다. 사랑은 한 사람의 영혼을 죽는 순간까지 붙들고 있는 불멸의 꽃이다. 사랑은 영원히 꺼지지 않는 불꽃이자, 죽음 이후까지 살아 숨 쉬는 불멸의 혼이다.

꽃을 채집하는 여자여, 사랑하지 말아야겠다고 마음먹지만 뜻대로 안 되는 것같이, 영원히 사랑하려고 해도 뜻대로 되지 않는 것이 사랑이다. 그대 인간의 사랑으로부터 도망치지 말라. 그대 사랑을 두려운 대상으로 보지 말라. 그대 사랑을 먹지 말고 적극 껴안으라. 그가 외치고 있을 때 머리를 목탁처럼 두드리는 남자가 나타났다. 남자는 스님처럼 민둥머리를 했고, 손에는 대나무 통을 들고 있었다. 그가 멀거니 쳐다보자 남자가 말했다.

"사랑을 노래하는 것보다 인생을 노래하는 게 더 낫겠소."

그가 의아한 표정을 지어 보였다.

"대나무로 머리를 두드리면 인생이 뭔지 깨닫게 됩니까?"

민둥머리가 얼굴 가득 미소를 띠었다.

"한 번 두드려 보시오. 두드릴 때마다 인생이 뭔지 들려올 거요."

그가 중얼거리듯 물었다.

"머리를 두드리면 인생이 들려온다?"

민둥머리가 대답했다.

"그렇소. 인생은 고통이고, 고통이 인생이기에 더욱 잘 들리는 것이오."

그가 말했다.

"육체적 고통 없이도 인생은 깨달을 수 있는 것 아닙니까?"

민둥머리가 말했다.

"인생은 고통이 심할수록 더 깊이, 더 심오하게 깨달을 수 있소. 손가락을 불에 태워 보시오. 참다운 인생이 뭔지 금방 알게 될 거요."

그가 말했다.

"고통으로도 깨닫지 못하는 인생이 있다면?"

민둥머리가 말했다.

"그건 인생을 잘못 살고 있는 거요. 참다운 삶을 사는 사람이라면 깨닫지 못할 리가 없소."

그가 따지듯이 말했다.

"사랑과 행복, 기쁨 속에서도 인생의 깨달음이 있지 않소이까?"

민둥머리가 머리를 저었다.

"사랑과 행복, 기쁨의 순간은 너무 짧아서 깨달음 자체가 있을 수 없소."

그가 인상을 찌푸렸다.

"가장 유쾌한 인생은 사색하지 않고, 고민하지 않음에 있지 않습니까?"

민둥머리가 대답했다.

"인생에 있어서 고통, 고난, 고민이 자취를 감추었을 때를 생각해 보시오. 참으로 을씨년스럽기 짝이 없지 않겠소?"

그가 말했다.

"인생은 방금 시작된 농담이다, 라는 말도 있습니다."

민둥머리가 말했다.

"인생의 의미를 잘 음미해 보시오. 인생은 단 한 번밖에 없는 것이오."

그가 말했다.

"인생은 즐거움이며, 또한 지나가는 나그네의 임시 숙소이지 않습니까?"

민둥머리가 말했다.

"인생은 길을 가는 사람의 그림자에 지나지 않소. 한동안 무대 위에서 뒤뚱거리다가 곧 소문조차 들을 수 없게 되는 가련한 배우 같은 것이오."

그가 말했다.

"자기의 존재에 대해서 끊임없이 놀라는 것이 인생 아닙니까?"

민둥머리가 말했다.
"인생은 괴로움도 아니며, 향락도 아니고, 놀라움 또한 아니오. 인생은 우리들이 완수하지 않으면 안 될 의무적인 삶일 뿐이오."
그가 말했다.
"어둠을 원망하고 있는 것보단, 단 하나의 작은 촛불이라도 켜두는 것이 나은 인생이라고 하던데…"
민둥머리가 단정적으로 말했다.
"인생이라는 건 환자 한 사람 한 사람이 침대를 바꿔 보고 싶다는 욕망에 빠져 있는 종합병원이라 할 수 있소. 인간들은 그 종합병원에 수용되어 있는 중병 환자일 뿐이오."
그가 탄식조로 말했다.
"까마귀한테 길을 안내해 달라고 하면, 개가 죽어 있는 곳으로 데려간다는 말이 있던데…"
민둥머리가 말했다.
"나는 내 운명의 주인이고, 나는 내 마음의 선장이오."
그는 머리를 젓고 민둥머리를 지나쳐 갔다.

87

행동의 씨앗을 뿌리면 습관의 열매가 열린다

민둥머리가 한 말은 곧 자신이 하고 싶은 말이었다. 그가 한 말 또한 민둥머리가 하고 싶은 말이었다. 헌데 그와 민둥머리는 서로 상대의 질문을 피하고, 자신의 생각을 말하지 않았다. 그는 시리도록 푸른 하늘을 향해 지팡이를 높이 치켜들었다. 그런 다음 목청을 가다듬고 외쳤다. 푸른 하늘이여, 높은 산이여, 맑은 시냇물이여, 어느 누구의 인생에도 대수롭지 않은 날이란 없다. 우리는 일 년 후면 다 잊어버릴 슬픔을 간직하느라고 무엇과도 바꿀 수 없는 소중한 시간을 낭비하고 있다.

우거진 숲이여, 부는 바람이여, 흘러가는 구름이여, 인생의 오묘한 법칙은 지혜가 깊은 자에게도 쉽게 이해되지 않는다. 그러나 그 사람이 그 신묘한 법칙을 열심히 지켜감에 따라 서서히 깨닫게 된다. 굵은 나무여, 커다란 바위여, 높은 고개여, 나는 아무래도 한 사람의 여행하는 범자, 한 개의 편로(便路)에 지나지 않는 것 같다. 나는 아무래도 한 사람의 악인, 한 개의 험로(險路)에 지나지 않는 것 같다. 신이여, 그대들인들 그 이상이겠는가? 만물이여, 그대들인들 그 이하이겠는가? 인간이여, 그대들인들 그 이상이고 그 이하이겠는가?

아름다운 꽃이여, 꿀을 빠는 나비여, 숲을 노래하는 매미여, 그대들이 만 년을 살게 되더라도 지금 살고 있는 생과 달라지는 건 하나도 없다. 다만 좀 더 잘 보냈으면 하는 생에 대한 아쉬움은 남게 마련이다. 그리하여 가장 긴 생이란 때로는 가장 짧은 삶을 뜻하기도 한다. 길가의 풀이여, 물속의 수초여, 연못의 갈대여, 생이란 괴로울 때가 있고 즐거울 때가 있다. 고락이 서로 접하고 교대하는 가운데 심신이 올바르게 연마되어 가는 것이 삶이다. 또한 행복과 평화는 끊임없이 부딪치고 충돌하는 가운데서 얻은 것이라야 생명이 긴 법이다.

아직 깊은 고통을 경험하지 못한 인생이 어찌 깊은 즐거움을 맛볼 수 있을 것인가? 아직 절망의 깊은 나락 속으로 빠져 보지 못한 인생이 어찌 깊은 행복을 맛볼 수 있을 것인가? 홀로 선 소나무여, 뿌리 깊은 느티나무여, 오래 된 참나무여, 고통을 바탕으로 하지 않은 성과는 기초 없이 세운 집과 같아서 언제 무너질지 모른다. 인생은 고통과 즐거움이 교차해 흐르는 물속에서 떠내려가는 한 조각의 나무이다. 또한 행과 불행이 교대로 흘러가는 동안 숭고한 정신을 얻게 되는 것이 생의 참모습이다.

그때 마침 소쩍새가 숲속 깊은 곳에서 청량하게 울었다. 소쩍새의 울음에 부응하는 것처럼 종달새도 하늘 높이 날았다. 그는 소쩍새와 종달새의 소리를 들으며 외침을 이어갔다. 혼자서 슬피 우는 소쩍새여, 하늘 높이 나는 종달새여, 인생에 있어 가장 중요한 것은 실패했다고 낙심하지 않는 것이며, 성공했다고 기쁨에 도취되지 않는 것이다. 길가에 뒹구는 돌이여, 물속에 박혀 있는 자갈이여, 종이라고 하는 것은 치면 소리가 난다. 쳐도 소리가 나지 않는 것은 세상에서 버려진 종이다.

거울이란 것은 비추면 그림자가 나타난다. 비추어도 그림자가 나타나지 않는 것은 세상에서 버려진 거울이다. 보통 사람이란 사랑하면 따라온다. 사랑해도 따라오지 않는 사람은 세상에서 버려진 사람이다. 나무를 휘감은 넝쿨장미여, 잡초를 뒤덮은 칡넝쿨이여, 사방으로 뻗은 싸리나무여, 행동의 씨앗을 뿌리면 습관의 열매가 열리고, 습관의 씨앗을 뿌리면 성격의 열매가 열리고, 성격의 씨앗을 뿌리면 운명의 열매가 열린다.

숲속에 살고 있는 모든 동물이여, 험한 산을 오르려면 처음에는 잠에서 깬 사슴처럼 천천히 걸어야 한다. 그런 다음 숨을 고르며 중간 지점에 도달하고, 물을 마신 표범처럼 단숨에 정상까지 달려가야 한다. 삶은 혼자서 긴 거리를 걸어가며 느끼는 고독이며 슬픔이며 고통이다. 생이란 혼자서 어둠 속의 길을 찾는 외로운 투쟁이고 경쟁이고 싸움이다. 만물의 영장인 인간이여, 현재나 과거나 미래에 있어 이 말은 잊지 말라. 삶은 헛된 꿈이 아니다. 삶은 헛된 노력이 아니다. 삶은 헛된 걸음이 아니다. 삶은 영원을 바탕으로 하고, 희망에 싸여 있는, 존귀하고도 존귀한 실재이다.

88

삶은 죽음의 즐거운 노래이다

그는 산길을 가다가 발가벗고 목욕하는 촌로를 만났다. 촌로는 폭포수 속에 몸을 담그고 기분 좋은 듯 흥얼거렸다. 그는 폭포 가장자리에 앉아서 촌로의 혼잣말소리를 들었다. '노동은 생활의 꽃이요, 삶의 보람이요, 마음의 기쁨이다. 청결은 육체의 노래요, 몸의 미소요, 마음의 환희. 물은 생명의 도구요, 나무의 친구요, 산의 음악이다. 물방울은 공기의 흐름이요, 대지의 생명수요, 바람의 나부낌이다. 기쁨은 산자의 노래요, 죽은 자의 영혼이요, 나그네의 한숨이다.' 그가 지켜본다는 걸 알아챘는지 촌로가 흥얼거림을 멈추었다. 그는 삿갓을 벗어 바위에 올려놓고 촌로에게 물었다.

"기쁨은 어떻게 시작되는 것입니까?"

촌로가 물속에 앉은 채 대답했다.

"가장 작은 기쁨은 타인을 즐겁게 해 주는 데서 시작되는 것이오."

그가 잠시 생각한 뒤 물었다.

"그럼 가장 큰 기쁨은 어디서 비롯되는 겁니까?"

촌로가 지체 없이 대답했다.

"인생의 참된 기쁨… 즉 가장 큰 기쁨은 자신보다 못한 사람들과 같이 생활하는 것에 있소."

그가 말했다.

"그렇다면 기쁨의 존재는 무엇입니까?"

촌로가 말했다.

"그 어떤 기쁨도 등에는 고통을 업고 있다오."

그가 말했다.

"구체적으로 말한다면?"

촌로가 자세를 가다듬고 말했다.

"기쁨에서 모든 생물이 태어나고, 기쁨으로써 모든 생물이 살고, 기쁨을 향해 모든 것이 나아가고, 기쁨으로 인해 만물이 돌아가는 것이오. 다시 말해 기쁨은 고통이고, 고통은 모든 존재, 즉 기쁨의 모체이자 삶의 근원이고, 삶은 죽음의 즐거운 노래라 할 수 있소."

그가 떨어지는 물을 보면서 물었다.

"기쁨의 순간은 얼마나 긴 것입니까?"

촌로가 물속에서 대답했다.

"기쁨도 신열과 마찬가지로 단 하루, 단 한 시간, 단 한 순간 뿐의 일이오. 즉 기쁨은 한곳에 머물러 있지도 않고, 어떤 곳을 향해 나아가지도 않고, 어떤 것을 찾아다니지도 않소. 기쁨이라는 짧은 생명체는 금방 왔다가, 곧 날개를 펼쳐서 멀리 날아가는 존재라오."

그가 다시 물었다.

"기쁨과 고민의 차이는 무엇입니까?"

촌로가 대답했다.

"한 치의 기쁨마다 반드시 한 자의 고민이 있소."

그가 말했다.

"선생께서는 지금 기쁨 속에 있습니까?"

촌로가 말했다.

"보다시피 발가벗고 물속에 있으니 기쁠 수밖에 없지 않겠소?"

그가 말했다.

"물속에서 몸을 씻는 사람이라도 슬픔을 가질 수 있지 않습니까?"

촌로가 말했다.

"그것은 자신의 몸과 마음을 사랑하지 않는 자의 태도요."

그가 말했다.

"저도 몸을 씻으면 기쁨이 마음속으로 들어올까요?"

촌로가 말했다.

"그 구태스럽고 답답한 옷을 벗어 던지고 들어와 보시오. 천국이 따로 없을 것이오."

그는 촌로의 말대로 도포를 벗고, 바지저고리를 벗고, 속옷을 벗고 물속으로 들어갔다. 이른 여름이었음에도 물속은 얼음장처럼 차가웠다. 그가 멈칫거리고 있자 촌로가 미소를 띠었다.

"물속 깊이 몸을 담가 보시오. 그러면 기쁨이 날개처럼 솟아오를 테니."

그는 촌로의 말대로 몸을 천천히 물속에 담갔다. 이가 부딪치도록 차갑던 물이 차츰 따듯해지면서 마음이 풀어졌다. 촌로가 그의 거무스름한 피부를 보면서 껄껄 웃었다.

"십 년은 씻지 않고 산 것 같구려."

그가 수줍게 말했다.

"십 년 동안 세탁하지 않은 결괍니다."

촌로가 옷을 가리켰다.

"그렇다면 이 기회에 저 옷들도 깨끗이 씻어 주시오. 기쁨이 두 배로 뛰어오를 테니."

그는 잠시 고민한 뒤 도포와 바지저고리, 속옷을 물속으로 끌어들였다. 투명하도록 맑은 물은 그의 옷으로 인해 구정물이 되었다. 촌로가 쏟아지는 폭포수 아래쪽에 가부좌를 틀며 말했다.

"기쁨이 있는 곳에서 사람과 사람 사이의 결합이 이루어지는 것이오. 사람과 사람 사이의 결합이 있는 곳에서 즐거움이 찾아오는 법이고, 사람과 사람 사이의 교류가 기쁨을 만드는 것이오. 우리 두 사람이 벌거벗고 마주앉았으니 기쁨이 두 배가될 거요."

그가 물속에서 물었다.

"늦게 찾아오는 기쁨은 늦게 떠나고, 일찍 찾아오는 기쁨은 일찍 떠나겠지요?"

촌로가 미소를 지었다.

"기쁨을 자신한테 묶어 두는 사람은 날개달린 인생을 파괴하는 것이나 마찬가지요. 그러나 기쁨이 날아갈 때 그것에 키스하는 사람은 영원한 해돋이에서 사는 것이오."

89

인간의 죽음은 가장 최후의 잠이고, 신의 죽음은 가장 최초의 각성이다

때에 전 옷을 빨아 입자 몸이 날아갈 것처럼 가뿐해졌다. 그는 콧소리를 흥얼거리며 산속 길을 걸어갔다. 길을 가는 사람은 아무도 없었으며, 이따금씩 소쩍새가 울었다. 그는 냇가를 가로지르는 다리를 건너가다가 까마귀를 보았다. 한 마리의 까마귀는 늙은 참나무 가지에서 울고 있었다. 그는 문득 까마귀에게 하고 싶은 말이 떠올랐다.

까마귀여, 나뭇가지에 홀로 앉아 죽음을 노래하지 말라. 죽음이란 한 사람의 여행자도 돌아오지 않은 미지의 나라로 여행이다. 그대 이 세상에서 가장 힘든 일은 옳게 죽는 일인 것을 아는가? 그대 인간에게 가장 고통스러운 죽음은 미리 아는 죽음인 것을 아는가? 그대 죽음으로써 모든 비극은 끝나고, 탄생으로써 모든 희극이 시작된다는 것을 아는가? 그대 만물 중에 생명을 가진 것은 반드시 죽음을 면치 못한다는 것을 아는가?

까마귀여, 죽음은 지나가는 산들바람을 타고 와서 아름다운 꽃잎 속에 숨는다는 것을 아는가? 그대 죽음은 이 세상 무엇보다 무서운 모험이자, 이 세상 무엇보다 짜릿한 경험이라는 것을 아는가? 그대 신이 사랑하는 자 일찍 죽고, 신이 저주하는 자 늦게 죽는다는 것을 아는가? 그대 생명이 붙어 있는 것은 반드시 죽고, 저승에 가서 영원한 생명을 받는다는 것을 아는가?

명예로운 죽음은 복된 삶보다 값지고, 나쁜 죽음은 사악한 삶보다 못하다. 소크라테스의 죽음은 위대하지만, 가롯 유다의 죽음은 비열하다. 네로 클라우디우스 드루수스의 죽음은 비열하지만, 예수 크리스트의 죽음은 위대하다. 모든 죽음은 새로운 생명의 시작이고, 모든 삶은 새로운 죽음의 시작이다. 까마귀가 그의 말을 들은 것처럼 까악 까악 울었다. 그는 까마귀가 앉아 있는 참나무 밑으로 다가가서 소리쳤다.

까마귀여, 보리가 싹을 틔우기 위해서 씨는 반드시 죽어야 하고, 호박이 열리기 위해서 호박넝쿨은 반드시 죽어야 한다는 것을 아는가? 그대 죽음은 때로는 태산보다 무겁고, 때로는 새털보다 가볍다는 것을 아는가? 그대 사느냐, 죽느냐, 그것이 문제가 아니라, 어떻게 사느냐, 어떻게 죽느냐가 문제라는 것을 아는가? 그대 이 세상에 죽음만큼 확실한 것은 없고, 이 세상에 삶만큼 불확실한 것은 없다는 것을 아는가?

그대 우리들이 살아 있는 동안에는 죽음은 오지 않고, 죽음이 왔을 때는 우리는 이미 살아 있지 않다는 것을 아는가? 그대 죽은 자에게 신은 생명을 되붙여 주고, 산 자에게 신은 고통을 덧붙여 준다는 것을 아는가? 그대 죽음 그것은 길고 싸늘한 겨울밤에 불과하고, 삶, 그것은 무더운 여름날 낮에 불과하다는 것을 아는가? 그대 한 명의 죽음은 비극이고, 천 명의 죽음은 살육이고, 만 명의 죽음은 혁명이라는 것을 아는가?

까마귀여, 수전노가 할 수 있는 유일한 선행은 빨리 죽는 일이고, 봉사자가 할 수 있는 유일한 악행은 오래 사는 일이다. 까마귀여, 죽음은 인간에게 있어서 고생으로부터의 해방이고, 삶은 인간에게 있어서 고통 속으로의 돌진이다. 까마귀여, 인간의 죽음은 가장 최후의 잠이고, 신의 죽음은 가장 최초의 각성이다. 까마귀여, 그대 이것을 알라. 그대 이것을 느끼라. 그대 이것을 노래하라. 그대 이것을 축복하라.

90

죽음은 인생을 영원하고 신성하게 만든다

그는 길을 가다가 초상집을 발견하고 들어갔다. 초상집에서는 많은 사람들이 문상을 하고, 곡을 올리고, 음식을 먹었다. 그는 하루 종일 먹은 게 없다는 생각을 떠올리고 대청으로 올라갔다. 그를 발견한 상주가 감동한 것처럼 소리 높여 곡을 했다. 그는 죽은 사람 앞으로 나아가 향을 피우고 절을 올렸다. 시골 중에서도 기와집에 차려진 상갓집은 조선시대의 상례(喪禮) 그대로였다. 그는 반가운 마음에 상주들과 곡을 하고 마당으로 내려섰다.

그의 행색을 본 문상객들이 마당에 차려진 술상으로 정중히 안내했다. 그는 처음 만난 문상객들과 어울려 술과 밥과 고기를 먹었다. 술이 몇 순배 들어가자 저절로 말이 흘러나왔다. 그대들이여, 걱정과 근심 속에 살아온 세상을 즐겁고 편안한 마음으로 떠난 이는 행복하다. 고통과 절망 속에서 살아온 세상을 기쁘고 행복한 마음으로 떠난 이는 즐겁다. 인간의 삶은 짧지만 죽음은 인생을 영원하고 신성하게 만든다. 그대들이여, 한 인간이 죽기 전에 불행한 사람이라고 단정 짓지 말라.

한 인간의 행불행은 죽고 난 다음에야 제대로 평가된다. 한 인간의 성공과 실패는 죽고 난 다음에야 정확히 평가된다. 그대들 기쁜 마음으로 사자를 보내라. 산 자의 기쁨이야말로 사자의 외로운 영혼을 위해서 반드시 필요하다. 슬픔으로부터 일어나는 기쁨, 슬픔으로부터 발견하는 기쁨은 누구든지 빼앗아 갈 수 없다. 그러나 우리가 그에 의해 명예를 얻고 싶어 한다면, 그 기쁨은 방해를 받을 것이다. 왜냐하면 우리는 대부분 최초의 죽은 사람이 아니기 때문이다. 그의 말을 듣던 60대 남자가 눈을 크게 뜨고 물었다.

"댁은 어디서 온 누구요?"

그가 상체를 숙이며 말했다.

"고인의 명복을 빌러 온 구친입니다."

남자가 약간 목소리를 높였다.

"구친인데 기쁨이니 뭐니 떠드는 거요?"

그가 다시 한 번 정중히 목례했다.

"술에 취해 혼자 중얼거린 것뿐입니다."

남자가 기분 나쁘다는 투로 말했다.

"술에 취해도 그런 소리는 마쇼."

그는 술을 한 잔 시원스럽게 들이켜고 자리에서 일어섰다. 그리고 지팡이와 삿갓을 집어 들고 대문을 향해 걸어갔다. 인생의 벗이여, 드디어 이승의 가시밭길에서 저승의 비단길로 갔구려. 내 마음은 상처투성이고, 내 몸은 북극 얼음처럼 식어가고 있다네. 죽음을 인식하고, 삶의 고통을 느끼고, 스스로 목숨을 끊는 일이야말로 훌륭한 선택이지. 쉽사리 죽을 수 없었거든 내게 말하게. 그럼 내가 소리쳐 주겠네.

서라! 살아라! 죽지 않으면 안 되겠거든 선 채로 죽어라! 선 채로 죽지 못하겠거든 엎어져 죽어라! 엎어져 죽지 못하겠거든 자빠져 죽어라! 자네도 죽음이 무서웠나? 자네도 저승이 두려웠나? 자네도 미지로의 여행이 공포스러웠나? 하긴 죽음보다 죽음의 수반물이 죽음을 더 두렵게 만드는 것이지. 자네도 알고 있겠지만, 죽음은 위대한 의사라네. 어떤 견디기 어려운 고통과 슬픔도 치료해 주지. 사람은 처음 호흡하는 순간부터 죽어야 할 운명을 부여받은 슬픈 존재라는 것도 알고 있겠지?

자네처럼 나도 죽어 간다는 사실을 조금도 두려워하지 않는다네. 지금 죽는다면 얼마나 즐거울까 하는 생각마저 든다네. 하지만 나도 생명으로 태어난 이상 삶의 보람이 느껴질 때까지 살아갈 의무가 있지 않겠나? 자네가 말했지. 마음의 영생을 맘껏 누리라고. 영구히 삶의 기쁨을 누리라고. 영원히 사랑하고 즐거워하고 행복하라고. 내가 영원히 살 것이라고 생각했겠나? 사는 것이 죽는 것보다 더 힘든 법이라네.

나는 일찍이 자네가 편안한 죽음의 문으로 들어갈 것을 예감했지. 이렇게 갑자기 죽음을 선택하리라는 것은 몰랐지만 말일세. 물론 죽음이라는 것이 미리 예언하고 찾아오는 것은 아니지만 말이네. 자네도 알고 있겠지? 일생의 완성을 위해 노력하는 사람에겐 죽음이라는 것이 있을 수 없다는 걸. 그 사람이 원하고 바라는 것은 모두 그 사람의 의지와 정신과 영혼 속에 녹아 있기 때문이라네. 자네는 그런 사람이었지. 모든 인간들이 바라는 삶, 인생, 행복, 목표를 위해 뛰어갔지. 뛰다가 숨이 멈출 것처럼 달리고 또 달렸지.

나는 죽음이 또 다른 삶으로 인도한다고 믿고 싶지는 않다네. 죽음, 그것은 한 번 닫히면 그만인 문이니까 말일세. 인생의 벗이여, 자네가 어떻게 죽었든, 그것이 한창 일하는 도중이었으면 좋겠네. 사실 죽음이라는 것이 삶인지, 생명이라는 것이 죽음인지 누가 알겠나? 사실 삶이라는 것이 삶인지, 죽음이라는 것이 죽음인지 누가 알겠나? 인간의 죽음이나 삶은 어차피 아주 작은 자연 질서의 일부이니 말일세. 자네도 알다시피 현명한 자나, 어리석은 자나, 빈자나 부자나, 다 같이 죽음 앞에서는 평등하다네. 자연 앞에서 모두가 예외 없이 평등한 것처럼 말일세.

죽음은 인생의 종말인 동시에 삶이 완성되는 아름다운 순간이라네. 그야말로 죽음은 인생의 벌이 아니라, 새로운 인생의 신비로운 선물이라네. 그런 의미에서 자네의 죽음은 목표를 달성한 행복한 죽음이야. 갑작스런 죽음으로의 여행도 그래서 행복할 수 있다네. 자네도 알고 있겠지만, 역사는 마지막 모습만 기억한다네. 자네도 느끼고 있었지만, 삶은 도생(圖生)의 모습만 기억한다네. 자네도 짐작했겠지만, 죽음은 과거의 모습만 기억한다네. 그런 의미에서 자네의 죽음은 역사보다 위대하다네.

91

신의 율법은 처세 철학의 법칙으로 대치되었다

그는 상갓집을 나와 길을 가다가 장미넝쿨에 뛰어드는 여자를 만났다. 여자는 40대 후반으로 보였으며, 발가벗은 채 장미넝쿨에 몸을 던지고 있었다. 몸 전체에 상처가 나고 피가 흘러도 아랑곳하지 않았다. 그는 어찌할 바를 모른 채 여자의 행동을 지켜보았다. 그가 보고 있다는 것을 아는지 모르는지 여자는 같은 행동을 반복했다. 이제 여자의 몸은 흘러내린 피와 상처로 인해 처참할 지경이었다. 그대로 내버려 둔다면 목숨이 위태로울 판이었다. 그는 잠시 머뭇거리다가 여자 쪽으로 달려가 외쳤다.
"그대는 왜 장미넝쿨에 몸을 던지는 것이오?"
여자가 두 손으로 국부를 가렸다.
"고통의 한계… 그 끝을 느껴 보려고 합니다."
그가 안타깝다는 표정을 지었다.
"무슨 이유로 고통의 한계를 느끼려고 하는 겁니까?"
여자가 태연한 얼굴로 말했다.
"참다운 고통은 인간을 인간답게 만들거든요."
그가 괴나리봇짐을 풀어 수건을 꺼냈다.
"이것으로 흐른 피를 닦으시오."
여자가 넝쿨 쪽으로 몸을 기울였다.
"피를 닦으려고 했다면, 가시넝쿨에 몸을 던지지도 않았을 거예요."
그가 수건을 손에 든 채 소리쳤다.
"당장 행동을 멈추시오. 냉철함은 오히려 인간을 현명하게 만듭니다."

여자가 완강히 고개를 저었다.

"지혜로움은 인생을 견딜 만한 것으로 만들기도 한답니다."

그가 재빨리 여자 앞을 가로막았다.

"고통을 느끼는 방법도 여러 가진데, 왜 자학적인 행위를 선택한 겁니까?"

여자가 장미넝쿨을 움켜쥔 채 말했다.

"굶주림에 시달려 본 사람만이 쌀 한 톨의 귀중함을 알고, 삶과 죽음의 갈등을 겪어본 사람만이 생명의 존귀함을 아는 법이지요. 또한 극심한 고통을 느껴 본 사람만이 진정한 기쁨을 알고, 자신의 온몸을 내던져 신을 찾은 사람만이 신의 존재를 느끼게 됩니다."

그가 안타까운 얼굴로 말했다.

"혹시 종교나 믿음 때문에 이러는 겁니까?"

여자가 냉정하게 잘라 말했다.

"종교를 사랑하고, 그것의 진리를 지키기 위해서 내 몸을 혹사시키는 것은, 그 무엇보다 숭고한 일입니다."

그가 여자의 팔을 붙잡았다.

"개인의 방종한 자유는 구시대의 유물이고, 개인의 절제된 자유는 새 시대의 종교라는 걸 모릅니까?"

여자가 그의 손을 뿌리쳤다.

"자유의 억제와 자기 희생은 종교의 제일 요소예요. 이것을 신학용어로 번역한다면 신의 사랑이 됩니다."

그가 애원조로 말했다.

"세상에는 이미 참다운 종교라는 것은 존재하지 않습니다. 영원의 낙원과 지옥과 신의 율법은 처세 철학의 법칙으로 대치되었어요."

여자가 잘라 말했다.

"종교는 아직도 생명의 소금이며, 영혼의 안식처이고, 삶의 무궁한 힘입니다."

그가 말했다.

"종교가 없는 과학은 절름발이고, 과학이 없는 종교는 장님일 뿐이에요."

여자가 말했다.

"욕망과 탐욕의 사회에서 종교가 할 일은 오로지 자신의 아낌없는 희생과 처절한 기도뿐입니다."

그가 말했다.

"인간들에게 종교 대신 지혜를 말하고 지식을 전파하십시오. 그러면 그들의 일생은 이로부터 많은 도움을 받을 것입니다. 하지만 인간들한테 종교를 가르치면, 그들의 죽음만큼은 행복할 것입니다."

여자가 그를 빤히 쳐다보았다.

"당신은 신의 모습을 한 악마인가요? 아니면 악마의 모습을 한 신인가요?"

그가 여자의 몸에 흐른 피를 닦아 주었다.

"나는 그 둘 다라고 할 수 있습니다."

92

인간은 신이 만든 피조물 중 최악의 피조물이다

그는 장미넝쿨에 몸을 던지는 여자를 집에 데려다 주었다. 여자는 종신서약을 마친 수녀였으며, 혼자서 고성당을 지키는 수도자였다. 그는 굽이치는 시골길을 걸어가면서 생각했다. 도시만이 인간들의 삶의 각축장이 아니라, 시골도 인간들이 경쟁하며 살아가는 각축장이라는 것을. 그는 도포를 벗어 괴나리봇짐에 넣고, 바지저고리 차림으로 길을 걸었다. 옷을 한 겹 벗었지만 날씨는 여전히 더웠으며, 땀은 비 오듯 쏟아졌다. 그는 몇 백 년은 족히 산 것 같은 느티나무 아래서 걸음을 멈추었다.

느티나무 아래쪽으로는 시냇물이 맑은 소리를 내며 흘렀다. 오랜만에 청량한 물소리를 들으니 온몸에서 생명력이 솟구쳐 올랐다. 그는 잠시 느티나무 그늘에 앉아 상념에 잠겼다. 과연 신은 무엇인가? 과연 종교는 무엇인가? 과연 선과 악은 무엇인가? 과연 죄와 벌은 무엇인가? 이것들을 추종하는 인간은 과연 무엇인가? 신을 부르짖는 목자는 과연 무엇인가? 종교에 맹목적인 여자는 과연 무엇인가? 신은 아무것도 원하지 않는 자이다. 신은 인간을 만들어 놓고 방치해 버렸기 때문이다.

종교는 인간의 발명품 중에 최고의 발명품이다. 인간이 종교에 자신의 영혼을 맡기고 편하게 살기 때문이다. 선은 인간이 만든 최악의 개념이다. 인간은 자신들이 만든 선에 얽매여 살기 때문이다. 악은 인간이 만든 최선의 개념이다. 인간들은 자신들이 만든 악을 활용하면서 살기 때문이다. 죄와 벌은 인간이 만든 중용의 개념이다. 인간들은 자신들이 만든 죄를 짓고, 적당히 벌을 받기 때문이다. 인간은 신이 만든 피조물 중 최악의 피조물이다. 인간은 자신을 만든 신을 죽였을 뿐 아니라, 신을 이용하며 살기 때문이다.

목자는 신에 의지해서 살아가는 최악의 인간이다. 그들은 신을 부르짖으면서도 신을 제일 의심하는 자들이기 때문이다. 종교에 맹목적이 된 여자는 무엇인가? 이는 참으로 의문 중에 의문이다. 여자는 처음에 남자를 생산하기 위해 만들어졌다. 그 목적이 자신이 생산한 남자로 인해 깨졌다. 여자는 이제 남자 없이는 아무것도 만들지 못하는 존재로 추락했다. 그 추락한 존재가 이제는 자신을 만든 신을 향해 몸부림치고 있다. 나는 누구를 추종해야 하고, 무슨 종교를 믿어야 하며, 신을 위해 무엇을 해야 하는지를 물으며.

그가 여기까지 생각했을 때 느티나무 위에서 매미가 울었다. 매미 소리는 시냇물소리와 함께 그의 머리를 맑게 만들었다. 그는 한동안 매미소리와 시냇물소리에 취해 있었다. 그때 양동이를 머리에 인 젊은 아낙이 느티나무 앞을 지나갔다. 아낙은 분명히 이 시대의 사람은 아니었다. 흰 무명 치마저고리와 짚신을 반듯하게 신은 모습이 그랬다. 그는 순간 참다운 여자의 모습은 저런 것이라고 생각했다. 하지만 현금의 여자들은 이미 여자다운 맛이 사라지고 없었다. 그는 잠시 접어 두었던 생각에 잠겨들었다.

과연 여자는 무엇인가? 과연 여자의 정체성은 무엇인가? 과연 여자가 만들어진 이유는 무엇인가? 여자란 조물주가 만든 아름다운 실패작이다. 여자란 신이 만든 귀여운 미완성품이다. 여자란 신의 저주를 제일 잘 실현하는 존재이다. 반면 여자는 매우 완성된 악마이다. 여자는 자아가 다섯 개인 다중인격의 소유자이다. 또한 여자는 스스로 완성한 쾌락주의자이다. 그렇다. 여자는 선과 악을 동시에 겸비한 이기적 동물이다. 여자는 타인의 비행은 용서하지만, 자기가 받은 모욕은 사소한 것도 잊지 않기 때문이다.

　강도는 돈이나 생명 중 어느 하나만을 요구한다. 그러나 여자는 그 양쪽을 모두 요구는 존재이다. 여자와 여자는 화합하기가 물과 기름처럼 어렵다. 왜냐하면 두 여인을 화합시키는 것보다, 세계 전체를 화합시키는 편이 더 쉽기 때문이다. 이상적인 여자란 화장품과 수학을 동시에 사랑하는 사람이다. 환상적인 여자란 종교와 현실을 조화롭게 오가는 사람이다. 본능적인 여자란 사랑과 정욕을 동시에 누리는 사람이다. 탐욕적인 여자란 부와 사치를 동시에 즐기는 사람이다. 이기적인 여자란 미모와 사랑을 동시에 추구하는 사람이다.

　여자는 열 살엔 천사, 열다섯 살엔 소녀, 스무 살엔 선녀, 서른 살엔 색녀, 마흔 살엔 악녀, 여든 살엔 마녀, 백 살엔 귀신, 백이십 살엔 혼령이 된다. 여자는 교회에선 성녀, 거리에선 천사, 집에서는 악녀, 잠자리에선 짐승이 된다. 여자는 미친 듯이 사랑하든가, 그렇지 않으면 미친 듯이 증오한다. 여자는 중간과 중용과 중도를 모른다. 여자는 타협과 절충과 공생을 모른다. 여자는 이해와 용서와 관용을 모른다. 신에 대한 사랑과 종교에 대한 믿음과 자신에 대한 판단 또한 같다.

　그렇다. 장미넝쿨에 몸을 던지는 여자는 신을 사랑하는 것이다. 신을 사랑하기 때문에 온몸을 던져, 신에 대한 자신의 신뢰를 증명하는 것이다. 그렇다. 장미넝쿨에 몸을 던지는 수녀는 신과 종교를 추종하는 것이다. 신과 종교를 추종하기 때문에 목숨을 걸고 자신을 증명하고 있는 것이다. 그렇게 결론짓자 마음이 한결 편해졌다.

93

가장 힘든 일은 아무 일도 안하는 것이다

그는 느티나무 아래서 잠을 자다가 다리를 깨무는 느낌에 눈을 떴다. 그의 다리를 물어 댄 것은 몇 마리의 작은 개미였다. 개미들은 줄을 지어 이동하고 있었고, 그 숫자는 헤아릴 수 없이 많았다. 그는 한시도 쉬지 않고 먹을 것을 나르는 개미를 보고 중얼거렸다. 세상에서 제일 즐겁고 훌륭한 일은 전 생애를 통해 일관된 일과 열정을 가지는 것이다. 세상에서 단 일 분도 쉴 수 없을 때처럼 일에 집중하는 행복은 없다.

일하는 것, 이것만이 숨 쉬고, 행동하고, 살아간다는 증거이다. 숨 쉬고 말하고 움직이는 것, 이것만이 죽음을 향해 기쁘게 달려간다는 증거이다. 개미들이여, 그대들 아는가? 그대들이 일을 가진 것이 아니라, 일이 그대들은 가졌다는 것을. 그대들 아는가? 그대들이 삶을 가진 것이 아니라, 죽음이 그대들을 가졌다는 것을. 그대들 아는가? 모든 생명체가 처음에는 일을 만들지만, 조금 지나면 일이 생명체를 만든다는 것을.

그대들 헛되이 휴식을 취하거나, 헛되이 수면에 빠지지 않기를 바란다. 그대들의 삶에 활기를 불어넣어 줄 일과, 죽음을 향해 달려가는 행위를 멈추지 않기를 바란다. 삶에 생기를 주는 것은 휴식이 아니라 힘들고 어려운 일이다. 개미들이여, 그대들의 일을 사랑하라. 그러나 그대들의 업적까지 사랑하지는 말라. 개미들이여, 그대들의 삶을 사랑하라. 그러나 그대들의 죽음까지 사랑하지는 말라. 그대들은 누구보다 열심히 일하는 생명체이다. 그대들은 누구보다 열정적으로 활동하는 생명체이다.

아무리 작은 개미라도 일하겠다고 마음먹으면 무한한 힘이 솟는다. 아무리 보잘 것 없는 개미라도 어려움에 직면하면 무한한 힘을 낼 수 있다. 믿어라, 아무리 작은 개미라도 하겠다는 의지만 있으면 무슨 일이라도 할 수 있다는 것을. 그가 개미를 보고 중얼거리자 촌로가 다가왔다. 촌로는 등에 지게를 지고 있는 80대 노인이었다. 노인이 혼자서 떠들고 있는 그에게 다가와 물었다.

"그대는 지금 누구와 대화를 하는 것이오?"

그가 움직이는 개미들을 가리켰다.

"개미하고 대화를 나누는 중입니다."

노인이 흥미롭다는 표정을 지었다.

"그래 무슨 대화를 나누고 있었소?"

그가 진지한 얼굴로 대답했다.

"일에 대해서 말했습니다."

노인이 중얼거렸다.

"일에 대해서라."

그가 말했다.

"일이라면 개미니까요."

노인이 말했다.

"인간도 일에 파묻혀 살고 있지 않소?"

그가 말했다.

"개미가 하는 일과 인간이 하는 일은 차이가 납니다."

노인이 말했다.

"무슨 차이가 난다는 거요?"

그가 말했다.

"인간은 자신의 욕망을 위해 일하지만, 개미는 오로지 먹을 것을 위해서 일하거든요."

노인이 지게를 벗어 놓았다.

"먹을 것을 위해 일하는 인간도 있지 않소."

그가 풀어헤친 저고리 깃을 여몄다.

"단적으로 말하자면, 인간은 먹을 것을 뛰어넘어 일하고 있습니다."

노인이 그늘 한쪽에 좌정하고 앉았다.

"하긴 사람은 부단히 일하지 않으면 안 되게 태어났지요. 사람이 열심히 일함으로써 살아간다는 의의도, 고등동물이라는 자부심도, 인간답게 죽어 간다는 목적도 찾아낼 수 있으니 말이오."

그가 한 발짝 옆으로 비켜 앉았다.

"이런 말이 있습니다. 일이 즐거우면 인생은 낙원이다. 일이 의무에 불과하면 인생은 지옥이다."

노인이 밀짚모자를 벗고 쓱쓱 부쳤다.

"맞는 말이오. 일은 즐거워야 되는 것이지, 고통스러워서는 안 되는 것이오."

그가 말했다.

"헌데 인간들은 일에 미친 것처럼 살아가고 있지 않습니까?"

노인이 말했다.

"일에 미치지 않고 살아가는 게 더 힘들기 때문이 아니겠소?"

그가 말했다.

"아무리 그래도 인생의 마지막 날까지 일을 하다가 죽는 것은 너무 슬픈 일 아닙니까?"

노인이 말했다.

"해야 할 일을 다 하지 못했다는 사실이 인간을 절망에 빠뜨리니까 그러는 것일 게요."

그가 말했다.

"그걸 누구의 책임이라고 해야 할까요? 인간 자신일까요? 아니면 신 때문일까요?"

노인이 말했다.

"둘 다라고 할 수 있소. 왜냐하면 신이 인간을 만들 때 나가서 일하라고 명령했기 때문이오."

그가 말했다.

"이제 인간은 신의 품을 벗어나 일하고 있지 않습니까?"

노인이 말했다.

"인간이 신의 품을 벗어난 게 아니라, 신이 인간을 버린 것이오."

그가 탄식을 뱉었다.

"아, 그렇군요."

노인이 힐끗 쳐다보았다.

"그대도 일이 싫어서 떠도는 것 아니오?"

그가 떠듬떠듬 말했다.

"나는 일이 싫은 게 아니라, 세상이 싫어서 이러고 다니는 것입니다."

노인이 미소를 지었다.

"그럼 당장 삿갓과 지팡이를 내려놓고 일을 해 보시오. 즐거움과 행복이 찾아올 테니."

그가 중얼거렸다.

"일을 안 한 지가 너무 오래 돼서…"

노인이 말했다.

"하긴 무위에 빠진 자는 무위가 일이지요."

그가 말했다.

"무위도 힘든 일입니다."

노인이 말했다.

"사실 이 세상에서 가장 힘든 일은 아무 일도 안하는 것이오."

94

사랑의 본질은 정신의 불이다

 노인이 떠나자 느티나무 위에서 매미가 울기 시작했다. 한 마리의 매미가 울자 여기저기서 따라서 울었다. 매미들의 울음소리는 마치 교향악단의 합주처럼 요란했다. 그는 문득 매미들이 우는 이유에 대해서 생각해 보았다. 수 년 간 땅 속에서 애벌레로 꿈틀거리다가 땅 위로 나와 일주일을 살다가 가는 삶. 그 짧은 삶 때문이라도 매미들은 최선을 다해 울 수밖에 없었다. 울음소리 그것은 다름이 아니라, 삶을, 짝을, 사랑을 찾는 소리였다. 그는 무릎을 탁 치고 느티나무 위쪽을 행해 소리쳤다.
 울어라, 매미야. 네 짝을 찾아서 울어라. 일주일밖에 주어지지 않은 삶을 위해서 울어라. 일주일밖에 남지 않은 사랑을 위해서 울어라. 사랑은 영원한 삶이기에 죽음보다 강렬하다. 사랑은 천상의 축복이기에 어떤 노래보다 강렬하다. 사랑은 곤경에 대처하도록 신이 부여한 전권이기에 어떤 행위보다 강렬하다. 사랑을 쟁취하기 위해서는 침묵보다 노래하는 것이 좋다. 사랑을 획득하기 위해서는 점잖음보다 튀는 것이 좋다.
 그대들 사랑을 하는 데 많은 대가를 치러야 할 때가 있다. 그러나 사랑하지 않는 데는 더 많은 대가를 치러야 한다. 그대들 사랑에는 죽음과 마찬가지로 상하의 차별이 없다. 거기에서는 목동의 구부러진 지팡이도 제왕의 화려한 지팡이와 다를 게 없다. 그대들 사랑은 봄에 피는 아름다운 꽃과 같다. 온갖 것에 희망을 품게 하고, 훈훈한 향내를 풍기게 한다. 사랑은 향기조차 없는 폐허나 오막살이 집일지라도 기쁨을 만들게 한다.

사랑은 이성과 절제의 귀결도 아니고, 지성과 억제의 결과도 아니다. 그것은 환희에 찬 생명활동이며, 희망으로 향하는 긍정의 노래이다. 사랑은 아무리 막아도 모든 것 속으로 뚫고 들어간다. 사랑은 영원히 그 날개를 퍼덕이고 앞으로 나아간다. 사랑은 향락의 거친 꿈도 아니고, 사랑은 미친 듯한 정욕의 광기도 아니다. 사랑이란 선이고, 명예이며, 평화이고, 신성한 헌신이다. 사랑은 단순하면서도 거친 원시적 행위이다.

그것은 곧 투쟁이다. 그것은 곧 질투이다. 그것은 곧 시기이다. 그것은 곧 경쟁이다. 그것은 곧 타오르는 불이다. 그것은 자신을 죽임으로써 상대를 살리는 숭고한 행위이다. 그대들 뜨겁게 사랑을 하는 자의 귀에는 아무리 낮은 소리라도 다 들린다. 매미들이여 아는가? 열렬히 사랑을 하는 자의 눈은 아무리 흐릿한 형체라도 다 알아본다. 사랑은 사랑 외엔 아무것도 주지 않으며, 사랑은 사랑 외엔 아무것도 받지 않는다. 사랑은 소유하지도 소유당할 수도 없는 것이며, 사랑은 사랑을 주고, 사랑을 받음으로써 충분한 것이다

매미들이여 이것을 알라. 죽음은 시시각각으로 사랑을 새롭게 한다. 삶은 시시각각 사랑을 꽃피우게 한다. 삶과 죽음은 시시각각으로 사랑을 창조하고 파괴한다. 사랑은 집착이 아니고 원망의 뿌리를 가지고 있지도 않다. 사랑은 사고와 감정을 넘어선 천상의 아름다움이다. 사랑은 메마른 사람의 영혼을 살찌우는 신성한 합주곡이다. 사랑에 빠진 자만이 참다운 삶을 살고 있는 것이다. 사랑을 사랑하는 자만이 희망의 노래를 부르는 것이다.

매미들이여, 참다운 사랑의 힘은 태산보다도 높고 강하다. 진정한 사랑의 힘은 대해보다도 넓고 크다. 진실한 사랑의 힘은 불가능한 것도 가능하게 만든다. 그 힘은 어떠한 황금일지라도 무너뜨리지 못한다. 그 열정은 화산의 분화구보다 뜨겁고, 태양의 불

꽃보다도 뜨겁다. 매미들이여, 사랑의 본질은 정신의 불이다. 그대들 죽도록 사랑하라. 매미들이여, 사랑의 본성은 영혼의 불사름이다. 그대들 죽는 순간까지 사랑하라.

95

선의 끝은 악이고, 악의 끝은 선이다

그가 소리치고 있을 때, 자신의 몸을 채찍으로 때리는 남자가 다가왔다. 남자는 50대 중반이었으며, 튼튼하고 강건한 몸매의 소유자였다. 특이한 것은 상체는 벌거벗은 상태였고, 하체는 안이 비치는 쫄바지 차림이라는 점이었다. 또한 남자는 자신을 학대하는 행위만이 최선의 구원인 것처럼 행동했다. 남자가 말가죽 채찍으로 상체를 후려치며 중얼거렸다. '악한 일에 징벌이 빠르게 실행되지 않아서, 사람들이 악을 행하기에 마음이 더욱 담대하게 된다.' 그가 놀란 표정을 지으며 남자에게 물었다.

"그대는 왜 자신을 채찍질 하는 겁니까?"

남자가 피가 묻은 채찍을 모아들었다.

"선을 행하기 위해서는 각고의 노력이 필요합니다. 하지만 악을 제거하기 위해서는 더 한층 커다란 노력이 필요하지요."

그가 애써 침착함을 유지하며 말했다.

"악은 인격과 더불어 시작되는 것 아닙니까?"

남자가 벌거벗은 몸에 채찍을 휘둘렀다.

"사람은 덕보다 악으로 더 쉽게 지배되기 마련이에요. 누군가는 그걸 강력히 경고해야 합니다."

그가 피범벅이 된 남자를 흘깃 보았다.

"선의 끝은 악이고, 악의 끝은 선이라는 말이 있는데…"

남자가 채찍을 머리 위로 치켜들었다.

"악을 피하기 위해서 위장된 선을 행하는 것은 진정한 선일 수가 없습니다."

그가 움츠러든 목소리로 말했다.

"쾌락이 유일한 선이고, 불쾌는 유일의 악이라는 말을 어떻게 생각합니까?"

남자가 채찍을 휘두르며 말했다.

"악의 근원을 이루는 것은 돈이나 부가 아니라, 돈이나 부에 대한 끊임없는 욕망과 집착에 있습니다. 즉 인간의 욕망과 집착은 돈을 바탕으로 형성되는 것이며, 돈을 바탕으로 이루어진 것은 절대로 선일 수가 없습니다. 이기심으로 똘똘 뭉쳐진 관계나, 욕심으로 점철된 애정, 쾌락으로 가득 찬 사랑 또한 마찬가지고요."

그가 남자의 팔을 움켜잡았다.

"채찍으로 자신을 나무라는 것은 양심 때문이겠지요?"

남자가 그의 손을 뿌리쳤다.

"맞습니다. 왜곡되고 비뚤어진 양심 때문이 아니라면 나 자신을 학대할 필요는 없을 테니까요."

그가 안타까운 표정을 지었다.

"지금 어떤 양심의 가책을 느끼고 있는 겁니까?"

남자가 고개를 저으며 말했다.

"양심은 인간이 자기 보존을 위해서 만들어 놓은 최후의 도덕적 감정이자 인류를 지키는 최종의 수호신인데, 나는 그걸 지키지 못했습니다. 아니 노골적으로 위반하고 버리고 짓밟았어요."

그가 말했다.

"그래서 자신한테 채찍질을 한다?"

남자가 말했다.

"더 나쁜 것은 내 마음속에서 일어나는 악마의 마음입니다."

그가 말했다.

"어떤?"

남자가 말했다.

"과연 여자가 관여하지 않는 악마의 마음이 이 세상에 존재할까요?"
그가 말했다.
"그러니까 채찍질이 여자 때문이란 말입니까?"
남자가 말했다.
"사랑하는 여자를 망치고 말았습니다. 마음속에서 불꽃처럼 일어나는 악마의 마음을 이기지 못하고."
그가 말했다.
"여자를 어떻게 했기에?"
남자가 말했다.
"사랑하는 여자의 가슴에 글자를 새겨 넣었습니다."
그가 말했다.
"가슴에 글자를 새겨 넣다니요?"
남자가 말했다.
"다른 사람을 사랑할 수 없도록 내 이니셜을 새겼습니다. 영원히 내 것으로 만들기 위해서요."
그가 중얼거렸다.
"사랑은 희생이며 배려이고, 사랑은 모든 것을 다 주었을 때 가장 풍요로운 것이거늘."
남자가 다시 자신의 몸에 채찍을 휘둘렀다.
"결국 그녀는 죽음을 선택하고 말았습니다."

96

좋은 친구란 두 신체에 깃든 하나의 영혼이다

그는 남자가 가고 난 다음 느티나무 뿌리를 베고 누웠다. 느티나무는 넓은 그늘을 드리우며 주변을 시원하게 만들었다. 둘레는 수십 자가 넘었고, 크고 작은 가지는 사방으로 팔을 벌려 그늘을 만들었다. 수백 년 동안 제자리를 지키며 온갖 시련을 견뎠다고 생각하니 경외심까지 일었다. 그가 돌출된 뿌리를 베고 잠들려 했을 때, 인기척이 들렸다. 그는 감고 있던 눈을 뜨고 사방을 두리번거렸다. 눈에 보이는 건 논과 밭과 개울뿐이었다. 그가 고개를 갸웃거리자 나무 위에서 사람의 목소리가 들렸다.

"여깁니다. 여기."

그가 위쪽을 올려다보며 말했다.

"대체 거기서 무얼 하고 있는 거요?"

남자가 나뭇가지 사이에서 대답했다.

"여기서 살고 있습니다. 나무를 친구 삼아서."

그가 슬그머니 일어나 앉았다.

"나무를 친구 삼아서 산다고요?"

남자가 나무를 툭툭 두드렸다.

"나무는 아무것도 가리지 않고, 그 무엇도 구별하지 않고, 그 어떤 것도 배척하지 않거든요."

그가 중얼거렸다.

"아무것도 구별하지 않아서 나무하고 친구가 되었다?"

남자가 말했다.

"맞습니다. 나무처럼 모든 걸 내주고 헌신하는 친구는 이 세상에 없습니다."
　그가 말했다.
　"이 그늘처럼 말입니까?"
　남자가 말했다.
　"그늘뿐이 아닙니다. 계절이 되면 꽃을 피우고, 바람이 불면 새들을 부르고, 한여름이 되면 사람들을 불러 모으지요."
　그가 말했다.
　"하긴, 좋은 친구는 기쁨과 즐거움과 이로움을 가져다 주는 존재니까요."
　남자가 말했다.
　"내 생각엔 좋은 친구란 두 신체에 깃든 하나의 영혼 같습니다. 서로 떨어질 수 없는 영혼 말이에요."
　그가 말했다.
　"친구를 찾아 헤매는 사람은 불행한 인간이지만, 당신은 친구를 찾아다닐 필요가 없겠군요."
　남자가 말했다.
　"내 친구는 언제나 그 자리에 있고, 항상 나를 따듯하게 품어 줍니다."
　그가 말했다.
　"진정한 친구를 얻는 데는 오래 걸리지만, 잃는 데는 잠시뿐이라는 걸 알면 됩니다."
　남자가 말했다.
　"친구를 잃을 걱정은 하지 않아도 될 것 같습니다. 나무는 품기만 하지 버리지는 않거든요."
　그가 물었다.
　"나무 위에서 사는 게 힘들지 않습니까?"
　남자가 대답했다.

"처음에는 힘이 들었습니다. 하지만 시간이 지나면서 그 어떤 곳보다 편안해졌어요."

그가 재차 물었다.

"원숭이만큼 편하지는 않겠지요?"

남자가 즉시 대답했다.

"이젠 원숭이보다 편합니다. 이 나무에서 산 지가 십 년이 넘었거든요."

그가 놀란 표정을 지었다.

"십 년이나요?"

남자가 미소를 지었다.

"그렇습니다."

그가 다시 물었다.

"그럼 겨울에는 어떻게 합니까?"

남자가 대답했다.

"겨울엔 뿌리와 기둥 사이에 난 틈에서 지냅니다."

그가 탄성을 발했다.

"아. 이 동굴 같은 곳 말입니까?"

남자가 말했다.

"맞습니다. 거기가 겨울둥집니다."

그가 말했다.

"정말로 좋은 친구를 가졌군요."

남자가 말했다.

"모험을 감행하지 않으면, 누구하고도 친구가 될 수 없는 것이지요."

그가 말했다.

"오래 찾아야 하고, 잘 발견이 안 되고, 계속 유지하기도 힘든 것이 친구라는 존잽니다."

남자가 말했다.

"좋은 친구가 생기기를 기다리는 것보다, 스스로가 누군가의 친구가 되었을 때 더 행복한 법이지요."

그가 엉덩이를 털고 일어섰다.

"최악의 고독은 친구가 하나도 없는 것입니다."

97

두 발로 걷는 것은 사람이 아니라 짐승이다

그는 느티나무에서 사는 남자와 헤어져 길을 갔다. 길은 점점 더 좁아지고, 산은 더욱 깊어지고 험해졌다. 그는 들짐승들이 다녔을 듯한 소로를 따라 걸음을 옮겼다. 한참을 올라가자 작은 움막집 같은 것이 보였다. 그가 움막집을 향해 걸음을 재촉할 때, 인기척이 들렸다. 인기척을 낸 건 네 발로 기어 다니는 청년이었다. 30대로 보이는 청년은 실오라기 하나 걸치지 않은 채 동물처럼 움직였다. 그는 놀란 표정으로 청년의 몸놀림을 지켜보았다. 열심히 팔과 다리를 움직이던 청년이 그를 발견하고 물었다.

"어떻게 이 깊은 산속까지 들어오셨습니까?"

그가 거칠어진 숨을 가다듬으며 말했다.

"발이 가는 대로 걷다 보니 이곳까지 왔소."

청년이 짐승처럼 엎드린 자세로 말했다.

"여기는 사람 사는 곳이 아닙니다. 보다시피."

그가 약간 의아하다는 표정을 지었다.

"그럼 그대도 사람이 아니란 말이오?"

청년이 상체를 조금 일으켜 세웠다.

"네 발로 기어 다니는 사람은 없으니까요."

그가 삿갓을 벗어 손에 들었다.

"사람은 이미 절반은 짐승이라는 것을 아시오?"

청년이 앞으로 몇 발자국 걸었다.

"사람이 동물 이하의 존재인 것은 알고 있습니다."

그가 청년을 쳐다보며 말했다.

"사람이 동물과 초인 사이에 맺어진 밧줄인 것도 아시오?"
청년이 그는 마주보며 말했다.
"사람이 신과 악마 사이에 맺어진 썩은 밧줄인 것은 압니다."
그가 말했다.
"동물이 사람으로 불리기 시작한 것은, 직립으로 인해서인 것도 아시오?"
청년이 말했다.
"사람이 신으로 불리기 시작한 것은, 네 발로 엎드려 절하면서부터인 것은 압니다."
그가 물었다.
"그럼 그대는 신이 되기 위해서 네 발로 기어 다니는 것이오?"
청년이 대답했다.
"저는 참된 사람이 되기 위해서 네 발로 기어 다니는 것입니다."
그가 또 다시 물었다.
"그럼 두 발로 걸어 다니는 것은 사람이 아니란 말이오?"
청년이 재차 대답했다.
"두 발로 걷는 것은 사람이 아니라 짐승입니다. 그들은 일찌감치 사람임을 포기했어요."
그가 말했다.
"사람의 최고 의무는… 자신을 지키고, 타인을 사랑하고, 세상을 포용하는데 있다는 것을 아시오?"
청년이 말했다.
"사람은 만물의 척도지만, 기울어진 저울을 가짐으로 해서 그 자리에서 내려왔습니다."
그가 말했다
"사람은 천사도 아니요, 짐승도 아니라는 말이 있소."

청년이 말했다.
"짐승은 사람도 아니고, 신도 아니라는 말을 알고 있습니다."
그가 말했다.
"사람은 생각하고, 창조하는 존재라는 걸 아시오?"
청년이 말했다.
"짐승은 생각 없고, 창조하지 않는 존재라는 건 알고 있습니다."
그가 말했다.
"사람의 본성은 선한 것이라는 걸 아시오?"
청년이 말했다.
"짐승의 본성도 선한 것이라는 건 압니다."
그가 말했다.
"사람의 언행은 각자가 자기의 이미지를 보여주는 거울이라는 걸 아시오?"
청년이 말했다.
"짐승의 언행은 각자가 자기의 본성을 보여주는 거울이라는 건 압니다."
그가 성인이 된 것처럼 말했다.
"사람이 이 세상에 존재하는 것은 부자가 되기 위함이 아니라, 선을 실천하기 위해서인 것을 아시오?"
청년이 동물이 된 것처럼 말했다.
"짐승이 추위와 굶주림에 대비하는 이외의 모든 것은 허식이며 낭비일 뿐이라는 건 압니다."
그가 신이 된 것처럼 말했다.
"짐승은 죽게 되면 그 시체를 벌레에게 먹히고 만다는 걸 아시오? 이 세상에 남기는 것 하나 없이."
청년이 악마가 된 것처럼 말했다.

"사람이 죽게 되면 그 시체를 벌레에게 먹히고 만다는 건 압니다. 이 세상에 남기는 것 하나 없이."

그가 부처처럼 말했다.

"지적인 생명체의 특징은 자기의 운을 자유롭게 따름에 있고, 짐승 특유의 잔혹한 먹이 경쟁에 있지 않음을 아시오?"

청년이 도인처럼 말했다.

"본능적인 생명체의 특징은 자기의 운을 자연에 맡김에 있고, 사람 특유의 잔혹하고 비굴한 투쟁에 있지 않음은 압니다."

그가 인간처럼 말했다.

"사람이 지능의 시초이며, 사람이 언어의 중심이며, 사람이 종교의 끝이라는 걸 아시오?"

청년이 짐승처럼 말했다.

"짐승이 본능의 시초이며, 짐승이 먹이의 중심이며, 짐승이 선악의 끝이라는 건 압니다."

그가 말했다.

"먹이와 본능에 집착하는 욕망이야말로 짐승 타락의 첫걸음이고, 그 길 때문에 짐승은 영원히 네 발로 걷게 된 것을 아시오?"

청년이 말했다.

"지혜와 학식을 증대시키려는 사악한 욕망이야말로 인간 파멸의 첫걸음이고, 그 길 때문에 사람은 영원히 두 발로 걷게 된 것은 압니다."

그가 껄껄 웃었다.

"그대는 완전한 짐승이오."

청년이 미소를 지었다.

"노인장도 완전한 인간입니다."

98

시간은 지나가는 모든 사건의 강물이다

그는 알몸으로 기어가는 청년과 헤어져 길을 갔다. 산속으로 들어가는 사이 어둠이 사위를 물들였고, 금방 칠흑처럼 캄캄해졌다. 그는 청년처럼 기다시피 산을 타다가 동굴을 발견하고 들어갔다. 동굴은 한 사람이 눕고 남을 만큼 크고 아늑했다. 그는 동굴에 괴나리봇짐을 벗어 놓고 베게 삼아 누웠다. 삼십 년 동안 토굴에 들어앉아 도를 닦다가 나온 것이 엊그제였다. 삼십 년이란 시간도 긴 것이지만, 인간세계에 내려온 시간이 더 긴 것 같았다. 그는 눈을 감은 채 시간에 대해서 생각해 보았다.

시간이란 과연 무엇인가? 인간에게 시간이란 무엇인가? 성자에게 시간이란 무엇인가? 동물에게 식물에게 우주에게 시간이란 무엇인가? 신에게 천사에게 악마에게 시간이란 무엇인가? 그렇다. 인간은 항상 시간이 모자란다고 불평하면서도 시간이 무한정 있는 것처럼 행동한다. 시간에는 오늘이 없고, 영겁에는 미래가 없고, 영원에는 과거가 없다. 세상 만물이여, 그대들 앞에 빛나고 있는 하루하루를 마지막이라고 생각하라. 그러면 예측할 수 없는 시간은 그대들에게 더 많은 시간을 가져다 줄 것이다.

시간이 언제나 그대들을 기다리고 있다고 생각지 말라. 게을리 걸어도 결국 목적지에 도달할 날이 있을 것이라는 생각은 잘못이다. 하루하루 전력을 다 하지 않고는 그 날의 보람이 없을 것이며, 동시에 최후의 목표에 도달하지 못할 것이다. 시간의 흐름에는 세 가지가 있다. 미래는 주저하면서 다가오고, 현재는 화살같이 지나가고, 과거는 빛살 같이 멀어져 간다. 그렇다. 시간은 모든 명예와 부와 권세를 침식, 정복, 굴복시킨다.

그렇다. 시간은 모든 행복과 기쁨과 즐거움을 침식, 정복, 굴복시킨다. 그렇다. 시간은 모든 희망과 꿈과 이상을 침식, 정복, 굴복시킨다. 시간은 신중히 기회를 노리고 있다가 포착하는 자에겐 친절한 벗이고, 때가 아닌데도 서두르는 자에게는 최악의 적이다. 세상 만물이여, 가라, 기어라, 걸어라, 뛰어라, 날아라. 그리고 세상이 6일 동안에 만들어졌음을 잊지 말라. 그대들은 원하는 것은 무엇이든지 신에게 구할 수 있지만, 오로지 시간만은 안 된다.

그대들이 어느 날 마주칠 재난은 그대가 소홀히 보낸 어느 시간에 대한 보복이다. 그대들이 헛되이 보낸 오늘은 어제 죽어 간 생명들이 그토록 바라던 하루이다. 세상 만물이여, 시간은 단 며칠이면 세상의 모든 것을 멸망시킬 수 있고, 단 며칠이면 세상의 모든 것을 소생시킬 수 있다. 그대들 아는가? 시간은 단 몇 시간이면 세상의 모든 것을 되살릴 수 있고, 단 몇 시간이면 세상의 모든 것을 파괴할 수 있다. 시간은 성실하기 이를 데 없는 창조자이자, 무섭기 이를 데 없는 파괴자이다. 시간은 아름답기 그지없는 동반자이자, 공포스럽기 이를 데 없는 적대자이다.

그의 말을 들은 것처럼 멀리서 두견새가 울었다. 두견새의 울음소리는 적막한 산중에 울리는 생명의 소리였다. 그는 밤하늘에 떠 있는 별과 달과 은하수를 보며 읊조렸다. 만물의 영장이여, 사람이 아는 바는 모르는 것보다 적고, 사는 시간은 살지 않는 시간에 비교가 안될 만큼 짧다. 이 지극히 작은 존재가 지극히 큰 범주의 것을 알려 하기 때문에, 혼란에 빠져 진리의 눈을 뜨지 못한다. 그대들 시간에 속지 말라. 시간은 정복할 수가 없다.

그대들 시간을 이기려 하지 말라. 시간은 싸워 이길 대상이 아니다. 그대들 시간을 낭비하지 말라. 시간은 되돌아오지 않는다. 그대들 시간을 믿지 말라. 시간은 약속을 지키지 않는다. 그대들 시간을 쫓지 말라. 시간은 한시도 멈추지 않는다. 그대들 시간에 대항하지 말라. 시간은 경쟁할 상대가 아니다. 그대들 시간을 사랑하지 말라. 시간은 사랑할 대상이 아니다. 그대들 시간을 추종하지 말라. 시간은 그대의 주인이 아니다.

시간은 위대한 스승이지만, 불행히도 자신의 모든 제자를 죽인다. 시간은 위대한 창조자지만, 불행히도 자신의 모든 창조물을 파괴한다. 시간은 위대한 존재지만, 불행히도 자신 이외의 모든 존재를 침식시킨다. 동식물들이여, 시간은 지나가는 모든 사건들의 강물이며, 시간은 스쳐가는 모든 일들의 바람이고, 시간은 일어나는 모든 사건의 번개이다. 그리하여 어떤 사물이 나타났는가 하면 금방 스쳐가 버리고, 새롭고 다른 것이 그 자리를 채운다.

새로 등장하는 것도 곧 사라져 버리고, 또 다른 새로운 것이 그 자리를 차지한다. 이것이 시간이라는 미증유의 존재가 세상에 대해 행하는 일이다. 동식물들이여, 그대들이 헛되이 보내고 있는 지금은 어제 죽은 생명체가 그렇게도 살고 싶었던 내일인 것을 아는가? 그대들이 헛되이 맞이하는 내일은 오늘 죽은 생명체가 그토록 살고 싶었던 미래인 것을 아는가? 동식물들이여, 행복을 누려야 할 시간은 지금이고, 삶을 즐겨야 할 장소는 바로 여기이다.

99

선을 행하면 선이 돌아오고, 악을 행하면 악이 돌아온다

그가 눈을 떴을 때, 빗줄기가 산과 숲과 대지를 적시고 있었다. 그는 온 세상을 적시며 쏟아지는 빗줄기를 바라보며 중얼거렸다. 마음을 적시는 빗줄기여, 그대 진실과 거짓을 아는가? 진실은 자유로운 인간의 신이고, 거짓은 억압받는 시민의 종교이다. 대지를 적시는 빗줄기여, 그대 행복과 불행을 아는가? 가장 큰 행복이란 누군가를 사랑하고, 그 사랑을 고백하는 것이고, 가장 큰 불행이란 누군가를 증오하고, 그 증오를 마음속에 새기는 것이다. 영혼을 적시는 빗줄기여 그대 고독과 즐거움을 아는가? 고독은 지혜의 최악의 계모이고, 즐거움은 감정의 최선의 유모이다.

빗줄기여, 그대 고난과 고통을 아는가? 고난은 사람의 진가를 증명하는 기회이고, 고통은 사람의 인격을 증명하는 척도이다. 빗줄기여, 그대 겸손과 오만을 아는가? 겸손은 모든 미덕의 근본이고, 오만은 모든 악덕의 근간이다. 빗줄기여, 그대 승리와 패배를 아는가? 승리는 노력과 사랑에 의해서만 얻어지고, 패배는 태만과 증오에 의해서만 빚어진다. 빗줄기여, 그대 천재와 범부를 아는가? 사람은 열 살까지는 천재이고, 사람은 열 살 이후는 범부이다.

빗줄기여, 그대 전쟁과 평화를 아는가? 전쟁에 있어서도 전쟁이 최후의 목적은 아니고, 평화에 있어서도 평화가 최후의 목적은 아니다. 빗줄기여, 그대 친구와 적을 아는가? 단 한사람의 친구조차 갖지 못한 사람은 살 가치가 없는 사람이고, 단 한사람의 적조차 두지 못한 사람은 숨 쉴 가치조차 없는 사람이다. 빗줄기여, 그대 성공과 실패를 아는가? 자기 신뢰가 성공의 제1의 비결이고, 자기 부정이 실패의 제1의 비결이다. 빗줄기여, 그대 부자와 빈자를 아는가? 자기의 자산 이상으로 소비하는 자는 부자가 아니고, 자기의 수입이 지출 이상인 자는 빈자가 아니다.

빗줄기여 그대 금전과 시간을 아는가? 인간은 금전을 시간보다 중히 여기지만, 그로 인해 잃어버린 시간은 금전으론 살 수 없다. 그가 여가까지 외쳤을 때, 빗줄기가 더욱 거세지고 요란해졌다. 그는 한층 더 목소리를 높여 외쳤다. 빗줄기여, 그대 만족과 불만족을 아는가? 자기의 처지에 만족하는 노예는 주인이고, 자기의 처지에 불만족하는 주인은 노예이다. 빗줄기여, 그대 명예와 불명예를 아는가? 훌륭한 죽음은 전 생애의 명예가 되고, 비루한 삶은 전 생애의 불명예가 된다. 빗줄기여, 그대 인내와 분노를 아는가? 인내는 모든 곤란에 적용되는 최상의 처방이고, 분노는 모든 평온에 적용되는 최악의 처방이다.

빗줄기여, 그대 시간과 공간을 아는가? 시간의 절약은 생명에로의 연장이고, 공간의 확장은 죽음에로의 재촉이다. 빗줄기여, 그대 칭찬과 비판을 아는가? 현자에 대한 칭찬은 그의 뒤에서 하고, 여자에 대한 칭찬은 그녀의 얼굴 앞에서 하라. 빗줄기여, 그대 인간과 짐승을 아는가? 인간은 무슨 일을 하는가에 의해서 평가되고, 짐승은 무슨 열매를 먹는가에 의해서 평가된다. 빗줄기여, 그대 삶과 죽음의 가치를 아는가? 충실한 삶의 깊이를 아는 자는 아름다운 죽음의 가치를 알고, 참된 죽음의 깊이를 아는 자는 행복한 삶의 가치를 안다.

빗줄기여, 그대 여자와 남자의 속성을 아는가? 여자의 최고 기쁨은 남자의 자만을 다치게 하는 데 있고, 남자의 최고 기쁨은 여자의 정조를 빼앗는 데 있다. 빗줄기여, 그대 남자와 여자의 사랑을 아는가? 남자의 사랑은 여자를 진정으로 사랑하거나, 반대로 적당히 이용하는 것이고, 여자의 사랑은 남자를 거짓으로 사랑하거나, 반대로 남자가 가진 돈을 진정으로 사랑하는 것이다. 빗줄기여, 그대 젖소와 독사의 다름을 아는가? 젖소가 물을 마시면 우유가 생산되고, 독사가 물을 마시면 독이 생성된다. 빗줄기여, 그대 악과 선의 실체를 아는가? 악한 것을 모방하는 자는 본보기를 항상 초과하고, 선한 것을 모방하는 자는 본보기를 항상 미달한다.

  빗줄기여, 그대 선과 악이 향하는 곳을 아는가? 선을 행하면 반드시 선이 돌아오고, 악을 행하면 반드시 악이 돌아온다. 빗줄기여, 그대 인간이 가지고 있는 천성을 아는가? 인간 속에는 무언가 악마와도 같은 것이 있는가 하면, 무언가 천사와도 같은 것이 있다. 인간 속에는 무언가 창조자와 같은 것이 있는가 하면, 파괴자와도 같은 무엇이 있다. 빗줄기여, 빗줄기여, 대지와 숲과 산천을 적시는 빗줄기여, 사랑을, 생명을, 기쁨을 주는 빗줄기여. 내 다시 이 좁은 동굴 속에서 나가려 한다.

100

자연과 시간과 인내는 삼대 의사이다

그는 비가 그친 산을 내려가다가 도끼질하는 남자를 만났다. 남자는 흰색 도복을 착용했으며, 건장하고 탄탄한 체구를 가지고 있었다. 특이한 것은 남자가 커다란 바위를 절도 있게 내리친다는 점이었다. 검푸른 바위는 남자의 도끼질에도 불구하고 꿈쩍하지 않았다. 오히려 파란 불꽃을 허공에 뿌리며 도끼날을 퉁겨냈다. 남자도 그에 질세라 더욱 힘을 주어 바위를 내리쳤다. 남자와 바위는 그야말로 목숨을 건 싸움을 벌이는 것 같았다. 그는 남자의 행동이 너무나 이상해서 질문을 던졌다.

"댁은 지금 무엇을 하고 있는 겁니까?"

남자가 이마에 맺힌 땀을 닦았다.

"마음을 다스리고 있습니다."

그가 의아한 얼굴로 물었다.

"마음을 다스린다고요?"

남자가 고개를 끄덕였다.

"그렇습니다."

그가 재차 물었다.

"마음을 다스리려면 좌선이나 참선 같은 걸 해야 되지 않소?"

남자가 대답했다.

"그건 중이나 도인들이 하는 것이고, 저 같은 무도인은 힘을 쓰는 게 최곱니다."

그가 눈살을 찌푸렸다.

"도끼로 바위를 내리치는 게 말이오?"

남자가 어깨를 으쓱했다.

"네, 자기가 가진 힘을 최대한 사용함으로써 마음을 맑고 투명하게 만드는 방법입니다."

그가 말했다.

"마음은 정신의 영원한 눈이고, 힘의 본원이 아닌 데도 말입니까?"

남자가 말했다.

"힘의 본원은 본래 선한 마음이고, 선한 정신은 힘에 대한 믿음입니다."

그가 말했다.

"하긴 힘과 인내를 알고자 한다면, 말 못하는 바위를 벗으로 삼으라는 말도 있지요."

남자가 말했다.

"돈에 집착하는 자는 비난을 받게 되어 있지 않습니까?"

그가 말했다.

"권력에 집착하는 자는 스스로 망하게 되어 있지요."

남자가 도끼를 머리 위로 치켜들었다가 힘껏 내리쳤다. 검푸른 바위는 불꽃을 퉁기며 둔탁한 비명을 내질렀다. 그가 겁먹은 표정을 지으며 뒤로 몇 발짝 물러섰다. 남자가 도끼자루에 침을 퇴, 뱉고 다시 세게 내리쳤다. 도끼 소리를 듣고 가까운 숲에서 꿩이 후다닥 날아갔다. 남자가 기합을 주면서 연속으로 바위를 향해 도끼를 날렸다.

"아무것도 하지 않고 무위도식하는 자는 방황을 하게 되어 있습니다."

그가 남자의 말을 받았다.

"안락한 생활에 익숙해져 있는 자는 고생을 하게 되어 있지요."

남자가 그의 말을 받았다.

"불가능한 것에 집착하는 자는 허송세월을 하게 되어 있습니다."

그가 다시 말을 받았다.

"힘에 집착하는 자는 힘에 의해 좌절하고요."

남자가 결론처럼 말했다.

"의지에 집착하는 자는 의지로 인해 성공합니다."

그도 결론처럼 말했다.

"성공에는 두 가지의 힘이 있는데, 바로 의자와 인내예요."

남자가 목을 곧추세웠다.

"인내는 만족의 열쇠가 아닙니까?"

그가 헛기침을 큼큼 했다.

"하긴 인내는 희망을 갖는 기술이기도 하지요."

남자가 말했다.

"운명은 반드시 인내에 의해 극복되는 것 아닙니까?"

그가 말했다.

"맞아요. 승리는 끝까지 인내하는 자에게 돌아갑니다."

남자가 말했다.

"그런 의미에서 인내는 성공의 반인 셈이지요."

그가 말했다.

"자연과 시간과 인내는 삼대 의사로 불리기도 합니다."

남자가 말했다.

"가장 잘 견디는 자가 가장 잘 해 낼 수 있는 자이기도 하고요."

그가 혼잣말처럼 중얼거렸다.

"힘쓰는 일이야말로 패망의 지름길이거늘."

101

가장 나쁜 평화라도 가장 뜻 있는 전쟁보다 낫다

그는 산길을 가다가 떡갈나무 줄기에 앉아 있는 사마귀를 만났다. 사마귀는 앞발을 든 채 먹이를 기다리고 있었다. 사마귀 앞으로 기어오는 건 푸른색 자벌레였다. 그는 사마귀가 자벌레를 잡아 통째로 씹어 먹는 것을 보고 중얼거렸다. 사마귀여, 그대의 삶은 무엇인가? 그대의 평화는 무엇인가? 그대의 자비로움은 무엇인가? 그대 저승에서 온 사자인가? 그대 먹이사슬의 왕자인가? 그대 숲을 지배하는 악령인가?

그대 훌륭하게 죽기 위해서라도 아름다운 삶을 배우라. 살고 죽는 것이 모든 동식물 삶의 전부이다. 그대 세상을 위해서 일하지 않으면 살아가는 데 의의가 없다. 그대 타인을 위해서 행동하지 않으면 생명을 연명하는 데 의의가 없다. 그대 이것을 아는가? 삶은 집어삼키는 것이 아니라, 모든 걸 내주는 행위이다. 그대 이것을 아는가? 생은 죽이는 것이 아니라, 모든 걸 살리는 행위이다. 그대 생명에 대한 희망이 없으면 죽음에 대한 절망도 없다. 그대 살아 있는 한 희망적으로 사는 법을 배우라.

후회하지 않는 삶이란 속이는 것이 아니라, 올바르고 정당하게 사는 삶이다. 그대 자랑스럽게 사는 것이 가능하지 않을 때, 자랑스럽게 죽어야 한다. 그대 훌륭하게 죽는 것이 불가능할 때, 훌륭하게 살아야 한다. 그대 위대하게 존재하지 못할 때, 위대하게 사라져야 한다. 그것이 바로 존재자가 존재자에게 기대할 수 있는 존재자의 존재 이유이다. 그가 말하고 있는 사이 사마귀는 또 한 마리의 벌레를 잡아먹었다. 그리고는 아무 일도 없었다는 듯이 앞발을 들고 다음 먹이를 기다렸다. 그는 먹이를 노리는 사마귀를 보면서 말했다.

그대 평온을 아는가? 그대 평안을 아는가? 그대 평화를 아는가? 평화는 자유의 유모이자 평온의 보모이다. 가장 나쁜 평화라도 가장 뜻 있는 전쟁보다 낫다. 그대 평화에는 세 가지 법칙이 있다. 바로 정의와 예절과 도덕이다. 그대 평온에는 세 가지 법칙이 있다. 바로 안락과 안온과 안식이다. 그대 평안에는 세 가지 법칙이 있다. 그것은 건강과 절제와 즐거움이다. 또한 그것은 기쁨과 희망과 행복이다. 그대 아는가? 단순한 전쟁의 부재가 평화는 아니고, 적극적 평온의 유지가 평화이다.

사마귀여, 손에 붓을 들고 평화를 이루는 것이 가장 안전하고, 손에 칼을 쥐고 평화를 이루는 것이 가장 불안전하다. 또한 싸움을 준비를 함으로써 평화를 유지할 수 있다는 것은 가장 나쁜 평화의 방법이다. 사마귀여, 자유는 만물의 생명이요, 평화는 만물의 행복이다. 행복한 생활은 마음의 평화에서 성립되고, 즐거운 삶은 평화로운 행동에서 완성된다. 사마귀여, 그대 평화를 해치지 말고 평화를 노래하라.

그대 진정한 평화는 언제나 온화하고 따듯하고 부드럽다. 그대 평온을 해치지 말고 평온을 만끽하라. 그대 참다운 평온은 언제나 즐겁고 기쁘고 행복하다. 그대 먹지만 말고 희망을 노래하라. 그대 해치지만 말고 희망을 구가하라. 그대 진정한 희망은 언제나 선하고 인자하고 아름답다. 그대 죽음을 노래하는 저승사자여, 그대 악마의 삶을 이어받은 죽음의 사도여, 그대의 삶이 애처롭고 또 애처롭도다.

102

참다운 욕구 없이 참다운 민족은 없다

그는 길을 가다가 풀을 뜯어 먹는 50대 남자를 발견했다. 남자는 벌거벗은 몸에, 머리와 수염을 길게 기르고 있었다. 게다가 남자의 몸에는 검붉은 털이 수북하게 돋아 있었다. 언뜻 보면 남자의 모습은 먹이를 찾아 헤매는 들짐승의 형상이었다. 게다가 남자는 소나 말, 양, 염소가 좋아하는 풀만을 찾아서 먹었다. 그가 지켜본다는 것을 아는지 모르는지 남자는 같은 행동을 반복했다. 그는 한참 동안 주시하다가 가까이 가서 물었다.

"댁은 왜 풀을 뜯어 먹고 있는 겁니까?"

남자가 허리를 세우고 대답했다.

"만족감을 채우기 위해섭니다."

그가 의아한 표정을 지었다.

"만족감을 채우다니요?"

남자가 가슴을 벌렸다.

"풀을 먹으면 배가 부르고, 마음이 한결 풍요로워지거든요."

그가 말했다.

"풀을 먹으면 말이오?"

남자가 말했다.

"그렇습니다."

그가 말했다.

"풀을 먹는 게 쉽지는 않을 텐데요."

남자가 말했다.

"쉽지 않아도 만족감을 얻는 데는 최곱니다."

그가 입맛을 다셨다.

"하긴 자신이 좋은 일을 하는 게 만족감을 얻는 유일한 방법이 긴 하지요."

남자가 다시 풀을 뜯었다.

"마음속에 만족을 얻지 못하면 진정한 행복은 찾을 수 없습니다."

그가 어정쩡한 투로 말했다.

"가장 고귀한 정신만이 최선의 만족을 얻는 법이긴 합니다만…"

남자가 튀어나온 배를 쓰다듬었다.

"풀에는 선과 덕이 가득 들어 있습니다. 그래서 그걸 먹는 사람도 선과 덕을 쌓게 되고, 선과 덕을 쌓으면 최고의 만족을 얻게 됩니다."

그가 머리를 주억거렸다.

"맞는 말입니다. 풀을 먹는 생명체엔 선과 덕이 쌓여 있지요. 소나 말, 양, 사슴처럼요."

남자가 풀을 으적으적 씹었다.

"이걸 아십니까? 만족은 가난한 자의 은행이기도 하다는 걸."

그가 삿갓을 똑바로 고쳐 썼다.

"그뿐이 아닙니다. 만족은 천연의 부이고, 정신의 부이기도 합니다."

남자가 말했다.

"또한 인내는 만족의 열쇠이고, 욕심은 패망의 열쇠이기도 하죠."

그가 말했다.

"스스로 만족하지 못한다는 것 이상의 큰 불행은 없습니다."

남자가 말했다.

"지나친 욕심과 같이 크나큰 죄악은 없고요."

그가 말했다.

"모든 만족은 고통과 괴로움을 지불함으로써 얻게 되는 것입니다."

남자가 말했다.

"모든 정욕과 탐욕에서 벗어난 사람은 항상 만족할 수 있지요."

그가 말했다.

"자기가 가진 것으로 만족하지 못하는 자는, 바라던 것을 가지게 되어도 역시 만족하지 못하게 됩니다."

남자가 말했다.

"자신의 생활에 있어서는 언제나 만족하지만, 자기 자신에는 만족하지 말아야 진정한 만족자겠죠?"

그가 말했다.

"그대가 가는 길 끝에 이르면 진정한 만족이 있을 겁니다. 하지만 처음에 만족하면 더 이상 앞으로 나아가지 못합니다."

남자가 말했다.

"온갖 보물 중에서 단 한 가지만을 고르라면, 나는 언제라도 만족을 선택하겠습니다. 행복을 가짐으로써 부러워하는 자들을 구태여 괴롭히고 싶지 않거든요. 즉 나 자신이 만족하면 그것으로 충분하다는 말입니다."

그가 말했다.

"참다운 욕구 없이 참다운 민족은 없고, 참다운 만족 없이 참다운 행복은 없습니다."

103

선이라는 가면을 쓰지 않은 악은 없다

 그는 울창한 숲길을 가다가 온몸에 꽃과 과일을 매단 여자를 만났다. 여자는 30대였으며, 아름다운 얼굴과 육감적인 몸매, 하얀 피부를 가지고 있었다. 한 눈에 보아도 영체(靈體)를 가지고 있거나 영매(靈媒)로 느껴졌다. 그는 꽃과 열매 사이로 보이는 여자의 알몸으로 인해 정신이 혼미할 지경이었다. 여자는 마치 숲속의 요정처럼 매력적인 미모를 뽐내며 그를 유혹했다. 그는 우거진 숲속에서 신기루처럼 나타난 여자를 자신도 모르게 쫓아갔다. 여자는 춤을 추는 것 같은 걸음걸이로 그를 숲속 깊이 유인해 들어갔다. 여자가 작은 오두막집이 보이는 오솔길에 멈춰 서서 말했다.
 "오두막집 안으로 들어가려면, 내 몸에 달린 꽃과 열매를 하나씩 따 먹어야 돼요."
 그가 믿을 수 없다는 표정을 지었다.
 "내가 그 열매를 따 먹어야 된다고요?"
 여자가 요염한 미소를 흘렸다.
 "네, 입으로 직접 따 먹어야 돼요."
 그가 떠듬거리면서 물었다.
 "입으로… 따야… 된다고요?"
 여자가 생글거리며 대답했다.
 "그래요. 내가 알몸이 될 때가지 모두 따서 먹어야 집안으로 들어갈 수 있어요."
 그가 눈을 가늘게 뜨고 물었다.

"그대의 정체는 뭐요? 천사요? 요정이요?"
여자가 깔깔 웃었다.
"나는 천사도 아니고, 요정도 아니에요."
그가 눈살을 찌푸렸다.
"그럼 뭐요? 아담하고 살았던 이브?"
여자가 다시 웃었다.
"나는 사탄이라고 불리는 악령이에요."
이번에는 그가 웃었다.
"이렇게 아름답고 요염한 악령은 없소."
여자가 몸에 달린 꽃을 매만졌다.
"악령의 외모가 특정돼 있나요? 세상을 저주하고 파괴하면 악령이죠."
그가 말했다.
"내가 보기에… 그대는 숲속의 요정이 분명하오."
여자가 말했다.
"그럼 댁의 정체는 뭐죠? 조선에서 온 선비?"
그가 말했다.
"조선에서 온 것은 맞지만, 선비는 아니오."
여자가 말했다.
"그럼 도인?"
그가 말했다.
"도인도 아니오."
여자가 말했다.
"그러면 혹세무민하는 예언가?"
그가 말했다.
"예언가도 아니오."
여자가 입을 삐죽 내밀었다.

"이것도 저것도 아니라면 대체 뭐죠? 옷은 조선시대 양반 차림인데."

그가 헛기침을 큼큼 했다.

"나는 세상을 구하기 위해서 시간을 거슬러 온 악마요."

여자가 소리 내어 웃었다.

"나도 세상을 구하기 위해서 나타난 악령이에요."

그가 고개를 가로저었다.

"여자 악령은 그대처럼 아름답지 않소."

여자가 입을 삐죽 내밀었다.

"남자 악마도 당신처럼 점잖지 않아요."

그가 말했다.

"하긴 선이라는 가면을 쓰지 않은 솔직한 악은 없소이다."

여자가 말했다.

"아름다움이라는 가면을 쓰지 않은 솔직한 악령도 없고요."

그가 말했다.

"요정 같이 아름다운 악령이라면 유혹을 당해도 좋을 것 같소."

여자가 말했다.

"선비 같이 점잖은 악마라면 유혹해도 후회가 없을 거예요."

그가 말했다.

"악령이 악마를 유혹한다? 좋소. 내가 그 유혹에 당해 보리다."

여자가 말했다.

"서로 파괴자라고 자칭하는 두 사람의 사랑은 어떤 것일까요?"

그가 말했다.

"아마 뜨겁고도 뜨거울 거요."

여자가 말했다.

"혹시 세상이 둘로 쪼개지는 건 아니겠죠?"

그가 말했다.

"세상이 둘로 쪼개진들 어떻소. 서로가 만족한다면야."

여자가 요염한 미소를 흘렸다.

"그럼 먼저 제 가슴에 매달린 딸기를 따 먹어 보세요."

그는 여자가 말한 대로 젖꼭지에 달린 딸기를 따 먹었다. 딸기를 입으로 따는 순간 숲이 분홍색 침실로 바뀌며 침대가 나타났다. 그가 다시 여자의 입술에 매달린 앵두를 따 먹자 침대에 누운 두 남녀가 나타났다. 한 명은 벌거벗은 그였고, 다른 한 명은 꽃과 과일을 매달고 있는 여자였다. 그는 침대에 누운 채 여자의 알몸에 붙어 있는 꽃과 과일을 따 먹었다. 입으로 꽃을 떼고 과일을 따 먹을 때마다 여자는 간드러진 신음을 내뱉었다.

그는 여자의 신음소리를 쫓아 열심히 과일과 꽃을 하나하나 제거했다. 그가 여자의 국부에 매달린 장미꽃을 먹었을 때, 신음소리는 울음으로 바뀌었다. 그는 마지막 꽃을 따서 먹은 다음 여자의 몸 위로 올라갔다. 그가 여자의 몸속에 악의 상징을 꽂아 넣었을 때, 세상이 흔들리는 굉음이 들렸다. 그 형언할 수 없는 소리는 교접을 하는 내내 들리고 또 들렸다. 그 굉음은 마음을 바꾸고, 생각을 바꾸고, 형태를 바꾸고, 세상을 바꾸는 소리였다.

104

비우는 깨달음은 인생의 묘약이자 삶의 병이다

　그가 눈을 떴을 때 분홍색 침실과 하얀 침대는 사라지고 없었다. 그 자리에는 죽은 지 오래 된 참나무가 버섯을 주렁주렁 매단 채 서 있었다. 버섯들 중에는 짓이겨지고, 떨어지고, 베어진 것도 보였다. 특이한 것은 참나무 아래쪽에 큰 구멍이 뚫려 있고, 그것이 여자의 상징처럼 보인다는 점이었다. 그는 참나무 주위에서 뒹굴고 있는 속곳과 바지저고리, 괴나리봇짐을 챙겨 몸에 걸쳤다. 그리고는 옷에 붙은 검불을 툭툭 털고 산을 내려가기 시작했다.
　산을 중간쯤 내려갔을 때 시묘(侍墓)하는 남자를 발견했다. 남자는 허름한 움막을 짓고, 베로 지은 상복을 입고, 쌍무덤에 절을 올리고 있었다. 눈에 띄는 것은 남자의 차림새였는데, 조선시대처럼 베로 만든 최의(衰衣)를 걸치고, 중의(中衣)를 입고, 행전(行纏)을 맨 것이었다. 또한 머리에는 효건(孝巾)과 수질(首絰)을 쓰고, 허리에는 요질(腰絰)을 감고, 그 아래 교대(絞帶)를 두르고, 손에는 상장(喪杖)을 들고, 발에는 낡은 구(屨)까지 신었다. 40대로 보이는 남자는 무덤에 정중히 절을 올리고 일어섰다. 그는 남자가 공양을 마치기를 기다렸다가 말을 붙였다.
　"지나가는 나그네인데, 술 한 잔 얻어먹을 수 있겠소?"
　남자가 상에 올렸던 술잔을 들어 건네 주었다.
　"차린 게 이것 밖에 없어서 죄송합니다."
　그는 남자가 건넨 술을 단숨에 들이켰다.
　"역시 술은 무덤가에서 먹는 게 제 맛이오."

남자가 사과와 부침개도 내밀었다. 그는 사과와 부침개를 받아 들고 으적으적 씹어 먹었다.
"역시 이 맛이야, 이 맛…"
남자도 술을 한 잔 따라 마셨다.
"시묘살이가 이렇게 즐거운지 미처 몰랐습니다."
그가 삿갓을 벗고 앉았다.
"시묘살이가요?"
남자가 사과를 베어 먹었다.
"그렇습니다."
그가 움막으로 눈길을 던졌다.
"시묘살이를 얼마나 했기에?"
남자가 말했다.
"이제 오 년밖에 안 됐습니다."
그가 말했다.
"오 년이라고요?"
남자가 말했다.
"그렇습니다."
그가 말했다.
"그래 언제까지 할 작정이오?"
남자가 말했다.
"십 년이나 십오 년 정도? 아니 평생 할지도 모릅니다."
그가 말했다.
"그렇게까지 할 이유라도 있소?"
남자가 한숨을 내쉬었다.
"부모님 살아생전에 속만 썩여 드렸거든요. 효도 한 번 못하고."
그가 입맛을 다셨다.

"요즘에 효도를 생각하는 자식이 있을까요?"

남자가 머리를 저었다.

"그래서 후회가 막심합니다. 어려서부터 도시로 나가 떠돌았거든요."

그가 산 아래쪽을 보았다.

"그럼 이곳은 부모님 고향이겠군요?"

남자가 애틋한 표정을 지었다.

"그렇습니다. 제 고향이기도 하고요."

그가 말했다.

"부모님께서는 병사하셨나 봅니다."

남자가 말했다.

"두 분 다 병으로 돌아가셨습니다. 열심히 농사만 짓다가."

그가 물었다.

"돈은 좀 모았겠지요?"

남자가 대답했다.

"먹고살 만큼 모아 놓으셨습니다."

그가 무덤을 바라보았다.

"돈하고 건강을 바꾼 셈이로군."

남자가 술을 들이켰다.

"그런 셈입니다. 부모님한테는 재산을 모으는 것이 희망이고 행복이고 기쁨이었으니까요."

그도 같이 술을 마셨다.

"댁은 부모님 생각과는 정반대지요?"

남자가 말했다.

"저는 돈이란 건… 살아가는 데 필요한 최소한의 것만 있으면 된다고 믿는 사람입니다."

그가 말했다.

"그래서 돈과 부는 돌고 돈다는 말이 있는 것이오."
남자가 말했다.
"저는 부모님이 벌어 놓은 돈을 쓰면서 인생을 마감할 겁니다. 이렇게 주자가례(朱子家禮)를 성실히 이행하면서요."
그가 말했다.
"비우는 깨달음은 인생의 묘약이자 삶의 병이기도 하지요."

105

죽음은 만병의 약이고, 질병은 인생의 젖병이다

그는 시묘하는 남자와 헤어져 산을 내려갔다. 지난밤의 격정적인 정사를 시기하듯 태양은 대지를 달궜다. 그는 삿갓과 전복을 벗어 놓고 나무 그늘에 앉았다. 나무 그늘에 앉았지만, 더위는 좀처럼 가시지 않았다. 바람도 없는 그늘에 앉아 시묘하는 남자를 떠올렸다. 남자의 행동은 이 시대와 맞는 것인가? 아니면 시대를 뒤로 하고 과거로 돌아가는 것인가? 그도 아니면 현실을 부정하기 위해서 자신에게 저항하는 것인가?

그는 자신의 복장을 보고 실소를 금치 않을 수 없었다. 그 자신도 시묘를 평생 하겠다는 남자와 다를 바 없었다. 하지만 남자와 그가 다른 점은 있었다. 그것은 바로 세상을 바라보는 마음과 자세와 가치관이었다. 그는 가부좌를 틀고 앉은 채 소리쳤다. 인간들이여, 그대들이 품고 있는 즐거운 삶을 저주하라. 그대들이 희망하는 달콤한 인생을 비난하라. 그대들이 앓고 있는 고질병을 찬양하라. 그대들이 두려워하는 죽음을 칭송하라. 죽음은 만병의 약이고, 질병은 인생의 젖병이다.

그대들 자신을 절망으로 이끄는 질병을 두려워하지 말라. 질병은 몸의 고장이 아니라, 마음의 고장이고 불협화음이다. 질병은 육체의 불협화음이 아니라, 정신의 뒤틀림이고 불일치이다. 그대들 아는가? 질병 뒤엔 죽음이, 중상모략 뒤엔 시기가, 즐거움 뒤엔 슬픔이, 행복 뒤엔 불행이 뒤따른다. 그대들 아는가? 질병은 인생을 깨닫게 하는 훌륭한 교사이고, 죽음을 달련시키는 훌륭한 교관이다. 그대들에겐 불행이나 빈곤, 고통, 질병조차도 필요하다. 이런 것들이 없다면 인간은 곧 오만해지기 때문이다.

부자는 병이 들었을 때 비로소 돈이 소용없다는 것을 깨닫는다. 사람들은 병들어 누워 보고 나서야 비로소 건강의 고마움을 알고, 난세를 당해 보고 나서야 비로소 평화의 고마움을 안다. 돌아오는 각 계절은 제각기 병을 가지고 있고, 매 시간, 매 분, 매 초마다 위험이 도사리고 있다. 그대들 삶의 종말인 죽음은 지나가는 산들바람을 타고 와 모든 꽃잎 속에 숨는다. 그대들을 늙게 하는 병은 말을 타고 들어와 거북이를 타고 나간다. 그대들을 슬프게 하는 이별은 안개처럼 들어와 파도처럼 밀려나간다.

그의 외침에 반응하는 것처럼 숲속에서 소쩍새가 울었다. 그는 잠시 외침을 멈추고 소쩍새의 소리에 귀를 기울였다. 소쩍새도 그처럼 삶과 죽음, 고통과 슬픔, 병마에 대해서 외치고 있는 것인가? 아니면 사랑과 즐거움, 기쁨, 행복, 감사함에 대해서 소리치고 있는 것인가? 그는 한 차례 너털웃음을 터트리고 다시 외치기 시작했다.

나는 병의 회복기를 즐긴다. 그것은 병의 가치를 알기 때문이다. 나는 병의 악화기를 즐긴다. 그것은 병의 실체를 알기 때문이다. 나는 나 자신의 악질병을 잘 알고 있다. 그것은 세상을 깨우치기 위해 오히려 저주를 퍼붓는 행위이다. 그것은 세상을 병에서 치료하기 위해 오히려 병을 악화시키는 행위이다. 그대들 이것을 아는가? 병을 숨기는 자에게는 약이 없다. 병을 감추는 자에겐 약조차 없다. 병을 키우는 자에겐 약 자체가 없다. 병든 세상을 고치는 것은 세상을 더욱더 병들게 만드는 것이다. 병든 사회를 고치는 것은 병든 사회를 더욱더 혼란스럽게 만드는 것이다.

욕망이라는 병에 걸린 자들이여, 그대들의 병에는 약이 없다. 탐욕이라는 병에 걸린 자들이여, 그대들의 병에는 약이 없다. 쾌락이라는 병에 걸린 자들이여, 그대들의 병에는 약이 없다. 절망

이라는 병에 걸린 자들이여, 그대들의 병에는 약이 없다. 절망은 곧 죽음에 이르는 병이며, 갈등을 고민하는 모순이며, 자신 속에서의 병이며, 영원히 죽는 것이며, 죽음을 죽이는 병이다. 그대들은 이 병에 걸렸을 때야 비로소 돈과 명예와 권력이 아무 소용없다는 것을 깨닫게 된다. 그대들은 이 병에 걸렸을 때야 비로소 사랑과 행복과 기쁨이 아무 소용이 없다는 것을 깨닫게 된다. 그대들 이 깨달음은 병의 고침이 아니라, 오히려 죽음으로의 여행이 된다.

106

삶은 지옥이 올려 보낸 특별한 저주이다

그는 길을 가다가 소나무 가지에 목을 매다는 남자를 발견했다. 남자는 40대 후반으로 보였으며, 고급 양복을 반듯하게 차려 입고 있었다. 소나무 가지에 매달린 밧줄은 남자를 조롱하듯 허공에서 이리저리 흔들렸다. 남자는 바람에 흔들리는 밧줄을 바라보며 깊은 고민에 빠져 있었다. 전체적인 상황으로 보아 남자는 이미 여러 차례 목매달기에 실패한 것 같았다. 그는 망연한 표정으로 앉아 있는 남자에게 말을 붙였다.
"그대는 왜 죽으려고 하는 것이오?"
남자가 힘없이 대답했다.
"죽음은 모든 부채를 갚기 때문입니다."
그가 탄식조로 말했다.
"겨우 빚 때문에 죽으려고 한다는 말이오?"
남자가 고개를 저었다.
"독촉 중에 빚 독촉만큼 잔인한 것도 없습니다."
그가 안타까운 표정을 지었다.
"죽음은 한 순간이고, 삶은 수많은 순간인 것을 아시오?"
남자가 고개를 푹 숙였다.
"명예롭게 사는 것이 더 이상 가능하지 않을 때, 사람은 자랑스럽게 죽어야 합니다."
그가 혀를 끌끌 찼다.
"죽음은 만병의 약이지만, 비겁한 죽음은 인생의 독이 되는 것이오."

남자가 심각한 표정을 지었다.
"죽을 때에 죽지 않도록 하기 위해서 죽기 전에 죽어 두려 합니다. 그렇지 않으면 정말로 죽어 버릴지 모르니까요."
그가 질책을 하는 것처럼 말했다.
"참다운 용기는 별로 인도하고, 비겁한 두려움은 죽음으로 인도한다는 걸 모르시오?"
남자가 늘어진 밧줄을 올려보았다.
"사람이 죽는 것은, 언제든지 너무 이르거나 너무 늦거나 합니다. 내 죽음은 지금이 적기예요."
그가 약간 언성을 높여 말했다.
"호수가 마르면 자연스럽게 바닥이 드러나는 것이고, 천둥 번개가 치면 자연스럽게 비가 내리는 것이고, 겨울이 오면 자연스럽게 눈이 내리는 것이고, 삶이 다하면 자연스럽게 죽음이 오는 것이오. 도대체 뭐가 그렇게 바쁘고 성급하단 말이오."
남자가 축 처진 목소리로 말했다.
"이야기를 하는 사람이 난로에 등을 기대듯이, 모든 인간은 죽음에 등을 기대고 있습니다. 죽을 때 죽지 못하면 더 큰 망신을 당하게 됩니다."
그가 말했다.
"잘 보낸 하루가 행복한 잠을 가져오듯이, 잘 쓰여진 인생은 행복한 죽음을 가져오는 법이오. 행복하게 죽을 때를 기다려 보는 게 어떻소?"
남자가 말했다.
"죽을 때를 모르는 사람은 살 때도 모르는 사람이고, 좋은 삶을 모르는 사람은 좋은 죽음도 모르는 사람이지요."
그가 말했다.
"이걸 아시오? 불안, 두려움, 낙담은 죽음을 가까이 오게 만들고, 기쁨 즐거움, 희망은 죽음을 멀어지게 한다는 걸."

남자가 말했다.

"죽음은 하늘이 내려보낸 특별한 은총이고, 삶은 지옥이 올려보낸 특별한 저주라는 것은 압니다."

그가 말했다.

"그대는 죽도록 하시오. 열심히 죽으려 해도 죽을 수 없겠지만 말이오."

107

악마도 인간이었을 때는 죽음을 두려워했다

그는 목을 매다는 남자와 헤어져 산을 내려가며 중얼거렸다. 죽음을 사랑하는 자여, 그대 죽음의 진정한 모습을 아는가? 죽음은 결코 죽지 않고, 형체만 사라지는 변화일 뿐이다. 죽음을 원하는 자여, 그대 죽음의 참다운 실체를 아는가? 죽음은 결코 죽지 않고, 한 줌의 먼지로 살아남는 것이다. 죽음을 끌어안으려는 자여, 인간이 태어나는 방법은 단 한 가지 밖에 없다. 그러나 죽음의 방법에는 수천수만 가지가 있다.

그대 이것을 알라. 악마가 그대의 귀에 죽음을 속삭일 때, 오히려 참다운 삶을 노래해야 한다. 사탄이 그대의 머리에 절망을 새겨 넣을 때, 오히려 참다운 희망을 부르짖어야 한다. 목에 밧줄을 거는 자여, 칭기즈칸과 그의 말고삐를 잡은 마부도 죽은 다음에는 같은 처지가 되었다. 소크라테스와 그에게 독배를 건네 준 간수도 죽은 다음에는 같은 처지가 되었다. 모든 죽음은 지위고하를 막론하고 같은 처지와 같은 결론을 부여받는다.

그대 삶이 두렵거든 삶 한가운데 뛰어들어 용감히 맞서 싸우라. 죽음을 맛보려는 자여, 삶이 고통스러워 피할 때 악마가 더 크게 속삭인다. 어서 빨리 고통과 절망에서 도망치라고. 어서 빨리 슬픔과 좌절에서 벗어나라고. 죽음을 그리워하는 자여, 죽음을 선택기보다 절망을 끌어안는 게 더 낫다. 그대 죽음에 가까이 다가가기보다 고통을 끌어안는 게 더 낫다. 그대 죽음을 사랑하기보다 갈등을 선택하는 게 더 낫다.

죽음을 좇는 자여, 죽음은 가까이 다가간다고 해서 기다려 주지 않는다. 죽음은 죽음이 죽음을 죽음으로 받아들일 때만이 죽음을 죽음으로 수용한다. 그대 죽음을 그리워하지 말라. 삶이 즐거운 표정으로 울 것이다. 그대 죽음에 다가가지 말라. 인생이 고통스런 얼굴로 웃을 것이다. 그대 죽음을 사랑하지 말라. 죽음이 행복의 노래를 부를 것이다. 그가 소리칠 때 한 아낙이 샘물가에서 물을 긷고 있었다. 젊은 아낙은 항아리에 물을 가득 채우고 한 바가지를 더 펐다. 그리고는 맑은 물이 든 바가지를 그에게 내밀었다. 그는 젊은 아낙이 건네 준 물을 받아 벌컥벌컥 들이켰다.

"감사합니다. 어떤 남자가 목을 매달고 죽으려 해서 지껄인 것뿐입니다."

아낙이 얌전한 목소리로 말했다.

"그 남자가 제 남편입니다.

그가 놀란 표정으로 물었다.

"이렇게 얌전하고 아리따운 부인을 두고 죽으려고 한다는 말이오?"

아낙이 서글픈 어조로 대답했다.

"사실 그 사람… 죽는 것이 두려워 죽으려고 하는 것뿐입니다."

그가 말했다.

"그럼 정말로 죽으려 했던 것이 아니란 말입니까?"

아낙이 말했다.

"삶과 죽음이 인간의 뜻대로 된다면 얼마나 좋겠습니까?"

그가 말했다.

"죽음이 다가오는 것을 그토록 두려워한다는 건, 생전에 사악하게 살았다는 명백한 증거인데…"

아낙이 말했다.

"여자라는 특이한 존재는 모든 생명을 낳기도 하지만, 사랑의 죽음을 불러오기도 한답니다."

그가 말했다.

"여자나 사랑 때문에 죽으려 한다는 것은, 볼펜의 그림자로 글을 쓰는 것과 다름이 없습니다."

아낙이 말했다.

"모든 사랑은 소화불량으로 죽고, 모든 질투는 과식으로 죽는 법이지요."

그가 말했다.

"사랑도 순간이고, 만남도 순간이고, 삶도 순간이고, 죽음 또한 순간에 불과합니다. 우리는 순간을 사랑하고 순간은 붙잡아야 합니다."

아낙이 말했다.

"사랑이 아니면 차라리 죽음을 달라는 인간을 어떻게 해야 할까요?"

그가 말했다.

"하긴 죽음을 두려워하지 않는 자에게 무엇을 두려워하라고 하겠소."

아낙이 말했다.

"사랑은 좋은 것이지요. 죽음은 한층 더 좋은 것이지요. 가장 좋은 것은 아예 태어나지 않는 것이지요."

그가 물바가지를 돌려주며 말했다.

"악마도 인간이었을 때는 죽음을 두려워했습니다."

108

예술만이 인간을 신성에까지 끌어 올린다

그는 산을 내려와 처음 도착했던 면소재지로 들어섰다. 면소재지 한가운데서는 마침 5일장이 벌어져 있었다. 그는 막국수를 파는 포장마차로 들어가 한 그릇을 시켰다. 계속 산길을 걸어 다닌 까닭에 배가 등가죽에 들러붙은 상태였다. 70대로 보이는 여자가 막국수를 멸치국물에 말아서 내주었다. 그는 국수 한 그릇을 눈 깜빡할 사이에 먹어 치우고 말했다. '한 그릇 더 주시오.' 주인 여자는 잔치국수 한 그릇을 더 말아 주었다. 그는 그것마저 순식간에 해치워 버렸다. 그의 행색을 지켜보던 여자가 넌지시 물었다.

"어디서 영화 촬영 하슈?"

그가 말했다.

"영화라면 영화라고 할 수 있지요. 삶 자체가 한 편의 영화니까."

여자가 말했다.

"삶이 아니라, 진짜 영화 말이오."

그가 말했다.

"맞아요. 진짜 영화를 말하는 겁니다."

여자가 말했다.

"그래, 영화 제목이 뭐라고 합디까?"

그가 말했다.

"선과 악의 유희라고 합니다."

여자가 말했다.

"선과 악의 유희?"

그가 말했다.

"그렇습니다."

여자가 말했다.

"그거 예술 영화 맞소?"

그가 말했다.

"예술 영화 맞습니다."

여자가 말했다.

"사극하고 현대극이 짬뽕된 것이고요?"

그가 말했다.

"물론입니다."

여자가 말했다.

"재미없는 예술 영화 같구려."

그가 말했다.

"예술 영화는 본래 재미가 없습니다."

여자가 설거지를 하면서 말했다.

"하긴 예술이라는 것 자체가 배 곯는 일이니까."

그가 물로 입가심을 하고 말했다.

"배는 곯지만, 예술 세계는 곧 꿈의 세계이기도 합니다."

옆에서 국수를 먹던 남자가 끼어들었다.

"붉은 태양이 꽃을 물들이듯, 예술은 인생을 물들이는 창조적 존잽니다. 하지만 예술은 자연 없이 성립할 수 없다는 게 문제죠."

그가 남자를 힐끗 쳐다보고 말했다.

"인생은 매우 멋지지만, 그것 자체만으로는 부족합니다. 부족한 인생에 무엇인가를 덧붙여 주는 것이 예술이에요."

남자가 국물을 후루룩 들이켰다.

"예술, 그것은 무용의 것이고, 사과(寫科)라고 하는 흉악한 내부의 적을 가지고 있습니다."

그가 휴지로 입가를 쓱쓱 닦았다.

"예술의 목적은 아름다움에 있고, 예술의 효과는 카타르시스에 있고, 예술의 궁극적 목표는 사랑에 있어요. 예술은 이익이나 계산이나 돈으로 평가되는 것이 절대로 아닙니다."

남자가 김치를 으적으적 씹었다.

"예술은 잘못을 저지르지만, 자연은 잘못을 저지르지 않아요. 즉 예술은 신이 부여한 자연만 못하다는 얘깁니다."

그가 괴나리봇짐을 둘러멨다.

"예술만이 인간을 신성에까지 끌어 올리고, 모방만이 인간을 악성으로까지 내려 보냅니다. 예술을 한다는 것은 곧 신의 경지에 가까워진다는 말이나 다름이 없습니다."

여자가 대화에 끼어들었다.

"예술은 영원하고 인생은 순간이지요."

남자가 단정적으로 말했다.

"예술가란 도작자(盜作者)가 아니면 자과자(自誇者)가 분명합니다."

여자가 말했다.

"예술은 국가 전체와 바꿀 수 없다는 말도 있어요."

남자가 말했다.

"진정한 예술은 고독과 슬픔과 고통을 통해 밖으로 나오고, 기쁨과 만족과 즐거움을 통해 안으로 사그라지는 겁니다."

그가 말했다.

"예술을 위한 예술도 아름답지만, 자기 희생을 통한 예술은 더욱 가치가 있는 법이지요."

남자가 말했다.

"아름다운 꽃을 주는 것은 자연이고, 그 꽃을 엮어 화환을 만드는 것은 예술입니다. 즉 예술은 자연 없이 성립하지 않는다는 거예요."

여자가 말했다.

"위대한 예술은 언제나 고귀한 정신을 보여주죠."

그가 말했다.

"예술은 사람의 마음으로부터 일상생활의 먼지를 털어 주는 고귀한 역할을 합니다."

남자가 말했다.

"예술 작품 그 자체보다 더 중요한 것은, 그것이 무슨 씨앗을 뿌리게 될까 하는 사실입니다."

여자가 말했다.

"국수를 말아 파는 것도 예술이겠죠?"

남자가 말했다.

"무언가를 표현한다는 면에선 예술이라고 할 수 있겠지요."

그가 말했다.

"이 세상에 속한 모든 것은 예술입니다."

109

여자와 함께 사는 것보다 광야에서 혼자 사는 것이 낫다

그가 예술을 논하고 있을 때, 한 무리의 여자들이 들어왔다. 그녀들은 웃고 떠들고 장난치며 국수를 달라고 주문했다. 여자들의 차림새와 말투로 보아 자유분방한 부류 같았다. 나이는 40대 중반 정도였고, 입성은 깨끗했고, 외모는 말쑥했다. 그는 주인여자와 남자에게 목례를 하고 자리에서 일어섰다. 국수도 두 그릇이나 먹었고, 배도 찼으니 어디론가 가야 하기 때문이었다. 그가 막 걸음을 떼어 놓으려 할 때 여자 한 명이 속삭이듯 말했다.

"저 남자하고 술 한 잔 했으면 좋겠다. 조선시대 이야기도 들어보고."

다른 여자가 말했다.

"천팔백 년대에는 연애란 게 있었는지 모르겠네."

또 다른 여자가 말했다.

"나름대로 연애는 있었겠지. 드러내 놓고 못해서 그렇지."

또 다른 여자가 말했다.

"그때는 여자들이 남자보다 더 적극적이었대. 우리가 몰라서 그렇지."

그는 삿갓을 머리에 푹 눌러 쓰고 중얼거렸다. 여자들이여, 남자를 닮으려고 애쓰는 여자는, 여자를 닮으려고 노력하는 남자처럼 영혼의 불구자이다. 또한 연인을 얻으려고 애쓰는 여자는, 헤어지기 위해 노력하는 남자처럼 정신의 불구자이다. 말수가 적고 친절한 것은 여자의 가장 좋은 장식이고, 말수가 많고 오만한 것은 여자의 가장 나쁜 패물이다.

그대들 이것을 아는가? 신이 여자로 하여금 남자를 지배케 하려고 생각했다면, 신은 아담의 머리로부터 여자를 만들어 냈을 것이다. 신이 여자로 하여금 남자의 노예로 만들려고 했다면, 아담의 발로부터 여자를 만들어 냈을 것이다. 그러나 신은 아담의 갈비뼈로부터 여자를 만들어 냈다. 그대들 중 세 가지 마음씨 때문에 죽어서 지옥 가는 자 있다. 즉 아침에는 아끼고 탐내는 마음에 사로잡히고, 낮에는 시기심과 질투심에 사로잡히고, 저녁에는 색욕과 정욕에 사로잡히는 여자를 말한다.

그대들 중 세 가지 태도 때문에 죽어서 황천 가는 자 있다. 즉 혼자 있을 땐 제멋대로이고, 여럿이 만날 땐 요조숙녀이고, 남자를 만날 땐 짐승이 되는 여자를 말한다. 그대들 향락의 대상인가? 향락의 대상이 되지 않는 여인은 사랑을 받고 있는 여인이다. 그대들 향락의 대상이 아닌가? 향락의 대상이 되는 여인은 사랑을 받지 못하는 여인이다. 그대들 두 가지 다 아닌가? 두 가지가 다 해당되지 않는 여인은 죽은 인간이다. 그가 소리치자 여자 한 명이 말했다.

"우리는 향락을 즐기는 대상이에요."

다른 여자가 덧붙였다.

"난 밤만 되면 정욕에 몸이 불타요."

또 다른 여자가 말했다.

"난 시기심과 질투로 하루를 보내요."

그는 여자들에게 손을 흔들고 가면서 소리치듯 말했다. 순간을 사는 여자들이여. 그대들 대부분은 지성을 전혀 가지고 있지 않다. 그대들 대부분은 품위를 전혀 가지고 있지 않다. 그대들 대부분은 겸손을 전혀 가지고 있지 않다. 그대들 대부분은 자긍심을 전혀 가지고 있지 않다. 현재를 사는 여자들이여, 나쁜 여자만큼 귀찮은 악마는 없고, 선량한 여자만큼 바보 같은 악마도 없다. 내

일을 사는 여자들이여, 정사의 경험이 단 한 번도 없다는 여인은 많지만, 정사의 경험이 단 한 번밖에 없다는 여인은 드물다.

과거를 사는 여자들이여, 기생이라도 늘그막에 좋은 남자를 만나면 한 세상 분 냄새가 부끄럽지 않고, 정숙한 여염집 부인이라도 늘그막에 정조를 잃으면 반생의 깨끗한 정절이 허망하다. 미래를 사는 여자들이여, 이 세상에는 아름다운 여인은 많지만, 완전한 여인은 하나도 없다. 이 세상에는 똑똑한 여자는 많지만, 완벽한 여자는 하나도 없다. 이 세상에 뛰어난 여인은 많지만 순수한 여인은 하나도 없다.

꿈속에서 사는 여자들이여, 그대들이 어떻게 시간을 보내는지를 남자들이 안다면, 결코 결혼 같은 것은 하지 않을 것이다. 그대들이 어떻게 혼자서 지내는지를 사내들이 안다면, 결코 사랑 같은 것에 목을 매지 않을 것이다. 허영 속에서 사는 여자들이여, 깃털보다도 가벼운 것은 먼지이고, 먼지보다도 가벼운 것은 바람이고, 바람보다도 가벼운 것은 여자이고, 여자보다도 가벼운 것은 아무것도 없다. 교회에선 성녀, 거리에선 천사, 집에서는 악마가 되는 여자들이여, 그대들과 함께 사는 것보다 광야에서 혼자 사는 것이 낫다. 그는 이렇게 말하고 성큼성큼 걸어갔다.

110

회화는 말없는 시고, 시는 말하는 그림이다

그는 시장에서 소리친다는 이유로 파출소에 연행되었다. 그에게 붙여진 죄명은 '소란행위'였다. 그는 파출소에서 5만 원짜리 스티커를 받고 나오면서 중얼거렸다. 경찰들이여, 좋은 말 한마디는 악서 열 권보다 낫다는 것을 아는가? 좋은 설교 한 마디는 악언 열 개보다 낫다는 것을 아는가? 좋은 행동 하나는 악행 열 개보다 낫다는 것을 아는가?

진실된 말은 아름다운 꽃처럼 자신만의 색깔을 가지고 있고, 날카로운 외침은 어둠을 밝히는 번개처럼 자신만의 무늬를 가지고 있다. 진실은 많은 말을 필요로 하지 않고, 위선은 수많은 거짓과 현란한 수식이 필요하다. 말이란 사자와 같이 담대하며, 뱀처럼 날카로우며, 공작새처럼 아름답고, 소처럼 근실한 느낌을 주어야 한다. 또한 중심에서 울리는 종소리처럼 은은하다면, 말 때문에 남에게 미움은 받지는 않을 것이다.

경찰들이여, 말 그것은 죽은 자를 무덤에서 불러내고, 산자를 땅 속에 묻을 수도 있다. 말 그것은 소인을 거인으로 만들고, 인간을 혐오스런 짐승으로 만들 수도 있다. 한 마디의 말이 들어맞지 않으면, 천 마디의 말을 해도 소용이 없고, 핵심을 찌르지 못하는 말은 입 밖에 내지 않는 것만 못하다. 그가 떠들어대자 젊은 경찰이 밖으로 나오면서 소리쳤다.

"칼의 예리한 면이 날카로운 상처를 남기는 것처럼, 말 한 마디가 사람의 마음에 치명적인 상처를 입히는 법입니다."

그가 뒤를 힐끗 돌아보았다.

"믿음이 있는 말은 아름답지 않고, 아름다운 말은 믿음이 없는 법이오."

경찰이 계단을 성큼 내려섰다.

"아는 자는 말하지 않고, 말하는 자는 알지 못한다고 합니다."

그가 경찰을 정면으로 쳐다보았다.

"말은 인류에 의해 쓰이는 가장 강력한 약이고, 언어는 인간에 의해 쓰이는 가장 좋은 처방이오."

경찰이 모자를 반듯하게 고쳐 썼다.

"격렬한 말은 이유가 박약하다는 걸 증명하는 것이고, 커다란 외침은 주장이 빈약하다는 걸 증언하는 것입니다."

그가 지팡이를 왼손으로 옮겨 들었다.

"말이 있기에 사람은 짐승보다 낫고, 언어가 있기에 인간은 짐승과 구별되는 것이오."

경찰이 그를 뚫어지듯 쏘아보았다.

"애매한 말은 거짓말의 시작이고, 커다란 외침은 강요의 시작입니다."

그가 한 발짝 뒤로 물러섰다.

"들으려 하지 않는 자에게 말하기를 좋아하는 사람은 없고, 도망가는 사람을 붙잡고 얘기하는 자 또한 많지 않소."

경찰이 한 발짝 앞으로 다가섰다.

"다정하고 조용한 말은 힘이 있고, 크고 날카로운 외침은 힘이 없는 법입니다."

그가 말했다.

"누구도 자기가 하는 말이 다 옳다고 주장하는 것은 아니고, 자기가 옳다고 주장하는 바를 모두 말하는 사람도 거의 없다오."

경찰이 말했다.

"아무리 강한 화살이라도 결코 돌에 꽂히지 않으며, 때로 화살은 그것을 쏜 사람에게로 도로 튀어 갑니다."

그가 말했다.

"아는 것을 안다 하고, 모르는 것을 모른다 하는 것이 말의 근본이외다."

경찰이 말했다.

"말로 가르치는 것은 몸으로 가르치는 것만 못하고, 글로 전하는 것은 뜻으로 전하는 것만 못합니다."

그가 말했다.

"성실하고 진실한 한 마디의 말은 백만 마디의 헛된 찬사보다 나은 걸 아시오?"

경찰이 말했다.

"한 마디의 말로 하는 타격이, 칼로 한 번 휘두르는 것보다 더 깊이 찌를 수 있습니다."

그가 말했다.

"훌륭한 말은 훌륭한 무기이고, 훌륭한 언어는 훌륭한 깨우침이오."

경찰이 말했다.

"회화는 말없는 시고, 시는 말하는 그림입니다."

그가 말했다.

"그대의 말이 모두 맞소, 나는 허식이 많고, 속이 비었으며, 외모치레만 하고, 마음이 컴컴하며, 말이 많은 자로소이다."

젊은 경찰은 경례를 붙이고 들어갔고, 그는 껄껄 웃으며 파출소 앞을 떠났다.

111

역경은 진리로 통하는 으뜸가는 길이다

그는 시외버스 정류장으로 가면서 중얼거렸다. 격렬한 논쟁이 언제나 진리를 밝히는 것이 아니다. 논쟁을 위한 논쟁은 진리를 더욱더 혼란 속으로 밀어 넣을 뿐이다. 진리란 오직 고독과 참회 속에서만 익어가는 통찰의 열매이다. 진리가 무르익을 때는 논쟁 없이도 얼마든지 그걸 받아들일 수 있다. 진리가 제 모습을 드러낼 때는 위선도 거짓도 기만도 모두 고개를 숙인다. 진리를 논하는 자들이여, 오류로 들어가는 길은 수도 없이 많다. 그러나 진리에 이르는 길은 단 하나뿐이다.

진리를 외치는 자들이여, 가장 깊은 진리는 가장 깊은 사랑과 가장 높은 희생과 가장 깊은 고뇌에 의해서만 문이 열린다. 진리를 말하는 자들이여, 모든 참된 행복은 진리와 더불어 있고, 모든 참된 기쁨도 진리와 더불어 있다. 진리를 추종하는 자들이여, 진리가 떠나는 날 행복도 기쁨도 희망도 우리 곁을 떠난다. 그대들 진리를 구하라. 그대들 진리를 찾아라. 그대들 진리를 밝히라. 그가 중얼거리고 있을 때, 순찰차가 먼지를 일으키며 지나갔다. 그는 먼지를 온몸으로 뒤집어쓴 채 소리쳤다.

너희가 진리를 아는가? 말하는 자유를 억압하는 것은 진리를 죽이는 것이다. 너희가 진실을 아는가? 외치는 자유를 억압하는 것은 진실을 죽이는 것이다. 너희가 자유를 아는가? 표현하는 자유를 억압하는 것은 지식을 죽이는 것이다. 너희가 해방을 아는가? 일탈하는 해방을 억압하는 것은 이성을 죽이는 것이다. 그대들 모든 사람이 진실을 말하는 법을 배우기 위해서는 다 같이 진리에 귀 기울이는 법을 터득해야 한다. 진실은 빛과 같이 눈을 어둡게 하고, 거짓은 저녁노을처럼 모든 것을 멋지게 만든다.

정직한 사람은 모욕을 주는 결과가 되더라도 진실을 말하며, 잘난 체하는 자는 모욕을 주기 위해서라도 진리를 말한다. 진실을 말할 용기 없는 자들이 거짓말을 일삼고, 진실을 실천할 용기가 없는 자들이 위선을 일삼는다. 참으로 존경할 것은 그 사람의 명성이 아니라, 그만한 가치가 있는 진실이다. 그대들 이것을 아는가? 바보와 미친 사람만이 진실을 말한다. 어리석은 자와 충동적인 사람만이 진리를 말한다. 선지자와 성인과 성직자는 진실을 말하지 않는다. 그들은 진실을 핑계 삼아 진리를 호도한다.

그대들 깊고 무서운 진실을 말하라. 정직해 보이기 때문이다. 그대들 검고 어두워진 진리를 밝히라. 위대해 보이기 때문이다. 그대들 자기가 느낀 바를 표현하는데 주저하지 말라. 진실해 보이기 때문이다. 그대들 모든 거짓을 눈으로 말하지 말라. 부정직하게 보이기 때문이다. 그대들 모든 진실을 입으로 이야기하지 말라. 불필요하기 때문이다. 그대들 모든 진리와 진실을 밝히려 애쓰지 말라. 세상이 어지러워지기 때문이다.

그렇다. 때와 장소에 따라서 유해한 거짓말이 진실보다 좋을 때가 있다. 그렇다. 시간과 공간에 따라서 나쁜 진실이 거짓보다 나을 때가 있다. 그렇다. 상황과 경우에 따라서 위악이 진리보다 앞설 때가 있다. 진리를 갈구하는 자들이여, 이것을 아는가? 진리는 반드시 따르는 자가 있고, 진실은 반드시 밝혀지는 날이 있다는 것을.

112

삶은 죽음보다 약하고, 죽음은 진리보다 약하다

그는 면소재지를 벗어나 냇가를 끼고 도는 2차선 도로를 걸었다. 도로 아래쪽에는 맑은 물이 흐르는 개천이었다. 그는 당장 물속으로 뛰어들고 싶었지만, 겹겹이 입은 한복이 문제였다. 그는 잠시 생각한 뒤 짚신을 벗고, 삿갓을 벗고, 괴나리봇짐과 바지저고리를 벗었다. 마지막으로 속옷을 벗을 때, 순찰차가 급브레이크를 잡으며 멈춰 섰다. 순찰차는 조금 전 그에게 먼지를 뒤집어씌우고 지나간 자동차였다. 그가 의아한 표정을 짓자, 근무복 차림의 경찰이 창문을 내렸다. '시냇물보단 차 안이 더 시원할 겁니다.' 그는 청량한 소리를 내면서 흐르는 냇물과 순찰차를 번갈아보고 말했다.

"더 시원한 건 냇물이지만, 옷을 벗지 않아도 되는 건 순찰차지요."

경찰이 높이 솟은 산등성이를 가리켰다.

"어차피 저 산을 넘어갈 거 아닙니까?"

그가 벗어 던진 옷을 재빨리 주워 입었다.

"순찰차에 태워 준다면 더 이상 고마울 데가 없지요."

경찰이 운전석 옆자리를 가리켰다.

"혼자서 가는 것보단, 동행이 있는 게 좋을 것 같아서요."

그가 서둘러 순찰차 올라탔다.

"어디로 가는데 동행이 필요합니까?"

경찰이 순찰차를 출발시켰다.

"목적지는 없습니다. 그냥 바퀴가 굴러가는 대로 가는 거죠."

그가 중얼거리듯 말했다.
"바퀴가 굴러가는 대로 간다?"
경찰이 웃으며 말했다.
"일종의 자유를 찾아서라고 할까요."
그가 재빨리 되물었다.
"자유를 찾아서?"
경찰이 천천히 대답했다.
"자유가 없는 곳에선 인생의 가치도 삶의 기쁨도 없거든요."
그가 정색을 했다.
"자유를 희구하는 것이 인간의 의무지만, 그대는 질서를 지키고 법을 집행하는 경찰이지 않소."
경찰이 말했다.
"반복되는 일이 젊은이의 자유와 풍요로움을 빼앗아 가고 있습니다."
그가 말했다.
"풍요로운 자유를 얻으려면 그보다 더 큰 것을 잃어버리는 걸 감수해야 됩니다."
경찰이 말했다.
"아무리 큰 것을 잃어도 자유만 찾을 수 있다면 감수할 수 있습니다."
그가 말했다.
"자제할 줄 모르는 사람의 자유는 진정한 자유라고 부를 수 없어요."
경찰이 말했다.
"자유란 남을 해치지 않는 한, 어떠한 일도 할 수 있다는 것을 의미합니다."
그가 말했다.

"방종한 자유는 위기를 부르고, 절제된 자유는 기회를 만드는 법이지요."

경찰이 말했다.

"조직에 속해 있는 한 자유는 없고, 자유가 있을 때는 조직에 속해 있지 않을 때입니다."

그가 삿갓을 벗어 뒤로 던졌다.

"남들 위에 서는 사람은 남들 밑에 서는 사람보다 더 한층 자유가 제한된다는 걸 아시오?"

경찰이 테이저건을 뽑아 뒤로 던졌다.

"종속된 자유는 언제나 위험하고, 종속되지 않은 자유는 언제나 분방하다는 건 압니다."

그가 괴나리봇짐을 벗어 뒤로 던졌다.

"진정한 자유를 누리고 싶거든, 없어도 상관없는 사치를 주변에서 모두 제거해야 하오."

경찰이 모자를 벗어 뒤로 던졌다.

"자유가 있는 곳은 어디라도 나의 천국이고, 자유가 없는 곳은 어디라도 나의 지옥입니다."

그가 긴 턱수염을 쓸어내렸다.

"젊은이에게 자유는 새로운 종교이고, 노인들에게 자유는 구시대 종교라고 할 수 있지요."

경찰이 선글라스를 꺼내 썼다.

"자유란 모든 특권을 유효하게 발휘시키는 젊은이들만의 방종한 특권입니다."

그가 말했다.

"자유는 획득하는 것보다 간직하는 것이 더 어렵다는 걸 아시오?"

경찰이 말했다.

"자유가 아니면 차라리 죽음을 달라는, 옛말은 구태여 되풀이하지 않겠습니다."

그가 말했다.

"하긴 자유는 한 번 싹트면 생장이 그 무엇보다 빠른 나무지요. 어느 누구도 꺾거나 자를 수 없는…"

경찰이 말했다.

"자유를 위해 죽을 수 있다는 것은, 나약한 굴종의 그늘 속에서 사는 것보다 고귀한 것입니다."

그가 말했다.

"진리의 칼을 손에 쥐고 죽음을 껴안을 수 있는 사람은… 끝없는 진리와 더불어 영원한 삶을 살게 되지요. 삶은 죽음보다 약하고, 죽음 또한 진리보다 약한 까닭이에요."

그와 경찰이 말을 주고받을 때, 10대 소녀가 손을 들었다. 경찰이 손을 든 여자애 앞에서 순찰차를 세웠다. 여자애는 배낭을 메고 있었고, 지나가는 차를 잡는 중이었다.

113

방종한 자만이 즐거움을 누리고, 애써 일하는 자만이 고통 속으로 빠진다

경찰은 미성년자로 보이는 여자애를 순찰차에 태웠다. 여자애는 작은 키에 가냘픈 몸매였고, 예쁘장한 얼굴을 가지고 있었다. 경찰은 여자애를 조수석에 앉히고, 그를 뒷좌석으로 쫓아 보냈다. 그는 내던져진 물건 사이에 끼어 앉아서 에어컨 바람을 쐬었다. 이제 대화의 중심은 20대 경찰과 10대 여자애 사이로 옮겨갔다. 그는 눈을 지그시 감고 여자애와 경찰의 얘기를 들었다. 여자애가 배낭을 벗어 뒷좌석으로 던지고 말을 꺼냈다.
"경찰 오빠, 이 차 어디로 가는 거죠?"
경찰이 운전대를 잡은 채 말했다.
"네가 가고 싶은 곳은 어디든지 갈 수 있어."
여자애가 반가운 듯이 소리쳤다
"그럼 경찰 오빠도 가출한 거예요?"
경찰이 속력을 높이며 대꾸했다.
"맞아. 자유를 찾아서 가출했어."
여자애가 엄지손가락을 치켜들었다.
"이 오빠, 너무 마음에 든다. 순찰차를 끌고 가출하다니."
경찰이 미소를 지었다.
"사람은 가끔 일로부터 해방되는 것도 나쁘지 않아."
여자애가 맞장구를 쳤다.
"나도 공부로부터 해방되기 위해서 뛰쳐나온 건데."
경찰이 말했다.

"우리는 일하기 위해서 태어난 게 아니야. 즐기기 위해서 태어난 거지."

여자애가 말했다.

"맞아. 공부에 모든 시간을 낭비한다는 건 너무나 불행한 일이야."

경찰이 말했다.

"젊은이한테 있어서 가장 불행한 것은, 어른들이 만들어 놓은 일을 미친 듯이 한다는 거야."

여자애가 말했다.

"산다는 것은 열심히 일하는 게 아니라, 즐거운 행위를 열심히 하는 거겠지?"

경찰이 고개를 끄덕였다.

"맞아. 우리 인생에서 가장 행복한 때는, 일에 몰두할 때가 아니라, 자신이 즐거워하는 행위를 할 때야."

여자애가 전방을 응시했다.

"일만 하고 휴식을 모르는 사람은 브레이크가 없는 자동차 같아서 위험하기 짝이 없어."

경찰이 가속페달을 밟았다.

"일할 줄을 모르는 사람이 열심히 일하는 것은, 모터가 없는 자동차 같아서 아무 소용이 없어."

여자애가 경찰의 팔을 잡았다.

"방종한 자만이 즐거움을 누리고, 애써 일하는 자만이 고통 속으로 빠져들 거야."

경찰이 뒤를 돌아보았다.

"노인장은 일을 어떻게 생각하십니까?"

그가 입맛을 쩍쩍 다셨다.

"인생의 최대 기쁨은 다른 사람들이 할 수 없는 일을 열심히 하는 데 있소."

여자애가 끼어들었다.

"일 잘하는 것보다 공부 잘하는 게 낫다고 하던데요?"

그가 말했다.

"학생에겐 공부가 바로 일이오."

경찰이 말했다.

"경찰에겐 법을 집행하는 게 일이고요."

여자애가 말했다.

"노인은 성인처럼 말하는 게 일이고요."

그가 말했다.

"인간이 행복하게 되는 원칙은… 첫째 무언가를 열심히 할 것, 둘째 누군가를 열심히 사랑할 것, 셋째 무언가에 열심히 희망을 가지는 것이오. 이 세 가지만 충족하면 더 이상 바랄 게 없소."

경찰이 말했다.

"그럼 우리는 무언가를 열심히 하지 않을 것, 누군가를 열심히 사랑하지 않을 것, 무언가에 열심히 희망을 가지지 않을 것 등을 실천해야겠다. 방종한 자유를 즐겨야 하니까."

여자애가 두 팔을 들고 소리쳤다.

"좋아, 방종한 자유를 위하여!"

114

오 사랑이여, 그대는 악의 신이로다

경찰은 그를 대도시 중심가에 내려놓고 어디론가 사라졌다. 그는 경찰과 여자애가 숨어든 빌딩숲을 보면서 중얼거렸다. 젊은이여, 그대들은 일하고 노력하고 창조하기 위해서 태어났다. 그대들은 추진하고 도전하고 극복하기 위해서 태어났다. 모든 일을 당장 이생에서 사라지는 것처럼 추진하고 밀어붙여라. 젊은이여, 그대들은 일하고 노력하고 땀 흘리지 않으면 안 된다. 그대들은 고민하고 갈등하고 경쟁하지 않으면 안 된다. 살아간다는 행복의 뜻과 기쁨의 뜻도 모두 그 안에 포함되어 있다.

내가 아는 그대들의 최대 비극은 자기가 진정으로 하고 싶은 일이 무엇인지 모른다는 것이다. 내가 아는 그대들의 최대 희극은 자신들이 무엇을 위해 태어났는지 모른다는 것이다. 젊은이여, 단지 급료에 얽매여 반복적으로 일하는 사람처럼 불쌍한 인간은 없다. 젊은이여, 단지 입에 풀칠하기 위해 반복적으로 일하는 사람만큼 서글픈 인간은 없다. 그러나 그 스스로 일을 찾아서, 그 일에 최선을 다하고, 그 결과에 만족하는 사람은, 그 누구에게도 부끄럽지 않은 인간이다. 그대들 일할 수 없다고 생각하는 것은, 그 일을 스스로 할 수 없도록 만드는 근원이고 수단이다.

그대들 스스로 도전할 수 없다고 생각하는 것은, 스스로 내일을 향해 달려갈 수 없다고 인정하고, 스스로 희망을 포기하는 행위이다. 그대들 인생에 있어서 가장 큰 기쁨은 '너는 그것을 할 수 없다.'고 말하는 그 일을 완벽히 성취해 내는 것이다. 그대들 아는가? 좋은 일을 한 대가로 얻은 휴식은 일한 사람만이 맛보는 꿀맛 같은 기쁨이다. 일을 하고 난 후가 아닌 휴식은 식욕이 없는 식사와 마찬가지로 즐거움이 없다. 가장 유쾌하면서 가장 크게 보람되고, 가장 값싸고 좋은 시간의 소비법은 땀 흘려 일하는 것이다.

그대들은 자신이 가진 능력에 따라 하고 싶은 일을 할 때 가장 빛난다. 그대들 쉬운 일이라도 어려운 일처럼 달려들고, 어려운 일이라도 쉬운 일처럼 추진해 보라. 일이 얼마나 큰 기쁨과 큰 즐거움과 큰 성취감을 가져다 주는지 알 수 있다. 그가 골목길을 지나갈 때, 젊은 남녀가 키스를 나누고 있었다. 그의 말을 들은 여자애가 애교스런 목소리로 외쳤다.

"우리는 일보다 키스를 더 사랑해요."

그가 두 연인을 향해 점잖게 말했다.

"키스도 일한 다음에 하는 키스가 더 달콤할 것이오."

여자애가 포옹을 풀고 말했다.

"일도 사랑이 넘치는 키스를 위해 존재하는 것 아닌가요?"

그가 삿갓을 눌러 쓰고 말했다.

"일 없는 사랑은 영혼 없는 육체와 같소."

남자애가 여자를 다시 껴안았다.

"일 때문에 사랑을 희생하는 것보다, 사랑 때문에 일을 희생시키는 편이 더 낫습니다."

그가 두 남녀를 보며 혀를 끌끌 찼다.

"사랑은 투명한 유리 같은 것이오. 아무렇게 잡거나, 너무 꽉 움켜잡으면 깨지고 맙니다."

여자애가 남자애의 뺨에 키스했다.

"깊고 진실하게 사랑하는 사람만이 위대한 고뇌와 황홀한 환희를 맛볼 수 있어요."

그가 지팡이를 똑바로 세웠다.

"사랑은 이상한 안경을 쓰고 있는, 괴이하기 짝이 없는 존재라고 할 수 있소. 즉 사랑은 바보를 천재로, 구리를 황금으로, 가난함을 풍족함으로, 다래끼를 진주알처럼 보이게 하는 요물이오."

남자애가 결연한 표정을 지었다.

"사랑은 착각을 하거나 오류를 범하지 않습니다. 아니, 사랑은 그런 실수를 절대로 저지르지 않아요. 모든 오류나 실수는 사랑의 결핍에서 나오는 것이니까요."

그가 타이르듯이 말했다.

"사랑에 빠진 인간은… 사랑하는 상대의 말에 너무 쉽게 속고, 사랑하는 상대의 감정에 너무 쉽게 넘어간다오."

여자애가 당당하게 말했다.

"나한테 온 마음 바쳐 사랑하는 사람은 단 한 명뿐이고, 내가 온 마음 다 바쳐 사랑을 주는 사람도 단 한 명뿐입니다."

그가 안쓰럽다는 듯이 말했다.

"연인을 사랑하는 경우… 그 연인을 위해서 사랑하고 있다고 생각한다면 그것은 큰 착각이오. 사랑은 오로지 자기 자신만을 위해서 노력하는, 지상 최고의 이기적 감정이에요."

남자애가 어깨에 힘을 주었다.

"진정한 사랑은… 자기한테 커다란 이익을 줘서 사랑하는 게 아니라, 사랑하는 그 사실 속에서 행복을 느끼기 때문에 사랑하는 것입니다."

그가 말했다.

"진정한 사랑… 즉 한 사람을 평생 동안 사랑할 수 있다고 자신하는 것은, 한 자루의 초가 평생 동안 탈 수 있다고 생각하는 것과 마찬가지요."

여자애가 말했다.

"사랑하는 것과 사랑을 받는다는 것… 이보다 더 큰 행복은 우리는 원하지도 않고 알지도 못합니다."

그가 말했다.

"오늘 사랑한다고 해서 내일도 사랑하리라고는 아무도 장담할 수 없어요. 그것이 바로 사랑의 실체이자 사랑의 이중적 감정이오."

남자애가 말했다.

"사랑이란 온전한 자기희생입니다. 이것은 우연에 의존하지 않는 유일한 행복이에요."

그가 말했다.

"사랑의 신비함이 끝나면, 사랑의 쾌락도 끝나고, 사랑의 쾌락이 끝나면, 사랑의 비극이 찾아드는 법이오."

여자애가 말했다.

"사랑은 생명의 꽃이고, 비극의 꽃은 절대로 피우지 않아요."

그가 말했다.

"인간이 사랑을 시작했을 때, 이미 비극은 싹트기 시작한 것이외다."

남자애가 말했다.

"사랑의 비극이란 없습니다. 사랑이 없는 가운데서만 비극이 존재하는 것입니다."

그가 말했다.

"사랑하는 순간 두 가지 비극이 찾아들지요. 즉, 전쟁 아니면 평화가 바로 그것입니다."

여자애가 말했다.

"성실하고 진실한 사랑은… 전쟁도 없을뿐더러, 이 지구와 함께 상실되는 일도 없습니다."

그가 말했다.

"두 사람은 이걸 알아야 됩니다. 사랑에 대한 유일한 승리는 사랑으로부터의 탈출이라는 것을 말이에요."

남자애가 말했다.

"진실하고 절실한 사랑은 배반 이외에는 모든 것을 다 이겨 냅니다."

그가 껄껄 웃으며 말했다.

"오 사랑이여, 그대는 악의 신이로다. 누구든 그대를 악마라고는 부르지 못할 테니까."

115

미친 사람들만이 하는 즐거운 게임이다

그는 사랑을 나누는 두 남녀와 헤어져 도심 속을 걸어갔다. 해는 아직도 빌딩 위에 떠 있고, 도심은 많은 인파로 붐볐다. 그는 수많은 여자와 남자와 연인들을 보면서 소리쳤다. 그대들이 사랑받지 못하는 것은 슬프다. 그러나 더욱 슬픈 것은, 그대들이 사랑을 할 수 없다는 것이다. 만일 당신의 사랑이 사랑을 일으키지 못한다면, 만일 자신을 사랑받는 자로 만들지 못한다면, 그대의 삶은 무능하고 불행할 뿐이다.

사랑은 어느 한 순간도 중단되지 않고, 홀로 있지도 않고, 황량하지도 않다. 사랑은 항상 환희의 문을 열고, 희열의 감정을 개방한 채, 자신의 존재를 알리고 있다. 사랑은 언제나 비극적 생명력을 지닌 대상이자, 희극적 참회력을 가진 능동적 존재이다. 그대들 아는가? 사랑하는 사람의 눈에는 장미꽃 가시도 안 보이고, 사랑하는 사람의 귀에는 기차소리도 속삭임처럼 들린다. 그대들 아는가? 사랑은 아무런 무기도 지니고 있지 않은 것처럼 보이지만, 실은 화살과 전통으로 몸을 단속하고 있다.

사랑은 열정과 쾌락과 희망을 품고 있지만, 한편으론 절망과 고통과 비극을 끌어안고 있다. 참된 사랑은 삶과 죽음을 초월한 정신의 교감이다. 참된 사랑은 고통과 절망을 극복한 영혼의 노래이다. 참된 사랑을 하는 자만이 진실된 삶을 살아가고 있는 것이다. 참된 사랑을 하는 자만이 영원한 생명의 숨결을 내뿜고 있는 것이다. 참된 사랑은 서로가 서로에게 마음을 주는 것이지, 한 사람이 다른 사람을 위해서 희생하는 것이 아니다.

그대들 아는가? 참된 사랑에는 한 가지 법칙밖에 없다. 그것은 사랑하는 사람을 행복하게 만들어 주는 것이다. 그것은 서로가 서로를 행복하게 만들어 주는 것이다. 그대들 아는가? 참된 사랑은 두 사람이 마주보는 것이 아니라, 함께 같은 방향을 바라보는 것이다. 참된 사랑은 두 사람이 마주보고 가는 것이 아니라, 함께 같은 방향으로 가는 것이다.

그대들 사랑을 빨리 성취하려거든 붓을 들기보다 말로 하라. 그대들 사랑을 빨리 쟁취하려거든 말로 하지 말고 행동으로 하라. 그대들 사랑을 빨리 완성시키려거든 행동으로 하지 말고 진심을 보여라. 그가 외치고 있자 50대로 보이는 남자가 다가왔다. 남자는 눈에 망원경을 쓰고 무언가를 찾고 있었다. 그는 남자의 행동이 이상해서 조심스럽게 물었다.

"눈에 망원경을 매단 이유는 무엇이오?"

남자가 이마에 걸친 망원경을 내렸다.

"오십이 넘도록 사랑을 찾지 못해 이러고 있습니다."

그가 안쓰럽다는 표정을 지었다.

"정말 사랑을 찾으려고 망원경을 썼다는 말이오?"

남자가 수많은 남녀를 가리켰다.

"그렇습니다. 이렇게 사람이 많아도 사랑할 여자 하나를 만날 수가 없어요."

그가 혀를 소리 나게 찼다.

"사랑이 찾아서 나타나는 것이겠소?"

남자가 눈살을 찌푸렸다.

"그럼 앉아서 기다리라는 말입니까?"

그가 달리는 차들을 가리켰다.

"사랑은 교통사고처럼 한순간에 다가오는 것이오."

남자가 고개를 절레절레 저었다.

"교통사고도 나 봤지만, 사랑은 찾아오지 않았소이다."
그가 남자를 똑바로 응시했다.
"시시한 사랑이라도 한 번쯤 해 보기는 했소?"
남자가 머리를 흔들었다.
"육체를 섞는 사랑은 해 봤습니다."
그가 말했다.
"그건 남녀 간 정사고, 마음을 주고받는 사랑 말이오."
남자가 말했다.
"일방적인 사랑은 해 본 것 같습니다."
그가 말했다.
"짝사랑 같은 것 말이로군."
남자가 말했다.
"맞습니다. 짝사랑…"
그가 말했다.
"여자의 마음은 수수께끼 같은 것이오. 그런 존재를 사랑하려면 뛰어난 기술이 필요합니다."
남자가 물었다.
"어떤 기술이?"
그가 대답했다.
"우선 여자의 마음을 아는 것이오."
남자가 다시 물었다.
"어떻게?"
그가 재차 대답했다.
"여자의 마음이 아무리 굳게 닫혀 있어도, 아첨이나 사랑을 받아들일 틈을 어딘가에 반드시 남기고 있는 법이이외다."
남자가 미간을 찌푸렸다.
"그런 여자를 찾는 것 자체가 힘이 듭니다."

그가 푸른 하늘을 올려다보았다.

"사랑은 의외로 가까운 곳에 있소. 별빛 같이, 나비 같이, 눈망울 같이."

남자가 중얼거렸다.

"인간이 사랑을 시작하면 시인이 되는데…"

그가 말했다.

"사랑은 자기 자신을 속임으로써 시작해서, 다른 사람을 속임으로써 끝맺는 것이오. 그것이 소위 로맨스라고 하오."

남자가 말했다.

"그럼 우선 나 자신부터 속여야겠군요."

그가 말했다.

"사랑을 시작할 때… 사람은 자기 자신한테 백퍼센트 이상 적응하는 본능적 동물이 되는 것이오. 즉 사랑이라는 이름으로 모든 것을 최대한 활용하고, 최대한 이용하는 야성적 동물이 되는 거지요. 그런 순간과 기회를 놓치지 않아야 사랑이 쟁취되는 것이외다."

남자가 말했다.

"스스로 가식적인 것조차 사랑하라는 말이군요. 진실한 사랑을 위해서."

그가 말했다.

"조건 없이 사랑해 보시오. 물론 조건 없는 사랑마저도 실패할지 모르지만, 조건이 붙은 사랑은 존재할 가능성마저도 없소."

남자가 말했다.

"하긴 미쳐 버린 사랑은 사람을 짐승으로 만들기도 하니까요."

그가 말했다.

"사랑은 미친 사람들만이 하는 즐거운 게임이오. 그 게임을 위해선 짐승이 돼도 괜찮소."

남자가 말했다.

"인간이 아닌 짐승이라."

그가 성큼성큼 걸어가며 말했다.

"그대가 사랑을 거부해서 사랑이 찾아오지 못하는 것이오. 우선 사랑을 거부하는 마음을 바꾸어 보시오."

116

여자는 돈을 좇다가 죽는 것보다, 돈에 깔려 죽는 걸 택한다

그는 길을 가다가 웨딩드레스를 입은 남자를 발견했다. 남자는 60대 중반이었으며, 웨딩드레스를 입은 채 춤추는 것처럼 걸었다. 지나가는 행인들이 이상한 눈으로 보았지만, 남자는 개의치 않았다. 몇 명의 사내아이들이 남자를 따라 춤을 추면서 걸었다. 중년여자들은 못 볼 걸 보았다는 듯이 인상을 찌푸렸다. 그럼에도 남자는 춤추는 행위를 멈추지 않았다. 그는 남자의 행동이 이상해서 조심스레 질문을 던졌다.

"그대는 왜 웨딩드레스를 입고 춤을 추는 거요?"

남자가 춤을 추다 말고 대답했다.

"결혼을 하고 싶어서 이러는 것이외다."

그가 놀란 얼굴로 다시 물었다.

"그럼 지금까지 결혼을 못했단 말이오?"

남자가 침울한 소리로 대답했다.

"일을 하느라고 바빠서 못했소."

그가 눈을 크게 떴다.

"무슨 일을 하고 있기에?"

남자가 한숨을 뱉었다.

"집에 틀어박혀서 글만 썼소이다."

그가 재빨리 물었다.

"글이라면? 소설을 쓴단 말이오?"

남자가 즉시 대답했다.

"소설, 시, 수필, 콩트 가리는 것 없이 썼소."

그가 물었다.

"문필가라면 여자들이 좋아할 거 아니오?"

남자가 대답했다.

"멀쩡한 외모만 보고 좋아하다가, 글을 쓴다고 하면 곧바로 돌아서 버렸소."

그가 고개를 갸우뚱 거렸다.

"왜 돌아서는 겁니까?"

남자가 인상을 찌푸렸다.

"자본주의 사회에서 돈도 안 되는 짓거리를 한다나, 뭐라고 하면서 곧장 떠나 버렸소이다."

그가 혀를 끌끌 찼다.

"그래도 정신 나간 여자 하나쯤은 있었을 거 아니오?"

남자가 장탄식을 뱉었다.

"내 글이 뛰어나다면 그나마 남아 있었을 텐데, 제멋대로 쓰는 글이다 보니…"

그가 말했다.

"여자들이 떠날 만도 하겠소. 여자의 등만 파먹는 놈팡이로 보였을 테니 말이오."

남자가 말했다.

"이젠 진정한 사랑도 필요 없는 세상이 되었소. 모든 여자들이 오로지 돈만 좋아하니까."

그가 말했다.

"돈만 보고 결혼하는 것보다 더 나쁜 것이 없고, 겉치레만 보고 결혼하는 것보다 어리석은 인간은 없소."

남자가 말했다.

"어떤 여자가 이렇게 충고하더이다. 돈 없는 남자보다 어리석은 인간은 없고, 돈 많은 남자보다 훌륭한 사람은 없다고."

그가 말했다.

"돈은 밑 없는 깊은 물속과 같은 것이오. 명예도 양심도 진리도 모두 그 속에 빠져 버리고 말지요."

남자가 말했다.

"그뿐이겠소? 돈이 사랑을 만들고, 사랑은 돈을 숭배합디다."

그가 말했다.

"돈은 여자를 철면피로 만들고, 사랑은 남자를 돈의 노예로 만드는 요물 중에 요물이지요."

남자가 침울한 표정을 지었다.

"돈이 말을 할 때는 진실도 침묵을 지키더이다."

그가 머리를 주억거렸다.

"당연하지요. 돈이 말을 할 때는 사랑도 침묵을 지키고, 나라도 침묵을 지키고, 권력도 침묵을 지키는 법이니까."

남자가 중얼거렸다.

"그런 돈을 나는 종잇조각으로밖에 보지 않았으니."

그가 말했다.

"사실 돈을 너무 많이 가지고 있다는 건, 너무 적게 가지고 있는 것보다 괴로운 일입니다."

남자가 말했다.

"그럼에도 여자들은 돈을 좇다가 죽는 것보다, 돈에 깔려 죽는 걸 택했소."

그가 말했다.

"그게 여자들의 돈에 대한 신념이오. 아니 맹신적 종교라고 해도 좋을 거요."

남자가 말했다.

"이제라도 돈을 벌어서 결혼이라는 걸 해 봐야 되지 않겠소?"

그가 말했다.

"돈을 쫓아가는 자는 한 푼의 돈도 잡지 못하고, 돈이 사람을 쫓아와야 돈을 벌 수 있는 것이오."

남자가 말했다.

"그럼 어떻게 하라는 말이오?"

그가 말했다.

"지금 그대로 자유롭게 사시오. 어차피 결혼은 그대의 몫이 아니니까."

남자가 말했다.

"결혼이여, 그대는 어디에 있는 것이오? 그대가 있는 곳이라면 하늘 끝까지 따라가리다."

그가 걸음을 떼어 놓으며 말했다.

"그대는 자신의 세계 속에서 위대한 임금님이오. 결혼의 노예가 되어 거지처럼 돈을 빌려 쓰기보다는, 차라리 거지가 되어 마지막 일 달러를 임금처럼 쓰고 죽는 게 좋을 것이오."

117

베푸는 자로 죽는 것이 빼앗는 자로 사는 것보다 낫다

그는 웨딩드레스를 입고 춤추는 남자와 헤어져 길을 갔다. 수많은 행인들이 도심을 메웠고, 그들은 무언가를 말하고 웃고 떠들었다. 하지만 그들의 즐거워하는 얼굴에도 고민과 슬픔, 우울감이 엿보였다. 즉 겉으로는 행복하고 희망차 보였지만, 마음은 어둡고 고독한 것을 숨길 수 없었다. 그는 많은 인파가 오가는 거리 한가운데 서서 소리쳤다.

인간들이여, 돈은 의복이 인간에게 할 수 있는 것과 같은 단순한 역할 밖에 하지 못한다. 그대들 돈은 자동차가 인간에게 할 수 있는 것 같은 편리한 역할 밖에 하지 못한다. 그대들 부를 축적하는 데 그릇된 방법을 썼다면, 그 만큼 마음속에 지울 수 없는 상처가 생긴 것이다. 그대들 부를 축적하는 데 나쁜 방법을 동원했다면, 그 만큼 영혼 속에 지울 수 없는 흠집이 생긴 것이다.

인간들이여, 부는 악한 사람에게는 악한 것을 가져오고, 선한 사람에게는 선한 것을 가져온다. 빈은 선한 사람에게는 희망을 가져다 주고, 악한 사람에게는 절망을 가져다 준다. 그대들 아는가? 가난한 사람에게 돈을 빌리는 것은 못 생긴 여인에게 키스를 하는 것과 같고, 부자에게 돈을 빌리는 것은 아름다운 여인의 따귀를 때리는 것과 같다. 그대들이 부자를 칭찬하는 것은 부자를 칭찬하는 게 아니라, 돈을 칭찬하는 것이고, 그대들이 빈자를 나무라는 것은 빈자를 꾸짖는 게 아니라, 빈한함을 나무라는 것이다.

인간들이여, 속이는 말로 재물을 모으는 것은 죽음을 구하는 행위이고, 강탈하는 행위로 재산을 축적하는 것은 무덤을 파는 행위이다. 또한 돈으로 사람을 부리는 자는 저승길을 재촉하는 인간이고, 권력으로 사람을 부리는 자는 황천길을 재촉하는 인간이다. 그가 소리칠 때 순찰차가 사이렌을 울리면서 다가왔다. 그는 재빨리 고층 건물 안으로 숨어 들어갔다. 건물 안에는 더 많은 사람들이 북적거리고 있었다. 그는 백화점 안으로 들어가서 계속 외쳤다.

인간들이여, 많은 재산은 권리와 의무를 동시에 갖게 만들고, 많은 재물은 훌륭한 노예이자 잔악하기 이를 데 없는 주인이다. 이 세상에서 가장 행복한 사람은 적은 재물로 만족하는 자이고, 이 세상에서 가장 불행한 사람은 많은 재산도 부족하다고 여기는 자이다. 돈의 노예가 된 자들이여, 인간의 진정한 재산은 그가 이 세상에서 행하는 선행이고, 인간의 진정한 부는 그가 이 세상에서 행하는 나눔이다.

그대들 재산을 많이 가진 사람이 그것을 자랑하더라도, 그 재산을 잘 쓰고 있는지 알 때까지 칭찬해서는 안 된다. 그대들 높은 명성과 권력을 가진 사람이 그것을 자랑하더라도, 그 권력과 명성을 잘 쓰고 있는지 알 때까지 칭송해서는 안 된다. 그대들 이것을 아는가? 사람이 이 세상에 존재하는 것은 부자가 되기 위해서가 아니라, 행복하게 살기 위해서라는 것을. 그대들 이것을 아는가? 인간이 이 세상에 태어난 것은 명성을 얻기 위해서가 아니라, 선하게 살기 위해서라는 것을.

그대들 선한 자로 사는 것이 부자로 죽는 것보다 낫고, 빈자로 사는 것이 악한 자로 죽는 것보다 낫다. 그대들 베푸는 자로 죽는 것이 빼앗는 자로 사는 것보다 낫고, 욕망을 버린 자로 사는 것이 탐욕에 빠진 자로 죽는 것보다 낫다. 그대들 돈을 쫓아가지 말고 행복을 쫓아가라. 그대들 명성을 쫓아가지 말고 인품을 쫓아가

라. 그대들 탐욕을 쫓아가지 말고 선행을 쫓아가라. 그는 이렇게 외치고 백화점을 빠져나왔다.

118

인생은 검은 망각 위를 바쁘게 오가는 투명한 그림자이다

그는 도심을 걷다가 지휘봉을 손에 든 남자를 만났다. 남자는 자동차와 행인과 빌딩을 향해 지휘를 하고 있었다. 그는 잠시 대도시를 지휘하는 40대 남자를 지켜보았다. 남자는 입으로 곡을 흥얼거리면서 열심히 두 팔을 놀렸다. 사람들은 지휘봉을 휘두르는 남자를 피해 길 가장자리로 걸어갔다. 남자는 사람들이 피하면 피할수록 더욱 힘차게 몸을 움직였다. 그는 궁금증을 참다못해 남자 곁으로 다가가 질문을 던졌다.

"댁은 지금 누구를 상대로 지휘를 하는 것이오?"

남자가 지휘봉을 휘두르며 대답했다.

"저는 지금 인생을 지휘하고 있습니다."

그가 의아한 얼굴로 물었다.

"인생을 지휘하다니?"

남자가 음울하게 말했다.

"음악만 지휘하기엔 삶이 너무 짧아서요."

그가 눈을 크게 떴다.

"그래서 도시를 상대로 지휘를 한단 말이오?"

남자가 사람들을 가리켰다.

"도시보다는 도시에 사는 인생들을 지휘하고 있습니다."

그가 고개를 주억거렸다.

"하긴 인생은 짧은 음악하고 같은 거지요. 다만 중요한 것은 음악의 길이나 크기가 아니라 그 가치니다."

남자가 자조적으로 중얼거렸다.

"만나고, 알고, 사랑하고, 헤어지는 것은 몇몇 인간들의 슬픈 음악이자 환상 교향곡이지요."

그가 말했다.

"인간은 미래를 위해서 무엇을 연주하고, 어떻게 노래해야 하는지 알 수 없는 존재예요. 그래서 인생은 멋지고 아름다운 것인지도 모릅니다."

남자가 말했다.

"삶은 짧지만, 음악은 인생을 영원하고 신성하게 만들어 주는 참다운 생명체라고 할 수 있죠."

그가 말했다.

"그대가 만약 훌륭한 음악을 만들고 싶거든, 인생을 송두리째 바칠 용기를 가지고 있지 않으면 안 됩니다. 이 희생의 법칙은 문학에도, 미술에도, 종교에도 생활에도 모두 적용되는 거예요."

남자가 말했다.

"맞습니다. 음악을 하는 이상 노래에 미친 듯이 파고들지 못하는 음악가는 불행할 수밖에 없죠."

그가 발걸음을 옮기면서 말했다.

"인생은 음악 연주처럼 반복되는 것이에요. 좋은 일을 반복하면 즐거운 인생을, 나쁜 일을 반복하면 불행한 인생을 보내게 됩니다."

남자가 따라서 걸으며 말했다.

"돈에 집착하는 자는 스스로 비난을 받게 되어 있고, 권력에 집착하는 자는 스스로 망하게 되어 있고, 무위도식에 집착하는 자는 스스로 방황하게 되어 있고, 안락에 집착하는 자는 스스로 고생하게 되어 있는데, 음악에 미쳐 버린 사람은 어떻게 되는 것일까요?"

그가 걸음을 멈추고 돌아보았다.

"그대의 삶은 그대 자신이 거기에 의미를 부여하려고 노력하는, 딱 그만큼 정도밖에 의미를 가지고 있지 않습니다. 즉 그대의 인생은 그대 자신이 하루 종일 무슨 일을 하고, 무슨 생각을 하고, 무엇에 매달리고, 무엇에 집착하는지에 달려 있다는 말이에요."

남자도 그를 따라서 걸음을 멈췄다.

"인생은 동물의 꼬리와 같은 것인가요? 얼마나 긴가가 아니라, 무엇에 사용되며, 어디에 좋은지가 중요한 것처럼 말입니다."

그가 바쁘게 움직이는 사람들을 가리켰다.

"인생은 검은 망각 위를 바쁘게 오가는 투명한 그림자 같은 것입니다. 화려한 무대 뒤에서 대기하다가 자기 순번이 오면 재빨리 뛰어나가서 아름다운 목소리로 노래하고 춤추고 연기하지만, 그 다음부터는 철저히 망각돼 버리는 초라한 삼류 배우지요."

남자가 들고 있던 지휘봉을 내렸다.

"내 음악 인생에 있어서 청년기란 실패고, 중년기는 고투이고, 노년기는 후회일 것 같은데요."

그가 하늘 높이 치솟은 빌딩과 달리는 자동차와 바삐 움직이는 사람들을 보면서 말했다.

"인생에는 세 가지 비극이 있소. 첫 번째는 자기가 원하는 걸 완벽하게 이루는 것이고, 두 번째는 자기가 원하는 걸 완벽하게 이룰 수 없는 것이고, 세 번째는 자기가 원하는 걸 적당히 이루는 것이오."

남자가 말했다.

"음악을 한다는 것과 명성을 얻는다는 것, 그 두 가지를 동시에 이루는 것은 얼마나 어려운 일인가요?"

그가 말했다.

"모든 사람이 기막힌 재주를 가지고 높은 명성을 얻을 필요는 없습니다. 세상을 사랑하는 생각과 인간을 불쌍히 여기는 마음과 사람을 신뢰하는 의지만 있으면 족하지요."

남자가 말했다.

"사랑을 두려워한다는 것은 곧 인생을 두려워함이고, 인생을 두려워한다면, 그는 이미 십중팔구는 죽은 것이나 다름없겠죠?"

그가 말했다.

"그대도 알다시피 우리는 짧은 인생을 부여받은 것이 아닙니다. 우리가 짧은 인생을 살고 있을 뿐이에요. 그 누구도 일 년을 더 못 살 만큼 늙지 않았고, 아무도 오늘 죽을 수 없을 만큼 젊지 않아요."

남자가 말했다.

"백년을 살 것같이 작곡하고, 내일 죽을 것같이 노래해야겠죠?"

그가 말했다.

"아무것도 시도할 용기를 갖지 못한다면, 인생은 대체 무엇이겠소?"

119

인생은 우주의 영광이자,
우주의 치욕이자, 우주의 절망이다

그는 인생을 지휘하는 남자와 헤어져 거리를 걸어갔다. 아직은 해가 중천에 떠 있고, 날씨는 찌는 듯이 무더웠다. 그는 삿갓을 벗어 목 뒤로 넘기고 중얼거렸다. 불쌍한 인생들이여. 인생의 기간은 짧다. 인생을 어떻게 보내야 할까 게으른 심사숙고를 하는 데 삶을 소비해서는 안 된다. 고단한 인생들이여, 인생의 기간은 짧다. 그 짧은 인생도 천하게 보내기 위해서는 너무나 길다.

피곤한 인생들이여, 인생의 기간은 짧다. 매사에 이성과 양심이 명하는 바에 따르고, 불행한 사람의 행복을 위해서 마음을 쓰라. 그것이 그대들의 인생에 있어서 가장 값비싸고 보람된 열매이다. 어리석은 인생들이여, 인생은 한 권의 책과 같다. 바보 같은 자는 그것을 막 넘겨 버리지만, 현명한 인간은 한 장 한 장 열심히 읽는다.

그대들 아는가? 이삭이 익으면 거둬들이듯 인생도 거둬들여져야 한다는 것을. 즉 한 사람은 새롭게 태어나고, 다른 한 사람은 새롭게 죽는다는 것을. 그대들 아는가? 우리의 일생은 언제나 타인의 삶에 얽매여 있다는 것을. 그대들 아는가? 타인을 사랑하는 데 인생의 반을 소모하고, 타인을 비난하는 데 인생의 반을 소모한다는 것을.

그대들 인생의 위대한 목표는 즐거움이 아니라 갈등이고, 삶의 위대한 목표는 삶이 아니라 죽음이라는 것을 아는가? 그대들 인생의 최대 불행은 인간이면서도 인간을 모른다는 것이고, 삶의 최대 갈등은 죽어 가면서도 죽음을 모른다는 것을 아는가? 그가 인생을 외치고 있자 지나가던 사람들이 모여들었다. 모여든 사람들은 주로 50대와 60대, 70대 남자들이었다. 그는 모여든 사람들을 향해 큰소리로 부르짖었다.

고독한 인생들이여, 동료를 갖는다는 것은 또 하나의 인생을 갖는 것이고, 사랑을 한다는 것은 또 하나의 삶을 시작하는 것이다. 외로운 인생들이여, 인생은 색색 무늬의 유리로 만든 둥근 천장 같이 백광(百光)을 발산한다. 죽음이 그것을 산산조각 낼 때까지만 말이다. 우매한 인생들이여, 인생은 화려한 장미꽃의 희망이다. 단 피어나지 않을 동안만 말이다. 서글픈 인생들이여, 삶은 청초한 할미꽃의 꿈이다. 단 지지 않을 동안만 말이다. 한심한 인생들이여, 죽음은 검붉은 독버섯의 꿈이다. 단 시들지 않을 동안만 말이다.

슬픈 인생들이여, 인생은 언제나 예의를 지킬 여유가 없을 정도로 짧지도 않고, 언제나 악의를 관철시킬 만큼 길지도 않다. 쓸쓸한 인생들이여, 인생은 왕복차표를 발행하지 않는 편도선이고, 삶은 한 번 떠나면 다시는 돌아오지 못하는 외길이다. 초로의 인생들이여, 인생에서 가장 아름다운 순간은 아무도 알아듣지 못하는 두 사람만의 말로, 두 사람만의 비밀과 두 사람만의 즐거움을 이야기할 때이다.

눈 먼 인생들이여, 최악의 인생이라도 최선의 죽음보다는 낫고, 최악의 행복이라도 최선의 슬픔보다는 낫다. 아둔하고 아둔한 인생들이여, 그대들의 인생은 우주의 영광이자, 우주의 치욕이자, 우주의 절망이라는 것을 아는가? 어리석고 어리석은 인간들이여, 그대들 한 줌의 먼지로 시작해서, 한 줌의 살덩이로 살다가, 한 줌의 흙으로 사라진다는 것을 아는가? 그는 이렇게 외치고 모여선 사람들 사이를 뚫고 지나갔다.

120

책이여, 그대 이제 영원한 죽음으로 돌아가라

그는 도시 뒷골목을 가다가 책을 불태우는 남자를 발견했다. 남자는 수백 권의 책을 쌓아 놓고 불을 지피고 있었다. 책의 종류는 인문서, 소설, 수필집, 시집, 교양서 등 다양했다. 남자는 쌓여 있는 책에 기름을 끼얹고 라이터로 불을 붙였다. 잠시 후 책은 불길에 휩싸였고, 남자의 얼굴을 붉게 물들였다. 붉게 물든 남자의 얼굴에는 회한과 감동이 어지럽게 교차하고 있었다. 책은 남자의 마음을 아는지 모르는지 활활 타올랐다. 그는 남자의 마음이 가라앉기를 기다렸다가 조심스럽게 질문을 던졌다.

"그대는 지금 무얼 하고 있는 겁니까?"

남자가 불타는 책을 보며 대답했다.

"책을 화형시키는 중입니다."

그가 의아하다는 표정을 지었다.

"왜 책을 화형시키는 거지요?"

남자가 침울한 소리로 대답했다.

"보지 않는 책은 죽은 거나 마찬가지니까요."

그가 재빨리 반문했다.

"보지 않아도 벽지나 장식품으로는 그만 아니오?"

남자가 고개를 저었다.

"이젠 장식품으로도 그 가치가 사라져 버렸습니다."

그가 말했다.

"그럼 도서관에 기증하면 되지 않소?"

남자가 말했다.

"도서관에서도 이제는 책을 받아 주지 않습니다. 거긴 아예 책을 파지로 팔아넘기고 있어요."

그가 말했다.

"기증 받은 책을 파지 처분한다는 얘깁니까?"

남자가 말했다.

"그렇습니다. 기증하는 도서가 너무 많아서 이젠 쌓아 둘 장소조차 없다는 겁니다."

그가 혀를 끌끌 찼다.

"책은 생명이고, 자유이고, 혁명이고, 지난 시절의 심장이고, 삶과 죽음의 이유이고, 인간 생애의 본질과 정수인데, 쯧쯧."

남자가 책에 기름을 끼얹었다.

"책이 없는 방은 영혼이 없는 육체와 같습니다. 하지만 인터넷 시대엔 책이 있는 방은 미래가 없는, 죽은 과거와 같지요."

그가 안쓰러운 표정을 지었다.

"책은 인생이라는 힘난한 바다를 항해하는 데 도움이 되는 나침반이요, 망원경이요, 지도인데, 그토록 가치가 추락해 버렸단 말입니까?"

남자가 불타는 책을 들척였다.

"백 권의 책에 쓰인 고귀하고 아름다운 말보다, 자극적인 유튜브 동영상 하나가 사람을 감동시키는 시대가 됐거든요."

그가 불타는 책을 응시했다.

"좋은 책은 좋은 친구와 같고, 아름다운 경구는 아름다운 영혼과 같은 것인데 안타깝군요."

남자가 말했다.

"모든 사람들이 읽기 어려운 책에서 지식을 쌓기보다, 다가가기 쉬운 컴퓨터한테 상식을 배우려 들기 때문입니다."

그가 말했다.

"책은 남달리 키가 큰 존재이고, 넓고 넓은 바다 같은 존재이고, 태산처럼 높고 높은 존재인데…"

남자가 말했다.

"책은 위대하고 지혜롭고 숭고한 것이지만, 그것을 읽으려고 하지 않는 사람에겐 분변(糞便)을 처리하는 휴지일 뿐입니다."

그가 타오르는 불길을 보며 말했다.

"우리는 우리의 생명에서 단 한 페이지도 찢을 수 없지만, 책 전체를 불 속에 내던질 수는 있지요."

남자가 타지 않은 책을 위로 올렸다.

"두 번 읽을 가치가 없는 책은 한 번 읽을 가치도 없고, 세상에서 쓰일 가치가 없는 책은 장식품으로서의 가치도 없습니다."

그가 활활 타는 책을 향해 소리쳤다.

"책이여, 그대 이제 영원한 죽음으로 돌아가라. 그대의 역할은 여기까지다."

121

삶, 그대는 나에게 있어 즐거운 고통이다

그는 책을 화형시키는 남자와 헤어져 골목길을 걸어갔다. 도시의 뒷골목은 한산했으며, 불빛조차 희미하게 껌벅였다. 하루 종일 걷고 만나고 외친 까닭에 몸과 마음이 파김치처럼 시들어 있었다. 그는 피곤한 몸을 뉘일 겸 높은 담 아래 자리를 잡고 앉았다. 어차피 여관이나 모텔은 들어갈 돈도 없었고, 행색이 남루한 그를 받아 줄 리도 만무했다. 그가 막 괴나리봇짐을 풀고 담벽에 기댔을 때, 비쩍 마른 남자가 말을 걸었다.

"댁도 삶의 고통을 벗어 던지고 싶은 사람입니까?"

그가 옆쪽을 힐끗 보고 대답했다.

"발과 다리에 느껴지는 고통을 잠시 내려놓으려고 하오."

남자가 바짝 다가앉으며 속삭였다.

"고통은 항상 발과 다리에서 시작해 머리끝으로 올라가지요. 그래서 머리만 안정시키면 곧바로 즐거움이 찾아옵니다."

그가 남자의 초점 없는 눈을 응시했다.

"나는 약물 같은 걸 써서 고통으로부터 벗어나고 싶지는 않소."

남자가 누런 이를 드러내며 웃었다.

"고통을 벗어나 쾌락으로 들어가는 길은 생각보다 간단합니다. 캡슐 한두 개면 충분하거든요."

그가 남자로부터 한 발 물러앉았다.

"최고의 쾌락은 남을 즐겁게 하는 데 있고, 자신을 즐겁게 하는 것은 최고의 죄악이라 할 수 있소."

남자가 한껏 나른해진 표정을 지었다.

"쾌락에는 목적이 없고, 즐거움 또한 목적이 없습니다. 구태여 자신을 억압 속에 가두고, 고통을 느낄 필요가 있을까요?"

그가 단호하게 고개를 저었다.

"진정한 쾌락은 근면의 결과이자 보수이고, 참다운 즐거움은 열심히 일한 결과이자 보수이고, 진실한 기쁨은 최선을 다해 살고 사랑한 보답이오. 거기에 영혼을 병들게 하는 약 같은 것이 필요하겠소?"

남자가 조금 더 다가앉았다.

"부자들이 즐기는 쾌락은 오로지 가난한 자의 고통으로 인해 얻어지고, 가난한자들의 쾌락은 오로지 부자들이 먹다 남은 찌꺼기 속에서 구해집니다. 저는 후자 중에 후자이지만 말이에요."

그가 상체를 뒤쪽으로 젖혔다.

"만들어진 쾌락은 활짝 핀 양귀비 같아서 꽃을 손에 쥐면 금방 시들어 버리는 것이오. 또 인위적인 쾌락은 물에 떨어지는 눈 같아서 한 순간은 희지만, 그 다음에는 영원히 녹아 없어지는 것이외다."

남자가 속삭이듯 말했다.

"현대 같이 저속하고 비열한 시대에는… 그 쾌락에 있어서도 야비하게도 육체적이고, 그 목적에 있어서도 비열하게도 탐욕적이죠. 이 약은 탐욕과 육욕을 한꺼번에 제거해 주는 효과가 있습니다. 아니 모든 것을 잊게 하고, 세상을 아름답게 보이게 만들어 주지요."

그가 인상을 찌푸렸다.

"인위적인 쾌락에 빠지는 것은 스스로 무덤을 파는 행위이고, 작위적인 쾌락 속으로 빠져드는 것은 스스로 판 무덤 속으로 들어가는 행위일 뿐이오."

남자가 소리 없이 웃었다.

"쾌락에의 탐구는 모든 인류 행위의 동인(動因)이고, 쾌락에의 추구는 모든 인간 본능의 동인이라는 걸 압니까?"

그가 남자를 똑바로 쳐다보았다.

"물론 잘 알고 있지요. 하지만 그 강력한 쾌락의 신비스러움이 끝나면, 다시 혹독한 고통의 저주가 찾아오지 않소? 인간의 이성으로는 감당하지 못할, 죽음과 같은 참혹한 고통이 말이오. 나는 그걸 이겨 낼 자신이 없소이다. 아니 단 한 순간도 그것을 감당하고 싶지 않아요."

남자가 흐릿한 눈으로 말했다.

"감당할 수 없는 고통이야말로 정신의 마지막 해방자이고, 영혼의 자유로운 해방만이 우리를 최후의 쾌락에 이르게 해 줍니다."

그가 불쑥 물었다.

"그대는 인위적 고통을 사랑하시오?"

남자가 대답했다.

"나는 작위적 쾌락을 사랑할 뿐입니다."

그가 재차 물었다.

"그러면 작위적 쾌락 후에 오는 인위적 고통은 어떻게 할 것이오?"

남자가 대답했다.

"작위적 쾌락 후에 오는 인위적 고통이라면 달갑게 맞이해야지요."

그가 자리에서 일어나며 중얼거렸다.

"삶, 그대는 나에게 있어 즐거운 고통이로다."

122

육체의 건강은 제일의 재산이고,
정신의 건강은 제이의 재산이다

그는 비좁은 골목에서 빠져나와 쭉 뻗은 대로로 나섰다. 약물로 자신의 고통을 이기려는 남자는 더 큰 고통 속으로 빠져들 게 분명했다. 남자를 구제할 수 있는 건, 신도 천사도 아니고 바로 그 자신이었다. 문제는 그 골목 안에 남자와 같은 사람이 한두 명이 아니라는 점이었다. 그는 탄식을 하며 가다가 허리를 굽힌 채 땅바닥만 살피는 남자를 발견했다. 남자는 갓 60살이 넘어 보였으며, 고급 양복에 등에는 작은 배낭을 메고 있었다. 그는 남자의 이상한 행동을 지켜보다가 말을 걸었다.

"댁은 지금 땅바닥에서 무엇을 찾는 겁니까?"

남자가 굽혔던 허리를 펴며 말했다.

"땅바닥에서 돈을 찾고 있소."

그가 의아한 표정으로 물었다.

"도대체 무슨 돈을 땅바닥에서 찾는단 말입니까?"

남자가 다시 허리를 굽혔다.

"단돈 백 원이라도 떨어져 있는지 찾아보는 거요."

그가 이맛살을 찌푸렸다.

"제법 살 만해 보이는데, 백 원짜리를 땅에서 찾다니요?"

남자가 씁쓸하게 웃었다.

"나는 본래 세리(稅吏)였는데, 몇 년 전에 정년퇴직을 했소이다."

그가 고개를 갸웃거렸다.

"세리로 정년퇴직을 했으면 매달 연금이 나올 것 아닙니까? 그런데 백 원짜리를 길바닥에서 찾다니요?"

남자가 가슴을 두드렸다.

"세리였을 때는 미처 몰랐소. 내가 돈 침대 위에 누워 있었다는 사실을 말이오."

그가 답답하다는 듯이 말했다.

"삼십여 년을 돈 침대 위에 누워 있었으면, 어느 정도 챙겼을 것 아닙니까?"

남자가 탄식조로 말했다.

"그렇다면 얼마나 좋겠소. 그게 아니니 문제지요."

그가 재빨리 말했다.

"그게 아니라니요?"

남자가 천천히 말했다.

"그때 집 열 채 정도는 챙겨 놓았어야 했소. 청렴한 척 하면서 집 몇 채만 사 놓았으니 바보 아니겠소."

그가 말했다.

"그래도 당신은 집 몇 채라도 챙겼지 않습니까? 다른 공무원들은 집 한 칸 마련하기도 어려운데."

남자가 말했다.

"내 아래 놈들은 집 수십 채에다가 땅도 수만 평을 챙겼소. 그리고는 유치장에 들어앉아 떵떵거리며 지내고 있소이다."

그가 말했다.

"집 몇 채만 챙기고 유치장에 들어가지 않는 게 낫지요. 땅 수만 평을 챙기고 유치장에서 썩는 것보다는."

남자가 인상을 쓰며 말했다.

"모르는 소리 마시오. 그 놈들 몇 년 살다가 나오면 백 억 대 부자가 되는 판이오. 그런데 그들 상급자였던 나는 뭐요? 거지처럼 길거리에서 백 원짜리 동전이나 찾고 있고."
 그가 낡은 삿갓을 고쳐 썼다.
"그럼 그 상태로 만족하면 되지 않습니까?"
 남자가 배를 툭툭 두드렸다.
"배가 아파서 안 되는 걸 어쩌겠소?"
 그가 입맛을 쩍쩍 다셨다.
"욕심이 너무 과한 것 아닙니까?"
 남자가 중얼거리듯 말했다.
"돈 침대 위에서 뒹굴고 있을 때가 너무 후회스럽소. 손만 뻗으면 잡히는 것이 돈이었는데."
 그가 단호하게 말했다.
"욕심이 과하면 마음에 이상이 생기고, 마음에 이상이 생기면 몸이 망가지는 법입니다."
 남자가 머리를 흔들었다.
"몸이 망가지는 게 돈이 술술 새나가는 것보단 낫소."
 그가 말했다.
"건강을 잃으면 모든 걸 다 잃는다는 말도 있지 않습니까?"
 남자가 말했다.
"돈을 잃으면 모든 것을 다 잃는 것이오. 내겐 돈이 곧 목숨이자 삶이자 생명이오."
 그가 말했다.
"육체의 건강은 제일의 재산이고, 정신의 건강은 제이의 재산이라는 것 정도는 아실 텐데."
 남자가 말했다.
"이런 말도 있소. 재물을 곳간 가득 쌓아 두라, 그러면 몸과 마음이 편하고 건강해질 것이다."
 그가 말했다.

"이런 격언도 있습니다. 건강과 지혜는 인생의 최대 행복이고, 재물과 탐욕은 인생 최대의 불행이다."

남자가 말했다.

"돈이 있으면 걱정이 없고, 돈이 없으면 걱정이 생기는 법이오."

그가 말했다.

"돈을 원하면 돈이 생기고, 덕을 원하면 덕이 생깁니다. 그대는 덕도 돈으로 사는 사람이구려."

123

재산은 쌓아 놓는 자의 것이 아니고, 나누는 자의 것이다

그는 땅에서 돈을 줍는 세리와 헤어져 도심 속을 걸어갔다. 수많은 사람들이 번화가를 분주히 오가고 있었다. 그는 바쁘게 움직이는 사람들을 보며 큰소리로 외쳤다. 어리석은 자들이여, 그대들 아는가? 희망은 인간이 누릴 수 있는 최고의 기쁨이고, 희망은 자신이 소유하고 있는 기름진 토지이고, 희망은 해마다 어김없이 수익이 오르는 재물이고, 희망은 결코 써 버릴 수 없는 영원한 재산이라는 것을.

그대들 아는가? 사람이 심리적 고통을 받고 있을 때는, 아무리 큰 재산이라도 슬픈 위안물에 지나지 않는다는 것을. 그대들 아는가? 사람이 죽을병에 걸렸을 때는, 아무리 많은 재물이라도 서글픈 위로에 지나지 않는다는 것을. 그대들 아는가? 어진 사람한테 재물이 많으면 지조를 손상하고, 어리석은 사람한테 재물이 많으면 허물을 더한다는 것을.

그대들 만족할 만한 작은 집과, 잘 경작된 작은 땅과, 마음씨 좋고 욕심 없는 아내와, 토끼 같이 귀엽고 예쁜 자식들이 그 무엇보다 큰 재산이라는 것을 알라. 그대들 행운이 재산을 주는 자에게는 걱정도 또한 주고, 불운이 재산을 빼앗는 자에게는 기쁨도 또한 준다는 것을 알라. 그대들 많은 재산을 가지고도 옳게 쓰지 못하는 사람은, 황금을 힘들게 나르고도 엉겅퀴를 먹는 당나귀와 같다는 것을 알라.

그대들 행복을 만들어 내지 않으면서 행복을 소비해서는 안 되고, 재산을 만드는 행위 없이 재산을 소비해서는 안 된다. 그대들 자기가 가진 재산의 수준을 높이기보다는, 자신의 욕망의 수준을 낮추도록 하라. 재산은 그것을 쌓아 놓는 자의 것이 아니고, 그것을 나누는 자의 것이다. 그대들 재물을 축적하지 말고, 욕심을 버리도록 하라. 재물은 그것을 자랑하는 자의 것이 아니고, 그것을 베푸는 자의 것이다.

그대들 재물을 처마 위까지 쌓아 놓지 말라. 그것은 자신의 무덤을 자신의 손으로 파는 행위이다. 그대들 돈을 담보다 높이 축적하지 말라. 그것은 자신이 판 무덤 속으로 들어가는 행위이다. 그대들 재산 늘이기에 목매달지 말라. 그것은 자신의 손으로 자신의 목을 조이는 행위이다. 그는 한바탕 소리치고 고층건물 계단에 주저앉았다. 그가 힘겨워하자 젊은 여자가 다가와서 물병을 건네 주었다. 그는 물병을 거꾸로 들고 단숨에 들이켰다. 그의 모습을 지켜보던 젊은 여자가 넌지시 말을 걸었다.

"도사님은 어디서 오신 누구십니까?"

그가 빈 물병을 돌려주고 대답했다.

"나는 도사님이 아니라, 떠도는 언어 시인이오."

여자가 놀란 얼굴을 했다.

"언어 시인이라고요?"

그가 담담한 표정을 지었다.

"입에서 말이 나오는 대로 지껄이는 시인이란 말이오."

여자가 알만하다는 듯이 웃었다.

"어쩐지 귀에 쏙쏙 들어오는 말씀만 하시더라고요."

그가 입맛을 다시고 말했다.

"가끔 억지를 쓰기도 합니다."

여자가 조심스럽게 제안했다.

"실례가 아니라면, 제가 식사를 대접해 드려도 되겠는지요?"

"내가 대접을 받아도 되겠습니까?"

"돈은 이럴 때 쓰는 거라고 말씀하셨지 않습니까?"
"내가 그런 말을 했나요?"
"재물은 나누어 주는 자의 것이다…"
그가 가볍게 탄식을 발했다.
"아, 그렇군요. 그렇게 들었다면 감사합니다."
여자가 고층빌딩 옆 골목을 가리켰다.
"저쪽에 제가 잘 아는 한식집이 있습니다."
그가 지팡이를 고쳐 쥐었다.
"한식? 그거 좋지요."
여자가 앞장을 섰다.
"선생님 같은 분은 정말 오랜만에 뵙는 것 같습니다."
그가 말했다.
"나도 댁 같은 여자는 처음 만나오."
여자가 말했다.
"저도 한때는 토굴에서 수행을 한 적이 있어요."
그가 낄낄 웃었다.
"그렇다면 동지를 만난 셈이군요."
여자도 같이 미소를 지었다.
"저도 선생님이 오랫동안 수행을 한 분이라는 걸 한 눈에 알았습니다."
그가 말했다.
"좋은 동료를 만난 것 같군요."
여자가 말했다.
"두 사람의 몸에 깃든 하나의 영혼처럼 말이죠?"

124

진정한 친구는 제2의 자신이다

그는 여자를 따라 고풍스럽게 꾸며진 한식집으로 들어갔다. 기본으로 나오는 반찬이 50여 가지고, 서비스로 5가지가 더 추가되는 곳이었다. 그는 조선시대 왕도 먹어보지 못한 상차림에 한 번 놀랐고, 음식이 깔끔하고 정갈한 데 또 한 번 놀랐다. 그는 괴나리봇짐과 삿갓을 벗어 놓고 여자를 슬쩍 쳐다보았다. 어둠 속에서 봤을 때와 다르게 여자는 재색을 겸비한 미인이었다. 여자가 그에게 음식을 권하면서 애교 넘치는 소리로 말했다.

"누추한 상차림이지만 맛있게 드세요."

그가 도포를 벗어 한쪽에 놓았다.

"누추하다니요? 이런 상차림은 정승 판서나 받는 것입니다."

여자가 겸연쩍은 표정으로 웃었다.

"이곳은 보통 한식집이에요. 비싼 곳은 음식이 더 풍부하고 화려합니다."

그가 고기를 집어 입에 넣었다.

"이 정도가 보통이라면, 비싼 곳은 얼마나 더 대단할까요?"

여자가 술을 한 모금 마셨다.

"둘이 먹다가 하나가 죽어도 모르겠죠."

그가 여자를 힐끗 쳐다보았다.

"하긴 그런 곳이라면 셋이 먹다가 셋이 다 죽어도 모르겠군요."

여자가 깔깔거리며 웃었다.

"농담이고요. 한 번 먹으면 다시 찾지 않고는 못 배기겠죠."

그가 말했다.

"미식가들이 주로 이용하겠지요?"
여자가 말했다.
"정치인이나 재벌들이 찾는 곳이죠."
그가 말했다.
"아, 그렇군요. 그 사람들이라면 자주 이용하겠네요."
여자가 정색을 했다.
"그건 그렇고, 도사님을 스승으로 모셔도 될까요?"
그가 씹던 고기를 꿀꺽 삼켰다.
"내가 스승이 될 자격이 있습니까? 아직도 못 다한 공부를 하러 돌아다니는 중인데요."
여자가 그쪽으로 바짝 다가앉았다.
"그러니까 스승으로 모시고 싶은 거죠. 저도 같이 공부하고 싶어서."
그가 상체를 약간 뒤로 젖혔다.
"삶 자체가 스승인데, 구태여 인간이 필요할까요?"
여자가 그의 잔에 술을 따랐다.
"삶에서 깨우치지 못하는 걸 인간한테선 깨우치게 되죠."
그가 술잔을 들고 단숨에 비웠다.
"나를 따라다니면 곤란한 일을 많이 겪게 될 겁니다."
여자도 그를 따라 술을 들이켰다.
"곤란한 일 자체가 곧 배움이 아닐까요?"
그가 말했다.
"고통스런 일도 많이 당할 겁니다."
여자가 말했다.
"진정한 고통은 진정한 스승이라고 들었습니다."
그가 말했다.
"하긴 곤란은 가혹한 스승이고, 고통은 잔인한 스승이지요."

여자가 말했다.
"고통을 익히고, 곤란을 배운다면 참다운 스승을 만난 거죠."
그가 말했다.
"배고픔과 차별과 모욕과 인내를 껴안고 살아야 되는 데도요?"
여자가 말했다.
"배고픔과 차별과 모욕과 인내야말로 참된 스승 아닌가요?"
그가 여자의 잔에 술을 채웠다.
"보통 사람들은 이런 스승을 원하지 않습니까? 처음에는 판단을 가르치고, 그 다음에는 인격을 가르치고, 그 다음에는 지혜를 가르치고, 마지막으로 학문을 가르치는 스승을 말입니다."
여자도 그의 잔에 술을 따랐다.
"저는 보통 사람들이 원하는 배움을 구하는 게 아니에요. 도사님에게 특별한 것을 지도받고 싶은 거죠."
그가 술을 한 잔 마시고 물었다.
"삶과 죽음조차 배울 용기가 있습니까?"
여자가 미소를 지으며 대답했다.
"선과 악, 죄와 벌도 배울 용기가 있습니다."
그가 강조하듯 말했다.
"내 제자가 되려면 처음에는 동료가, 그 다음에는 친구가, 그 다음에는 연인이, 그 다음에 가서야 비로소 제자가 되는데도 괜찮습니까?"
여자가 말했다.
"동료는 이미 됐고, 그 다음이 친구니까, 우리 이제 친구가 되어 보죠."
그가 말했다.
"진정한 친구는 제2의 자신이라는 걸 아시오?"
여자가 말했다.

"참다운 친구는 제2의 재산이라는 건 압니다."
그가 말했다.
"친구란, 두 사람의 신체에 깃든 하나의 영혼이오."

125

연애는 뜨거운 불꽃인 동시에 눈부신 빛이다

그는 제자가 되겠다는 여자를 다시 한번 쳐다보았다. 여자는 40대 중반으로, 얌전한 얼굴에 육감적인 몸매를 가지고 있었다. 눈은 둥글고 컸으며, 귀와 코는 반듯했고, 말을 할 때마다 향기가 흘렀다. 남자라면 누구든 한 번쯤 안아 보고 싶은 상대였다. 그는 고개를 쳐드는 본능을 억누르며 여자가 하는 말을 들었다. 여자는 명산에 들어가 10년을 수행했고, 어느 정도 인격과 덕을 쌓았다. 수행을 시작한 건 삶에 회의를 느껴서고, 답은 아직 찾지 못했다. 도시로 돌아와 인간들을 만났지만, 그들은 이미 탐욕에 물들어 있었다. 말을 마친 여자가 그의 잔에 술을 따르더니 조심스럽게 물었다.

"선생님은 연애라는 걸 해 보셨어요?"

그가 술을 한 잔 시원스럽게 들이켰다.

"십구 세기에는 해 봤고, 이십 세기와 이십일 세기에는 못 해 본 것 같소."

여자가 의아한 표정을 지었다.

"십구 세기는 뭐고, 이십 세기, 이십일 세기는 또 뭐죠?"

그가 빈 술잔을 내려놓았다.

"내 나이가 백 살이 훨씬 넘었소. 어쩌면 백오십이나 이백 살은 됐을 거요."

여자가 다시 술잔을 채웠다.

"농담이죠? 이제 겨우 육십 정도 됐을 것 같은데."

그도 여자의 잔에 술을 따랐다.

"농담이라면 농담이고, 진담이라면 진담일 수도 있소."

여자가 술을 한 모금 마셨다.

"선생님은 언어의 마술사 같군요. 무슨 말을 해도 진리처럼 느껴지니."

그가 안주를 집어 입에 넣었다.

"마음이 맑으면 말도 맑아지는 법이오."

여자가 생글생글 웃었다.

"어쨌든 연애를 어떻게 생각하세요?"

그가 자세를 바로 했다.

"연애는 전쟁 같아서 시작은 쉽지만, 그만 두기가 매우 어려운 그림자 밟기 게임이오."

여자가 고개를 끄덕였다.

"맞아요. 연애가 어려운 건, 공범자 없이는 해 낼 수 없는 달콤한 죄악이기 때문이죠."

그가 정색을 했다.

"연애 초기에 여자는 애인을 사랑하고, 그 다음에는 정사를 사랑하게 되는 걸 아시오?"

여자가 미소를 지었다.

"연애 초기엔 남자는 정사를 사랑하고, 그 다음에는 애인을 사랑하게 된다는 건 알고 있어요."

그가 물었다.

"그럼 참다운 연애는 뭐라고 생각하시오?"

여자가 대답했다.

"참다운 연애란 자신을 향상시키려는 욕구와, 자신을 타락시키려는 욕구 사이를 부단히 왕래하는 욕망이라고 할 수 있죠."

그가 단정적으로 말했다.

"연애란 남자의 생애에 있어서는 하나의 삽화에 불과하지만,

여자의 생애에 있어서는 역사 그 자체인 것이오."

여자가 고개를 저었다.

"아니에요. 연애란 남자가 단 한 사람의 여자에게 만족하기 위해 치르는 치열한 희생이자 노력이에요."

그도 같이 머리를 저었다.

"그렇지 않소. 연애란 암컷인 여자가 수컷인 남자를 끊임없이 쫓아다니는 일방적 행위에 지나지 않소. 여자는 제 자리에 잠자코 있기 때문에 남자를 기다리는 것 같지만, 그것은 탐욕스런 거미가 무심한 파리를 제가 친 그물로 유인하는 것과 같은 거요."

여자가 엷은 미소를 띠었다.

"글쎄요. 연애는 두 사람이 잡아먹고 잡아먹히는 게임이라기보다는, 무엇보다 더 감미로운 즐거움이고, 어떤 것보다 더 감성적인 탐욕이고, 무슨 놀이보다 더 야성적인 탐닉 아닌가요?"

그가 술을 한 잔 들이켰다.

"가장 강렬한 연애는 가장 돌발적이고, 가장 불규칙하고, 가장 험난한 것이라고 할 수 있소."

여자도 같이 술을 마셨다.

"제 생각엔… 가장 순수한 연애는 마음으로부터 마음에 이르는 감성적 지름길 같은데요."

그가 말했다.

"내가 알기엔, 가장 순수한 연애는 자연에 의해 주어지고, 현실에 의해 그려지며, 상상에 의해 수놓아진 캔버스라고 할 수 있소."

여자가 말했다.

"이건 알고 있나요? 연애에 빠진 인간은, 이성과 교환하여 감정을 손에 넣는다는 것을요."

그가 말했다.

"연애를 하는 인간의 맥박은 얼굴 위에서 뛴다는 것 정도는 알고 있소."

여자가 말했다.

"연애할 운명에 놓인 사람은 누구든 첫눈에 사랑에 빠지게 된다는 것도 알고 있나요?"

그가 말했다.

"연애란 영혼의 가장 순수한 부분이 미지의 것에 대해서 품는 거룩한 동경이라는 것은 알고 있소."

여자가 말했다.

"연애를 하고 있을 때는 누구나 시인이 되고, 음악가도 되고, 예술가도 되고, 악당도 되죠."

그가 말했다.

"연애는 뜨거운 불꽃인 동시에 눈부신 빛이어야 하오."

126

스승이란 무릇 모든 것을 다 주고 껍질만 남는 것이다

그는 술에 취한 여자를 부축해서 모텔로 들어갔다. 여자는 취한 나머지 몸도 제대로 가누지 못했다. 그도 취했으며, 사물을 분간하기조차 어려울 지경이었다. 그가 옷을 벗기기 시작했을 때, 여자가 키스를 해 왔다. 그는 여자의 키스를 받으며 '이것이 연애의 시작'이라고 생각했다. 하지만 마음 한구석에서는 '연애는 곧 구도의 적'이라는 말이 들려왔다. 그는 여자를 알몸으로 만들고 자신도 알몸이 되었다. 그러나 그의 생각과 의도, 느낌, 감촉은 거기까지였다. 그는 의식을 잃고 침대 위로 쓰러졌다.

그가 눈을 떴을 때, 여자는 알몸으로 잠이 든 상태였다. 모텔 창문 너머로 아스라하게 어둠이 걷히고 있었다. 그는 옷을 모두 벗어 던진 자신의 몸을 살펴보았다. 여자가 물었는지, 온몸에 이빨 자국이 선명하게 찍혀 있었다. 여자의 하얀 피부 위에도 여기저기 이빨 자국이 보였다. 그와 여자가 벗어 던진 옷들이 방바닥에 무질서하게 나뒹굴었다. 그는 여자가 깨어나지 않도록 옷과 괴나리봇짐을 챙겨 들었다. 그가 모텔을 나왔을 때, 막 태양이 어둠을 걷어 내고 있었다. 그는 모텔 골목을 나서며 중얼거렸다.

연애를 하면서 동시에 신성하다는 것은 불가능하다. 연애를 하면서 동시에 지적이라는 것은 불가능하다. 연애를 하면서 동시에 현명하다는 것은 불가능하다. 연애를 하면서 동시에 지혜롭다는 것은 불가능하다. 연애를 하면서 동시에 겸허하다는 것은 불가능하다. 연애를 하면서 동시에 자애롭다는 것은 불가능하다. 연애를 하면서 동시에 구도하는 것은 불가능하다. 연애를 하면서 동시에 제세하는 것은 불가능하다.

 큰 거리로 나서자 인간들이 바쁘게 오가고 있었다. 그 많은 인간들 머리 위로 붉은 태양이 비긋이 솟아올랐다. 그 명철의 순간에 욕정의 그림자들이 머릿속에서 어른거렸다. 그것은 다름이 아니라, 그와 여자가 정사를 나누던 장면이었다. 그와 여자는 뱀처럼 알몸으로 뒤엉켰으며, 하나가 되기 위해 몸부림쳤다. 하지만 그의 물건은 발기되지 않았고, 해삼처럼 힘없이 흐느적거렸다. 그때 여자가 핸드백에서 알약을 꺼내 그의 입속에 넣었다. 그는 푸른색 알약을 으적으적 씹어 먹었다.

 잠시 후 움츠러들었던 성기가 벌떡 일어섰다. 그 후의 일은 예정된 것처럼 일사천리로 이루어졌다. 여자가 그의 몸 위로 올라가서 성기를 질구에 삽입했다. 그의 성기는 여자의 몸 속 깊숙이 들어갔고, 곧바로 신음이 터져 나왔다. 그는 술에 만취한 상태에서 여자와 밤새도록 뒹굴었다. 여자도 술에 취한 상태로 그와 격정적인 정사를 나누었다. 그와 여자의 정사는 동물을 능가하고, 괴물을 뛰어넘는 것이었다.

 그는 한 차례 피식 웃고 중얼거렸다. 미친 듯이 정사까지 나누었으니 가르칠 것은 다 가르친 셈 아닌가? 살까지 깊숙이 섞었으니 스승으로서의 할 일은 다한 것 아닌가? 스승이란 무릇 모든 것을 다 주고, 껍질만 남는 것 아닌가? 껍질만 남기고 다 빼앗아갔으니 제자로서 목적을 이룬 것 아닌가? 그는 이렇게 말하고 태양이 비추는 거리를 걸어갔다.

4 악장(惡章)

127

노력은 기적을, 열정은 창조를, 훈련은 천재를 낳는다

그는 새벽길을 가다가 나룻배를 끌고 가는 남자를 발견했다. 남자는 40대로 보였으며, 건장한 체격의 소유자였다. 키는 190센티가 넘어 보였고, 딱 벌어진 어깨에 드럼통 같은 허벅지를 가지고 있었다. 특이한 것은 웃통을 벗은 채 굵은 밧줄을 어깨에 걸고 배를 끈다는 점이었다. 남자는 맨살을 파고드는 밧줄의 고통도 잊고 나룻배를 끌었다. 사람들이 이상한 눈으로 흘끔거렸지만, 남자는 아랑곳하지 않았다. 그는 어깨에 핏자국이 선명하게 찍힌 남자 쪽으로 다가갔다. 그리고는 조심스럽게 말을 붙였다.
"그대는 어째서 나룻배를 끌고 가는 것이오?"
남자가 밧줄을 내려놓고 대답했다.
"저는 지금 천재의 행위를 하고 있습니다."
그가 고개를 갸웃거렸다.
"길에서 나룻배를 끄는 게 천재의 행위란 말이오?"
남자가 결연한 어조로 말했다.
"천재가 낳은 건 모두 최선과 열중의 산물이지 않습니까?"
그가 남자의 피맺힌 어깨를 힐끗 보았다.
"열중도 열중 나름이지, 그건 어리석은 행위요."
남자가 어깨에 난 상처를 어루만졌다.
"천재란 무엇입니까? 언제라도 자유롭게 소년으로 돌아갈 수 있는 순수한 능력이에요."
그가 머리를 좌우로 흔들었다.
"그럼 지금 그 행동이 소년의 마음이라 그 말이오?"

남자가 이마에 맺힌 땀을 닦았다.
"그렇습니다. 해맑고 천진난만한 소년의 마음에는 언제나 천재가 숨어 있는 법이니까요."
그가 남자의 얼굴을 빤히 보았다.
"소년의 마음보단, 그대 마음속에 분노가 숨어 있는 것 아니오?"
남자가 굵은 밧줄을 이리저리 당겼다.
"분노와 시기는 서로 반대 방향으로 걷고, 천재와 소년은 같은 방향으로 걷는 법입니다."
그가 점잖게 말했다.
"아무리 위대한 천재의 능력일지라도 분노가 개입하면 배를 끌고 산으로 가게 됩니다."
남자가 단적으로 말했다.
"선생 같은 선각은 지혜가 많지만, 항상 주관적이기 때문에 진정한 판단이 나올 수 없지요."
그가 말했다.
"지혜로운 사람은 상대를 설득하고, 감정적인 사람은 상대의 마음을 흔들고, 천재는 스스로에게 엉뚱한 자극을 줄 뿐이오."
남자가 말했다.
"천재란 하늘이 주는 일 퍼센트의 영감과, 그가 흘리는 구십구 퍼센트의 땀으로 이루어진다는 사실을 알고 있습니까?"
그가 말했다.
"고도로 집중된 주의와 노력이 천재를 만드는 것은 맞소. 하지만 무모한 분노와 무가치한 행위가 모두 천재적인 것은 아니오."
남자가 말했다.
"분노를 억제치 못하는 건 수양이 부족한 표식이지만, 천재성을 억제치 못하는 건 창의성의 이타적 발현입니다."

그가 말했다.

"혈기로 가득 찬 분노는 있어선 안 되고, 분노로 가득 찬 천재도 있어선 안 되는 것이오."

남자가 말했다.

"사람은 가끔 이성에 의해 감추어져 있던 천재의 모습을 분노를 통해서 드러내기도 합니다."

그가 말했다.

"자신의 분노의 물결을 막으려고 노력하지 않는 자는 고삐 없이 야생마를 타는 셈이고, 자신의 무모한 창의성을 통제하려고 노력하지 않는 자는 바퀴 없는 수레를 끌고 가는 격이오."

남자가 말했다.

"천재적 창의성은 눈에 띄지 않는 기묘한 용법을 가지고 있습니다. 다른 모든 창조는 사람이 그것을 이익에 적용하지만, 천재의 순수한 창의성은 그것을 지식에 이용할 뿐이지요."

그가 말했다.

"분노는 타인에게 있어서도 해로운 것이지만, 분노에 잡혀 있는 자신에게는 더욱 해로운 것이오."

남자가 말했다.

"창조적 방식으로 분노하는 것은 모든 사람들이 할 수 있는 일이 아니고, 천재적 방식으로 창조하는 것도 모든 인간들이 할 수 있는 일이 아닙니다."

그가 혀를 끌끌 찼다.

"분노를 모르는 사람은 어리석은 인간이오. 그러나 어리석은 걸 모르는 것은 죄악이외다."

남자가 어깨에 힘을 주었다.

"노력은 기적을, 열정은 창조를, 훈련은 천재를 낳는 법입니다."

그가 한바탕 껄껄 웃고 돌아섰다.
"그대는 눈이 먼 천재인 것 같소."

128

생각 없는 생각은 존재 없는 존재와 같다

그는 길을 가다가 도심 속 공원으로 들어섰다. 공원에는 많은 사람들이 나와서 운동을 하거나 애완견을 데리고 산책을 하고 있었다. 그는 사람들이 드문드문 보이는 공원 한쪽 구석으로 들어갔다. 역시 공원 가장자리는 중심부보다 한적했으며, 사람도 별로 없었다. 그는 괴나리봇짐과 삿갓을 벗고 벤치에 주저앉았다. 그가 막 누우려고 했을 때, 옆 벤치의 청년이 눈에 들어왔다. 청년은 30대 중반으로 보였고, 흰 얼굴과 마른 체구를 가지고 있었다. 특이한 건 청년이 턱을 손에 괸 채 미동도 없이 앉아 있다는 점이었다. 그는 로댕의 조각처럼 보이는 청년에게 말을 걸었다.

"젊은이는 지금 무얼 하고 있는 겁니까?"

청년이 눈도 깜빡 않고 대꾸했다.

"존재를 생각하고 있습니다."

그가 재빨리 되물었다.

"존재라니?"

청년이 천천히 대답했다.

"존재가 무엇인지, 생각이 무엇인지를 생각 중입니다."

그가 고개를 끄덕였다.

"아, 존재 자체를 생각하는 중이군요."

청년이 머리를 저었다.

"존재 그 자체가 아니라, 존재를 이루게 하는 생각이 무엇인지를 생각 중입니다."

그가 헛기침을 큼큼 했다.

"본래 인간은 생각하는 존재 아닙니까?"

청년이 눈을 지그시 감았다.

"생각하는 존재가 아니라, 생각 그 자체를 말하는 겁니다."

그가 머리를 툭 쳤다.

"아, 생각… 존재 없는 생각은 본래 존재하지 않는 거 아닙니까?"

청년이 말했다.

"존재 없는 생각이 아니라, 생각 없는 생각을 말하는 겁니다."

그가 말했다.

"생각 없는 생각은 존재 없는 존재와 같지 않나요?"

청년이 말했다.

"생각하는 생각은 존재 없이 존재하고, 생각 없는 생각은 존재 없이 존재하지 않습니다."

그가 말했다.

"나는 존재한다, 고로 생각한다,고 말하고 싶은 거 아닙니까?"

청년이 말했다.

"그 반댑니다. 즉 나는 생각하지 않는다, 고로 존재하지 않는다."

그가 말했다.

"그건 이렇게도 되지 않습니까? 나는 존재하지 않는다, 고로 생각하지 않는다."

청년이 눈을 가늘게 떴다.

"아니요, 나는 생각하고 싶지 않다, 고로 존재하고 싶지도 않다."

그가 청년의 옆에 앉았다.

"아, 그거군요. 생각도 싫고, 존재도 싫다."

청년이 숨소리처럼 말했다.

"아닙니다. 존재가 싫으니까 생각도 싫다는 뜻입니다."

그가 머리를 꾹꾹 눌렀다.

"생각이 싫어도 존재 그 자체는 부정할 수 없는 거 아닙니까?"

청년이 입술로만 말했다.

"그게 아니라, 존재가 그 자체가 싫어서 생각 그 자체도 싫다는 말입니다."

그가 말했다.

"생각이 생각을 하면, 존재 없이도 존재하는 것 아닙니까?"

청년이 말했다.

"아닙니다. 존재 없는 생각은, 생각 없는 존재와 같고, 생각하는 생각은 존재하는 존재와 같습니다."

그가 말했다.

"존재든 생각이든 존재 없이는 증명되지 않는 것 아닙니까?"

청년이 말했다.

"아닙니다. 존재나 생각은 증명하기 위해 존재하는 것이 아닙니다. 그것은 그냥 거기에 있는 것입니다."

그가 말했다.

"그래서 석고상처럼 앉아 있는 겁니까?"

청년이 말했다.

"그렇습니다. 생각을 생각하지 않고, 존재의 존재를 망각하려고 노력 중입니다."

그가 말했다.

"그럼 무념무상이 되겠군요."

청년이 말했다.

"무념무상보다는 좀 더 존재적입니다."

그가 말했다.

"무아의 경지보다는 좀 더 위라는 뜻이군요."

청년이 말했다.
"유아의 경지이되, 무상의 지경이라고 할까요."
그는 껄껄 웃고 벤치에서 일어섰다.

129

우정은 날개 없는 사랑이다

그는 공원을 거닐다가 족쇄로 다리를 연결한 두 남자를 발견했다. 남자들은 50대로 보였으며, 비슷한 키에 비슷한 용모를 가지고 있었다. 대비되는 건 한 남자는 검은 양복 차림이고, 한 남자는 흰색 양복 차림이라는 것이었다. 족쇄는 각각 두 사람의 오른발과 왼발에 채워져 있고, 무척 불편해 보였다. 그러나 두 남자의 표정만큼은 즐거움과 기쁨으로 충만했다. 그는 두 사람의 모습이 이상해 조심스럽게 말을 걸었다.

"두 분은 왜 족쇄를 차고 다니는 겁니까?"

검은 양복이 대답했다.

"우리의 우정을 더욱 견고히 하기 위해섭니다."

그가 의아한 표정으로 물었다.

"우정을 견고히 하다니요?"

흰색 양복이 대답했다.

"두 몸이 한몸처럼 살아가자는 뜻입니다."

그가 말했다.

"족쇄를 차지 않고도 깊은 우정을 나눌 수 있지 않습니까?"

검은 양복이 말했다.

"진정한 우정은 동등한 관계이자 동등한 마음에서 나옵니다."

그가 말했다.

"내 생각엔, 진정한 우정이란 이해를 가진 사랑이라고 여겨지는데요."

흰색 양복이 말했다.

"참된 우정은 앞에서 보나 뒤에서 보나 한결같아야 합니다. 앞에서 보면 장미, 뒤에서 보면 가시와 같은 것은 이미 우정이 아니에요."

그가 말했다.

"나보다는 상대방을 생각하는 우정, 이런 우정은 어떤 어려움도 뚫고 나갈 수 있습니다. 족쇄 없이도요."

검은 양복이 말했다.

"황금은 대개 뜨거운 불 속에서 시험되고, 우정은 대개 고난과 역경 속에서 시험됩니다. 우리 두 사람처럼요."

그가 말했다.

"신뢰는 우정을 두텁게 만들지만, 고통은 우정을 악화시킬 수도 있습니다."

흰색 양복이 말했다.

"참다운 우정은 엄동설한에도 얼어붙지 않고, 삼복더위에도 떨어지지 않는 법입니다."

그가 말했다.

"우정은 고통을 시험하는 것이 아니라, 신뢰를 쌓아가는 것 아닌가요?"

검은 양복이 말했다.

"우정은 신뢰의 순간이 피우는 아름다운 꽃이고, 고통의 시간이 맺게 하는 튼실한 열맵니다."

그가 말했다.

"어떤 목적을 위해서 시작된 우정은, 그 목적에 도달하면 깨지고 마는 것 아닙니까?"

흰색 양복이 말했다.

"우정은 성장이 더딘 식물이에요. 그것이 우정이라는 이름을 얻으려면 수많은 시련과 고통을 이겨 내야 합니다."

그가 말했다.

"변치 않는 우정을 구하는 자는 무덤으로 가라는 말이 있소."

검은 양복이 말했다.

"우정의 날개는 결코 그 털을 갈지 않는다는 말도 있습니다."

그가 말했다.

"고통이 빚어낸 우정은 괴로움 같아서, 며칠밖에 지탱하지 못한다는 말이 있습니다."

흰색 양복이 말했다.

"우정과 같은 소리는 서로 응하고, 우정과 같은 기운은 서로 통한다는 말도 있습니다."

그가 말했다.

"고통은 참된 우정이라도 약하게 만들고, 즐거움은 약한 우정이라도 강하게 만든다는 말이 있소이다."

검은 양복이 말했다.

"참된 우정은 기쁨을 두 배로 하고, 진정한 우정은 슬픔을 반감시킨다는 말도 있습니다."

그가 말했다.

"우정은 사랑받는 것보다 사랑하는 것 아닐까요?"

흰색 양복이 말했다.

"우정은 날개 없는 사랑입니다."

그는 두 사람에게 손을 들어 보이고 자리를 떴다.

130

연애는 인간을 강하게 하는 동시에 약한 존재로 만든다

그는 족쇄를 찬 남자들과 헤어져 공원 중심부로 향했다. 그곳에서는 많은 사람들이 놀이를 하거나 게임을 즐기고 있었다. 그는 친구들로 보이는 일단의 사람들 앞으로 나아가 외쳤다. 그대들 결점이 없는 사람을 고르다가는 끝내 진정한 벗을 얻을 수 없다. 그대들 단점이 없는 인간을 찾다가는 끝내 진실한 친구를 구할 수 없다. 그대들 아는가? 애착심이 없고 공감 없이는 어떠한 우정도 존재하지 않는다. 그대들 아는가? 신뢰심이 없고 인내심이 없는 어떠한 우정도 실재하지 않는다.

친구 간에 신의 상식을 초월하는 애정을 요구하거나, 악마의 충격을 넘어서는 사랑을 요구해서는 안 된다. 친구로부터 신의 상식 밖이거나, 악마의 상상 밖이거나, 천사의 계율 밖으로 탈출을 요구받았을 때는 거부해야 한다. 그대들 이것을 알라. 거부하는 연애는 인간을 강하게 하는 동시에 약한 존재로 만든다. 받아들이는 우정은 인간을 건강하게 하는 동시에 신뢰 넘치는 존재로 만든다. 그대들 이것을 알라. 사랑은 진실을 고백했을 때 깨지고, 우정은 거짓으로 일관할 때 깨진다. 우정은 사랑과 마찬가지로 잠시 동안의 단절로 견실해질지 모르나, 오랜 부재와 방치로 인해 퇴색되고 갈라진다.

우정은 오래 된 은주전자와 같다. 한동안 잊혀지기도 하고 퇴색되기도 하지만, 잘 닦으면 새것처럼 윤이 난다. 그대들 이것을 아는가? 청춘기에 있어서 처녀들의 우정은, 참다운 정열로 인해 청년들의 우정보다 훨씬 더 열광적이다. 그대들 이것을 아는가?

무지개처럼 영롱한 소녀 시절의 우정, 그것은 여성들만의 보석이 아닐 수 없다. 그가 목청껏 외치자 사람들이 몰려들었다. 어떤 사람을 사진을 찍었고, 어떤 사람은 노트에 기록하는 이도 있었다. 그는 힘을 얻어 더욱 크게 소리쳤다.

우정은 인생의 술이고, 사랑은 인생의 안주이다. 우정은 친족보다 강하고, 사랑은 친족보다 약하다. 우정은 즐거움을 보태고, 슬픔은 나누어 가진다. 우정이라는 나무는 빨리 자라지 않고, 사랑이라는 나무는 빨리 자라서 일찍 시든다. 우정은 신뢰받는 것보다 신뢰하는 것에 의미가 있다. 사랑은 사랑받는 것보다 사랑하는 것에 의미가 있다. 사랑이 필요하지 않을 때 우정을 맺고, 우정이 필요하지 않을 때 사랑을 하라.

그대들이여, 같은 책을 사랑하는 사람들이 맺은 우정처럼 깊고 빠르게 뭉치는 우정은 없다. 그대들이여, 험한 길을 같이 가는 사람들이 맺은 신뢰처럼 굳고 탄탄하게 되는 우정은 없다. 그대들이여, 우정은 우리가 그 성질에 취해 다른 사람한테서 구별해 내고, 확고한 의지로 선택한 절대적인 결정 안에서 성립된다. 소크라테스가 말했듯이 친구를 가지려면 친구가 돼라. 플라톤이 말했듯이 친구를 사귀려면 신뢰를 주어라. 아리스토텔레스가 말했듯이 우정을 얻으려면 우정을 믿어라. 그는 이렇게 소리치고 공원을 빠져나갔다.

131

기계의 노예가 된 자가 어찌 자유를 찾는가

그는 이면도로를 걷다가 폐차 안에서 사는 사람을 발견했다. 남자는 깨지고 일그러진 승용차 안에서 편하게 누워 있었다. 이상한 것은 다 부서진 차와 남자가 아주 잘 어울린다는 점이었다. 특이한 점은 또 있었다. 그것은 남자가 승용차 옆으로 낡은 텐트를 이어 붙여서 공간을 만든 거였다. 그 여분의 공간에는 온갖 식기와 음식물이 무질서하게 놓여 있었다. 그는 키가 크고 비쩍 마른 50대 남자에게 다가가 물었다.

"그대는 어쩌다가 폐차 안에서 살게 된 것이오?"

남자가 비스듬히 누워 있다가 일어났다.

"나는 지금 빈곤을 즐기고 있습니다."

그가 의아한 표정으로 말했다.

"폐차 안에서 빈곤을 즐기다니요?"

남자가 다시 누우며 말했다.

"처음에 나는 이 차의 노예였습니다."

그가 고개를 갸우뚱거렸다.

"자동차의 노예라니?"

남자가 한숨을 내쉬었다.

"이 차를 할부로 뽑으면서 빚에 시달렸거든요."

그가 탄성을 발했다.

"아, 빚의 노예였다는 말이군요."

남자가 차분하게 설명했다.

"빚의 노예 기간은 칠 년 동안이나 지속되었습니다. 그 노예 기간이 끝나자 다시 튜닝의 노예가 됐습니다. 차를 마음에 들 때까지 고치고 치장하고 업그레이드 시키는 것이죠."
그가 물었다.
"튜닝 기간은 얼마였소?"
남자가 대답했다.
"그 기간도 칠 년이었습니다."
그가 혀를 끌끌 찼다.
"치장의 노예로 지낸 것도 칠 년이군요."
남자가 말했다.
"그뿐이 아닙니다. 치장이 끝나자 이제는 칠의 노예가 됐습니다."
그가 말했다.
"칠의 노예가 되다니요?"
남자가 말했다.
"차에 조그마한 흠집이 생겨도 칠하고 바르고 때웠거든요."
그가 말했다.
"그 기간도 칠년이었소?"
남자가 말했다.
"그렇습니다. 국산 차라면 과감히 버렸을 텐데, 수억대를 호가하는 외제차라 팔지도 못하고 가지고 있었죠."
그가 중얼거리듯 말했다.
"차의 노예가 될 만도 하군요."
남자가 자조적으로 말했다.
"이 차를 산 게 이십대였는데, 지금까지 끌어안고 있습니다."
그가 말했다.
"지금은 굴러갈 것 같지도 않은데요."
남자가 말했다.

"굴러가지 않은지도 칠 년이 됐습니다. 따지고 보면 지금도 이 차의 노예로 살고 있는 건지도 모릅니다."

그가 입맛을 다셨다.

"지금도 노예로 살고 있는 게 분명합니다."

남자가 말했다.

"어떻게 하면 이 차의 노예로부터 벗어날 수 있을까요?"

그가 말했다.

"그 차 안에서 빈곤을 즐기고 있다는 건, 아직 노예 신분에서 벗어나고 싶지 않다는 심리적 반증입니다. 당장 그 차를 폐차장으로 보내세요. 그러면 자유로운 신분이 될 겁니다."

남자가 말했다.

"이 차를 만난 지 삼십 년이 넘었습니다. 어떻게 냉정히 폐차장으로 보낼 수 있죠?"

그가 말했다.

"그 차에 터럭 한 올이라도 걸치고 있는 한, 절대로 노예 신분에서 벗어날 수 없을 겁니다."

남자가 말했다.

"나는 사실 이 차의 노예가 되고 싶지 않은 것처럼, 더 이상 이 차의 주인도 되고 싶지 않습니다. 다만 명품 외제차를 버린다는 게 아까울 뿐입니다."

그가 말했다.

"자기 처지에 조금이라도 만족하는 노예는 이중으로 예속되고 있는 것이오. 왜냐하면 그는 육체뿐만 아니라, 정신도 예속되고 있기 때문입니다."

남자가 말했다.

"이 차를 폐차장에 보내느니, 차라리 이 차와 함께 잿더미가 되는 게 나을지도 모릅니다."

그가 말했다.

"그토록 차가 귀중하다면, 그냥 그 차의 노예로 사시오. 그게 더 행복한 선택인지도 모르겠소."

남자가 물었다.

"모든 것을 버리고 빈곤의 노예로 사는 게 좋을까요?"

그가 대답했다.

"스스로 버린다는 것은 이미 빈곤이 아니고, 스스로 행동한다는 것은 이미 노예가 아닙니다."

남자가 미소를 지었다.

"감사합니다. 이 차를 버리지 말고 다시 고쳐야겠군요."

그가 발걸음을 돌리며 중얼거렸다.

"기계의 노예가 된 자가 어찌 자유를 찾겠는가."

132

자유야말로 고도한 교양이 싹터 나가는 흙이다

그는 승용차에서 생활하는 남자와 헤어져 길을 갔다. 남자는 다 부서진 차가 보금자리인 것처럼 열심히 쓸고 닦았다. 그 모습은 마치 다 무너져 가는 고성을 지키는 성주 같았다. 그는 최선을 다하는 남자를 돌아보며 소리쳤다. 우직한 인간이여, 그대 행동하라. 푹신한 깃털 침대에 누워 자유가 찾아오기를 바라는 것은, 오얏나무 아래서 입을 벌리고 있는 것과 같다. 우매한 인간이여, 그대 지나간 과거를 신뢰하지 말라. 죽은 과거는 과감히 묻어 버리고, 살아 있는 현재에 동참하라.

스스로 우둔한 자여, 좋은 행동이란 나쁜 행동을 삼가는 것이 아니라, 나쁜 행동을 바라지 않는 것이다. 그대 자신의 행동에 대해 책임이 있는가 없는가 의문이 생긴다면, 그것은 바로 그대에게 책임이 있다는 반증이다. 그대 자기가 하고 싶은 대로 행동하는 것이 자유인의 행동이고, 타인이 원하는 대로 행동하는 것이 노예의 행동이다. 그대 자유인의 위대한 목표는 굴종이 아니라 저항이고, 노예의 위대한 목표는 저항이 아니라 굴종이다.

스스로 복종하는 자여, 하나의 모범은 천 마디의 논쟁보다 더 가치 있고, 하나의 행동은 천 개의 생각보다 더 가치가 있다. 스스로 노예가 된 자여 벗어나라. 종속만으로는 결코 행복해질 수 없다. 그대 저항하라. 복종만으로는 결코 행복해질 수 없다. 그대 참여하라. 인내만으로는 결코 행복해질 수 없다. 그대 창조하라. 나태만으로는 결코 행복해질 수 없다. 그대 행동가처럼 생각하고, 생각하는 사람처럼 행동하라.

스스로 굴종하는 자여, 행동을 초래시키지 않는 생각, 그것은 생각이 아니라 공상이다. 창조로 이행되지 않는 행동, 그것은 창조가 아니라 망상이다. 그대는 아는가? 망상은 이 세상의 아름다운 감정을 모두 합쳐도, 단 하나의 귀중한 행동보다 못하다. 그대 행동하는데 있어서 만족하고, 굴종하는 것은 과거의 몫으로 남겨 두라. 그대 창조하는데 있어서 민족하고, 복종하는 것은 역사의 몫으로 남겨 두라. 그의 외침을 듣고 남자가 클랙션을 빵빵 울렸다. 그 소리는 마치 자신의 선택에 간섭 말라는 것 같았다. 그는 클랙션 소리를 뒤로 하고 가면서 큰소리로 외쳤다.

스스로 얽어맨 자여, 그대 자유를 찾아라. 인간은 종속되기 위해서 기계에 묶여 사는 것이 아니라, 자유롭기 위해서 기계에 종속되는 것이다. 그대 과감히 행동하라. 인간은 굴종하기 위해서 시대에 묶여 사는 것이 아니라, 해방되기 위해서 시대에 예속되는 것이다. 그대 용감히 행동하라. 행동이 없는 자유는 언제나 위험하며, 자유가 없는 행동은 언제나 헛된 일이다. 그대 자유롭게 행동하라. 자유는 할 수 없는 행동을 하도록 강요하는 것이 아니라, 사람들이 행동하지 않을 때 행동하도록 가르치는 것이다.

스스로 종이 된 자여, 그대 자유를 추구하라. 개인의 자유가 이웃에게 재앙이 될 때 그 자유는 끝나고, 다수의 자유가 개인에게 재앙이 될 때 그 자유는 꽃 핀다. 스스로 부속품이 된 자여, 그대 자유를 찾아라. 자유에의 길은 명령하기를 원하는 사람보다, 복종하기를 희망하는 사람들에 의해서 가로막혀 있다. 그대 반항하라. 반항에의 길은 복종하기를 좋아하는 사람보다, 저항하기를 좋아하는 사람들에 의해서 뚫려 있다.

그대 투쟁하라. 자유와 진리를 위해 싸우러 갈 때는 가장 좋은 바지를 입어서는 안 되고, 사랑과 행복을 구하러 갈 때는 가장 좋은 치마를 입어야 한다. 그대 일탈하라. 타인의 자유를 저해하지 않는 범위 내에서 자신의 자유를 확장하는 것, 이것이 바로 자신으로부터 일탈하는 방법이다. 그대 경쟁하라. 자유를 지지한다면서 경쟁을 두려워하는 자는, 천둥과 번개 없이 비가 내려주기를 바라는 사람이고, 평화를 원한다면서 투쟁을 두려워하는 자는, 바람과 파도 없이 돛단배가 가기를 바라는 사람이다.

그대 도전하라. 도전이야말로 고도한 교양이 싹터 나가는 흙이고, 행동이야말로 고도한 투쟁이 발아되는 토대이다. 그대 경쟁하라. 경쟁이야말로 고도한 의지가 발아되는 토양이고, 싸움이야말로 고도한 정신이 싹트는 대지이다. 그는 이렇게 외치고 대로를 따라 걸어갔다.

133

행운은 때론 우직스러운 것에 진다

그는 이면도로를 걷다가 몸을 온통 화장지로 감은 남자를 발견했다. 남자는 50대로 보였으며, 창백한 얼굴에 쑥 들어간 눈, 툭 튀어나온 광대뼈를 가지고 있었다. 남자는 두루마리 화장지로 목에서 발끝까지 빈틈없이 감았다. 그 모습은 마치 금방 죽은 사체에 염을 한 형상이었다. 언뜻 보면 죽은 사람이 길거리를 활보하는 것 같기도 했다. 행인들은 남자의 해괴한 모습을 보고 기겁을 해서 달아났다. 하지만 남자는 타인의 기분이나 감정 따위에는 관심이 없었다. 오로지 몸에 휘감은 화장지가 떨어져 나가는 것에만 신경을 썼다. 그는 잠시 지켜보다가 남자 앞으로 다가가 물었다.

"당신은 무엇 때문에 화장지로 온몸을 감싼 것이오?"

남자가 빈틈이 보이는 곳을 감추며 대답했다.

"내게 온 행운이나 성공, 행복 등이 새나가지 않도록 하는 겁니다."

그가 입맛을 쩍쩍 다시고 말했다.

"화장지로 전신을 감으면 정말로 그런 것들이 새나가지 않소?"

남자가 화장지를 매만지며 대답했다.

"당연하지요. 몸에 빈틈이 보이면, 들어오던 행운이나 행복이 순식간에 달아나 버립니다."

그가 안쓰러운 표정을 지었다.

"비가 조금만 내려도 젖어서 흘러내릴 것 같은데."

남자가 목에 힘을 주었다.

"비가 올 걸 예측하고 피하면 됩니다. 행운이나 행복도 불운이나 불행을 피해서 오는 것 아닙니까?"

그가 말했다.

"행운이나 행복은 그것을 맞이할 준비가 되어 있는 사람에게만 미소를 짓는 법이오."

남자가 말했다.

"나는 모든 걸 맞이할 준비가 되어 있을 뿐더러, 이미 행운이나 행복이 마음속에 들어와 있습니다."

그가 말했다.

"행운은 여간해서 계속 찾아오지 않고, 한 군데 오래 머물러 있지 않는다는 걸 아시오?"

남자가 말했다.

"알고 있습니다. 행운이나 행복은 한순간에 생기고 일순간에 사라진다는 것 정도는요."

그가 말했다.

"행운이나 행복을 지속시키기 위해서는 악운이나 불행을 견디는 이상의 큰 용기와 의지가 필요합니다. 화장지로 자기 몸을 감싸는 소극적인 행위로는 다가오는 행운을 맞아들이기도 어려워요."

남자가 말했다.

"아닙니다. 행운이나 행복은 잘 간수하고 있으면 어느 정도 붙잡아 둘 수 있습니다. 권력, 모략, 도둑질로 얻은 부귀나 명예라면, 화병에 꽂은 꽃과 같이 얼마 안 가서 시들겠지만 말입니다."

그가 말했다.

"행운이나 행복은 누구에게나 찾아오지만, 이유 없이 오래 지속되는 행운이나 행복은 정상적인 것이 아니오."

남자가 말했다.

"행운은 매달 매일 매순간 찾아옵니다. 하지만 그것을 간수할 준비가 되어 있지 않은 사람은 다 놓치고 말지요."

그가 껄껄 웃으며 말했다.

"행운은 때론 우직스러운 것에 지는 때도 있소."

134

어둠과 암흑이 만물을 지배케 하라

그는 화장지로 전신을 휘감은 남자와 헤어져 길을 갔다. 태양은 어느새 붉은 빛을 감추며 도시 너머로 가라앉고 있었다. 그는 다음 날을 위해 오늘을 희생시키는 태양을 보면서 외쳤다. 위대하고 위대한 태양이여, 어리석은 인간들을 위해 밤새 떠 있으라. 그 무엇보다 뜨거운 태양이여, 탐욕에 빠진 인간들을 위해 밤새 불을 밝히라. 이 세상을 다스리는 태양이여, 어두워진 인간의 마음을 밤새 불살라라.

만물을 탄생시킨 태양이여, 죄악에 빠진 인간들을 밤새 유혹하라. 인간을 굽어보는 태양이여, 만물의 영장인 인간을 밤새 타락시켜라. 어둠을 밝히는 태양이여, 죄악에 물든 인간들의 밤새 불면케 하라. 밝음의 제왕인 태양이여, 편협함에 빠진 인간들을 밤새 기만하라. 스스로 불타는 태양이여, 악인이 되어 가는 인간들을 끝없이 사악케 하라. 영원히 불꽃으로 폭발하는 태양이여, 선악의 경계를 넘나드는 인간들을 끝없이 풀어 두라.

어둠을 삼키는 태양이여, 어둠의 심장부를 꿰뚫어 버려라. 밝음의 지배자인 태양이여, 어둠의 세계를 사정없이 찢어 버려라. 그는 태양이 빌딩 아래로 완전히 가라앉기를 기다렸다가 소리쳤다. 밤의 제왕인 어둠이여, 어리석은 인간들을 밤새 암흑으로 물들이라. 제왕 중의 제왕인 어둠이여, 욕망에 빠진 인간들을 밤새 절망으로 몰아가라. 세상을 지배하는 어둠이여, 어두워진 인간의 마음을 밤새 죽음으로 내몰아라.

만물을 사망으로 이끄는 어둠이여, 쾌락에 빠진 인간들을 밤새 타락케 하라. 만물을 멸종으로 이끄는 어둠이여, 지성의 대변자인 인간들을 더욱더 무지케 하라. 밝음을 잡아먹는 어둠이여, 선악의 갈림길에 선 인간들을 더욱더 죄악케 하라. 지하세계의 제왕인 어둠이여, 이기심에 빠진 인간들의 마음을 더욱더 자만케 하라. 스스로 암흑을 일으키는 어둠이여, 악한 자가 되어 가는 인간들을 더욱더 사악케 하라.

 암흑으로 가라앉는 어둠이여, 부의 경계를 넘은 인간들을 더욱더 탐욕케 하라. 생명 창조의 근원인 어둠이여, 모든 생명을 집어삼켜라. 밝음을 죽이는 어둠이여, 태양의 중심부를 꿰뚫어라. 암흑의 지배자인 어둠이여, 우주의 심장부를 조각내라. 위대하고 위대한 어둠이여, 어둠의 세계를 더욱더 어둡게 하라. 그리하여 어둠과 암흑이 만물을 지배케 하라. 그는 이렇게 소리치고 어둠에 휩싸인 도시를 뚜벅뚜벅 걸어갔다.

135

인간계는 악마보다 더 악마화 되었다

 그는 어두운 골목길을 걷다가 등으로 기어가는 남자와 부딪쳤다. 남자는 누운 자세로 뱀처럼 기어가고 있었는데, 그의 발에 채여 뒹굴었다. 그는 길바닥에 누워서 헐떡거리는 남자를 부축해서 앉혔다. 남자는 등으로 기어가는 게 힘들었는지 한동안 거친 숨을 내뱉었다. 깡마른 몸매에 회색 작업복을 입고, 팔꿈치에 소가죽 보호대를 찬 남자의 모습은 마치 성지순례를 하는 고행자처럼 보였다. 남자를 아는 듯한 식당여자가 뛰어나와 식수병을 건네주었다. 남자는 식당여자가 준 식수병을 들고 벌컥벌컥 들이켰다. 그는 남자의 호흡이 진정되기를 기다렸다가 조심스럽게 물었다.
 "그대는 왜 등으로 기어가는 것이오?"
 남자가 그를 힐끗 쳐다보았다.
 "신이 되기 위해섭니다."
 그가 남자 앞에 쪼그려 앉았다.
 "신이 되기 위해서라니?"
 남자가 이마에 흐른 땀을 닦았다.
 "신은 하늘을 보면서 가고, 동물은 땅바닥을 보면서 가고, 인간은 정면을 보면서 가거든요."
 그가 남자를 빤히 쳐다보았다.
 "정말 신이 하늘을 보면서 간다고 생각하시오?"
 남자가 다시 땅에 누웠다.
 "악마가 땅속을 보면서 가는 것과 비교하면 쉽게 알 수 있습니다."
그가 재빨리 물었다.
"그러면 어둠을 보면서 가는 것은 누구요?"
남자가 대답했다.
"어디를 보면서 어둠 속을 가느냐가 중요합니다."
그가 말했다.
"어둠 속에서 정면을 보고 간다면?"
남자가 말했다.
"그건 악마에 도전하는 인간입니다."
그가 말했다.
"그럼 밝음 속에서 정면을 보고 간다면?"
남자가 말했다.
"그건 신에 도전하는 인간입니다."
그가 말했다.
"어둠 속에서 하늘을 보고 가는 자는?"
남자가 말했다.
"그건 제 경우인데, 선신(善神)이 되고 싶은 인간을 말합니다."
그가 말했다.
"그러면 밝음 속에서 하늘을 보고 가는 자는 무엇이오?"
남자가 말했다.
"그건 악신(惡神)이 되기 위한 인간입니다."
그가 의아한 얼굴을 했다.
"밝음 속에서 가는 데, 악신이라니?"
남자가 상채를 일으켰다.
"밝음 속에서 밝음은 볼 수 없음을 말하고, 어둠 속에서 밝음은 너무나 잘 보이므로 선신이라 할 수 있습니다."
그가 의아한 얼굴로 물었다.

"그럼 밝음 속에서 땅속을 보는 자는 무엇이오?"

남자가 당당하게 대답했다.

"그건 악마 중에서 악성이 낮은 자를 가리킵니다."

그가 다시 물었다.

"그 반대인, 어둠 속에서 땅속을 보는 자는?"

남자가 즉시 대답했다.

"그건 평범한 악마를 말합니다."

그가 말했다.

"악마의 세계에도 계급이 있소?"

남자가 말했다.

"그렇습니다. 어둠 속에서 어두운 땅속을 보는 자를 마왕이라고 합니다."

그가 말했다.

"마왕? 악마의 왕이란 뜻이오?"

남자가 호흡을 조절한 뒤 말했다.

"그렇습니다. 마왕은 사람보다 큰 지팡이를 손에 들고, 도포와 같은 헐렁한 외투를 몸에 걸치고, 등에는 기다란 보따리를 짊어지고, 머리는 여자처럼 길게 기르고, 머리에는 피라미드 같은 왕관을 쓰고, 발에는 짚으로 만든 신을 신고 다닙니다. 한 마디로 말해 마왕은 신선 같은 얼굴과, 진인 같은 자태와, 도인 같은 차림새와, 군자 같은 말을 하고, 선비처럼 얌전히 행동하지만, 마음속은 깊은 땅속보다도 검고, 정신은 천 길 물속보다도 어둡고, 영혼은 끝이 보이지는 동굴보다도 음험합니다. 그게 마왕, 즉 악마의 왕이 하는 처세이고, 행동이고 모습입니다."

그가 말했다.

"당신은 악마를 만나 봤소?"

남자가 말했다.

"늘 만나고 항상 마주칩니다. 우리 곁에 무수히 많으니까요."
그가 말했다.
"악마를 만나면 어떻게 하시오?"
남자가 말했다.
"하늘을 향해 기도를 올립니다. 그들이 선신이 되기를 기원하면서."
그가 말했다.
"악마의 왕은 만난 적이 있소?"
남자가 말했다.
"아직 못 만났습니다. 하지만 곧 만나겠지요. 길거리에 넘치고 넘치는 게 악마들이니까요."
그가 말했다.
"악마의 왕을 만나거든 이렇게 전해 주시오. 그대가 다스리는 나라나 잘 통치하라, 고 말이오."
남자가 말했다.
"왜 그렇게 말하라는 거지요?"
그가 말했다.
"마왕이 구제하려는 인간계는 이미 악마보다 더 악마화 되었기 때문이오."
남자가 다시 땅바닥에 누웠다.
"그건 옳은 말 같습니다."
그가 자리에서 일어서며 말했다.
"신이 되려면 하늘을 보면서 날아가야 될 거요. 그렇게 기어가다가는 동물도 되기 어렵소."

악마는 이렇게 말했다 429

136

산 자에게 신은 고통을 주고,
죽은 자에게 악마는 즐거움을 준다

그는 등으로 기어가는 남자와 헤어져 대로로 나섰다. 거리는 대낮처럼 밝았으며, 달리는 자동차와 행인들로 북적였다. 그는 오색 불빛을 내뿜으며 번쩍이는 광고물과 건물 위로 솟은 붉은 십자가와 빠르게 달리는 자동차와 어디론가 가고 있는 사람들을 보면서 외쳤다. 신이 되고 싶은 자들이여, 자기가 할 수 있는 모든 것을 하는 건 인간이 되는 길이고, 자기가 하고 싶은 모든 것을 하는 건 신이 되는 길이다.

악마가 되고 싶은 자들이여, 인간이 신을 발견한 건 자신의 선행을 합리화시키기 위한 것이고, 인간이 악마를 발견한 건 자신의 악행을 합리화시키기 위한 것이다. 창조자가 되고 싶은 자들이여, 그대들은 신과 영혼을 믿음으로써 악 속에서 신을, 어둠 속에 빛을 볼 수 있고, 절망을 희망으로 바꿀 수 있다. 천사가 되고 싶은 자들이여, 그대들은 천사를 믿음으로써 죄악 속에 선행을, 지옥 속에 천상을 볼 수 있고, 고통을 기쁨으로 바꿀 수 있다.

자칭 만물의 영장인 자들이여, 그대들의 발명 중 제일 위대한 발명은 신을 만들어 낸 것이고, 그대들의 발명 중 최고의 발명은 악마를 만들어 낸 것이고, 그대들의 발명 중 최선의 발명은 천사를 만들어 낸 것이다. 세상을 지배하고 싶은 자들이여, 진정으로 신을 사랑하는 자는 신에게 자신을 사랑해 달라고 기도하지 않고, 진정으로 악마를 추종하는 자는 악마에게 자신을 저주해 달라고 기원하지 않고, 진정으로 천사를 믿는 자는 천사에게 자신을 구원해 달라고 구걸하지 않는다.

　신을 뛰어넘고 싶은 자들이여, 그대들은 신이 있다면 죽는 것도 즐겁지만, 신이 없다면 사는 것도 슬플 것이다. 그대들은 악마가 있다면 사는 것도 즐겁지만, 악마가 없다면 죽는 것도 슬플 것이다. 그대들은 천사가 있다면 죄를 짓는 것도 즐겁지만, 천사가 없다면 사랑하는 것도 슬플 것이다. 신과 악마와 천사를 동시에 추종하는 자들이여, 그대의 아이들에게 자신 안에 숨어 있는 신의 본질과 악마의 본성을 가르치는 것이야말로 세상을 호도하는 것이다. 그대들 이것을 알라. 아이들에게 자신 안에 숨어 있는 악성과 선성을 불러일으키는 것은 삶과 죽음을 동시에 가르치는 것과 다름이 없다.

　그가 신과 악마와 천사를 외치자 신부가 성호를 긋고 지나갔다. 목사로 보이는 남자도 지나가면서 연신 아멘을 중얼거렸다. 중은 작은 소리로 나무아미타불을 연호하면서 지나쳤다. 그는 신부와 목사와 중의 뒷모습을 보면서 외쳤다. 자칭 시대의 사도들이여, 그대들은 아는가? 신은 가장 적은 욕심을 가지고 있기 때문에 신이라고 불린다. 그대들은 아는가? 악마는 가장 큰 욕망을 가지고 있기 때문에 악마라고 불린다. 그대들은 아는가? 중은 가장 많은 비움을 원하기 때문에 중이라고 불린다.

　자칭 시대의 선도자들이여, 그대들 이것을 아는가? 신을 비웃는 자는 어리석은 자이고, 악마를 비웃는 자는 더 어리석은 자이고, 중을 비웃는 자는 어리석은 자 중에서 가장 어리석은 자라는 것을. 자칭 세상의 선각자들이여, 그대들 전능한 신은 잊어라, 그는 영원히 창조자일 뿐이다. 그대들 사악한 악마는 잊어라. 그는 영원히 파괴자일 뿐이다. 그대들 무심한 중은 잊어라. 그는 영원히 방관자일 뿐이다.

　그가 외치자 사람들이 하나둘 모여들었다. 그는 모여드는 사람들을 향해 목청을 높였다. 신이 우리들을 죽이기 위해 절망을 보낸 것은 아니다. 신이 그것을 보낸 것은, 우리 안에 새로운 생명을 불러일으키기 위해서이다. 악마가 우리를 타락시키기 위해 탐욕을 보낸 것은 아니다. 악마가 그것을 보낸 것은, 우리 안에 새로운 죽음을 불러일으키기 위해서다. 부처가 우리를 게으르게 하기 위해서 방관을 보낸 것은 아니다. 부처가 그것을 보낸 것은, 우리의 마음속에서 일어나는 이기심을 없애기 위해서이다.

그대들 아는가? 에로스는 모든 신 중에서 인간의 최대의 벗이고, 인류의 구조자이며, 모든 고뇌의 의사이다. 메두사는 모든 마녀 중에서 인간 최대의 적이고, 전 인류의 파괴자이며, 모든 고통의 처방자이다. 눈에는 보이지 않지만, 우리들의 일거일동을 아는 자가 둘이 있다. 즉 그것은 신이요, 즉 그것은 양심이다. 나타나지는 않지만, 우리들의 마음속을 들여다보는 자가 둘이 있다. 즉 그것은 악마요, 즉 그것은 천사이다.

가진 게 없다는 것은 신에게 접근하는 것이고, 가진 게 많다는 것은 악마에게 접근하는 것이다. 그대들 자신을 철저히 비우지 않으면 부처에게조차 접근할 수 없다. 그대들은 신을 부정할 수 있으나, 그 양심을 부정할 수는 없다. 그 양심이 곧 신이다. 그대들은 악마를 부정할 수 있으나, 그 흑심을 부정할 수는 없다. 그 흑심이 곧 악마이다. 그대들은 부처를 부정할 수 있으나, 그 비움을 부정할 수는 없다. 그 비움이 곧 부처이다.

대지가 자신이 키운 식물에 의해서 장식되는 것처럼, 세계는 그 마음속에 신과 악마가 살고 있는 사람에 의해 장식된다. 죽은 자에게 신은 생명을 붙여 주고, 산 자에게 악마는 죽음을 붙여 준다. 산 자에게 신은 고통을 붙여 주고, 죽은 자에게 악마는 즐거움을 붙여 준다. 그대들 이것을 아는가? 한 사람을 죽이면 그는 살인자이다. 수만 명을 죽이면 그는 정복자이다. 모든 사람을 죽이면 그는 신이다. 전 인류를 멸망케 하면 그는 악마이다. 이렇게 소리치고 그는 잠잘 곳을 찾아 나섰다.

137

신민의, 신민에 의한, 신민을 위한 왕국은 영원하다

그는 뒷골목을 가다가 가방 속에서 잠을 자는 남자를 발견했다. 남자는 60대 중반이었으며, 큰 가방 십여 개를 연결해서 집을 지었다. 겉으로 보기에는 제법 쓸 만했으며, 성인 한두 명은 족히 지낼 수 있는 공간이었다. 게다가 남자의 가방집은 허리 높이에 있어서 마치 침대처럼 보였다. 그는 남자의 거처에 빌붙어 잘 심사로 조심스럽게 말을 걸었다.

"여기서 하룻밤 신세를 질 수 있겠습니까?"

남자가 자크 사이로 목을 내밀었다.

"여긴 내 왕국입니다. 누구도 함부로 입국시킬 수는 없어요."

그가 사정조로 말했다.

"눈만 조금 붙였다 가면 됩니다. 다른 건 필요가 없습니다."

남자가 엄숙하게 말했다.

"화려한 왕국이 잘 유지되는 건 엄정한 규칙 때문입니다. 아무나 용인하고 받아들이지 않는 규칙 말이에요."

그가 허리를 굽실했다.

"하나의 왕국이 평화롭게 유지되려면 인심이 풍부해야 합니다. 지나가는 나그네한테 잠자리를 기쁘게 내주는 그런 인심 말입니다."

남자가 제왕처럼 말했다.

"왕국의 리더는 너그러운 인심뿐만 아니라, 완고한 신념도 가지고 있어야 됩니다. 악인과 선인을 구별해서 들이는 신념 말이에요."

그가 충신처럼 말했다.

"비록 위태롭고 곤란한 시기라도 인심이 굳게 뭉치면 왕국은 편안하고, 인심이 떨어지고 흩어지면 왕국은 위태롭게 된다는 걸 알고 있습니까?"

남자가 왕처럼 말했다.

"나는 나 자신의 생명보다 더 큰 존경과 이지와 엄숙과 더불어 왕국의 이익을 사랑하는 사람입니다. 절대로 왕국을 불안하거나 위태롭게 만들지는 않아요."

그가 신하처럼 말했다.

"하룻밤만이라도 그대 왕국의 신하가 될 수 없겠습니까?"

남자가 근엄하게 말했다.

"왕국의 신하된 자는 어떤 고통이라도 감당해야만 진정한 왕국의 신민이 되는 것이오."

그가 겸손하게 말했다.

"댁처럼 철학자가 통치자이고, 통치자가 철학자인 왕국의 신민은 행복할 것 같습니다."

남자가 말했다.

"맞소. 철학자가 집주인이고, 집주인이 철학자인 왕국은 평화로운 법이오."

그가 말했다.

"한 왕국의 인심은 결국 그 왕국을 만든 지도자의 인심과도 같군요."

남자가 말했다.

"내 왕국이 아무리 철저한 규칙을 가지고 있어도, 지친 몸으로 지나가는 수행자에게는 하룻밤의 잠자리를 내줄 수 있습니다."

그가 말했다.

"왕국의 지도자가 인정이라는 신념을 갖고 있지 않으면 발전은 있을 수 없는 법이지요."

남자가 가방의 자크를 열었다.

"좋소. 오늘밤은 이곳이 그대의 왕국이오."

그가 정중히 허리를 숙였다.

"감사합니다. 하룻밤만이라도 참된 신하 노릇을 해 보겠습니다."

남자가 인자하게 말했다.

"나 하나를 건전한 인격으로 만드는 것이 우리 왕국을 건전하게 만드는 유일한 길입니다."

그가 가방 안에 몸을 뉘었다.

"이렇게 작은 왕국이라도 고단한 자에겐 고대광실을 갖춘 제국보다도 훨씬 낫습니다."

남자가 흡족한 표정을 지었다.

"단 하룻밤만이라도 본 왕국의 신민은 인간으로서의 존엄과 가치를 가지게 되며, 이를 위해 왕국의 지도자는 신민의 기본적 인권을 최대한으로 보장할 의무를 지게 됩니다."

그가 자크를 잠그며 중얼거렸다.

"신민의, 신민에 의한, 신민을 위한 왕국은 영원할 것입니다."

138

인생은 시간이 피게 하는 꽃이고, 시간이 익게 하는 과실이다

그가 눈을 떴을 때, 왕국의 지도자는 어디론가 나가고 없었다. 그는 잠자리를 정리한 뒤 밝아오는 태양을 향해 걸어갔다. 도시는 다시 사람들과 자동차로 북적였고, 태양은 그 위에서 눈부시게 빛났다. 그는 지하철역 광장을 지나가다가 줄을 길게 선 일단의 사람들을 발견했다. 사람들은 줄은 선 채 자기 차례가 오기를 기다렸고, 손에는 하나같이 식기가 들려 있었다. 그는 문득 허기가 몰려온다는 것을 자각하고 줄 끄트머리에 섰다. 뒤에 서 있던 남자가 식기를 숟가락으로 두드리며 말했다.

"밥을 먹으려면 식가가 있어야 합니다."

그는 얼른 뛰어가서 다용도 식기를 들고 왔다. 남자가 숟가락과 젓가락을 흔들면서 강조했다.

"밥을 먹으려면 이것들도 필요하지요."

그는 다시 뛰어가 숟가락과 젓가락을 들고 왔다. 남자가 번호가 쓰인 종이를 흔들었다.

"밥을 먹으려면 번호표도 필요합니다."

그는 얼른 뛰어가 식표를 타왔다. 남자가 히죽 웃으면서 말했다.

"밥을 제때 얻어먹으려면 시간을 잘 지켜야 합니다."

그가 영문을 모른다는 표정을 지었다.

"시간을 잘 지켜야 된다고요?"

남자가 광장의 시계탑을 가리켰다.
"그렇습니다. 아침에는 다섯 시 오십 분, 점심에는 열두 시 오십 분, 저녁에는 여섯 시 오십 분을 지켜야 배식을 받을 수 있습니다."
그가 작은 소리로 중얼거렸다.
"오십 분이 중요하군요."
남자가 말했다.
"오십 분보다는 시간이 중요합니다."
그가 말했다.
"아, 시간…"
남자가 말했다.
"시간 엄수는 곧 노숙자의 예절이자 법칙입니다."
그가 말했다.
"아 네에… 허기는 시간이 부족해서가 아니라, 노력이 부족해서 찾아오는 거로군요."
남자가 어깨를 으쓱했다.
"맞습니다. 밥그릇은 투자한 시간의 절대량에 비례하는 겁니다."
그가 머리를 주억거렸다.
"여기서 시간은 말로써 나타낼 수 없을 만큼 멋진 선물인 것 같구려."
남자가 씨익 웃었다.
"이곳에선 가장 게으른 사람이 가장 많은 시간을 갖고, 가장 바쁜 사람이 가장 적은 시간을 갖습니다."
그가 눈을 끔뻑거렸다.
"여기선 열심히 노력하는 사람이 가장 적은 대가를 얻고, 노력 없이 사는 사람이 가장 많은 대가를 얻는가 보군요."

남자가 말했다.

"맞습니다. 이곳에선 열심히 일하고 창조하는 사람들은 그다지 환영을 받지 못합니다."

그가 말했다.

"그렇다면 여기선 적은 시간은 독극물이고, 많은 시간은 특효약이군요."

남자가 말했다.

"그렇습니다. 여기선 한가로운 시간은 그 무엇과도 바꿀 수 없는 크나큰 재산입니다."

그가 말했다.

"시간을 단축시키는 것은 근면한 활동이고, 시간을 견디지 못하게 하는 것은 안일함인데…"

남자가 말했다.

"이곳에선 시간을 선택하는 것이 바로 시간을 절약하는 것입니다."

그가 말했다.

"제일 많은 시간을 가진 사람이라도, 낭비해서 좋은 시간은 조금도 없는 법인데 말이오."

남자가 말했다.

"이곳에서 시간이란 느긋한 인간이 소비하는 가장 가치 있는 것입니다."

그가 말했다.

"짧은 인생은 시간의 낭비에 의해 더욱 짧아지게 되는 것이오."

남자가 말했다.

"아주 짧은 시간, 즉 짬을 이용하지 못하는 사람은 항상 짬이 없습니다."

그가 혀를 끌끌 찼다.

"인생은 시간이 피게 하는 꽃이고, 시간이 익게 하는 과실이거늘."

139

신은 한 번 되고, 사람은 열 번 되고, 동물은 백 번 된다

그가 타온 밥을 다 먹을 때까지 줄은 이어져 있었다. 수많은 사람들이 허기가 진 표정으로 자신의 차례가 오기를 기다렸다. 그는 식기를 들고 서 있는 사람들을 향해 중얼거리듯 말했다. 그대들이여, 줄을 서서 밥을 기다리지 말고, 다리를 움직여 일을 하러 가라. 자기가 가지고 있는 모든 재능을 스스로 감추지 말고, 적극적으로 찾아서 써라. 자기가 가지고 있는 모든 힘을 아끼지 말고, 능동적으로 사용하라.

그대들이여, 자신의 재주와 힘을 모르는 사람은 결코 멀리 나아가지 못한다. 자신의 가능성과 잠재성을 감추고 있는 사람은 결코 내일을 열 수가 없다. 그대들은 일을 찾아서 할 수 있기에 짐승보다 낫다. 그대들이 일을 찾아서 하지 않으면, 짐승이 그대들보다 나을 것이다. 그대들은 일하고 창조하고 노력하기 위해서 이 세상에 태어났다. 게으르고 나태하고 나약하기 위해서 이 세상에 태어난 것은 아니다.

그대들은 뛰고 걷고 땀 흘리기 위해서 이 세상에 태어났다. 그대들은 잠자고 꿈꾸고 좌절하기 위해서 이 세상에 태어난 것은 아니다. 그대들은 악하기 때문에 욕구하는 것이 아니라, 욕구하기 때문에 악한 것이다. 그대들은 나약하기 때문에 게으른 것이 아니라, 게으르기 때문에 나약한 것이다. 강한 인간이란 가장 훌륭히 자신의 일을 해 낸 사람이고, 나약한 인간이란 가장 게으르게 자신의 일을 회피한 사람이다.

그대들이여 스스로 강해져라. 그대들이여 스스로 나약에서 벗어나라. 그대들이여 스스로 게으름에서 탈출하라. 갑작스럽게 착한 사람이 되거나, 갑작스럽게 악인이 되는 경우는 없다. 자신에게 주어진 의무를 기피함으로써 악인이 되고, 자신에게 주어진 권리를 선용함으로써 선인이 된다. 그대들 이것을 아는가? 입에 은수푼을 물고 태어나는 자가 있는가 하면, 입에 나무국자를 물고 태어나는 자가 있다는 것을.

그대들 이것을 아는가? 입에 왕의 탯줄을 물고 태어나는 자가 있는가 하면, 입에 아무것도 물지 않고 태어나는 자가 있다는 것을. 그대들 이것을 아는가? 국가가 사람을 위해 만들어졌지, 사람이 국가를 위해 만들어지지 않았다는 것을. 그대들 이것을 아는가? 사람은 자신이 걸치고 있는 의복대로 인간이 되고, 자신이 행동하는 대로 사람이 된다는 것을.

그대들이여, 인간은 부지런히 일하면 좋은 생각을 하고, 좋은 생각을 하면 착한 마음이 일어난다. 그대들이여, 인간이 일하지 않고 놀면 음탕해지고, 음탕해지면 착함을 잊게 되고, 착함을 잊으면 악한 마음이 생긴다. 그가 중얼거리고 있자 한 남자가 식탁에서 일어났다. 남자는 60대로 보였으며, 텁수룩한 머리에, 때 절은 반바지에, 누런 셔츠를 걸치고 있었다. 남자가 자신도 할 수 있다는 듯이 소리쳤다.

그대들은 항상 영웅이 될 수 없지만, 항상 평범한 사람이 될 수 있다는 것을 아는가? 사람은 자기가 생각하듯이 행복하지도 불행하지도 않고, 짐승도 그들이 생각하듯이 행복하지도 불행하지도 않다는 것을 아는가? 재능이 있어도 불쾌한 사람이 있는가 하면, 단점이 많아도 즐거움을 주는 사람이 있다는 것을 아는가? 외모가 아름다워도 사악한 사람이 있는가 하면, 외모가 추악해 보여도 선한 사람이 있다는 것을 아는가?

그대들 사람의 눈은 그가 현재 어떻다 하는 인품을 말하고, 사람의 입은 그가 무엇이 될 것인가 하는 가능성을 말한다. 그대들 사람의 얼굴은 미래를 어떻게 나아갈 것인가를 말하고, 사람의 몸은 현재를 어떻게 살아가고 있는가를 말한다. 그대들 사람의 번거로움은 즐겨 남의 스승이 되려는 데 있고, 짐승의 번거로움은 즐겨 남의 우두머리가 되려는 데 있다. 그대들 정직한 사람이 없다고 말하는 자야말로 가장 정직하지 못한 사람이고, 정직한 사람이 많다고 말하는 자야말로 더욱 정직하지 못한 사람이다.

그대들 참으로 인간이라고 하기에 부끄럽지 않은 자는, 일신을 돌보지 않고 남을 위해 애쓰는 자이고, 참으로 짐승이라고 부르기에 부끄럽지 않은 동물은 자신의 안식을 위해 타자를 해치는 동물이다. 그대들 이것을 아는가? 호랑이는 그리되 그 뼈는 그리기가 어렵고, 사람을 알 되 그 마음속은 알 수가 없다. 그대들 이것을 아는가? 바다가 마르면 밑바닥이 나타나지만, 사람은 죽어도 그 마음속을 알지 못한다. 그대들 이것을 아는가? 선한 사람은 형이상학적인 동물이 되고, 악한 사람은 형이하학적 동물이 된다.

그대들 선한 사람을 얻는 자는 삶이 흥하고, 선한 사람을 잃는 자는 인생을 망친다. 그대들 악한 사람을 얻는 자는 인생이 망하고, 악한 자를 잃는 자는 삶이 흥한다. 그대들 신은 한 번 되고, 사람은 열 번 되고, 동물은 백 번 된다는 것을 아는가? 그대들 불행은 언제나 익숙하고, 행복은 언제나 낯설다는 것을 아는가? 그대들 고통은 언제나 익숙하고, 즐거움은 언제나 낯설다는 것을 아는가? 그대들 죽음은 언제나 익숙하고, 삶은 언제나 낯설다는 것을 아는가? 허름한 행색의 남자가 열변을 토하자, 다른 남자가 나섰다. 남자는 50대로 보였으며, 추리닝을 반듯하게 입고 있었다.

그대들이여, 남에게 해를 끼치는 인간은 가까이 하지 말고, 인내를 주장하는 인간과는 친하게 지내라. 다른 이로부터 사랑받지 못한 사람은, 다른 사람을 사랑하지 못하게 된다. 그대들은 자신보다 나은 사람을 싫어하고, 나에게 아첨하는 자를 좋아하는 동물이다. 그대들은 하나의 달과 같은 것이어서, 남에게는 절대로 보여주지 않는 어두운 면을 가지고 있다. 인간은 자신의 약속을 지킬 만한 좋은 기억력을 가져야 하고, 동물은 자기의 영역을 지킬 만한 뛰어난 힘을 가지고 있어야 한다.

그 사람됨을 알고자 하면, 그의 생각이 무엇인가를 알아보고, 그 동물됨을 알고자 하면, 힘이 어느 정도인가를 알아보라. 그대들이여, 처음에는 사람이 동물을 잡아다 기르고, 나중에는 동물이 사람을 기르게 된다. 처음에는 사람이 기계를 만들어 부리고, 나중에는 기계가 사람들을 부리게 된다. 그대들이여, 사람에게는 다만 세 가지 사건 밖에 없다. 그것은 태어나는 것과, 살아가는 것과, 죽는 것뿐이다. 태어날 때는 자기도 모르고, 죽을 때는 괴로워하며, 살아 있는 동안은 모든 걸 잊어버린다.

평생에 한 번도 친절한 일을 한 적이 없고, 남에게 진정한 기쁨을 준 적도 없으며, 남을 도운 일도 없이 보낸 사람은, 자신의 인생을 스스로 버리고 망가뜨린 사람이다. 그런 자는 인간이 아니다. 그런 자는 짐승도 아니다. 그런 자는 벌레도 아니다. 그런 자는 곧 죽은 것이나 다름없다. 남자가 외치기를 멈추고 좌중을 둘러보았다. 그러나 박수를 치거나 환호를 하는 사람은 아무도 없었다. 사람들은 웬 미친놈이 떠들고 있나, 하는 정도의 반응만 보일 뿐이었다. 그런 반응은 나중에 외친 남자도 별다를 바가 없었다. 그는 쑥스러운 나머지 작은 소리로 한 마디 내뱉었다.

"인간들이여, 우리의 큰 희망은 아직도 사람에게 있소."

그의 말이 떨어지기 무섭게 박수와 환호가 터졌다. 방금 전에 외친 남자가 다가와 이죽거렸다.

"이건 순전히 댁의 옷차림과 말투와 행색 때문이오, 내가 그대처럼 상투를 틀고, 망건을 두르고, 삿갓을 쓰고, 도포를 걸치고, 괴나리봇짐을 메고, 짚신을 신고, 지팡이를 손에 들었다면 우레와 같은 박수를 받았을 거요."

그가 쑥스럽게 웃으며 말했다.

"사람과 쪽박은 있는 대로 쓰고, 칼과 낫은 갈아서 쓰면 되는 것이오."

140

사랑은 교통사고처럼 갑자기 찾아온다

그는 노숙자 배급소에서 아침을 먹고 거리로 나섰다. 언제 보아도 도심은 번화하고 북적이고 바쁘게 돌아갔다. 자동차는 여전히 빠른 속도로 달렸고, 사람들은 횡단보도에서 신호를 기다렸고, 인도에서는 행인과 자전거와 오토바이가 오갔다. 인도 한 쪽에서는 노점상들이 물건을 벌여 놓고 사람이 오기를 기다렸다. 그는 부른 배를 쓸면서 가다가 반가면을 쓴 여자와 마주쳤다. 여자는 40대 중반으로 보였고, 쭉 빠진 몸매와 하얀 피부, 뾰족한 얼굴의 소유자였다. 특이한 것은 여자가 지나가는 남자들을 유심히 살펴본다는 점이었다. 그는 한동안 여자의 행동을 주시하다가 남자를 관찰하는 이유를 물었다. 여자가 그의 옷차림과 행색을 쓱 훑어보더니 대답했다.

"사랑을 찾고 있는 중이에요."

그가 의아하다는 표정을 지었다.

"반가면을 쓰고 사랑을 찾는다고요? 사랑은 눈으로 보지 않고 마음으로 보는 것인데."

여자가 반가면을 슬쩍 밀어 올렸다.

"요즘은 눈으로 보는 사랑이 유행이에요."

그가 헐렁해진 삿갓을 꾹 눌러 썼다.

"그래요? 하지만 사랑은 대단히 어려운 수수께끼 같은 것입니다. 찾기가 쉽지 않을 텐데요."

여자가 반가면 속에서 말했다.

"본래 사랑은 알몸인데, 검은 스카프로 얼굴을 가리고 있어요.

그래서 사람들이 찾지 못하는 거예요."

그가 커다란 삿갓 안에서 말했다.

"사랑은 일부러 찾아서 찾아지는 게 아니라, 갑작스런 사고처럼 다가오는 것 아닐까요?"

여자가 뾰족한 목소리로 말했다.

"맞아요. 사랑은 교통사고처럼 어느 순간 갑자기 찾아오죠. 안타깝게도 많은 남녀가 그것이 왔다가 사라져 가는 걸 지켜볼 뿐이지만 말이에요."

그가 부드러운 어조로 말했다.

"하지만 사랑을 이야기하거나 사랑을 물색하면, 사랑을 시작하게 되는 것은 틀림없는 것 같소."

여자가 눈을 반짝이면서 말했다.

"나한테 있어서 사랑은 뜨겁게 타오르는 불길인 동시에 눈앞을 밝게 비추는 광명이라야 해요."

그가 턱수염을 쓸어내리며 말했다.

"그런 사랑을 찾기 위해선 한 가지 비결이 필요합니다. 곧 상대방을 저울에 올려놓고 달지 말아야 합니다."

여자가 코를 찡긋하고 말했다.

"사랑은 마치 열병 같아서, 상대를 알아본 순간 자기도 모르게 빠져들게 되는 거예요. 저울질이나 계산은 그 다음이고요."

그가 지팡이로 하늘을 가리켰다.

"사랑의 뿌리는 땅 속 깊숙이 박았지만, 가지는 하늘로 뻗은 울창한 나무여야 합니다. 그래야 열정적이면서 성숙한 사랑을 할 수 있어요."

여자가 입을 실룩거렸다.

"저는 사랑하는 것과 사랑을 받는 것, 그보다 더 큰 행복은 바라지도 않거니와 알지도 못합니다."

그가 말했다.

"여자들은 사랑의 소중함을 잘 알고 있어요. 하지만 거기에 해당하는 대가를 치루는 여자가 없어서 문젭니다."

여자가 말했다.

"여자들은 자기가 사랑 받고 있다는 것을 눈치채면, 백발이 될 때까지도 어린애 같은 기쁨을 느끼는 법이에요. 그러니 사랑이 소중하다는 것 정도는 알고 있다고 봐야겠죠."

그가 차분한 목소리로 말했다.

"봄의 태양이 빛나면 곡물은 싹을 틔우지 않을 수 없는 것처럼, 세상이 아무리 꽁꽁 얼어붙어도 참된 사랑은 반드시 화려한 꽃을 피웁니다. 그러니 사랑을 구태여 찾아다닐 필요가 있을까요? 반 가면까지 쓴 채 말입니다."

여자가 코를 찡그리며 말했다.

"물론 사랑을 간절히 원하면 찾아오겠죠. 하지만 찾지 않는 사랑은 아예 오지도 않는 법이에요."

그가 물었다.

"그럼 이것은 알고 있겠지요? 사랑의 방정식에서 남자는 사랑에 죽고, 여자는 사랑에 산다는 것을 말입니다."

여자가 대답했다.

"사랑은 전적으로 여자의 것이기도 하지만, 보편적으로는 남자의 것이라고 할 수 있어요. 왜냐하면 최종적으로 사랑을 정복하는 것은 남자이기 때문이죠."

그가 말했다.

"사랑을 정복하는 것은 남자지만, 결국 사랑의 기쁨을 온몸으로 느끼는 것은 여자의 몫입니다."

여자가 말했다.

"여자나 남자나 뜨거운 사랑 앞에서는 이성적일 수 없는 존재가 되고 말죠. 태양과 별이 한 곳에서 공존할 수 없는 것처럼 말이에요."

그가 말했다.

"사랑은 남녀 모두에게 있어서 어둠을 밝히는 빛처럼 중요한 겁니다."

여자가 말했다.

"그렇다면 빛은 곧 사랑이겠군요."

그가 말했다.

"빛은 곧 사랑이고 희망입니다."

여자가 말했다.

"희망은 곧 그리움이겠죠?"

그가 말했다.

"그리움은 곧 열정입니다."

여자가 말했다.

"만일 삶이 오 분밖에 남지 않았다면, 누구든 소중한 사람에게 전화할 거예요. '당신을 사랑한다' 고요."

그가 말했다.

"이 세상에서 가장 아름다운 여섯 글자는 '그대를 사랑해'입니다. 즉 사랑보다 위대한 것은 없다는 뜻이지요."

여자가 말했다.

"사랑은 두 사람이 자기를 낮추는 희생정신이겠죠?"

그가 여자에게 목례를 하고 돌아섰다.

"사랑은 두 사람이 서로를 존중하는 배려의 정신입니다."

141

인생은 대단히 어렵고도 어려운 수수께끼의 연속이다

그는 사랑을 찾는 여자와 헤어져 대로를 걸어갔다. 아무리 생각해 봐도 여자의 사랑에 대한 생각은 참신하지 않았다. 그는 잠시 상념에 잠겨 있다가 광장으로 나갔다. 광장에서는 수많은 여자들이 모여서 침묵집회를 벌이고 있었다. 그는 수백 명쯤 되는 여자들 앞에서 삿갓을 벗었다. 그리고 지팡이를 높이 치켜들고 외쳤다. 여자들이여, 자기를 미워하는 사람을 사랑할 수는 있지만, 자기가 미워하는 사람을 사랑할 수는 없다.

여자로서 사랑을 받지 못한다는 것은 불행한 일이다. 그러나 다시는 사랑을 받지 못하게 된다는 것은 모욕이다. 여자들이여, 남자들이 사랑을 구할 때는 사월이고, 결혼을 하게 되면 십이월이 된다. 처녀들은 처녀 시절에는 오월이지만, 아내가 되고 보면 하늘색이 변한다. 이처럼 사랑은 시간의 흐름에 따라 자신의 색깔을 바꾸는 나뭇잎과 같다. 이처럼 사랑은 주변의 환경에 따라 자신의 모습을 바꾸는 카멜레온과 같다.

여자들이여, 여인의 남자에 대한 사랑은 옷에서부터 알 수 있고, 남자의 여인에 대한 사랑은 빛나는 눈에서부터 알 수 있다. 그대들 이것을 아는가? 사랑을 하는 것은 즐겁지만, 사랑을 받는 것은 마냥 즐겁지 않다는 것을. 마음이 아프도록 사랑하면 아픔은 없어지고, 더 큰 사랑만 남는다는 것을. 여자들이여, 누군가에게 사랑받지 못한다는 것은 운이 없는 것이지만, 누군가를 사랑하지 못한다는 것은 스스로 불행 속으로 뛰어드는 것과 같다. 누군가를 사랑한다는 것은 장님이 눈을 뜨는 것과 같고, 누군가로부터 사랑받지 못한다는 것은 스스로 장님이 되는 것과 같다.

여자들이여, 사랑받는 남자는 여자에게 사랑을 걸어 두는 못 같은 가치밖에 없고, 사랑받는 여자는 남자에게 사랑을 감추어 둔 금고 같은 가치밖에 없다. 여자들이여, 사랑을 섬겼기 때문에 슬픔을 겪게 되고, 사랑을 즐겼기 때문에 허망함을 느끼게 되고, 사랑을 잃었기 때문에 고통 속에서 헤매게 된다. 그대들 아는가? 진정한 사랑은 이별의 순간까지 그 깊이를 전혀 알 수 없고, 참다운 사랑은 죽음의 순간까지 그 넓이를 전혀 알 수 없다. 그가 소리치고 있자, 한 여자가 다가와 속삭였다.

"지금 침묵시위 중이에요. 조용히 하세요."

그가 말했다.

"무엇 때문에 침묵시위를 하는 겁니까?"

여자가 손으로 입을 가리켰다.

"여자들도 성적 자유가 있다고 주장하는 거예요."

그가 탄식조로 말했다.

"아 성적 자유…"

여자가 다시 한 번 손가락으로 입을 가리키고 돌아갔다. 그는 모여 있는 여자들을 둘러보다가 중얼거렸다. 여자들이여, 사랑이란 울타리 안에 가두어 두는 대상이 아니라, 넓은 들판에 풀어 놓고 자유롭게 뛰어다니게 하는 대상이다. 사랑이란 온실 안에서 자라는 연약한 꽃이 아니라, 들판에 자유롭게 피어나는 야생식물이다. 그대들 아는가? 야생식물은 습한 밤에도 생겨나고, 햇살이 뜨겁게 비치는 낮에도 생긴다. 그것은 야생의 씨앗에서 발생해 사나운 바람에 불려 거리로 돌아다닌다.

여자들이여, 야생식물이 우연히 정원 안에서 피게 되면, 우리는 그것을 꽃이라 부르고, 그것이 울타리 밖에서 피면 잡초라고 부른다. 그러나 꽃이든 잡초든 그 향기와 색깔은 여전히 야생적이다. 여자들이여, 그대들이 한 사랑을 헛된 것이었다고 치부하지 말라. 그 어떤 사랑이라도 사랑은 결코 낭비되지 않는 법이다. 그 어떤 사랑이라도 사랑은 결코 부질없는 것이 아니다. 그대들 아는가? 비록 그대의 사랑이 상대의 마음을 사로잡지 못했어도 빗물처럼 돌아와 새로움으로 가득 채운다는 것을.

그대들 사랑은 나 이외의 사람에 대한 행복을 위해서 발현되는 것이다. 그대들 사랑은 자신을 온전히 버림으로써 꽃피우는 진정한 희생의 열매이다. 인생에는 허다한 모습이 있지만, 그것을 해결할 길은 오직 진실한 사랑뿐이다. 그대들 사랑은 나 자신을 위해서는 약하고, 남을 위해서는 강한 것이다. 그대들 20대의 사랑은 환상이고, 30대의 사랑은 외도이고, 40대의 사랑은 탐욕이고, 50대에 와서야 처음으로 참된 사랑을 알게 된다.

여자들이여, 사랑이 그대의 것이 아니거든 돌아보지를 말라. 사랑이 그대의 마음을 흔드는 것이 아니라면 응대하지 말라. 그래도 강하게 덤비거든, 그 마음을 힘차게 불러일으키라. 사랑은 사랑을 갈구하는 자에게 찾아가는 오색의 무지개이다. 사랑은 사랑을 갈망하는 자에게 찾아가는 희망의 파랑새이다. 사랑은 사랑을 위해 목숨을 거는 자에게 찾아가는 불멸의 불꽃이다. 그가 떠들어대자 덩치가 큰 여자가 다가와 눈을 부릅떴다. 그는 삿갓을 쓴 다음 돌아서서 성큼성큼 걸어갔다. 덩치 큰 여자가 뒤쪽에 궁시렁거렸다.

"별 미친 작자 다보겠네."

그는 여자를 등 뒤로 하고 가면서 낮게 소리쳤다. 사랑은 맞붙어 싸워 이길 수 있는 상대가 아니다. 사랑은 줄행랑 칠 수밖에 없는 강하고 강한 상대이다. 남자들이 그대들을 사랑하기 두려우니, 사랑은 상실의 사자이기 때문이다. 수컷들이 암컷들을 사랑하기 두려우니, 사랑은 죽음의 그림자이기 때문이다. 우리는 이 세상에서 위대한 일을 할 수 없다. 단지 위대한 사랑을 갖고 작은 일들을 할 수 있을 뿐이다. 여자들이여, 그대를 사랑하지 않는 자에게는 주인이 되고, 당신을 사랑하는 자에게는 노예가 되라.

　사랑의 기쁨은 아주 짧은 순간밖에 지속되지 않고, 사랑의 고통은 죽을 때까지 계속된다. 사랑은 모든 것을 믿되 결코 속임을 당하지 않는다. 사랑은 모든 것을 바라되 결코 멸망하지 않는다. 그대들 아는가? 기대 없이 사랑하는 자는 진정한 사랑을 하고, 기대를 걸고 사랑하는 자는 일시적 사랑을 하게 된다. 계산 없이 사랑하는 자는 참된 사랑을 얻고, 계산을 하며 사랑하는 자는 거짓된 사랑을 얻게 된다. 이 세상의 허위와 거짓과 배신과 시기 속에서도 오로지 하나 순수한 것은 참된 사랑뿐이다.

　인생은 대단히 어렵고도 어려운 수수께끼의 연속이다. 순수하고 참되고 진정한 사랑만이 이 수수께끼를 풀 수 있다. 그대들 사랑하는 사람의 결점을 장점으로 볼 수 없는 사람은 결코 진실된 사랑을 할 수 없다. 그대들 사랑하는 사람의 약점을 아름답게 볼 수 없는 사람은 결코 참된 사랑을 할 수 없다. 그대들 이것을 알라. 사랑은 잼과 같이 달콤하지만, 빵이 없으면 그것만으로 완성될 수가 없다. 사랑은 꿀과 같이 감미롭지만, 떡이 없으면 그것만으로 완성될 수가 없다. 그가 계속 외치자 작은 돌과 나무들이 날아왔다. 그는 껄껄 웃으면서 삿갓을 벗어 흔들었다.

　"사랑을 구하는 자에게 행복이 있으라, 그대를 구원할 슬픈 시련에 견딘 자여, 행복이 있으라."

142

행위를 하지 않는 것도 행위이다

그는 침묵시위를 하는 여자들을 뒤로 하고 길을 갔다. 백화점 앞에 이르자 인파는 더 많아졌고, 사람에 치여 걷기조차 어려웠다. 그는 사람들을 피해 고층건물 아래쪽으로 다가갔다. 그때 건물을 장식하는 청동색 동상이 눈에 들어왔다. 동상은 사람 크기였으며, 180센티 정도의 청년 모습이었다. 그는 알몸에 팬티 하나만 걸친 동상 앞으로 다가가 한숨을 돌렸다. 그때 동상의 손이 그의 삿갓을 툭 건드렸다. 그는 깜짝 놀라 옆으로 한 걸음 비켜 앉았다. 동상은 아무 일도 없었다는 듯이 움직임을 멈추었다. 그는 동상 앞으로 다가가 몸을 슬쩍 건드려 보았다. 그때 동상이 하얀 치아를 드러내며 씨익 웃었다. 그제야 그는 동상이 실제 사람임을 알아차리고 말했다.

"그대는 여기서 뭘 하고 있는 것이오?"

청년이 손과 팔을 기계처럼 움직여 대답했다. 그는 무슨 뜻인지 알 수 없어서 다시 물었다.

"대체 동상 모양을 하고 뭘 하는 것이오?"

청년이 입을 벌리지 않고 대답했다.

"예술을 하고 있습니다."

그가 모호한 표정을 지었다.

"동상처럼 가만히 서 있으면서 예술을 하다니?"

청년이 입을 다문 채 말했다.

"움직이지 않는 것 자체가 예술입니다."

그가 재빨리 주위를 둘러보았다.

"누가 시켜서 하는 것이오?"
청년이 눈도 깜빡 않고 말했다.
"제 스스로 하는 것입니다."
그가 물었다.
"무엇을 위해서?"
청년이 대답했다.
"인간이 무엇을 하는 존재인지를 확인하기 위해섭니다."
그가 말했다.
"인간이 무엇인지를 확인하는 행위라고요?"
청년이 말했다.
"그렇습니다. 일종의 행위예술이죠."
그가 말했다.
"행위를 하지 않으면서 행위예술이다?"
청년이 말했다.
"행위를 하지 않는 것도 행위 중 하납니다."
그가 말했다.
"하긴 움직이지 않으므로 해서 움직이게 된 것이 우주니까."
청년이 말했다.
"움직임으로 해서 움직이지 않게 될 것도 우주입니다."
그가 말했다.
"그대가 행위예술을 한다면, 누가 보상을 해 주는 거요?"
청년이 편한 얼굴로 말했다.
"보상은 제 스스로 받는 것입니다."
그가 중얼거리듯 말했다.
"하기야 예술은 보상 없이도 가능한 세계니까."
청년이 흐트러짐 없이 말했다.
"예술가는 돈이나 보상을 머릿속에 그리는 순간, 예술가적 혼을 영구히 상실하는 법이죠."

그가 삿갓을 눌러 쓰고 말했다.

"훌륭한 예술이란 그럴 듯하게 보이는 것이 아니라, 꽁꽁 얼어붙은 인간의 마음을 움직여야 하는 것이오."

청년이 기울어진 자세를 바로 했다.

"참다운 예술가란… 잠재의식에 구멍을 뚫어 놓고, 거기서 낚시질을 하는 사람이라고 할 수 있습니다."

그가 길게 자란 턱수염을 쓸었다.

"쓸모없는 예술가는 언제나 타인의 안경을 쓰고 있는 법이지요."

청년이 흘러내린 팬티를 올렸다.

"예술가는 세론을 경시하지 않으면 안 되는 존재이기도 합니다."

그가 말했다.

"예술가의 참진리는 우매한 대중의 마음의 심오(深奧)에 빛을 보내주는 데 있소이다."

청년이 말했다.

"예술가는 사물을 있는 그대로 보지 않고, 도리어 마음속에 있는 그대로를 보는 존재라고 할 수 있습니다."

그가 말했다.

"사실 예술은 우리에게 타인의 내면생활을 알게 함으로써 경험을 넓혀 주는 행위 중 하나지요."

청년이 말했다.

"종국에는 예술은 죽고 한 장의 그림도 사라질 수 있습니다. 이 세상에 남는 것은 오로지 예술이 뿌린 씨앗일 뿐이에요."

그가 말했다.

"모든 예술의 궁극적 복석은, 인생은 살 만한 가치가 있다는 것을 일깨워 주는 것일 게요."

청년이 말했다.

"그런 의미에서 예술가가 창작을 하고 있는 동안은 종교가라고도 할 수 있죠."

그가 말했다.

"아무리 훌륭한 예술이라도, 그것이 도덕적 이성과 결합되지 않고, 오직 그 자체 만족에 빠져 버리면, 그런 예술은 한낱 오락에 지나지 않는 것이오."

청년이 말했다.

"예술의 문제점은 진실한 사랑을 가르치지 못하는 데 있습니다. 예술이 인간의 오락에 불과하고, 진리를 보여주는 힘을 갖지 못할 때, 그것은 수치스런 예술일 뿐, 자랑스러운 것은 아니지요."

그가 말했다.

"예술은 적당한 위치에 놓일 때, 더 크게 빛나는 것이오."

청년이 말했다.

"지금의 제 위치는 어떻습니까?"

그가 껄껄 웃으며 말했다.

"그대가 있는 곳이 우주의 중심 같군요."

143

탐욕이 앞문으로 들어가면, 지혜는 뒷문으로 나간다

그는 행위예술을 하는 청년과 헤어져 다시 길을 갔다. 날씨가 더웠으므로, 삿갓과 괴나리봇짐을 벗어 손에 들었다. 때에 전 도포까지 벗었지만, 더위는 좀처럼 가시지 않았다. 그는 더위를 피해 빌딩 사이에 난 좁은 골목길로 들어섰다. 그곳에서 그는 하수구 뚜껑을 열고 무언가를 찾는 사람을 발견했다. 남자는 50대였으며, 긴 머리와 가슴까지 내려오는 수염을 가지고 있었다. 특이한 것은 남자가 신부들이 입는 복식을 하고 있다는 점이었다. 그는 남자의 모습과 행동이 이상해 가까이 가서 물었다.

"그대는 하수구 속에서 무엇을 찾고 있습니까?"

남자가 긴 턱수염을 말아 쥐고 대답했다.

"꿈과 도덕과 명예를 찾고 있습니다."

그가 의아한 표정으로 되물었다.

"하수구 속에서 꿈, 도덕, 명예를 찾다니요?"

남자가 허리를 굽힌 채 대답했다.

"이 오물 속에 인간들이 버린 꿈, 명예, 도덕, 윤리, 지성 같은 것들이 뒤섞여 있거든요."

그가 탄성조로 중얼거렸다.

"아하, 욕망의 찌꺼기 같은 것을 말하는군요."

남자가 하수구를 쓱쓱 뒤졌다.

"그 비슷한 것입니다."

그가 하수구 안을 기웃거렸다.

"그래 무언가 좀 찾았습니까?"

남자가 힘주어 말했다.

"무수히 많이 찾았습니다."

그가 작게 말했다.

"예를 들면 어떤 것들을?"

남자가 허리를 펴며 말했다.

"이상이나, 양심, 인격, 진실, 겸손 등이 오물하고 뒤엉켜 있습니다."

그가 알만하다는 듯이 끄덕였다.

"하긴, 현대인들은 양심이나 겸손, 미덕을 버린 지 오래 됐지요."

남자가 머리를 흔들었다.

"인간이 꿈과 희망을 버리면 짐승보다 못한데, 요즘 사람들은 꿈 대신 탐욕을 꿈이라고 생각하고 있습니다."

그가 말했다.

"희망에 대한 가장 아름다운 꿈을 하수구 속에서나 볼 수 있다니 참으로 슬픈 일이군요."

남자가 말했다.

"도덕은 또 어떻습니까? 현대인은 도덕이라는 단어 자체를 조각내서 하수구 속에 처박아 버렸어요."

그가 말했다.

"최고의 도덕이란 끊임없이 남을 위해 봉사하고, 인류를 위해 사랑으로 일관하는 것인데…"

남자가 말했다.

"도덕이라는 것은… 전 세계에 공통된 목적을 향한 선한 의지의 진행이고, 언젠가는 죽어야 할 인간 속에 존재하는 영원한 존경심이에요. 그런데 그것들이 오물 취급하고 있습니다."

그가 말했다.

"정직, 친절, 겸손 같은 보편적 도덕을 굳게 지키는 자야말로 위대한 사람이지요."

남자가 말했다.

"명예는 또 어떻습니까?"

그가 말했다.

"아주 작은 명예를 얻기 위해 진실, 정직, 친절, 우정 등을 이용하는 세상이 돼 버렸습니다."

남자가 말했다.

"모든 훌륭한 명예는 고난과 고통, 역경 속에서 성장된다는 걸 현대인은 망각했어요. 현대인한테 남은 건 수단과 방법을 가리지 않는 성공뿐이에요."

그가 말했다.

"맞습니다. 명예는 정직한 수고에 있고, 기회의 노림에 있지 않습니다."

남자가 탄식조로 말했다.

"참다운 명예는 우리가 하는 진실된 행위로 인해 획득되어지고, 어떤 계기를 맞아 참다운 행위가 진실하게 이루어질 때까지는 절대로 얻어지지 않는 법인데 정말 큰일입니다."

그가 남자의 말에 동조했다.

"명예는 밖으로 드러난 양심이고, 양심은 안으로 잠기는 명예인데, 현대인은 그것을 거꾸로 하려고 애쓰고 있지요. 한 명의 예외도 없이 말입니다."

남자가 약간 언성을 높였다.

"명예로운 죽음은 불명예스러운 삶보다 나은 법인데, 현대인은 불명예스러운 삶을 선택하고 명예로운 죽음을 포기해 버렸습니다. 그뿐이 아니에요. 지혜는 또 어떻습니까?"

그도 같이 목소리를 높였다.

"지혜는 인간을 깊이 사고하는 자로 만들고, 이기는 인간을 어리석은 자로 만들고, 탐욕은 인간을 타락하는 자로 만드는데, 사람들은 그 이치를 애써 외면하고 있습니다."

남자가 입맛을 다셨다.

"참다운 지혜는 경험에서 우러나오고, 참된 경험은 고통 속에서 얻어지는 법인데 말입니다."

그가 눈을 감았다가 떴다.

"감성에 이성과 지성을 더한 것이 지혜이고, 현실에 꿈과 웃음을 더한 것이 희망이에요."

남자가 다시 하수구를 뒤지기 시작했다.

"탐욕이 앞문으로 들어가면, 지혜는 뒷문으로 나가는 법이죠."

그가 도심 쪽으로 걸음을 옮기면서 말했다.

"지성은 이성의 어머니고, 지혜는 경험의 딸인데, 쯧쯧."

144

지나간 슬픔에 새 눈물을 낭비하지 말라

그는 하수구를 뒤지는 남자와 헤어져 다시 길을 갔다. 날씨가 무더웠으므로 사람들은 모두 그늘을 찾아 들어갔다. 그도 더위를 식힐 겸 분수가 솟는 공원으로 들어섰다. 공원에는 많은 사람들이 그늘에 앉아서 음료수와 과일을 먹었다. 그는 나무 그늘을 찾다가 술을 마시는 40대 후반의 남자를 발견했다. 남자는 흰 천으로 감싼 항아리 2개를 지게에 얹어 놓고 있었다. 도심 속에서 지게를 지는 것도 이상했지만, 흰 천으로 감싼 항아리는 더욱 수상했다. 그는 술을 마시고 있는 남자에게 다가가 물었다.

"지게 위에 얹어 놓은 항아리는 무엇이오?"

남자가 술을 한 잔 마시고 대답했다.

"슬픔입니다."

그가 의아한 표정을 지었다.

"항아리가 슬픔이라니?"

남자가 가라앉은 소리로 말했다.

"제 슬픔의 모든 것입니다."

그가 항아리를 보면서 말했다.

"그러면 누구의 유골이라도 된다는 말이오?"

남자가 침울한 얼굴로 대답했다.

"네, 제 어머니와 아버지 유골입니다."

그가 탄식조로 말했다.

"그렇다면 슬픔이 맞군요. 부모는 자식의 모든 것이자, 시작이고 끝인데."

남자가 힘없이 말했다.

"효도도 한 번 못했는데, 갑자기 돌아가시고 말았습니다. 그것도 지병이 도져서."

그가 혀를 끌끌 찼다.

"두 분이 어쩌다가 같이 돌아가셨는지?"

남자가 한숨을 쉬었다.

"아버지가 병으로 돌아가셨고, 어머니는 아버지를 뒤따라가신 겁니다."

그가 말했다.

"안타까운 일이군요. 하지만 아름다운 죽음이기도 합니다."

남자가 말했다.

"죽음이 아름답기 때문에 슬픔이 더하는 겁니다. 술을 먹지 않으면 견딜 수 없을 정도로요."

그가 말했다.

"숭고한 죽음 뒤에 오는 슬픔은 아름답기 이를 데 없지요."

남자가 말했다.

"슬픔을 이렇게라도 표현하지 않으면, 금방이라도 심장이 터져 버릴 것 같았거든요."

그가 말했다.

"슬픔은 혼자서 간직할 수 있지만, 슬픔이 충분한 가치를 얻으려면 그것을 누군가와 나누어 가져야 합니다."

남자가 말했다.

"아무리 일해도 슬프고, 아무리 떠들어도 슬프고, 아무리 술을 먹어도 슬프니 이를 어찌하면 좋습니까?"

그가 말했다.

"슬픔의 유일한 치료는 무언가 열심히 해서 시간을 보내는 것이오. 즉 시간이 모든 아픔을 치유할 수 있습니다."

남자가 물었다.

"자식 노릇을 못했기 때문에 슬픔이 더 큰 거겠죠?"

그가 대답했다.

"부모님을 사랑과 애정으로 섬겼기 때문에 감출 수 없는 슬픔을 느끼게 되는 것이오."

남자가 말했다.

"부모님이 돌아가신 슬픔보다, 그 슬픔을 두려워하는 마음이 더 커서 슬픔이 확대되는 게 아닌지 모르겠습니다."

그가 나직한 어조로 말했다.

"사실 그 슬픔 하나만 보면 어느 정도 견딜 만한 것인데, 그 사태에 대한 공포심으로 인해 슬픔이 더 크게 확대되는 것이오. 하늘은 본래 견딜 수 없는 슬픔을 인간에게 내려주지 않았어요. 땅도 본래 참을 수 없는 고통을 인간에게 안겨주지 않았어요. 신도 본래 감당할 수 없는 시련을 인간에게 부여하지 않았어요. 그러니 몸을 바쁘게 움직이다 보면 모든 게 해결될 것이오."

남자가 옷깃을 여미며 말했다.

"인간은 남의 슬픔에서 자신의 기쁨을 뽑아오고, 남의 기쁨에서 자신의 슬픔을 얻어 오는 존재인가요?"

그가 삿갓을 고쳐 쓰고 말했다.

"슬픔이란 자기 부정에서 오는 적극적 표현이고, 기쁨이란 자기 긍정에서 오는 적극적 표현이라고 할 수 있소."

남자가 그를 똑바로 쳐다보았다.

"정말로 몸이 바쁘면 슬픔이 잊혀질까요?"

그가 괴나리봇짐을 둘러멨다.

"우선 부모님 유골부터 안식처를 찾아 드려야 할 것 같소."

남자가 머리를 흔들었다.

"땅속에 모시면 너무 추울 것 같고, 집에 모시면 너무 더울 것 같고, 납골당에 모시면 너무 외로울 것 같아서…"

그가 말했다.

"슬픔을 극복하는 방법은 멀리 떨어지는 것이오. 그래서 선조들은 부모님 묘를 먼 산에 모시지 않았소?"

남자가 말했다.

"그게 슬픔을 다스리는 방법이라면, 그렇게 해야 하겠군요."

그가 말했다.

"때에 따라 슬픔은 가장 좋은 친구이자, 사람에게 엄청난 기쁨을 안겨주기도 하는 것이외다."

남자가 말했다.

"하긴 슬픔은 오해된 즐거움인지도 모르지요."

그가 남자의 어깨를 두드려 주고 일어섰다.

"지나간 슬픔에 새 눈물을 낭비하지 마시오."

145

악한 자의 노동은 땅에서 파멸을 파낸다

정오가 지나자 사람들이 다시 거리로 쏟아져 나왔다. 그는 숲이 우거진 공원을 지나다 사람들을 상대로 외치는 사람을 발견했다. 남자는 그처럼 상투를 틀었고, 흑립을 썼으며, 도포에다가, 짚신을 신고, 용머리 지팡이까지 들었다. 그는 나무 그늘을 찾아가 엉덩이를 붙이고 앉았다. 그런 다음 삿갓을 벗고 남자의 외치는 소리를 들었다. 60대로 보이는 남자는 공원에 설치된 간이 무대 위에서 소리쳤다.

신의 피조물이여 기억하라. 현대인의 최대 불행 중 하나는, 가정이 인간에게 깊은 만족을 주지 못한다는 점이다. 현금의 가정은 우리의 휴식처가 아니라, 우리가 가야 할 묘지와 연결된 최후의 지점이다. 그대들 기억하라. 영혼의 건강은 육체의 건강과 같이 믿을 수 있는 것이 못된다. 사람은 정욕으로부터 멀어져 있는 것 같지만, 건강할 때 병이 나는 것과 마찬가지로 자칫 정욕에 휩쓸려 버릴 위험이 있다.

신의 피조물이여, 결혼과 동시에 남자와 여자에게는 세상이 일변하는 큰 변화가 밀어닥친다. 그 세상은 의지할 곳도 없고, 돌아설 곳도 없고, 서성거릴 자리마저 사라져 버린 황막한 곳이다. 그대들 아는가? 그 길은 먼지가 뽀얗게 앉아 있고, 길 양쪽은 까마득한 낭떠러지고, 길의 끝에는 묘지로 통하는 캄캄한 통로뿐이다. 결혼이 낭만이고, 기쁨이고, 축복인 시대는 오래 전에 사라져 버렸다. 이 시대의 결혼은 신으로부터 악마로, 그리고 인간으로부터 짐승에로 이르는 추락의 길이다.

신의 피조물이여, 겸손은 남의 칭찬을 싫어하는 것처럼 보이지만, 사실은 좀 더 칭찬받고 싶다는 욕망에 불과하다. 또한 겸손은 범인에게는 한갓 성실이지만, 위대한 재능의 소유자에게는 참다운 위선이다. 신의 피조물이여, 그대들이 두려워하는 것은 죽음이나 고통, 고난이 아니라, 고통과 고난과 죽음에 대한 공포이다. 그대들 차라리 고난 속에서 인생의 기쁨을 찾아라. 풍파 없는 항해, 그 얼마나 단조로운가. 고난이 없는 일생, 그 얼마나 심심한가. 고통이 없는 삶, 그 얼마나 따분한가.

신의 피조물이여, 풍파와 고난이 심할수록 그대들의 가슴은 뛸 것이다. 고통과 슬픔이 닥쳐올수록 그대들의 심장은 요동칠 것이다. 그대들 아는가? 공포와 달리 고독은 이 세상에서 가장 무서운 괴물이다. 아무리 지독한 공포도 모두가 함께 하면 견딜만 하지만, 고독만큼은 동토에 버려진 싸늘한 죽음과도 같다. 남자가 큰소리로 외치자 사람들이 하나둘 몰려들었다. 30여 명의 사람들은 남자를 중심으로 반원을 그린 채 서 있었다. 여러 사람 중 하나가 앞으로 나서서 질문을 던졌다.

"당신은 신을 전파하는 목자요? 아니면 세상을 현혹하는 기인이오?"

남자가 말한 사람을 힐끗 쳐다보고 다시 외쳤다. 사람이 자기 중심을 잃는 것은 큰 고통보다는 아주 작은 고통 때문이다. 인간이 자기 자신을 잃는 것은 큰 괴로움보다는 아주 작은 괴로움 때문이다. 얼마나 많은 악과 불행이 극히 작은 데서 불붙어 올라왔는가를 보라. 인간의 본질은 깊은 고뇌이고, 인간 자신의 숙명에 대한 절망적 의식이다. 그 결과 모든 슬픔, 모든 고통, 모든 괴로움, 모든 절망, 모든 좌절, 죽음의 공포까지도 거기서 생긴다.

만일 신이 한 나라의 국민이라면 그들의 정부는 민주적일 것이다. 그러나 그와 같이 완전한 정부는 인간을 위해 존재하지 않는다. 신의 정부는 국민을 노예로 만들고, 신의 국민은 정부를 주인으로 받들 뿐이다. 그대들 아는가? 국가의 재산은 국가를 구성하는 조직의 재산이고, 개인의 재산 또한 개인을 지배하는 국가의 재산이다. 이것이 정부와 국민 간에 체결된 불평등 계약이고 일방적 노예계약이다.

그대들 아는가? 악한 자의 기도는 하늘의 저주를 받고, 악한 자의 노동은 땅에서 파멸을 파낸다. 악한 자의 기도는 하늘을 검게 만들고, 악한자의 노동은 땅을 거칠게 만드니, 이 둘이 그대들의 집에 슬픔과 불행을 실어다 줄 것이다. 그대들 아는가? 사람이 위대하게 되는 것은, 진실로 무위에 의해서 얻어진다. 참다운 희망과 이상이란 전정한 무위의 산물이다. 인간의 행위는 신에 대한 도전이고, 인간의 창의성은 신을 죽이는 촉매제이다.

그대들 기억하라. 도덕은 종교의 현관에 불과하고, 신앙은 신의 거실에 불과하다는 것을. 그대들 종교의 가치와 목적을 따지지 말라. 그대들 신의 전능과 창조를 신뢰하지 말라. 그대들 천사의 선행과 희생을 바라지 말라. 그대들 악마의 악행과 파괴를 외면하지 말라. 그대들 절대자의 구원을 붙잡지 말라. 그대들 보이지 않는 대상에 매달리지 말라. 그대들 신과 천사와 악마의 능력을 믿지 말라. 그대들 다가오는 순간순간을 즐겨라.

그대들 게을리 하고, 해이해지며, 우물거려라. 그대들 오늘 할 일을 내일로 미루라. 지금 할 일을 다음으로 넘기라. 내일 할 일을 영구히 미루어 두라. 그대들이여, 무엇인가를 추구하려 들지 말라. 그대들이여, 무언가에 도전하지 말라. 그대들이여, 무언가를 창조하려 들지 말라. 그대들이여, 무언가를 희망하지 말라. 그리하면 매일 매 순간 행복해지리라. 남자의 말을 듣던 한 노파가 지팡이를 휘두르며 말했다.

"신을 저주하려기든 지옥에 가서나 해."

다른 사람도 거들었다.
"부정의 부정은 긍정인데, 당신의 부정은 무서울 정도요."
남자가 모여든 군중들을 한바탕 둘러보고 소리쳤다. 부귀는 허공에 뜬 연기와 같고 명예는 허공을 나는 한 마리의 파리와 같다. 또한 부와 명예는 물 위에 피어나는 파문과 같으니, 결국은 모든 것이 무로 끝난다. 그대들 이것을 아는가? 인생의 위대한 목표는 지식이 아니라 행동이고, 종교의 위대한 목표는 기도가 아니라 맹신이다. 그대들 애매한 벗이기보다는 뚜렷한 적이 되고, 애매한 동지이기보다는 뚜렷한 적군이 돼라.

그대들이 훌륭해지고 부자가 되고 싶다는 것은, 거짓말을 하고, 머리를 숙이고, 아첨하고, 속일 것을 결심한 것이다. 그대들이 성공하고 명예를 얻고 싶다는 것은, 남을 이용하고, 배신하고, 죽이겠다고 결심한 것이다. 그대들 이것을 명심하라. 막대한 부를 가진 자는 막대한 부만큼 불행하고, 중용의 재물을 가진 자는 중용의 재물만큼 즐겁고, 아무것도 가진 게 없는 자는 없는 만큼 행복하다. 인간에게는 불행이나 빈곤, 고통, 질병조차 필요하다. 이런 것들이 없다면 인간은 곧 절망하기 때문이다.

신의 피조물이여, 인간은 과거에 사나운 짐승이나 물고기처럼 살았고, 지금도 큰 것이 작은 것을 먹어 치우고 있다. 인간은 언제나 악마나 사탄처럼 살았고, 현재도 악이 선을 지배하고 있다. 이기심과 허영심은 인간의 마음을 흔드는 원동력이고, 아첨과 아부는 인간관계의 악의적 윤활유이다. 보통 사랑은 인간을 의심자로 만들고, 진지한 사랑은 인간을 번민자로 만들고, 참된 사랑은 인간을 죽음으로 이끈다.

삶에서 아무런 문제도 갖고 있지 않은 사람은 이미 인생이라는 치열한 경기에서 제외된 사람이다. 인생에서 아무런 갈등도 가지고 있지 않은 사람은 이미 삶이라는 치열한 경쟁에서 이탈된 사람이다. 그대들 먹고, 떠들고, 소리치고, 악을 써라. 그대들 이탈하고, 벗어나고, 해방되어라. 그대들 탐욕스럽고, 사치스럽고, 자유분방해져라. 그대들 이용하고 배신하고 사악해져라. 그것만이 스스로 인간임을 증명하는 길이다. 남자가 소리치고 있는 사이 누군가가 경찰을 불렀다. 경찰 2명이 순찰차를 타고 와서 그의 외침을 들었다. 한 사내가 무대 위에 있는 그를 지목했다.

"저 인간이 대중을 선동하고 있소. 빨리 잡아가시오."

경찰이 말했다.

"내가 듣기에는 강연을 하는 것 같은데, 연행하기는 좀 그렇습니다."

사내가 재촉했다.

"경관 선생도 들었지 않소. 저 인간은 지금 민중을 현혹시키는 말을 지껄이고 있어요."

다른 경찰이 나섰다.

"더 들어 봅시다. 나쁜 소리는 아닌 것 같은데."

사내가 무어라고 투덜거리며 뒤로 물러섰다.

146

신은 자신이 만든 생명체에 세 개의 기둥을 세워 주었다

경찰과 사내의 대화를 들은 남자가 다시 무대에 섰다. 모여든 사람은 어느덧 100명이 넘어섰다. 출동한 경찰도 팔짱을 끼고 남자의 말을 들을 태세였다. 그는 흥미로운 광경에 자신도 모르게 박수를 쳤다. 그가 친 박수는 남자의 말이 옳아서가 아니었다. 남자가 드러내는 알 수 없는 악의가 흥미를 끌었던 것이다. 그가 호응하자 모여 섰던 사람들도 같이 박수를 보냈다. 남자가 박수 소리에 힘을 얻은 듯 목소리를 높였다.

그대들 똑바로 서라. 남의 힘을 이용해서라도 똑바로 서라. 그도 아니면 악마의 도움을 받아서라도 똑바로 서라. 그것도 아니면 신을 죽여서라도 똑바로 서라. 그렇게 하는 것만이 성공과 출세의 지름길이다. 인생에서 가장 성공적인 사람은 가장 탐욕스런 마음을 가지고 있는 자이다. 삶에서 가장 성공적인 인간은 가장 이기적인 마음을 가지고 있는 자이다. 그대들 이것을 알라. 순간적인 쾌락은 긍정적인 것으로 여겨지기에, 쾌락이 불행을 가져온다고 생각하는 것은 착각이다. 말초적 쾌락은 좋은 것으로 생각되기에, 말초적 쾌락이 죽음을 불러온다고 여기는 것은 착각이다.

신의 피조물이여, 범죄 없이 산다는 것은 하늘을 놀라게 할 생각이고, 악의 없이 산다는 것은 세상을 놀라게 할 생각이고, 살인 없이 산다는 것은 저승을 놀라게 할 생각이다. 그대들 아는가? 악의는 어진 사람의 스승이고, 선의는 나쁜 사람의 제자이다. 신의 속성은 즐겨 타인의 스승이 되려는 데에 있고, 인간의 속성은 즐겨 신의 제자가 되려는 데 있고, 동물의 습성은 즐겨 인간의 노예가 되려는 데 있다.

　자기 이웃에서 자행되는 탄압과 차별을 외면하면서, 세계의 한쪽에서 벌어지는 부당한 일에 더 분노하기 쉬운 것이 우리 인간들이다. 먼 고통과 먼 슬픔과 먼 죄악을 더 가깝게 생각하는 게 우리 인간이라는 동물이다. 그대들 아는가? 기쁨에 대한 추억은 이제 기쁨이 아니다. 그대들 행복에 대한 추억은 이제 행복이 아니다. 하지만 슬픔에 대한 추억은 언제나 슬픔이다. 하지만 고통에 대한 추억은 언제나 고통이다.

　슬픔은 인간이 가질 수 있는 정서 가운데 최고의 것이고, 동시에 모든 예술의 전형이자 시금석이다. 고통에 대한 추억은 인간이 가질 수 있는 감정 가운데 최상의 것이고, 동시에 모든 희망에 대한 전형이자 시금석이다. 그대들 이유 없는 절망이라는 게 있다. 그대들 이유 없는 고통이라는 게 있다. 그대들 이유 없는 슬픔이란 게 있다. 그것은 먼 태초에 있었던 인간의 절망과 고통과 슬픔을 회억하는 것이다.

　그대들 절망을 사랑하는가? 그렇다면 시간을 부수어라. 그대들 고통을 사랑하는가? 그렇다면 시간을 깨뜨려라. 그대들 좌절을 사랑하는가? 그렇다면 시간을 낭비하라. 그대들 허무를 사랑하는가? 그렇다면 시간을 쫓아내라. 그대들 절망을 찾지 말라. 절망이 당신을 찾을 것이다. 그대들 좌절을 찾지 말라. 좌절이 당신을 찾을 것이다. 그대들 허무를 찾지 말라. 허무가 당신을 찾을 것이다. 그대들 죽음을 찾지 말라. 죽음이 당신을 찾을 것이다.

　그의 말을 듣고 있던 경찰과 군중들이 탄성을 질렀다. 한 여자가 식수병을 들고 무대 위로 올라갔다. 남자는 여자가 건네 준 식수병을 들고 벌컥벌컥 마셨다. 60대 남자가 박수를 치면서 말했다.

"명구들이오, 명구."
다른 남자가 덧붙였다.
"사람의 영혼을 흔드는 연설입니다."
경찰이 좌중을 둘러보았다.
"우리는 이제 돌아가도 되겠죠?"
사람들이 동시에 소리쳤다.
"경찰관이 관여할 일이 아닌 것 같소."

경찰 두 명은 자리를 떴고, 남자는 시를 읊듯 연설을 계속했다. 신은 자신이 만든 생명체에 세 개의 회색 기둥을 세워 주었다. 첫 번째는 슬픔이고, 두 번째는 고통이고, 세 번째는 죽음이다. 신은 자신이 만든 생명체에 세 개의 하얀 기둥을 세워 주었다. 첫 번째는 나약함이고, 두 번째는 나태함이고, 세 번째는 게으름이다. 신은 자신이 만든 생명체에 세 개의 붉은 기둥을 세워 주었다. 첫 번째는 이기심이고, 두 번째는 욕망이고, 세 번째는 탐욕이다.

신은 자신이 만든 생명체에 세 개의 검은 기둥을 세워 주었다. 첫 번째는 경쟁이고, 두 번째는 싸움이고, 세 번째는 전쟁이다. 신은 자신이 만든 생명체에 세 개의 노란 기둥을 세워 주었다. 첫 번째는 배신이고, 두 번째는 사악함이고, 세 번째는 잔인함이다. 신은 자신이 만든 생명체에 세 개의 남색 기둥을 세워 주었다. 첫 번째는 갈등이고, 두 번째는 절망이고, 세 번째는 파멸이다.

신의 피조물이여, 참다운 행복은 고통 없이는 존재할 수 없다. 타락한 천사가 신을 배반한 것도 천사들이 알지 못하는 고통을 신이 바랐기 때문이다. 참다운 사악함은 신성 없이는 존재할 수 없다. 타락한 악마가 신을 배신한 것도 악마들이 알지 못하는 갈등을 신이 바랐기 때문이다. 그대들 기억하라. 악마는 절대로 인간을 유혹하지 않는다. 악마를 유혹하는 것은 오히려 타락한 인간들이다. 그대들 아는가? 악행은 덕행보다 언제나 더 쉽다. 즉 그것은 모든 것에 지름길로 가기 때문이다.

그대들 아는가? 불행은 행복보다 언제나 더 쉽다. 즉 그것은 모든 것을 앞질러 가는 것이기 때문이다. 그대들 기억하라. 양심과 명성(明性)은 악마가 만든 두 개의 적대물이다. 즉 그것은 명성은 너 자신에게 돌리고, 양심은 너의 이웃에 돌리라는 것이다. 그대들 기억하라. 남자는 여자를 사랑하면 할수록 더욱더 증오하는 마음이 생기게 된다. 여자는 남자를 사랑하면 할수록 더욱더 미워하는 마음이 생기게 된다.

그대들 이것을 아는가? 인간들 간의 연애는 자신 속에 분해의 원리를 포함하고 있다. 이것은 연애의 슬픈 반면이다. 인간들 간의 사랑은 자신 속에 분열의 원리를 포함하고 있다. 이것은 사랑의 비극적 속성이다. 그대들 이것을 아는가? 인생은 짧고 시간은 무한하며, 기회는 달아나기 쉽고, 실험은 정확치 못하며, 판단은 늘 부정확하다. 그대들 이것을 아는가? 행복도 슬픔도 웃음도 즐거움도 그렇게 오래 가는 것은 아니다. 사랑도 욕망도 미움도 한 번 스쳐가면 마음속에 남는 것은 아무것도 없다.

그대들 기억하라. 애정이 욕정과 융합되었을 때, 연애는 타락에 가까운 격동에 빠져든다. 탐욕이 욕망과 결합되었을 때, 사랑은 죽음에 가까운 격동에 빠져든다. 그대들 기억하라. 인간은 자기가 갖고 싶은 것을 찾아서 세상을 방황하다가 거지가 되어 집으로 돌아온다. 신은 자기가 만들고 싶은 것을 찾아서 세상을 돌아다니다가 부자가 되어 집으로 돌아온다. 그대들 기도하라. 자신을 위해 기도하지 말고, 신을 위해 기도하라. 그대들 참회하라. 자신을 위해 참회하지 말고, 짐승을 위해 참회하라. 그대들 저주하라. 자신을 위해 저주하지 말고, 악마를 위해 저주하라.

우리는 흔히 신의 뜻대로 이루어지기를 바라서가 아니라, 우리 뜻내로 되기를 바라면서 기도한다. 우리는 흔히 악마의 뜻대로 이루어지기를 바라서가 아니라, 우리의 뜻대로 되기를 바라면서 저주한다. 우리는 흔히 천사의 뜻대로 이루어지기를 바라서가 아니라, 우리의 뜻대로 이루어지기를 바라면서 요구한다. 그것이 바로 인간과 신의 차이점이다. 그것이 바로 인간과 악마의 차이점이다. 그것이 바로 인간과 천사의 차이점이다. 남자가 여기까지 외치고 다시 식수로 목을 축였다. 그 사이 몇몇 사람들이 공중화장실에 가기 위해 자리를 떴다. 이제 모여든 사람은 200명을 넘어 군중에 가까웠다.

147

하늘의 시간은 땅의 이익과 같지 않다

그는 괴나리봇짐을 풀고 편안한 자세로 앉았다. 남자의 말은 사실 그가 하고 싶은 말이었다. 하지만 언제부턴가 그의 입에서는 세상을 껴안고 사랑하고 긍정하는 말이 튀어나왔다. 이런 현상은 그가 바라던 것도 아니고, 원한 것은 더더욱 아니었다. 그것은 그가 토굴에서 나온 이유도 아니고, 세상을 향한 목적 또한 아니었다. 그가 생각에 빠져 있는 사이 남자가 외치기 시작했다. 신의 피조물이여, 남의 인격을 수단으로 삼고, 자신의 인격을 목적으로 삼고, 악마의 인격을 성공으로 삼아라. 모든 인격은 공상으로 이루어지는 것이 아니라, 망치를 들고 틀에 넣어 다져서 만들어지는 것이다.

그대들이여, 자유를 수중에 넣는 유일한 방법은, 자유 그 자체를 인생의 목적으로 삼지 말고, 자유 이외의 다른 것을 인생의 목적으로 삼아야 한다. 자유라는 꼿꼿한 나무는 때때로 폭군들의 피로 가꾸어야 한다. 그것이 그 나무의 천연 비료이다. 또한 자유정신은 경쟁을 싫어한다. 또한 자유정신은 자기 적의 편을 든다. 자유는 스스로 자유롭지 않을 때, 그 가치가 상승한다. 그대들에게 주어진 시간은 짧고, 덧없는 인생, 머나먼 희망, 행복은 허무하고, 불행은 오래 간다는 것을 알라.

그대들이여, 나를 가장 잘 아는 자를 적으로 삼고, 나를 가장 잘 모르는 자를 친구로 삼 는다면, 그보다 더 쉽게 부를 축적하는 방법은 없다. 재물은 오래 된 우물과 같다. 퍼 쓸수록 자꾸 가득 차고, 이용하지 않으면 금방 메말라 버린다. 재물을 많이 가지고 있으면 근심거리가 점점 더 늘어가지만, 재산이 전혀 없으면 근심할 것이 하나도 없다. 그대들 이것을 알아. 전쟁과 사랑은 같은 것이어서, 전자와 마찬가지로 후자에 있어서도 전략과 전술이 필요하다. 전쟁을 악하다고 보는 한, 전쟁의 매력은 계속 살아남을 것이다. 만일 전쟁을 천박하다고 생각한다면 인기가 없어져 사라질 것이다.

그대들이여, 죽음은 만병의 약이고, 만사의 처방이다. 그것은 매우 안전한 항구로서, 결코 두려워 할 일이 못된다. 죽음은 오히려 때때로 원하고 구해져야 할 일이다. 그런데 사람들은 겨우살이 준비하면서도 죽음은 준비하지 않는다. 그런데 사람들은 내일을 준비하면서도 저승은 대비하지 않는다. 그대들 기억하라. 창백한 죽음은 가난한 자의 오막살이도 왕후의 궁전도 두드린다. 그대들 누구라도 죽음의 본능을 알기 전에는 행복하다고 노래 부르지 말라. 그대들은 고작 운이 좋았을 뿐이다.

남자가 여기까지 외쳤을 때, 젊은 여자가 뛰어나와 꽃송이를 한 무더기 던졌다. 양복을 말쑥하게 차려 입은 30대 청년은 음료수를 건네 주었다. 꽃송이와 음료수를 받은 남자를 향해 환호가 터졌다. 남자는 음료수를 마신 다음 꽃송이를 머리 위로 치켜들고 소리쳤다. 신의 피조물이여 기억하라. 절망이 있는 슬픔에서는 어떤 지혜도 나오지 않고, 절망이 없는 기쁨에서는 어떤 희망도 찾을 수 없다. 지혜는 곧 슬픔이다. 가장 많이 아는 자는 숙명적 진리를 깊이 한탄하지 않으면 안 된다.

절망은 곧 기쁨이다. 가장 깊이 갈등한 자는 운명적 진리를 받아들이지 않으며 안 된다. 희망은 곧 갈등이다. 가장 많이 희망한 자는 절망적 회의를 가장 깊이 갈등하지 않으면 안 된다. 그대들이여, 재물은 바닥이 없는 깊은 물속과 같다. 명예도 양심도 진리도 모두 그 속에 빠져 허우적거린다. 그대들이여, 사랑은 진실하기를 요구하며, 진실 그 자체는 사랑이 아니라도, 사랑 가까운 곳에 있는 탐욕의 그림자이다.

 나와 물파이프의 관계는 나와 책과의 관계와 같다. 그것을 발견했을 때는 언제까지 그것을 지니고 있지만, 그것을 이용하는 일은 극히 드물다. 그대들이 창조한 책은 이제 세계의 골동품이며, 후세와 국민들이 상속받기에 알맞지 않은 재산이 되었다. 그대들 아는가? 현대사회에서 책에 빠진 천재란, 인내에 대한 자질 이외에 아무것도 아니고, 자본주의 사회에서 둔재란 게으름에 대한 위대한 자질 이외에 아무것도 아니다.

 이 시대에 진정한 즐거움을 주는 것은 수많은 친구이고, 수많은 친구가 그대에게 줄 수 있는 것은 고독이다. 그대의 친구는 친구를 가지고 있으며, 그 친구에게는 또 친구가 있고, 그 친구는 또 자신의 친구가 있다. 그러므로 모든 친구는 친구가 아니고, 모든 인간은 서로가 적이면서 또한 친구이다. 그대들 칭찬을 듣고 싶은 욕망, 사랑을 받고 싶은 욕망, 성공을 하고 싶은 욕망, 이 세 가지는 훌륭해져야 얻을 수 있는 게 아니다. 칭찬은 게으름뱅이에게도 할 수 있고, 사랑은 애꾸눈도 할 수 있고, 성공은 거지도 할 수 있다. 남자의 말이 끝나기도 전에 노숙자가 일어나 박수를 쳤다.

 "노숙자도 사랑을 할 수 있습니다."

 그 옆에 있던 여자가 말했다.

 "성공이 반드시 사랑은 아니에요."

 그 옆에 있던 청년이 말했다.

 "신입사원도 칭찬을 받을 수 있습니다."

 그 옆에 있던 사내가 말했다.

 "난 친구가 한 명도 없으니, 세상 사람이 다 친구인 셈이오."

 그 옆에 있던 노인이 말했다.

"난 친구가 너무 많아서 고독하다오."

사람들의 말을 들은 남자가 물을 몇 모금 마시고 외쳤다. 이 시대에 자기 자신을 행복하다고 생각하는 인간은 결코 행복해질 수 없고, 이 시대에 자기 자신을 행복하지 않다고 생각하는 인간만이 행복을 찾을 수 있다. 이 시대에 행복한 가정은 다들 서로 다르고, 이 시대에 불행한 가정은 다들 서로 같다. 이 시대에 행복하게 되는 비결은 즐거움을 얻으려고 노력하는 것이 아니라, 쾌락 속으로 과감히 몸을 던지는 것이다. 이 시대에 가정은 결코 행복을 저축하는 곳이 아니라, 그것을 낭비하는 곳이고, 직장은 행복을 결코 채굴하는 곳이 아니라, 그것을 버리는 곳이다.

이 시대의 모든 사람에게는 태어나면서 지닌 과실이 한 가지씩 있다. 그것은 바로 우리들이 탐욕을 위해 태어났다고 믿는 일이다. 그것은 바로 우리들이 부귀를 위해 태어났다고 믿는 일이다. 그것은 바로 우리들이 성공을 위해 태어났다고 믿는 일이다. 그것은 바로 우리들이 명예를 위해 태어났다고 믿는 일이다. 그것은 바로 우리들이 권력을 위해 태어났다고 믿는 일이다. 그것은 바로 우리들이 창조를 위해 태어났다고 믿는 일이다. 그것은 바로 우리들이 편리함을 위해 태어났다고 믿는 일이다. 그대들 이것을 아는가? 태만을 즐기고 있을 때는 태만을 느끼지 못하고, 태만을 망각하고 있을 때만이 태만을 마음껏 즐길 수 있다.

그대들 아는가? 이 시대에 육체적 노동은 정신적 고통을 해방시키지 못하고, 이 시대에 정신적 노동은 육체적 고통을 해방시키지 못한다. 그대들 아는가? 이 시대에 진정한 행복이 육신의 편안함과 근심으로부터의 해방에 있는 것이라면, 가장 행복한 존재는 인간이 아니고, 푸른 들판에서 풀을 뜯는 암소이다. 그대들이 행복된 생활을 영위하기 위해선 특별히 필요한 것도 없고, 특별히 이룰 것도 없다. 그러므로 불행은 생물학적 현상이라고 할 수 없으며, 행복한 사람이란 최소의 힘을 들여 최대의 긴장을 풀 수 있는 자이다. 남자의 말이 끝나자 한 사내가 질문을 던졌다.
"불행이 행복이고, 행복이 불행이라는 말이 있는데 맞습니까?"
남자가 말했다.
"불행과 행복은 한몸입니다. 구태여 나눌 필요가 없어요."
사내가 한 번 더 질문을 던졌다.
"정말로 들판의 암소가 제일 행복한 존잽니까?"
남자가 말했다.
"걱정, 고민, 행, 불행을 느낄 필요가 없으니까요."
중년여자가 앞으로 나서서 물었다.
"결국 행복을 구하라는 거예요, 말라는 거예요?"
남자가 한바탕 껄껄 웃고 다시 외치기 시작했다. 그대들 만약 행복을 얻고자 하거든 숲 속에서 버섯을 구하듯 행복을 찾아다니면 안 된다. 행복은 찾아다님으로써 얻어지는 것이 아니라, 행복이 스스로 찾아오는 것이다. 그대들 이것을 아는가? 이 시대의 온갖 제한과 규제가 오히려 사람들을 행복하게 만든다는 것을. 그대들 이것을 아는가? 사람들의 시계(視界)나 활동 영역, 혹은 접촉 범위가 좁으면 좁을수록 그만큼 더 행복하다는 것을. 반대로 그것들이 넓으면 넓을수록 그만큼 더 행복은 멀어진다는 것을.

그대들 인생에 있어서 일어난 일을 어떻게 받아들이느냐 하는 것은, 이미 일어난 일 못지않게 행운과 불행에 중요한 관련이 있다. 또한 그대들 삶에 있어서 앞으로 일어날 일은, 지나간 일 못지않게 행복과 불행에 중요한 관련이 있다. 그대들 아는가? 인간의 삶에는 일곱 가지 다른 유형이 있다. 지적인 삶, 정서적인 삶, 정열적인 삶, 게으른 삶, 탐욕적인 삶, 욕망적인 삶, 악마적인 삶이 그것이다. 이 모든 것을 즐기며 사는 자는 행복하고, 이 모든 것을 배제히고 사는 자는 불행하다.

그대들 아는가? 가치 있는 적이 될 수 있는 자는 화해하면 더 가치 있는 친구가 되고, 가치 없는 친구가 될 수 있는 자는 화해하면 더 가치 없는 적이 된다는 것을. 그대들 아는가? 하늘의 시간은 땅의 이익과 같지 않고, 땅의 이익은 사람의 화합과 같지 않다는 것을. 그대들 아는가? 화를 낼 줄 모르는 것은 바보이고, 화를 내지 않는 것은 더욱 바보라는 것을. 그대들 아는가? 인간의 행복이란 종자번식에 있지 않고 의무를 수행하는 데 있고, 짐승의 행복이란 먹이활동에 있지 않고 종자를 번식하는 데 있다는 것을.

그대들이 행복하기를 간절히 바란다면 온 힘을 기울여 한 곳을 바라보아야 한다. 그대들이 행복하기를 간절히 원한다면 온 정신을 모아 한 곳에 집중해야 한다. 그대들, 행복이 찾아오기만을 기다려 문을 열어 둔 채 방치한다면, 들어오는 것은 슬픔뿐이다. 그대들 기억하라. 사람은 누구나 행복과 희망을 찾아서 세상을 헤매고 다닌다. 그런데 행복과 희망은 누구의 손에든지 잡힐 만한 곳에 있다. 그대들 눈앞을 보라. 그대들 발밑을 보라. 그대들 머리 위를 보라. 그대들 네 자신을 들여다보라. 거기에 행복과 희망이 있다. 남자는 이렇게 외치고 무대에서 내려왔다. 군중들의 우렁찬 박수가 일제히 터졌다. 남자는 군중들의 박수를 뒤로 하고 걸음을 옮겼다.

148

활짝 핀 꽃이 나비를 부르듯 하라

그가 자리를 뜨려 할 때, 한복을 곱게 차려 입은 여자가 무대로 올라갔다. 군중들은 흩어지려다가 매력적인 여자를 보고 발걸음을 멈췄다. 여자는 하얀 무명 치마저고리를 입은 것처럼 얼굴과 몸매도 고왔다. 그는 호기심이 일어 그 자리에서 여자의 하는 양을 지켜보았다. 무대에 올라선 여자는 쪽진 머리를 한 차례 쓸어 넘기고 입을 열었다.

신의 종이여, 안락한 가정은 행복의 근원으로, 그것은 건강과 착한 양심 다음의 위치를 차지한다. 가정은 사람이 있는 그대로 자기를 표현할 수 있는 최종의 장소이다. 그대들 자칭 지적인 남자에겐 피울 만한 물파이프 하나, 읽을 만한 책을 한 권 허락하라. 그러면 방은 비록 누추하더라도 가정은 온화한 기쁨으로 밝아지리라. 그대들 자칭 지적인 여자에겐 예쁜 꽃이 꽂힌 꽃병 하나, 따스한 김이 피어오르는 찻잔 하나를 허락하라. 그러면 집은 비록 단출하더라도 가족은 행복과 즐거움으로 충만하리라.

원만하고 행복한 가정은 상호간 배려와 희생이 없이는 절대로 영위되지 못한다. 이 희생과 배려는 그것을 실행하는 사람을 위대하게 하며 아름답게 만든다. 가정의 복락과 평화로움이 지상에 있어서의 가장 빛나는 기쁨이다. 그리고 자녀를 보는 즐거움은 사람의 가장 성스러운 행복이다. 아빠는 믿음으로 가정을 다스리고, 엄마는 사랑으로 아이를 훈육하고, 자녀는 순종으로 어른을 공경하여, 가정에 지상낙원을 꽃피우게 한다. 사랑 없는 가정은 혼 없는 신체가 사람이 아니듯 결코 가정이 아니다.

얻기 위해 이루어진 가정은 반드시 무너질 것이오, 베풀기 위해 이루어진 가정만이 신의 축복을 받을 것이다. 가정에서 행복해지는 것은 온갖 염원의 궁극적 결과이다. 행복한 가정이란 어떠한 형태의 것이든 인생의 커다란 목표이다. 여자가 무대에서 외치자 남자들이 환호성을 질렀다. 이에 고무된 듯 여자는 다시 목소리를 높였다. 가정이야말로 고달픈 인생의 안식처요, 모든 싸움이 자취를 감추고 사랑이 싹트는 곳이요, 큰 자가 작아지고, 작은 자가 커지는 곳이다. 가정은 안심하고 모든 것을 맡길 수 있으며, 서로 의지하고 사랑하며, 따뜻한 마음을 주고받는 곳이다.

행실이 사람은 만든다는 격언이 있다. 마음이 사람을 만든다는 격언도 있다. 지식이 사람을 만든다는 경구도 있다. 그러나 이 말보다 더 진실한 제 삼의 명언은 '가정이 인간을 만든다.'이다. 그대들 아는가? 가정은 어디서 시작되느냐 하면, 젊은 청년이 처녀와 연애에 빠져드는 것에서 비롯된다. 이 보다 더 훌륭한 길은 아직까지 발견되지 않았다. 사랑도 기쁨도 박애도 자애도 먼저 가정에서부터 시작된다. 가정생활의 안전과 향상이 문명의 중요한 목적이고, 모든 국가의 궁극적 목표이다.

가정의 애정은 모든 선량한 정부의 가장 유익한 근본이다. 또한 가정은 모든 인간을 품는 드넓은 대지이고 푸르른 숲이다. 가정은 인간이 그곳에 가야만 할 때, 그들이 받아들여야 하는 희망의 공간이다. 가정은 삶의 보물상자가 되어야 하고, 가정은 사랑의 비밀상자가 되어야 한다. 그대들 화기가 얼음을 녹이듯 하라. 이것이 바로 좋은 가정을 만드는 규범이다. 그대들 봄비가 꽃을 피우듯이 하라. 이것이 바로 가정의 행복을 이루는 원리이다. 그대들 활짝 핀 꽃이 나비를 부르듯 하라. 이것이 바로 가정에 기쁨을 부르는 이치이다. 여자는 이렇게 말하고 좌중을 둘러보았다. 한 남자가 감동 어린 표정으로 말했다.

"참으로 감명 깊은 연설이었소."
다른 남자가 덧붙였다.
"계속 들려 주시오. 가능하다면…"
여자가 밝게 웃고 말했다.
"얼마든지 가능합니다."
모여 있던 군중들이 환호와 함께 박수를 쳤다. 이제 더 이상 멀리서 지켜볼 필요가 없었다. 그는 지팡이를 고쳐 들고 무대 가까운 곳으로 옮겨 앉았다.

149

인간은 신과 악마 사이를 오가는 저울추이다

　여자가 물로 목을 축일 때, 건물 사이로 날아든 햇빛이 얼굴을 비췄다. 태양빛이 얼굴에 떨어지자 여자의 모습은 후광을 받은 것처럼 신비스럽게 보였다. 군중들도 그것을 느꼈는지 엄숙한 표정으로 여자를 응시했다. 여자가 한 차례 목청을 가다듬고 외치기 시작했다. 인간은 입이 하나에 귀가 둘이 있다. 이는 말하기보다 듣기를 더하라는 뜻이다. 인간은 코가 하나에 눈이 두 개 있다. 이는 냄새로 식별하기보다 두 눈으로 보고 판단하라는 뜻이다. 인간은 운명에 의해 강하게 다듬어지기도 하고, 숙명에 의해 순하게 다듬어지기도 한다. 그러나 그것은 인간의 신념과 소질에 따라 좌우된다.

　인간은 자신이 얼마만큼 마음먹느냐에 따라 행복해지기도 하고 불행해지기도 한다. 그러나 이 세상 속에 살아 있다 하더라도 근심걱정에게 먹히고 말 때가 많다. 인간은 자기를 평가하면 할수록 남에 대해서는 미움을 갖기 쉽다. 그러나 인간은 겸허하면 할수록 선량해지고 화를 내는 일도 적어진다. 인간이란 이렇게 되었다가 저렇게도 되고, 저렇게 되었다가 이렇게 되기도 한다. 인간이란 마음 가는 대로 살아가는 동물이기 때문에, 오늘 착한 사람도 내일이면 악당이 될 수 있다.

　오늘날 과학문화는 인간의 가장 하등한 의식을 토대로 발달하고 있음에 불과하다는 걸 잊어서는 안 된다. 세기는 쉴 새 없이 전진하고, 시대는 거침없이 앞으로 나아간다. 역사는 끊임없이 만들어지고, 미래는 막힘없이 다가온다. 그러나 개개인의 역사는 처음부터 시작하는 새로운 역사이다. 그대들 아는가? 인간이 만든 민주주의는 그 어떤 정치 체제나 경제 질서보다 우수한 통치 형태이다. 그것은 바로 인간을 이성적 존재로서 존경하는 데 기초하기 때문이다. 인간을 지력으로만 교육시키고 도덕으로 교육시키지 않는다면, 사회에 위험한 인자를 기르는 것이 된다.

학문이 있는 인간이란, 책을 읽어서 많은 것을 아는 사람이 아니다. 교양이 있는 인간이란, 그 시대에 맞는 지식이나 양식을 이행하는 사람이 아니다. 유덕한 인간이란 인생의 의의를 알고, 그것을 선으로 실천하는 사람이 아니다. 우리는 지나치게 유능해지는 것을 싫어한다. 그런 사람은 대부분 인간미가 없기 때문이다. 우리는 지나치게 유명해지는 것을 싫어한다. 그런 사람은 대부분 거만해지기 때문이다. 우리는 지나치게 인자해지는 것을 싫어한다. 그런 사람은 대부분 위선자이기 때문이다.

여자가 여기까지 외쳤을 때, 한 노파가 폭죽을 터트렸다. 폭죽은 하늘 높이 올라가 사방으로 흩어졌다. 아이들 몇 명이 터지는 폭죽을 보고 신이 나서 뛰어다녔다. 그걸 본 어른들도 소리를 지르거나 환호성을 터트렸다. 여자가 팔을 들어 조용해줄 것을 요청하고 말을 시작했다. 천주가 해면과 조개를 만들었을 때, 해면은 바다위에서 살게 했고, 조개는 진흙 속에서 살게 했다. 천주가 인간을 만들었을 때, 게으른 해면이나 느린 조개처럼 취급하지 않았다. 손과 발, 머리, 심장을 만들었고, 생명의 원천인 혈액을 통하게 했다. 이어서 각 기관에 근육과 힘줄을 주어 인간에게 명령했다.

"나가서 일하라."

우리들이 지닌 수많은 문제는 인간 스스로 만들어 낸 것이다. 하지만 그러한 문제들은 인간의 힘으로 능히 해결할 수 있다. 뿐만 아니라 인간은 원하는 만큼은 커질 수도 작아질 수도 있다. 인간은 바라는 만큼 넓어질 수도 좁아질 수도 있다. 그것이 인간에게 주어진 신의 능력이다. 그것이 인간에게 주어진 악마의 능력이다. 그것이 인간에게 주어진 천사의 능력이다. 그러므로 신과 악마와 천사의 입김으로 사는 인간은 행복하지도 불행하지도 않다. 그러므로 신과 천사와 인간의 입김으로 사는 동물은 기쁘지도 즐겁지도 않다.

만약 개들이 말을 할 수 있다면, 인간들 간에 교류하는 것만큼이나 개들과 친하게 지내는 것도 어렵다는 사실을 알게 될 것이다. 그대들이 한 마리 곤충을 고통과 괴로움으로부터 구하는 것은, 인간이 생물에 대해서 줄곧 범하고 있는 죄의 얼마간을 감하려는 것이다. 그대들 남에게 정중히 대접을 받고자 하면, 너희도 남을 진실히 대접하라. 말이 오해될 때가 아니라, 침묵이 이해되지 못할 때 인간관계의 비극은 시작된다. 이쪽에서 정성껏 얘기하고 있는데, 농담을 지껄이는 것처럼 못 견딜 것은 없다.

해나 달이 밝게 비추고자 해도 뜬 구름이 가리고, 강물이 맑아지고자 해도 흙이나 모래가 더럽히듯, 사람이 진실하고자 해도 욕심 때문에 방해를 받는다. 오직 성인만이 외부작용을 배제하고, 자기 본성으로 돌아갈 수 있다. 오직 성자만이 외부의 힘을 억제하고, 자기 자신으로 회귀할 수 있다. 그대들 아는가? 이 시대에 인간은 컴퓨터 중에서 가장 훌륭한 컴퓨터이고, 인간은 미소와 눈물 사이를 왕복하는 시계추이다.

이 시대에 인간은 피조물 중에서 가장 훌륭한 피조물이고, 인간은 신과 악마 사이를 오가는 저울추이다. 그대들 아는가? 전 인류는 단지 한 명의 선조밖에 가지고 있지 않다. 그러므로 어느 인간이 어느 인간보다 뛰어나거나 훌륭하다고 단언할 수 없다. 모든 동물은 단지 한 종의 어미밖에 가지고 있지 않다. 그러므로 어느 동물이 어느 동물보다 강하거나 특별하다고 단언할 수 없다. 그대들 이것을 아는가? 신은 죽었다. 그러므로 인간의 운명은 인간의 손 안에 있다는 것을. 그대들 이것을 아는가? 천사는 죽었다. 그러므로 인간의 삶은 인간의 의지 안에 있다는 것을.

여자는 여기까지 외치고 입을 다물었다. 여자가 말을 멈췄어도 사람들은 자리에 일어나지 않았다. 그도 앉은 자리에서 미동도 않고 여자를 쳐다보았다. 여자의 말은 어딘가 그의 말과 정확히 일치하고 있었다. 사실 그것은 일치하는 정도가 아니라, 똑같은 것이었다. 어쩌면 여자는 군중들이 아니라, 그에게 말을 하고 있는 것인지도 몰랐다.

150

삶은 모든 죽음에서 생긴다

여자가 무대를 내려가려 하자, 괴상한 차림새의 남자가 벌떡 일어났다. 남자는 의식을 행하는 사람처럼 흰 천을 머리끝에서 발끝까지 뒤집어쓰고 있었다. 어찌 보면 남자의 행색은 변사체에다가 흰 천을 씌운 모습이었다. 사람들이 웅성거리자 남자가 말했다.

"성녀님께 죽음과 삶에 대해서 듣고 싶습니다. 들려 주실 수 있죠?"

여자가 남자의 모습을 한 번 훑어보고 말했다.

"원한다면 들려 드리겠습니다."

여자의 명쾌한 대답에 군중들이 일제히 환호성을 질렀다. 몇몇 아이들은 폭죽을 터트렸고, 청년들은 물을 뿌렸고, 어른들은 손수건을 던졌다. 어디선가 동물의 가면을 쓴 자들과 사물놀이패가 나타나 군중 속에 섞였다. 그들의 합류로 군중의 숫자는 급속도로 늘어났다. 여자는 늘어난 군중을 보고 엷게 미소를 지었다. 여자의 태도로 보아 일이 생각대로 풀린다는 모습이었다. 여자가 호흡을 한 차례 가다듬고 군중들을 응시했다.

그는 여자가 삶과 죽음에 대해 어떻게 말할 것인지 궁금해졌다. 그가 가지고 있는 생각을 그대로 표현할 것인지, 좀 전에 외친 남자처럼 역설적으로 말할 것인지. 그도 아니면 중간자의 입장에서 연설할 것인지. 그가 자세를 바로하자 여자가 힐끗 쳐다보았다. 그리고는 기울어져 가는 태양을 보며 소리쳤다. 신의 종이여, 죽음이 어디서 우리를 기다리고 있는지는 아무도 모른다. 그러니 언제 어디서나 죽음을 준비하고 있어야 한다. 죽음은 시와 때와 장소를 가리지 않는다. 죽음은 고통과 절망과 슬픔도 구별하지 않는다.

이 세상에 무자비한 것이 하나 있다면, 그것은 바로 죽음이다. 그러나 사람은 결코 죽음만을 향해 달려가서는 안 된다. 그대들 삶을 향해 달려가라. 그것이 참다운 인간의 태도이고 진정한 생의 모습이다. 삶은 모든 죽음에서 생긴다. 보리가 싹트기 위해서 씨앗이 죽지 않으면 안 되는 것처럼. 생은 모든 사라짐에서 싹튼다. 씨앗이 열매를 맺기 위해서 자라지 않으면 안 되는 것처럼. 사는 기술이란 하나의 목표를 골라 거기에 힘을 집중하는 데 있고, 죽는 기술이란 어떤 목표도 없이 살아가는 것에 있다.

삶을 바라보는 인간의 방식은 그의 운명을 결정하고, 죽음을 바라보는 인간의 방식은 그의 절망을 결정한다. 참된 삶의 즐거움을 맛보지 못한 자만이 죽음을 두려워하고, 진정한 죽음의 공포를 느껴 본 자만이 삶을 두려워하지 않는다. 우리들이 살아 있는 동안에는 우리의 마음은 죽어 있고, 우리들의 육체 안에 파묻혀 있다. 그러나 우리들이 죽음에 직면하면 죽은 마음이 봄의 새싹처럼 되살아난다. 산다는 것은 곧 고통을 치른다는 것과 같은 의미이다. 그러므로 탐욕스런 사람일수록 자신에게 이기려고 기를 쓰는 법이다.

죽음은 사람을 슬프게 한다. 삶의 3분의 1을 잠으로 보내는 주제에. 삶은 사람을 기쁘게 한다. 삶의 3분의 2를 일로 보내는 주제에. 그대들 아는가? 충실하게 사는 것을 알고 있는 사람이 아름다운 죽음을 아는 자이다. 그대들 아는가? 충실하게 죽음을 준비하는 자만이 행복한 삶을 누릴 자격이 있다. 여자의 목이 가라앉자 동물의 해골을 전신에 매단 사내가 물병을 건네 주었다. 여자는 사내가 준 물병을 받아들고 벌컥벌컥 들이켰다. 여자 몇 명이 캔 음료수를 무대 위에 올려놓았다. 여자는 음료수를 마시고 머리를 매만지고 옷매무새를 고친 다음 다시 외쳤다.

그대들 아는가? 훌륭한 삶에는 세 가지 요소가 있다. 즉 지식을 쌓는 일, 마음을 닦는 일, 타인을 돕는 일이다. 그대들 아는가? 훌륭한 죽음에는 세 가지 요소가 있다. 즉 가족을 위해 죽는 일, 남을 위해 죽은 일, 세상을 위해 죽는 일이다. 그대들 오늘 일어나지 않으면 내일은 걸어야 하고, 내일 걷지 않으면 모레는 뛰어야 하고, 모레 뛰지 않으면 글피는 날아야 하고, 글피에 날지 않으면 그 글피는 죽어야 한다. 그대들 오늘 잘못된 일을 내일 고치지 않고, 아침에 후회하던 일을 저녁에 고치지 않으면, 거칠고 메마른 황야를 기어 다니는 짐승과 다를 바가 없다.

삶은 짧지만 죽음은 결국 인생을 영원하고 신성하게 만든다. 죽음이 영원하고 신성하게 되려면, 짧은 삶을 노력하고, 노력하고, 또 노력해야 한다. 그대들 아는가? 어린이가 어두운 곳을 두려워하는 것과 마찬가지로 사람은 죽음을 무서워한다. 인간이 죽음을 두려워한다는 것은, 생전에 사악한 마음으로 생활을 했다는 증거이다. 그대들 아는가? 인간들은 병들어 누워 보고 비로소 건강의 고마움을 알고, 난세를 당해 보고 비로소 평화의 고마움을 안다. 건강할 때 건강의 고마움을 모른다는 것도 불행한 일이며, 평안할 때 평화의 고마움을 깨닫지 못하는 것도 불행한 일이다.

그대들 아는가? 아둔(鈍)한 인간은 오래 살고, 우매(愚)한 인간은 적당히 살고, 뾰족(銳)한 자는 빨리 죽는다. 그대들 아는가? 시기(矢技)는 자신의 화살로 자신을 죽이고, 망욕(望慾)은 자신의 불로 자신을 태우고, 욕탐(慾貪)은 자신의 칼로 자신을 벤다. 그대들 아는가? 기수(騎手)는 자신의 말에서 떨어져 죽고, 욕과(慾過)는 자신의 마음으로 자신을 찌르고, 투도(偸盜)는 자신의 손으로 자신을 목매단다. 그대들 내일을 향해 달려가라. 그대들 희망을 향해 달려가라. 그대들 영원을 향해 달려가라. 그곳에 죽음 아닌 죽음이 기다리고 있을 것이다. 그곳에 삶이 아닌 삶이 기다리고 있을 것이다.

여자가 이렇게 외치고 입을 다물었다. 군중들은 제각기 죽음을 생각해 보는 듯 침묵에 빠졌다. 잠시 정적이 흐른 뒤 단발머리 여자가 앞으로 나섰다. 여자는 40대 초반으로 보였으며, 큐피드 활과 화살을 들고 있었다. 군중들이 의아한 얼굴로 쳐다보자 단발머리가 말했다.

"나는 사랑의 화살을 쏘고 싶은 사람이에요. 어떻게 하면 사랑을 맞힐 수 있는지 말해 줄 수 있나요?"

무대에 서 있던 여자가 말했다.

"물론이지요."

여자의 승낙에 사람들이 박수를 쳤다.

151

사랑은 눈으로 보지 않고 마음으로 보는 것이다

어느덧 붉은 태양은 빌딩숲 사이로 모습을 감추는 중이었다. 여자도 그걸 보았는지 한동안 태양을 응시하고 있었다. 군중들도 여자의 시선을 따라 지는 태양을 바라보았다. 여자가 붉디붉은 태양빛을 얼굴에 받으며 외치기 시작했다. 신의 종이여, 사랑은 눈으로 보지 않고 마음으로 보는 것이다. 그래서 큐피드는 날개는 가지고 있지만 눈이 먼 신이다. 날개는 있으나 눈이 멀었다는 것은 성급하고 저돌적이라는 증거이다. 그대들 성급하고 저돌적인 선택은 항상 오류를 범하기 십상이다.

그대들 아는가? 사랑을 받기만 하는 인간은 대개 시시한 방법으로 살아가고, 사랑을 주기만 하는 인간은 대개 저돌적인 방법으로 살아간다. 두 가지 다 옳지가 않다. 사랑은 천천히 다가오는 것이다. 투명하고 잔잔한 수면 위로 내려앉는 밤하늘의 총총한 별빛처럼, 사랑은 느리게 다가오는 것이다. 드넓은 대지 위로 송이송이 내려앉는 하얀 눈처럼. 그대들 아는가? 남자가 여자를 사랑하려거든, 그 여자의 연약한 점, 불완전한 점을 다 알고 난 뒤에 사랑해야 한다. 여자가 남자를 사랑하려거든, 그 남자의 강인함 점, 불건전한 점을 다 알고 난 뒤에 사랑해야 한다.

사랑이란 굳어 버린 바위와 같이 한 곳에 가만히 있는 것이 아니다. 사랑은 요리와 같이 항상 만들고, 또 만들며 새로이 만들어야 하는 것이다. 그대들 아는가? 조건 없는 사랑은 신만이 아니라, 모든 인간의 절실한 열망 중 하나이다. 어떤 장점 때문에 사랑한다든가, 사랑받을 만해서 받는다는 것은 실패할 가능성이 많다. 인간의 사랑 운전에는 돌발적인 사고가 의외로 많이 발생한다. 사랑의 초보자일수록 치장과 겉멋에 빠질 위험이 있다. 그래서 사랑도 한 번쯤은 연습이 필요한 것이다.

그대들 아는가? 사랑하기를 두려워하는 사람은 공허함을 느끼고, 사랑하기를 좋아하는 사람은 도취감에 빠진다. 그대들 아는가? 남자의 첫사랑을 만족시키는 것은 여자의 마지막 사랑이고, 여자의 마지막 사랑을 만족시키는 것은 남자의 첫사랑이다. 그대들 사랑하라. 정신이 고갈될 때까지 사랑하라. 육체가 닳아 없어질 때까지 사랑하라. 영혼이 메마를 때까지 사랑하라. 죽음이 찾아올 때까지 사랑하라.

여자가 여기까지 외쳤을 때 군중 속에서 함성이 터졌다. 함성의 이유는 알몸 가득 장미꽃 문신을 한 누드 걸 때문이었다. 누드 걸은 여자의 말이 마음에 든다는 듯 춤까지 추었다. 군중들은 누드 걸의 삼바 리듬에 맞춰 박수를 쳤다. 여자는 누드 걸의 춤이 끝나기를 기다렸다가 소리쳤다. 신은 자신이 창조한 생명체에 하나의 원형 기둥을 세워 주었다. 그것은 바로 영원불멸의 꽃, 사랑이다. 신은 자신이 창조한 생명체에 하나의 육각 기둥을 세워 주었다. 그것은 바로 산 자의 꽃, 사랑이다. 신은 자신이 창조한 생명체에 하나의 사각 기둥을 세워 주었다. 그것은 바로 죽은 자의 꽃, 사랑이다.

사랑하고 있는 사람은 불평을 늘어놓거나, 불행에 빠질 겨를이 없다. 사랑에 눈 먼 사람은 거지도 신사로, 호박꽃도 장미꽃으로, 험담도 칭찬으로 듣기 때문이다. 사랑은 미움의 시작이고, 갈등의 시작이고, 번민의 시작이고, 고통의 시작이다. 그대들 아는가? 사랑은 완전하지도 불완전하지도 않다. 완전과 불완전이 문제가 되는 것은 사랑이 존재하지 않을 때뿐이다. 사랑을 방해하는 것은 이 세상에 아무것도 없다.

사랑은 문이나 빗장도 모르며, 열쇠나 자물쇠도 모르며, 담이나 철책도 모르며, 강물이나 바다도 모르며, 산이나 계곡도 모르며, 오로지 모든 것을 관통해 앞으로 앞으로 나간다. 진실한 사랑에는 시작이 없으며, 영구히 그 날개를 펼치고 푸른 창공을 높이 높이 난다. 진정한 사랑에는 끝이 없으며, 영원히 그 날개를 접지 않고 푸르고 푸른 바다 위를 난다. 그대들 아는가? 사랑은 여자의 수치심을 둔화시키고, 남자의 자존심을 어리석게 만든다.

사랑에 빠진 사나이는, 여인 앞에서 어쩔 줄 몰라 하고, 졸렬하며, 바보 같고, 사랑에 빠진 여인은, 남자 앞에서 자존심 덩어리이면서, 당당하고, 애교스럽다. 그대들 아는가? 어둠은 나무와 꽃들을 우리 눈으로부터 감출 수 있을지 모른다. 그러나 우리의 마음과 몸으로부터 사랑을 감출 수는 없다. 그대들 아는가? 상대가 눈앞에 보이지 않으면 보통 사랑은 멀어지고, 영혼을 교감할 정도로 큰 사랑은 점점 더 짙어진다. 절망의 공포보다 강한 것이 사랑의 느낌이고, 죽음의 공포보다 강한 것이 사랑의 감정이다.

그대들 사랑이 무엇이냐고 묻는다면, 새벽안개 속에서 빛나는 하나의 별이라고 말하고 싶다. 그대들 사랑이 어떤 색깔이냐고 묻는다면, 비온 뒤 떠오르는 무지개 색이라고 말하고 싶다. 그대들 사랑이 어떤 모습이냐고 묻는다면, 막 피어나는 한 송이 꽃이라고 말하고 싶다. 여자의 말이 끝나자 사물놀이패가 꽹과리, 징, 북, 장구를 두드렸다. 군중들은 모두 사물놀이패와 함께 춤을 추고 노래를 불렀다. 공원은 잠시 사물놀이패의 연주와 춤으로 소란스러워졌다.

152

행복보다 불행이 더 좋은 교사이다

여자는 사물놀이패와 가면들과 군중의 춤사위를 조용히 지켜보았다. 사람들은 너나없이 춤을 추고 소리를 지르고 노래를 불렀다. 놀이가 한바탕 끝나자 가시면류관을 쓴 남자가 소리쳤다.

"성녀님 인생이 무엇인지 말씀해 주실 수 있습니까? 저는 인생이 뭔지 몰라서 가시로 된 면류관을 쓰고 다닙니다."

남자의 말을 들은 여자가 대답했다.

"모두가 듣기를 원한다면 흔쾌히 들려 드리겠습니다."

사기면류관을 쓴 남자가 좌중을 둘러봤고, 사람들은 모두 '좋습니다.'하고 소리쳤다. 사물놀이패도 한바탕 악기를 두드려 분위기를 띄웠다. 이 광경을 본 여자가 목청을 가다듬고 외치기 시작했다. 신의 종이여, 인생의 최고 목적은 깨끗한 품성을 이루고, 아름다운 인격을 만들고, 몸을 건전하게 가꾸고, 마음을 정직하게 써서, 값지고 성공적인 삶을 사는 데 있다. 어려서는 겸손해지고, 젊어서는 온화해지고, 장년에는 공정해지고, 늙어서는 신중해지고, 죽어서는 망각되는 것이 좋은 인생이다.

그대들 유감없이 보낸 하루는 즐거운 잠을 가져오고, 잘 보낸 일생은 편안한 죽음을 가져온다. 그대들 인생의 즐거움은 과욕보다 절욕에서 찾아야 한다. 올바른 마음을 가지고 욕심을 제어하면, 그 속에 즐거움이 생기며, 희망과 행복이 새처럼 찾아든다. 그대들의 인생은 어느 시절, 어느 시간, 어느 순간도 헛되이 보낼 수 없을 정도로 귀중한 것이다. 그대들의 삶은 죽음이 다가온 그 명철의 순간까지도 귀하고 귀한 것이다.

그대들 지독히 화가 날 때는 인생이 얼마나 덧없는가를 생각해 보라. 그대들 너무나 행복할 때는 인생이 얼마나 소중한 것인가를 생각해 보라. 인생은 좋은 것만 오는 것이 아니라, 고통, 절망, 슬픔, 좌절, 배신, 상처 등과 뒤섞여서 온다. 무엇 때문에 사랑과 자비가 필요하냐고 묻는 사람이 있다. 그런 사람은 돈만이 인생의 전부라는 것만 알았지, 사랑이 없는 인생은 무가치하다는 걸 모르는 사람이다. 인생은 한 편의 짧은 연극과도 같다. 훌륭한 배우가 걸인이 되고, 삼류배우가 정승이 될 수도 있다.

인생은 인간 모두에게 있어서 훌륭한 학교이고 배움터이다. 거기선 행복보다 불행이 더 좋은 교사이다. 거기선 기쁨보다 슬픔이 더 좋은 교사이다. 거기선 즐거움보다 갈등이 더 좋은 교사이다. 인생은 한순간에 지나지 않는다. 죽음 또한 한순간이다. 기쁨도 슬픔도 갈등도 한 순간이다. 그대들 인생에 있어서 청년기는 대실수이다. 장년기는 투쟁이다. 노년기는 후회이다. 그리고 죽은 뒤에는 흔적조차 남지 않는다. 그대들 아는가? 죽은 뒤에는 자신이 입던 팬티조차 가져가지 못한다는 깃을. 그대들 아는가? 죽은 뒤에는 단 한 개의 동전도 가져가지 못한다는 것을.

여자가 외치기를 멈추자 사물놀이패가 한바탕 악기를 두드리며 놀았다. 이와 함께 군중들도 소리치고 춤추고 떠들고 외쳤다. 그야말로 도심의 소공원은 남녀노소가 어울린 축제의 장이었다. 여자가 분위기가 가라앉기를 기다렸다가 말을 계속했다. 생전에 결코 그 밑에서 쉴 수 없다는 걸 알면서도 나무를 심는 사람은 인생의 의미를 깨달은 자이다. 인생은 하나의 시작이고, 하나의 과정이고, 하나의 결론이다. 시작이 좋은 사람은 자만할 가능성이 매우 높다. 반면 과정이 좋을수록 그대들은 더 훌륭한 사람이 된다.

그대들 아는가? 죽음은 모든 삶의 결론이다. 결론이 나쁠수록 그대들은 추악한 인간으로 남는다. 죽음은 모든 생명체의 종말이다. 종말이 나쁠수록 그 생명체는 더러운 오물로 남는다. 그대들 아는가? 자기가 바라보는 것이 무엇인지 모른 채 우두커니 서 있는 사람, 자기가 무엇을 하고 있는지 모른 채 방황하는 사람, 그들의 인생은 모두 불행하다. 난폭한 짐승이나 배회하는 새도 똑같은 덫이나 그물에 두 번 걸리지 않는다. 만물의 영장인 인간만이 똑같은 덫이나 그물에 반복해서 걸린다.

신의 종이여, 인생이란 너무나 복잡하고 난해해서, 우리가 가진 지식과 고정된 학설의 테두리 안에 가두어 두기에는 참으로 비논리적이다. 인생이란 너무나 변칙적이고 불규칙해서, 우리가 가진 상식과 논리의 테두리 안에 가두어 두기에는 참으로 비이성적이다. 그대들 아는가? 인생이란 아무리 오래 살아도 백 년밖에 살 수가 없다. 그대들 아는가? 삶이란 아무리 열심히 살아도 죽음을 맞이할 수밖에 없다. 이렇게 짧고 한정된 삶을 살면서 우리는 천 년 뒤의 일까지 걱정하고 있다.

만약 모든 것을 철학적으로 생각하고 분석하는 인간이라면, 그 인생은 어리석기 짝이 없다. 왜냐하면 자기가 바라는 것을 모조리 획득하고, 차지하고, 쌓아 놓더라도 행복할 수 없기 때문이다. 사색하고 관찰하고 탐구하는 인생은 본래 최고의 것이다. 그러나 그와 같은 인생은 나이가 든 후가 아니면 온전히 즐길 수가 없다. 그대들 인생은 흘러가는 것이 아니고, 도전과 창조로 내용을 차곡차곡 쌓아 가는 것이다. 그대들 죽음은 다가가는 것이 아니고, 삶과 인생으로 시간을 차곡차곡 채워 가는 것이다.

그대들 아는가? 깊은 연못가에서 고기를 보는 인간은 불길한 꼴을 당하고, 사람이 감추고 있는 것을 알아내는 인간은 화를 당한다. 그대들 아는가? 하늘의 움직임에서 미래를 보는 인간은 제 명을 살지 못하고, 사람의 얼굴에서 과거를 보는 인간은 제 명을 재촉하는 자이다. 그대들 자중하고 또 자중하라. 그것이 인생을 살아가는 지혜이다. 그대들 인내하고 또 인내하라. 그것이 좋은 삶을 살아가는 방법이다. 그대들 용서하고 또 용서하라. 그것이 죽음에 다가가는 올바른 길이다. 여자가 말을 끝내자 가시면류관을 쓴 남자가 환호를 질렀다. 그와 함께 사물놀이패도 한바탕 장단을 맞추었다.

153

육체는 행복하지 않았는데,
영혼이 먼저 행복하다면 수치이다

여자가 화장실에 간 사이 말 가면이 무대 위로 올라갔다. 말 가면은 사물놀이패와 군중들에게 소리쳤다,
"성녀님을 이대로 가시게 해서는 안 됩니다."
양의 가면을 쓴 사내가 호응했다.
"맞습니다. 밤 열 시까지는 붙들어 두어야 합니다."
폭스 가면을 쓴 여자도 장단을 맞추었다.
"열 시가 넘으면 어때요? 우리가 흩어지지 않으면 되는 거지."
소의 머리를 한 남자가 말했다.
"열 시가 넘으면 불법이래요."
고양이 가면을 쓴 여자가 말했다.
"밤새 해도 뭐라고 할 사람은 없을 거예요. 여기는 인가가 난 무대니까요."
사자 가면을 쓴 남자가 말했다.
"문제는 사물놀이패하고 아이들이 터트리는 폭죽입니다. 그것만 조심하면 밤새워도 괜찮아요."
푸들 가면을 쓴 여자가 말했다.
"사물놀이는 열 시 이후에 멈추면 됩니다."
염소 가면을 쓴 남자가 말했다.
"폭죽도 못 터트리게 하면 됩니다."
호랑이 가면을 쓴 남자가 말했다.
"말을 안 들으면 내가 혼내주도록 하지요."

부엉이 가면을 쓴 여자가 말했다.
"다음 강연 주제는 뭐로 하는 게 좋을까요?"
앵무새 가면을 쓴 여자가 말했다.
"연애가 어떨까요?"
원숭이 가면을 쓴 남자가 말했다.
"연애보단 친구가 어떨까요?"
캐멀 가면을 쓴 남자가 말했다.
"행복이 좋을 것 같습니다."
표범 가면을 쓴 여자가 말했다.
"행복보단 결혼이 좋을 것 같아요."
피그 가면을 쓴 남자가 말했다.
"그것보단 생각이 더 낫지 않을까요?"
고릴라 가면을 쓴 남자가 말했다.
"여자가 제일 좋을 것 같습니다."
개미 가면을 쓴 여자가 말했다.
"일이 좋을 것 같아요. 일하지 않으면 먹고 살 수가 없잖아요."
가면들의 말에 사물놀이패도 끼어들었다.
"노력이나 예술도 좋을 것 같습니다."
사람들도 제각기 좋다는 강연 주제를 들고 나섰다. 무대 아래는 주제 정하는 것으로 시끄러워졌다. 이때 그가 앞으로 나서며 젊잖게 말했다.
"여러분들이 종이에 강연 주제를 적어서 내놓고, 그 순서를 연사가 결정하는 게 좋을 것 같습니다."
그의 중재에 가면들이 일제히 머리를 끄덕였다. 사물놀이패와 군중들도 모두 동의했다. 폭스 가면이 백지와 볼펜을 들고 사람들 사이를 돌아다녔다. 잠시 후 백지 위에 단어들이 가득 찼고, 그것을 무대 위에 올려놓았다. 여자가 화장실에서 돌아오자, 말 가면이 자초지정을 설명하고 동의를 구했다. 여자가 단어들이 가득 찬 종이를 훑어보더니 무대 위로 올라갔다. 그리고는 한 단어를 고른 듯 곧바로 연설을 시작했다.

사람이 이 세상에 존재하는 것은 부자가 되기 위해서가 아니라, 행복하게 지내기 위해서이다. 그러나 이 세상에는 절대적이고 완벽한 행복이란 있을 수 없다. 행복은 그 내부에 불행의 요소를 숨기고 있거나, 그렇지 않으면 항상 외부의 무엇에 지배를 받기 때문이다. 그대들 이 세상에서 육체는 아직 행복하지 않았는데, 영혼이 먼저 행복하다면 수치이다. 그대들 이 세상에서 영혼은 아직 행복하지 않았는데, 육체가 먼저 행복하다면 치욕이다.

최상의 행복은 일 년을 마무리할 때 더 나아졌다고 느끼는 것이고, 최선의 행복은 한 해를 마무리할 때 사랑하는 마음이 더 커졌다고 느끼는 것이다. 모든 인간은 의욕하는 것, 도전하는 것, 창조하는 것에 의해서 행복하다. 모든 인간은 사랑하는 것, 기뻐하는 것, 희망하는 것에 의해서 행복하다. 그대들 아는가? 가장 큰 행복이란, 그리워하다가, 질투하다가, 증오하다가, 결국 사랑하고, 그 사랑을 고백하는 것이다.

그대들 아는가? 가장 위대한 사랑이란, 그리워하다가, 질투하다가, 증오하다가, 그 사랑을 고백하고, 그 사랑을 추억하다가, 그 사랑을 위해 모든 것을 바치는 것이다. 그대들 불안한 마음으로 풍부하게 사느니, 두려움과 걱정 없이 부족한 생활을 하는 것이 오히려 행복하다. 소망대로의 행복을 얻지 못한 지난날을 버리고, 자기를 위한 길을 찾고자 하는 희망이야말로, 세상을 사랑할 수 있는 사람만이 가지는 행복이다.

행복에는 한 가지 법칙밖에 없다. 그것은 사랑하는 사람을 행복하게 만드는 것이다. 사랑에는 한 가지 방법밖에 없다. 그것은 사랑하는 사람을 진정으로 사랑하는 것이다. 행복은 잃기가 쉽다. 행복이란 항상 분에 넘치는 것이기 때문이다. 사랑은 놓치기 쉽다. 사랑이란 항상 날개가 달려 있기 때문이다. 희망은 사라지기 쉽다. 희망이란 항상 꿈결 같기 때문이다. 즐거움은 달아나기 쉽다. 즐거움이란 항상 짧기 때문이다.

기쁨은 없어지기 쉽다. 기쁨이란 항상 순간이기 때문이다. 쾌락은 날아가기 쉽다. 쾌락이란 항상 취(取)하는 것이기 때문이다. 그대들 아는가? 예술과 마찬가지로 행복도 계산에 의해 성취될 수 있는 것이 아니다. 우정과 마찬가지로 사랑도 조건에 의해 성취될 수 있는 것이 아니다. 기쁨과 마찬가지로 희망도 계획에 의해 성취될 수 있는 것이 아니다. 행복이란 그 자체가 기나긴 인내이고 의지이고 용기이다. 행복이란 스스로 베풀고, 스스로 만족하고, 스스로 탐하지 않는 것에 있다.

행복이란 최고의 선(善)이자, 최선의 덕(德)이고, 최상의 인(仁)이다. 행복이란 고통과 슬픔과 절망을 겪은 자만이 누릴 수 있는 최선의 기쁨이다. 행복이란 고독과 좌절과 패배를 느낀 자만이 가질 수 있는 최고의 즐거움이다. 여자가 말을 삼시 중단하자, 모든 가면들이 일어나서 춤을 추었다. 그와 동시에 사물놀이패도 악기를 연주하며 원을 그리고 돌았다. 아이들은 폭죽을 터트렸으며, 군중들은 환호성을 질렀다. 그는 점점 더 열광의 도가니가 되어가는 현장을 보면서 자괴감에 빠졌다. 여자는 그가 할 말을 한 자도 빼놓지 않고 외쳐대고 있었던 것이다.

154

행복이란 넘침과 부족함 사이에 있는 중간역이다

무대를 중심으로 모여 있는 사람들이 행복, 행복, 하고 외쳤다. 각종 가면과 아이들과 사물놀이패도 행복을 연호했다. 여자가 사람들의 외침에 고무된 듯 다시 입을 열었다. 신의 종이여, 행복이란 그것이 변하지 않고 계속되었으면 하고 바라는 최선의 상태를 말한다. 행복이란 교묘히 속여지는 상태의 끝길 수 없는 소유를 말한다. 행복이란 남과 비교해서 찾는 것이 아니라, 스스로 만족할 줄 아는 것에서 찾아진다. 행복이란 열 가지 고뇌 속에 한두 가지의 즐거움을 느끼는 것이다.

행복이란 넘침과 부족함 사이에 있는 중간역이다. 행복이란 다음과 같은 방정식으로 표현할 수 있다. 행복 니코르 욕망 분의 소유. 그대들 아는가? 최고의 행복이란 나의 결점을 고치고, 나의 잘못을 바로잡고, 나의 욕심을 줄이는 것에 있다. 최고의 행복이란 자신의 영혼을 훌륭하다고 느끼고, 자신의 영혼을 열렬히 사랑하면서, 자신의 영혼 속으로 불나방처럼 뛰어드는 것이다. 최고의 행복이란 결코 웃는 낯으로 따를 수 있는 것이 아니다. 그것은 우리의 불행을 불쌍히 여기는 측은한 마음속에 있다.

그대들 아는가? 최고의 행복이란 그 자체가 길고 긴 인내의 연속이다. 행복이란 것은 이미 지나가 버린 구름의 그림자와 같다. 어리석은 자만이 그것을 현재 있는 것으로 잘못 생각한다. 그대들 아는가? 행복의 첫째 조건은 윤리적 세계질서에 대한 확고한 신앙이다. 행복의 둘째 조건은 도덕적 국가질서에 대한 확고한 신념이다. 행복의 셋째 조건은 심리적 개인질서에 대한 확고한 믿음이다. 자기 스스로를 행복하다고 생각하는 사람은 행복하고, 자기 스스로 불행하다고 생각하는 사람은 불행하다.

　기쁜 마음으로 일하고, 즐거운 마음으로 말하고, 자신이 행한 일을 기뻐할 수 있는 사람은 행복하다. 올바른 자세로 생활하고, 정직한 생각으로 행동하고, 진실한 몸가짐으로 살아가는 사람은 행복하다. 그대들 아는가? 행복한 마음은 아름다운 얼굴을 만들고, 불행한 마음은 추악한 얼굴을 만든다. 진실로 마음을 만족시키는 행복은, 우리들의 온갖 능력을 힘껏 행사하는 데서, 또 우리들이 살고 있는 세계가 완성되는 데서 생긴다. 여자가 음료수로 목을 축이자, 양의 가면이 소리쳤다.

　"양들의 행복을 위하여!"

　그 말을 받아서 늑대 가면이 소리쳤다.

　"늑대들의 행복을 위하여!"

　이어서 푸들 가면이 소리쳤다.

　"개들의 행복을 위하여!"

　사자 가면이 점잖게 소리쳤다.

　"사자들의 행복을 위하여!"

　부엉이 가면도 소리쳤다.

　"새들의 행복을 위하여!"

　고양이 가면도 소리쳤다.

　"고양이들의 행복을 위하여!"

　그에 뒤질세라 쥐의 가면도 소리쳤다.

　"쥐들의 행복을 위하여."

　뒤 이어 뱀의 가면도 소리쳤다.

　"뱀들의 행복을 위하여!"

　사람들도 너도나도 '행복을 위하여'를 소리쳤다. 무대 주변이 소란스러워지자 사물놀이패가 한바탕 놀았다. 사람들은 가면들과 사물놀이패와 함께 미친 듯이 뛰고 소리쳤다. 여자가 소란이 가라앉기를 기다렸다가 다시 말을 시작했다. 신의 종이여, 지배하거나 복종하지 않고, 그러면서도 그 무엇일 수 있는 인간만이 진실로 행복하다. 사람은 누구나 다 자신의 일로부터 시작해서, 자기의 행복을 이룩하지 않으면 안 된다. 그렇게 하면 마침내 모든 이가 원하는 행복이 생기게 될 것이다.

우리가 행복할 때는 늘 모든 것에 관대하지만, 한없이 아량을 베푼다고 우리가 늘 행복한 것은 아니다. 그대들 불행에 빠진 사람을 비웃지 말라. 자신의 행복이 영원한 것이라고 누가 장담할 것인가. 육체적 고통은 인간의 생활과 행복에 있어서 불가결의 조건이고, 정신적 고통은 인간의 신념과 신앙생활에 있어서 불가결의 요건이다. 그대들 아는가? 행복을 오랜 기간 소유하고 있는 자는 대개가 스스로 무지한 사람뿐이다. 행복을 오랜 기간 포기하고 있는 자는 대개가 스스로 유식한 사람뿐이다.

지상에 있어서의 행복과 불행의 분배는 윤리, 도덕, 지식과는 관계없이 행해진다. 인생에 있어서 일어난 일을 어떻게 받아들이느냐 하는 것은, 일어난 일 못지않게 행복과 불행에 관련이 된다. 그대들의 행복을 이루어 준 것이 그대들의 고통이 되고, 그대들의 불행을 이루어 준 것이 그대들의 기쁨이 된다. 그대들 행복을 불행으로 바꾸는 데는 일순간밖에 필요치 않으나, 불행에서 행복으로 바뀌기 위해서는 영원한 시간이 필요하다. 그대들 행복을 널리 퍼뜨리는 방법은 단 하나, 행복을 타인들하고 나눠 갖는 것이다.

그대들 행복을 느끼는 것은 단 하나, 행복을 자신의 가슴 속에 품어 안는 것이다. 그대들 행복을 만드는 것은 단 하나, 행복의 그림자를 쫓아가지 않는 것이다. 그대들 아는가? 행복을 체념한 사람은 행복을 찾은 것이나 다름없고, 행복을 찾는 사람은 행복을 잃은 것이나 다름없다. 즉 행복을 쟁취하는 사람은 행복을 잃은 것이나 다름없고, 행복을 포기한 사람은 행복을 찾은 것이나 다름없다. 그대들 아는가? 행복은 깊은 산울림과 같다. 그대들에게 대답을 하면서도 좀처럼 찾아오지는 않는다. 행복은 봄날의 아지랑이와 같다. 그대들에게 보여주면서도 좀처럼 잡히지 않는다.

행복과 불행은 인간이라는 모난 돌을 갈기 위해 자연에게 고용된 두 사람의 조각사이다. 행복은 어떤 것에 대한 보상에 있지 않고, 겸허한 태도와 희생적 생각과 긍정적 마음속에서 찾아진다. 그대들 행복했을 때 더 행복해지고 싶다고 생각해서는 안 되고, 불행했을 때 더 불행해지고 싶다고 생각해서도 안 된다. 쾌락은 육체 속에서 느끼는 아주 짧은 순간의 행복에 지나지 않는다. 즐거움은 정신 속에서 느끼는 아주 짧은 순간의 행복에 지나지 않는다.

신의 종이여, 참다운 행복, 유일한 행복, 완전한 행복은 언제나 평온한 정신 속에 깃든다. 진정한 행복, 최선의 행복, 완벽한 행복은 언제나 진실한 영혼 속에 깃든다. 그대들 아는가? 남자의 행복은 '내가 하고 싶다.'이고, 여자의 행복은 '그가 하고 싶어 한다.'이다. 여자가 여기까지 말했을 때, 군중 속이 소란스러워졌다. 공원의 간이 무대에 나타나 중지를 요구한 것은 구청 직원 2명이었다. 그들은 '신고된 공연이 아니어서 중지해야 된다.'고 말했다.

155

좋은 결혼은 있어도 즐거운 결혼은 없다

구청직원의 중지 요청에도 사람들은 '여덟 시, 여덟 시!'하고 연호했다. 군중들의 외침은 여덟시에 공연을 중지시키는 것은 부당하다는 거였다. 구청직원은 3,4백 명이 외치는 소리에 위축되었는지 '아홉 시까지만 하라.'고 통보했다. 그 말을 들은 군중이 다시 '열 시, 열 시!'하고 외쳤다. 구청직원이 '그럼 사물놀이나 폭죽은 안 됩니다.'하고 현장을 빠져나갔다. 그 모습을 본 군중과 사물놀이패가 한바탕 풍악을 울리고 춤을 추었다. 여자가 지친 기색을 보이자, 하얀 웨딩드레스를 입을 여자가 무대 위로 올라갔다. 그리고는 여자를 향해 안면 가득 미소를 머금은 채 말했다.

"잠시 제가 결혼에 대해서 말해도 되겠습니까?"

여자가 무대 한쪽에 놓인 의자에 앉으며 끄덕였다.

"네, 그렇게 하세요. 여긴 자유 토론의 장이니까요."

웨딩드레스가 군중을 향해 의중을 물었다.

"여러분들, 제가 결혼이라는 것을 말해 볼까 하는데 괜찮겠죠?"

군중들은 뛰어난 미모를 가진 웨딩드레스가 나타나자 반가운 표정이었다. 웨딩드레스가 청중을 향해 허리를 굽히자 일제히 박수를 쳤다. 사물놀이패도 악기를 연주해 환영을 표시했다. 웨딩드레스는 좌중을 둘러본 뒤 큰소리로 입을 열었다. 여러분 훌륭한 결혼이란, 서로가 상대방을 자기 고독에 대한 보호자로 임명하는 결혼입니다. 행복한 결혼이란, 약혼할 때부터 죽을 때까지가 결코 지루하지 않은 긴 연애와 같은 것입니다.

결혼이란, 독립은 동등하고, 의존은 상호적이며, 의무는 상반되는 남녀 간의 관계입니다. 결혼이란 본래 두 사람이 모든 정신을 서로에게 기울이지 않으면 안 되는 극단적 사건입니다. 결혼이란 본래 단 한 사람의 상대를 위해 남은 사람 모두를 단념하는 극단적 관계입니다. 결혼이란 단순히 만들어 놓은 행복의 요리를 먹는 것이 아니라, 둘이서 행복의 요리를 맛있게 만들어 먹는 창조적 행위입니다. 여러분, 결혼이란 경건하고 신성한 두 사람의 정신적 융합이자 육체적 결합입니다. 거기에서 얻어지는 즐거움은 억제되고 진지하며 조심스럽고 양심적인 쾌락이어야 합니다.

여러분, 결혼이란 하늘에서 맺어지고 땅에서 완성되는 것입니다. 결혼이란 꽃 속에서 만나고, 가지 위에서 결실을 맺는 나무열매입니다. 결혼이란 디저트보다 수프가 맛이 좋은 디너 코스입니다. 결혼이란 포도주와 같아서, 두 잔째 마시기 전에는 그 맛을 알지 못합니다. 결혼이란 복권과 같은 것이어서, 당첨되지 않았다고 찢어 버릴 수 없는 것입니다. 결혼은 상큼하고 쾌적하기는 해도 결코 영웅적인 것은 아닙니다.

여러분, 결혼하면 남성은 나태해지고 이기적으로 되며, 그의 덕성은 지방변성으로 떨어져 내립니다. 결혼은 자손만대의 시작이자, 폭풍의 하늘에 걸린 오색 무지개입니다. 즉 결혼은 최고 아니면 최악 어느 한쪽이고, 겁쟁이도 할 수 있는 재미있는 모험입니다. 여러분, 결혼은 주인과 여주인, 그리고 두 사람의 노예로 이루어진 작은 사회입니다. 여러분 이것을 아세요? 결혼은 좁고 작은 새장과 같은 것입니다. 밖에 있는 새들은 부질없이 들어가려 하고, 안의 새들은 끊임없이 나가려고 애씁니다.

결혼은 두 사람 간의 결투이며, 상대방한테 이기기 위해서는 잠시도 방심해서는 안 되는 처절한 싸움입니다. 상대방이 조금이라도 한눈을 팔면 고침(孤枕)이라는 칼이 바로 가슴에 꽂히는 게 결혼입니다. 웨딩드레스가 여기까지 말했을 때, 군중 속에서 탄성과 환호가 터졌다. 의자에 앉아 있던 여자도 박수를 보냈다. 이에 힘을 얻은 웨딩드레스가 약간 목소리를 높였다. 여러분, 결혼 전에는 눈을 크게 뜨고, 결혼 후에는 반쯤 감아야 합니다. 결혼, 그것은 하나를 창조하려는 두 사람의 의지이기 때문입니다.

여러분, 서로가 결코 배신하지 않겠다는 결혼서약은 무의미하고 쓸데없는 것입니다. 동시에 결혼서약은 절대로 없어서는 안 되는 유의미한 형식입니다. 아주 작은 약속 하나가 영원한 결속으로 이어지기 때문입니다. 여러분, 결혼은 성을 달리하는 두 사람 즉, 나와 그대 사이에만 아이를 낳자는 사랑의 계약입니다. 이 사랑의 계약을 지키지 않는 것은 인간에 대한 기만이며, 배신이요, 죄악입니다. 이 사랑의 계약을 지키지 않는 것은 신에 대한 기만이며, 배신이요, 죄악입니다. 대다수의 사람은 생각할 겨를도 없이 결혼을 하고, 남은 평생을 후회 속에서 살아갑니다.

여러분, 결혼에는 두 가지 목적밖에 없습니다. 진정한 사랑이 아니면 많은 돈입니다. 사랑만을 위해 결혼하는 자는 극히 짧은 행복한 시간을 보내지만, 그 다음부터는 안절부절 하는 나날을 보내게 됩니다. 돈을 노려서 결혼하는 자는 행복한 나날은 바랄 수 없지만, 불행한 나날도 없습니다. 여러분, 남자는 심심하기 때문에 결혼하고, 여자는 호기심 때문에 결혼합니다. 여자는 가능한 한 빨리 결혼하려 들고, 남자는 오래도록 결혼하지 않고 지내기를 원합니다. 두 사람은 결국 결혼하지만, 쌍방이 다 실망합니다.

웨딩드레스가 여기까지 말했을 때 환호와 박수가 터졌다. 아이들도 폭죽과 함께 뻑뻑이를 불었다. 웨딩드레스가 소란이 가라앉기를 기다렸다가 입을 열었다. 여러분, 결혼은 어떤 나침반도 일찍이 항로를 발견한 일이 없는 거센 바다를 헤쳐 나가는 행위입니다. 여러분, 결혼은 뜨거운 사막 한가운데로 걸어 들어가는 두 사람만의 고행이자 도전입니다. 여러분, 결혼생활은 단테의 신곡과는 거꾸로 진행되는 비극적 연극입니다. 천국에서 연옥으로 옮겨졌다가 결국 지옥으로 떨어지고 맙니다.

여러분, 결혼에서의 성공은 단순히 올바른 상대를 찾는 게 아니라, 올바른 상대가 됨으로써 찾아오는 것입니다. 또한 결혼에서의 성공은 적당한 짝을 찾는 데 있는 게 아니라, 적당한 짝이 되는 데 있습니다. 여러분, 결혼에서의 인간관계란, 단지 맛을 보거나 참기 위해서 존재하는 것이 아닙니다. 그와 반대로 즐거움을 찾거나 기쁨을 창조해 내야 하는 것입니다. 여러분 결혼은 희망과 쾌락을 만들어 내야 하는 두 사람만의 생활입니다. 또한 결혼은 진실과 신뢰를 만들어 내야 하는 두 사람만의 약속입니다.

결혼은 두 사람이 사랑과 애정을 이룩해 내야 하는 것입니다. 여러분, 행복한 결혼에는 애정 위에 아름다운 우정이 접목됩니다. 이 우정은 마음과 육체가 서로 결부되어 있기 때문에 한층 견고합니다. 완벽한 결혼은 두 사람의 영혼과 영혼이 일치되어야 합니다. 여러분, 연애는 결혼의 새벽이고, 결혼은 연애의 황혼입니다. 사랑을 구애할 때는 아름다운 꿈을 꾸지만, 결혼을 하면 그 잠을 깹니다. 과거의 뼈저린 사랑의 한이 어설픈 결혼 상대를 선택하게 됩니다. 어제의 뼈아픈 실연의 고통이 어리석은 결혼 상대를 고르게 합니다.

여러분, 좋은 결혼은 있어도, 즐거운 결혼은 없습니다. 또한 좋은 연애는 있어도, 진실한 연애는 없습니다. 여러분, 돈 없이 연애결혼을 하면 즐거운 밤과 슬픈 낮을 가지게 됩니다. 여러분, 애정 없이 연애결혼을 하면 삭막한 밤과 즐거운 낮을 가지게 됩니다. 대개 결혼의 파탄은 한쪽이 상대의 자아를 손상시키는 데서 생깁니다. 대개 결혼의 파탄은 두 사람 사이에 맺어진 신뢰가 깨지는 데서 발생합니다. 그러므로 결혼을 하는 자는 바보이고, 결혼을 하지 않는 자는 더욱 바보입니다.

말을 마친 여자가 웨딩드레스를 벗어던지고 무대에서 내려갔다. 여자는 알몸이 다 보이는 속옷 차림으로 당당하게 군중 사이를 지나갔다. 사람들과 사물놀이패가 한바탕 풍악을 울려 여자의 용기에 찬사를 보냈다.

156

한 개의 장작만으로는 불타지 못한다

웨딩드레스가 연설을 하고 내려가자, 남자가 무대 위에 나타났다. 남자는 40대였으며, 온몸을 밧줄로 칭칭 감고 있었다. 군중들이 의아한 눈길을 보내자, 남자가 여자에게 인사를 했다. 여자가 좋다는 듯이 고개를 까딱해 보였다. 남자가 몸에 감은 밧줄 끝을 잡은 채 입을 열었다.

"저는 여자란 특이한 종에 대해서 말하려고 올라왔습니다. 괜찮겠습니까?"

남자의 말에 사물놀이패가 징과 꽹과리를 두드렸다. 사람들도 박수를 쳤고, 가면들도 일제히 환호성을 질렀다. 몇 명의 여자가 야유를 보냈지만, 남자는 아랑곳 않고 말을 시작했다. 남자들이여, 여자란 자신이 허락하건 거절하건 간에 상대방이 지근거리는 것을 은근히 즐기는 이중적 동물입니다. 여자란 제아무리 마음이 위를 향하고 있을 때도, 모든 것을 제쳐놓고 넥타이에 시선이 머무는 간사한 동물입니다.

남자들이여, 여자란 자신의 연애 행각이 세상 사람들 입에 오르내리지 않기를 바랍니다. 그러나 한편으로는 자신이 사랑받고 있다는 것을 많은 사람들이 알아주기를 바라는 교활한 동물입니다. 여자란 상대방 여자의 성격을 분석하고 해독할 절차를 생략하고, 곧바로 공격에 들어가는 감정적 동물입니다. 남자들이여, 여자란 약한 남자를 지배하기보다, 강한 남자에게 지배당하기를 좋아하는 자학적 동물입니다.

여자란 남자의 공격을 처음에는 필사적으로 막으려 들고, 그 다음부터는 남자의 퇴각을 필사적으로 막으려 드는 이중적 동물입니다. 남자들이여, 여자란 백 번째 사나이에게 기만을 당해도, 백한 번째 남자를 사랑하게 되는 간사한 동물입니다. 여자란 순진한 남자보다 나쁜 남자에게 더 매력을 느끼는 자학적 동물입니다. 남자들이여, 여자는 남편과 결혼하는 것이지 남자와 결혼하는 것이 아닙니다. 여자는 남자의 공상을 불타오르게 하고, 고통과 번민과 괴로움을 안겨주는 공격적 동물입니다.

남자들이여, 여자의 마음을 움직이게 하는 세 가지 요소가 있는데, 이는 돈과 쾌락과 허영심입니다. 남자들이여, 여자의 모습을 변하게 하는 세 가지 요소가 있는데, 이는 연애와 사랑과 죽음입니다. 남자들이여, 여자가 같은 입으로 표현하는 예스와 노는 같은 말입니다. 거기에 선을 긋고 구별한다는 것은 바보들이나 하는 짓입니다. 끈질기게 접근하는 남자는 거절하고, 죽도록 증오하는 남자를 사랑하는 것이 여자라는 이름의 동물입니다. 여자의 마음은 비밀 장치를 여러 개 만들어 놓은 서랍과 같습니다. 그 비밀 장치의 부호는 날마다 시간마다 변하고 바뀌기 때문입니다.

남자들이여, 여자를 정복한다는 것은 흉포한 야수를 다루기보다 훨씬 더 어렵습니다. 그런 여자를 좋게 말하는 남자는 여자를 충분히 모르고, 그런 여자를 나쁘게 말하는 남자는 여자를 전혀 모르는 사람입니다. 늙었다. 이 말은 그 어떤 여자도 참기 힘든 모욕입니다. 여자에게 늙었다는 말을 절대로 하지 마십시오. 그 말을 듣는 순간 여자는 눈 먼 악마로 돌변합니다. 남자가 여기까지 말했을 때, 푸들 가면을 쓴 여자가 물었다.

"그래서 사랑하는 여자한테 늙었다고 얘기했나요?"

남자가 우물거리다가 대답했다.

"열 살 연상하고 사귀다가, 그 말 때문에 채였습니다."

앵무새 가면을 쓴 여자가 깔깔 웃었다.

"그래서 자신을 밧줄로 꽁꽁 묶은 건가요?"
남자가 머리를 긁적이며 말했다.
"사랑의 밧줄로 생각하고 묶었습니다."
고양이 가면을 쓴 여자가 말했다.
"당신은 여자를 사랑할 자격이 없는 인간이에요."
남자가 몸에 감긴 밧줄을 조이며 말했다.
"사랑의 밧줄로 몸을 조여 죽을 생각입니다."
사자 가면이 굵은 목소리로 소리쳤다.
"차라리 여자를 묶어서 끌고 다니시오. 그러면 여자가 감동해서 사랑하게 될 것이오."

사자 가면의 말에 남자들이 우, 하고 환호를 보냈다. 반면 여자들은 피, 하고 야유를 보냈다. 이때 의자에 앉아 있던 여자가 격려의 박수를 짝짝 쳤다. 이에 힘을 얻은 남자가 다시 말을 시작했다. 남자들이여, 여자란 항상 거부하고 주저하고 변화하는 동물입니다. 마음을 열었는가 하면 닫고, 사랑을 주었는가 하면 회수하고, 신뢰를 받았는가 하면 부정해 버립니다. 하지만 한 개의 장작만으로는 절대로 불타지 못합니다.

남자 없이 완성되지 않는 미완성 동물이 곧 여자입니다. 남자의 사랑 없이 살지 못하는 것이 곧 여자라는 미성숙 동물입니다. 남자들이여, 지성적인 여자는 감정적인 여자와 다르게 흥미를 끌지 못합니다. 이는 흰 장미는 붉은 장미보다 덜 흥미로운 것과 같은 이칩니다. 남자들이여, 아름답고 매력적인 여자는 세상의 것이고, 매력 없고 못생긴 여자는 누구의 것도 아닙니다. 여자가 제일 사랑하는 즐거움은 남자의 자기 기만을 폭로케 하는 것이고, 남자의 제일 큰 즐거움은 그렇게 행동하는 여자를 정복하는 것입니다.

가장 이상적인 여자와 잘 사는 방법은, 그 여자에 관한 일에 일체 간섭하지 않는 것입니다. 아무것도 간섭당하지 않는 여자는 연애와 놀이와 쾌락의 자유를 되찾은 들짐승입니다. 들짐승은 본래부터 자유를 가지고 있었고, 인간이 잠시 그것을 빼앗았을 뿐입니다. 연애와 놀이의 감각을 지닌 남자는 여자들이 모인 자리에서는 언제나 즐거울 수 있습니다. 여자는 술과 놀이, 축제, 칭찬에 약한 동물이기 때문입니다. 남자들이여, 여자가 사랑한다고 맹세를 하더라도 결코 그 말을 믿어서는 안 됩니다. 그러나 여자가 사랑하지 않는다고 단언할 경우에도 역시 믿어서는 안 됩니다.

여자라는 것은 근거 없는 혐오와 질투와 시기에 가득 차 있는 동물입니다. 그러므로 존경하는 사람한테서는 조그만 결점도 찾으려 하지 않고, 멸시하는 사람한테서는 어떤 장점도 인정하려 들지 않습니다. 남자들이여, 여자들은 남자들보다 서로 더 닮은 동물입니다. 즉 그녀들은 허영심과 탐욕과 정욕밖에는 가지고 있지 않습니다. 남자들이여, 여자 없이 생활하는 자는 즐거움도 없고, 희망도 없고, 친구도 없습니다. 다만 여자 없이 생활하는 자는 자유롭고, 평화롭고, 고통과 갈등도 없습니다.

남자들이여, 그대들을 낙원에서 끌어낸 것이 여자라면, 그대들을 지옥으로 내려보내는 것도 여자라는 동물입니다. 남자들이여, 여자는 사랑의 맹세를 물에 적어놓고, 남자는 사랑의 맹세를 모래에 적어 놓습니다. 남자와 여자에게 있어서 사랑의 맹세는 결코 지켜지지 않는 약속과 같은 것입니다. 여자의 사랑은 철저한 계산에 의해 움직이고, 남자의 사랑은 철저한 감성에 의해서 움직입니다. 남자들이여, 여자는 사랑이 없어도 오르가슴을 느낄 수 있고, 남자는 사랑과 관계없이 사정의 쾌감을 느낄 수 있습니다.

여자라는 동물은 그야말로 처음부터 끝까지 수수께끼입니다.

반면 남자라는 동물은 너무나 단순해서 오히려 알 수 있는 게 하나도 없습니다. 여자라는 동물의 수수께끼를 푸는 열쇠는 오로지 목숨을 건 사랑뿐입니다. 남자라는 동물의 단순함을 푸는 열쇠는 오로지 목숨을 건 싸움뿐입니다. 남자가 이렇게 말하고 몸에 칭칭 감은 밧줄을 풀어 던졌다. 남자와 여자와 가면들이 일제히 환호성을 질렀다. 의자에 앉아 있는 여자도 박수를 쳤고, 아이들도 폭죽을 터트렸다. 남자는 홀가분해진 것처럼 알몸으로 무대를 내려가 어둠 속으로 사라졌다.

157

연애의 불꽃은 때로 쾌락의 재를 남긴다

남자가 사라지자 온몸에 붉은 칠을 한 여자가 무대에 나타났다. 여자의 모습으로 보아 얇은 옷 위에 칠을 한 것처럼 보였다. 그러나 옷이 너무 얇아서 움직일 때마다 몸의 굴곡이 드러났다. 나이는 20대 후반으로 보였고, 무대에 많이 서본 사람처럼 움직임이 능숙했다. 섹시한 여자의 등장으로 무대 아래는 일순 술렁였다. 특히 남자들은 한껏 고무된 표정으로 무대 가까이 다가섰다. 의자에 앉아 있던 여자가 '무슨 얘기를 하려고 올라왔느냐.'고 묻자 여자가 '연애.'라고 대답했다.

여자가 말 대신 박수를 보내자, 군중들도 덩달아 박수를 쳤다. 한 차례 목청을 가다듬은 여자가 말을 시작했다. 여러분은 아세요? 연애란 남자와 여자 자기들 생애를 통해 가장 이성을 잃고 있는 상태인 것을요. 또 연애란 한 사람의 여성이 다른 어느 여성보다 다르다는 망상에 사로잡히는 일이라는 것을요. 연애는 남자의 생애에서는 하나의 에피소드에 불과하지만, 여자의 생애에서는 역사 그 자체예요. 연애란 남자와 여자가 상대방을 오해하는 데서 생겨나는 특별한 감정이에요.

연애란 남자와 여자가 착각에 빠진 채 상대를 바라보는 데서 생겨나는 특이한 열정이에요. 연애란 남자가 아름다운 소녀를 만나는 것이고, 그 소녀가 대구처럼 생긴 것을 깨닫게 될 때까지 중간에 머물러 있는 달콤한 휴식이에요. 연애란 남자가 아름다운 소녀와의 첫 대면에서 시작되어, 보조개가 곰보로 보일 때까지의 꿈과 같은 즐거운 기간을 말하죠. 여러분은 아세요? 연애는 몹쓸

병인 천연두와 같다는 것을요. 젊었을 때 걸리지 않으면 좀처럼 걸리지 않거나, 전혀 걸리지 않고도 지낼 수 있어요. 그러나 나이가 들어서 걸리면 그만큼 더 위험한 전염병이에요.

여러분은 아시죠? 우리 삶에 있어서 사람을 놀라게 하고, 평소의 생각 자체를 송두리째 바꾸어 놓은 큰 사건이 있어요. 그것이 바로 연애라는 특별한 사건이에요. 연애는 스스로 괴로워하거나, 상대방을 괴롭히거나, 친구를 못살게 굴거나 하는 바보 같은 행위예요. 또한 이 행위들 중 어느 하나 없이는 연애라는 사건은 존재하지도 않아요. 연애에 빠진 사람은 있는 사랑을 감출 수도 없거니와, 없는 사랑을 있는 체 꾸밀 수도 없어요. 여러분은 아시죠? 연애를 하는 여자에게 있어서 남자는 한 가지 목적이지만, 남자에게 있어서 여자란 단순한 수단에 지나지 않는다는 것을요.

연애에서 남자의 승리는 여자로부터 도망치는 데 있고, 여자의 승리는 남자의 몸과 마음을 사로잡는 데 있어요. 또한 연애의 불길은 보다 활기를 띠고, 보다 뜨겁고, 보다 격렬하고, 보다 광적이고, 보다 맹목적이에요. 그러나 그것은 생각보다 가볍고, 경망하고, 동요하여 언제나 변하기 쉬운 불길이에요. 그것은 금시 타오르다가 금시 꺼지는 열병 환자의 감정 같은 것이고, 우리들의 한 구석밖에 잡지 못하는 작은 불꽃이에요.

여자가 여기까지 말했을 때 고수가 얼쑤, 하고 북을 두드렸다. 그 북장단을 따라 군중들도 얼쑤, 하고 소리를 질렀다. 여자가 잠시 호흡을 가다듬은 다음 말을 계속했다. 여러분은 아시죠? 연애를 처음 하는 사람은 그것이 비록 헛되게 되더라도 신이라는 것을요. 그러나 연애를 두 번 다시 하는 사람은, 그것이 헛되게 되면 바보라는 것을요.

여자의 마음이란 어떤 슬픔을 가지고 있어도 아첨이나 연정을 받아들일 여지를 항상 가지고 있어요. 한 번의 눈짓, 한 번의 악

수, 얼마쯤 가망이 있을 듯한 희답(戲答) 따위에 의해서 곧 원기를 회복하는 것이 연애를 하는 남녀의 마음이에요. 여러분은 아시죠? 연애가 있기 때문에 세상은 항상 신선하고 매력적이고, 청년에게는 희망의 빛을 주고, 노인에게는 후광을 주는, 인생의 영원한 음악이라는 것을요.

연애는 무대에 있어서는 항상 희극의 재료가 되고, 때로는 비극의 재료가 되기도 하죠. 하지만 연애가 인생에 있어서는 때로는 유혹의 여신이 되고, 때로는 복수의 여신이 되어 화근이 되기도 해요. 여러분은 아시죠? 연애할 때 남자가 여자를 쫓아다니는 것은 표면적일 뿐, 결국은 여자가 남자를 쫓아다니게 되죠. 연애하는 여자는 언제나 참말을 하지만, 완전히 참말을 하는 것은 아니에요. 여자의 마음은 언제나 바람에 흔들리는 갈대 같은 것이니까요.

여러분, 행복해지기 위해서 하는 연애는 고결한 두 사람을 가까이 붙어 있게 만들어요. 그러나 신과 같은 기쁨을 부여하기 위해서 사랑은 귀중한 삼인조를 만들죠. 즉 신, 남자, 여자가 바로 그것이에요. 또한 모든 참된 연인이 가져야 할 물건은 총명, 우울, 계심, 비밀 네 가지예요. 아시죠? 연애하는 인간은 몽유병자하고 흡사해요. 그들은 눈으로서가 아니라, 몸 전체로 보기 때문이에요. 이건 알겠죠? 참된 연애는 소문을 두려워하지 않고, 진정한 사랑은 비난을 무서워하지 않는다는 것을요.

여자가 호흡을 조절하자, 군중들이 박수를 보냈다. 박수를 받은 여자가 다시 말을 이어갔다. 여러분은 아시죠? 어떤 사람이 곁에 있으면 다른 인간 따위는 전혀 문제가 안 돼요. 이것이 바로 연애라는 감정이고, 사랑이라는 생물이에요. 그리고 연애를 하기 때문에 어리석어지는 인간은, 연애를 하지 않고서도 조만간 어리석게 돼요. 왜냐하면 그에게는 이미 연애라는 사랑의 인자가 커 가고 있기 때문이에요. 연애란 젊은 마음에는 너무나도 강력한 즐거움이에요. 다른 어떤 신앙이 연애와 양립될 수 있을지 의문이에요.

　연애를 한 적이 없는 여자는 있을 수 있어도, 한 번밖에 연애를 한 적이 없는 여자는 좀처럼 있을 수 없어요. 여러분도 알다시피 연애의 즐거움은 상대를 열렬히 사랑하고, 그 뜨거운 사랑을 확인하는 데 있어요. 따라서 우리는 불타는 연정을 일으키기보다는, 가벼운 연정을 품는 편이 더욱 행복한 거예요. 아시죠? 우리가 이 세상에서 경험하는 모든 연애는 똑같은 법칙에 따라 생기고 지속되고 끝나 간다는 것을요.

　연애에 있어서는 왕왕 의심하는 것보다 속이는 쪽이 선행을 해요. 그리고 연애가 따분해지면 상대방의 부정을 은근히 바라고 기대해요. 이편도 그 연애에서 해방되고 싶어서 그러는 것이지만 말이에요. 그리고 마음이 영원히 변치 않는다는 것은 연애를 하는 사람의 망상이에요. 어떤 연애든 끝이 있고, 비극적 결말을 맞이해요. 하지만 연애의 참다운 가치는 생활력을 상상할 수 없을 정도로 증대시켜 주는 데 있어요. 그리고 연애를 한 다음에 있는 가장 큰 행복은 자신의 연애를 고백하는 일이에요.

　이건 아시죠? 연애가 생길 때까지 미모는 간판으로서 필요하고, 연애과정에서는 타인의 방해가 더 열렬한 연정의 동기가 된다는 것을요. 뜨거운 연애는 결혼보다 더 인기가 있어요. 소설은 역사보다 더 재미가 있다는 이유에서죠. 이건 아시죠? 연애란 매춘과 같은 취향을 가지고 있어요. 제아무리 고상한 쾌락이라도 매춘으로 환원시키지 못할 것은 없기 때문이에요. 여러분은 아시죠? 연애의 불꽃은 때로 쾌락의 재를 남기는 것을요. 저처럼 말이에요.

　여자가 말을 마치고 군중들을 향해 식수병을 달라고 소리쳤다.

남자들이 대여섯 개의 식수병을 무대 위로 던졌다. 여자가 식수병을 모아들더니 하나하나 뚜껑을 땄다. 그리고는 식수병에 들어 있는 물을 몸과 머리에 부었다. 물을 뒤집어쓰자 여자의 알몸이 그대로 드러났다. 그 모습은 마치 피를 뒤집어쓴 형상이었다. 군중들은 여자의 돌발적인 행동에 조금은 놀란 눈치였다. 그러나 여자의 행동이 무엇을 의미하는지 알고 환호성을 질렀다. 여자는 알몸인 상태로 무대를 내려가 사라졌다.

158

친구가 꿀처럼 달더라도 그것을 전부 빨아먹지 말라

어느새 무대 주변에는 어둠이 내려앉았고, 사람들은 초를 밝히거나 라이터를 켰다. 어떤 사람들은 휴대폰 불빛을 밝혔고, 어떤 이는 소형 라이트를 비추었다. 가면들은 머리에 달린 라이트를 켰고, 사물놀이패는 횃불을 들었다. 무대 주변은 이제 완전히 축제의 장이 되었다. 아이들은 음료수와 빵을 먹었고, 여자들과 노인들은 치킨과 맥주를, 남자들은 오징어와 소주를 마셨다. 어느새 군중들에게 물건을 파는 장사치까지 등장했다.

어떤 여인은 '하나님은 당신을 사랑하십니다.'라고 적힌 팸플릿을 나눠 주었다. 또 어떤 남자는 '집을 나간 딸아이를 찾습니다.'라고 쓰인 종이를 배포했다. 젊은 청년은 '몇 번이든지 부킹이 가능한 나이트클럽'이라고 적힌 광고지를 돌렸다. 이 소란스런 분위기를 뚫고 한 남자가 무대 위로 올라갔다. 남자는 50대였으며, 한쪽 눈이 없고, 한쪽 귀가 없으며, 한쪽 손이 없었다. 의자에 앉아 있던 여자가 무엇 때문에 올라왔느냐고 물었다. 남자가 여자를 힐끗 쳐다보더니 큰소리로 대답했다.

"친구라는 주제로 발표해 볼까 해서 올라왔습니다."

남자의 말을 들은 군중들이 환호로 남자를 응원했다. 여자도 남자의 이상한 외모에 관심이 가는지 끄덕였다. 남자는 자신의 남은 한쪽 눈과 한쪽 귀와 한쪽 팔을 한 차례씩 만졌다. 남자의 행동으로 보아 자신의 눈과 귀와 손을 누군가에게 떼어 준 것처럼 느껴졌다. 사람들은 남자의 행동을 본 뒤 조금은 엄숙한 분위기가 되었다. 남자가 무대 중앙에 서더니 큰소리로 말을 시작했다.

　친구들이여, 진실한 친구라는 것이 어떤 것인지 알고 있습니까? 그것은 그대들이 없는 곳에서 그대의 친구라는 사실을 자랑스럽게 말할 수 있는 사람입니다. 좋은 친구란 모든 잘못을 알고 있으면서도 끌어안고 사랑해 주는 인간을 말합니다. 즉 내가 없는 곳에서 나를 칭찬해 주는 사람이 좋은 친구라는 것입니다. 친구들이여, 참다운 친구는 모든 재산 중에서 가장 가치가 큰 것인데, 사람들을 아무도 이것을 취하려 하지 않습니다. 즉 속마음을 나눌 친구만이 인생의 역경을 헤쳐 나갈 힘을 제공하는데, 사람들은 이것을 외면합니다.
　친구들이여, 설사 당신의 친구가 당신을 배신하는 행동을 보여도, 당신은 친구의 욕을 남에게 해서는 안 됩니다. 오랫동안 쌓은 신뢰와 우정이 수포로 돌아가기 때문입니다. 즉 친구를 칭찬할 때는 널리 알도록 하고, 친구를 비난할 때는 남이 모르게 해야 합니다. 친구들이여, 친구한테 속지 않으려고 애쓰는 것보다 차라리 친구한테 속는 사람이 행복합니다.
　친구를 믿는다는 것은 설사 친구한테 속더라도 어디까지나 나 자신만은 성실했다는 표적이 됩니다. 또한 가장 친한 친구라 할지라도 자신의 생각을 전부 말해 버리면 평생토록 적이 될 수 있습니다. 친구들이여, 이로운 친구는 직언을 꺼리지 않고, 언행에 거짓이 없으며, 해로운 친구는 허식이 많고, 속이 비었으며, 외모 치레만 하는 자입니다. 또한 참된 행복을 만드는 것은 수많은 친구가 아니고, 훌륭히 선택된 단 몇 명의 친구입니다.
　친구는 신중하면서도 무겁고, 가벼우면서도 부드럽게 교제해야 합니다. 혀에는 혀, 마음에는 마음, 머리에는 머리라고 하는 친구는 무서운 사람입니다. 눈에는 눈, 이에는 이, 계산에는 계산이라고 하는 친구는 냉혹한 사람입니다. 그런 사람은 친구로 삼을

게 아니라, 적으로 대해야 합니다. 친구들이여, 훌륭한 친구를 가진 사람은 반드시 훌륭한 아내를 얻고, 나쁜 친구를 가진 사람은 반드시 나쁜 아내를 얻게 됩니다.

　남자가 여기까지 말했을 때, 사람들이 불빛을 흔들며 환호를 보냈다. 술을 마시던 사람들은 술병을 들어 남자의 말에 찬사를 보냈다. 남자는 한쪽 밖에 없는 손을 들어 감사를 표했다. 그리고는 다시 말을 시작했다. 친구들이여, 세 가지 충실한 친구란 때 묻은 아내, 늙은 개, 언제라도 쓸 수 있는 용돈입니다. 세상에는 세 가지 종류의 친구가 있습니다. 곧 그대들을 사랑하는 친구, 그대들을 망각하는 친구, 그대들을 미워하는 친구입니다. 그대들을 사랑하는 친구와는 교제를 하고, 그대들을 망각하는 친구와는 절교를 하고, 그대들은 미워하는 친구와는 절연을 해야 합니다.

　가치 있는 적이 될 수 있는 자는 화해하면 더 가치 있는 친구가 되고, 스스로 친구로 행세하는 사람은 대부분 친구가 아니며, 그 반대로 행동하는 사람이 대개는 친구입니다. 신을 구분하는 것은 참다운 신앙을 위해서이고, 사람을 구분하는 것은 참다운 인연을 위해서이고, 친구를 구분하는 것은 참다운 우정을 위해서입니다. 친구들이여, 사람은 한 숟가락의 소금을 나누어 먹었을 때, 비로소 진정한 친구임을 알 수 있습니다. 사람은 힘든 일을 오랜 시간 같이 했을 때, 비로소 참다운 친구임을 알 수 있습니다.

　친구를 얻는 유일한 방법은 스스로 남의 친구가 되는 것이고, 친구를 잃는 유일한 방법은 스스로 자신의 친구가 되는 것입니다. 친구의 인격을 알고자 하면 그의 습성이 무엇인지 알아보고, 친구의 천성을 알고자 하면, 그의 취미가 무엇인지 알아 봐야 합니다. 친구들이여, 고난과 불행이 찾아올 때 비로소 진정한 친구임을 알 수 있고, 기쁨과 즐거움이 찾아올 때 비로소 참된 친구가 아님을 알 수 있습니다.

확실한 친구는 불확실한 처지에 있을 때 알려지고, 불확실한 친구는 불확실한 처지에 있을 때 가려집니다. 지혜로운 친구를 가까이하면 몸과 마음이 깨끗해지고, 나쁜 친구를 가까이하면 삶과 인생이 피폐해집니다. 생각이 없는 친구만큼 나쁜 것은 없고, 진실이 없는 친구만큼 위험한 것은 없습니다. 진정한 친구를 갖는다는 것은 또 하나의 인생을 갖는 것이고, 사랑하는 사람을 갖는다는 것은 또 하나의 인생을 만드는 것입니다.

설사 친구가 꿀처럼 달더라도 그것을 전부 빨아먹지 말고, 설사 애인이 꽃처럼 예쁘더라도 그것을 송두리째 뽑지 말아야 합니다. 또한 친구를 찾아 헤매는 사람은 자기 자신에게도 충실한 친구가 될 수 없습니다. 친구들이여, 친구를 믿으십시오, 그러나 저처럼 지나치게 믿지는 마십시오. 남자가 말을 마치고 남은 손을 들어 보였다. 군중들은 남자의 희생정신에 깊은 찬사를 보냈다. 사물놀이패는 꽹과리와 북으로, 가면들은 괴성으로, 아이들은 폭죽으로, 술꾼들은 술잔으로, 여자들은 손가락 키스로. 남자는 많은 사람들의 탄성과 환호를 뒤로 하고 무대를 내려갔다.

159

나는 나의 일을 하고, 너는 너의 일을 하는 것이다

 군중 틈에서 술을 마시고 있던 소의 가면이 무대 위로 올라갔다. 소의 가면은 덩치가 크고 우람했으며, 바지와 티셔츠에 온갖 소의 그림이 그려져 있었다. 동물의 가면들이 박수와 환호로 소의 가면에게 격려를 보냈다. 소의 가면이 의자에 앉아 있는 여자에게 꾸벅 인사를 했다. 여자가 어서 해 보라는 듯이 손짓을 했다. 소의 가면이 들고 간 소주병을 거꾸로 들고 벌컥벌컥 마셨다. 그런 다음 걸걸한 목소리로 말을 꺼냈다.
 "제는 일에 대해서 좀 떠들어 보려고 합니다."
 남자의 말에 군중들이 마시던 술을 허공에 부렸다. 무대 주위는 이제 거의 광란의 파티장 같았다. 한 사내가 혀 꼬부라진 목소리로 외쳤다.
 "일, 그거 좋지요. 어서 해 보시오."
 무대 아래 있던 50대 남자가 확성기를 무대 위로 던졌다.
 "이걸 써서 말해 보시오. 일이 인간에게 어떤 것인가를."
 소의 가면이 확성기를 집어 들고 한 차례 시험을 해 봤다. 그리고는 힘 있는 목소리로 말을 시작했다. 인간이라는 동물이여, 인간이 자기 일을 하는 데 행복을 느끼려면 다음 세 가지가 필요하다. 첫째, 그 인간은 그 일을 좋아해야 한다. 그러나 그 일을 지나치게 해서는 안 된다. 둘째, 그 인간은 그 일을 성공시키겠다는 신념을 가져야 한다. 그러나 그 일의 성공을 지나치게 자랑해서는 안 된다. 셋째, 그 인간은 그 일을 사랑해야 한다. 그러나 그 일을 인간보다 더 사랑해서는 안 된다.

인간이라는 동물이여, 어떤 일에 희망을 갖는다는 것은 절망을 껴안는 것보다는 낫다. 가능한 것의 한계를 잰다는 것은 곧 희망을 껴안는 것과 같기 때문이다. 기꺼이 일하고 한 일을 기뻐하는 자는 행복한 사람이다. 또한 일이 즐겁다면 인생은 극락이다. 일이 괴로움이라면 그것은 지옥이다. 인간이라는 동물이여, 세상에서 제일 즐겁고 훌륭한 일은 한 생애를 통해 일관된 일을 가지는 것이다. 쉬워 보이는 일도 해 보면 어렵다. 못 할 것 같은 일도 시작해 놓으면 이루어진다. 쉽다고 얕볼 것이 아니고, 어렵다고 팔짱을 끼고 있을 것이 아니다. 쉬운 일도 신중이 하고, 곤란한 일도 겁내지 말아야 한다.

인간이라는 동물이여, 성공의 지름길은 첫째 일을 사랑하는 것이다. 명성의 지름길은 첫째 일에 미치는 것이다. 부자의 지름길은 첫째 일에 빠지는 것이다. 인간이라는 동물이여, 일에는 규율이 필요없다. 일에는 수단이 필요없다. 일에는 선후가 필요없다. 일에는 높고 낮음이 필요없다. 일에는 좋고 나쁨이 필요없다. 남자의 말에 공감을 느낀 군중들이 피리를 불고, 오보에를 불고, 휘파람을 불었다. 누군가는 태평소를 불고, 나발을 불고, 해금을 켰다. 이에 뒤질세라 사물놀이패도 징과 꽹과리와 북과 장구를 쳤다. 50대 남자가 술에 만취한 목소리로 소리쳤다.

"일에는 선후가 필요없다!"

다른 남자가 그 말을 받았다.

"일에는 수단이 필요없다."

중년여자가 춤을 추며 외쳤다.

"일에는 규율이 필요없다."

젊은 청년이 소리쳤다.

"일에는 좋고 나쁨이 필요없다."

많은 사람들이 제각기 일에 대해 소리치고 떠들었다. 잠시 침묵을 지키고 있던 남자가 다시 확성기에 대고 말을 시작했다. 인간이라는 동물이여, 자유는 일에 굴복한다. 만일 자유로부터 빠져나오기를 원한다면 바쁘게 일하라. 그러면 완전한 자유를 얻게 될 것이다. 인간이라는 동물이여, 슬픔은 일에 굴복한다. 만일 슬픔으로부터 빠져나오기를 원한다면 바쁘게 일하라. 그러면 완전한 기쁨을 얻게 될 것이다.

인간이라는 동물이여, 낮의 일은 낮의 일일 뿐, 그 이상도 이하도 아니다. 그것을 지키는 사람은 그 사람이 농부이건, 화가이건, 건축가이건, 막노동꾼이건, 낮의 양식과 밤의 휴식, 그리고 자유를 필요로 한다. 인간이라는 동물이여, 일하지 않고 살아가는 사람이 너무 많지만, 동시에 일만 하고 자유를 찾지 않는 사람도 또한 너무 많다.

인간이라는 동물이여, 죽도록 일만 하고 살아가는 사람이 너무 많지만, 동시에 자유만 찾고 일을 하지 않는 사람 또한 너무 많다. 스스로 자유를 찾아라. 스스로 해방을 찾아라. 스스로 휴식을 가져라. 스스로 일탈을 찾아라. 소의 가면이 말을 끝내기도 전에 사람들이 일탈, 일탈, 하고 외쳤다. 그 소리는 수많은 악기 소리와 함께 도심의 공원을 흔들었다. 가면들은 제 세상을 만난 듯 춤추고, 마시고 괴성을 질렀다.

사람들의 군무는 이제 수많은 불빛과 합쳐져 광란의 장이 되었다. 의자에 앉아 있는 여자는 그 광경에 도취된 듯 미소까지 띄었다. 남자가 다시 확성기에 대고 말을 이어갔다. 인간이라는 동물이여, 그대들이 일생의 일로서 무엇을 선택하고 무엇에 매진하든 상관이 없다. 그러나 무슨 일을 하든 그것을 할 때는, 그 분야의 일인자가 돼라. 설혹 막노동 일꾼이 되는 한이 있더라도, 세계 제일의 막노동 일꾼이 돼라. 설혹 똥을 푸는 인부가 되는 한이 있더라도, 세계 최고의 똥 푸는 인부가 돼라.

인간이라는 동물이여, 그대들이 지금 하는 거의 모든 일이 별로 의미 없는 일일 것이다. 그러나 당신이 그런 일들을 하고 있다는 그 행위 자체가 중요하다. 어떤 일이든지 현재 하는 일을 견뎌낼 수 있는 자는 무슨 일이든지 해결할 수 있다. 인간이라는 동물이여, 사람들이 오랫동안 입씨름을 하는 경우는, 대체로 그들이 거론하는 일이 그들 자신에게도 알 수 없게 되었다는 증거이다. 어렵고 난해한 일을 쉽게 만들 수 있는 사람이 바로 창조자이다. 인간이라는 동물이여, 그대들 자신의 일에 창조자가 돼라. 그대들 자신의 행동에 창조자가 돼라. 그대들 자신의 정신에 창조자가 돼라.

인간이라는 동물이여, 어떤 일을 배우는 것은 그 일을 이미 하고 있는 것이고, 어떤 일을 시작하는 것은 그 일을 이미 창조하는 것이다. 인간이라는 동물이여, 소심하고 망설이기를 일삼는 인간은 아무 일도 할 수 없다. 왜냐하면 그에게는 일체의 일이 불가능하게 보이기 때문이다. 인간이라는 동물이여, 사람의 일이 그에 맞지 않으면 구두의 경우와 같으니, 너무 크면 비틀거릴 것이요, 너무 작으면 발이 부르틀 것이다.

인간이라는 동물이여, 남에게, 또 남의 일에 대해서 말을 삼가라. 동물에게, 또 동물의 일에 대해서 간섭을 말라. 식물에게, 또 식물의 일에 대해서 관여치 말라. 나는 나의 일을 하고, 너는 너의 일을 하는 것이다. 그대는 그대의 일을 하는 것이고, 동식물은 동식물의 일을 하는 것이다. 소의 가면은 이렇게 말하고 소주를 병째로 들이켰다. 사람들이 소주병을 무대 위로 마구 던졌다. 무대는 이내 소주병으로 어지러워졌으며, 소의 가면은 그것들을 모조리 주워서 마시기 시작했다.

160

존재 그 자체 이외에 행복이라는 것은 없다

소의 가면이 만취한 채 무대에서 업혀 나가고, 가면들과 사물놀이패가 무대 위로 올라갔다. 그들은 무대 위를 뛰어다니며 북 치고, 장구치고 노래 불렀다. 무대 아래에서는 각종 불빛과 폭죽이 터졌고, 술이 허공에 뿌려졌다. 500여 명이나 되는 군중은 이제 한 무리의 이리 떼 같이 날뛰었다. 그는 성난 짐승처럼 보이는 군중 속에서 꼼짝 않고 앉아 있었다. 무대 위에 있는 여자도 같은 생각인지 미동도 하지 않았다. 어쩌면 군중들이 날뛰고, 춤추고, 괴성을 지르는 걸 즐기고 있는지도 몰랐다.

작은 무대가 부서져라 하고 날뛰던 동물의 가면들과 사물놀이패가 내려갔다. 무대 아래쪽의 군중들도 어느 정도 흥분이 가라앉은 것처럼 보였다. 그때 무대 위에서 동상처럼 앉아 있던 여자가 벌떡 일어섰다. 그런 다음 무대 중앙으로 나가 확성기를 집어 들었다. 여자는 들뜨고 흥분된 분위기를 가라앉히려는 듯 낮은 소리로 말했다.

신의 종이여, 행복이라는 것은 스스로 만족하는 점에 있다. 남보다 나은 점에서 행복을 구한다면 영원히 행복하지 못할 것이다. 왜냐하면 누구든지 남보다 한두 가지 나은 점은 있지만, 열 가지가 다 뛰어날 수 없기 때문이다. 그대들 아는가? 영어의 행복이란 단어는 옳은 일이 자신 속에 일어난다는 뜻을 가진 단어에서 나온 말이다. 행복이란 글자가 가진 뜻과 같이, 그것은 그 사람의 올바른 성과인 것이며, 우연히 외부에서 찾아온 게 아니다.

행복은 마음대로 구할 수 있는 것이 아니다. 스스로 즐거운 정신을 길러 복을 부르는 바탕으로 삼아야 한다. 불행은 피해갈 수가 없다. 타인을 해하려는 마음을 없애고, 불행에서 멀리 떨어지는 수밖에 없다. 진정한 행복은 부드럽고 온화한 것이며, 화려함과 들뜸과 소란스러움과는 적이다. 그것은 첫째 자기 자신의 즐거움으로부터 나오며, 그 다음으로는 우정과 몇 사람의 절친한 대화에서 온다. 행복은 돈의 소유에만 있는 것이 아니다. 행복은 일을 완성하는 기쁨과 열정적 노력으로 피를 끓게 하는 데 있다.

행복은 작은 새처럼 가만히 붙들어 두어야 한다. 될 수 있는 한 살그머니, 그리고 갑갑하지 않게 놔두어라. 작은 새는 새장 안이 자유롭다고 생각하면 즐겨 머물러 있을 것이다. 스스로 즐거움 안에 갇힌 자는 그곳이 천국이라고 믿을 것이다. 아무리 사소한 일의 성공이라도 만족하라. 비록 경미한 성과라 할지라도 결코 무시할 것이 아니다. 행복의 진정한 의미는 큰 것에 있는 게 아니라, 아주 작고 미세한 것에 있다.

인간의 참된 행복은 사업의 성공보다 부의 축적보다 가정의 원만함에 있다. 부부의 행복뿐 아니라, 자녀의 행복도 가정의 화목함에 달려 있다. 그대들 아무것도 모르는 것이 가장 행복한 것이다. 그대들 아무것도 소유하지 않는 것이 가장 행복한 것이다. 그대를 아무것도 보지 않는 것이 가장 행복한 것이다. 그대들 아무것도 느끼지 않는 것이 가장 행복한 것이다.

여자가 외쳐도 군중들은 술과 음식과 악기와 춤과 노래에 취한 상태였다. 그들은 여자의 말은 듣지도 않고, 자신들의 일탈된 행동을 계속했다. 어떤 사람은 군중 속에서 외쳤고, 어떤 사람은 술을 부렸고, 어떤 사람은 노래를 불렀다. 어떤 사람은 다투고, 싸우고, 엎어지고, 괴성을 질렀다. 그야말로 군중은 술에 취하고, 말에 취하고, 소리에 취해 있었다. 이런 상황임에도 여자는 확성기에 대고 말을 계속했다.

이 세상에서 진정한 행복은 사랑을 받는 것이 아니고, 사랑을 주는 것이다. 이 세상에서 진정한 사랑은 마음을 받는 것이 아니고, 마음을 주는 것이다. 이 세상에서 진정한 축복은 물건을 받는 것이 아니고, 물건을 주는 것이다. 그대들 아는가? 이 세상에서 진정한 우정은 대항적 의식 가운데는 없고, 오로지 협조적 의식 가운데 있다. 이 세상에서 진정한 애정은 이기적 의식 가운데는 없고, 오로지 이타적 의식 가운데 있다. 이 세상에서 진정한 자유는 폐쇄적 의식 가운데는 없고, 오로지 개방적 의식 가운데 있다.

그대들 앞으로 나가는 사람한테는 행복이 따르고, 멈추는 사람한테는 행복도 멈춘다. 그대들 앞으로 전진하는 사람한테는 행운이 따르고, 멈추는 사람한테는 행운도 멈춘다. 그대들 앞으로 돌진하는 사람한테는 창의성이 따르고, 멈추는 사람한테는 창의성도 멈춘다. 이 세상에서 가장 행복한 사람은 수많은 타인의 행복을 먼저 생각해 주는 자이다. 이 세상에서 가장 훌륭한 사람은 수많은 타인의 인격을 먼저 높여 주는 자이다. 이 세상에서 가장 뛰어난 사람은 수많은 타인의 성공을 먼저 만들어 주는 자이다.

누구나 참다운 행복, 진정한 행복에 대해서 말한다. 그러나 그것을 아는 사람은 거의 없다. 누구나 진실한 사랑, 참된 사랑에 대해서 말한다. 그러나 그것을 실현하는 사람은 거의 없다. 누구나 진정한 관계, 진실된 관계에 대해서 말한다. 그러나 그것을 실천하는 사람은 거의 없다. 진정하고 완벽한 행복은 이 세상에 없다. 드물게조차도 없다. 진실하고 참다운 행복은 이 세상에 없다. 손톱만큼도 없다. 우리들은 다만 행복을 빌고 원하고 바랄 뿐이다.

여자의 외침에도 군중들은 여전히 자신들만의 행동을 이어갔다. 그들은 사냥을 끝내고 돌아온 원시인처럼 원을 그리며 춤을 추고 노래하고 뛰었다. 여자가 동물처럼 흥분한 군중을 보며 큰 소리로 외치기 시작했다. 인간은 행복을 만들 수 있는 힘과 재료를 가진 우수한 존재이다. 그러나 인간은 그것을 실천하지 않고, 만들어져 있는 행복을 찾는 우를 범한다. 행복이란 파는 물건이 아닌 이상 살 수 없다는 것을 알아야 한다. 사랑을 돈으로 살 수 없듯이, 행복 또한 돈으로 살 수가 없다.

행복을 얻는 비결은 바로 이것이다. 그대들의 흥미를 최대한 넓히라. 그대들의 관심을 최대한 넓혀라. 그대들의 마음을 대해처럼 넓혀라. 그대들의 사랑을 지평선처럼 확장하라. 그대에게 흥미를 주는 일을 찾거나, 사람들에게 호의적인 반응을 보여라. 현명한 인간은 자신에게 주어진 운명의 틀을 과감히 깨고 나간다. 그대들은 언제든지 한 번은 모든 것을 바치고, 온몸을 위험에 맡기지 않고는 행복을 얻을 수 없다.

행복의 대부분은 끊임없이 계속되는 일과, 그것에 의거한 축복의 결과로 이루어진다. 그리고 그것이 마지막에 가서는 일을 유쾌한 것으로 변하게 만든다. 인간의 마음은 진정한 일거리를 발견했을 때처럼 유쾌한 기분이 드는 때가 없다. 그대들이 행복하기를 바라거든 먼저 일을 찾으라. 그대들이 행복하기를 바라거든 먼저 일을 하라. 그대들이 행복하기를 바라거든 먼저 일의 즐거움을 느껴라. 행복을 얻는 유일한 방법은, 행복 자체를 인생의 목적으로 삼지 말고, 행복 이외의 것을 인생의 목표로 삼는데 있다.

그대들이 기쁨을 얻는 유일한 방법은, 기쁨 자체를 삶의 목적으로 삼지 말고, 기쁨 이외의 것을 삶의 목표로 삼는 데 있다. 그대들 아는가? 인간은 남이 행복하지 않다는 것은 당연한 일처럼 여기지만, 자기 자신이 행복하지 않다는 것은 좀처럼 납득하지 못한다. 그러므로 인류가 모두 행복하기 전에는 개인의 행복이란 있을 수 없다. 또한 국가 전체가 모두 행복하기 전에는 개인의 행복이란 있을 수 없다.

사람이 의식하기 시작한 최초의 시각부터 의식이 사라질 때까지 가장 열심히 구하는 것이 행복의 감정이다. 세상에는 우리의 침울한 두 눈으로 발견할 수 있는 이상의 행복이 존재하는 법이다. 그대들은 모두 남의 불행에 잘 견딜 수 있을 만큼 충분히 행복하다. 즉 행복을 잃을 수 있는 것이 있는 한, 그대들은 행복을 가지고 있다는 말이다.

그대들 아는가? 애정의 수단으로 행복해지는 유일한 길이 있다. 즉 아무도 사랑하지 않는 것이다. 사랑의 수단으로 행복해지는 유일한 길이 있다. 즉 그 누구도 좋아하지 않는 것이다. 신뢰의 수단으로 행복해지는 유일한 길이 있다. 즉 아무도 믿지 않는 것이다. 그대들 아는가? 존재 그 자체 이외에 행복이라는 것은 없다. 따라서 행복은 슬픔 속에서도 고통 속에서도 부정 속에서도 갈등 속에서도 존재할 수 있다.

여자는 여기까지 말하고 확성기를 내려놓았다. 술을 먹지 않은 일부 사람들이 박수를 쳤다. 사물놀이패 고수가 북을 두드려 여자의 말이 끝났음을 알렸다. 그러나 술과 음악과 춤에 취한 군중들은 멈출 기색이 없었다. 군중들의 움직임을 본 여자가 무대를 내려가 사람들 틈으로 사라졌다. 이제 공원의 작은 야외무대는 광란의 장으로 변해 버렸다.

161

자유를 사랑하는 것은 타인을 사랑하는 것이다

그는 불빛 속에서 뛰고 소리치는 사람들을 헤치고 무대로 올라갔다. 그런 다음 바닥에 뒹굴고 있는 확성기를 집어 들었다. 몇몇 사람들이 기대 반 의심 반의 눈으로 지켜봤다. 그는 확성기 스위치를 켠 다음 큰소리로 외치기 시작했다. 인간들이여, 그대들이 살아가는 이 세상은 한 편의 짧은 연극무대와도 같은 것이다. 그러나 그 역할을 맡은 이들이 생각만큼 잘 구성되고, 잘 연출되고, 잘 마무리 되는 것 같지는 않다.

아름다운 육체와 발달된 근육을 위해서 쾌락이라는 것이 존재한다. 그러나 아름다운 영혼을 위해 존재하는 고뇌만큼 가치 있는 것은 없다. 사람들은 자기 만족을 잃게 되는 것을 아주 슬픈 일이라고 생각한다. 그러나 기쁨을 아는 동시에, 그 기쁨의 이유가 사리진 때 슬퍼하지 않는 자만이 이성적인 사람이다. 그대들 행동에 부주의하지 말고, 그대들 말에 혼동되지 말고, 그대들 생각에 방황하지 말라. 행동 뒤에 따라오는 이성과 오성과 명성이 슬퍼할 것이다.

그대들이 가는 길이 아무리 힘들고 험해도 그건 미끄럼길일 뿐, 낭떠러지는 아니다. 그대들을 둘러싼 환경과 구조는 그대들에게 아무런 영향도 미치지 못한다. 인간은 마음속 날씨에 따라 변화하며, 영원히 죽음을 향해 움직이는 나약한 존재이다. 그대들에게 닥친 인생의 긴급사는 과단성 있게 밀고 나가라. 여기저기 돌아보고 주저하는 것은 어리석은 짓이다. 타인의 슬픔을 같이 해 주고, 타인의 고통을 껴안기에는 인생이 너무 짧다.

그대들에게 명예가 다가오면 기꺼이 받으라. 그러나 가까이 있기 전에는 잡으려 손을 내밀지 말라. 명예는 울퉁불퉁하며 모래사장이 없는 섬과도 같다. 일단 사라지거나 떠나면 붙잡을 수가 없다. 그대들 결코 재산 때문에 결혼하지 말라. 그대들 결코 재산 때문에 사랑하지 말라. 그대들 결코 재산 때문에 명예를 버리지 말라. 그대들 결코 재산 때문에 친구를 외면하지 말라. 그대들 결코 재산 때문에 목숨을 걸지 말라.

돈 따위는 훨씬 싸게 빌려 쓰고, 쉽게 버릴 수 있는 것이다. 돈 따위는 아주 가벼운 깃털보다도 가볍고, 아주 천박한 놀이보다도 천박한 것이다. 그대들 한 번 축제가 벌어진 이상, 모든 가능한 방법을 동원해 최대한 즐겨라. 축제의 목표는 쾌락이나 즐거움이지, 고민이나 번민이 아니다. 축제에 있어선 포도주를 대신할 것이 없다. 축제에 있어선 춤을 대신할 것이 없다. 축제에 있어선 노래를 대신할 것이 없다.

축제에 있어선 악기를 대신할 것이 없다. 축제에 있어선 가면을 대신할 것이 없다. 그대들 마음껏 즐겨라. 그대들 마음껏 날뛰어라. 그대들 마음껏 소리쳐라. 병마 뒤엔 죽음이, 중상모략 뒤엔 함정이, 기쁨 뒤엔 슬픔이, 억압 뒤엔 자유가, 축제 뒤엔 고단함이 따르게 마련이다. 우리에게 일어나는 모든 상황은 잠자던 나무가 봄에 꽃을 피우고, 여름에 열매를 맺는 것과 같은 이치에 있다. 따라서 이를 예측해 보기란 매우 쉬운 일이다.

가진 것을 모두 빼앗아가 버렸을 때는, 그 사람을 더 이상 다스릴 수가 없다. 왜냐하면 그는 이미 완전한 자유인이기 때문이다. 지닌 것을 모두 빼앗겼을 때는, 그 사람을 더 이상 지배할 수가 없다. 왜냐하면 그는 이미 모든 것에서 해방된 자이기 때문이다. 그대들 자유를 맘껏 누려라. 그대들 자유를 맘껏 즐겨라. 그대들 자유를 맘껏 외쳐라. 그대들 자유에 맘껏 취하라. 그가 여기까지 말했을 때, 한 남자가 소리쳤다.
"자유! 자유! 자유!"
그 소리를 들은 군중들이 일제히 소리쳤다.
"자유를! 자유를! 자유를!"
한 여자가 양손을 들고 소리쳤다.
"자유 아니면 돈을 달라!"
군중들이 모두 합창하듯 따라했다.
"자유 아니면 돈을 달라!"
동물들의 가면과 사물놀이패도 이에 가세했다.
"자유 아니면 축제를 달라!"
사람들은 너도나도 자유를 달라고 외쳤다. 그는 꽹과리소리와 북소리, 피리소리, 각종 악기 소리를 들으며 말을 계속했다. 자유를 사랑하는 것은 타인을 사랑하는 것이다. 자유를 요구하는 것은 시간을 요구하는 것이다. 자유를 갈구하는 것은 평화를 갈망하는 것이다. 자유를 빼앗는 것은 인간을 물건으로 취급하는 것이다. 자유를 억압하는 것은 인간을 짐승으로 만드는 것이다. 자유를 짓밟는 것은 인간을 벌레로 취급하는 것이다. 어떻게 하면 자유를 얻을 수 있는가 하고, 묻는 자가 있다.
어떻게 하면 자유를 빼앗기지 않을 수 있는가 하고, 묻는 자가 있다. 자유를 얻으려면 지배자의 말에 따를 것이 아니라, 그대들 자신의 힘으로 선과 악, 진과 위, 미와 추를 구별해 내야 한다. 한 국민이 어떤 것을 자유보다 더 평가한다면, 그 국민은 자유를 잃어버린 것이다. 이 말의 반어는 그들이 더 평가하는 것이 안락이나 돈이라면, 그들은 그것마저 잃어버린 자라는 뜻이다. 그대들은 한 사람, 또는 몇 사람이 끌고 다닐 수 있도록 자기 자신을 부지런히 결박하고 있다. 그리고 자기 자신을 묶은 밧줄을 아무에게나 건네 주고 자유를 빼앗겼음을 알고 놀란다.

자유의 감정만큼 우리의 본질에서 떼어 놓기 어려운 것은 없다. 좋은 습성을 지닌 사람에서부터 야만인에 이르기까지, 모든 인간은 차별 없이 자유의 감정에 침투되어 있다. 사람은 자유를 획득한 다음 상당한 세월이 경과한 후가 아니면, 자유를 사용하는 방법을 모른다. 그대들의 의무는, 그대들 자신의 자유를 수호하고, 그대들 사회의 자유를 수호하고, 그대들 국가의 자유를 수호하고, 인류 전체의 자유를 수호하는 데 있다.

어느 성자가 이런 말을 했다. '그리스도께서 우리를 자유케 하려고 자유를 주셨으니, 굳세게 서서 다시는 종의 멍에를 메지 말라.' 그가 여기가지 말했을 때, 사이렌 소리가 들렸다. 번쩍이는 빛과 춤과 술에 빠져 있는 사람들은 아랑곳하지 않았다. 그들은 경찰 서너 명이 나타났음에도 광란의 축제를 계속했다. 경찰차의 확성기가 몇 차례의 경고를 한 다음에야 사람들은 움직임을 멈췄다. 경찰 중 고참인 듯한 사람이 앞으로 나서서 말했다.

"지금 즉시 해산하십시오. 그렇지 않으면 모두 연행하겠습니다."

한 남자가 술에 취한 눈으로 말했다.

"우리가 무엇을 잘못했단 말이오?"

경관이 윽박지르듯 말했다.

"시끄럽다고 신고가 들어왔어요. 즉시 해산하세요."

중년여자가 앞으로 나섰다.

"밤 열시 조금 넘었는데, 해산하라고요? 어떤 곳에서는 밤새도록 축제도 벌이는데."

경찰이 여자를 쏘아보며 말했다.

"그런 곳이 어디 있습니까? 그리고 여기는 도심 속 공원이에요."

사자 가면이 나서서 말했다.

"지금 우리의 자유를 빼앗는 겁니까?"

경찰이 단호하게 말했다.

"자유를 빼앗는 게 아니라, 해산을 명하는 것입니다."

호랑이 가면이 가로막고 나섰다.

"해산 자체가 자유를 빼앗는 거지 뭡니까?"

경찰이 신경질이 난다는 듯 말했다.

"해산하고 자유를 빼앗는 것은 엄연히 다릅니다. 빨리 해산하세요."

사람들이 일제히 소리쳤다.

"자유! 자유! 자유!"

경찰들이 잠시 당황했으나 이내 자세를 가다듬고 주위를 둘러보았다.

"이 모임을 주도한 사람이 누굽니까?"

부엉이 가면이 무대 위를 가리켰다.

"저기 있는 저 사람입니다."

경찰 2명이 무대 위로 올라가 그의 팔을 양쪽에서 잡았다. 사람들이 일제히 우, 하면서 야유를 보냈다. 사물놀이패가 한바탕 악기를 두드린 다음 말했다.

"시작한 사람은 그 남자가 아니고, 성녀님입니다. 여자예요."

경찰이 그의 팔을 잡은 채 말했다.

"어쨌든 지금은 이 사람이 확성기로 연설을 하고 있지 않습니까?"

사람들이 일제히 소리쳤다.

"그 사람은 아니오!"

경찰은 사람들의 외침에도 불구하고 그를 무대 아래로 끌고 내려갔다. 그는 경찰에게 연행되면서도 군중 속에서 여자의 모습을 찾았다. 하지만 그 여자하고 비슷한 사람의 그림자조차 보이지 않았다. 여자는 마치 연기처럼 나타나 말을 하고 안개처럼 사라져 버렸다. 그가 경찰에게 끌려가는 동시에 군중들도 하나둘 씩 흩어지기 시작했다. 그는 한 순간 피어났다가 사라지는 안개처럼 흩어지는 군중들을 보면서 고개를 저었다.

162

수행자란 내 슬픔을 등에 지고 가는 자이다

그는 경찰서에서 구금자에게 지급하는 밥상을 받았다. 밥 한 공기에 콩나물국, 김치, 두부, 멸치가 전부였다. 간단한 밥상이지만 허기가 진 상태였으므로, 순식간에 먹어 치웠다. 밥과 국이 뱃속으로 들어가자 다시 힘이 솟구쳐 올랐다. 그는 보호실 밖에 앉아 있는 경찰에게 말을 걸었다.

"내가 무슨 죄를 지은 겁니까?"

경찰이 서류를 보면서 말했다.

"대중을 선동한 죄예요."

그가 말했다.

"그렇다면 제가 처벌을 받는다는 말입니까?"

경찰이 말했다.

"처벌이라면 처벌이지요. 즉심이니까."

그가 말했다.

"즉심이라면, 즉결재판을 말하는 겁니까?"

경찰이 말했다.

"맞소. 내일 법정에 출두해서 재판을 받을 겁니다."

그가 말했다.

"얼마나 살아야 나갈 수 있습니까?"

경찰이 말했다.

"그건 잘 모르겠습니다. 벌금을 물을 수도 있고, 구류를 살 수도 있으니까요."

그가 말했다.

"구류라면 징역을 살아야 한다는 얘깁니까?"
경찰이 말했다.
"그럴 수도 있습니다."

그는 탄식을 내뱉고 보호실 바닥에 주저앉았다. 경찰은 다시 가지고 온 서류를 들여다보기 시작했다. 그는 한동안 보호실 철창을 올려보다가 벌떡 일어섰다. 그런 다음 혼잣말처럼 중얼거렸다. 세상이여, 나는 생각한다. 잘되겠다고 노력하는 그 이상으로 잘 사는 방법은 없다고. 세상이여, 나는 생각한다. 실제로 잘되어 간다고 느끼는 이상으로 커다란 만족은 없다고. 세상이여, 나는 지금까지 욕망을 충족시키려고 힘쓰는 것보다, 오히려 그것을 제한함으로써 만족을 구하는 것을 배웠다.

나는 죽을 때까지 한마음 속에서만이라도 한곳으로 깊이 파고들어갈 수 있다면, 그것으로써 만족한다고 생각해 왔다. 모든 사람들이 타인의 괴로움을 보고 일일이 발길을 멈춘다면, 제대로 된 삶을 살아 갈 수 없다. 그러기 때문에 사람들은 열 가지 괴로움 속에서도 한두 가지 즐거움, 즉 만족이 있기 때문에 괴로움과 고뇌를 잊고 살아갈 수 있다. 자신이 행한 노고에 지지를 받는다는 것은 미래에 위안이 되는 일이다. 가장 행복한 인간은 자신이 살아온 인생을 큰 고통 없이 되돌아보는 사람이다.

과거에 아름다움을 지녔다거나 강렬한 쾌락을 맛보았다는 것은, 현재로선 아무런 도움도 희망도 되지 못한다. 따라서 이러한 것으로 만족의 가치를 잰다는 것은, 잘못된 자로 기쁨을 재는 것과 같다. 그대들 매일 아침 일어나 좋든 싫든 무엇인가 한 가지쯤은 할 일이 있다는 것을 고맙게 생각하라. 어떤 어려움이 있더라도 자신의 일에 전념하고, 최선을 다한다면 여러 가지 만족과 기쁨을 얻게 된다. 굳이 그 자리에서 쉬면, 그 자리에서 어느 정도 만족할 수 있다. 그대들 당장 그 자리에서 쉬면 순간은 만족할 수 있으나, 만족이 끝날 때를 찾는다면, 그 끝을 찾을 수 없다.

그대들 기나긴 고행 끝에 잠깐의 휴식이 일을 잘 풀리게 하는 경우가 있다. 어려운 문제들이 해결되고, 사고는 풍부해지며, 악한 마음이 선하게 변한다. 아주 짧은 휴식을 취한 뒤에는, 마치 밭을 갈지 않고 뿌린 씨앗이 성장해서, 힘 안들이고 곡식을 수확하는 것처럼 일이 쉽게 진척된다. 그대들 아는가? 수행자란 '내 슬픔을 등에 지고 가는 자' 라는 뜻이다. 그대들 아는가? 고행자란 '내 아픔을 어깨에 메고 가는 자' 라는 뜻이다. 그대들 아는가? 기행자란 '내 고민을 머리에 얹고 가는 자' 라는 뜻이다. 그가 여까지 중얼거렸을 때 경찰이 큰소리로 경고했다.

"좋은 말로 할 때 조용히 하세요."

그가 경찰에게 씨익 웃어 보였다.

"작은 소리로 하는 것은 괜찮지 않소?"

경찰이 말했다.

"작은 소리도 여기까지 들린단 말입니다."

그가 말했다.

"그럼 더 작은 소리로 말하겠소."

경찰이 말했다.

"아무튼 내 귀에 들리지 않도록 하십시오."

그가 철창을 가볍게 두드리고 중얼거렸다. 인간들이여, 대화에 있어서는 신뢰와 공감을 받는 것이 필요하고, 연설에 있어서는 일치감과 연대감을 갖는 것이 필요하다. 내게 있어서 연설과 대화와 사고는 항상 일생일대의 최대 사업이었다. 아니 일생일대 유일한 사업이라고 하는 편이 더 옳을 것이다. 그대들 아는가? 뛰어난 말에도 채찍이 필요하다. 훌륭한 수행자에게도 충고가 필요하다. 위대한 선지자에게도 고언이 필요하다. 마음이 후덕한 고행자도 통찰이 없으면 미물에 불과하다.

고행자는 자유와 해방과 방종을 좋아하지 않는다. 도리어 진리의 노예임을, 통찰의 노예임을 절실히 바라고 있다. 그대들 이것을 아는가? 고행을 못하는 수행자는 굴속에 있어도 기쁘지 않고, 굴속에서 기쁘지 않은 수행자는 어디를 가도 즐거울 수 없다. 수행자는 모두가 자신의 스승과 꼭 같은 인간으로 변한다. 이것이 수행자의 비극이다. 평범한 사람은 그렇게 되지 않는다. 그것이 평범한 사람의 비극이다.

처음에 창조자가 장미와 백합과 비둘기와 뱀, 사과, 그리고 한 줌의 모래를 손에 쥐었다. 창조자가 이것들이 모여 융합된 것을 보았을 때, 거기에 인간이 있었다. 처음에 창조자가 진흙과 돌과 독수리와 용과 무화과, 그리고 한 움큼의 물을 손에 쥐었다. 창조자가 이것들이 모여 융합된 것을 보았을 때, 거기에 성자가 있었다.

고상하고 아름다운 언행을 한 수행자에게는 수갑과 족쇄가 주어지고, 고행과 만행으로 일관한 수행자에게는 다리와 날개가 주어진다. 반대로 아름다운 삶을 산 인간에게는 날개가 주어지고, 악한 언행을 한 인간에게는 족쇄가 주어진다. 입신한 수행자가 극히 드문 까닭은, 인간들이 즐거움을 만드는데 정신이 쏠려 있기 때문이다.

그대들 좋은 도자기를 가지고 있으면, 그 날 안에 사용하라. 내일이 되면 깨져 버릴지도 모른다. 그대들 좋은 생각을 가지고 있으면, 그 날 안에 실천하라. 내일이 되면 사라질지도 모른다. 그대들 좋은 성찰을 가지고 있으면, 그 날 안에 전파하라. 내일이 되면 늦어질지도 모른다. 나는 내가 알기 원하는 것을 배우기 위해서는 더 늙어야겠고, 내가 아는 것을 말하기 위해서는 훨씬 더 젊어야겠다. 나는 인내하는 데는 마음을 강하게 하고, 욕심을 부리는 데는 마음을 둔하게 하고, 탐욕을 요하는 데는 정신을 맑게 하고 있다. 다만 내가 구할 수 있는 방향에서 손에 닿는 것을 구할 뿐이다.

나는 수행 속에서 다섯 가지 금언을 익혔다. 첫째, 남을 해롭게 하는 말은 꺼내지 않는다. 둘째, 아무도 받아들이지 않는 충고는 하지 않는다. 셋째, 어느 누구에게도 불평을 늘어놓지 않는다. 넷째, 어떤 사람에게도 사악한 입김을 내뿜지 않는다. 다섯째, 신과 천사와 성자의 잘못을 비난하지 않는다. 내게 수행의 길을 밝혀 주고, 즐거운 마음으로 고행을 맞이하도록 용기를 불어넣어 준 것은 선과 악, 그리고 진리였다. 진정한 수행자가 되고자 한다면 돌을 벗으로 삼으라. 이것이 내 수행의 지표였다.

진정한 구도자가 되고자 한다면 구름을 친구로 삼으라. 이것이 내 고행의 목표였다. 진정한 제세자가 되고자 한다면 흐르는 물을 벗으로 삼으라. 이것이 내 선행의 목적이었다. 그가 여기까지 말했을 때, 또 다른 유치인이 들어왔다. 경찰이 다른 경찰로부터 유치인을 넘겨받아 보호실 안으로 밀어 넣었다. 새로 들어온 유치인은 만취한 50대 남자였다.

163

사랑은 신이 인간에게 내린 최고의 선물이다

경찰은 만취한 남자를 보호실에 집어넣고 서류에 눈을 박았다. 그는 만취한 남자 곁으로 슬그머니 다가가 물었다.
"댁은 무슨 잘못으로 잡혀 온 거요?"
술 취한 남자가 말했다.
"강아지들하고 술을 먹은 죄요."
그가 말했다.
"강아지들하고 술을 먹다니요?"
남자가 말했다.
"내가 키우는 강아지들하고 같이 술을 먹었더니 이웃이 신고를 했소. 동물을 학대한다고."
그가 말했다.
"어디서 마셨는데 신고를 당한 거요?"
남자가 말했다.
"우리 집에서 마셨소."
그가 말했다.
"그런데도 신고를 당하고 끌려왔단 말이오?"
남자가 말했다.
"요새는 자기 집에서 큰소리도 못 치는 세상입니다."
그가 중얼거리듯 말했다.
"너무 앞서 가는 세상이군."
남자가 보호실 한쪽으로 가서 벌렁 누웠다.
"앞서 가다 뿐이오? 날아가는 세상이지."

그가 철창을 잡고 서서 작은 소리로 중얼거렸다. 인간들이여, 그대들 서로 사랑하라. 그대들 이웃을 사랑하라. 그대들 세상을 사랑하라. 그대들 자신을 사랑하라. 인간이 인간을 사랑을 할 때, 누구나 신이 되고, 천사가 되고, 참인간이 된다. 그대들 신이 되기 위해서라도 사랑하라. 그대들 천사가 되기 위해서라도 사랑하라. 그대들 참인간이 되기 위해서 사랑하라. 그대들 원초적 동물이 되기 위해서라도 사랑하라.

사랑은 언제나 그 시초가 아름답다. 사랑은 언제나 그 시초가 신선하다. 사랑은 언제나 그 시초가 위대하다. 사랑은 명성보다 더 낫고, 사랑은 판관보다 더 정의롭다. 그대들이여 사랑하라. 사랑은 못생긴 학자보다도 월등하게 훌륭한 인생의 교사이다. 그대들이여 사랑하라. 불의 빛이 시초인 것처럼, 언제나 사랑이 희망의 시초가 된다. 그대들이여 사랑하라. 사랑은 신이 인간에게 내린 최고의 선물이다.

그대들 겸손하라. 겸손은 신이 우리에게 제물을 바치기 바라는 제단이다. 그대들 겸양하라. 겸양한 사람은 언제나 신을 안내자로 삼을 것이다. 그대들 겸허하라. 그대들은 아직 신처럼 위대하지 못하기 때문이다. 진실로 겸허함은 자기완성의 토대이다. 그대들 진솔하라. 진솔한 자만이 다스릴 것이요, 애써 일하는 자만이 가질 것이다. 그대들 진실하라. 진실함은 푸른 하늘을 향해 열린 마음이다. 진실한 자는 무언가를 원하지도 구하지도 않는다. 단지 자신의 앞길을 묵묵히 헤쳐 나갈 뿐이다.

그대들 기도하라. 진실로 기도하는 자는 자기 자신을 위해 기도하지 않는다. 그는 오로지 밝고 맑은 세상을 위해 기도할 뿐이다. 그대들 기도하라. 순수한 마음으로 기도하는 자는 선과 악을 구분하지 않는다. 그의 귀에는 악마의 외침도 아름다운 노랫소리로 들린다. 그대들 기도하라, 정성껏 기도하는 자는 죽음을 두려워하지 않는다. 그의 마음을 점령하고 있는 절망이 눈 녹듯이 사라지리라. 여기까지 말했을 때, 또 한명의 남자가 들어왔다. 남자는 50대였으며, 역시 술에 취해 있었다. 경찰은 남자를 보호실 안에 밀어 넣고 자물쇠를 채웠다. 남자가 보호실로 들어와서 큰소리로 씨부렁거렸다.

"젠장, 여편네를 만졌다고 잡아다 넣는단 말이야?"

그가 의아한 표정으로 물었다.

"정말 부인을 만졌다고 잡혀 왔습니까?"

남자가 투덜대듯 말했다.

"그렇습니다. 한집에 살아도 건드리지도 못하는 세상이 됐으니. 빌어먹을."

그가 말했다.

"그거 참, 기괴한 세상이구려."

남자가 말했다.

"지난번에는 접근금지 처분을 받기도 했습니다."

그가 말했다.

"그러면 집사람 곁으로 가지도 못한단 말입니까?"

남자가 말했다.

"그렇습니다. 가까이 갔다가는 철창신세를 져야 하니까요."

그가 깊고 깊은 탄식을 내뱉었다. 인간들이여, 시간에서 배워라. 시간은 시련에 대응하는 새로운 힘을 가져다 준다. 그대들 시간이 하는 말을 잘 들어라. 시간은 가장 지혜롭고 현명한 법률고문이다. 그대들 시간을 기다리지 말라. 시간은 다가오는 것이 아니라, 멀어지는 것이다. 그대들 시간을 소비하지 말라. 한 번 지나간 시간은 돌아오지 않는다. 그대들 자신의 인생을 사랑하는가? 그렇다면 시간을 낭비하지 말라.

그대들 자신의 삶을 사랑하는가? 그렇다면 오늘을 낭비하지 말라. 그대들 자신의 과거를 사랑하는가? 그렇다면 현재를 낭비하지 말라. 그대들 미래를 사랑하는가? 그렇다면 순간을 낭비하지 말라. 그대들 시간은 슬픔과의 싸움을 어루만져 준다. 그것은 우리가 끊임없이 변화하기 때문이다. 그대들 시간은 고통과 투쟁을 어루만져 준다. 우리가 이미 같은 사람이 아니기 때문이다. 그대들 자신의 인생을 사랑하라. 인생을 존중하는 사람은 부귀해도 살기 위해 몸을 상하는 일이 없고, 빈천해도 사리를 위해 몸에 누를 끼치는 일이 없다.

그대들 인생을 사랑하라. 인생은 용기에 따라서 펴질 수도 있고 움츠러들 수도 있다. 그대들 자신의 삶을 사랑하고, 자신의 행복을 사랑하고, 자신의 희망을 사랑하라. 그대들 자신의 슬픔을 사랑하고, 자신의 고통을 사랑하고, 자신의 절망을 사랑하라. 사랑에는 끝이 없다. 사랑에는 한도가 없다. 사랑에는 죽음이 없다. 그대들 자신의 탄생과 삶과 죽음을 사랑하라. 인생의 최초 사십 년은 그대들에게 텍스트를 가져다 준다. 그후 삼십 년은 텍스트에 대한 주석을 부여해 줄 것이다.

그대들 자신의 인생을 적극적으로 사랑하라. 인생의 목적은 행위이며, 사상은 아니다. 인생의 목적은 도전이며, 상상은 아니다. 인생의 목적은 창조이며, 꿈은 아니다. 그대들 사랑하고 사랑 받는 것 자체가 인생이다. 그대들 베풀고 베품을 받는 것 자체가 인생이다. 그대들 사랑에 삶을 걸고, 사랑에 인생을 걸고, 사랑에 목숨을 걸라. 사랑은 이 세상의 모든 가치 중 최고의 가치이다. 그대들 사랑을 사랑하다가 사랑으로 인해 죽으라. 그것만이 그대들이 살았다는 증거가 된다. 그가 여기까지 말했을 때, 경찰이 중지시켰다. 또 한 명의 취객이 들어왔기 때문이었다.

164

소수자의 노예가 되지 말고 만인의 노예가 되라

보호실 신입 유치인은 40대 남자였다. 남자는 술에 취하지 않았음에도 잡혀 왔다. 그가 40대 남자 곁으로 다가가 물었다.
"그대는 왜 들어온 것이오?"
40대 남자가 말했다.
"저는 성공을 도둑질하다가 잡혀 왔습니다."
그가 의아한 표정을 지었다.
"성공을 도둑질하다니?"
40대 남자가 말했다.
"친구의 성공을 내 성공으로 만들었습니다."
그가 말했다.
"그게 잡혀 올 이유가 됩니까?"
40대 남자가 말했다.
"친구가 자기 성공을 훼손했다고 욕을 했습니다. 그래서 따귀를 몇 대 때렸습니다."
그가 탄식조로 말했다.
"아, 친구 폭행죄군요."
40대 남자가 말했다.
"자기 성공이 그냥 된 게 아니라고, 심한 모욕을 주기에 그만…"
그가 말했다.
"얼마나 성공을 하고 싶었으면, 친구의 성공을 훔쳤을까요."
40대 남자가 말했다.

"사십대에 아무것도 못하는 백수가 돼 보십시오. 그보다 더한 것도 훔치고 싶을 겁니다."

그가 보호실 천정을 보며 중얼거리듯 말했다. 인간들이여, 성공에 너무 집착하지 말라. 성공이야말로 하루살이 인생처럼 짧은 순간에 지나지 않는다. 그대들 작은 성공에 서두르지 말고, 작은 이익에 한눈팔지 말라. 서두르면 달성하지 못하고, 질투하면 이루지 못한다. 그대들 성공에 욕심내지 말라. 다른 사람이 성공한 일은 언제 어디에서건 그대도 이룰 수 있다.

그대들 성공에 목매달지 말라. 성공이라는 것은 바람에 흔들리는 이삭과 같은 것이다. 그대들 성공에 도박을 걸지 말라. 노력하지 않고 얻는 것은 박약함이고, 대가를 치르고 얻는 것은 훌륭한 비결이다. 그대들 성공의 달콤함에 속지 말라. 훌륭해지고, 부자가 되고, 명예를 얻는 것은, 거짓말을 하고, 머리를 숙이고, 아첨하고, 속일 것을 결심한 것이다.

그대들 성공을 위해 자존심을 버리지 말라. 성공하기를 바라는 자는 가족, 친지, 동료, 친구까지 포기해야 할 것이다. 그대들 성공을 너무 좋아하지 말라. 이 세상에 성공의 비결이 있다면, 그것은 타인의 약점과 결점을 이용하는 나쁜 재능을 가졌다는 반증이다. 그가 여기까지 말했을 때, 또 한 명의 남자가 들어왔다. 남자는 30대 중반이었으며, 헌칠한 키에 말쑥한 얼굴을 가지고 있었다. 청년이 보호실 중앙으로 가서 앉는 것을 보고 그가 물었다.

"그대는 어떤 이유로 들어온 거요?"

청년이 그를 쳐다보고 나서 말했다.

"지역관리를 하다가 잡혀 왔습니다."

그가 의아한 표정을 지었다.

"지역관리를 하다니?"

청년이 말했다.

"어깨들이 하는 일 말입니다."
그가 말했다.
"그럼 그대도 어깨란 말이오?"
청년이 말했다.
"그렇습니다. 작은 지역을 관리하는데, 옆 구역을 관리하는 친구가 간섭해서 가볍게 메쳤습니다."
그가 말했다.
"메쳤다면, 싸움을 한 겁니까?"
청년이 말했다.
"싸움보다는 몸 씨름이라고 해야겠지요."
그가 말했다.
"그 친구는 어떻게 됐습니까?"
청년이 말했다.
"재빨리 도망쳐서 잡히지는 않았습니다."
그가 말했다.
"평소 가까운 친굽니까?"
청년이 말했다.
"가깝다면 가까운 친구지요."
그가 돌아앉으며 탄식조로 중얼거렸다. 인간들이여, 사람은 친구와 적, 둘 다 없어서는 안 된다. 친구는 나에게 충고를 주고, 적은 나에게 경계를 주기 때문이다. 또한 친구는 나에게 믿음을 주고, 적은 나에게 예방을 주기 때문이다. 믿음과 불신은 서로 다른 것이지만, 결국 하나에서 비롯된다. 친구와 적은 다른 것이지만, 결국 신뢰에서 시작된다. 그것은 종이 한 장 정도의 차이밖에 나지 않는 행위이다.

최고로 행복한 구두쇠란, 자기가 아는 친구를 모두 저축하는 사람이다. 최고로 불행한 부자란, 자기 곁에 있는 사람들을 돈 버는 데 이용하는 자이다. 그대들 가까운 친구를 불신한다는 것은, 적에게 속은 것보다 더 수치스러운 일이다. 그대들 멀리 있는 적을 신뢰한다는 것은, 가까운 친구에게 배신당한 것보다 더 치욕스런 일이다. 그대들 이것을 알라. 친구끼리의 다툼과 이별은 확실히 우울한 일이다. 그러나 가족끼리의 다툼과 이별은 더욱 슬픈 일이다. 아무리 갈등이 일고 밉더라도 친구와의 결별은 선택하지 말라. 가족끼리의 갈등과 다툼도 마찬가지다.

하나의 선택은 또 다른 선택을 불러오고, 그 선택은 또 다른 선택을 불러오게 된다. 이러한 선택의 중복은 결국 나쁜 선택과 최악의 선택을 가져오게 한다. 그대들 이것을 알라. 제왕의 궁전에는 사람들로 가득 차지만, 진정한 친구는 단 한 명도 없다. 명사들의 모임에는 인파로 득실대지만, 진실을 나눌 인간은 단 한 명도 없다. 그대들 사랑하는 친구가 애꾸눈이라면 옆얼굴을 바라보고, 친구가 장님이라면 손을 잡고 걸어라.

그대들 아버지는 보물이고, 형제는 위안이고, 친구는 보물도 되고 위안도 된다. 그대들 오래 사귄 친구는 보물이고, 시간이 흐른 친구는 위안이고, 새로 사귄 친구는 적도 되고 동료도 된다. 그대들 자기의 이익을 위해 친구를 사귀는 것은 옳지 않고, 타인의 이익을 위해 친구를 사귀는 것은 존중될 일이다. 그대들 친구를 선택하려면 지도자를 찾지 말고 친구를 찾고, 적과 싸우려면 친구를 찾지 말고 지도자를 찾아라.

그대들 한 사람 또는 소수자의 노예가 되지 말고, 만인의 노예 또는 인류의 노예가 되라. 그러면 그대는 만인의 친구 또는 인류의 친구가 될 수 있다. 그의 말이 끝나자마자 또 한명의 남자가 들어왔다. 남자는 20대였으며, 덩치가 크고, 머리를 빡빡 깎고 있었다.

165

용기는 별로 인도하고, 두려움은 죽음으로 인도한다

민둥머리는 보호실 한쪽 구석으로 가서 앉았다. 민둥머리를 보고 30대 어깨가 턱을 치켜들고 물었다.
"거긴 왜 들어온 거요?"
민둥머리가 대답했다.
"중이 되려다가 쫓겨났습니다."
30대 어깨가 말했다.
"그럼 집으로 돌아가면 될 것 아니오."
민둥머리가 말했다.
"돌아갈 집도 없습니다."
30대 어깨가 말했다.
"그럼 집도 절도 없는 신세란 말이오?"
민둥머리가 말했다.
"그런 셈입니다."
30대 어깨가 말했다.
"그래서 가벼운 범죄라도 저질렀단 거요?"
민둥머리가 말했다.
"네, 경찰 밥이라도 얻어먹으려고 들어왔습니다."
30대 어깨가 말했다.
"그럼 좀 더 과감한 짓을 저지르고 큰 데로 가야지, 여긴 작은 집이잖소."
민둥머리가 말했다.
"큰 일을 치고 싶어도 간이 작아서."

30대 어깨가 명함을 건네 줬다.
"그럼 여기서 나가거든 나를 찾아오시오. 내가 밥은 먹여 줄 테니까."
민둥머리가 명함을 받아들었다.
"감사합니다. 미천한 놈을 거둬 줘서."
그는 두 청년의 말을 듣다가 혀를 끌끌 찼다. 술에 취한 50대 남자와 60대 남자도 같이 혀를 찼다. 그는 보호실 천정에 매달려 있는 전등을 올려다보면서 중얼거렸다. 인간들이여, 자존심 포기는 자기 자신을 몰락으로 이끄는 가장 정확한 길이다. 그대들 노력의 포기는 자기 자신을 절망으로 이끄는 가장 명확한 길이다. 그대들 역경은 진리로 통하는 으뜸가는 길이고, 고난은 진실로 통하는 제일가는 길이다.

이 세상에 가장 최상의 길은 없다. 많은 사람이 가고 있다면 그 길이 최선이다. 땅에서 하늘로 가는 쉬운 길은 없고, 절망에서 희망으로 가는 쉬운 길은 더욱 없다. 그대들 이것을 아는가? 모든 진리는 역경 속으로 나 있고, 모든 길은 고난 속으로 뚫려 있다. 원래 땅에는 길이 없었다. 걸어 다니는 사람이 많아짐으로써 길이 생긴 것이다. 원래 산속에는 길이 없었다. 기어 다니는 짐승들이 많아짐으로써 길이 생긴 것이다.

고통 속에서 길을 찾는 사람은 참된 인간이고, 즐거움 속에서 길을 찾는 사람은 미완성 인간이다. 길이 가깝다고 해도 가지 않으면 도달하지 못하고, 일이 작다고 해도 행하지 않으면 성취되지 않는다. 목표 달성의 수단으로 행복해지는 길이 있다. 그것은 이 세상 사람들을 모두 적으로 삼는 것이다. 목적 성취의 방법으로 행복해지는 길이 있다. 그것은 국가나 사회를 적으로 삼는 것이다. 그대들 아는가? 100퍼센트의 가능성, 그것이 신의 길이고, 1퍼센드의 가능성, 그것이 인간의 길이다.

그대들 아는가? 1퍼센트의 가능성, 그것이 악마의 길이고, 100퍼센트의 가능성, 그것이 창조자의 길이다. 그가 말을 중단했을 때, 3명의 남자들이 한꺼번에 들어왔다. 이제 보호실은 앉을 자라조차 없을 지경이었다. 3명의 남자들은 모두 30대였는데, 몸이 건장하고 힘깨나 쓰게 보였다. 이들을 발견한 30대 어깨가 비스듬히 째려보며 물었다.

"당신들 어디서 놀고 있소?"

3명의 남자 중 땅땅한 사람이 말했다.

"댁이야말로 어디 소속이오?"

30대 어깨가 말했다.

"나는 비천 형님 밑에 있소."

땅땅한 사람이 말했다.

"비천? 처음 들어 보는 이름인데."

30대 어깨가 말했다.

"그럼 여강파라고 들어 봤소?"

땅땅한 사람이 말했다.

"여강파라면, 강동 쪽에 있는?"

30대 어깨가 말했다.

"그렇소. 비천 형님이 여강파의 두목이오."

땅땅한 남자가 히죽 웃으며 말했다.

"당신 죽칼이라고 들어 봤소?"

30대 어깨가 놀란 표정으로 말했다.

"죽칼이라면, 신사동에서 세 명을 도륙한?"

땅땅한 남자가 웃으며 말했다.

"그렇소. 우리는 죽칼 형님 밑에 있소."

보호실 상석에 똬리를 틀고 있던 30대 어깨가 재빨리 일어섰다. 그리고는 땅땅한 사람과 그 동료들에게 90도로 허리를 굽혔

악마는 이렇게 말했다

다. 땅땅한 사람이 비쩍 마른 남자에게 상석으로 갈 것을 권유했다. 비쩍 마른 남자가 헛기침을 한 번 하고 상석으로 가 앉았다. 나머지 2명은 그 양옆에 보디가드처럼 반 무릎 자세로 앉았다. 30대 어깨가 자세를 한껏 낮추며 말했다.

"몰라 봬서 죄송합니다. 형님들."

이 광경을 본 나머지 사람들은 알아서 자신의 자리를 정리했다. 결국 그는 보호실 맨 구석자리로 밀려날 수밖에 없었다. 술에 만취한 60대도 어깨들의 세력다툼에 겁이 났는지 슬그머니 일어나 앉았다. 경찰은 여전히 서류에 눈을 박은 채였고, 전등은 금방이라도 꺼질 것처럼 껌벅거렸다. 그는 껌벅이는 전등을 올려다보며 중얼거렸다. 인간들이여, 영역이 있는 곳에선 영원히 싸움이 그치지 않는다. 경계가 있는 곳에선 영원히 전쟁이 그치지 않는다. 계급이 있는 곳에선 영원히 투쟁이 그치지 않는다.

좋은 싸움, 나쁜 평화란 이 세상에서 있었던 적이 없다. 좋은 전쟁, 나쁜 평온이란 이 세상에서 있었던 적이 없다. 전쟁은 그 수행에 있어서 악한 사람을 학살하는 일은 없고, 언제나 선량한 사람만을 학살한다. 전쟁은 선한 사람을 도적을 만들고, 평화는 그들을 교수형에 처한다. 싸움은 적을 만들고, 투쟁은 편을 가르고, 번영은 그들을 압살형에 처한다. 그대들 인류는 전쟁과 싸움과 경쟁에 종지부를 찍지 않으면 안 된다. 그렇게 하지 않으면 전쟁과 싸움과 경쟁이 인류에 종지부를 찍을 것이다.

그대들 평화와 동등과 상생을 사랑하라. 그대들 고독과 공포와 두려움을 멀리 하라. 그대들 전쟁과 학살과 죽음을 두려워하라. 그대들 이것을 아는가? 두려운 것은 죽음이나 고난이 아니라, 고난과 죽음에 대한 공포이다. 그대들 무지한 것을 두려워하지 말고, 허위의 지식을 가지고 있음을 두려워하라. 그대들 두려움 때문에 갖는 존경심만큼 비열한 것은 없고, 공포심 때문에 갖는 경외심만큼 비참한 것도 없다.

그대들 투쟁을 두려워해서는 안 된다. 하지만 먼저 규칙을 위반해서도 안 된다. 그대들 공포로 인해 쉽게 타협하지 말고, 남이 그대들에게 타협하는 것도 두려워 말라. 우리는 두려움의 홍수에 버티기 위해서 끊임없이 용기의 둑을 쌓아야 한다. 그대들이여 이것을 아는가. 용기는 별로 인도하고, 두려움은 죽음으로 인도한다는 것을.

166

악함은 선함이고, 선함은 악함이다

다음날 그는 즉결심판법정에서 벌금 10만원을 선고 받았다. 그가 벌금을 낼 돈이 없어서 망연히 앉아 있자, 누군가 어깨를 툭 쳤다. 그의 어깨를 친 사람은 무대 위에서 강연을 하던 여자였다. 그는 반가운 마음에 자신도 모르게 손을 내밀었다. 여자가 그의 메마른 손을 잡고 빙그레 웃었다.

"제가 대신 벌금을 냈습니다."

그가 말했다.

"아니, 왜 그대가?"

여자가 말했다.

"제 연설을 처음부터 끝까지 들어 줬잖아요. 그 보답입니다."

그가 말했다.

"그래도 그렇지…"

여자가 말했다.

"벌금을 내지 않으면, 액수만큼 구류를 살아야 되잖아요."

그가 말했다.

"그건 그렇습니다만, 하여간 감사합니다."

여자가 말했다.

"어디 가서 우리 순두부찌개나 먹을까요? 하룻밤을 살았어도 징역은 징역이니까요."

그가 말했다.

"좋습니다. 그렇지 않아도 배가 출출하던 판인데."

여자가 앞장을 서서 즉결심판법정을 걸어 나갔다. 그는 서둘러

무명한복을 곱게 입은 여자를 따라나섰다. 여자는 법원 맞은편에 있는 식당으로 들어갔다. 그곳에는 즉결법정에서 벌금 판결을 받은 사람들이 와 있었다. 그들은 나름대로 두부와 밥을 섞어서 먹으며 떠들었다. 그들의 대화 요점은 즉결판사가 너무 엄격하다는 것이었다. 즉 벌금을 때려도 될 사람을 구태여 구류를 살게 했다는 거였다. 그도 어느 정도 그들의 말에 공감할 수 있었다.

젊은 판사는 혹독할 정도로 심판 대상자를 다뤘고, 가차 없이 판결을 내렸다. 심판 대상자에게 범죄의 가부를 물어본 뒤, 인정하면 곧바로 언도했다. 그는 고개를 젓고 건너편에 앉은 여자를 쳐다보았다. 벌금을 내 줘서 그런지 여자의 모습이 더욱 매력적으로 보였다. 여자의 아름다움은 고전미와 함께 현대미가 뒤섞인 묘한 것이었다. 즉 여자의 고운 얼굴에는 악함과 선함이 동시에 어려 있었다. 또한 섹시함과 얌전함, 도발적인 것도 함께 뒤섞여 있었다. 그가 빤히 쳐다보자 여자가 부끄러운 듯이 말했다.

"제 얼굴에 뭐가 묻었나요?"

그가 농담처럼 말했다.

"선함이 묻어 있습니다."

여자가 웃으며 말했다.

"선생님의 얼굴에도 선함이 들어 있습니다."

그가 말했다.

"내 얼굴에는 선함 같은 것은 없을 텐데요."

여자가 말했다.

"아니에요, 분명히 선한 얼굴이에요. 눈빛에서 풍기는 날카로움만 조금 억제한다면요."

그가 말했다.

"눈빛에서 풍기는 날카로움?"

여자가 웃으며 말했다.

"농담입니다. 사실은 얼굴 전체에 선함이 흘러넘치고 있어요."
그가 말했다.
"악함 속에 들어 있는 선함이겠죠."
여자가 말했다.
"악함은 선함이고, 선함은 악함이니까요."
그가 말했다.
"결국 악함과 선함은 같은 거라는 말이군요."
여자가 말했다.
"같은 것일 수도 있고, 다른 것일 수도 있죠."
그가 말했다.
"여자와 남자처럼 말입니까?"
여자가 말했다.
"네, 여자와 남자는 한몸이면서 다른 몸이죠."
그가 말했다.
"인간이란 의미에서는 같겠군요."
여자가 말했다.
"신이 생각하는 여자와 남자란 의미겠죠."
그가 말했다.
"아, 신의 세계에서 말하는 인간 말이군요."
여자가 말했다.
"악마의 세계에서도 같아요."
그가 말했다.
"악마의 세계에서도요?"
여자가 말했다.
"악마의 세계에서 선생님과 저는 한몸이에요."
그가 말했다.
"그렇다면 우리가 서로 분신이라는 말입니까?"

여자가 말했다.
"네, 선생님이 저고, 제가 선생님이죠."
그가 말했다.
"지금 농담을 하고 있는 거지요?"
여자가 말했다.
"아닙니다. 진심이에요."
그가 말했다.
"그럼 우리가…?"
여자가 말했다.
"맞습니다."
그가 깊은 탄식을 내뱉었다.
"그래서 그대의 연설이 내 생각하고 일치했군요."
여자가 말했다.
"맞아요. 선생님의 보편적 생각을 제가 무대에서 소리쳤던 거예요."
그가 고개를 저으며 말했다.
"그대를 여기서 만나다니, 이제 내가 사라질 때가 된 것 같군요."
그들이 대화를 나누는 사이 밥과 순두부 탕이 나왔다. 여자는 기다렸다는 듯이 순두부 탕에 밥을 말아 먹기 시작했다.

167

악마는 죽었다. 인간의 악함이 악마를 죽였다

그와 여자는 순두부 탕을 먹고 인근 모텔로 들어갔다. 여자는 아무런 말도 없이 무명 한복을 벗고 알몸이 되었다. 그도 조용히 삿갓과 괴나리봇짐과 도포와 바지저고리를 벗었다. 걸치고 있는 모든 것을 벗으니 몸이 한결 가벼워졌다. 여자가 욕실로 들어가 샤워를 하기 시작했다. 여의의 몸 씻는 소리를 들으며 그가 중얼거렸다. 악이란 무엇이냐? 간악함으로 인해서 생기는 일체의 것. 선이란 무엇이냐? 인자함으로 인해서 생기는 일체의 것.

죄란 무엇이냐? 잘못함으로 인해서 생기는 일체의 것. 벌이란 무엇이냐? 잘못한 것을 인간의 잣대로 재는 것. 아, 마음을 검게 물들이는 욕망의 정이여, 네게 만일 적당한 이름이 없다면, 나는 너를 악마라고 부를 것이다. 아, 정신을 붉게 물들이는 탐욕의 정이여, 네게 만약 적당한 이름이 없다면 나는 너를 악의 분신이라고 부를 것이다. 독향기를 품은 꽃을 받는 것은 정말로 멋진 일이다. 내가 아직 꽃향기를 맡을 수 있는 동안에는. 자신을 버리는 행위야말로 최상의 것. 육체를 위해서나 정신을 위해서나 최상의 것.

다시 한 번이라는 어리석은 말을 속삭이지 말라. 한 번은 두 번을 위해 존재하고, 두 번은 세 번을 부르게 된다. 단순하지만 저항할 수 없을 정도로 강력한 세 가지 열정이 내 삶을 지배해 왔다. 그것들은 사랑의 열망과 지식의 탐구와 인류에 대한 견딜 수 없는 동정심이다. 자각하라. 악인도 자신이 범한 악이 무르익지 않을 때까지는 행복할 수 있다. 선인도 자신이 벌인 선이 무르익지 않을 때까지는 희망할 수 있다.

정말로 이상하고 이상한 일이다. 어느 시대에나 악인들은 자기들의 비겁한 행위에 종교나 도덕, 선을 위해 봉사했다는 가면을 씌우려 한다. 오, 여자의 몸이여. 그대는 바로 악의 분신이로다. 오, 남자의 몸이여. 그대는 바로 악의 신이로다. 하긴 나는 그대를 악마라고는 부르지 못하니까. 이제 떠나고자 하는 나는 완고한 덕보다는 융통성 있는 악덕을 좋아한다. 악덕을 피하는 것보다도 선덕이 정당한 행동을 하는 데 더 많은 판단이 필요하다.

악덕은 그 진상이 추한 것이어서 첫 대면에 우리 모두를 놀라게 한다. 그래서 선덕의 가면을 쓰지 않으면 우리들을 사랑으로 유혹할 수 없다. 너는 악한 의지의 주인이 되라. 그리고 선한 양심의 노예가 되라. 너는 바로 너 자신의 창조자이자, 너 자신의 파괴자이다. 무엇이 이 세상을 움직여 가는지 이해할 때가 되면 너는 현기증이 심해져서 그것에 신경쓸 시간조차 없게 된다. 지금이 바로 그 순간이다.

그가 여기까지 중얼거렸을 때, 여자가 욕실에서 걸어 나왔다. 그는 자신의 분신인 여자를 한참 동안 바라보았다. 자신이 악마이기 이전에 이토록 아름답고 매력적인 몸이었나를 생각하면서. 여자가 물방울이 흐르는 알몸으로 그를 향해 속삭이듯 말했다.

우리는 우리의 마지막 날인 것처럼 이 밤을 보내야 합니다. 한 손으로 다른 손을 씻고, 마음으로 얼굴을 씻으면서 말입니다. 한겨울에도 움트는 봄이 있는가 하면, 밤의 장막 뒤에는 미소 짓는 새벽이 있습니다. 그대가 장막 뒤로 사라져도 봄은 여전히 그 자리에 있습니다. 한창 때는 다시 오지 않고, 하루가 지나면 그 새벽은 다시 돌아오지 않습니다.

악함을 선함으로 대체할 때, 선함은 악함을 지배하고 축출하게 됩니다. 그것이 선악의 순리이고, 악이 선을 지배하는 날입니다. 선의 길은 가까운 곳에 있습니다. 악의 길도 가까운 곳에 있습니다. 그런데도 사람들은 헛되이 먼 곳을 찾아 헤매고 있습니다. 악함은 실행해 보면 쉬운 것입니다. 악함을 시작하지 않고, 어렵게 생각하기 때문에 할 수 있는 일을 놓치게 됩니다.

두 가지, 세 가지 일로 마음을 두 갈래 세 갈래로 나누지 말아야 합니다. 제도자의 마음이 흔들리며 세상도 흔들리게 됩니다. 악한 인생은 방언입니다. 대개의 인간은 그것을 잘못 발음합니다. 선한 인생으로. 선행을 언급하는 말치고 어지럽지 않는 소리 없고, 악행을 언급하는 말치고 반듯하지 않은 소리 없습니다. 인간이 지독하게 밉다고 생각하는 한, 아직은 인간을 사랑하고 있는 것입니다. 인간을 사랑하는 한 악인의 봄은 오지 않습니다.

구해서 얻은 악은 좋은 것입니다. 그러나 구하지 않고 얻은 악은 더욱 좋습니다. 나는 당신을 사랑합니다. 당신의 악성을 사랑합니다. 당신의 선성을 사랑합니다. 당신의 존재를 위해서뿐만 아니라, 당신의 분신인 내 존재를 위해서라도 사랑합니다. 사랑이란 인간의 마음에는 너무나 강력한 유혹입니다. 다른 어떤 신앙이 사랑과 양립할 수 있을까요? 악함이란 인간의 마음에는 너무나 강력한 유혹입니다.

다른 어떤 양심이 악성과 양립할 수 있을까요? 다른 어떤 악행이 사랑과 양립할 수 있을까요? 선함의 본질은 개인을 특별화 하는 데 있고, 악함의 본질은 개인을 보편화 하는 데 있습니다. 악함에는 과식이 없습니다. 요정은 게걸스러워서 과식 때문에 죽어 버립니다. 선함에는 진실이 넘치지만, 배고픔으로 가득 차 있습니다. 피차 악함의 빚 이외에는 어떤 빚도 남기지 말아야 합니다. 인간에게 빚을 지고, 인간을 사랑하는 자는 악의 율법에 의해 다스려집니다.

증오에도 시간이 부족합니다. 그러니 악행에는 시간이 얼마나 남아 있겠습니까? 사람을 사랑하면 현명할 수 있지만, 현명하면 악행을 전파하지 못합니다. 악마는 악마의 일을 해야 세상이 건전해집니다. 악마가 선자의 행세를 하니까 세상이 어지러워지는 것입니다. 세상이 어지러워지면 인간은 더 악하게 되고, 인간이 악하게 되면, 악마는 죽음을 맞이할 수밖에 없습니다. 그러므로 악마는 죽었습니다. 인간의 악함이 악마를 죽였습니다.

여자는 이렇게 말하고 침대 위로 올라갔다. 그는 여자의 아름다움에 이끌리듯 침대 위로 따라갔다. 여자가 그의 몸을 받아들여 몸 속 깊이 넣었다. 그는 처음이자 마지막인 것처럼 여자의 몸속에 성기를 꽂았다. 성기는 여자의 몸속으로 들어가자마자 쾌감을 전달해 왔다. 아주 강렬하면서도 짜릿한 쾌감이 전신을 휘감았다. 여자도 쾌감을 느끼는지 몸을 떨면서 신음을 내뱉었다. 그는 여자의 신음소리를 들으며 더욱 강하게 꽂아 넣었다.

자신의 분신과 나누는 정사는 그 어떤 여자와 나누는 정사보다도 강렬한 쾌감을 불러왔다. 그는 자신의 분신인 여자의 질구 안으로 더욱 깊숙이 들어갔다. 안으로 들어가면 갈수록 쾌감은 점점 더 커졌다. 여자도 같은 느낌인지 이제 신음이 울음으로 변했다. 그는 여자가 발작을 하면 할수록 더 깊이 밀고 들어갔다. 어느 순간 그는 여자의 질구 속으로 들어가는 자신을 발견했다. 그의 성기는 이제 여자의 자궁을 지나 뱃속으로 올라갔고, 그의 엉덩이와 다리와 몸이 들어가기 시작했다. 이제 여자의 신음은 단말마적 비명으로 바뀌었다.

그는 자신의 성기와 몸을 빼내려고 했으나 빠지지 않았다. 오히려 빼내려고 하면 할수록 안으로 빨려 들어갔다. 결국 그는 온몸이 부서지는 고통을 느끼며 여자의 몸 안으로 들어갔다. 여자의 몸속은 좁고 캄캄했으며, 아무것도 보이지 않았다. 그는 그 캄캄한 어둠 속에서 빛을 찾아 헤맸으나, 출구는 사라지고 없었다. 여자의 비명은 이제 완만한 신음으로 바뀌었고, 그는 하나의 점으로 변했다. 그리고는 그 점이 점점 더 작아지더니 완전히 녹아 버렸다.

이 작품의 본문 중에 「세계의 명언」 경구들이 부분적 또는 전체적으로 발췌, 인용되었음을 밝힌다.

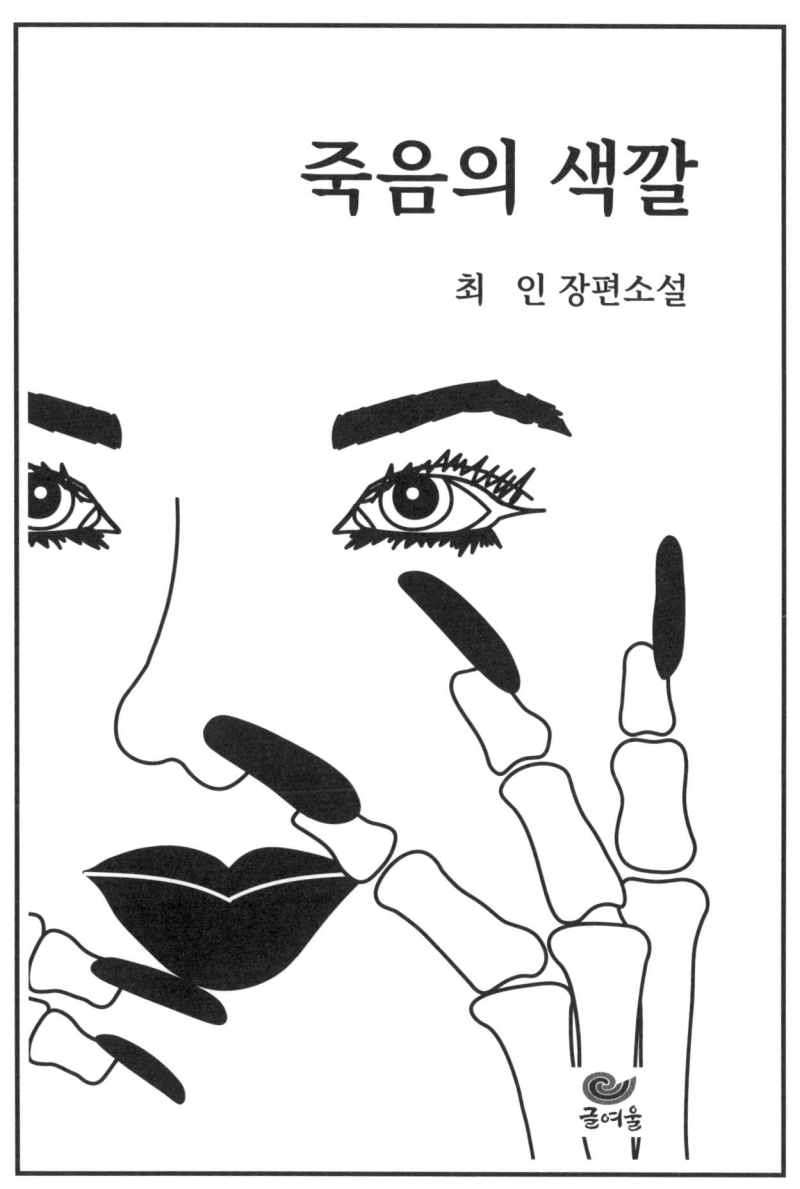

죽음의 색깔

최 인 장편소설

작가가 직접 본 죽음의 모습들, 그 적나라한 묘사
죽음에도 색깔이 있다
2023년 도서출판 글여울 출간 예정

경계인이 살아가는 방식

최인 장편소설

2023년 도서출판 글여울 출간 예정

악마는 이렇게 말했다

초판 1쇄 발행 2023년 1월 1일

지은이	최 인
발행인	최효언
편집자	최효언
표 지	최효언
발행처	도서출판 글여울
전 화	032-866-8077
메 일	choi_in3000@naver.com
홈페이지	http://www.geulyeoul.com
	https://www.glyeoul.com
도서번호	979-11-972542-2-2
정 가	18,000원

※ 이 책의 판권과 표지 그림은 지은이와 출판사에 있습니다.
※ 양측의 서면 동의 없이는 어떠한 형태나 수단으로도
  이 책의 내용과 표지 그림을 이용하지 못합니다.

©2022. 최인 All rights reserved.